Arena-Taschenbuch
Band 50794

Weitere Titel der Reihe *Paladin Project*:
Im Auge des Feindes
Deine Angst stirbt zuletzt

Mark Frost,
Schriftsteller, Drehbuchautor, Regisseur und Produzent
ist als Co-Autor und Produzent der Kult-Serie »Twin-Peaks«
berühmt geworden, die er in Zusammenarbeit mit David Lynch
schuf. Zuletzt schrieb er unter anderem die Drehbücher
zu den beiden »Fantastic Four«-Filmen.

Mark Frost

Paladin Project

Renn um dein Leben

Aus dem Englischen von
Franca Fritz und Heinrich Koop

Arena

MIX
Papier aus verantwortungsvollen Quellen
FSC® C110508
FSC
www.fsc.org

1. Auflage als Arena-Taschenbuch 2015
Die Originalausgabe erschien unter dem Titel *The Paladin Prophecy* bei
Doubleday, an imprint of Random House Children's Publishers UK, London

Aus dem Englischen von Franca Fritz und Heinrich Koop

Umschlaggestaltung: Zero Werbeagentur, München
Umschlagtypografie: KCS GmbH ·
Verlagsservice & Medienproduktion, Stelle/Hamburg
Gesamtherstellung: Westermann Druck Zwickau GmbH
ISSN 0518-4002
ISBN 978-3-401-50794-1

www.arena-verlag.de
Mitreden unter forum.arena-verlag.de

Für die Einsamen und die Verlorenen ...

Jede böse Tat bestraft sich,
Jede Tugend belohnt sich;
Jeder Irrtum gleicht sich
In der Stille und gewisslich aus.
Ralph Waldo Emerson

Ich konnte sein Gesicht nicht erkennen.

Er lief einen Bergpfad entlang. Rannte verzweifelt. Verfolgt von schwarzen Schatten, die ihn packen wollten, kaum mehr als Löcher in der Luft, aber an ihrer Absicht bestand kein Zweifel. Der Junge befand sich in unglaublicher Gefahr und er brauchte meine Hilfe.

Ich öffnete die Augen.

Vorhänge flatterten vor dem dunklen Fenster. Eiskalte Luft drang wispernd durch einen Spalt im Fensterrahmen, aber ich war schweißgebadet und mein Herz raste.

Nur ein Traum? Nein. Zwar hatte ich keine Ahnung, wer dieser Junge war. Er schien etwa in meinem Alter zu sein. Aber so viel wusste ich mit unumstößlicher Gewissheit:

Er war real *und er kam in meine Richtung.*

Ein ganz gewöhnlicher Dienstag

Ein methodischer Geist ist alles.

Will West begann jeden Tag mit diesem Gedanken, noch bevor er die Augen öffnete. Hatte er sie dann geöffnet, begrüßten ihn die gleichen Worte in dreißig Zentimeter großen Druckbuchstaben auf einem Spruchband, das quer über die Wand seines Zimmers gespannt war:

NR. 1: EIN METHODISCHER GEIST IST ALLES.

Regel Nr. 1 auf Dads Liste der Lebensregeln – und der Rat, den sein Vater für den wichtigsten hielt. Sich an diesen Rat zu erinnern, war eine Sache, doch ihn zu *befolgen,* wenn man so hitzköpfig war wie Will, war alles andere als einfach. Aber hatte Dad den Spruch nicht genau aus diesem Grund ganz oben auf die Liste gesetzt und an Wills Wand gehängt?

Will rollte aus dem Bett, reckte sich und schaute auf sein iPhone: 07.01 Uhr. Dann tippte er auf den Kalender und checkte seinen Tagesplan. Dienstag, 7. November:

- Morgentraining mit dem Crosslauf-Team
- Tag 47 des zehnten Schuljahrs
- Nachmittagstraining mit dem Crosslauf-Team

Toll. Zwei Läufe und dazwischen sieben Stunden Novocain fürs Gehirn. Will holte tief Luft und fuhr sich mit den Fingern energisch durch die schlafzerzausten Haare. Dienstag, 7. November, ein normaler, ganz gewöhnlicher Tag. Kein größerer Stress zu erwarten.

Also warum hab ich dann das Gefühl, als würde ich gleich vor ein Erschießungskommando gestellt?

Er zermarterte sich das Hirn, konnte aber keinen Grund finden. Als er seine Laufhose anzog, erhellte strahlender Sonnenschein das Zimmer. Das beste Wetter der Welt – Kaliforniens wichtigstes Gut. Will zog die Vorhänge zurück und schaute hinaus auf die Topatopa Mountains, die sich jenseits des Hofs in der Ferne erhoben.

Wow. Die Berge waren vom ersten Wintersturm, der in der Nacht zuvor getobt hatte, in Schnee gehüllt. Von hinten durch die Morgensonne angestrahlt, traten sie so scharf und klar hervor, als wären sie mit einer hochauflösenden Kamera aufgenommen worden. Will hörte vertraute Vogelstimmen und sah, wie die kleine Amsel mit der weißen Brust auf einem Ast vor seinem Fenster landete. Sie neigte den Kopf zur Seite und musterte ihn neugierig und furchtlos, wie schon seit ein paar Tagen. Sogar die Vögel spürten es.

Es geht mir gut. Alles ist okay.

Aber wenn es ihm *wirklich* gut ging, woher kam dann dieses mulmige Gefühl eines drohenden Unheils? Waren das vielleicht die Nachwirkungen eines vergessenen Albtraums?

Ein widerborstiger Gedanke drängte sich ihm auf: *Dieser Sturm hat mehr als nur Schnee gebracht.*

Was? Keine Ahnung, was das bedeuten sollte ... Moment mal, hatte er nicht von Schnee geträumt? Irgendwas mit Rennen? Das silbrige Traumfragment verblasste, bevor Will es zu packen bekam.

Ach egal – genug von diesem Wirrwarr im Kopf. Zeit, dieses Bammelgefühl auszuknipsen. Will erledigte sein restliches Morgenprogramm und sprang dann die Treppe hinunter.

Mom saß in der Küche vor ihrer zweiten Tasse Kaffee. Die Lesebrille aufgesetzt, deren Band über ihr dichtes schwarzes Haar hing, tippte sie auf ihrem Handy herum und organisierte ihren Tag.

Will schnappte sich einen Power-Shake aus dem Kühlschrank. »Unser Vogel ist wieder da«, verkündete er.

»Hm. Beobachtet wohl wieder Menschen«, meinte sie, legte dann das Smartphone weg und schlang die Arme um ihn. Mom ließ sich keine Umarmung entgehen: Sie war eine dieser hingebungsvollen Umarmerinnen, die in einem solchen Moment nichts anderes interessierte – nicht einmal Wills Demütigung, wenn sie ihn in aller Öffentlichkeit in den Zangengriff nahm.

»Viel zu tun heute?«, fragte er.

»Wahnsinnig viel. Und du?«

»Das Übliche. Schönen Tag. Bis später, Mom.«

»Bis später, Will-Bär. Hab dich lieb.« Ihre silbernen Armbänder klimperten, als sie sich wieder dem Handy zuwandte und Will zur Tür ging. »Für immer und ewig.«

»Ich hab dich auch lieb.«

Später – und gar nicht mal so viel später – sollte er sich von ganzem Herzen wünschen, er wäre stehen geblieben, wäre zurückgegangen, hätte sie festgehalten und nicht mehr losgelassen.

Will erreichte den Fuß der Eingangstreppe und schüttelte die Beine aus. Nahm einen tiefen Atemzug der erfrischenden, klaren und kalten Morgenluft und atmete sie in einer sichtbaren Wolke wieder aus, bereit loszulaufen. Dieser Augenblick war eigentlich der beste Moment des ganzen Tages ... doch dann packte ihn wieder diese schwermütige, düstere Stimmung.

Nr. 17: BEGINNE JEDEN TAG MIT DEN WORTEN: DAS LEBEN IST SCHÖN. SPRICH ES LAUT AUS, SELBST WENN DU ES NICHT FÜHLST, DENN DAS ERHÖHT DIE WAHRSCHEINLICHKEIT, DASS DU ES DOCH NOCH FÜHLST.

»Das Leben ist schön«, sagte er ohne rechte Überzeugung.

Verdammt. Im Augenblick kam ihm Nr. 17 wie die lahmste Regel auf Dads Liste vor. Natürlich konnte er dafür einige offensichtliche körperliche Gründe verantwortlich machen: Das Thermometer zeigte nasskalte neun Grad Celsius, seine Muskeln ächzten vom gestrigen Krafttraining und die merkwürdigen Träume der vergangenen Nacht hatten ihm den Schlaf geraubt. *Ich bin einfach ein bisschen neben der Spur. Das ist alles. Es geht mir immer sofort besser, sobald ich auf der Straße bin.*

Nr. 18: WENN NR. 17 NICHT FUNKTIONIERT,
SEI DANKBAR FÜR DAS, WAS DU HAST.

Will startete die Stoppuhr auf seinem Handy und trabte los. Die Sohlen seiner Asics Hypers klatschten leicht auf den Gehweg ... 2,2 Kilometer bis zum Café. Zeitvorgabe: sieben Minuten.

Er versuchte es mit Nr. 18.

Angefangen bei Mom und Dad: Alle Jugendlichen, die er kannte, beschwerten sich rund um die Uhr über ihre Eltern, aber Will hatte keinen Grund zu klagen. Denn mit seinen Eltern hatte er richtig Glück gehabt: Sie waren klug, fair und ehrlich, nicht wie diese Schwätzer, die Werte predigten und sich dann gehen ließen wie Penner, wenn ihre Kinder nicht da waren. Seine Eltern nahmen seine Gefühle ernst, berücksichtigten immer seinen Standpunkt, kippten aber nie gleich um, wenn er Grenzen austestete. Ihre Erziehung war klar und ausgewogen, genau zwischen nachsichtig und beschützend, sodass er genügend Raum hatte, auf Unabhängigkeit zu drängen, sich aber gleichzeitig immer sicher fühlen konnte.

Ja, sie haben ihre guten Seiten.

Andererseits: Sie waren sonderbar, geheimnistuerisch, ständig pleite und zogen wie Beduinen alle achtzehn Monate um – weshalb er nie Freunde finden oder sich an dem Ort, wo sie gerade wohnten, heimisch fühlen konnte. Aber hey, wozu braucht man eine Clique, wenn deine Eltern deine einzigen Freunde sind? Was machte es schon, wenn er deshalb für den Rest seines Lebens völlig verkorkst war? Vielleicht würde er eines Tages darüber hinwegkommen. Nach jahrzehntelanger Therapie und tonnenweise Antidepressiva.

Na also: Ich bin dankbar für das, was ich habe. Funktioniert doch immer wieder, dachte Will spöttisch.

Als er den zweiten Häuserblock erreichte, hatte Will die Morgenkälte abgeschüttelt. Sein Blut zirkulierte und die Endorphine ließen sein Nervensystem munter werden, während das Tal um ihn herum zum Leben erwachte. Er ließ seinen Geist zur Ruhe kommen und öffnete seine Sinne, wie seine Eltern es ihm beigebracht hatten: Der scharfe, rauchige Geruch von wild wachsendem Salbei und die sauerstoffreiche Luft der Orangenhaine entlang der regennass glänzenden Straßen des East End. Ein Hund bellte; irgendwo wurde ein Wagen angelassen. Weit im Westen erkannte er durch die Lücke zwischen den Bergen einen kobaltblauen Streifen Pazifik, auf dem sich die ersten Sonnenstrahlen spiegelten.

Das Leben ist schön. Jetzt glaubte er es fast schon wieder.

Will trabte auf die Stadt zu, entlang weitläufiger Farmen, bis die Bebauung mit jedem Meter dichter zu werden schien. Nach nur fünf Monaten gefiel ihm Ojai besser als jeder andere Ort, an dem er bisher gelebt hatte. Die Kleinstadtatmosphäre und die ländliche Lebensart fand er angenehm und ungezwungen – eine Zuflucht, weit entfernt von der Hektik und dem Stress des Großstadtlebens. Der Ort schmiegte sich in ein hoch gelegenes, grünes Tal, geschützt vom Küstengebirge, und war auf beiden Seiten nur über schmale Passstraßen zu erreichen. Die Chumash-Indianer, die ursprünglichen Bewohner der Region, hatten ihn Ojai, »Tal des Mondes«, genannt. Jahrhundertelang war der Ort ihre Heimat gewesen, aber die »Zivilisation« hatte keine zehn Jahre gebraucht, um sie von dort zu vertreiben. Für die Chumash hatte es keine »Zuflucht« gegeben.

Will wusste, dass seine Familie auch von diesem fast perfekten Ort fortziehen würde – wie jedes Mal nach etwa eineinhalb Jahren. Sosehr er das Ojai Valley auch mochte, hatten ihn viele schmerzliche Erfahrungen inzwischen gelehrt, sein Herz nicht an Orte oder Menschen zu hängen ...

Eine schwarze Limousine rollte langsam über die Kreuzung einen Häuserblock weiter vor ihm. Wegen der stark getönten Seitenscheiben konnte er den Fahrer nicht sehen.

Sie suchen eine Adresse, dachte Will. Dann wunderte er sich, woher er das wusste.

Ein leiser Marimba-Klingelton drang aus seiner Tasche. Er holte sein Handy hervor und sah Dads erste SMS des Tages: WIE IST DEINE ZEIT?

Will lächelte. Dad hatte schon wieder die Feststelltaste gedrückt. Wie oft hatte Will ihm schon die SMS-Etikette zu erklären versucht: »Das ist so, als würdest du SCHREIEN!«

»Das tue ich ja auch«, hatte Dad geantwortet. »ICH BIN GANZ WEIT WEG!«

Will schrieb zurück: Wie ist die Tagung? Wie ist San Francisco? Während des Laufens SMS zu schreiben, war kein Problem, er hätte es sogar gekonnt, während er auf einem Einrad eine Wendeltreppe hinunterfuhr ... Abrupt kam er zum Stehen, noch bevor er das reibende Geräusch von Gummi auf nassem Asphalt hörte. Eine dunkle Masse schob sich in sein Gesichtsfeld.

Die schwarze Limousine war direkt vor ihm, eingehüllt in Abgase, den Motor im Leerlauf. Es handelte sich um ein neues viertüriges Modell irgendeiner schlichten amerikanischen Marke, die Will nicht erkannte. Seltsam: keine Logos, Zierleisten oder sonstigen Erkennungsmerkmale. Vorn ein Nummernschild – Standard, nicht aus Kalifornien – mit einer kleinen US-Flagge am Rand. Aber unter der Haube versteckte sich kein Motor aus dem Fuhrpark des Staatsdienstes: Es hörte sich eher an wie ein aufgemotztes Stockcar bei einem NASCAR-Rennen.

Hinter dem schwarzen Glas konnte er zwar niemanden erkennen – und ihm fiel ein, dass so dunkle Windschutzscheiben eigentlich auch verboten waren –, aber er wusste, dass ihn jemand beobachtete. Will fixierte den Wagen, Geräusche traten in den Hintergrund, die Zeit blieb stehen.

Eine Marimba unterbrach die Stille. Noch eine SMS von Dad: »LAUF, WILL!«

Ohne aufzublicken, zog Will sich die Kapuze über den Kopf und wedelte kurz entschuldigend in Richtung der Windschutzscheibe: Er hielt das Handy hoch und bewegte es hin und her, als wolle er sagen: *Mein Fehler. Geistesabwesender Teenager.* Beiläufig drückte er auf das Kamerasymbol und machte ein Foto vom Heck der Limousine. Dann steckte er das Handy in die Tasche und fiel wieder in seinen lockeren Laufschritt.

Lass es so aussehen, als würdest du einfach nur laufen, nicht wegrennen, dachte Will. *Und dreh dich nicht um.*

Während er sich entfernte, lauschte er auf das heisere Röhren des Motors. Es wurde lauter, als der Wagen hinter ihm anfuhr, nach links abbog und schließlich verschwand.

Dann hörte er jemanden sagen: »Die Beschreibung passt. Möglicher Sichtkontakt.«

Okay. Wie kam *diese* Stimme in seinen Kopf? Und wem gehörte sie?

Dem Fahrer, war die Antwort. *Er spricht über Funk. Er redet von dir.*

Wills Herz pochte wie wild. Dank seines Trainings hatte er einen Ruhepuls von zweiundfünfzig; er wurde erst dreistellig, wenn er drei Kilometer gelaufen war. Doch im Moment lag sein Puls bei weit über hundert Schlägen pro Minute.

Erste Frage: *Hat Dad mir gerade eben (von San Francisco aus?!) gesagt, ich soll LAUFEN, weil er will, dass ich meine Zielzeit einhalte, oder weil er irgendwie weiß, dass dieser Wagen nichts Gutes zu bedeuten hat …*

Dann hörte Will die Limousine einen Block weiter, hörte, wie das Getriebe durch die Gänge stampfte und der Motor rasch beschleunigte. Reifen quietschten: Sie kamen zurück.

Will bog in eine unbefestigte Gasse ein. Hinter ihm schoss die Limousine wieder auf die Straße, die er gerade verlassen hatte. Bevor der Wagen die Gasse erreichte, scherte Will nach rechts aus, sprang über einen Zaun und schlängelte sich durch einen Hinterhof, der mit allen möglichen Überresten von Halloween-Dekorationen vollgestopft war. Er machte einen Satz über einen Maschendrahtzaun und landete auf einem schmalen betonierten Weg, der an der Seite des Hauses entlangführte …

… als plötzlich ein gefährlich aussehender, massiver Kopf mit breiter, knurrender Schnauze aus einer Hundehütte rechts von ihm hervorschoss und nach ihm schnappte. Will sprang auf das Tor am Ende des Wegs und kletterte hastig darüber, als die Bestie auch schon mit gefletschten Zähnen gegen den Zaun krachte.

Einen halben Block entfernt hörte Will das Röhren des Limousinen-Motors, während der Wagen zur nächsten Ecke raste. Keuchend blieb Will am Rand des Hofs hinter einer hoch aufragenden Hecke stehen. Dann überzeugte er sich schnell davon, dass die Luft rein war, und sprintete quer über die Straße, über einen Rasen und an einem weiteren Haus entlang, dessen Hinterhof von einem fast zwei Meter hohen Lattenzaun begrenzt wurde. Er machte im Laufen ein paar kürzere Schritte, um rechtzeitig zum Sprung anzusetzen, hielt sich oben am Zaun fest, zog sich hinüber und landete fast geräuschlos in einer weiteren Gasse – einen Meter von einer müde aussehenden jungen Frau entfernt, die mit einer Aktentasche, einer Thermoskanne und ihrem Autoschlüssel auf einen Volvo zusteuerte. Als sie Will sah, schreckte sie zusammen, als sei sie gerade mit einem Elektroschocker angegriffen worden. Ihre Thermoskanne ging krachend zu Boden, rollte über den Beton und leckte hellbraunen Milchkaffee.

»'tschuldigung«, rief Will.

Während er durch die Gasse und zwei weitere Hinterhöfe sprintete, hörte er das Röhren der Limousine ganz in der Nähe. An der nächsten Seitenstraße blieb er stehen und lehnte sich gegen eine Garage.

Als sein Adrenalinspiegel allmählich sank, kam er sich irgendwie lächerlich vor. Gedanken und Instinkt stritten in seinem Kopf miteinander, überschlugen sich wie Turnschuhe in einem leeren Trockner:

Du bist hier vollkommen sicher. NEIN, DU SCHWEBST IN GEFAHR. *Es ist nur irgendein Auto.* DU HAST GEHÖRT, WAS SIE GESAGT HABEN. SEI VORSICHTIG, DU IDIOT!

Eine weitere SMS seines Dads erschien auf dem Display: BLEIB NICHT STEHEN, WILL.

Will preschte durch die weiten Straßen am Rand des Geschäftsviertels. Das Team war inzwischen wohl schon vor dem Café und wartete auf ihn. Er würde einfach nach drinnen verschwinden und Dad anrufen, damit er seine Stimme hören konnte. Doch dann wurde ihm bewusst, dass er sie schon JETZT hören konnte – und sie erinnerte ihn an eine Regel, die er ihm förmlich eingedrillt hatte:

Nr. 23: WENN ES ÄRGER GIBT, DENKE SCHNELL
UND HANDLE ENTSCHLOSSEN.

Will wartete einen Moment hinter einer Kirche und peilte die Lage. Zwei Blocks entfernt sah er sein Team: Vor dem Café standen sechs Jungs in Jogginganzügen mit dem Schriftzug RANGERS auf dem Rücken. Sie hatten sich um etwas am Bordstein versammelt, das er nicht sehen konnte.

Als er auf die Uhr schaute, blieb ihm fast der Mund offen stehen. Das konnte unmöglich stimmen: Er hatte für die 2,2 Kilometer von Zuhause, durch Hinterhöfe und über Zäune ... *nur fünf Minuten gebraucht?*

Hinter ihm röhrte ein Motor auf. Hastig drehte Will sich um und sah, wie der schwarze Wagen durch die Gasse direkt auf ihn zuraste. Er sprintete zum Café. Die Limousine wendete mit quietschenden Reifen, doch als sie schließlich zum Stehen kam, war Will bereits zwei Blocks entfernt. Er zog seine Kapuze auf, die ihm beim Laufen heruntergerutscht war, stopfte die Hände in die Taschen seines Sweatshirts und joggte lässig zu den anderen Läufern.

»Was geht?«, murmelte er und versuchte, die Panik in seiner Stimme zu unterdrücken.

Die Jungs ignorierten ihn weitgehend, wie immer. Er schob sich zwischen sie, den Rücken weiterhin der Straße zugewandt. Sie machten gerade genug Platz für ihn, dass er sehen konnte, was sie bestaunten.

»Sieh dir das an, Alter«, meinte Rick Schaeffer.

Am Bordstein stand ein aufgemotzter Hot Rod, ein getunter Schlitten, wie Will bisher noch keinen gesehen hatte. Es war ein mattschwarzer Plymouth Prowler, lang gestreckt und tiefergelegt auf einem speziell angefertigten Chassis, mit abgeschrägtem Kühlergrill und chromglänzenden Felgen. Die vorderen Stoßstangen wölbten sich wie Popeyes Unterarme. Die Krümmer des monstermäßigen V8-Motors platzten förmlich aus der Kühlerhaube heraus und strotzten vor ruhender Kraft. Üppige, an Science-Fiction-Maschinen erinnernde Rohre, unterbrochen von scharfen, fein gravierten Lüftungsschlitzen, zierten die Karosserie. Der Wagen sah gleichzeitig altmodisch und nagelneu aus, seltsam alterslos, als hätte diese blitzblank polierte Maschine schon unzählige Kilometer auf dem Buckel. Das Prachtstück musste jemandem von außerhalb gehören: Kein Einheimischer hätte dieses Höllengefährt unter Verschluss halten können. Der Wagen hätte von überall her kommen können – wahrscheinlich direkt aus dem neunzehnten Jahrhundert, mit einem Umweg über die Zukunft.

Will spürte, wie sich hinter dem Fenster des Cafés ein Augenpaar auf ihn heftete und in ihn bohrte, als würde ihm jemand zwei steife Finger fest gegen die Brust stoßen. Er blickte hoch, konnte aber nichts erkennen, denn die Sonne war gerade über den Bergen hinter ihm erschienen und spiegelte sich gleißend in der Glasscheibe.

Fass meinen Wagen nicht an.

Will hörte die Stimme in seinem Kopf und wusste, dass sie von demjenigen stammte, der ihn beobachtete. Sie war tief und rau, mit einem starken Akzent und sehr bedrohlich.

»Nicht anfassen!«, zischte Will.

Erschrocken zog Schaeffer die Hand hastig zurück.

Der kahlköpfige Mann am Steuer der Limousine sah den Prowler erst, als die Jungs zur Seite traten. Im ersten Augenblick glaubte er an eine Halluzination. Dann befestigte er den Necrowave-

Filter am Objektiv des Scanners im Wagen. Die Fotos der Familie auf dem Bildschirm – Vater, Mutter, Sohn im Teenageralter – schrumpften zu Minibildern. Er zoomte auf den Hot Rod, bis dieser den Bildschirm ausfüllte, der ein blendend weißes pulsierendes Licht ausstrahlte.

Kein Zweifel: Das war der »Flieger« eines Wanderers. Die erste Feldsichtung seit Jahrzehnten.

Die Hände des Kahlkopfs zitterten, als er das Mikrofon an seinem Handgelenk zum Mund führte und hineinsprach. Nur mit Mühe bekam er seine Aufregung in den Griff, während er beschrieb, was sie entdeckt hatten. Die Kontaktperson am anderen Ende der Leitung stimmte sofort einer Planänderung zu.

Niemand hatte je einen Wanderer markiert: Das war eine einmalige Gelegenheit. Der Junge konnte warten.

Der Kahlkopf drückte einen Knopf und ein schwarzer Kohlenstofffaser-Behälter von der Größe einer Thermosflasche wurde aus der Stickstoffkammer ausgeworfen. Sein Partner nahm ihn und ließ das Fenster auf seiner Seite herunter. Dann hob er den Behälter hoch, schob den »Mitfahrer« in den Ladeschlitz der Tracker-Wanze und brach das Vakuum-Siegel auf. Durch das offene Fenster verflüchtigte sich der Schwefelgeruch ein wenig, bevor der Mann auf dem Beifahrersitz abdrückte, aber der Gestank konnte nicht vollständig beseitigt werden.

Durch nichts.

Will beobachtete aus dem Augenwinkel, wie die schwarze Limousine langsam auf sie zurollte und zu ihnen aufschloss. Er riskierte einen Seitenblick, als sie vorüberglitt, und entdeckte einen Mann, der einen schwarzen Behälter aus dem Beifahrerfenster hielt. Irgendetwas fiel aus dem Behälter, hüpfte ein paar Mal über den Asphalt und blieb dann liegen. Es sah aus wie ein Gummipfropfen.

Will wartete, bis der Wagen außer Sichtweite war, und griff dann nach seinem Handy, um so schnell wie möglich eine SMS an seinen Vater zu schicken. Im nächsten Moment schwang die Tür des Cafés auf und ein Paar schwerer, abgenutzter schwarzer Militärstiefel, verziert mit Schnallen und verblassten züngelnden Flammen, erschienen auf dem Bürgersteig.

Okay, das reicht. Mit dem Typ *will ich ebenfalls nichts zu tun haben.* Will lief in Richtung Schule los, als sei er auf der Flucht. Die anderen beschwerten sich lauthals über seinen Vorsprung und stürmten ihm nach, als er bereits um die Ecke bog.

Hinter ihnen schnellte der »Gummipfropfen«, der auf der Straße lag, hoch und überschlug sich. Blitzschnell wuchsen ihm zwölf spinnenartige Beine, die einen rotbraunen Rumpf und einen nadelspitzen Kopf stützten. Die Tracker-Wanze flitzte zum Bordstein, sprang hoch und saugte sich genau in dem Augenblick mit einem kurzen, schmatzenden Geräusch am linken hinteren Kotflügel des Prowler fest, als der Motor donnernd ansprang.

Als der Hot Rod anfuhr, krabbelte die Wanze um den Kotflügel herum und schlich sich dann über die Seite des Wagens auf den Fahrer zu. Kurz vor der Straßenecke streckte der Fahrer seinen linken Arm aus dem Fenster, um anzuzeigen, dass er abbiegen wollte. Die Wanze ließ einen gut zwei Zentimeter langen Stachel aus ihrer Schnauze schnellen und sprang auf den Nacken des Fahrers zu, um dort ihre unsichtbare Ladung zu platzieren.

In einem kontrollierten Schleudermanöver riss der Fahrer den Wagen herum und hielt plötzlich einen Derringer in der Hand, mit dem er die sich im Anflug befindende Wanze ins Visier nahm. Als er die Pistole abfeuerte, schoss lautlos ein weißer Lichtstrahl aus dem Lauf. Die Tracker-Wanze – mitsamt dem unsichtbaren Mitfahrer, den sie transportierte – fiel in sich zusammen, verbrannte und stürzte zu Boden. Übrig blieb nur ein schwarzes Häufchen Asche auf der Straße.

Der Derringer verschwand wieder im Ärmel des Fahrers, während er sein Wendemanöver beendete – eine komplette Drehung um 360 Grad. Dann fuhr er seelenruhig weiter.

DR. ROBBINS

Angst nagte an Will wie ein Schwarm Termiten. Er rannte, so schnell er konnte, und blickte nur einmal über die Schulter zurück. Keine schwarze Limousine, kein Prowler, keine weiteren SMS von Dad. Und auch keine anderen Läufer: Will erreichte die Schule allein. Er schaute auf seine Stoppuhr und stellte völlig schockiert fest, dass er die knapp zwei Kilometer vom Café bis zur Schule in nur 3 Minuten 47 Sekunden zurückgelegt hatte.

Zwei Mal in weniger als einer Stunde hatte er seine Bestzeiten übertroffen und war kaum ins Schwitzen geraten. Er hatte schon immer gewusst, dass er schnell war. Mit zehn Jahren hatte er herausgefunden, dass er rennen konnte wie ein Pferd, als ein Hund ihn verfolgte und er plötzlich merkte, dass er noch einen Gang zulegen konnte. Aber als er seinen Eltern davon erzählte, wollten sie auf keinen Fall, dass irgendjemand anderes ihn so laufen sah. Bis zu diesem Jahr hatten sie ihn nicht einmal Crosslauf ausprobieren lassen und er musste ihnen versprechen, sich beim Training und in Wettkämpfen zurückzuhalten. Er wusste noch immer nicht, wie schnell er wirklich war, aber ging man von seinen Zeiten an diesem Morgen aus, hätte er wohl jeden bestehenden Rekord pulverisieren können.

Will war bereits halb für den Unterricht umgezogen, als die restlichen Rangers fast zwei Minuten später keuchend in den Umkleideraum taumelten und ihm befremdete Blicke zuwarfen.

»Was zum Teufel war das, West?«, flüsterte Schaeffer.

»Tut mir leid«, murmelte Will. »Ich weiß auch nicht, was in mich gefahren ist.« Dann machte er sich auf den Weg zum Unterricht, bevor sie ihm noch weitere Fragen stellen konnten. Wenn sonst keiner aus dem Team die Zeit gestoppt hatte, würden sie hoffentlich bis zum Nachmittag vergessen haben, wie schnell er wirklich gelaufen war. Und wenn er sich beim Training zurückfallen ließ, um wieder seiner durchschnittlichen Leistung zu entsprechen, würden sie über die Mörderzeit, die er gerade eben hingelegt hatte, nicht weiter nachdenken.

Trotzdem konnte er es sich noch immer nicht erklären.

Er hastete durch die Gänge und schlüpfte eine Minute vor Beginn des Geschichtsunterrichts auf seinen Platz. Ein letztes Mal überprüfte er die Nachrichten auf seinem Handy. Nichts. Dad hatte sich entweder mit Kollegen zum Frühstück getroffen oder absolvierte sein eigenes morgendliches Lauftraining.

Will schaltete gerade von Klingelton auf Vibrieren, als es zum Unterrichtsbeginn läutete. Mürrisch und übernächtigt trotteten die Schüler in die Klasse und hantierten mit ihren Handys, um ihr chaotisches Sozialleben zu regeln. Niemand achtete auf ihn. Wie immer. Dafür sorgte Will, denn er war ständig »der Neue«: Schon vor langer Zeit hatte er gelernt, seine Gefühle unter Verschluss zu halten und den anderen nur eine ausdruckslose Maske zu zeigen.

Nr. 46: WENN DU FREMDE WISSEN LÄSST, WAS DU EMPFINDEST, SIND SIE DIR GEGENÜBER IM VORTEIL.

Will war ein großer, schlaksiger Junge, der in der Klasse immer weit hinten und zusammengesackt auf seinem Stuhl saß, um kleiner zu wirken, und der nie für Aufsehen sorgte. Unauffällig, leise, unsichtbar: So kleidete er sich, so sprach er und so bewegte er sich durchs Leben. Genau so, wie seine Eltern es ihm beigebracht hatten.

Nr. 3: LENKE KEINE AUFMERKSAMKEIT AUF DICH.

Aber noch immer wummerte ein beängstigender Basston in seiner Brust: LAUF, WILL. BLEIB NICHT STEHEN. Konnte der Zeitpunkt von Dads Nachrichten – im selben Augenblick, als der schwarze Wagen ihn entdeckt hatte – wirklich Zufall sein?

Nr. 27: ES GIBT KEINE ZUFÄLLE.

Mrs Filopovich verfiel in ihre tägliche Leier. Thema heute: die Napoleonischen Kriege. Das nervtötende Brummen, das aus der Gegensprechanlage an der Wand über ihrem Schreibtisch drang, hörte sich interessanter an. Die meisten hatten Mühe, nicht einzuschlafen; Will sah zwei Mitschüler hochfahren, als ihr aufgestütztes Kinn von der Hand abrutschte. Die Luft im Raum stand förmlich, als hätte selbst der Sauerstoff jede Hoffnung aufgegeben.

Wills Gedanken wanderten zu den letzten Worten, die sein Dad zu ihm gesagt hatte, als er vor zwei Tagen abgereist war: *»Achte auf deine Träume.«* Plötzlich blitzte der Traum auf, der ihm am Morgen entglitten war. Will schloss die Augen, um ihn wieder einzufangen, und erwischte ein einziges flüchtiges Bild:

Schneeflocken. Stille in einem riesigen Wald, große schneebeladene Bäume.

Bis zu diesem Morgen auf den Berggipfeln hatte er trotz der vielen Umzüge noch nie richtigen Schnee gesehen. Aber dieses Bild erschien ihm realer als ein Traum – wie ein Ort, an dem er tatsächlich schon einmal gewesen war.

Die Tür schwang auf. Der Schulpsychologe schlüpfte herein und unternahm übertriebene Anstrengungen, nicht aufzufallen – wie ein Pantomime, der überdeutlich einen Einbruch darstellt. Will kannte den Mann flüchtig. Er hatte ihn vor drei Monaten, als Will neu an die Schule gekommen war, herumgeführt und ihm alles erklärt. Mr Rasche: Mitte dreißig, birnenförmige Figur, Cordhosen und auffälliges kariertes Hemd, stachliger Akademikerbart rund um ein stufenartiges Kinn.

Als Rasche Mrs Filopovich etwas zuflüsterte, erwachte die Klasse zum Leben, dankbar für alles, was sie vor dem Tod durch Bonaparte retten konnte. Die Erwachsenen sondierten die Reihen.

Schließlich blieb Mr Rasches Blick an Will hängen. »Will West«, fragte er mit einem seltsamen, schiefen Lächeln, »würdest du bitte mitkommen?«

In Wills Nervensystem schrillten die Alarmglocken. Er stand auf und wünschte, er könne sich einfach in Luft auflösen, während in der Klasse aufgeregt getuschelt wurde.

»Nimm deine Sachen mit«, forderte Mr Rasche ihn auf, so farblos wie Wasser.

Der Psychologe wartete an der Tür und ging dann mit wippenden Schritten voran.

»Gibt es irgendein Problem?«, erkundigte sich Will.

»Ein Problem? Nein, ganz und gar nicht«, versicherte Rasche mit einem gezwungenen, breiten Lächeln. »Es ist ›alles gut‹.« Mit gekrümmten Fingern zeichnete er Anführungszeichen in die Luft.

Ach du Schande.

»Aber ich kann deine Bedenken verstehen, Kumpel«, sagte Rasche und deutete einen Fist Bump an, um zu demonstrieren, dass er auf Wills Seite war. »Ist alles ziemlich abgefahren und aufregend. Du wirst schon sehen.«

Als sie an der langen Theke vor dem Büro des Rektors vorbeikamen, strahlten die Sekretärinnen Will an. Eine zeigte ihm sogar den nach oben gestreckten Daumen.

Irgendwas läuft hier total falsch.

Rektor Ed Barton stürmte aus seinem Büro. Der herzliche Mann mit dem Mondgesicht wollte gar nicht aufhören, Wills Hand zu schütteln, und war vor Begeisterung so aus dem Häuschen, als hätte Will gerade den ersten Preis bei »Jugend forscht« gewonnen. »Mr West, kommen Sie herein. Schön, Sie wiederzusehen. Wie geht es Ihnen heute?«

Wird ja immer seltsamer. Unter normalen Umständen wäre Barton nie in der Lage gewesen, ihn in einer Reihe von drei Schülern zu entdecken – selbst wenn er Wills Klassenfoto und einen Bluthund gehabt hätte und die beiden anderen in der Reihe siamesische Zwillinge gewesen wären.

Andererseits achtete Will immer sorgfältig darauf, dass er an dem Tag fehlte, an dem die Klassenfotos gemacht wurden ...

»Um ehrlich zu sein, mache ich mir ein wenig Sorgen«, gestand Will, als er und Mr Rasche dem Rektor in sein Büro folgten.

»Weswegen, Will?«

»Alle sind sicher nur deshalb so nett zu mir, weil Sie mir wahrscheinlich gleich etwas sehr Tragisches mitteilen werden.«

Barton gluckste und zog ihn in den Raum. »Oh, nein. Ganz und gar nicht.«

Rasche schloss die Tür hinter ihnen. Eine Frau erhob sich von einem Stuhl vor Bartons Schreibtisch und streckte Will die Hand entgegen. Sie war so groß wie er, sportlich und schlank und trug ein maßgeschneidertes Kostüm. Ihr glattes blondes Haar war zu einem strengen Pferdeschwanz zusammengebunden. Neben ihren auffälligen Stilettos stand eine teuer aussehende Aktentasche aus Leder.

»Will, das ist Dr. Robbins«, stellte Barton sie vor.

»Ich freue mich sehr, dich kennenzulernen, Will«, sagte sie. Ihr Händedruck war fest, ihre veilchenblauen Augen hellwach.

Wer auch immer sie ist, dachte Will, *die Frau Doktor ist verdammt heiß.*

»Dr. Robbins hat unglaublich aufregende Neuigkeiten«, verkündete Barton.

»Du bist jemand, für den nur Zahlen und harte Fakten zählen, nicht wahr, Will?«, fragte Robbins.

»Im Gegensatz zu ...«

»Jemandem, der auf Marketing-Slogans und unterschwellige Werbung hereinfällt, die darauf abzielt, den Verstand zu lähmen und die rationale Triebkontrolle auszuschalten, indem sie an die niederen Instinkte appelliert.«

Will zögerte. »Das kommt darauf an, was Sie mir verkaufen wollen.«

Dr. Robbins lächelte. Sie bückte sich, nahm ihre Tasche hoch, zog einen glatten, schwarzmetallischen Laptop hervor, legte ihn auf Bartons Schreibtisch und klappte ihn auf. Der Bildschirm leuchtete auf und eine Flut von Daten erschien, die kunstvoll zu animierten Grafiken angeordnet wurden.

Rektor Barton setzte sich hinter seinen Schreibtisch. »Will, erinnerst du dich an den Standardtest, den du und deine Klassenkameraden im September absolviert haben?«, fragte er.

»Ja.« Will nickte.

»Dieser Test wird von der National Scholastic Evaluation Agency durchgeführt, einer zentralen Bewertungsagentur, die die besten Schüler der USA ermittelt. Alle Zehntklässler an jeder öffentlichen Schule im Land nehmen daran teil«, erläuterte Dr. Robbins und zeigte auf eine große Gruppe verschlungener Linien in der Mitte der Grafik auf dem Bildschirm ihres Laptops. »Das sind die landesweiten Durchschnittsergebnisse der vergangenen fünf Jahre.« Robbins drückte eine Taste und der obere Rand der grafischen Darstellung wurde herangezoomt. Was dann erschien, sah aus wie eine kleine Gruppe von tanzenden Sechzehntelnoten. »Das sind die Ergebnisse der nationalen Studienstiftung für Stipendiaten«, erklärte sie. »Die oberen zwei Prozent der Datenerhebung.«

Als Dr. Robbins eine weitere Taste drückte, bewegte sich das

Bild wieder und holte einen roten Punkt über der höchsten Gruppe näher heran. Einen *einzelnen* roten Punkt.

Wills Magen krampfte sich vor Furcht zusammen. *Oh-oh,* dachte er.

»Das da«, sagte sie, »bist du. Einer von genau 2,3567 Millionen.« Sie legte den Kopf auf die Seite und lächelte ihn wieder an, umwerfend und sehr sympathisch.

Wills Herz setzte einen Schlag aus. Er versuchte, seinen Schock zu verbergen, und fragte sich immer wieder: *Wie konnte das passieren?*

»Gut gemacht, Will«, lobte Barton ihn und rieb sich vor Freude die Hände. »Was sagst du dazu?«

Will hatte noch keine zwei Wochen an der verblüffend durchschnittlichen Highschool dieses Mannes verbracht, als er den Test absolvierte, aber Barton schien entschlossen, so viel Anerkennung wie möglich für dieses Ergebnis einzuheimsen.

»Will?«, hakte Dr. Robbins nach.

»Entschuldigung. Ich bin irgendwie ... sprachlos.«

»Absolut verständlich«, meinte sie. »Wir können die Einzelheiten durchgehen, wenn du möchtest ...«

An Bartons Gegensprechanlage ertönte ein Summton. Der Rektor schnippte mit den Fingern und bedeutete Rasche, die Tür zu öffnen. Wills Mutter Belinda kam herein, einen Schal um den Hals geschlungen und die Augen hinter einer großen Sonnenbrille verborgen.

Will suchte nach Anzeichen für ihre Enttäuschung – er hatte es gewaltig vermasselt und seine Anonymität preisgegeben.

Aber seine Mutter lächelte ihn nur an. »Ist das nicht aufregend?«, sagte sie und eilte auf ihn zu, um ihn zu umarmen. »Nach Dr. Robbins Anruf habe ich mich sofort auf den Weg gemacht.«

Will löste sich aus ihrer Umarmung und sah sein Spiegelbild in der Sonnenbrille seiner Mutter. Merkwürdig. Sonst trug sie drinnen nie eine Sonnenbrille. Hatte sie sie aufgesetzt, damit er ihre Augen nicht sehen konnte? Sicher tat sie wegen der anderen Erwachsenen im Raum so aufgeregt, aber Will zweifelte keinen Augenblick daran, dass sie ungeheuer wütend auf ihn sein musste.

Als Belinda einen Schritt zurücktrat, nahm Will einen schwachen Geruch von Zigaretten wahr. *Komisch. Sie muss in ihrem Büro mit Rauchern zusammen gewesen sein. Aber durfte man in Kalifornien überhaupt noch am Arbeitsplatz rauchen?*

Wills Handy brummte. Eine SMS von Dad: HERZLICHEN GLÜCKWUNSCH! Mom musste ihn angerufen und ihm die Neuigkeit mitgeteilt haben.

Seine Mom schüttelte jedem im Raum die Hand und machte höfliche Konversation. Dann ergriff Dr. Robbins wieder das Wort: »Wenn du so nett wärst, Will, und Sie uns entschuldigen würden, möchte ich dich bitten, noch einen weiteren schnellen, ganz einfachen Test zu machen.«

»Wozu?«

»Reine Neugier«, sagte sie nur. »Wenn jemand das bestehende statistische Modell sprengt, lechzen wissenschaftliche Hirne nach Bestätigung. Was meinst du? Hättest du Lust dazu?«

»Was würde schlimmstenfalls passieren, wenn ich Nein sage?«, fragte Will.

»Du kehrst in deine Klasse zurück, gehst nach dem Unterricht nach Hause und vergisst, dass wir diese Unterhaltung jemals geführt haben«, erklärte sie.

Sehr überzeugendes Argument. »Dann mal los«, sagte Will.

DER TEST

Will folgte Dr. Robbins durch den Gang in ein Büro, in dem ein kleiner Tisch und zwei Stühle standen. Auf dem Tisch lag ein schwarzer quadratischer Tablet-Computer, etwa so groß wie eine Kreidetafel. Robbins setzte sich und bedeutete Will, auf dem Stuhl gegenüber Platz zu nehmen.

Nach einer kurzen Berührung des Bildschirms fuhr das Tablet mit einem kaum hörbaren Rauschen hoch. Robbins zog das rahmenlose schwarze Quadrat mithilfe ihrer Finger auseinander, wie ein Bildhauer, der feuchten Ton bearbeitet. Nur mit dem Unterschied, dass der Computer aus Metall bestand. Nach wenigen Augenblicken war er fast auf die Größe der Tischplatte angewachsen.

»Was zum Teufel ist das für ein Ding?«, fragte Will verwundert.

»Ja, das wüsstest du wohl gern«, antwortete Robbins lächelnd. »Bitte leg deine Hände hier drauf.«

Die leuchtenden Konturen zweier Hände erschienen auf dem Bildschirm; das Schwarz darunter schimmerte, als würde sich dort eine unsichtbare Tiefe auftun. Will hatte das Gefühl, in das stille Wasser eines mondbeschienenen Sees zu schauen.

Dann legte er seine Hände auf die vorgezeichneten Linien. Kaum hatte er den Bildschirm berührt, surrte dieser voller Energie. Die Linien leuchteten hell auf und verblassten dann, sodass seine Hände schließlich auf einer unergründlichen flüssigen Leere zu schwimmen schienen.

»Ich werde dir jetzt ein paar Fragen stellen. Du kannst sie beantworten, wie auch immer du willst. Es gibt keine falschen Antworten«, erklärte Dr. Robbins.

»Was ist, wenn Sie die falschen Fragen stellen?«

»Wie heißt du?«

»Will Melendez West.«

»Melendez. Ist das der Mädchenname deiner Mutter?«

»Ja.«

Eine angenehme Wärme stieg vom Bildschirm auf und schwappte wie eine Woge sanftes Meerwasser über seine Hände, bevor sie sich wieder zurückzog.

»Und Will ist nicht die Kurzform von William?«

»Nein, es ist die Kurzform von gar nichts. Meine Eltern wollten ein kooperatives Kind, also nannten sie es nach dem Gegenteil von *Will nicht.*«

Robbins verzog keine Miene. »Wie alt bist du, Will?«

»Fünfzehn.«

»Wann hast du Geburtstag?«

»Am 15. August. Jedes Jahr, mit der Präzision eines Uhrwerks.«

Ein wilder Farbwirbel stieg aus der Tiefe auf und verschwand dann wieder. Will fürchtete, direkt in den Bildschirm hineinzufallen, falls er seine Hände gegen die Oberfläche drückte – eine beunruhigende Vorstellung.

»Ist das so was wie ein Lügendetektor?«

Dr. Robbins kniff die Augen zusammen. »Würdest du dich wohler fühlen, wenn es einer wäre?«

»Ist das eine Frage aus dem Test oder interessiert es Sie wirklich?«

»Macht das irgendeinen Unterschied für dich?«

»Werden Sie alle meine Fragen mit Gegenfragen beantworten?«

»Aber ja, Will«, erwiderte sie und lächelte amüsiert. »Ich versuche, dich abzulenken.«

Will wurde wachsamer. »Das machen Sie gut.«

»Was ist deine Lieblingsfarbe?«

»Himmelblau. Ich hatte mal eine kleine Tube von dieser Farbe für den Kunstunterricht. Ein richtig tiefes Blau, wie der Himmel an einem kalten, klaren Tag …«

»Du musst mir dazu keinen Roman erzählen. Wo bist du geboren?«

»In Albuquerque«, antwortete Will. »Wir haben nur ein paar Monate dort gewohnt. Ich kann es Ihnen buchstabieren, wenn Sie wollen.« Tief unter seinen Händen erklangen zarte Töne, wie von gedämpften Holzblasinstrumenten. Dazu trieben passende Gebilde – obskure mathematische Formeln oder Zeichen irgendeiner uralten Sprache, die er nicht entziffern konnte – in komplexen Anordnungen durch das Dunkel unter seinen Händen.

»Das hier ist auch kein Rechtschreibwettbewerb. Wie lautet der Name deines Vaters?«

»Jordan West.«

»Was macht er beruflich?«

»Er ist selbstständiger Rodeoclown.«

»Hm«, meinte Robbins und biss sich auf die Unterlippe. »Das könnte vielleicht gelogen sein.«

»Wow. Sie sind *wirklich* gut.«

»Oh, nicht ich«, sagte sie, beugte sich vor und zeigte auf den Bildschirm, während sie Will zuflüsterte: »Man kann der Maschine nichts vormachen.«

»Okay, erwischt. Er ist Wissenschaftler.«

Robbins lächelte. »Das klingt schon etwas wahrscheinlicher. Welches Fachgebiet?«

»Neurobiologie, an der UC Santa Barbara.«

»Wie lautet der vollständige Name deiner Mutter?«

»Belinda Melendez West.«

»Was macht sie beruflich?«

»Sie arbeitet als Rechtsanwaltsgehilfin.«

»Woher stammt ihre Familie?«, fragte Robbins.

Will hob eine Augenbraue. »Die Melendez? Aus Barcelona. Ihre Eltern kamen in den Sechzigerjahren in die USA.«

»Leben deine Großeltern noch?«

»Nein.«

»Hast du sie gekannt?«

»Nein, ich kann mich jedenfalls nicht an sie erinnern.«

»Würdest du dich selbst als kaukasischer oder hispanischer Abstammung bezeichnen?«

»Weder noch. Ich bin Amerikaner.«

Dr. Robbins schien diese Antwort zu gefallen. »Von Albuquerque abgesehen, wo habt ihr sonst noch gewohnt?«

»Tuscon, Las Cruces, Phoenix, Flagstaff, La Jolla, letztes Jahr in Temecula und jetzt in Ojai ...«

»Warum ziehen deine Eltern so oft um?«

Gute Frage, dachte Will, sagte aber: »Das ist der Preis, den mein Dad dafür zahlt, dass er auf dem hochinteressanten und sehr konkurrenzstarken Gebiet der Neurobiologie arbeitet.«

»Jetzt wird es ein bisschen wehtun«, warnte Robbins.

Will spürte etwas Scharfes und Kratzendes – wie eine Drahtbürste – an den Innenflächen seiner Hände, als der Bildschirm des Tablets zu knistern begann und ein heißer Lichtblitz den Raum kurz erhellte, bevor wieder alles dunkel wurde.

Erschrocken riss Will die Hände weg. Der Bildschirm schimmerte wie ein von unten beleuchteter Swimmingpool. In der Luft schwebende Staubpartikel fielen in das schwarze Quadrat hinein, als wären sie in ein Magnetfeld geraten. Dann ging das Licht aus, die Oberfläche stabilisierte sich und das Tablet schrumpfte wieder auf seine ursprüngliche Größe einer Kreidetafel zusammen.

Okay, dachte Will. *Das war wirklich verdammt schräg.*

Er schaute auf seine Handflächen: Sie waren gerötet und pochten, als hätte er sie auf eine heiße Herdplatte gelegt.

Robbins griff nach seinen Händen und sah sie sich an. »Ich habe dich ja gewarnt, dass es wehtun würde«, sagte sie sanft.

»Worum geht es hier eigentlich wirklich?«

»Entschuldige den ganzen Hokuspokus, Will. Irgendwann wirst du es verstehen. Oder auch nicht.« Sie ließ seine Hände los und er sah, dass die Rötung schon stark zurückgegangen war.

»Danke, dass Sie mich aufgeklärt haben. Wie habe ich bei dem Test abgeschnitten?«

»Ich weiß es nicht«, gestand sie und lächelte vielsagend. »Warum fragst du nicht die Geheimnisvolle Schwarze Acht?« Robbins drehte den Tablet-Computer so, dass Will auf dessen Bildschirm ein fotorealistisches, dreidimensionales Bild einer schwarzen Billardkugel sehen konnte. »Na los.«

Will senkte die Stimme und tat so, als würde er sich besonders konzentrieren. »Habe ich den Test bestanden?«

Robbins schüttelte den Tablet kurz und die Acht drehte sich einmal um die eigene Achse, bis auf der anderen Seite ein kleines Fenster erschien. Eine weiße Miniaturkachel schwebte heraus, auf der stand: *Sieht gut aus!*

»Na bitte. Das Orakel hat gesprochen«, meinte Robbins und schob den Computer wieder in ihre Tasche. »Ich selbst habe noch eine letzte Frage, Will. Sie hat nichts mit dem Test zu tun.«

»Schießen Sie los.«

»Langweilst du dich nicht zu Tode an dieser Highschool?«

»Doch.«

Sie grinste. »Komm, lass uns mit deiner Mom sprechen.«

»Ich vertrete die fortschrittlichste Akademie für Studienvorbereitung des Landes«, erklärte Dr. Robbins, während sie etwas in ihren Laptop eingab. »Aber Sie haben noch nie von uns gehört.«

»Warum nicht?«, fragte Belinda West.

»Dazu komme ich gleich, Mrs West. Ich glaube, die Antwort wird Sie überzeugen.«

Dr. Robbins klappte ihren Laptop so weit auf, bis er flach auf Rektor Bartons Schreibtisch lag. Wie in einem unglaublich detaillierten Pop-up-Buch für Kinder erschien etwa einen Meter über dem Bildschirm das dreidimensionale Bild einer dichten Wolkendecke in der Luft. Barton und Rasche wichen überrascht zurück.

Während alle gebannt zusahen, kreiste der Blickpunkt über den Wolken und tauchte dann in sie hinein. Die Wolkendecke löste sich auf und eine Ansammlung herrschaftlicher Häuser auf weiten grünen Rasenflächen inmitten dichter Wälder wurde sichtbar. Will hatte den Eindruck, als schwebten sie wie in einem Flugzeug auf diese wie aus dem Nichts erschienene Welt zu. Dann sank das »Flugzeug« plötzlich rasch nach unten und pendelte sich auf einer Höhe ein. Sie folgten einer geraden Zufahrt, die von hoch aufragenden Bäumen gesäumt war, und näherten sich langsam dem Campus. Als sie über ein Tor und ein Wachhaus hinwegschwebten, sah Will erleuchtete Buchstaben auf einer beeindruckenden Steinfassade:

CENTER FOR INTEGRATED LEARNING

»Unser Center für integriertes Lernen bietet Will ein Vollstipendium an, ausschließlich aufgrund seiner Leistungen«, sagte Dr. Robbins. »Wir übernehmen sämtliche Kosten, einschließlich Reise- und Lebenshaltungskosten, Studienmaterialien und sonstiger Ausgaben. Deine Familie braucht also keinen Cent zu zahlen.«

»Wo liegt diese Schule?«, erkundigte sich Will.

»In Wisconsin.«

Der simulierte Flug über das Gelände ging weiter. Sie glitten über klassizistische, mit Efeu bewachsene Ziegelsteingebäude, die durch breite symmetrische Fußwege miteinander verbunden waren. Jenseits des Hauptplatzes erschienen eine riesige, im

Retro-Stil erbaute Turnhalle, dahinter ein Mehrzweckstadion, Stallungen und Reitparcours sowie Plätze für verschiedene Sportarten, darunter auch ein Golfplatz.

»Und wo ist der Haken?«, fragte Will argwöhnisch.

»Es gibt nur einen einzigen«, sagte Robbins. »Du musst es wirklich wollen, Will. Das Center wurde 1915 gegründet. Du hast deshalb noch nie von uns gehört, weil wir großen Wert auf Abgeschiedenheit und Privatsphäre legen. Wir suchen nicht die Öffentlichkeit. Auf diese Weise schützen wir unsere Schüler und unseren Ruf. Aber ich versichere dir, die renommiertesten Colleges und Universitäten der Welt wissen, wer wir sind. In diesen Institutionen gibt es mehr unserer Absolventen als von allen anderen Einrichtungen. Zu unseren herausragenden Ehemaligen zählen vierzehn Senatoren, ein Vizepräsident, zwei Richter am Obersten Bundesgericht, neun Kabinettsmitglieder, sieben Nobelpreisträger, Dutzende von Führungspersönlichkeiten in Wirtschaft und Industrie sowie mehrere ausländische Staatsoberhäupter ... um nur einige zu nennen.«

Die Tour führte weiter über einen großen, gewundenen See inmitten des nahe gelegenen Waldes. Die Bäume leuchteten in spektakulären Herbstfarben. Am Ufer stand ein großes rustikales Bootshaus und in der Mitte des Sees lag eine felsige Insel, auf der ein hohes, gotisch aussehendes Gebäude mit vielen Türmen thronte, fast wie eine Art Burg. Dann schwenkte die »Kamera« hinauf in die virtuellen Wolken und das Bild verschwand.

»Das war ... wie ... *Zauberei*«, staunte Rasche mit offenem Mund.

»Bedenken Sie, dass wir die Technologie von morgen immer als *Zauberei* bezeichnen, wenn wir sie heute sehen.«

Dr. Robbins wandte sich an Will und seine Mutter: »Für unsere Schule kann man sich nicht bewerben. Man wird eingeladen.« Sie zog einen sehr dicken Umschlag aus ihrer Tasche und reichte ihn Belinda. »Alle Informationen, die Ihre Familie braucht, um eine wohlüberlegte Entscheidung zu treffen, finden Sie in diesen Unterlagen. Lassen Sie sich Zeit. Wir wissen, dass Sie über vieles nachdenken müssen.«

»Und du kannst natürlich für den Rest des Tages vom Unterricht befreit werden, um direkt damit anzufangen, wenn du möchtest, Will«, stimmte Barton ein.

»Und ob ich möchte!«

Sämtliche Anwesenden lachten höflich.

»Der Umschlag enthält auch meine Kontaktdaten«, verkündete Robbins und packte ihren Laptop ein. »Sollten irgendwelche Fragen oder Bedenken auftauchen, kannst du mich natürlich jederzeit anrufen.« Erneut schüttelte sie Will die Hand und wandte sich zum Gehen.

»Dr. Robbins?«

Sie blieb an der Tür stehen. »Ja, Will?«

»Wie heißen Sie mit Vornamen?

»Lillian«, erwiderte sie amüsiert. Lillian Robbins wusste, wie man eindrucksvoll den Raum verlässt, und marschierte nun schnell und entschlossen zur Tür hinaus.

Nach ein paar Minuten peinlicher Katzbuckelei von Barton und Rasche verließ Will zusammen mit Belinda das Büro des Rektors. Als sie durch die leeren Flure gingen, wusste er plötzlich intuitiv: *Ich werde nie wieder hierher zurückkehren.*

Dr. Robbins hatte recht: Er musste wirklich über irrsinnig viele Dinge nachdenken. Hunderte von Fragen gingen ihm durch den Kopf. Aber keine war so beunruhigend wie die, die sich in sein Gehirn gebohrt hatte, als seine Mom durch die Tür von Bartons Büro getreten war. Anfangs hatte er versucht, es als verrückte Wahrnehmungsstörung abzutun, als seltsame Idee, die dem ganzen Wahnsinn dieses Tages geschuldet war.

Aber jetzt, da sie allein waren, wurde es nur noch schlimmer. Viel schlimmer. Und es hörte gar nicht mehr auf.

Will warf seiner Mutter einen kurzen Seitenblick zu. Sie hatte noch immer ein geistloses Lächeln und diese verdammte Sonnenbrille aufgesetzt. Als sie bemerkte, dass er sie ansah, drückte sie aufgeregt seine Hand.

Falsch. Total falsch.

Obwohl die Frau, mit der er nach Hause fuhr, *genau so* aussah und redete wie Belinda Melendez West, fragte er sich, warum er trotzdem das Gefühl hatte, dass dies nicht die gleiche Person war, von der er sich zwei Stunden zuvor verabschiedet hatte.

DAHEIM IST DAHEIM

Sie war *es, aber gleichzeitig war sie es auch* nicht.

Was ist es nur, das mich so stört? Will konnte es einfach nicht benennen. Es war ein subtiles Gefühl, aber es schnürte ihm die Luft ab wie ein Python.

Das hier war der Wagen seiner Mutter, kein Zweifel. Der alte röhrende Ford Focus, den sie Green Machine nannte, inklusive Rückenlehne mit Makramee-Bezug und dem Kugelkompass am Armaturenbrett. Unauffällig tastete Will den Boden unter dem Sitz ab und fand den Getränkebecher des Schnellrestaurants, den er dort vor zwei Tagen deponiert hatte.

»Ich weiß einfach nicht, was ich sagen soll, Will«, strahlte seine Mom und gestikulierte aufgeregt mit den Händen. »Das ist absolut unglaublich.«

Sie sah aus wie seine Mom und klang auch wie sie ... aber das würde sie nicht *sagen.* Eigentlich hätte sie ihn besorgt fragen müssen, wie diese Testergebnisse zustande gekommen waren. Warum er ihre Regeln missachtet und damit Aufmerksamkeit auf sich gelenkt hatte. Normalerweise hätte sie *das* zuerst gesagt.

Will hielt den Blick nach vorn gerichtet, weil er fürchtete, sie könnte die Angst in seinem Gesicht sehen, wenn er sie ansah.

Nr. 14: STELLE ALLE FRAGEN IN DER REIHENFOLGE IHRER WICHTIGKEIT.

»Geht es dir gut?«, erkundigte er sich.

»Ja. Alles in Ordnung. Ich bin nur so aufgeregt«, erklärte sie, während die Armbänder an ihren Handgelenken klimperten. »Der Rektor rief an, als ich auf dem Weg zur Arbeit war, und stellte zu

Dr. Robbins durch. Danach habe ich sofort Dad angerufen. Er lässt den Rest der Tagung sausen und kommt noch heute Abend nach Hause. Er war total aus dem Häuschen.«

Dad würde bestimmt alle möglichen Reaktionen zeigen, aber er wäre sicher nicht »aus dem Häuschen«, dachte Will.

Er bemühte sich, kontrolliert zu atmen, genau so, wie Dad es ihm beigebracht hatte. Doch als sie einen Block vor ihrem Haus an einer schwarzen Limousine vorbeifuhren, die in einer Seitenstraße stand, hatte er Mühe, ruhig zu bleiben: Die Limo sah genauso aus wie der Wagen von heute Morgen.

»Ich denke, wir haben eine Menge zu bereden«, sagte er betont gelassen.

»Auf jeden Fall. Aber ich muss sagen, Will-Bär, *du* hörst dich gar nicht so aufgeregt an.«

»Ich würde mir die Informationen über diese Schule gern genauer ansehen«, erklärte er und umschloss den Umschlag mit Dr. Robbins Unterlagen fester. »Eins nach dem anderen.«

Nr. 20: ES MUSS IMMER EIN ZUSAMMENHANG ZWISCHEN ANHALTSPUNKT UND SCHLUSSFOLGERUNG BESTEHEN.

»Du hast vollkommen recht«, stimmte seine Mom ihm zu, als sie in die Einfahrt bog. »Wir sollten nichts überstürzen. Eins nach dem anderen.« Sie parkte den Wagen und suchte ihre Sachen zusammen.

Will lief voraus. Er stürmte die Treppe hinauf in sein Zimmer, zog sich schnell Laufklamotten an, schnappte sich sein MacBook und trug es hinunter in die Küche. Er versuchte angestrengt, ruhig zu bleiben, und klammerte sich an das, wovon er wusste, dass er es tun musste: Öffne deine Sinne, kläre deinen Geist und achte auf jede Einzelheit.

Nr. 9: SIEH HIN UND HÖR ZU, SONST WIRST DU NICHT BEMERKEN, WAS DIR ENTGEHT.

»Fang schon mal an«, rief Belinda ihm zu, während sie sich eine Cola light aus dem Kühlschrank holte. »Ich muss zurück zur Arbeit. Wir gehen alles später zusammen mit Dad durch.«

Dann umarmte sie ihn von hinten, während er sich an den Tisch setzte. Ihre Geste kam ihm angespannt und verkrampft vor, *falsch*. Die dunkle Sonnenbrille rutschte ihr von der Nase und zum ersten Mal sah Will ihre Augen: Es waren die Augen seiner Mutter, aber sie blickten erschreckend glasig und leer.

»Wir sind so stolz auf dich«, versicherte sie und verschwand dann.

Als die Vordertür ins Schloss fiel, lief Will ins Wohnzimmer und beobachtete, wie sie wegfuhr. Die Green Machine wurde langsamer, während sie um die Ecke in die Straße einbog, wo er die schwarze Limousine gesehen hatte. Dann fuhr die Seitenscheibe des Focus herunter, während der Wagen langsam außer Sichtweite rollte. Will rannte zum nächsten Fenster, von wo aus er beide Autos sehen konnte. Sie standen nebeneinander, Fahrer neben Fahrer.

Sie spricht mit ihm.

Will verschloss alle Türen und rief seinen Vater auf dem Handy an – *Bitte, Dad, geh ran* –, wurde aber nur mit der Mailbox verbunden. Er unterbrach die Verbindung und schrieb ihm eine SMS: MUSS MIT DIR REDEN. RUF MICH AN.

Großbuchstaben. SCHREIEN. Alles, was nötig war, um Dads Aufmerksamkeit zu erregen. Will legte das Smartphone neben seinen Laptop und griff mit zittrigen Händen nach Dr. Robbins' Umschlag. Er musste sämtliche Selbstkontrolle aufbieten, um nicht in Panik zu geraten …

Aus seinem Handy ertönten Marimbaklänge. Will fuhr vor Schreck zusammen und nahm schon vor dem zweiten Klingeln den Anruf entgegen: *Anruf von Dad.*

»Dad? ... *Dad?*«

Will hörte ein hohles, metallisches Geräusch, als würde Wasser durch einen Gully rauschen. »Dad, bist du da?«

Das Rauschen wurde lauter und verstummte dann. Will rief ihn sofort zurück und hörte erneut dasselbe Störgeräusch – Dad musste sich außerhalb des Sendebereichs oder in einem Funkloch befinden. Er unterbrach die Verbindung und legte das Handy dahin, wo er es sehen konnte. Er musste sich konzentrieren, sich die Fakten vor Augen halten. Analysieren, sortieren, zuordnen. *Ein methodischer Geist ist alles.*

Will öffnete den Umschlag und nahm ein paar Formulare heraus, darunter ein Aufnahmeantrag, den seine Eltern unterschreiben mussten. Ein unbedrucktes Rechteck aus einem starken, flexiblen Material und von der Größe einer Zeitschrift rutschte heraus. Darauf erschienen die Worte »Hier berühren«. Will befolgte die Anweisung und sofort tauchten weitere Wörter auf, in einer schlichten, aber eleganten Schrift:

THE CENTER FOR INTEGRATED LEARNING

Unter dem Schriftzug nahm das Wappen der Schule Gestalt an, ein kunstvoller Schild in Marineblau und dunklem Silber, unterteilt in drei waagerechte Segmente, mit jeweils einem Bild. Im oberen Feld hielt ein geflügelter Engel ein Buch und ein Schwert. In der Mitte bäumte sich ein majestätisches schwarzes Pferd auf, aus dessen Hufen Flammen schlugen. Im unteren Feld richtete ein Ritter in Rüstung sein Schwert auf einen am Boden liegenden Feind. Unter dem Wappen war auf einer geöffneten Schriftrolle die Jahreszahl 1915 und folgendes Motto zu lesen: *Wissen ist der Weg, Weisheit das Ziel.*

Fotografien vom Campus füllten nun den Bildschirm, während eine Tonspur eine Auflistung mit den Referenzen und Namen des renommierten Kollegiums abspielte. Eines der Fotos ließ Will erstarren: die Aufnahme eines stillen, in dichten Nebel gehüllten Winterwaldes – Laub- und Nadelbäume unter einer hohen Schneedecke. »Man kommt sich vor wie in einem Traum«, kommentierte eine weibliche Stimme.

Es war das Bild aus seinem Traum der vergangenen Nacht.

Darauf folgte ein Video von Schülern beim Unterricht in Klassenräumen und bei Experimenten im Labor; bei der Freizeit in einem Café und auf einer Bowlingbahn; bei der Aufführung von Theaterstücken und Konzerten, beim Reiten und bei einem Dutzend weiterer Sportarten. Fröhliche, neugierige Gesichter von Jugendlichen in Wills Alter oder älter. Alle trugen Kleidung in den Farben des Centers – Marineblau und Grau. »Großartige Angebote an jeder Ecke ... Ich habe Freundschaften geschlossen, von denen ich sofort wusste, dass sie ewig halten würden ... Das Zugehörigkeitsgefühl und das Selbstbewusstsein, das ich hier gewonnen habe, begleiteten mich mein ganzes Leben«, verkündeten die Stimmen auf der Tonspur.

Will wusste, dass es ein Werbeclip war, der ganz bestimmte Gefühle wecken sollte: *Das Center macht Schüler klüger, stärker und beliebter. Meine besten Eigenschaften werden erkannt und belohnt, alle meine Träume werden wahr.*

Auf dem Bildschirm war jetzt ein Schulchor zu sehen, der in einer von Kerzen erleuchteten kleinen Kapelle sang. Will war von der Schönheit des Liedes ergriffen – eine langsame, überwältigende Melodie, die bewegende Bilder einer Abschlussfeier begleitete. Stolze Eltern umarmten ihre strahlenden Kinder in Doktorhut und

Talar. Das war wohl der Teil, den man als das *überzeugende Argument* bezeichnen konnte. Aber selbst zu wissen, dass er manipuliert wurde, änderte nichts daran, dass das Ganze funktionierte. Das Center ließ das Leben, durch das er bisher gestolpert war, überfüllt und die unterfinanzierten öffentlichen Schulen unnütz erscheinen.

Konnte ein dermaßen perfekter Ort wirklich existieren?

Will gab die Adresse der Schule bei Google Earth ein: New Brighton Township, Wisconsin. Eine ländliche Gemeinde, gut hundert Kilometer nordöstlich der Gegend, wo Iowa, Illinois und Wisconsin aneinandergrenzten. Er zoomte die Stadt heran und scrollte dann so lange hoch und runter, bis er das Center gefunden hatte. Es sah genauso aus wie in Robbins' Drei-D-Präsentation: die herrschaftlichen alten Häuser, die Sportplätze, der nahe gelegene See.

Es ist real. Es ist alles da.

Wills Eltern hatten weder Geld noch Beziehungen, und da sie ihm seit jeher eingeschärft hatten, keine Spuren zu hinterlassen, hatte er sich zurückgehalten. Er war unter dem Radar geflogen und hatte so getan, als sei er ein mittelmäßiger Schüler. Ganz in Übereinstimmung mit Regel Nr. 3: LENKE KEINE AUFMERKSAMKEIT AUF DICH. Und das bedeutete, dass er keine Aussichten auf ein akademisches oder sportliches Stipendium und das damit verbundene Leben hatte. Doch jetzt, ohne dass er darum gebeten hätte, war plötzlich eine Tür zu dieser erstaunlich besseren Welt aufgegangen.

Was wäre, wenn das Center tatsächlich ein Ort war, an dem er endlich *er selbst* sein konnte?

Sein Handy klingelte einmal kurz. Eine SMS von Dad: BIN IM AUTO. SCHLECHTER EMPFANG. GEGEN SECHS ZU HAUSE. REDEN DANN.

Will warf einen Blick auf die Uhr und stellte schockiert fest, dass bereits der halbe Nachmittag vergangen war. Er hatte sich stundenlang mit den Infos über das Center beschäftigt. »Belinda« würde bald von der Arbeit nach Hause kommen und er wollte erst dann wieder im selben Raum mit ihr sein, wenn auch Dad da war.

Ich muss herausfinden, was Dad denkt. Dann werden wir gemeinsam entscheiden, was zu tun ist.

In der Küche schmierte er sich ein Sandwich mit Erdnussbutter und Marmelade und verschlang es regelrecht, während er rastlos durch das Haus streifte. Er betrachtete die dürftigen Besitztümer, die sie in vierzehn Jahren von Stadt zu Stadt mitgeschleppt hatten. Sie besaßen einen kleinen Fernseher, schauten aber selten etwas anderes als die Nachrichten. In ihrer Freizeit lasen sie hauptsächlich. An allen Wänden im Haus standen Regale, voll mit wissenschaftlichen, medizinischen und juristischen Fachbüchern.

Nr. 82: OHNE EIN GEISTIGES LEBEN LEBT
MAN EIN GEISTLOSES LEBEN.

Sein Blick blieb an einem Regalbrett mit Familienfotos hängen. Er nahm ein Bild seiner Eltern an ihrem Hochzeitstag in die Hand, auf dem sie lachten und sich gegenseitig mit Kuchen fütterten. Belinda hatte ein gerafftes Samtkleid an und eingeflochtene Bänder in ihrem langen schwarzen Haar. Dad trug einen weinroten Samtsmoking, eine bescheuerte Frisur und einen struppigen Bart.

Glücklich, fröhlich, sorglos. Will hatte immer eine besondere Verbindung zu diesem Bild gehabt, weil er den Beginn seines eigenen Lebens in diesem Augenblick erkennen konnte, als wäre sein Geist schon dort und würde unsichtbar über allem schweben: als *Funke* in den Augen seiner Eltern.

Er dachte an »Belindas« Augen, als ihre Sonnenbrille heruntergerutscht war – leblos und leer –, und verglich sie mit der strahlenden Frau auf dem Foto. *Das* war es: Ihre *Seele* fehlte.

Was haben sie mit ihr gemacht? Würden sie versuchen, ihm das Gleiche anzutun?

Will hörte, wie eine Autotür ins Schloss fiel, und spähte vorsichtig aus dem Fenster. *Drei* schwarze Limousinen hatten vor dem Haus angehalten. Männer mit schwarzen Kappen und Jacken kamen auf die Eingangstür zu. Einer von ihnen, ein Mann mit Glatze, zeigte nach links und rechts und gab Anweisungen.

Wills Brust zog sich zusammen und die Luft im Raum schien schlagartig knapp zu werden: LAUF, WILL. Er flüchtete durch die Hintertür nach draußen, sprang über den Zaun und lief in Richtung Norden. Überrascht flatterte die kleine Amsel vom Zaun auf und in den nächsten Baum. Noch etwas über zwei Stunden, bis Dad nach Hause kam.

Dad wird wissen, was zu tun ist.

Der Mann mit der Glatze lief zur Seite des Hauses, schaute durch ein Fernglas und erhaschte gerade noch einen Blick auf Will, als der über eine Anhöhe verschwand und auf die Berge zurannte. Er befahl den anderen zurückzubleiben und sprach in das Mikro an seinem Handgelenk: »Er ist auf der Brandschneise nach Norden unterwegs.«

»Ist er Erwacht?«

»Schwer zu sagen«, meinte der Kahlkopf. »Aber wir dürfen kein Risiko eingehen. Bringt mir den Schnitzer.«

DER PROWLER

Will erreichte den Pfad hinter dem letzten Haus am Ende der Straße und folgte ihm einen Hang hinauf bis zu einem verschlossenen Tor, hinter dem die Brandschneise begann. Er schlüpfte durch eine Lücke zwischen zwei Pfosten und lief bergauf. Die Sonne stand schon tief im Westen und tauchte die Hänge über ihm in ein pulsierendes, kristallklares Licht.

Luft pumpte durch Wills Lungen, als er den steilen Serpentinen am Hang des Canyons folgte. An einem Bergkamm wurde die Straße eben und flach, bevor sie erneut anstieg, gesäumt von dichten Dornenbüschen und Brombeerhecken. Das grelle Sonnenlicht um ihn herum wurde allmählicher schwächer und ging in die Abenddämmerung über. Will blieb stehen und schaute sich um. Weiter unten am Berg sah er einen merkwürdigen Lichtkreis, als würden dort die letzten Strahlen der Sonne durch eine riesige Lupe fallen. Das Licht war derart gleißend hell, dass er fast glaubte, die Büsche müssten jeden Moment in Flammen aufgehen.

Der merkwürdigste Tag meines Lebens, dachte er. *Dr. Robbins taucht direkt nach der schwarzen Limousine und dem Prowler und unmittelbar vor der falschen Belinda auf. Aber wenn es da einen Zusammenhang gibt – und laut Regel Nr. 27* muss *es einen geben –, worin besteht er?*

Der Test. Das musste es sein. War es denkbar, dass sein Ergebnis noch jemand *anderes* auf ihn aufmerksam gemacht hatte? Jemand, dessen Interesse an ihm nicht annähernd so positiv und wohlwollend war wie das des Centers?

Was, wenn dieser Test die Ereignisse in Gang gesetzt hatte, die seine Mom so verändert hatten?

Will hörte ein seltsames Geräusch, schwach und raschelnd. Irgendetwas bewegte sich durchs Gebüsch – genau an der Stelle, wo er den Lichtkreis gesehen hatte, der inzwischen erloschen war. Zweige knackten; sehr wahrscheinlich ein Hirsch oder ein Reh. In den Bergen wimmelte es davon. Dann raschelte es auf der anderen Seite des Wegs. Lauter.

Er blieb stehen und sofort verstummte das Geräusch in den Büschen. Als er weiterlief, setzte das Rascheln wieder ein.

Welches Tier reagiert so?

Erneut hielt Will inne, aber dieses Mal hörte er Geräusche von beiden Seiten des Wegs. Berglöwen? Eher unwahrscheinlich. Sie kamen in der Gegend zwar vor, aber man konnte nur äußerst selten welche beobachten. Außerdem jagten sie allein.

Dann hörte er ein leises, kehliges Knurren.

Das konnten nur Kojoten sein. Die Büsche bewegten sich und Zweige zitterten, als das Rudel näher kam.

Plötzlich drehte sich der Wind und ein ekelerregender Geruch wehte ihm in die Nase: verbranntes Gummi oder Haare und eine heftige Ladung fauler Eier. Kam der Gestank von den Tieren? Will hob einen dicken Ast vom Weg auf. Unten am Hang entdeckte er eine Lichtung, wo sich eine Schlammlawine am Rand der Büsche fast bis zu dem Pfad aufgetürmt hatte.

Zu seiner Verblüffung sah er, wie Abdrücke im Schlamm erschienen. Sie waren glatt und rund, wie von Knochenenden. Und sie bildeten ein Muster: erst zwei, dann einer; dann zwei, dann einer – mit großen Abständen dazwischen. Wie ein Dreibein, das sich über den Hang auf ihn zubewegte. Ein *unsichtbares* Dreibein.

Jetzt setzte das Knurren wieder ein, es schien von allen Seiten zu kommen. Darin eingebettet war eine Art Kauderwelsch, durchsetzt mit Knacklauten und schwachem, keuchendem Schnalzen. Es hörte sich an wie eine *Sprache* ...

Nackte Angst explodierte in Wills Magengrube. *Von hier aus gibt es nur eine Möglichkeit zu fliehen, und wenn diese Wesen ihm den Weg abschneiden ...*

Will wirbelte herum und sprintete den Berg hinunter. Sofort hörte er, wie seine Verfolger aus den Büschen brachen und ihm mit einem wilden, keuchenden Jaulen nachsetzten. Als er sich dem Ende des Bergkamms näherte, sprang von hinten ein Schatten über ihn hinweg und landete direkt vor ihm. Ohne sein Tempo zu verringern, schwang Will den Ast mit beiden Händen, so fest er nur konnte. Das Holz zerbarst, als es auf etwas traf, das er nicht sehen konnte. Doch was auch immer er getroffen hatte – es heulte auf vor Schmerz.

Der Rückstoß brachte Will aus dem Tritt. Fast wäre er gestürzt, doch er drehte sich rechtzeitig auf einem Fuß um die eigene Achse, stieß sich vom Boden ab und rannte weiter. Der unsichtbare Albtraum, dem er mit dem Ast gerade eins übergezogen hatte, hechtete hinter ihm her. Die Luft vibrierte. Etwas Scharfes schnitt durch Wills Sweatshirt und zerkratzte ihm den Rücken. Ein brennender, stechender Schmerz trieb ihn an, noch schneller über die Serpentinen nach unten zu rennen.

Allmählich wurde es durch die hereinbrechende Nacht schwer, etwas zu sehen. Er konnte die Wesen hinter sich hören, hatte aber bereits einen gewissen Vorsprung vor seinen Verfolgern. Verzweifelt bemüht, den Abstand zu vergrößern, stürmte Will in eine scharfe Kurve, ohne langsamer zu werden. Als er den linken Fuß aufsetzte, um nach rechts auszuscheren, trat er auf Schlamm und geriet ins Rutschen. Er verlor das Gleichgewicht, drehte sich im Fallen und ...

Bamm. Er landete auf seiner linken Seite, rollte sich ab und streckte dann die Hände aus, um den Sturz abzubremsen. Am äußeren Rand der Kurve, kurz vor einem sechs Meter langen Abhang hinunter in nachtschwarze Tiefe, kam er endlich zum Liegen.

Will rappelte sich sofort auf und humpelte weiter. Er hörte ein übelkeiterregendes Geheul, dann das Prusten und Schniefen von etwas Nassem und Fleischigem. Die Wesen waren jetzt keine dreißig Meter mehr hinter ihm und holten schnell auf. Die letzten fünfhundert Meter bis zum Ende der Brandschneise würde er nicht schaffen.

Weiter unten durchschnitt plötzlich ein grelles Licht die Dunkelheit. Mit dem ohrenbetäubenden Röhren eines voll aufgedrehten Motors schoss ein Paar gleißender Scheinwerfer auf ihn zu. War das eine schwarze Limousine? Will konnte es unmöglich sagen.

Er hechtete zur Seite, als der Wagen vorbeiraste und die Hitze einer gewaltigen Maschine die Luft zum Flirren brachte. Der beißende Geruch von verbranntem Gummi stieg ihm in die Nase, als das Auto hinter ihm scharf bremste und sich mit quietschenden Reifen einmal um hundertachtzig Grad drehte. Aber es war nicht die Limousine! Von den Scheinwerfern geblendet, konnte Will die schwarzen Konturen des Prowler ausmachen, den er vor dem Café gesehen hatte, und seinen massigen Fahrer hinter dem Lenkrad.

Flammen schlugen mit gewaltigem Zischen aus dem Doppelauspuff und eine Feuerwand schoss empor, in die Wills mysteriöse Verfolger direkt hineinrannten. Sofort verwandelte sich ihr Geheul in ein grässliches Kreischen und Will sah die zuckenden Umrisse panischer, unförmiger Gestalten.

Der Wagen fuhr an und bremste dann scharf neben Will. »Steig ein!«, schnauzte der Fahrer ihn an. Es war dieselbe Stimme, die Will an diesem Morgen vor dem Café gehört hatte – allerdings in seinem *Kopf*.

Will warf sich auf den Beifahrersitz, während der Fahrer das Gaspedal durchdrückte. Er drehte sich um und sah die brennenden Kreaturen, die wild um sich schlagend den Abhang hinunter ins Leere stürzten und dabei leuchtende Feuerspiralen nach sich zogen.

Mit einem ohrenbetäubenden Röhren raste der Prowler durch das geöffnete Tor am Fuß der Straße und erreichte kurz darauf die Ebene. Will duckte sich, als sie mit unvorstellbarer Geschwindigkeit durch die Haarnadelkurven jagten. Der Fahrer hatte sich über das Lenkrad gebeugt und im Licht der vorbeihuschenden Straßenlampen entdeckte Will einen großen runden Aufnäher auf der Lederjacke des Mannes: drei Abbildungen und Worte, die er aber nicht genau erkennen konnte.

Dann kam der Prowler auf einem unbeleuchteten Abschnitt der Straße mit quietschenden Reifen zum Stehen. »Raus«, knurrte der Fahrer.

Will sprang aus dem Wagen und wich zurück. Der Fahrer verharrte im Schatten und starrte ihn durch seine schwarze Pilotenbrille an. Die angespannte Präsenz des Mannes und seine beunruhigende Reglosigkeit verhießen Gewalt.

»Was sind das für Wesen?«, fragte Will.

»Das willst du gar nicht wissen.«

»Aber ...«

»Halt 's Maul. Du hältst dich wohl für den großen Zampano, Kollege, aber wenn du nicht frühzeitig den Löffel abgeben willst, benimm dich beim nächsten Mal nicht wie ein Vollidiot.«

Will konnte den Akzent des Mannes nicht einordnen, aber er klang scharf wie eine Klinge. »Tut mir leid«, sagte er. »Aber ich habe keine Ahnung, was Sie gerade gesagt haben.«

Der Fahrer beugte sich ins Licht und nahm seine Sonnenbrille ab. Er hatte grimmige schwarze Brauen, die sich über stechenden Raubvogelaugen wölbten. Und Narben. *Jede Menge* Narben. Er streckte den rechten Zeigefinger nach oben. »Das war Nummer *eins*«, meinte er. Dann trat er aufs Gas. Der Prowler verschwand um eine Kurve und das Geräusch seines Motors verhallte in der Nacht.

Will schaute sich um. Er stand ungefähr fünfzehn Meter von der Hintertür seines Hauses entfernt. Durch ein geöffnetes Fenster drang Musik. Will hörte eine Frauenstimme singen, begleitet von einer Big Band mit altmodischer Instrumentierung:

»Gehst in den Wald du heute Nacht,
dann fühle dich gewarnt ...
Gehst in den Wald du heute Nacht,
sei besser gut getarnt ...«

DAD IST ZU HAUSE

Will spähte vorsichtig um die Ecke des Hauses: Die Limousinen waren verschwunden. Er eilte zur Hintertür und stahl sich leise ins Haus. Jemand war in der Küche. Es roch nach Moms Parfüm und frisch gebackenen Keksen. Will schlich durch den Flur und warf einen Blick durch den Türspalt in die Küche.

»Belinda« ging dort auf und ab, ein Handy ans Ohr gedrückt. Als sie sich mit der Hand über den Nacken fuhr, zuckte sie zusammen, als habe sie Schmerzen. Dann sprach sie mit einer monotonen Stimme, die Will kaum wiedererkannte, in ihr Smartphone: »Er ist noch nicht zurück ... Ich weiß nicht, wo er ist ... Ja, ich sage Bescheid, wenn er ...«

Vorsichtig machte Will einen Schritt zurück. Doch dabei trat er auf eine knarrende Bodendiele – und stieß dann gegen die Wand, bei dem Versuch, nicht noch mehr Lärm zu verursachen.

»Will-Bär?«, rief Belinda. »Bist du das? Bist du zu Hause?«

Verdammt.

»Hi«, sagte er und öffnete die Hintertür erneut, als sei er gerade erst eingetroffen.

»Komm in die Küche! Ich habe Kekse gebacken.«

»Eine Sekunde. Meine Schuhe sind ziemlich dreckig.« Am liebsten wäre er sofort wieder rausgegangen, aber Dad würde bald nach Hause kommen. Andererseits brachte er es auch nicht über sich, mit ihr in einem Raum zu sein, und bei diesem dämlichen Lied, das noch immer aus dem Lautsprecher plärrte, konnte er nicht klar denken. Will schloss geräuschvoll die Hintertür und folgte der Musik ins Wohnzimmer.

Der antike Plattenspieler stand neben Dads kostbarer Vinyl-Sammlung: LPs und stapelweise alte 45er-Singles, noch in der

Originalhülle. Der Soundtrack des Lebens seiner Eltern. Will kannte diese Musik besser als die Songs seiner eigenen Generation.

NR. 78: DIE KLASSIKER SIND AUS GUTEM GRUND KLASSIKER: SIE SIND KLASSISCH.

»Um sechs bringen Mom und Dad
sie nach Haus und dann ins Bett.
Denn müde kleine Teddybären
haben's da besonders nett …«

Will riss die Nadel von der Platte und aus dem Lautsprecher ertönte ein lautes Kratzgeräusch.

»Belinda« kam hinter ihm ins Zimmer gelaufen. »Du hast dieses Lied doch *geliebt«*, wunderte sie sich.

»Ich habe es seit einer Ewigkeit nicht mehr gehört. Es ist irgendwie unheimlich.«

»Als du klein warst, hast du es dauernd gespielt …«

»Ich bin dafür jetzt wirklich nicht in der Stimmung.«

»Aber du hast es *geliebt …«*

»Ja, stimmt«, erwiderte Will. »Und damals, als ich es wieder und wieder gespielt habe, hat es dich fast *wahnsinnig* gemacht.«

Ihr Lächeln war wie in ihr Gesicht gemeißelt und sie blinzelte nicht ein einziges Mal. Stattdessen hielt sie ihm einen Teller mit Keksen und ein Glas Milch entgegen. »Haferkekse mit Rosinen«, erklärte sie.

Will starrte auf die Milch. Spielten seine Augen ihm einen Streich oder schimmerte sie leicht grünlich?

Belinda hielt ihm unbeirrt den Teller entgegen. Zögernd nahm er die Milch und einen Keks und hoffte, sie würde nicht darauf warten, dass er ihn aß. »Wo bist du gewesen?«, fragte sie.

»Laufen.«

»Sieht aus, als wärst du hingefallen ... Hast du dir wehgetan?«

»Alles in Ordnung.«

»Komm, hilf mir beim Abendessen.«

Er folgte ihr in die Küche und versuchte, nicht zu humpeln. Unterwegs brach er den Keks durch, warf die Hälfte in den Schirmständer im Flur und goss ein halbes Glas Milch hinterher. Dann tat er so, als würde er kauen.

Belinda ging zum Herd und hantierte mit den Töpfen; aus einem stieg Wasserdampf auf. Dr. Robbins' Umschlag lag auf dem Tisch neben dem Laptop, genau so, wie er ihn zurückgelassen hatte.

»Wie sind die Kekse?«, fragte Belinda.

Er hielt das halbe Exemplar hoch. »Gut.«

»Hast du die Unterlagen der Schule schon durchgesehen?« Sie leerte den Inhalt des Umschlags auf den Tisch: die elektronische Broschüre, ein kleines Heftchen über die Geschichte der Schule sowie ein Stapel offizieller Formulare und Papiere.

»Die meisten«, antwortete Will.

»Und was hältst du davon?«

Sein iPhone klingelte einmal kurz. Er kramte es aus seiner Tasche und entsperrte es. Eine unbekannte App erschien auf dem Display: ein Federkiel, der über einem altmodischen Pergamentbogen schwebte. Der Name darunter lautete: UNIVERSAL TRANSLATOR.

Wo kommt das nun wieder her?

»Scheint ganz interessant zu sein«, antwortete er Belinda.

»Ich muss gestehen, ich habe ein Problem damit, dass es sich um ein *Internat* handelt. Und es ist ganz schön weit weg. Wann würden wir dich dann noch sehen? Verstehst du, was ich meine, mein Bärchen?« Belinda ging an ihm vorbei und nahm eine Packung Nudeln aus dem obersten Fach des Küchenschranks. Dabei teilten sich ihre Haare einen Moment, und Will entdeckte eine knotige kleine Beule direkt hinter ihrem linken Ohr. Sie schimmerte in einem intensiveren Rosa als ihre restliche Haut und sah aus wie frisches Narbengewebe oder ein entzündeter Insektenstich. Und sie *zuckte.*

Was zum Teufel …?

Als Belinda sich wieder umdrehte, schaute Will schnell weg, um sich seinen Schreck nicht anmerken zu lassen. Dann nahm er den Laptop und die Unterlagen vom Tisch. »Kann ich noch schnell duschen?«, fragte er.

»In zwölf Minuten gibt es Essen«, sagte sie mit einem Blick auf ihre Armbanduhr. Mit derselben Hand schüttete sie die ganze Packung Spaghetti ins kochende Wasser und drückte dann die Enden mit einem Löffel in den Topf.

Mom bricht die Spaghetti immer durch, bevor sie sie ins Wasser gibt.

»Ich beeil mich.« Will verließ die Küche, nahm im Vorbeigehen das Hochzeitsfoto seiner Eltern aus dem Regal und stieg die Treppe hinauf, wobei er den Drang unterdrücken musste, fluchtartig aus dem Haus zu rennen.

Nr. 5: VERTRAUE NIEMANDEM.

Will warf den halben Keks aus dem Fenster in den Garten und drückte seine Zimmertür leise hinter sich zu. Da sie kein Schloss hatte, klemmte er seinen Schreibtischstuhl mit der Rückenlehne unter den Türknauf. Er startete die Stoppuhr auf seinem Handy und legte es auf das Bett. *Elf Minuten.*

Dann ging er ins Bad und drehte die Dusche auf, damit Belinda das Wasser in der Leitung rauschen hörte, zog Sweatshirt und Hose aus und sah sich die Wunde an seiner Hüfte an. Die Haut war knallrot und aufgeschürft, aber er hatte schon schlimmere Verletzungen gehabt. Nachdem er die Wunde mit einem Waschlappen gereinigt hatte, sprühte er ein Desinfektionsmittel darauf. Der Kratzer auf seinem Rücken sah übel und entzündet aus. Auch darauf kippte er Wasserstoffperoxid, umklammerte dann den Rand des Waschbeckens und biss die Zähne zusammen, bis das Brennen nachließ. Wieder in seinem Zimmer, schaute er durch das vordere Fenster hinunter auf die Straße. Niemand zu sehen.

Will zog saubere Trainingssachen an, nahm sein iPhone und tippte auf die neue App. Im nächsten Augenblick öffnete der »Universal Translator« eine leere graue Seite. Kein Menü und auch keine Informationen auf dem Bildschirm darüber, wie das Übersetzungsprogramm anzuwenden war.

Er fuhr seinen Laptop hoch und öffnete seinen E-Mail-Account. Eine neue Nachricht von Dad wartete auf ihn. Laut Sendeinformation war sie um 08.18 Uhr an diesem Morgen abgeschickt worden, aber gerade erst angekommen. Nach einem Doppelklick öffnete sich ein leeres Nachrichtenfeld. Kein Text. Aber da war ein Anhang. Er klickte darauf und die Datei wurde auf seiner Festplatte gespeichert: eine Videodatei, die er aber trotz mehrmaligen Anklickens nicht öffnen konnte. *Sechs Minuten.*

Nacheinander probierte Will jedes Programm auf seinem Rechner, mit dem man Videodateien abspielen konnte. Keines funktionierte. Dann bemerkte er die Betreffzeile der E-Mail: *Übersetzt.* Er übertrug die »Universal Translator«-App von seinem Handy auf den Laptop. Dieses Mal erschien ein Menü mit zwei Optionen: *Übersetzen* und *Löschen.* Will klickte auf *Übersetzen* und sofort füllte eine grafische Benutzeroberfläche den Bildschirm. Schnell klickte Will auf *Play* und das Video begann.

Ein typisches Hotelzimmer wurde sichtbar, aufgenommen durch das Weitwinkelobjektiv der Kamera an einem Laptop. An der Wand hing ein gerahmtes Stilleben und an der Seite des Bildschirms sah man ein Stück des Fensters. Schwaches Morgenlicht fiel in den Raum.

»Will.«

Dads Stimme. Einen Moment später setzte sich Jordan West vor die Kamera. Allein beim Anblick seines Vaters durchströmte Will Erleichterung. Aber dieses Gefühl hielt nicht an. Das Gesicht und das Sweatshirt seines Vaters waren schweißnass, als hätte er gerade einen anstrengenden Lauf hinter sich. Die Gläser seiner Brille waren beschlagen; er nahm sie ab, um sie zu putzen. Will erkannte, dass nicht nur Müdigkeit oder Dringlichkeit aus den Augen seines Vaters sprachen: Dad hatte panische Angst.

»Pass jetzt gut auf, Will«, bat er. »Ich bin in Zimmer 1209 im Hyatt Regency.« Er hielt die Titelseite einer Tageszeitung aus San Francisco hoch und zeigte auf die obere rechte Ecke. Seine Hände zitterten.

Er zeigt mir das Datum von heute. Dienstag, 7. November. Dann hielt Dad sein Handy vor die Laptop-Kamera: 08.17 Uhr. *Damit ich genau weiß, wann er das aufgenommen hat.*

Jordan beugte sich vor und sprach leise und beherrscht. »Ich gehe jede Wette ein, dass nur du das hier öffnen kannst, mein Junge. Ich setze immer auf dich. Nach dem zu urteilen, was ich gerade gesehen habe, bleibt mir nicht viel Zeit, und sobald du das hier siehst, bleibt auch dir nicht mehr viel.

Ich weiß, wie seltsam und wie beängstigend sich das anhören muss, Will. Zuallererst solltest du wissen, dass nichts von dem, was passiert ist oder vielleicht passieren wird, deine Schuld ist. Nicht im Geringsten. Wir allein sind dafür verantwortlich. Und der Gedanke, dass wir durch unser Handeln Schrecken und Leid in dein Leben bringen, ist für deine Mom und mich nahezu unerträglich.«

Will spürte, wie Panik in ihm aufstieg.

»Wir haben immer gehofft, dass dieser Tag niemals kommen würde. Wir haben alles in unserer Macht Stehende getan, um es zu verhindern. So gut wir konnten, haben wir auf die einzige uns mögliche Art und Weise versucht, dich darauf vorzubereiten, sollte es doch jemals so weit sein. Ich hoffe, du wirst es eines Tages verstehen und uns vergeben, dass wir dir nie gesagt haben, warum ...«

Plötzlich brachte ein lauter Knall das Bild zum Wackeln. Zusammen mit seinem Dad zuckte Will erschrocken zurück. Die Kamera schwankte, als Jordan West nach links schaute: Etwas Gewaltiges war gegen die Tür gekracht. Mit Panik in den Augen wandte Jordan sich wieder der Kamera zu.

»Mein lieber Junge ...« Seine Stimme brach. »Wir lieben dich über alles. Für immer und ewig. Erzähl niemandem etwas von dem hier oder von unserer Familie – für wen diese Personen sich auch immer ausgeben mögen. Glaub mir, diese Leute schrecken vor nichts zurück. Sei der Mensch, der du sein kannst. Ich weiß, was in dir steckt. Wende die Regeln und alles an, was wir dir beigebracht haben. Intuition, Training, Disziplin – halte dich nicht zurück. Lauf, so weit und so schnell du kannst. Tu, was immer du tun musst, um am Leben zu bleiben. Ich komme zu dir. Ich weiß nicht, wann, aber ich schwöre, dass ich die Tore der Hölle einreißen werde, um dich zu finden ...«

Eine weitere Explosion zerstörte den Equalizer des Laptops, sodass nur noch Rauschen zu hören war. Sofort füllte sich das Hotelzimmer mit einer Wolke aus Staub und Trümmern. Das Bild wirbelte herum, als der Laptop durch die Luft flog und dann in einem schrägen Winkel auf dem Boden landete. Will erkannte das Fenster, das er schon zuvor gesehen hatte, aber die Kamera war jetzt zur Seite gerichtet. Ein einzeln stehender Wolkenkratzer war durch das Fenster zu sehen: die Transamerica Pyramid. San Francisco. Das Videosignal verzerrte sich mehr und mehr. Dunkle Gestalten huschten durch das Bild. Ein Vorhang wurde vor das Fenster gezogen und dann streckte sich eine Hand in Richtung Tastatur. Dads Hand: Er drückte auf die Taste, mit der das Video angehängt wurde, und schickte die Nachricht ab ...

Dann wurde der Bildschirm schwarz.

»Dad! Oh Gott!« *Bitte tut ihm nichts, bitte nicht. Ihm darf nichts passieren!*

Zu geschockt, um sich auch nur zu bewegen, starrte Will auf das Poster an der Wand. EIN METHODISCHER GEIST IST ALLES.

Hör zu. Egal, was passiert ist, du musst genau das tun, was er dir sagt. So, wie er es dir beigebracht hat: rational, systematisch und entschieden. Jetzt.

Angefangen mit den richtigen Fragen: *Wann ist das passiert?*

Dienstag, 7. November, 08.17 Uhr. *Als ich im Geschichtsunterricht saß. Dad hat seine letzten* echten *Nachrichten geschickt, bevor ich die Schule erreicht habe:* LAUF, WILL. BLEIB NICHT STEHEN. *Jede SMS nach 08.17 Uhr war entweder unter Zwang geschrieben oder von den Männern gesendet worden, die ich in Dads Hotelzimmer gesehen habe. Sie arbeiten mit denen zusammen, die mich den ganzen Tag verfolgt haben. Dieselben, die irgendetwas mit meiner Mutter angestellt haben.*

Aber warum? Was wollen sie von uns?

Aus dem Augenwinkel nahm Will eine Bewegung im Fenster zum Garten wahr. Er griff sich den Briefbeschwerer von seinem Schreibtisch – ein großer Stein, in den das Wort VERITAS eingemeißelt war –, wirbelte herum und warf ihn in Richtung Fenster. Der Stein durchschlug die Scheibe und traf etwas, das ins Trudeln geriet und dann auf das Dach fiel.

Will eilte zum Fenster. Draußen auf den Dachschindeln lag die kleine weißbrüstige Amsel in einem scharf gezeichneten Dreieck aus Licht. Sie zuckte noch ein oder zwei Mal und regte sich dann nicht mehr. Der Anblick der kleinen bedauernswerten Kreatur tat Will in der Seele weh. Er öffnete das eingeworfene Fenster, nahm den noch warmen Vogel in die Hand und holte ihn herein.

Eine kleine Rauchwolke stieg von der Brust der Amsel auf; sie verströmte einen scharfen Geruch, fast wie ein durchgeschmortes Elektrokabel. Als Will genauer hinsah, entdeckte er eine unregelmäßige Linie unter den Brustfedern – eine Naht, aus der Rauch quoll.

Rasch nahm Will sein Schweizer Armeemesser vom Schreibtisch, klappte die Klinge aus und schob sie in die Naht, bis er spürte, wie sie nachgab und sich öffnete. Etwas Kleines, Schwarzes und Substanzloses – wie ein Schatten – flog aus der Öffnung heraus. Erschrocken wich Will zurück und sah, wie der Schatten durch das zerbrochene Fenster verschwand.

Entschlossen drückte er die Naht weiter auseinander. Kein Fleisch und Blut im Inneren, keine Sehnen und Knochen, nur Kabel und Schaltkreise. Der Vogel war in Wahrheit eine Art komplexe Maschine, und seine kalten, blanken Augen sahen ganz so aus wie die Objektive einer Kamera ...

Plötzlich klopfte jemand heftig an die Tür. Der Türknauf wurde gedreht. »Will, Schatz, alles in Ordnung?«, erkundigte Belinda sich aus dem Flur. »Ich habe gehört, wie etwas zerbrochen ist.«

»Mir ist ein Glas runtergefallen«, rief Will. Reglos stand er da und wartete darauf, dass die Tür aufging, gegen den Stuhl stieß und ihr verriet, dass er sie blockiert hatte. »Ich mach gerade sauber.«

Belinda schwieg einen Moment und sagte dann: »Hauptsache, dir ist nichts passiert. Sei vorsichtig. Das Essen ist fertig.«

Will lauschte angespannt, während sie die Treppe hinunterging, holte sich dann ein Handtuch aus dem Bad und wickelte den Vogel darin ein. Als er in sein Zimmer zurückkehrte, hörte er draußen einen Wagen. Durch das Fenster, das nach vorne ging, sah er ein vertrautes Paar Scheinwerfer langsam näher kommen.

Dads Wagen – aber nachdem Will dieses Video gesehen hatte, fragte er sich, wer wohl wirklich hinter dem Lenkrad saß.

Das war der ausschlaggebende Punkt. Er und seine Eltern hatten das Ganze unzählige Male durchexerziert: zwei Minuten, um das Nötigste einzupacken und zu verschwinden. Will stopfte Medikamente und Verbandszeug in seinen Sportbeutel und holte dann seine Reisetasche aus dem Schrank in seinem Zimmer. Er warf den Sportbeutel und ein paar Klamotten hinein: T-Shirts, seinen besten Pullover, eine Fliegerjacke, Unterwäsche und Socken, gefolgt von seinem iPhone, iPod, MacBook, Netzkabeln, Sonnenbrille und dem Vogel im Handtuch. Obenauf legte er das Hochzeitsfoto seiner Eltern. Dann holte er einhundertdreiundvierzig Dollar – seine eiserne Reserve – aus einem Geheimfach in seinem Schreibtisch und steckte das Schweizer Armeemesser ein.

Nr. 77: DIE SCHWEIZER ARMEE MAG KAUM DER REDE WERT SEIN, ABER VERLASSE DAS HAUS NIE OHNE IHR MESSER.

Will nahm auch sein abgegriffenes, schwarz marmoriertes Notizbuch mit; im Laufe der Jahre hatte er darin Dads Regeln zusammengetragen. Dann steckte er Lillian Robbins' Visitenkarte aus dem Umschlag mit den Schulunterlagen in seinen Geldbeutel, nachdem er sich ihre Telefonnummer eingeprägt hatte. Als Letztes stopfte er den Umschlag und seinen Geldbeutel samt Pass in die Reisetasche und zog den Reißverschluss zu.

Während Dads verbeulter Volvo-Kombi vor dem Haus parkte, kauerte sich Will neben das Fenster mit Blick auf das Auto.

Die Beifahrertür und die hinteren Türen des Volvos öffneten sich und drei Männer mit schwarzen Kappen stiegen aus. Dann schwang die Fahrertür auf und Jordan West erschien. Die Schwarzkappen waren sofort neben ihm, als er nach oben zum Haus schaute.

Ist das wirklich Dad, fragte Will sich, *oder hat er auch eine zuckende Narbe im Nacken, wie Mom?*

Einer der Männer holte jetzt genau so einen Kohlefaser-Behälter von der Größe einer Thermosflasche hervor, wie Will ihn am Morgen im Fenster der schwarzen Limousine gesehen hatte. Ein anderer schob Jordan in Richtung Haus. Als Jordan sich umdrehte und den Mann wegstieß, wusste Will sofort, dass der Mann, den er da sah, noch immer sein Vater war: *Er kooperiert sicher nur deshalb, weil sie ihm gesagt haben, dass ich im Haus bin. Was auch immer sie mit Mom gemacht haben – Dad haben sie bis jetzt verschont.*

Will brauchte fünf Sekunden, um sich noch einmal in seinem Zimmer umzusehen und einen letzten Blick auf all die Dinge zu werfen, die ihm in fünfzehn Jahren des Zusammenlebens mit seinen Eltern lieb und teuer geworden waren.

Denk daran, was Dad gesagt hat: »Ich komme zu dir.«

Daran musste Will jetzt glauben. Geräuschlos ging er zum Gartenfenster. Als er hörte, wie unten die Haustür geöffnet wurde, warf er sich die Reisetasche über die Schulter und stieg hinaus aufs Dach.

»Tu, was immer du tun musst, um am Leben zu bleiben.«

Will schwang sich über den Rand des Dachs, kletterte in sicherer Entfernung von den Fenstern am Regenrohr hinab und sprang dann leise auf den Boden. Er ging davon aus, dass ihm höchstens drei Minuten blieben, bis die Fremden nach oben vordringen und die Tür seines Zimmers aufbrechen würden.

Will lief durch das Gartentor auf die Straße in den willkommenen Schutz der Dunkelheit. Er schaltete seine Stoppuhr ein und rannte dann zum zweiten Mal an diesem Tag in Richtung Stadt. Ohne jede Zurückhaltung. Sogar noch schneller als am Morgen. Schneller als jemals zuvor. Wenn man um sein Leben rennt, ist man ungeheuer motiviert.

Drei Minuten Vorsprung.

Nr. 2: KONZENTRIERE DICH NUR AUF DIE BEVORSTEHENDE AUFGABE.

Die Männer würden in ihre Wagen steigen und ausschwärmen, um ihn aufzuspüren. Wenn sie ihn nicht fanden, konnte Belinda die Cops verständigen. Mit einem sogenannten »Amber Alert« würde die Suche nach einem vermissten Kind ausgelöst und sofort Army, Navy, Air Force, Marines sowie die örtliche Polizei auf den Plan gerufen. Wahrscheinlich würden sie sogar Straßensperren an beiden Ausfallstraßen des Ojai Valley errichten. Wie lange würde es bis dahin wohl dauern?

Höchstens eine halbe Stunde. Bis dahin konnte er wahrscheinlich zu Fuß die Straße im Westen erreichen, aber wenn er im offenen Gelände blieb, würden sie ihn irgendwann entdecken. Andererseits kannten diese Leute ihn eigentlich gar nicht, und das war sein Vorteil. Sie hatten keine Ahnung – und er selbst vermutlich auch noch nicht –, wie einfallsreich und entschlossen Will West sein konnte.

Vertraue auf deine Intuition und dein Training. Halte dich nicht zurück.

Er schwang sich die Reisetasche über die Schulter, zog im Laufen sein iPhone heraus und tippte die Nummer ein, die er auswendig gelernt hatte.

Sie antwortete beim dritten Klingeln. »Lillian Robbins.«

»Dr. Robbins, hier ist Will West.«

»Hallo, Will. Du scheinst ein bisschen außer Atem zu sein.«

»Ich laufe gerade.«

»Hilft immer, einen klaren Kopf zu bekommen, stimmt's?«

»Manchmal mehr, manchmal weniger.«

»Wie war der Rest des Tages?«, erkundigte sie sich.

»Sie hatten recht – ich musste über viele Dinge nachdenken.«

»Wie kann ich dir helfen? Hast du irgendwelche Fragen?«

»Ja, die habe ich tatsächlich. Wo sind Sie gerade?«

»Im Auto, auf dem Weg zum Center. Ich bin heute Nachmittag zurückgeflogen und vor etwa einer Stunde gelandet.«

Im Wagen von Frau Doktor mitzufahren, konnte er sich also abschminken.

»Wie schnell kann ich anfangen?«

»Du meinst im Center? Heißt das, du nimmst das Stipendium an?«

»Ja.« Will erreichte das Ende der Straße am Fuß der Berge. Er wandte sich nach links und flog förmlich den Hang in Richtung Stadt hinunter, rannte noch schneller als am Morgen.

Wo ist der unheimliche Mister Hot Rod jetzt, da ich wirklich *jemand brauche, der mich mitnimmt?*

»Zuerst möchte ich dir sagen, dass ich mich wirklich freue, Will«, verkündete Dr. Robbins. »Und um deine Frage zu beantworten: Das nächste Semester beginnt im Januar. Dann könntest du wechseln.«

»Das klingt jetzt vielleicht ein bisschen seltsam.«

»Ich bin gespannt.«

»Ich würde gern schon morgen anfangen.« Während Will den Berg hinuntersprintete, hörte er nur seinen eigenen Atem. Er nahm das Telefon vom Ohr, raste um eine Kurve und fuhr dann fort: »Ich hab ja gesagt, dass es seltsam klingen würde.«

»Ich habe schon seltsamere Dinge gehört«, meinte Robbins. »Allerdings nicht viele. Das heißt also, du willst sofort wechseln.«

»Geht das?«

»Na ja, wir haben deine Leistungsnachweise. Ich nehme an, deine Eltern sind ebenfalls einverstanden und es ist eine Familienentscheidung?«

»Hundert Prozent.«

»Sie haben die Einverständniserklärung unterschrieben und alle Formulare sind ausgefüllt?«

Notiz an mich: Bei nächster Gelegenheit Unterschriften der Eltern fälschen. »Ich habe sie bei mir«, bestätigte Will und hörte in der Ferne das tiefe Brummen eines sich nähernden Hubschraubers. Dann Sirenen. Er schaute auf seine Stoppuhr: *Vier Minuten. Das war schnell.* Schon bald würde es in Ojai vor Polizisten wimmeln und dann würden auch der Sheriff von Ventura und die California Highway Patrol ihn suchen. *Es sei denn, ich baue meinen Vorsprung weiter aus.* »Sie haben auch erwähnt, dass Sie für meine Reisekosten aufkommen würden«, wandte er sich wieder an Dr. Robbins.

»Ja, das tun wir.«

»Also wenn es nicht zu viele Umstände macht, würde ich gern noch heute Abend einen Flieger nehmen.«

Sie zögerte. »Will, ist bei dir alles in Ordnung?«

Will zögerte ebenfalls. »Das müssten wir dann bei der längeren Unterhaltung besprechen, die Sie mit mir führen wollten.« Er erreichte den Stadtrand in Rekordzeit, vorbei am nördlichen Ende des Geschäftsviertels, wo sämtliche Läden bereits geschlossen hatten. In einer dunklen Seitenstraße blieb er einen kurzen Moment stehen, lehnte sich an eine Hauswand und holte tief Luft. Aus ihrem Schweigen schloss er, dass sie noch nicht ganz überzeugt war. »Sie haben mir heute geholfen«, sagte er ruhig. »Sie haben mir dabei geholfen zu erkennen, dass sich mein Leben wirklich ... von Grund auf ändern muss.«

Erneut entstand eine Pause.

»Ich habe nicht darum gebeten«, fuhr Will fort. »Heute Morgen wusste ich nicht einmal, dass das Center überhaupt existiert. Sie sind zu *mir* gekommen. Also welchen Unterschied macht es, ob ich morgen oder erst in sieben Wochen anfange?«

»Das macht überhaupt keinen Unterschied, Will. Es ist nur so ...« Sie verstummte.

Es wurde Zeit, die letzte Karte auszuspielen. »Übrigens, noch etwas zu diesem Test im letzten September: Wir hatten drei Stunden Zeit, aber ich habe *höchstens* zwanzig Minuten dran gesessen. Und ehrlich gesagt, ich hab mir nicht mal Mühe gegeben.«

Der Helikopter drehte in Richtung Stadt und dröhnte immer lauter.

»Und was hat es mit den Fingerabdrücken und der DNA-Probe auf sich, die Sie heute Morgen mit Ihrer Zaubertafel von mir genommen haben? Können Sie mir sagen, wozu eine Schule *so etwas* braucht?«

»Du glaubst, dass es darum ging?«

»Es ist mir *egal*, worum es tatsächlich ging. Sie wollen mich haben und meine Antwort lautet Ja. Ich würde Sie nicht bitten, das Ganze zu beschleunigen, wenn es nicht wirklich dringend wäre.«

»Sag mir genau, was du brauchst ...«

»Ein Flugticket. Vom nächstgelegenen Flughafen. Sofort.«

Es dauerte einen Moment, bis sie antwortete: »Ich möchte dir helfen, Will, aber ich muss mit dem Büro des Direktors sprechen. Kann ich dich in fünf Minuten zurückrufen?«

»Ja.«

Sie legte auf. In der Ferne heulten jetzt noch mehr Sirenen, die sich der Stadt aus drei Richtungen näherten. Will war gegenüber der örtlichen Taxizentrale stehen geblieben, ein kleines Unternehmen, das Fahrten im Valley und zu Flugplätzen im Süden machte. Der Laden war von innen beleuchtet, aber es war niemand zu sehen. Ein gelber Minivan mit dem Logo der Firma stand am Straßenrand.

Der gleißend helle Suchscheinwerfer des Hubschraubers schwenkte über die einen Block entfernten Häuser und Baumwipfel. Will sprintete rasch aus seiner Deckung und überquerte die Straße zur Taxizentrale. Eine altmodische Türglocke bimmelte, als er eintrat.

Ein stämmiger Latino mit Ziegenbärtchen kam aus einem Hinterzimmer. Unter den Ärmeln seines Shirts und am Hals schauten Tätowierungen hervor: Stacheldraht, der Rand eines Flügels, die Spitze eines Pfeils. Auf dem bestickten Namensschildchen seines Poloshirts stand NANDO.

»Das Geräusch vergisst man nicht«, meinte Nando. »Ist kein Spaß, von so einem Ding verfolgt zu werden.«

Will löste sich von der Wand und trat an die Theke, lächelte unschuldig und versuchte sein Bestes, um wie ein Schachclub-Nerd rüberzukommen. »Oh Mann. Aber echt«, pflichtete er ihm bei. »Was ist da bloß los? Hi.«

Nando musterte ihn von oben bis unten. »Wie geht's?«

»Gut, gut. Also, äh, wie viel kostet eine Fahrt zum Flughafen?«

»Zum Los Angeles International Airport vierzig Dollar, nach Santa Barbara zwanzig. Wohin soll's denn gehen?«

Will hielt sein Handy hoch. »Ich warte noch auf die Info. Wäre es in Ordnung, wenn wir jetzt schon losfahren würden, und ich sage dann unterwegs Bescheid, wohin ich muss?«

»Nein, Mann. Das ist total uncool.«

»Wieso?«

Nando verschränkte die Arme und zeigte zuerst nach links und dann nach rechts. »Verschiedene Richtungen, Mann.«

»Aber ich werde es wissen, bevor wir die Kreuzung erreichen.«

»Für die Fahrt zum LAX hab ich dir den Preis für vier Fahrgäste genannt. Und wir haben die Anweisung, nur mit vollem Wagen zu fahren.«

»Will gerade irgendjemand nach Los Angeles?«

»Im Moment nicht.« Nando ließ sich offensichtlich nicht erweichen und schaute so ausdruckslos und unnachgiebig wie eine der Steinfiguren auf der Osterinsel. Er sah sogar so aus wie eine von denen. Die Sirenen wurden immer lauter.

»Was kostet es für einen Fahrgast?«, fragte Will.

»Kannst du nicht rechnen? Wie viel ist vier mal vierzig, Kumpel?«

»Verstehe. Ich könnte dir fünfundsechzig geben.« Fast die Hälfte seiner gesamten Barschaft.

»Das reicht nicht mal fürs Benzin.«

»Die Sache ist die: Ich habe gerade erfahren, dass mein Dad einen schlimmen Unfall hatte, und deshalb muss ich noch heute Abend einen Flug kriegen. Ich warte nur noch darauf, dass meine Mom anruft und mir sagt, von wo ich abfliegen muss.«

Nando musterte ihn skeptisch. »Wo ist er denn jetzt, dein Dad?«

»Auf der Intensivstation. In San Francisco. Da ist der Unfall passiert.«

Nando runzelte die Stirn. »Tut mir leid, Mann. Das ist echt übel.«

Draußen raste ein Polizeiwagen mit heulender Sirene und grell leuchtenden Blinklichtern vorbei. Will tat so, als vergrabe er das

Gesicht in seinem Ärmel, um seine Tränen zu verbergen, und drehte sich vom Fenster weg. Dann klingelte sein iPhone. Er schaute auf das Display: DAD.

»Deine Mom?«, fragte Nando.

»Nein. Falsche Nummer.« Will schob das Handy in die Tasche und behielt es in der Hand.

»Ich arbeite hier nur, verstehst du? Der Boss ist heute Abend in Palm Springs.«

»Und?«

»Und scheiß auf die Firmenpolitik, Alter. Wir müssen dich zu einem Flughafen bringen.«

Nando holte einen Schlüsselbund unter der Theke hervor und ging zur Tür. Will folgte ihm nach draußen, wo er sich sofort vergewisserte, dass die Luft rein war. Nando drückte auf den Schlüssel und die Seitentür des Minivans glitt auf. Rasch sprang Will hinein und sank auf den Rücksitz. Nando kletterte hinter das Lenkrad und ließ den Motor an.

»Wie heißt du?«, fragte Nando.

»Will. Will West.«

»Will. Versuchst, deinem Dad zu helfen, der weit weg in irgendeiner Stadt schwer verletzt im Krankenhaus liegt. Das ist großartig.«

»Danke, Nando.«

»Auch ich liebe meinen Dad, Mann. Und wenn ich wüsste, er wäre angeschossen oder niedergestochen worden oder hätte irgendeine fingierte Anzeige wegen Waffenbesitzes am Hals, würde ich genau wie du alles tun, um bei ihm zu sein.« Nando steuerte den Wagen auf die Straße. Als sie auf den Highway fuhren, der Richtung Westen aus der Stadt hinausführte, rasten zwei weitere Streifenwagen mit lautem Sirenengeheul an ihnen vorbei. »Mann, was ist heute bloß mit den Bullen los? Wir sind mit unseren kleinen Mädchen extra von Oxnard in dieses verschlafene Städtchen gezogen, um so einem Mist aus dem Weg zu gehen – wenn du verstehst, was ich meine.«

Wills Blick fiel auf das gerahmte Foto am Armaturenbrett. Darauf war eine kräftige junge Frau zusehen, die zwei pausbäckige Babys auf dem Arm hielt. Am Rückspiegel hing eine wackelnde Hula-Tänzerin und ein Paar schwarze Plüschwürfel, die im Dunkeln leuchteten. »Ja, das verstehe ich«, sagte er.

»In meinen Adern fließt Chumash-Blut. Der Indianerstamm. Hab ich von meiner Mutter. Das hier war unsere Heimat. Ich liebe diese Stadt, Mann. Es ist das Paradies. Vor Ewigkeiten hat man diesen Film hier oben gedreht, weil es hieß, das Tal würde so aussehen wie dieser Ort ... wie heißt sie noch gleich, diese uralte Band, die einen Song über den Biker und seine Braut gemacht hat?«

»Shangri-Las«, antwortete Will.

Nando schnippte mit den Fingern. »The Shangri-Las! *›My folks were always putting him down ...‹«*

»Down, down ...«

»Und in diesem *Film* ist Shangri-La das mystische Tal mit den weggetretenen alten Typen, die alle aussehen wie fünfunddreißig. Bis man dann erfährt, dass sie in Wirklichkeit alle an die fünfhundert Jahre alt sind, weil sie nie Stress haben und sich über nichts aufregen.«

»Der Ausdruck stammt aus dem Buch *Der verlorene Horizont«*, erklärte Will. »Mein Dad hat mir davon erzählt, als wir hierhergezogen sind. Der Film hieß etwas anders: *In den Fesseln von Shangri-La.«*

»Da muss ich mich mal schlaumachen. Meinst du, den gibt's auf DVD?«

Bevor Will antworten konnte, klingelte sein Telefon. Er warf einen Blick auf das Display: Dr. Robbins' Nummer.

»Deine Mom?«, fragte Nando.

»Ja«, bestätigte Will und nahm den Anruf entgegen. »Hallo.«

»Um Viertel vor neun geht ein Flug von Santa Barbara nach Denver«, teilte Dr. Robbins ihm ohne Umschweife mit. »Das ist die einzige Möglichkeit, noch heute Abend loszukommen. Schaffst du das?«

»Ja.«

»Wir haben ein Ticket auf deinen Namen am Schalter hinterlegen lassen.«

»Danke, danke! Das ist wirklich ...«

»Der Flieger landet um elf. Wir sind noch dabei, einen Nachtflug von Denver nach Chicago für dich zu buchen, aber das dürfte organisiert sein, sobald du am Flughafen ankommst. Am O'Hare Airport wartet dann am Morgen ein Wagen mit Fahrer vor der Gepäckausgabe auf dich. Und noch etwas, Will ...«

»Ja?«

»Der Direktor und ich möchten uns ausführlich mit dir über diese Angelegenheit unterhalten, sobald du hier eintriffst.«

»Natürlich. Bis dann.«

»Guten Flug«, wünschte sie und beendete das Gespräch.

Um Nando nicht misstrauisch zu machen, legte Will nicht direkt auf, sondern sagte noch schnell in die bereits tote Leitung: »Ich hab dich lieb, Mom. Für immer und ewig.«

»Also, wohin fahren wir?«, fragte Nando.

»Santa Barbara. Der Flug geht um Viertel vor neun.«

»Alles klar, Mann. Und mach dir keine Sorgen wegen deinem alten Herrn, okay? Er wird ganz schnell über den Berg sein, sobald er weiß, dass du da bist.«

Will lehnte sich zurück und holte ein paar Mal tief Luft. Er war völlig ausgehungert und zitterte vor Erschöpfung und Anspannung. Als sie aus der Stadt hinausfuhren, drehte er sich um und beobachtete, wie die Lichter von Ojai allmählich immer kleiner wurden. Ob er sie je wiedersehen würde?

Was würde die Geheimnisvolle Schwarze Acht wohl dazu sagen? *Keine besonders guten Aussichten.*

Ein *Ping* von seinem iPhone meldete eine neue Voicemail. Will schob sich die Kopfhörer in die Ohren und drückte auf PLAY.

Dads Stimme, ruhig und beherrscht: »Wir machen uns wirklich Sorgen um dich, mein Junge. Es sieht dir gar nicht ähnlich, einfach so wegzulaufen. Aber du sollst wissen, dass wir dir nicht böse sind. Falls es um diese neue Schule geht, glaub mir, wir würden dich niemals zu so etwas zwingen. Dein Onkel Bill ist zwar auf ein Internat gegangen und für ihn war es eine tolle Erfahrung, aber es ist ganz allein deine Entscheidung. Lass uns einfach nur wissen, ob es dir gut geht. Das ist das Einzige, was zählt. Bevor du irgendetwas tust oder irgendwohin gehst, sprich bitte zuerst mit uns.«

Dann war die Nachricht zu Ende. Will hatte keinen Onkel Bill. Er war unglaublich erleichtert: Dad war immer noch Dad. Und er sagte ihm: *Hier ist es nicht sicher. Lauf weiter.*

»Will, soll ich das Radio einschalten?«

»Nicht nötig, Nando.«

»Hast du Hunger? Ich kann dir Wasser und Studentenfutter anbieten.«

»Das wäre super.«

Nando reichte ihm eine Tüte Studentenfutter mit getrockneten Beeren und Joghurt-Flakes und eine Flasche kaltes Wasser nach hinten. Will verschlang alles in wenigen Minuten. Dann leuchteten vor ihnen Bremslichter auf und der Verkehr geriet ins Stocken.

»Hey, Will, die Highway Patrol scheint vor der Ausfahrt nach Santa Barbara eine Verkehrskontrolle durchzuziehen. Falls dich das irgendwie interessieren sollte ...«

Will beugte sich vor, um besser sehen zu können. Der Verkehr war inzwischen zum Erliegen gekommen. Zehn Autos trennten sie von den quer über die Straße gestellten Streifenwagen der kalifornischen Autobahnpolizei, die beide Spuren Richtung Süden blockierten.

»Was sollen wir machen?«, fragte Will.

»Wenn du deinen Flug noch kriegen willst, dürfen wir hier nicht lange rumstehen. Hinter dir auf dem Boden zwischen den Sitzen ... siehst du die schwarze Schlaufe da unten?«

»Ja.«

»Zieh fest daran. Mit einem Ruck.«

Will löste seinen Sicherheitsgurt und zog an der Schlaufe. Beim zweiten Versuch öffnete sich eine Klappe zu einem eingelassenen Stauraum, in dem zwei Koffer Platz fanden. Oder ein Mensch von mittlerer Größe.

»Spring rein«, forderte Nando ihn auf.

»Was?«

Nando drehte sich um und betrachtete ihn gelassen. »Falls ich mich irre und die Cops nicht nach dir suchen, dann bleib einfach sitzen. Für mich ist das in Ordnung, so oder so.«

Will sah Nandos festen, ruhigen Blick und dachte: *Kann ich dir trauen?*

»Ja«, sagte Nando.

»Was?«

»Ja, du passt da rein. Ist bestimmt auch noch Platz für deine Tasche. Deine Handynummer?«

Will sagte sie ihm. Dann stopfte er seine Reisetasche in die Vertiefung, die mit einem Stück Teppich ausgelegt war, ließ sich ebenfalls in den Stauraum hinab und schmiegte sich um die Tasche. Es war eng, aber er passte hinein.

»Zieh die Strippe runter und halt dich daran fest«, instruierte

Nando ihn. »Stell dein Handy auf Lautlos und setz die Knopfhörer ein. Ich ruf dich dann an.«

Will zog die Klappe zu und verschwand in der Dunkelheit. Schwaches weißes Licht erhellte das Versteck, als er sein Telefon einschaltete, und er sah, dass er von schwarzem Metall umgeben war. Der Van fuhr an und direkt unter ihm knirschten die Reifen über den Asphalt. Wills Handy brummte. Er nahm das Gespräch an und hörte Nandos Stimme.

»Noch vier Wagen vor uns. Entspann dich, wir machen das schon. Ich mach jetzt den Lautsprecher an.« Nando legte sein Telefon auf das Armaturenbrett und schaltete die Übertragung eines Spiels der Lakers ein.

Alle zwanzig Sekunden bewegte sich der Van ein paar Meter weiter vorwärts. Will atmete langsamer, schloss die Augen und konzentrierte sich auf das, was er hören konnte: ein elektrischer Fensterheber wurde betätigt, Autos fuhren Richtung Ojai im Norden. Der Van rollte ein weiteres Mal vorwärts und hielt an. Will hörte Schritte und dann eine gebieterische männliche Stimme.

»Wohin wollen Sie heute Abend?«

»Muss einen Fahrgast am LAX abholen, Officer.«

»Würden Sie bitte die hinteren Seitenscheiben öffnen?«

»Natürlich.«

Die Fenster wurden heruntergelassen und dann waren die Schritte des Streifenpolizisten zu hören, der zum Heck des Vans marschierte.

»Ist die Straße vorne gesperrt?«, fragte Nando.

»Nein«, erwiderte der Polizist.

Schritte einer zweiten Person näherten sich und dann rollte etwas unter den Wagen. Will überlegte, dass es wohl ein Untersuchungsgerät auf Rädern und mit angewinkeltem Spiegel war. Es kam direkt unter seinem Versteck zum Stehen.

»Haben Sie einen Reservereifen dabei?«

»Immer, Officer«, antwortete Nando.

»Ich muss Sie bitten auszusteigen.«

Angespannt machte Will sich noch kleiner und rechnete damit, dass jeden Moment eine Faust gegen die Klappe hämmern und jemand ihm befehlen würde herauszukommen. Stattdessen wurde die Stille jäh durch ein Geräusch unterbrochen, das sein Herz schneller schlagen ließ – ein ungedämpfter V8-Motor kam laut dröhnend hinter ihnen auf dem Highway näher. Der Wagen beschleunigte wie wild und raste auf sie zu. Es entstand eine kurze, unheimliche Stille, gefolgt von einem massiven, markerschütternden Aufprall. Dann entfernte sich das brüllende Motorgeräusch – auf der anderen Seite der Straßensperre.

»Wow«, staunte Nando.

Die Beamten der Highway Patrol rissen den Spiegel unter dem Van weg und rannten los, während sie irgendetwas in ihre Funkgeräte riefen. Ein paar Sekunden später rasten die Streifenwagen mit heulenden Sirenen in Richtung Süden.

»Halt dich fest«, empfahl Nando über das Telefon. »Wir fahren jetzt weiter.« Der Van setzte sich in Bewegung und gewann dann langsam an Geschwindigkeit. »Das hättest du sehen sollen. Total abgefahren.«

»Ein Hot Rod, der mit ungefähr hundert Sachen über die Straßensperre gesprungen ist?«

»Der Typ hat denen den Evel Knievel gemacht. Durch die Luft geflogen, Mann! Über drei Streifenwagen hinweg, landet dann auf dem *Dach* des vierten, fährt über die Kühlerhaube runter auf den Highway und zischt ab wie eine Rakete. Und die ganze Zeit frag ich mich: *Was läuft hier, ist das echt oder nur ein Film?«*

Will hörte, wie der Blinker gesetzt wurde. Der Van bog nach rechts ab und er wusste, dass sie auf die Straße in Richtung Nordwesten nach Santa Barbara fuhren.

»Komm raus, Will. Die Luft ist rein.«

Will drückte die Klappe hoch, streckte sich, weil er einen Krampf hatte, und setzte sich wieder auf den Rücksitz. Sie waren jetzt vollkommen allein auf der Straße und fuhren durch die Dunkelheit.

»Du hast den Prowler also schon mal gesehen?«, fragte Nando interessiert und schaute Will im Rückspiegel an.

»Heute Morgen. In der Stadt.« Will hörte ein kurzes Klingeln über seine Knopfhörer. Er warf einen Blick auf das Display, wo folgende Worte erschienen:

VERSCHWINDE. SCHNELL. ICH FINDE DICH.

Keine SMS. Nur dicke Druckbuchstaben, die wie von selbst aufgetaucht waren. Etwa von Prowler Man?

»Wer ist dieser Typ?«

»Keine Ahnung«, meinte Will. »Glaubst du, sie suchen auch am Flughafen nach mir?«

»Sie werden eine Weile damit beschäftigt sein, den Hot Rod zu verfolgen. Der Typ ist wahrscheinlich schon längst im Zentrum von Oxnard und wartet am Drive-in vom nächsten Schnellrestaurant.«

Beide lachten kurz. Als die Worte auf dem Display verschwanden, fiel es Will plötzlich wie Schuppen von den Augen: *Prowler Man ist Australier. Das war der Akzent, den ich nicht zuordnen konnte.* Dann drängte sich eine weitere Frage auf: Will *ich überhaupt, dass er mich findet?*

»Schalt sofort dein Handy aus. Ab jetzt keine weiteren Anrufe«, wies Nando ihn an.

»Warum nicht?«

»Dein Smartphone hat GPS, mein Freund. Wenn du anrufst oder eine SMS verschickst, während du im Netz bist, orten sie deine IP-

Adresse sofort vom nächsten Sendemast aus und können bis auf den Zentimeter genau rausfinden, wo du bist.«

»Das wusste ich gar nicht.«

»Das soll auch keiner wissen. Streng geheimes Big-Brother-Zeug. Sie können jedes Gespräch orten, jede SMS zurückverfolgen und dich jederzeit aufspüren. Du kannst die Kamera oder den Kalender oder sonst was an deinem Handy benutzen, solange du nicht ins Netz gehst. Aber keine Anrufe.«

Will schaltete sein Telefon aus und fühlte sich augenblicklich viel schutzloser.

»Hast du irgendjemand erzählt, wo du heute Abend hinwillst?«

»Nein«, erwiderte Will. »Glaubst du, dass wir es schaffen?«

»Ich glaub jedenfalls nicht, dass wir verfolgt werden.« Nando hielt sich an das Tempolimit, während sie sich durch die Berge und um den Lake Casitas schlängelten.

Will kämpfte gegen den übermächtigen Drang, die Augen zu schließen, aber dann erinnerte er sich:

Nr. 41: SCHLAF, WENN DU MÜDE BIST. KATZEN MACHEN NICKERCHEN, DAMIT SIE STETS FÜR ALLES BEREIT SIND.

Eine halbe Stunde später wachte Will vollkommen munter und erstaunlich erfrischt auf. Sie fuhren inzwischen auf dem Highway in Richtung Norden, entlang der Küste von Santa Barbara. Links von der Schnellstraße sah er schaumgekrönte Wellen, Mondlicht, das auf dem offenen Meer glitzerte, und weiter draußen Bohrinseln, die beleuchtet waren wie Weihnachtsbäume.

»Wenn du zum Flughafen kommst«, riet Nando, »kauf dir eine einfache schwarze Tasche für deine Sachen. Auf deiner Reisetasche steht der Name deiner Schule. Und sieh zu, dass du das Mannschaftssweatshirt loswirst. Kauf dir im Souvenirladen irgendwas, das nach Tourist aussieht, und besorg dir eine neue Kappe. Zieh den Schirm tief runter, damit man auf den Überwachungskameras dein Gesicht nicht so leicht erkennen kann.«

»Okay.«

»Du brauchst allerdings deinen Pass, um ins Flugzeug zu kommen. Zu spät, um jetzt noch was zu tricksen, aber solange dein Name nicht im System der Sicherheitsbehörden ist, wirst du keine Schwierigkeiten bekommen. Falls doch ... das ist dann der Moment, auf den es ankommt.«

Sie fuhren von der Autobahn ab und folgten den Schildern zum Flughafen. Nando holte ein einfaches Nokia-Handy und ein Ladegerät aus dem Handschuhfach und warf ihm beides nach hinten. »Ab jetzt benutzt du das hier zum Anrufen.«

»Bist du sicher? Ich will nicht, dass dein Telefon ...«

»Keine Sorge. Es gehört nicht wirklich mir, verstehst du? Es hat eine Kamera und du kannst auch SMS schreiben.«

Als sie auf das Gelände des Flughafens fuhren, nahm Will seinen Geldbeutel heraus.

»Steck das weg«, befahl Nando. »Ich kann mit deinem Geld nichts anfangen.«

»Aber ich muss dich doch bezahlen, Nando. Was willst du denn deinem Chef erzählen?«

»Er muss es ja nicht erfahren. Alles cool, Alter. Ich such mir einfach einen Fahrgast für die Rückfahrt und berechne ihm das Doppelte.«

Sie lachten wieder. Kurz vor acht fuhr Nando an den Bordstein vor das im spanischen Stil erbaute Flughafengebäude. Die Seitentür glitt auf.

Will zögerte. »Warum hilfst du mir, Nando? Du hättest nichts von alledem tun müssen.«

Nando drehte sich zu ihm um und schaute ihn mit seinen großen braunen Augen ernst an. »Bin froh, dass du mich das fragst«, meinte er. »Als ich vorhin draußen hinter der Zentrale war, genau in dem Moment, als der Hubschrauber über das Haus flog, da hörte ich diese Stimme in meinem Kopf. So als wäre ich irgendwie in Trance gefallen und diese Stimme hätte sich unter das Rotorengeräusch gemischt. Sie sagte, die nächste Person, die durch meine Tür kommen würde, sei dieser eine, historisch wirklich bedeutende Mensch. Sie bräuchte meine Hilfe und ich solle mir besser richtig Mühe geben, sonst könnte dies das Ende der Welt bedeuten.«

Will schluckte. »Echt?«

»Nein, ich verarsch dich nur, Alter!«, lachte Nando. »Wofür hältst du dich? Für LeBron James? Hast du es nicht mitgekriegt? *Er* ist ›der Auserwählte‹. Aber ich habe dich richtig drangekriegt, stimmt's?«

»Stimmt.«

Sofort verschwand das Lächeln wieder aus Nandos Gesicht. »Ich meine es vollkommen ernst, *Alter.* Ich habe eine Stimme gehört.«

»Okay, jetzt machst du mir wirklich Angst.«

»Aber ich hätte nicht auf sie gehört, wenn ich dich nicht gemocht hätte, Mann. Du hast ein ehrliches Gesicht.« Sie gaben einander die Hand und Nando reichte Will eine Visitenkarte: NANDO GUTIERREZ, OJAI-TAXIZENTRALE. »Ruf mich an, wenn du da bist. Sag Bescheid, ob du und dein Dad wieder zusammenseid, okay? Versprich es mir. Ich will von dir hören.«

»Das wirst du.«

»*Vaya con Dios*, mein Freund«, sagte Nando zum Abschied.

»Und du richtest Lucia und Angelita von mir aus, dass sie sehr stolz auf ihren Dad sein können«, sagte Will, während er aus dem Wagen kletterte.

»Danke«, meinte Nando. »Hey, warte mal, ich glaube nicht ... Ich hab dir doch gar nicht gesagt, wie meine Töchter heißen, Mann.«

»Nein?«, fragte Will unschuldig, als er winkte und davonging.

»Okay, das ist echt seltsam. Woher weißt du das? Hey, woher weißt du das?«

Will zuckte nur die Achseln. Er hatte keine Ahnung, woher er die Namen kannte – er wusste sie einfach. Dann schulterte er seine Reisetasche und ging auf das Flughafengebäude zu.

Nr. 28: DIE LEUTE SOLLEN DICH RUHIG UNTERSCHÄTZEN. SO WISSEN SIE NIE GENAU, WOZU DU FÄHIG BIST.

Zwei Minuten nachdem Will ins Gebäude gegangen und Nando davongefahren war, hielt eine schwarze Limousine am Straßenrand an.

DAVE

Wie Dr. Robbins es versprochen hatte, war Wills Ticket nach Denver am Schalter hinterlegt. Bei einer anderen Fluggesellschaft hatte sie für ihn einen Anschlussflug nach Chicago gebucht, der um Mitternacht in Denver startete. Will zeigte der Frau am Schalter seinen Pass und sie händigte ihm seine Bordkarten aus, ohne weitere Fragen zu stellen.

Bevor er die Sicherheitskontrollen passierte, ging er in einen Souvenirladen und kaufte eine billige schwarze Reisetasche, ein graues Sweatshirt und eine einfache Baseballkappe. Auf der Herrentoilette zog er das Sweatshirt an, nahm alle Sachen aus seiner Reisetasche heraus und packte sie in die neue Tasche. Es blieb gerade noch genügend Platz, um auch die leere Reisetasche hineinzustopfen. Nachdem er den Reißverschluss zugezogen hatte, setzte er die Kappe auf und warf auf dem Weg nach draußen einen kurzen Blick in den Spiegel.

Der Terminal war fast menschenleer; Will hatte ein Ticket für einen der letzten Flüge an diesem Abend. An der Sicherheitskontrolle zeigte Will einer müden Beamtin der Transportation Security Administration Bordkarte und Ausweis. Sie warf ihm einen kurzen Blick zu, stempelte seinen Pass ab und winkte ihn zu einem Bereich, der mit Seilen begrenzt war und um die Ecke führte. Will war erst zwei Mal geflogen, noch vor dem 11. September 2001, als ganz kleines Kind. Sooft seine Familie auch umgezogen war, seine Eltern hatten jeden Wohnortwechsel mit dem Wagen erledigt.

Ein Stapel Plastikkörbe wartete neben einem langen Edelstahltisch mit einem Förderband, das durch einen Röntgenapparat lief. Der Geschäftsmann vor Will zog seine Slipper aus, warf sie zusammen mit seiner Uhr und seinem Gürtel in einen Korb und legte seinen Mantel darauf. Handgepäck, Handy und Laptop platzierte er in einen zweiten Korb und schob beide Körbe auf das Förderband. Auf dem Anhänger an seinem Handgepäck stand JONATHAN LEVIN.

Will trat an den Tisch und machte alles genau so wie der Mann vor ihm. Levin wartete hinter einer weißen Linie vor einem Metalldetektor. Dann reichte er seinen Pass dem dort postierten Sicherheitsbeamten, einem dürren Hinterwäldler wie aus einem Country- und Westernsong, mit Silberblick und sehnigen, tätowierten Unterarmen. Dieser nahm seinen Job übertrieben ernst und schaute ein paar Mal vom Pass zu Levin und wieder zurück, bevor er ihm den Ausweis zurückgab und ihn durchwinkte.

Als Will sich umdrehte, bemerkte er zwei Männer in schwarzen Kappen und Jacken, die auf die Sicherheitskontrolle zusteuerten und sich umsahen. Sie hatten ihn noch nicht entdeckt. Will zog sich die Kappe tiefer ins Gesicht und trat bis zur weißen Linie vor.

Vielleicht ist es nur eine Routinekontrolle und sie wissen gar nicht, dass ich hier bin. Vielleicht können sie mir nicht folgen, sobald ich durch die Sicherheitskontrolle bin.

Als seine Körbe durch den Röntgenapparat liefen, fiel ihm ein, dass er sein Schweizer Messer und den Metallvogel in der Reisetasche gelassen hatte. Beide Gegenstände würden Anlass für eine Unterhaltung geben, die er sich nicht leisten konnte. Er schaute zu der jungen Frau, die den Monitor des Röntgenprüfgeräts beobachtete.

Vertraue auf dein Training.

Als Will noch keine fünf Jahre alt gewesen war, hatten seine Eltern eine ungewöhnliche und verblüffende Fähigkeit bei ihm entdeckt – er konnte »Bilder schieben«, direkt aus seinem Kopf in den eines anderen Menschen. Seine Mutter bemerkte es, als immer wieder Bilder in ihrem Kopf auftauchten – ein Spielzeug, ein Getränk, ein Keks. Schließlich begriff sie, dass Will ihr auf diese Art zu sagen versuchte, was er wollte.

Seitdem hatten seine Eltern mit ihm trainiert, um diese Fähigkeit weiterzuentwickeln, zuerst nur spielerisch, dann jedoch ernsthafter. Sie hatten ihm allerdings auch eingeschärft, seine Kräfte niemals bei anderen Menschen anzuwenden, da es moralisch verwerflich war und gegen Regel Nr. 3 verstieß: LENKE KEINE AUFMERKSAMKEIT AUF DICH.

Es sei denn, er befand sich in akuter Gefahr. So wie jetzt.

Wills Herz schlug ihm bis zum Hals, während er die Flughafenangestellte hinter dem Monitor entschlossen anstarrte. Bisher hatte er nur seinen Eltern Bilder in den Kopf geschoben und es noch nie bei jemand anderem versucht. Die junge Frau hielt das Band mit Wills Taschen an, als sie sich in der Mitte der Durchleuchtungseinheit befanden, und beugte sich weiter vor, um sich das Bild genauer anzusehen.

Eine Zahnbürste. Ein Wecker.

Schweigend und zitternd konzentrierte Will sich und schob ihr diese Bilder in den Kopf. Er konnte *spüren,* wie sie ankamen. *Zahnbürste* und *Wecker* ersetzten Messer und Vogel.

Einen Moment später lehnte sich die Angestellte wieder zurück und ließ das Band weiterlaufen und Wills Körbe tauchten am anderen Ende des Röntgengeräts auf. Erleichtert drehte er sich um und schaute dann direkt in das Gesicht des hinterwäldlerischen Sicherheitsbeamten, der ihn mit kalten Augen musterte. Er bat Will um seinen Pass, überprüfte das Lichtbild darin und blickte ihn scharf an. Wills Nackenhaare stellten sich auf.

Der Wachmann bewegte sich zur anderen Seite des Detektors und winkte Will vorwärts. Er ging hindurch, ohne den Alarm auszulösen. Der Mann bedeutete ihm, nach rechts in einen Bereich zu treten, der mit Stellwänden abgeteilt war.

»Warte da drüben«, wies er Will an.

Will war gerade auf die nächsthöhere Kontrollstufe befördert worden. Nach seinem Einchecken war sein Name offensichtlich von den Leuten, die ihn verfolgten, auf eine Fahndungsliste gesetzt worden. Der Wachmann hielt Wills Bordkarte, als wäre es eine scharfe Granate, und ging in das Labyrinth der Trennwände. Er zeigte die Karte einer korpulenten Afroamerikanerin in einem blauen Blazer. Sie warf Will einen kurzen Blick zu, die scharfen Augen von geübter Gleichgültigkeit verschleiert, und nickte dann in Richtung des Hinterwäldlers, der daraufhin zu einem Computer ein paar Schritte weiter marschierte.

Er wird gleich bestätigen, dass mein Name auf einer Fahndungsliste steht.

Als Will rasch über die Schulter schaute, sah er die Männer mit den schwarzen Kappen vor der Sicherheitskontrolle. Sie musterten die Passagiere. Will drehte sich wieder um. Der Wachmann beugte sich über den Computer, das Gesicht vom flackernden Bildschirm gespenstisch weiß beleuchtet.

Will richtete den Blick auf eine Stelle in der Mitte der ungepflegten, zusammengewachsenen Augenbrauen des Hinterwäldlers. Dann verlangsamte sich sein Puls. Er »sah« sein Ziel, spürte, wie eine Hitzewelle sein Rückgrat hinaufschoss, durch seine Kehle und weiter nach oben strömte, um das Bild zu erzeugen, dass er schieben wollte:

Ein Bild des Computerbildschirms, auf dem Will West *gelöscht ist.*

Das Bild kam an. Der Wachmann kniff die Augen zusammen und blinzelte ein paar Mal. Schnell schob Will ein weiteres Bild hinterher und fügte einen anderen Namen ein, wo vorher sein eigener gestanden hatte: *Jonathan Levin.*

Der Sicherheitsbeamte beugte sich vor, als traue er seinen Augen nicht.

Dann versuchte Will zum allerersten Mal, Worte zu schieben: *Ganz genau. Der Typ, der gerade den Kontrollbereich verlassen hat.*

Der Mann reckte den Kopf über die Trennwände und bewegte den Hals hin und her wie ein Wachhund. Sein Blick schoss an Will vorbei zu dem Geschäftsmann, der sein Handgepäck in Richtung Gate zog. Dann sprach er mit seiner Vorgesetzten, die daraufhin über ein Walkie-Talkie Befehle erteilte. Zusammen mit weiteren Wachleuten rannte der Hinterwäldler dem Geschäftsmann hinterher und gab Will, der schnell die Hand ausstreckte, im Vorbeilaufen Pass und Bordkarte zurück. Hinter Will versperrten Polizisten den Zugang zu dem Metalldetektor.

Will zog seine Schuhe an und steckte seinen Laptop zurück in die Tasche. Als er sich umdrehte, stellte er fest, dass die Schwarzkappen verschwunden waren. Vielleicht hatten sie ihn überhaupt nicht gesehen. Er griff nach seiner Tasche und ging weiter. Nach zwanzig Schritten kam er an dem vor Schreck wie versteinerten Geschäftsmann vorbei, der von den Sicherheitsleuten, angeführt vom Hinterwäldler mit den zusammengewachsenen Augenbrauen, nicht gerade sanft zur Gepäckkontrolle zurückgeführt wurde.

Will bog um eine Ecke, die Knie weich vor Erschöpfung. Er sah Pünktchen und Sternchen in der Luft und der Raum um ihn herum drehte sich so heftig, dass er fürchtete, jeden Moment das Bewusstsein zu verlieren. Er torkelte zur Herrentoilette, ließ seine Tasche fallen und hielt sich mit beiden Händen an einem der Waschbecken fest. Dann spritzte er sich kaltes Wasser in Gesicht und Nacken. Seine Haut schien zu glühen.

Die Kopfbilder funktionieren also noch, eigentlich sogar besser denn je, aber sie einzusetzen, macht mich völlig fertig. Er brauchte geschlagene fünf Minuten, um sich einigermaßen zu erholen. Mit wackligen Beinen ging er in die Abfertigungshalle zurück und kaufte sich an einem Essensstand zwei Sandwiches. Sein Flug war bereits aufgerufen worden und vor dem Gate bildete sich eine Schlange.

Im Flugzeug fand Will seinen Platz am Anfang des hinteren Drittels: am Fenster, rechte Seite, Blick auf die Tragfläche. Er zog den Reißverschluss seiner Tasche auf und nahm seinen iPod und die Kopfhörer heraus. Einen Augenblick lang dachte er daran, nachzuschauen, ob Nachrichten auf seinem iPhone warteten, aber dann fiel ihm Nandos Warnung ein und er überlegte es sich anders.

Es dauerte nicht lange, bis alle Passagiere eingestiegen waren. Das Flugzeug war nicht einmal zur Hälfte besetzt. Überwiegend ältere Leute, Geschäftstypen in langweiligen Anzügen, die völlig weggetreten wirkten und mit sich selbst beschäftigt waren. Will lehnte sich zurück, schloss die Augen und versuchte, die Frage auszublenden, die wie in einer Endlosschleife immer wieder durch seinen Kopf lief: *Wer sind diese Männer und was wollen sie von mir und meinen Eltern?*

Nr. 49: WENN NICHTS ANDERES MEHR HILFT,
ATME EINMAL TIEF DURCH.

Will schaltete den iPod ein und tippte einen Mix an, den Mom ihm zum Lernen oder Meditieren gegeben hatte. Meeresrauschen und beruhigende Naturgeräusche untermalten leise atmosphärische Melodien, gespielt von Panflöte, Akustikgitarre und sanfter Perkussion.

Die Musik half. Wills Hände, die eben noch krampfhaft die Armlehne seines Sitzes umklammert hatten, entspannten sich. Er musste diesen ganzen albtraumhaften Tag hinter sich lassen und brauchte einen ruhigen, ereignislosen Flug, um wieder einigermaßen klar denken zu können und für den morgigen Tag gewappnet zu sein.

Zunächst nahm er die Stimme kaum wahr – ein tiefer Bariton, der die Melodie mitsummte. Sie wurde beständig lauter, verschmolz aber so nahtlos mit der Musik, dass Will glaubte, sie wäre schon immer da gewesen, ihm aber nur nicht aufgefallen.

Bis sie zu ihm sprach. »Atme einfach nur tief ein und aus, schön ruhig und entspannt. Der älteste Trick der Welt. Ja, genau so, Will.«

Dunkel, rau, derselbe harte Akzent. Aber der Typ war eindeutig besserer Laune als am frühen Abend, als er Will hinter dem Haus abgesetzt hatte. »Bleib sitzen, Kumpel. Halt die Augen geschlossen. Lass dir nichts anmerken.«

Will riss die Augen auf. Der Sitz neben ihm war leer, genau wie die beiden auf der anderen Seite des Ganges. Er beugte sich zur Seite und schaute sich um. Etwa zehn Reihen weiter vorne reckte ein Mann auf einem Sitz am Gang den Daumen nach oben. Er trug eine abgewetzte Pilotenjacke aus Leder. Ein schwerer schwarzer Stiefel, mit verblassten züngelnden Flammen verziert, stand im Gang.

Blitzschnell setzte Will sich auf seinen Platz zurück. *So viel zu einem ruhigen, ereignislosen Flug.*

»Immer mit der Ruhe«, sagte die Stimme. »Bleib ganz cool und wir kommen prima miteinander aus.«

»Wer bist du?«, flüsterte Will. »Warum verfolgst du mich?«

»Ich kann dich nicht hören, Kumpel. Das funktioniert so nicht. Bleib sitzen, bin gleich zurück.«

Will schaute erneut durch den Gang. Der Sitz von Prowler Man war leer. *Was wollte dieser durchgeknallte Typ bloß von ihm?*

Der letzte Passagier – eine grotesk übergewichtige Frau – schwabbelte den Gang hinunter. Sie quoll aus einem violetten Hausanzug aus Velours und zog einen kleinen Trolley mit aufgeprägtem Blumenmuster hinter sich her. Dünnes, fettiges Haar hing ihr strähnig in das runde, teigige Gesicht, das ihre Züge winzig klein wirken ließ. Ihre flinken, wachsamen Augen fanden ihren Platz vier Reihen vor Will auf der anderen Seite des Gangs – wo sie sich dann keuchend vor Erschöpfung in den Sitz plumpsen ließ.

Über die Lautsprecher verkündete die Stimme einer Stewardess, sie seien zum Starten bereit und alle elektronischen Geräte müssten jetzt ausgeschaltet werden.

Will nahm die Knopfhörer ab und schaltete seinen iPod aus. Die Maschine entfernte sich vom Flugsteig und das Licht in der Kabine wurde schwächer, als sich das Flugzeug in Richtung Rollfeld bewegte. Will sah noch einmal nach: Der Prowler-Fahrer war noch immer nicht an seinen Platz zurückgekehrt.

Vielleicht ist er gar nicht real und ich bilde ihn mir nur ein. Eine Art holografische Nebenwirkung schleichenden Wahnsinns.

Will schloss die Augen und rief sich in Erinnerung, was er ein paar Stunden zuvor auf dem Rücken der Jacke des Mannes gesehen hatte. Bilder zogen an ihm vorbei. Eines davon war die Silhouette eines Tieres, das er aber nicht genau erkennen konnte.

Das Flugzeug schoss vorwärts, beschleunigte und drückte Will beim Abheben in seinen Sitz. Dann zog der Pilot das Fahrgestell ein und die Maschine stieg steil in die Luft. Schnell war die Stadt Santa Barbara in der Ferne verschwunden und die Küstenlinie glich einer Kette aus Lichtern. Der Pilot ging über dem Ozean in Schräglage und steuerte dann in einer Schleife wieder zurück Richtung Osten. Will fragte sich, ob sie über Ojai fliegen würden.

Eine willkommene, aber unerwartete Erleichterung durchströmte ihn. Zumindest für den Moment war er seinen Verfolgern entkommen, wer auch immer sie sein mochten. Er versuchte, seinen

Geist zu beruhigen und diese euphorische Hochstimmung zu genießen, solange sie anhielt.

Irgendwann war der Steigflug beendet und die Maschine flog waagerecht. Ein Gong ertönte, bevor eine Stewardess über die Lautsprecher mitteilte, die Benutzung elektronischer Geräte sei nun wieder gestattet.

Will steckte sich die Stöpsel in die Ohren und spielte denselben Song noch einmal ab. Keine Stimme dieses Mal. Er hob den iPod an seinen Mund. »Bist du noch da? Hallooo?«

»Es sieht ein bisschen bescheuert aus, wenn du in deinen iPod sprichst, Kumpel. Die Leute werden denken, bei dir galoppieren Kängurus durchs Oberstübchen.« Die Stimme des Mannes kam offenbar noch immer aus Wills Knopfhörern.

»Kannst du dir überhaupt vorstellen, was ich heute durchgemacht habe?«, fragte Will laut.

»Und ob. Besser, als du denkst.«

»Ich bin *ganz kurz* vor einem totalen und vollkommen berechtigten Nervenzusammenbruch.«

»Jetzt werd mal nicht hysterisch, Alter. Fahr die Rückenlehne nach hinten. Bis ganz nach hinten – ja, genau so. Immer mit der Ruhe.«

Will ließ sich in den zurückgeklappten Sitz sinken. Der Mann beugte sich vor; er saß einen Platz links hinter ihm. Sein zerfurchtes, in Schatten gehülltes Profil war keine fünfzig Zentimeter entfernt. Die Pilotenbrille verbarg zwar seine Augen, jedoch nicht die Narben auf der linken Gesichtshälfte, die aussah wie eine rötliche, plastische Straßenkarte.

»Du kommst aus Australien, stimmt's?«, meinte Will.

»Nein, Kumpel. Ich bin ein Kiwi. *Neuseeland.* Hast du vielleicht schon mal gehört.«

»Natürlich.«

»Schön für dich. Wenn du sie abgeschüttelt hast, wird das hier vielleicht ein ›ereignisloser‹ Flug. Aber wir rauschen in eine üble Wetterfront. Könnte holprig werden.«

»Du machst also auch den Wetterbericht.«

»Das volle Programm.«

»Und wer bist du?«

»Dave. Ab jetzt darfst du beim Pennen immer nur ein Auge zumachen. Rechne mit dem Schlimmsten, hoffe das Beste. Sobald sie dich einmal im Visier haben, lassen sie nicht mehr locker.«

»Meinst du die Männer mit den Kappen oder diese ›Dinger‹, die versucht haben, mich zu fressen?«

Dave blieb vollkommen bewegungslos, während er redete. »Beide.«

»Kannst du mir wenigstens sagen, was das für Dinger waren?«

»Eine Art der dreibeinigen Peitscher. Ich würde sagen, entweder Gulvorgs oder Burbelangs.«

»Sind das neuseeländische Tiere?«, fragte Will sarkastisch.

»Führ dich nicht auf wie ein Volltrottel, Junge. Ich sage dir, dass sie so *aussahen*. Eine Annahme, die durch die Tatsache gestützt wird, dass ich sie *sehen* konnte.« Dave tippte sich an seine Sonnenbrille.

»Was auch immer sie sind – warum sollten sie ausgerechnet *mich* verfolgen?«

»Offensichtlich sollten wir im Augenblick nicht in dieses Wespennest stechen ...«

»Wieso offensichtlich?«

»Offensichtlich aus Gründen, auf die ich derzeit klugerweise besser nicht eingehen sollte. Beantworte mir folgende Frage: Hast du Schwefel oder Rauch gerochen, bevor sie dich angegriffen haben? Hast du ein rundes Fenster mitten in der Luft gesehen oder einen Feuerring ...«

»Einen Feuerring. In den Bergen. Ich dachte, es wäre der Sonnenuntergang.«

»Nein, Kumpel. Das war ein Abwurf aus großer Höhe. Einige ihrer schlimmsten Kreaturen aus dem Niegewesen, abgeworfen von ganz weit oben – so was wie ›Gänseblümchenschneider‹, diese Fliegerbomben der US Air Force. Üble Nummer.«

Will überlegte kurz. »Sprecht ihr in Neuseeland vielleicht eine andere Sprache?«

»Sie haben Schiffe – Luftschiffe. Nicht so wie unsere. Man kann sie nicht sehen oder nur sehr selten ...« Dave verstummte abrupt und seufzte. »Hab schon mehr erzählt, als du wissen sollst. Um ehrlich zu sein, wurde mir die Mission erst heute Morgen übertragen. In letzter Minute, null Einweisung. Hatte nicht mal Zeit, deine Akte durchzusehen.«

»Meine Akte?«

Dave holte einen kleinen durchsichtigen Glaswürfel aus der Jackentasche. Darin schwebte ein Paar glänzend schwarzer Würfel. Diese sahen aus wie Spielwürfel ohne Augen und drehten sich unabhängig voneinander und unterschiedlich schnell.

»Ist *das* meine Akte?«, fragte Will.

Licht strahlte aus den schwarzen Würfeln und über dem großen transparenten Exemplar erschienen dreidimensionale Bilder: zwei Gruppen widerlicher, geifernder dreibeiniger Bestien.

»Das sind Burbelangs«, erklärte Dave und zeigte auf die eine Gruppe. »Und das sind Gulvorgs.«

»Großer Gott!«

»Von jetzt an solltest mir besser glauben, dass mir dein Wohlergehen sehr am Herzen liegt, oder die Mission geht schneller den Bach runter als ein Eimer Krabben in der Sonne ...«

»Wenn du glaubst, du würdest mir helfen, indem du mir nicht die *Wahrheit* sagst, musst du noch eine Menge über mich lernen.«

Dave schaute Will einen Moment eindringlich an. »Auch wieder wahr.«

»Darf ich mal sehen?«, fragte Will und zeigte auf den Würfel.

»Nicht in diesem Leben.«

Die Bilder verschwanden. Dave stopfte den Glaswürfel wieder in seine Tasche, beugte sich zwischen den Sitzen nach vorn und musterte Will. »In Anbetracht der Mittel, die sie einsetzen«, meinte er dann, »müssen wir annehmen, dass du ihr Zielobjekt bist. Deshalb habe ich sie in die Irre geführt. Hat Stunden gedauert, sie abzuschütteln.«

»Wie lautet denn deine Mission?«

»Begleitung und Schutz. Kannst nur froh sein, dass sie dir keinen Mitfahrer aufgehalst haben. Von diesen entzückenden Dingern will ich gar nicht erst anfangen.«

»Was ist ein Mitfahrer?«

»Damit haben sie deine Mum verwandelt, Junge.«

Wills Magen krampfte sich zusammen. »Was hat das zu bedeuten? Geht es ihr gut?«

»Kann man jetzt noch nicht sagen«, antwortete Dave mit überraschend sanfter Stimme. »Ich könnte Nachforschungen anstellen, über eine ganze Reihe von Dingen, aber das Letzte, was du jetzt brauchst, sind Infos von Ebene Zwölf, die deinen Kopf zum Explodieren bringen könnten.«

»Dann sag mir bitte nur eines: Ist mit meinem Dad alles in Ordnung?«

»Ich versuche, es herauszufinden. Aber ich brauche mehr Informationen und *du* brauchst Ruhe. Iss erst mal was und mach ein Nickerchen. Falls der Flug ›ereignisreich‹ wird, findest du alles, was du brauchst, in dieser Tasche da vor dir. Neben dem Bordmagazin. Halt die Augen auf.«

Will kramte in der Tasche am Sitz vor sich herum und holte ein kleines, rechteckiges graues Etui hervor. Darin fand er eine mittelgroße Sonnenbrille mit einfachem schwarzem Gestell im Retro-Look. Die Gläser waren graublau getönt, wie die von Daves Brille.

»Wie funktioniert die?«, fragte Will und lehnte sich zurück. »So wie eine Drei-D-Brille?«

Der Sitz hinter ihm war leer.

Will schaltete den iPod wieder ein, hörte aber nur Musik, keinen Dave. Er untersuchte die Brille und setzte sie auf. Alles sah genauso aus wie vorher, nur dunkler.

»Es ist durchaus möglich, dass ich völlig den Verstand verloren habe«, murmelte er vor sich hin.

Aber er befolgte Daves Rat, legte die Brille weg und aß beide Sandwiches, die ungefähr so saftig und schmackhaft waren wie die Zeichnung eines Sandwiches. Als die Stewardess mit dem Getränkewagen vorbeikam, nahm er zwei Flaschen Wasser und trank sie gierig aus. Dann holte er die restlichen Formulare des Centers hervor, füllte sie aus und setzte unter jedes die sorgfältig gefälschten Unterschriften seiner Eltern.

Als Will die Augen schloss, sah er immer wieder Bildfetzen des zerstörten Hotelzimmers, in dem sein Dad sich aufgehalten hatte. Und ständig musste er an seine letzten Worte denken:

»Wir allein sind dafür verantwortlich. Und der Gedanke, dass wir durch unser Handeln Schrecken und Leid in dein Leben bringen, ist für deine Mom und mich nahezu unerträglich.«

Verantwortlich *wofür?* Was hatten sie getan? Welchen schrecklichen Preis mussten sie jetzt dafür bezahlen?

Ungefähr eine Dreiviertelstunde nach dem Start, während sie über das knallbunt leuchtende Las Vegas flogen, fiel Will endlich in einen leichten, unruhigen Schlaf.

Den ganzen Tag fürchtete ich mich davor, wieder einzuschlafen ... oder vielleicht lag es daran, dass ich nicht abwarten konnte. Dann schien es, als würde ich mich stundenlang hin und her wälzen, bevor ich zur Ruhe kam. Aber kaum war ich endlich eingenickt, war ich bereit.

Ich fand mich hoch oben am Nachthimmel wieder und stieg auf durch Gewitterwolken, erleuchtet von Blitzen, die in der Ferne zuckten. Ich hatte nicht die geringste Ahnung, wo ich war, aber dieses Mal schien ich ganz genau zu wissen, wo ich ihn finden würde.

Ich sah etwas Kleines und Dunkles, das weit vor mir durch die Wolken segelte.

Ein Flugzeug.

SABOTAGE

Will wurde durch eine heftige Turbulenz geweckt. Sofort spürte er, dass links von ihm jemand war. Er drehte sich zur Seite und erwartete, Dave zu sehen. Stattdessen stand die korpulente Frau im Gang und starrte ihn an. Ihr Gesicht lag im Schatten und ihre Augen glichen Stecknadelköpfen aus dunkel schimmerndem Licht.

»Kann ich Ihnen helfen?«, platzte Will heraus.

Die Frau blinzelte und schaute ihn unverwandt an, ausdruckslos wie eine Statue. Sie roch, als hätte sie seit Wochen nicht mehr geduscht – so streng, dass Will die Augen tränten. Wieder erschütterte eine Turbulenz das Flugzeug, noch heftiger als zuvor, und sie tauchten hinab und stiegen dann wieder auf, als würden sie auf einer Welle reiten. Die Lippen der Frau bewegten sich, doch aus ihrem Mund kam kein einziges Wort. Stattdessen wandte sie sich ab und watschelte schlurfend den Gang entlang.

Will schaute sich um. Keine Spur von Dave. Instinktiv nahm er die Sonnenbrille aus dem Etui, setzte sie auf und lehnte sich zum Gang hinüber.

Er sah, dass die dicke Frau von einem glühenden Lichtschein umhüllt war – ein ekelhaftes, fluoreszierendes Grün. Die Konturen ihres Körpers zuckten und wölbten sich wild nach außen, wie ein Sack voll wütender Katzen.

Als Will die Brille abnahm, wirkte die Frau wieder vollkommen normal. Zumindest so normal wie dreihundert Pfund bei 1,65 Meter Größe in einem fünf Nummern zu kleinen Hausanzug aus violettem Velours aussehen konnten. Sie schwankte an ihrem Platz vorbei zur Toilette, öffnete die Tür und quetschte ihren massigen Leib hinein. Dann schoss ihre Hand heraus und zog die Tür zu.

»Dave?«, flüsterte Will. »Dave?«

Keine Antwort. Will klammerte sich an die Armlehnen seines Sitzes, während in der Ferne Blitze zuckten und einen zerklüfteten Horizont aus bedrohlich aussehenden Wolken erleuchteten. Er schaute auf die Uhr: Noch eine knappe Stunde bis zur planmäßigen Ankunft in Denver. Sie flogen über die Rockies und direkt auf das Gewitter zu.

Ein Gong ertönte. Über Lautsprecher teilte eine Stewardess mit, dass der Kapitän das Zeichen zum Anschnallen eingeschaltet hatte, und bat die Passagiere, auf ihre Plätze zurückzukehren. Will legte den Sicherheitsgurt an und zurrte ihn fest. Dann lehnte er sich zur Seite und schaute noch einmal durch den Gang.

Unter der Toilettentür drang Wasser oder irgendeine andere Flüssigkeit hervor.

Will schnallte sich wieder ab, stand auf und ging in Richtung Toilette. Der Boden unter seinen Füßen hob und senkte sich wie in einem Gruselkabinett. Er erreichte die Tür und stellte sich breitbeinig wie ein Seemann auf den vollgesogenen Teppich. In dem Anzeigefeld unter der Klinke stand FREI. Will riss die Tür auf und sah, dass die Lampe neben dem Spiegel hektisch flimmerte.

Der violette Hausanzug der Frau lag in einem zerknitterten Haufen auf dem Boden und aus den Öffnungen an Ärmeln, Beinen und am Hals drang irgendeine Flüssigkeit. Der rechte Ärmel des Anzugs hing in der Toilette. Ein lautes Sauggeräusch, das aus der geöffneten Scheibe am Boden der Toilettenschüssel drang, erfüllte den Raum, und derselbe ekelerregende Geruch, der ihm zuvor schon aufgefallen war, hing in der Luft.

Dann bewegte sich etwas in dem Anzug. Ein Gebilde von der Größe eines Fußballs flutschte vom Torso in den Ärmel und durch den geöffneten Abfluss in der Schüssel nach draußen. Der violette Anzug sackte zusammen und blieb reglos liegen. Dann wurde er in einer einzigen Bewegung in die Toilette gerissen, zusammen mit etwas Fleischigem und Schlaffem, das aussah wie die abgestreifte Haut einer riesigen Schlange, besetzt mit wirren Haarsträhnen.

Die Scheibe in der Toilette schob sich über den Abfluss und das saugende Geräusch endete abrupt.

Eine Flugbegleiterin trat hinter Will und berührte ihn leicht an der Schulter. »Sie müssen wieder auf Ihren Platz gehen, Sir«, ermahnte sie ihn.

»Ich habe Wasser unter der Tür herauslaufen sehen.«

Als die Stewardess auf den nassen Teppich schaute, machte das Flugzeug einen Satz nach vorn. »Wir kümmern uns darum«, versicherte sie hektisch. »Bitte gehen Sie jetzt wieder auf Ihren Platz. *Sofort.*«

Will sah keinen Sinn darin, mit ihr zu diskutieren. Die Maschine ruckelte und schwankte und Will musste sich an den Rückenlehnen der Sitze festhalten, um nicht das Gleichgewicht zu verlieren, während er sich mühsam zu seinem Platz vorkämpfte. »Ich fürchte, ich muss gleich kotzen«, murmelte er leise vor sich hin.

Als er sich umdrehte, sah er, wie die Flugbegleiterin die Toilettentür schloss und wieder auf ihren Posten ging. Er kam an der Reihe der dicken Frau vorbei und entdeckte dabei ihren geblümten Trolley unter dem Sitz. Schnell packte er ihn am Griff und nahm ihn mit zu seinem Platz, während das Flugzeug in ein tiefes Luftloch sackte. Der billige Koffer schien so gut wie nichts zu wiegen; das Preisschild hing noch an dem dünnen Griff. An seinem Platz angekommen, zog Will den Reißverschluss auf. Leer. Der Trolley war eine Attrappe. War diese lächerliche Kreatur überhaupt ein *Mensch* gewesen?

»Was hast du gesehen?«, fragte Dave. Der Mann stand plötzlich neben ihm.

Will erzählte ihm, was er beobachtet hatte.

»Ein Kurier«, knurrte Dave. »Verflucht noch eins, sie haben einen Kurier an Bord geschmuggelt.«

Ein weiterer Blitz – noch näher, noch greller – lenkte Wills Aufmerksamkeit auf das Fenster. Funken schlugen aus dem Triebwerk unter der rechten Tragfläche. Er drehte sich wieder zu Dave um, aber der war bereits verschwunden. Will holte die Brille aus seiner Tasche, setzte sie auf und schaute aus dem Fenster.

Nachdem er sich ein wenig von seinem Schock erholt hatte, zählte er sechs Exemplare: Sie sahen aus wie durchgeknallte animierte Zementsäcke oder verkümmerte Lebensformen aus den Tiefen des Ozeans.

Wenn die dicke Lady ein Kurier war ... Sind die da draußen etwa ihre Lieferung?

Gedrungene, widerwärtige, gummiartige Fleischpfropfen. Münder wie Bottiche, aus denen rasiermesserscharfe Hauer hervorschauten. In der Mitte der blassen Stirn, zwischen großen, kugeligen weißen Augen, saß ein massives, gebogenes Horn. Vier kräftige, mit gekrümmten Klauen versehene Beine ragten aus einem Torso heraus, der aus mehreren Segmenten bestand. Albtraumhafte Kreaturen, die eigens dafür geschaffen schienen, Chaos und Zerstörung anzurichten.

Und genau das versuchten sie auch jetzt am rechten Triebwerk des Flugzeugs.

Will nahm die Brille ab und konnte nur die Funken sprühende Turbine und die leere Tragfläche erkennen. Kaum hatte er die Sonnenbrille wieder aufgesetzt, sah er den fürchterlichen, wimmelnden Schwarm erneut. Dann nahm er die Brille ab und schaute sie sich noch einmal genauer an.

Muss eine Art Projektionssystem im Rahmen sein, der ein bewegtes Bild auf die Gläser wirft, überlegte Will. *Ich kann das da unmöglich sehen. Das muss ein Trick oder ein Spezialeffekt sein.*

Aber das Gestell schien stabil und aus einem Guss gefertigt; darin konnte sich unmöglich irgendeine Technik verbergen, die ausgefeilt genug war, um das zu produzieren, was er da sah. Er war kurz davor, die Brille mithilfe seines Schweizer Messers auseinanderzunehmen, als er draußen ein beunruhigendes, knatterndes Zischen hörte. Ein Funkenhagel schoss aus dem Triebwerk, gefolgt von dichtem dunklem Rauch.

Hastig setzte er die Brille auf. Im Licht eines grellen Blitzes sah er alle sechs Monster wie besessen mit Zähnen, Hörnern und Klauen das Triebwerkgehäuse bearbeiten. Die Maschine sackte in ein weiteres Luftloch und Will wurde aus seinem Sitz gehoben. Er schnallte sich wieder an und zog den Gurt fest. Die Kreaturen blieben trotz Schwankungen und Rütteln wie am Triebwerk kleben, und Will erkannte, dass ihre widerlichen Rümpfe mit Saugnäpfen übersät waren, mit denen sie sich am Metall festhielten.

Jeden Augenblick würden sie das Triebwerk in Stücke reißen.

Will schob die Brille auf die Stirn und versuchte verzweifelt, aus dem Wahnsinn schlau zu werden. Irgendwie, irgendwo fand er dann einen logischen Faden:

Sie stehen in Verbindung mit den Dingern, die mich in den Bergen verfolgt haben. Monster, die irgendwie aus einem perversen Albtraumreich losgelassen wurden – wie hat Dave das noch mal genannt? Das Niegewesen.

Dann erinnerte er sich, wo er solche Biester schon einmal gesehen hatte. Teuflische Monster, die Flugzeuge in der Luft attackierten. Es ergab zwar auch nicht mehr Sinn als der ganze Rest, aber zumindest wusste er absolut sicher, dass es sich um einen alten Cartoon handelte, der im Zweiten Weltkrieg spielte:

Gremlins.

Will wandte sich zum Fenster und sah sein Spiegelbild in der

Scheibe. Und noch etwas anderes. *Jemand* anderes starrte ihm *aus* seinem Spiegelbild entgegen.

Ein Mädchen. Sie war da draußen – er *spürte* ihre Gegenwart – und sie versuchte, ihm etwas zu *sagen*.

Die Maschine machte einen Ruck und die Sonnenbrille rutschte wieder auf Wills Nase.

Ein Gremlin presste sich gegen das Fenster und glotzte ihn aus leeren weißen Augen an. Er zeigte mit einer Klaue auf ihn, öffnete den Mund zu einem bösartigen Grinsen und fuhr sich in einer bedrohlichen Geste mit einem Finger von einem Ohr zum anderen. Dann packte er das Fenster an beiden Seiten, lehnte sich nach hinten und holte aus, um mit seinem Horn direkt durch die Scheibe zu stoßen. Entsetzt wich Will zurück.

Plötzlich wurde die grässliche Kreatur von hinten gepackt – eine Hand schloss sich um das Horn und riss es vom Fenster weg. Da draußen war Dave! Er stand auf der Tragfläche und schleuderte den zappelnden, wild um sich schlagenden Gremlin in den Orbit.

Dave salutierte in Wills Richtung und zog dann eine Waffe mit langem Lauf aus einem Holster unter seiner Jacke, die aussah wie eine Kombination aus Revolver und Gewehr. Vorsichtig bewegte er sich über die Tragfläche nach außen, bemüht, das Gleichgewicht nicht zu verlieren, aber vollkommen unbeeindruckt von Höhe, Temperatur, Fluggeschwindigkeit und allen anderen physikalischen Kräften, die jeden anderen in dieser Situation auf der Stelle getötet hätten.

Jeden anderen Menschen.

In der Mitte der Tragfläche blieb er stehen, hob seine Waffe und eröffnete das Feuer auf die grässlichen Monster. Lichtblitze schossen aus dem Lauf und durchlöcherten die Kreaturen, die der Reihe nach in die Finsternis stürzten.

Will beobachtete das Ganze mit offenem Mund vom Fenster aus.

Die letzten beiden Gremlins wirbelten herum und schossen wie Raketen auf Dave zu. Der drückte wieder ab und erwischte einen der beiden mitten im Sprung. Taumelnd fiel das Monster ins Nichts. Sein Kollege hatte mehr Glück, denn er landete auf Daves rechter Schulter und robbte mit schnappenden Klauen auf seinen Nacken zu. Blitzschnell drehte Dave sich um, bekam das Biest aber nicht zu packen, während es sich in Position brachte, um ihm sein Horn von hinten in den Schädel zu rammen.

Dave steckte seine Waffe wieder ins Holster, taumelte zum vorderen Rand des Flügels, ließ sich auf die Knie fallen und legte sich flach auf den Bauch. Dann umklammerte er die Tragfläche, riss ruckartig die Knie hoch und stellte seine Stiefel auf den abgeschrägten Rand. Gegen die enorme Gravitationskraft ankämpfend, drückte er langsam die Knie durch, bis er ganz aufrecht parallel zur Tragfläche stand; dann legte er sich wie ein Skispringer in den Wind. Die Kreatur in Daves Nacken krallte sich verzweifelt fest, denn der ungeheure Luftstrom hinderte sie daran zuzuschlagen.

Als er sein Gleichgewicht gefunden hatte, drehte Dave sich um 180 Grad, bis er himmelwärts schaute. Der Gremlin klammerte sich an ihn, um nicht in den Sog der Ansaugluft des Triebwerks direkt unter der Tragfläche zu geraten. Aber es dauerte nicht lange, bis die Kreatur ruckartig und mit einem stummen Schrei zwischen den wirbelnden Schaufeln der Turbine verschwand. Die Maschine geriet ins Stottern und die gesamte Tragfläche flatterte wie ein aufgescheuchter Vogel.

Will drehte sich der Magen um. Er riss die Sonnenbrille herunter, legte den Kopf in die Hände und kämpfte gegen einen fiebrigen Schwindelanfall an.

Das kann nicht wirklich passieren! Das ist völlig unmöglich!

Er wischte sich den kalten Schweiß von der Stirn und zwang sich, nach draußen zu schauen. Dave stand auf der Tragfläche und kam dann zu Wills Fenster. Will sah ihn durch seine gespreizten Finger, denn er traute sich nicht, seinen Kopf loszulassen, weil er fürchtete, er könnte dann platzen.

Dave schaute Will durch die Scheibe an. Er wirkte müde und verärgert. Dann hielt er zwei Finger hoch und sagte etwas, das Will nicht hören konnte. Aber er verstand es auch so: »Das macht *zwei.«*

Dann schüttelte Dave kurz den Kopf und rauschte hinauf in die Wolken, als sei er von einer Kanone abgeschossen worden, immer höher, bis er nicht mehr zu sehen war.

Will zog die Blende vor sein Fenster, schloss die Augen und versuchte sich vorzustellen, er sei jemand anderes und woanders.

Irgendjemand, irgendwo.

Er hatte den runden Aufnäher hinten auf Daves Jacke gut erkennen können und versuchte, seinen Geist zu beruhigen, indem er sich das Bild in Erinnerung rief. Drei Dinge waren in dem Kreis abgebildet: Bei dem Tier, dessen Umriss er gesehen hatte, handelte es sich um ein rotes Riesenkänguru. Daneben befand sich die Zeichnung eines Ritterhelms und schließlich die Silhouette eines Hubschraubers. Darüber stand das Wort *ANZAC*.

Und obwohl Will sie nicht sehen konnte, spürte er, dass dieses Mädchen ihn noch immer anschaute. Aus dem *Inneren* seines Geistes. Ihre eindringlichen Augen stellten ihm eine stumme Frage:

Bist du Erwacht?

Vierzig Minuten später landeten sie ohne weitere Zwischenfälle in Denver. Keiner der Passagiere sagte ein Wort, während sie zum Ausgang schlurften, alle waren dankbar, wieder festen Boden unter den Füßen zu haben. Wills Anschlussflug hatte wegen des Gewitters eine Stunde Verspätung. Das gab ihm Zeit, seine Spuren zu verwischen.

Bei einer anderen Fluglinie fand er einen fast unbesetzten Mitternachtsflug nach Phoenix. Er reichte der übermüdeten Frau am Schalter seine Bordkarte nach Chicago und schob ihr ein Bild in den Kopf – von einer Bordkarte für den Flug nach Phoenix. Dann schickte er ihr eines mit seinem Namen auf der Passagierliste im Computer. Die Frau checkte ihn ein und Will schlenderte davon.

Bevor er an Bord der Maschine nach Chicago ging, wiederholte er den Vorgang kurz darauf – allerdings in umgekehrter Richtung: Die Mitarbeiterin *entfernte* seinen Namen von der Liste. »Bilder schieben« wurde immer einfacher; dieses Mal war er danach zwar müde, aber nicht völlig ausgelaugt. Als er auf seinem Platz saß, setzte er die Sonnenbrille auf und sondierte das Flugzeug. Keine Gefahr. Mit etwas Glück würden seine Verfolger glauben, dass er den Flug nach Phoenix genommen hatte.

Will war so erschöpft, dass er innerhalb weniger Minuten in einen tiefen, traumlosen Schlaf fiel. Er wachte erst mehrere Stunden später wieder auf, als die Maschine sich im Anflug auf Chicago befand und der Pilot das Fahrgestell ausfuhr.

Es war 05.45 Uhr, als Will das leere Terminal des O'Hare Airport in Chicago betrat.

An der Gepäckausgabe hielt ein älterer, weißhaariger Mann ein Schild hoch, auf dem in Druckbuchstaben MR WEST stand. Als er Will entdeckte, winkte er und kam auf ihn zu. »Du musst Will sein«, sagte er.

»Ja, Sir.«

»Dan McBride vom Center. Ich bin ein Kollege von Dr. Robbins. Es ist mir eine Freude, dich kennenzulernen.« McBride schaute Will freundlich und wohlwollend in die Augen. Er war über 1,80 Meter groß, aufrecht und agil. Sein rötliches Gesicht sah so wettergegerbt und faltig aus wie das eines Mannes in den Siebzigern, aber der Schwung, mit dem er sich bewegte, passte eher zu jemandem, der nur halb so alt war. Sein Händedruck war so fest, dass es wehtat.

Will drückte ebenso entschlossen zu, damit er nicht vor Schmerz zusammenzuckte.

»Darf ich deine Tasche nehmen? Wartest du noch auf weiteres Gepäck?«

»Nein, Sir, das ist alles«, antwortete Will und reichte ihm seine Reisetasche.

»Dann können wir ja gehen. Der Wagen steht gleich da drüben.« McBride deutete auf die Tür und ging voran. Es war nicht zu übersehen, dass er hinkte – ein Problem mit den Knien oder der Hüfte –, aber er stapfte so energisch zum Ausgang, als betrachtete er körperliche Schmerzen nur als kleine Unannehmlichkeit. Will hörte den für Neuengland typischen Akzent in seiner knappen und präzisen Ausdrucksweise heraus. »Wie geht es dir?«, erkundigte McBride sich, als würde es ihn wirklich interessieren. »Anstrengende Nacht gehabt?«

»Sieht man das?«

»Ich wette, die meisten Passagiere waren Geschäftsreisende auf dem Weg zur nächsten Besprechung. Auf die Gefahr hin, dass ich jetzt wie ein verknöcherter alter Akademiker klinge, aber für mich sind solche Nachtflüge ein Symbol dafür, dass die Anbetung des schnöden Mammons uns dazu gebracht hat, unserer eigenen Menschenwürde mit äußerster Geringschätzung zu begegnen.«

Will starrte ihn verblüfft an.

»Das mag sich nach einer schlaflosen Nacht im Flugzeug ein bisschen undurchsichtig anhören.«

»Ich habe Sie schon verstanden«, erklärte Will. »Nur höre ich nicht mehr viele so reden.«

»Aber Will, viele Leute an der Westküste sprechen sehr gutes Englisch.«

»Ja, aber sie würden eher sagen: ›Nachtflüge sind zum Kotzen, Alter.‹«

McBride lachte zustimmend. Draußen war es noch immer dunkel. Eisige Kälte schlug Will entgegen und drang durch seine dünne Kleidung, als sei sie gar nicht vorhanden. Er atmete tief ein und hatte das Gefühl, seine Nasenlöcher würden zufrieren.

»Ein früher Kälteeinbruch hat uns im Griff«, meinte McBride. »So etwas dürftest du aus Kalifornien wahrscheinlich auch nicht kennen.«

»Ist es hier immer so?«

»Aber nein. Die kommenden fünf Monate wird es für gewöhnlich noch viel schlimmer.«

»Und wie kalt ist es jetzt?«

»Als wir heute Morgen losfuhren, waren es milde minus elf Grad Celsius.«

»Minus *elf?*«, hakte Will ungläubig nach.

»Du musst schnell gehen, dann zirkuliert das Blut besser.«

Will war wie gelähmt. Er hatte noch nie Temperaturen unter dem Gefrierpunkt erlebt und konnte kaum die Lippen bewegen. »Entschuldigung, aber gibt es tatsächlich Menschen, die in einem solchen Klima *leben?*«

»Ich werde jetzt der Erste, aber mit Sicherheit nicht der Letzte sein, der eine meiner liebsten Fehlinformationen über den Winter im Mittleren Westen zitiert: Er stärkt den Charakter. Dummes Zeug! Aber da der Mensch anpassungsfähig ist, wirst du dich mit erstaunlicher Geschwindigkeit akklimatisieren.«

Ein blauer Ford Flex stand am Straßenrand, auf der Tür das Wappen des Centers. Ein riesiger Mann in Pelzmantel und passender Kappe öffnete die Heckklappe und kam dann wie ein Haus auf Rädern auf sie zu. Er schenkte Will ein herzliches, unwiderstehliches Lächeln. Seine breite, flache Nase schien die Hälfte seines Gesichts einzunehmen. Mühelos nahm er Wills Tasche ab und beförderte sie schwungvoll in den Kofferraum.

»Das ist Eloni, Will«, stellte McBride den Hünen vor.

»Schön, Sie kennenzulernen«, sagte Will.

Eloni lächelte breit und umfing Wills Hand mit beiden Pranken, sodass Will das Gefühl hatte, sie steckte im größten Baseballhandschuh der Welt. Zum Glück drückte der Mann nicht zu, denn sonst hätte er Wills Knochen garantiert zu Brei zerquetscht. »Oh Mann, Ihre Hand ist ja ein Eisklumpen. Ich habe die Heizung angemacht. Steigen Sie ein, bevor Sie erfrieren. Sind wohl noch nie solcher Kälte ausgesetzt gewesen, was?«

»Nicht mal annähernd.«

Eloni gluckste – ein Rumpeln tief in seiner Brust. Für einen so massigen Mann bewegte er sich erstaunlich flink, öffnete die hintere Tür und bedeutete Will einzusteigen. »Ich weiß, wie Sie sich fühlen, Mr West«, versicherte er.

»Eloni stammt aus Amerikanisch-Samoa«, erläuterte McBride.

»Bevor ich herkam, hatte ich nur einmal Schnee gesehen – in einer *Schneekugel«,* sagte Eloni.

Schnell sprang Will in den mollig warmen SUV. Der Sitz war weich und beheizt. Er drückte sich hinein und versuchte, nicht mehr zu zittern. Eloni setzte sich hinter das Lenkrad und McBride kletterte zu Will auf den Rücksitz.

»Es ist gleich sechs Uhr fünfzehn, Will. Die Fahrt dauert zweieinhalb Stunden. Ich dachte, wir frühstücken unterwegs. Eloni, ein Stopp bei Popski's wäre jetzt nicht verkehrt.« McBride hatte die sympathische Angewohnheit, beim Reden die Hände aneinanderzureiben und dann ein Mal zu klatschen, um das Gesagte zu unterstreichen, als erwarte er ständig eine Verbesserung der Umstände.

»Auf zu Popski's, Sir.« Eloni lenkte den Wagen in den Strom des frühmorgendlichen Verkehrs. Hier drinnen fühlte Will sich so behaglich, sicher und ruhig wie in einem Banktresor. Als der beheizte Sitz allmählich das Gefühl in seinen Körper zurückkehren ließ, verschwanden auch seine Sorgen. McBrides liebenswürdige Gastfreundschaft vermittelte ihm die gleiche Sicherheit bedingungsloser Unterstützung, die auch Dr. Robbins ihm entgegengebracht hatte.

Und das verhieß Gutes für den Ort, zu dem sie jetzt unterwegs waren, dachte Will. Bisher bereute er seine Entscheidung jedenfalls nicht.

Nr. 19: WENN ALLES SCHIEFLÄUFT, BETRACHTE DIE KATASTROPHE ALS MÖGLICHKEIT AUFZUWACHEN.

Eine halbe Stunde später saßen sie auf bequemen roten Lederbänken in einer Nische am Fenster bei Popski's, einem Café, das in einem Eisenbahnwaggon untergebracht war. Dieser stand an einer Parallelstraße, nur einen Steinwurf von der Autobahn entfernt und umgeben von langen Sattelzügen. Vor ihnen auf dem Tisch war ein wahres Festmahl aufgebaut: Türme von Pfannkuchen, so dick wie Taschenbücher, überzogen mit schmelzender Butter und heißem Sirup; ein Teller perfekt gebratener Eier und fetter, dicker Würstchen; Waffeln so groß, dass ein Kleinkind sie als Schneeschuhe benutzen konnte, üppig mit Blaubeeren bestreut; ein Berg knuspriger, brutzelnder Speckstreifen; Kannen mit frisch gepresstem Orangensaft und dazu starker schwarzer Kaffee.

Will aß so gierig, als gäbe es kein Morgen. Jeder Bissen schmeckte besser als sämtliche Versionen dieser Speisen, die er je gegessen hatte – als sei Popski's der Ort, an dem man das beste Frühstück der Welt erfunden hatte, das seitdem von niemandem übertroffen worden war.

»Dieser Laden ist unglaublich«, verkündete Will schließlich.

»Das legendäre Popski's kennt hier jeder, der diese einsamen Straßen bereist«, meinte McBride.

»Man sagt, ein Essen bei Popski's könne Tote zum Leben erwecken«, ergänzte Eloni und stieß dann einen erstaunlichen Rülpser aus, der alle zum Lachen brachte.

Will versuchte, ihn zu übertreffen, was zu weiterem Gelächter führte. Als er seinen leeren Teller von sich schob, satt und zufrieden, fühlte er sich tatsächlich so, als sei er wieder halbwegs lebendig.

Eloni bezahlte die Rechnung und McBride ging voran zum Wagen. Derart gestärkt machte Will die Kälte weniger aus, als sie nach draußen traten und im gleichen Augenblick die Sonne am Horizont im Osten aufging. Er hielt inne, um die karge Schönheit der ungewohnten Landschaft zu betrachten, eine flache, eintönige graubraune Ebene, die sich in alle Richtungen erstreckte, so weit das Auge reichte. Dagegen wirkte Ojai wie der Garten Eden.

Seit dem letzten Sonnenaufgang waren erst vierundzwanzig Stunden vergangen, überlegte Will. Er war in seinem eigenen Zimmer gewesen, in dem kleinen Haus seiner Eltern, in einer weit entfernten Region dieses Landes – und in einem vollkommen anderen Leben, zumindest erschien es ihm so. Will konnte nicht verhindern, dass sich der Verlust und die Trauer in seinen Augen zeigten.

»Nicht gerade ein leichter Tag für dich, nehme ich an«, meinte McBride. »Können wir noch irgendetwas für dich tun?«

»Wo sind wir gerade?«, erkundigte sich Will, um das Thema zu wechseln.

»Im Norden von Illinois«, antwortete McBride. »Bald werden wir Wisconsin erreicht haben. Es ist immer gut zu wissen, wo man sich befindet, nicht wahr?«

Will dachte darüber nach. »Das Leben ist schön«, murmelte er.

Wenige Minuten später waren sie wieder auf der Autobahn und fuhren in Richtung Nordwesten.

»Unterrichten Sie am Center, Mr McBride?«

»Seit dreißig Jahren. Amerikanische Geschichte des neunzehnten Jahrhunderts. Mein Spezialgebiet ist Ralph Waldo Emerson. Du bist Sportler, habe ich gehört?«

»Crosslauf.«

»Fantastisch. Das gibt dir die nötige Ausdauer für jeden anderen Sport. Wir ermutigen unsere Schüler, so viele Sportarten wie möglich zu betreiben.«

»Ich weiß gar nicht, was mich erwartet. Das alles kam so plötzlich.«

»Ja, davon habe ich gehört. Aber wie auch immer die Umstände sein mögen, erlaube mir, dir einen Rat zu geben: Heute ist ein neuer Tag und du musst das Beste daraus machen.«

»Das könnte von meinem Dad sein.«

»Ich nehme an, dass ich das als etwas Positives werten kann«, meinte McBride.

Will versuchte erst gar nicht, die Trauer in seinen Augen zu verbergen, bevor er den Blick abwandte.

McBride schaute Will weiterhin unbeirrt und freundlich an. »Ich weiß, wie schwer es sein kann, von zu Hause fortzumüssen: Ich war vierzehn, als ich ins Internat kam. Allein der Gedanke erfüllte mich mit Unsicherheit und Angst vor dem Unbekannten«, erzählte er. »Es mag seltsam klingen, aber falls es dir gelingt, wehre dich nicht gegen diese Gefühle, Will. Lass sie zu. Sie gehören zu dir. Sie sind ein Teil von dir und dienen dazu, dir etwas von dem beizubringen, was du lernen sollst.«

»Und das wäre?«

»Diese Frage kannst nur du beantworten. Und vermutlich auch erst nach einiger Zeit.«

Schweigend fuhren sie weiter. Die Landschaft veränderte sich, als sie von der Autobahn auf eine kleinere, zweispurige Schnellstraße wechselten, die sich durch sanft gewellte, mit Laubwäldern bedeckte Hügel schlängelte.

Wills Gedanken wanderten zurück zu den Ereignissen im Flugzeug und landeten wieder bei dem Emblem, das er auf Daves Jacke gesehen hatte. »Was bedeutet ANZAC?«, fragte er unvermittelt.

»ANZAC? Wie kommst du denn darauf?«, wunderte McBride sich.

»Ich habe es im Flugzeug gelesen.«

»ANZAC ist das Kürzel für ›Australian and New Zealand Army Corps‹. Ein Armeekorps der Streitkräfte von Australien und Neuseeland, das im Ersten Weltkrieg aufgestellt wurde.«

»Existiert es noch?«

»Natürlich.«

Will bemerkte, dass Eloni und McBride einen Blick wechselten. »Ich weiß gar nicht, wieso mir das jetzt eingefallen ist«, behauptete er.

Um Viertel nach neun verließen sie die Schnellstraße und fuhren über Landstraßen weiter, auf denen Eloni um erstaunlich viele

Kurven steuerte. Will sah kurz die kleine Stadt, die er auch online gesehen hatte – New Brighton Township –, und setzte sich interessiert auf. Von hier aus wand sich die Straße durch Hügel, auf denen in der Ferne verstreute Scheunen und Farmen zu erkennen waren. Als sie ein langes, gerades Stück Straße erreichten, erkannte Will die Allee aus Robbins' virtueller Führung – die Allee, auf der man direkt zur Schule gelangte.

»Schau mal, Will«, forderte McBride ihn auf und öffnete das Schiebedach des Wagens. An den Bäumen hing zwar kein Laub, aber die kahlen Äste formten dennoch ein dichtes Dach über der Straße. »Amerikanische Ulmen und Roteichen. Der Legende nach wurden sie von den ersten Bewohnern der Region, den Lakota, gepflanzt, um diesen heiligen Ort zu markieren. Die meisten sind zwischen drei- und vierhundert Jahre alt, ungefähr so alt wie unser Land. Als Washington und seine Männer in Valley Forge kampierten, waren diese Bäume noch Setzlinge.«

Am Ende der Allee hielten sie vor einem Tor, neben dem ein gemauertes Wachhaus stand. Ein großer Mann in einer hellbraunen Uniform trat heraus. Der Wärter hätte Elonis Zwillingsbruder sein können, wäre er nicht etwas kleiner und weniger kräftig gewesen. Die beiden sprachen leise in einer Sprache miteinander, die Will nicht verstand – Samoanisch, nahm er an.

»Darf ich vorstellen: Das ist mein Cousin Natano«, sagte Eloni.

»Hey, wie geht's, Mr West?«, fragte Natano und winkte ihm zu. »Willkommen im Center.«

Will winkte zurück und bemerkte, dass Elonis Cousin eine automatische Waffe in einem Holster am Gürtel trug. Er öffnete das Tor und Eloni fuhr weiter.

Nachdem sie eine kleine Anhöhe überwunden hatten, kamen sie in ein breites Tal, das wie ein Kessel geformt war. Durch die kahlen Bäume konnte Will einen kurzen Blick auf das Center for

Integrated Learning werfen. Die wunderschönen Fotos, die er gesehen hatte, waren nicht retuschiert gewesen; im Grunde sah der Campus in Wirklichkeit noch perfekter aus als auf den Bildern. Strahlender Sonnenschein, ein klarer blauer Himmel und glitzernder Efeu tauchten die Gebäude um den zentralen, viereckigen Innenhof in einen glänzenden Schimmer. In den gestutzten Hecken und auf den makellosen Rasenflächen tanzte kein einziges Blatt oder Grashalm aus der Reihe. Zwischen den Gebäuden gingen Dutzende Studenten über hübsch angelegte Verbindungswege. In der Mitte des Platzes stand ein Fahnenmast, an dem ein übergroßes Sternenbanner straff in einer unablässigen Brise flatterte.

Will überkam das gleiche unheimliche Gefühl wie am Tag zuvor, als er sich die Website angesehen hatte: Er *gehörte hierher.*

»Direkt nach Stone House, bitte«, sagte McBride zu Eloni.

Sie folgten der Straße, die sich in Kurven vom Campus entfernte, vorbei an einem großen, kiesbedeckten Parkplatz mit PKWs, SUVs und Schulbussen in Marineblau und Silber. Rund um den Parkplatz standen mehrere kleinere Gebäude, in denen hektische Betriebsamkeit herrschte – eine lebhafte, eigenständige Gemeinde.

»Hier ist unsere Infrastruktur untergebracht«, erklärte McBride. »Wäscherei, Küchen, Kommunikationstechnik, Transportdienst, Stromversorgung und so weiter.«

Sie bogen auf einen unbefestigten Weg und fuhren bergauf durch ein dichtes Waldstück, bis sie schließlich durch eine Öffnung zwischen zwei zusammenlaufenden Felsgraten auf eine Lichtung gelangten. Direkt vor ihnen, mit einer der Kammlinien verbunden, ragte eine gewaltige, zwanzig Meter hohe Granitsäule in die Luft auf. Es sah aus, als hätten Riesen dort Bauklötze aufgetürmt.

Oben auf der Säule thronte ein atemberaubendes Gebäude: Holz, Stein und Stahl fügten sich zusammen, als seien sie ganz natürlich aus der alterslosen geologischen Formation darunter herausgewachsen. Das Haus wirkte ultramodern und gleichzeitig nüchtern und urtümlich und schien sich einem identifizierbaren Baustil zu widersetzen: Seine Elemente verschmolzen zu einer einzigartigen, beeindruckenden und kraftvollen Kreation.

»Stone House«, staunte Will.

»Nicht schwer zu erraten, woher es seinen Namen hat«, meinte McBride. »Mit der Erde verbunden, zum Himmel strebend. Eine recht treffende Beschreibung für die Arbeit eines Schuldirektors, nicht wahr ... und da wohnt er.«

STONE HOUSE

Will folgte McBride zu dem Felsen, vorbei an einer Stahltreppe, die sich um die Säule herum zum Haus hinaufwand. Sie gingen unter einem in den Fels gehauenen Bogen hindurch und in ein kleines Foyer mit einem Aufzug. McBride drückte auf einen Knopf und die Tür öffnete sich.

»Und der Aufzug geht direkt durch den Fels nach oben?«, fragte Will.

»Genau. Unser Gründer, Dr. Thomas Greenwood, war ein großer Bewunderer des Architekten Frank Lloyd Wright. Hast du den Namen schon einmal gehört, Will?«

»Ich denke schon.«

McBride betrat nach Will den Aufzug und die Tür schloss sich leise. Die Kabine war mit dunklem Holz und Spiegelglas verkleidet und über der Tür stand folgender Satz:

KEIN FLUSS STEIGT HÖHER ALS SEINE QUELLE.

»Das stammt von ihm. Wright eröffnete vor etwa hundert Jahren nicht weit von hier ein Studienzentrum namens Taliesin. Als Dr. Greenwood sich für diesen Ort hier entschied, zog er Wright wegen Stone House zurate. Etwas Vergleichbares war noch nirgends in diesem Land gebaut worden. Das Gleiche gilt auch für das Center.«

Will nahm den Geruch von feuchtem Beton wahr, während sie durch den Fels nach oben fuhren. Er konnte die Festigkeit des Granits um sie herum spüren – das Gestein wirkte irgendwie beschützend, nicht klaustrophobisch. Dann öffnete sich die Tür und sie traten in einen Empfangsbereich mit Betonwänden. Eine freundliche weißhaarige Frau erwartete sie bereits und hieß sie willkommen. Auf ihrem Namensschild stand Mrs Gilchrest, aber McBride nannte sie Hildy.

Sie führte sie in einen angrenzenden Raum, dessen Dimensionen Will überwältigten: Riesige, rechteckige Fenster ragten zu einer kathedralenartigen Gewölbedecke auf und boten eine atemberaubende Aussicht auf die umliegende Landschaft – Hügel, Täler, ein Fluss in der Ferne. Auf dem hellen Parkettboden waren massive, schlichte Möbel zu Gruppen arrangiert, dahinter hingen gewaltige Wandteppiche, in die Symbole der amerikanischen Ureinwohner und Hieroglyphen eingewebt waren. Die gegenüberliegende Wand wurde von einem gemauerten, bis zur Decke reichenden Kamin beherrscht, in dem ein loderndes Feuer prasselte.

Lillian Robbins kam auf Will zu, um ihn zu begrüßen. Sie trug einen schwarzen Rock und eine strahlend weiße Bluse, schwarze Leggings und kniehohe schwarze Stiefel. Das offene Haare fiel ihr bis auf die Schultern, länger und voller, als Will vermutet hätte. Sie packte Will mit beiden Händen an den Schultern und betrachtete ihn prüfend. »Alles in Ordnung mit dir?«

»Ja«, bestätigte Will.

»Ich bin froh, dass du hier bist.«

»Ich auch.«

Ein weiterer Mann betrat den Raum durch eine Tür in der Nähe des Kamins. Er war hochaufgeschossen und hager, hatte große Hände und lange Arme. Zur braunen Cordhose trug er eine abgewetzte Lammfelljacke und darunter ein helles kariertes Hemd, sowie abgenutzte und mit Schlamm bespritzte Reitstiefel, als sei er gerade von einem Pferd gestiegen.

»Das ist unser Direktor, Dr. Rourke«, stellte Robbins ihn vor.

Rourke hatte das breite, gebräunte Gesicht eines Naturburschen und durchdringende blaue Augen, eingerahmt von einer zerzausten, leicht ergrauten Mähne. Will schätzte ihn auf etwa fünfzig.

»Mr West, Stephen Rourke«, sagte er mit tiefer, angenehmer Stimme.

Nr. 16: SIEH DEN MENSCHEN IMMER IN DIE AUGEN. SCHÜTTLE IHNEN SO DIE HAND, DASS SIE SICH DARAN ERINNERN.

Sie gaben einander die Hand: Stephen Rourkes Hand war rau und kräftig, wie die eines Farmers. Will konnte nichts »Akademisches« an dem Direktor entdecken. Er sah aus, als würde er sein Jagdmesser als Zahnstocher benutzen, und wirkte so souverän wie ein Vier-Sterne-General.

Rourke lächelte ihn an. »Du hattest eine interessante Reise«, bemerkte er.

»Das ist wohl wahr, Sir.«

Dan McBride wandte sich zur Tür. »Dann alles Gute, Will. Bis bald.«

»Danke für Ihre Hilfe, Mr McBride.«

McBride tippte sich kurz mit zwei Fingern an die Stirn, als er hinausging. Robbins bat Will, auf dem Sofa beim Kamin Platz zu nehmen. Ein Tablett mit frischem, in mundgerechte Stücke geschnittenem Obst und süßen Brötchen stand auf einem Tisch daneben. Rourke goss Kaffee ein und setzte sich Will gegenüber.

»Hast du die Formulare ausgefüllt, die ich dir gegeben habe?«, fragte Robbins.

Will fischte die Unterlagen aus seiner Tasche und reichte sie ihr. Während sie sie durchblätterte, bemühte er sich, nicht hinzusehen.

Rourke musterte ihn beiläufig. »In vielen Kulturen, darunter auch bei den hier beheimateten Oglala Lakota«, erklärte er, »gilt es als eine Art Fluch, wenn man jemandem eine ›interessante Reise‹ wünscht.«

»Ich muss zugeben, meine letzten vierundzwanzig Stunden waren tatsächlich sehr ... interessant«, bestätigte Will.

Robbins schaute von den Unterlagen auf und nickte Rourke zu: *Alles in Ordnung.*

»Was möchtest du uns davon erzählen, Will?«, hakte Rourke nach.

ERZÄHL NIEMANDEM ETWAS.

Will wollte Dads Warnung beherzigen, aber er hatte auch das Gefühl, Rourke und Robbins eine Erklärung schuldig zu sein. Er war hier und – soweit er das sehen konnte – nur dank ihrer uneingeschränkten Hilfe noch am Leben. Aber die *ganze* Wahrheit – Dave, die Doppelgänger-Eltern, Gremlins und Spezialbrillen – würde nur dafür sorgen, dass er in einem Zimmer in der Klapsmühle landete, dessen Tür nur an einer Seite eine Klinke besaß.

Nr. 63: DIE BESTEN LÜGEN SIND DIE, DIE EINEN ANTEIL VON WAHRHEIT ENTHALTEN.

»Meine Eltern wollten, dass ich sofort hierherfahre. Sobald wie möglich. Heute. Weil sie glaubten, ich sei in Gefahr.«

Rourke und Robbins sahen einander besorgt an. Rourke beugte sich vor. »Welche Art von Gefahr, Will?«

»Das haben sie nicht genau gesagt, Sir. Aber gestern suchten Leute in unserer Straße nach mir – Leute, die wir noch nie gesehen hatten.«

»Beschreib sie mir.«

»Ich habe sie nur von Weitem gesehen. Männer in schwarzen Autos mit unauffälligen Nummernschildern.«

»Hast du irgendeine Idee, wer sie waren oder was sie wollten?«

»Nein, Sir.«

»War das, bevor oder nachdem wir uns in der Schule getroffen haben?«, fragte Robbins.

»Ich hatte sie schon einmal vorher gesehen, aber nur kurz. Sie haben hauptsächlich danach nach mir gesucht.«

»Haben deine Eltern die Polizei verständigt?«, wollte Rourke wissen.

»Ja«, bestätigte Will und interpretierte die Wahrheit so großzügig um, wie es eben ging. »Nachdem ich mich auf den Weg zum Flughafen gemacht hatte. Das war gestern Abend, als ich Sie angerufen habe, Dr. Robbins.«

»Deshalb war es so dringend«, folgerte Robbins. »Deine Eltern hatten das Gefühl, diese Leute würden eine Bedrohung für dich darstellen.«

Will nickte. Seine Kehle war zu trocken zum Sprechen. Er schenkte sich Kaffee nach und hoffte, sie würden nicht mehr allzu viele Fragen stellen.

»Hast du heute Morgen schon mit deinen Eltern gesprochen?«, fragte Rourke.

»Noch nicht, Sir.«

»Du musst ihnen Bescheid sagen, dass du sicher hier angekommen bist, Will. Und du willst doch bestimmt auch wissen, ob sie in Sicherheit sind.«

»Ja, natürlich.«

»Kannst du dir vorstellen, worum es bei dieser Sache gehen könnte?«, bohrte Robbins weiter. »Welches Interesse sie an dir haben könnten?«

»Keine Ahnung«, sagte Will und stellte dann die Frage, die er schon den ganzen Morgen im Kopf gehabt hatte: »Sie vielleicht?«

Rourke und Robbins sahen einander wieder an. Der Direktor schien sie nach ihrer Meinung zu fragen. Sie schüttelte den Kopf.

»Nein«, antwortete Rourke schließlich. »Was du uns da erzählst, ist mehr als beunruhigend, Will. Aber wir haben hier durchaus unsere Möglichkeiten. Ich bin selbstverständlich bereit, Nachforschungen über das Ganze anzustellen, wenn du glaubst, das sei hilfreich.«

»Danke, Sir.«

»Es tut mir wirklich leid, dass du das alles durchmachen musstest. Nicht gerade ein idealer Start. Der erste Tag eines neuen Schülers sollte wesentlich fröhlicher und unbeschwerter verlaufen.«

»Ich bin auf jeden Fall sehr froh, hier zu sein«, beteuerte Will.

Ganz ehrlich: Im Moment bin ich froh, überhaupt irgendwo zu sein.

»Und wir sind sehr froh, dich bei uns zu haben«, versicherte Rourke. »Aber das Wichtigste zuerst: Du kannst das Telefon in meinem Büro benutzen und zu Hause anrufen. Komm mit.«

Dr. Robbins stand ebenfalls auf und hielt Wills Unterlagen hoch. »Ich werde das hier beschleunigen und deine Aufnahme unter Dach und Fach bringen«, verkündete sie und marschierte in Richtung ihres Büros.

Will folgte Rourke in ein kleineres Büro nebenan. Schwere Ledersofas gruppierten sich um Wagenradtische mit Glasplatten vor einem Kamin, in dem ebenfalls ein einladendes Feuer knisterte. Vor einem Panoramafenster stand ein massiver Eichenschreibtisch auf einem Podest. Die Bronzestatue eines Indianerkriegers, der zusammengesackt auf seinem Pony saß, füllte eine Ecke des Zimmers aus. Sie war das Werk eines berühmten Künstlers, an dessen Namen Will sich jedoch nicht erinnern konnte. Zwei Gemälde hingen einander an den Wänden gegenüber: Porträts zweier großer, stattlicher Männer in Kleidern und Kulissen aus verschiedenen Epochen.

»Meine Vorgänger«, erklärte Rourke. »Thomas Greenwood, unser Gründer und erster Direktor, und Franklin Greenwood, sein Sohn.« Rourke deutete auf ein Tastentelefon auf seinem Schreibtisch. »Für ein Ferngespräch musst du die Neun vorwählen. Ich lasse dich dann mal allein«, sagte er und verließ den Raum.

Will fragte sich, ob jemand sein Gespräch mithören würde. Zumindest würden sie eine Auflistung all seiner gewählten Nummern haben und sie mit denen vergleichen, die er in seinen Unterlagen angegeben hatte.

Er wog das Risiko, bei einer Lüge ertappt zu werden, gegen die Möglichkeit ab, dass die Person, die zu Hause abhob, seinen Anruf bis zum Center zurückverfolgen konnte. Schließlich entschied er sich dafür anzurufen, dabei aber nicht länger als eine Minute in der Leitung zu bleiben. Er tippte die Nummer. Es klingelte zwei Mal, bevor eine ausdruckslose männliche Stimme antwortete, die er nicht kannte. Will stellte die Stoppuhr an seinem Handy.

»Bei West«, sagte die Stimme.

»Jordan oder Belinda West bitte«, verlangte Will und sprach eine Oktave tiefer als gewöhnlich.

»Wer ist da?«

»Mit wem spreche ich?«, fragte Will zurück.

»Ich bin ein Kollege von Mr West.«

Aber er klang nicht wie irgendein Kollege seines Vaters, den Will kannte.

»Kann ich ihm sagen, wer ihn sprechen möchte?«

»Supervisor Mullins vom Amt für Jugend und Familie in Phoenix, Arizona«, antwortete Will.

Der Mann hielt die Hand über die Sprechmuschel, wiederholte

die Information für eine andere Person im Raum, und einen Augenblick später meldete sich eine Frau: »Belinda West.«

Erneut verspürte Will dieses zwiespältige Gefühl, als er die Stimme hörte. Sie *war* es und dann wieder doch nicht.

»Mom, sag jetzt nichts, hör einfach nur zu«, sagte Will mit seiner normalen Stimme. »Es geht mir gut, mach dir keine Sorgen. Ich bin in Phoenix ...«

»Sie sagten irgendwas von Jugendamt. Steckst du in irgendwelchen Schwierigkeiten?«

»Es ist alles in Ordnung. Sie helfen mir nur. Wie geht es *euch?* Ist bei euch alles in Ordnung?«

»Nein, Will, wir sind krank vor Sorge um dich ...«

»Wer war das eben am Telefon?«

Belinda zögerte kurz. »Jemand vom Büro deines Vaters hilft uns ...«

»Wie heißt er denn?«

»Carl Stenson. Kommst du nach Hause? Oder sollen wir nach Phoenix fliegen?«

»Lass mich mit Dad sprechen.«

»Er schläft gerade.«

Das ist eine Lüge. Will schaute auf sein iPhone: fünfundfünfzig Sekunden. »Ich fliege nach Mexiko. Folgt mir nicht. Versucht nicht, mich zu finden. Ich rufe in ein paar Tagen wieder an«, ratterte er herunter, legte dann auf und rief bei der Telefonzentrale des Centers an, um sich mit der naturwissenschaftlichen Fakultät der University of California in Santa Barbara verbinden zu lassen. Eine Mitarbeiterin am Empfang nahm das Gespräch an.

»Hallo, ich arbeite für die Unizeitung«, erklärte Will. »Ich versuche, jemanden in Ihrer Fakultät zu erreichen. Carl Stenson. Ich glaube, er arbeitet mit Jordan West zusammen.« Vor seinem inneren Auge sah er, wie die Frau eine Liste durchging.

»Es tut mir leid, aber bei uns arbeitet niemand, der so heißt.«

»Sind Sie da absolut sicher?«, hakte Will nach.

»Ja. Möchten Sie eine Nachricht für Mr West hinterlassen? Er ist nicht im Haus ...«

Will wollte schon auflegen ...

»... aber die Polizei war vorhin hier und ich weiß, dass die Beamten mit ihm gesprochen haben.«

Will erstarrte. »Deswegen rufe ich an.«

»Sie meinen wegen des Einbruchs letzte Nacht?«

»Genau«, bestätigte Will und spielte mit. »In Mr Wests Büro, nicht wahr?« Als er Zurückhaltung im Schweigen der Rezeptionistin spürte, fügte er hinzu: »Das kann unter uns bleiben, wenn Sie möchten.«

»Die gesamte Arbeit von Mr West wurde gestohlen«, verriet sie mit gedämpfter Stimme. »Unterlagen und zwei Computer. Im Moment durchforstet die Polizei sein ganzes Büro, um zu sehen, was sonst noch fehlt.«

»Irgendeine Idee, wer es gewesen sein könnte?«

»Bis jetzt noch nicht. Wenn Sie ...«

Will legte auf. Jemand hatte Dads Forschungsunterlagen gestohlen, noch in derselben Nacht. Das mussten die Schwarzkappen gewesen sein. Aber warum? Hatte seine Arbeit etwas mit dieser ganzen Geschichte zu tun? Woran konnte Dad geforscht haben, das all den Aufwand rechtfertigte?

Will nahm eine Visitenkarte aus der Tasche und wählte mit dem Handy, das Nando ihm gegeben hatte, dessen Nummer.

Er ging nach dem zweiten Klingeln dran. »Nando.«

»Nando, hier ist Will. Du hast mich gestern Abend zum Flughafen gefahren.«

»Junge, wie geht es dir? Ich hab gerade eben an dich gedacht. Bist du gut in Frisco angekommen?«

»Ja. Wollte ich dich nur schnell wissen lassen.«

»Und wie geht es deinem alten Herrn?« Will hörte eine Autohupe. Nando brüllte etwas auf Spanisch, vom Hörer abgewandt. »Sorry, Mann. Ich bin bei der Arbeit.«

»Es geht ihm besser, danke. Aber ich werde wahrscheinlich eine Weile hierbleiben und wir sind irgendwie in einer blöden Situation. Könntest du mir vielleicht einen kleinen Gefallen tun?«

»No problema! Worum geht's?«

»Mein Dad fürchtet, jemand könnte in unser Haus einbrechen«, erklärte Will.

»Euer Haus hier in Ojai?«

»Ja. Ich hab vergessen abzuschließen und der Doktor sagt, mein Dad darf sich im Moment auf keinen Fall aufregen. Könntest du mal vorbeifahren, damit ich meinem Dad sagen kann, dass alles in Ordnung ist?«

»Bin schon unterwegs. Wie lautet die Adresse, Kumpel?«

Will nannte sie ihm.

»Ich sehe, du benutzt das Handy, das ich dir gegeben habe«, bemerkte Nando. »Nicht zurückverfolgbar, darauf kommt es an, Alter. Ich seh mal nach und ruf dich dann *pronto* zurück.«

Als Will sich umdrehte, sah er, dass Lillian Robbins in der Tür stand. Er befürchtete schon, sie könnte das Gespräch mitgehört haben, doch während sie auf ihn zukam, erkannte er, dass sie mit etwas anderem beschäftigt war.

»Ich muss jetzt auflegen«, verkündete Will. »Danke, Mom. Ich melde mich später wieder bei dir.« Er steckte das Telefon in die Tasche, als Robbins zu ihm trat.

»Ich muss erst etwas mit dir klären, bevor ich es Mr Rourke gegenüber erwähne«, sagte sie ernst. »Es geht um das, was du mir gestern über den Test im September erzählt hast: dass du absichtlich versucht hast durchzufallen. Stimmt das, Will?«

»Ich habe nicht wirklich *versucht* durchzufallen. Ich habe mich nur nicht angestrengt.«

»Aber dein Ergebnis ist besser als alle anderen. Wie konnte das passieren, wenn du dich nicht einmal bemüht hast?«

»Keine Ahnung.«

»Will, die wichtigere Frage, die das aufwirft, lautet: *Warum* solltest du so etwas tun?« Robbins schaute ihn aufrichtig besorgt und prüfend an.

Daraufhin sagte er ihr die Wahrheit: »Es hängt mit einer Regel meiner Eltern zusammen.«

»Was für eine Regel?«

Es fiel ihm schwer, die Worte auszusprechen. Er hatte sich nie wirklich gefragt, warum sein Dad Regel Nr. 3 auf seine Liste gesetzt hatte. Aber jetzt hatte sich die Situation vollkommen verändert. »Ich soll keine Aufmerksamkeit auf mich lenken«, verriet Will.

»Warum sollten deine Eltern wollen, dass die Leute denken, du wärst nicht so klug – so *außergewöhnlich* klug –, wie du tatsächlich bist?«, überlegte Robbins laut.

»Sie sind doch Psychologin, oder? Doktor der Psychologie.«

»Ja.«

»Dann sagen Sie es mir. Ich weiß es nämlich nicht«, gestand Will.

»Deine Eltern haben *ausdrücklich* von dir verlangt, dass du dich mit deinen Leistungen zurückhalten sollst, ohne irgendeine Erklärung?«

»Es hieß immer nur: ›Wir haben unsere Gründe.‹ Ende der Diskussion.«

Dr. Robbins dachte einen Moment nach. »Und nachdem du dann alle Rekorde gebrochen hast, stellst du fest, dass du verfolgt wirst.«

»Genau.«

»Vielleicht hatten sie wirklich ernsthafte Gründe, sich Sorgen zu machen«, überlegte sie.

»Vielleicht.« Will erinnerte sich an seinen Höllenflug und dachte insgeheim: *Du kennst nicht einmal die halbe Wahrheit.*

»Ich kann dir versprechen, dass du hier in Sicherheit bist. Wir haben viele Schüler aus Familien, die im Fokus der Öffentlichkeit stehen, und wir nehmen das Thema Sicherheit sehr ernst.«

Bevor Will etwas erwidern konnte, betrat Stephen Rourke das Büro und ging auf seinen Schreibtisch zu, ohne sich anmerken zu lassen, ob er die Spannung zwischen ihnen bemerkt hatte. »Hast du deine Eltern erreicht?«, erkundigte er sich.

»Ja, danke. Es geht ihnen gut und sie waren wirklich froh zu erfahren, dass ich heil hier angekommen bin.«

»Das ist die Aufgabe aller Eltern, Will: sich Sorgen um ihre Kinder zu machen. Das wird sich nie ändern.« Rourke wandte sich einem Notizblock auf seinem Schreibtisch zu, schrieb schnell etwas auf einen Zettel, riss ihn ab und reichte ihn Robbins. Sie las die Mitteilung mit ausdrucksloser Miene, während der Schulleiter Will eine Hand auf die Schulter legte und ihn zu einer Tür am gegenüberliegenden Ende seines Büros führte. »So, Will, jetzt musst du dir eine verkürzte Version der Ansprache des Direktors anhören – ich halte sie jedes Jahr zur Begrüßung unserer neuen Schüler.«

Sie gingen durch die Tür und betraten einen langen, schmalen Korridor mit Fenstern zu beiden Seiten, die vom Boden bis zur Decke reichten. Kalte Windböen pfiffen durch offene Oberlichter herein. Der Gang ragte im rechten Winkel aus der Rückseite von Stone House heraus, in Richtung des Campus im Westen, den Will über die Kammlinie hinweg in der Ferne sehen konnte.

»Das war der letzte Anbau, den Thomas Greenwood an Stone House vorgenommen hat«, erklärte Rourke. »Ein Observationsdeck, das das Haus mit dem Center verbindet. Er wollte jedem, der hierherkommt, einen besonderen Sinneseindruck verschaffen. Man sollte das Gefühl haben, nicht nur grenzenlos im Raum, sondern auch in der Zeit zu schweben. Deshalb nannte er diesen Anbau ›Infinity Room‹ – Raum der Unendlichkeit.«

Der Fußboden bebte bei jedem Schritt. Will erschauderte, als ihm klar wurde, dass sie über dicke Glasscheiben gingen, die den Boden bildeten. Er konnte direkt auf den Parkplatz dreißig Meter weiter unten schauen; die Autos, die dort standen, wirkten wie Spielzeug. Irgendwo mussten Streben sein, die das Ganze mit dem Rest des Gebäudes verbanden, aber er konnte keine entdecken. Der Infinity Room schien tatsächlich in der Luft zu schweben. Will hatte Mühe, das Gleichgewicht zu halten, und schlingerte wie ein Kreisel.

»Dr. Greenwood vertrat die unorthodoxe Ansicht, ein Besuch hier oben würde den Schülern als wichtige Erinnerung dienen, sich der Realität der Gegenwart stets bewusst zu sein. Denn wir haben nichts außer dem jetzigen Moment.«

Dad hätte es nicht besser sagen können. Eigentlich *hatte* er es *genau so* gesagt, und zwar in Regel Nr. 6.

»Warum?«, fragte Will.

»Er glaubte, dass Erfahrungen, die intensives Gewahrsein bewirken, das Selbst auf eine höhere Bewusstseinsebene einstellen, wie ein Signalverstärker für die Seele. Und eine der effektivsten Möglichkeiten zur Herstellung dieses Zustands ist die Wahrnehmung von Gefahr – im Gegensatz zur *Realität* von Gefahr. Deine jüngsten Erfahrungen haben dir möglicherweise einen Eindruck davon vermittelt.«

Vielleicht ist das mein Problem. Gefahr hat mein Gehirn lahmgelegt.

Will hatte das Gefühl, als würden sich seine Augen in den Höhlen drehen. Seine Hände waren feucht vor Schweiß. Er wusste nicht, was mit ihm los war. Bis jetzt hatte ihm Höhe nie etwas ausgemacht, aber dieser unheimliche Ort hier sorgte dafür, dass er am liebsten auf Händen und Knien wieder zurück zur Tür gekrochen wäre. Er hob den Kopf, um nicht nach unten schauen zu müssen. Der Gang endete weiter vorn in einem Raum, der in gleißendes Licht getaucht war.

»Tom Greenwood gründete das Center vor hundert Jahren, um die zukünftigen Führer unseres Landes miteinander, aber vor allem mit sich selbst bekannt zu machen. Oder, um Greenwood zu zitieren, ›mit ihrem *zukünftigen* Selbst‹. Denk einmal darüber nach.«

Will nickte, als verstünde er – was absolut nicht der Fall war –, und bewegte sich wie ein Roboter vorwärts, mit jedem Schritt wackliger auf den Beinen. Er sah, dass es sich bei dem Raum am Ende des Ganges um ein rundes Observatorium handelte, das um ein großes, aufwendiges Messingteleskop herum gebaut war.

»Die Welt verändert sich ständig, Will. Aber im Augenblick tut sie dies in einem Tempo, das fast unser Begriffsvermögen übersteigt. Jede Generation wird vor größere Herausforderungen gestellt und hat zunehmend mehr Verantwortung. Wenn die menschliche Rasse überleben will, können wir uns nicht einfach so weiterentwickeln. Wir müssen uns schnell genug entwickeln, um diesen Veränderungen stets *voraus* zu sein.«

Am Ende des Ganges blieben sie stehen. Der Raum der Sternwarte öffnete sich vor ihnen wie eine Kugel, die am Ende eines Stocks befestigt war. Die Wände, die Decke und der gesamte Boden unter dem Teleskop bestanden aus transparenten Glasbausteinen.

Rourke trat auf den fast unsichtbaren Boden. »Kannst du mir so weit folgen, Will?«

Adrenalin strömte durch Wills Innerstes. Die Augen auf Rourke geheftet, betrat er den Raum. Es kam ihm vor, als taumelte er durch die Luft. Endlich erreichte er das antike Teleskop und versuchte, sich zu beruhigen, indem er sich auf die beeindruckende Handwerkskunst konzentrierte. Er hätte alles getan, nur um zu verhindern, dass sein Kopf explodierte.

»Ganz gleich, wo du dich auf der Erde umschaust: Fünfzig Prozent der Menschen liegen unter dem Durchschnitt. Der Rest befindet sich größtenteils nur geringfügig *über* dem Durchschnitt. Ich sage nicht, dass irgendetwas dagegen spricht, durchschnittlich zu sein, denn das ist vollkommen in Ordnung. Aber als Mathematiker kann ich dir versichern, dass diese Zahlen nicht lügen. Außerordentliche Menschen sind definitionsgemäß außerordentlich selten. Aus der Menschheitsgeschichte wissen wir auch, dass jede Neuerung oder Anpassung, die es uns als Spezies ermöglicht hat, einen Entwicklungssprung zu machen, auf weniger als ein Tausendstel von einem Prozent all jener Menschen zurückgeht, die zum fraglichen Zeitpunkt gelebt haben.«

Will hatte das Gefühl, er würde jeden Moment durchdrehen und sich dermaßen danebenbenehmen, dass er ausgerechnet auf den Mann den schlimmsten Eindruck machen würde, auf dessen Wohlwollen er im Augenblick am stärksten angewiesen war. Er beugte sich vor und schaute durch das mit Messing eingefasste Okular. Da er erwartete, einen Ausschnitt des trüben Himmels zu betrachten, konnte er das, was er dann sah, zuerst nicht identifizieren: Verschwommene Kugeln und verschmierte Farbkleckse schwammen vor seinen Augen, wie ein Tropfen Wasser mit Mikroben auf einem Objektträger, den man durch ein Mikroskop betrachtet.

Dann begriff er: Das Teleskop war auf den Platz in der Mitte des Campus einige Hundert Meter entfernt gerichtet. Er sah die vergrößerten Gesichter von Schülern, als seien sie nur wenige

Schritte entfernt, einmal scharf, einmal unscharf, wie in einem Kaleidoskop.

»Und in *diesem* Augenblick, da die Anforderungen des Überlebens immer größer werden, ist es so wichtig wie nie, jenen winzigen Prozentsatz einer Generation ausfindig zu machen, der in der Lage ist, den Herausforderungen der Zukunft gerecht zu werden, und diese Menschen auszubilden und vorzubereiten.«

Er kann unmöglich von mir sprechen. Das hier ist ein total abgedrehter kosmischer Witz. Ich bin nicht dafür geeignet, den Planeten zu retten. Ich konnte ja nicht einmal meine Eltern *retten.*

»Wenn du dich also umschaust, Will ... und versuchst, dir vorzustellen, dass du mit dem Rest der Schüler in unserem Auditorium sitzt ...«

»Okay.«

»Alle diese jungen Männer und Frauen besitzen wie du das Talent und das Potenzial, außerordentlich zu werden. Ungewöhnliche Menschen, die eines Tages ungewöhnliche Dinge tun werden. Und wenn wir *unseren* Job ordentlich erledigen, werdet ihr, wenn ihr von hier in die Welt hinausgeht, bereit sein, dieses Potenzial zu realisieren.«

Einen winzigen Moment lang sah Will sein *eigenes* Gesicht in der Menge. Er justierte das Okular und versuchte verzweifelt, sich *selbst* wiederzufinden. Stattdessen sah er etwas Unglaubliches: *Jedes Gesicht in der Menge war seines.* Will schloss die Augen und hielt sich fest.

»Bis dahin findet neue Freunde. Tretet mit anderen in Verbindung. Lernt voneinander und *füreinander.* Denn eines Tages – viel früher, als euch klar ist – wird dies eure Welt sein. Dann ist für eure Generation der Zeitpunkt gekommen, das Ruder zu übernehmen und den Kurs zu bestimmen. Aber noch nicht. Bis es so weit ist, genießt diesen Teil eurer Reise. Freundet euch mit euren Hoffnungen und Träumen genauso an wie miteinander.« Der Direktor holte eine alte Holzpfeife hervor, füllte sie aus einem abgenutzten Lederbeutel mit Tabak und zündete sie mit einem Streichholz an, das er am Teleskop anriss. »Viel Glück und Erfolg, geht in Frieden und so weiter und so fort. Und damit ist meine Begrüßungsansprache beendet«, erklärte Rourke, während er die Pfeife anrauchte. »So schlimm war es doch gar nicht, oder?«

»Nein, Sir.«

Der Schwefelgeruch des Streichholzes und der würzige, süßliche Rauch von Rourkes Tabak erfüllten die Luft. Will bekam keine Luft mehr.

»Ich bin der dritte Direktor in der Geschichte des Centers. Diese Rede habe ich fünfzehn Mal gehalten. Es ist die gleiche, die Tom Greenwood vor fast einhundert Jahren vor seiner Gründungsklasse und den anderen dreiundvierzig Klassen hielt, die er danach willkommen hieß. Genau wie sein Sohn Franklin, der nach ihm achtunddreißig Jahre lang Direktor war.«

»Beeindruckend«, meinte Will.

»Ich stelle mir manchmal vor, wie Dr. Greenwood damals in einer warmen Sommernacht allein hier draußen gestanden hat. Wie er zu den Sternen schaute und seinen Träumen von diesem kühnen Experiment nachhing, das er in die Welt gebracht hatte. Genau hier, mitten im Landesinneren, am Rand der Prärie. Als unser Land selbst kurz davor stand, sein eigenes Potenzial zu erkennen. Welch perfekter Ort zum Träumen.«

Welch perfekter Ort zum Sterben, dachte Will.

Mit diesem Gedanken kippte er bewusstlos nach vorn und landete mit dem Gesicht auf dem transparenten Boden.

BROOKE SPRINGER

Will hörte leise klassische Musik und dann Geflüster. Er öffnete die Augen und fand sich auf einem Bett in einem schwach erleuchteten Raum wieder. Weiße und graue Flächen wurden erkennbar, als er seine Umgebung allmählich schärfer sah.

»Er ist wach«, sagte jemand.

Dan McBride saß an seinem Bett und betrachtete ihn mit sanftem, besorgtem Blick. Lillian Robbins trat einen Augenblick später zu ihm. Eine junge Krankenschwester in einer weißen Uniform erschien auf der anderen Seite des Betts.

»Wo bin ich?«, fragte Will.

»Auf der Krankenstation«, erklärte McBride. »Du hast uns einen ganz schönen Schreck eingejagt, junger Mann.«

»Wie fühlst du dich?«, erkundigte sich Dr. Robbins.

Ein stechender Schmerz fuhr durch Wills Kopf, als er sich zu bewegen versuchte. Er fasste sich mit der Hand an die linke Schläfe, dort, wo es am meisten wehtat, und ertastete einen dicken Verband. Ein Clip an seinem linken Zeigefinger war mit einem Pulsfrequenzmonitor verbunden, den die Schwester jetzt kontrollierte.

»Ganz okay, glaube ich. Was ist passiert?«, fragte er.

»Eine Abwehrreaktion auf den Infinity Room«, sagte McBride. »Du bist ohnmächtig geworden und hast dir beim Sturz den Kopf aufgeschlagen. Die Wunde musste mit sechs Stichen genäht werden.«

Will bemerkte ein kleines Pflaster in seiner rechten Armbeuge. »Was ist das?«

»Wir haben dir Blut abgenommen, um ein paar Untersuchungen durchzuführen«, erläuterte Robbins. »Nur zur Sicherheit.«

»Wenn es dich tröstet, kann ich dir sagen, dass du nicht der erste neue Schüler bist, der in diesem Raum unter Reizüberflutung gelitten hat. Und ich selbst habe schon seit Jahren keinen Fuß mehr hineingesetzt.«

»Dr. Rourke lässt ausrichten, dass es ihm sehr leidtut«, teilte Robbins ihm mit.

Will schloss die Augen gegen den Schmerz. »Wie lange war ich bewusstlos?«

»Ungefähr zwanzig Minuten«, sagte Robbins. »Dr. Rourke hat dich selbst hierhergefahren.«

»Wie lange muss ich hierbleiben?«

»Bis sie alles überprüft haben«, meinte McBride. »Und heute wird nicht mehr Rugby gespielt, junger Mann.«

Der Vorhang vor Wills Bett wurde zur Seite gerissen und eine weibliche Stimme sagte spöttisch: »Aber ein Preis des Theater-Clubs ist dir auf jeden Fall sicher.« Ein Mädchen in Wills Alter, gekleidet in Rock und Bluse der Schuluniform, hielt den Vorhang in der Hand. Sie war schlank und sportlich und hatte schulterlanges, leicht lockiges weizenblondes Haar und kornblumenblaue Augen. Ihr verschmitztes Lächeln passte nicht so recht zu den feinen Zügen ihres sommersprossigen Gesichts. »Für die theatralischste Neuaufnahme aller Zeiten«, fügte sie hinzu. »Den Direktor von Kopf bis Fuß vollzubluten, sorgt garantiert für allgemeine Aufmerksamkeit.«

Meine hat sie definitiv, dachte Will.

»Will, das ist Brooke Springer«, stellte Dr. Robbins sie vor. »Brooke ist für die ersten Tage deine Ansprechperson.«

»Sie führt dich herum und hilft dir, dich einzugewöhnen«, ergänzte McBride.

»Sie geben mir immer die hoffnungslosen Fälle«, frotzelte Brooke mit zuckersüßem Lächeln.

»Es geht mir schon viel besser«, behauptete Will. »Werde ich eine Narbe zurückbehalten?«

»Von deiner Verletzung oder davon, dass du mit mir Zeit verbringst?«, hakte Brooke nach.

»Vermutlich kann ich mir hier jederzeit weitere Wunden versorgen lassen.«

Brooke kicherte.

Gutes Zeichen, dachte Will.

Nachdem die Krankenschwester seine Vitalfunktionen überprüft hatte, durfte er aufstehen. Sie bat ihn, in zwei Tagen zur Nachuntersuchung zu kommen, körperliche Anstrengung zu vermeiden und sich unbedingt auszuruhen. Zwar sah es nicht nach einer Gehirnerschütterung aus, aber er sollte sich melden, falls irgendwelche Symptome auftraten. Die Krankenschwester bestand darauf, dass er sich in einen Rollstuhl setzte, und Brooke bestand darauf, ihn zum Hintereingang der Krankenstation zu schieben.

NR. 86: SEI NIE NERVÖS, WENN DU DICH MIT EINEM HÜBSCHEN MÄDCHEN UNTERHÄLTST. TU EINFACH SO, ALS SEI SIE AUCH NUR EIN MENSCH.

»Das ist also deine Vorstellung von Spaß«, bemerkte Will. »Jungs durch die Gegend zu schieben.«

»Scht«, flüsterte Brooke. »Sonst glauben sie, du wärst noch immer benebelt.«

»Komm morgen früh in mein Büro, Will«, sagte Dr. Robbins, als sie ins Freie traten. »Dann gehen wir deinen Stundenplan und den Lehrplan durch. Mr McBride hat sich freiwillig als dein vorläufiger Studienberater zur Verfügung gestellt.«

»Falls das für dich in Ordnung geht, Will«, räumte McBride ein.

Will sagte, es sei mehr als in Ordnung für ihn. Er stand auf und schüttelte den beiden Erwachsenen die Hand, die den Rollstuhl anschließend wieder ins Gebäude schoben.

Brooke zeigte auf einen elektrischen Golfwagen in den Farben und mit dem Wappen des Centers, der nicht weit entfernt parkte. »Ihr Wagen wartet schon, Sir«, sagte sie.

Wills Reisetasche lag in einem Korb auf der Ladefläche. Vorsichtig setzte er sich auf den Beifahrersitz, während Brooke sich hinter das Lenkrad schob. Seine Stirn pochte schmerzhaft, seine Hüfte tat weh, sein linkes Fußgelenk klopfte, und obwohl die Sonne die Luft auf Temperaturen um die null Grad erwärmt hatte, fror er noch immer wie ein Schneider. Aber nach allem, was er durchgemacht hatte, sorgten diese Unannehmlichkeiten nur dafür, dass er fest in seinem Körper ruhte und sich seltsam erleichtert fühlte.

»Mehr hast du nicht?«, fragte Brooke. »Du reist mit leichtem Gepäck.«

»Gewohnheit, nehme ich an.«

»Und, hast du dir schon ein Bild gemacht?«

»Nein, bisher hatte ich noch keine Zeit zum Malen.«

Brooke musterte ihn mit gerunzelten Augenbrauen. »Wie viele Kopfverletzungen hast du schon gehabt?«

»Kann mich an keine erinnern. Ist das ein schlechtes Zeichen?«

»Ich meinte dein Bild ... deinen ersten Eindruck von der Schule, du Depp.« Nachdem Brooke ihr Haar zu einem Pferdeschwanz gedreht und mit einer Klammer hochgesteckt hatte, steuerte sie den Golfwagen auf den Weg. Sie trug knöchelhohe Laufschuhe aus Wildleder, bedruckt mit dem Logo der Schule. »Woher kommst du?«, fragte sie.

»Wir haben schon überall gewohnt.«

»Ist dein Vater beim Militär?«

»Nein. Und woher kommst *du?*«

»Ich stelle hier die Fragen, du Frischling.« Brooke deutete auf einige Gebäude, an denen sie vorbeikamen – wie ein Model bei einer Gameshow, das die Gewinne präsentiert. »Das da sind die

Küchen. Dort drüben befinden sich der Sicherheitsdienst und der Fuhrpark. Wie du dir sicher schon gedacht hast, ist das hier der eher profane Teil des Campus.«

Als ob ich nicht wüsste, was profan *bedeutet.* Ein wenig verärgert, konnte Will es sich nicht verkneifen, sie zu fragen: »Willst du hören, was ich über *dich* weiß?«

Brooke warf ihm einen Seitenblick zu. Aber statt »Ach, komm schon« zu sagen – was sie mit Sicherheit dachte, so viel stand für Will fest –, fragte sie: »Was könntest du schon über mich wissen?«

»Du bist fünfzehn. Einzelkind. Reiche Familie. Du spielst Geige, bist in einem Vorort in Virginia aufgewachsen, hast aber in mindestens zwei Spanisch sprechenden Ländern gewohnt, weil dein Vater für das Außenministerium arbeitet ...«

Abrupt trat Brooke auf die Bremse und sah ihn entgeistert an. »Woher weißt du das? Hast du meine Akte gelesen?«

Will schüttelte den Kopf und grinste. Brooke hatte die Stirn gerunzelt und ihre Augen blitzten. Sie trommelte mit den Fingern auf das Lenkrad und erwartete eine Erklärung, wobei sie deutlich zu verstehen gab, dass sie nicht gern wartete.

»Ich studiere regionale Akzente«, erklärte Will. »Du hast Hornhaut an den Fingern deiner linken Hand, wie jemand, der ein Saiteninstrument spielt. Ich spreche Spanisch und du klingst, als hättest du auch lange Spanisch gesprochen. Das alles habe ich mit der Nähe zu Washington, D.C. zusammengebracht und kam auf das Außenministerium.«

Diese Erklärung würde sie wesentlich leichter akzeptieren können als: *Aus Gründen, die meine Eltern mir nie erklärt haben, brachten sie mir bei, jeden Fremden, dem ich begegne, zwanghaft zu beobachten und einzuschätzen. Und es ist schwer, dieses Talent abzuschalten, besonders dann, wenn es sich bei dem »Fremden« um ein hübsches Mädchen handelt.*

»Woher hast du gewusst, dass ich ein Einzelkind bin?«

»Gleich und gleich gesellt sich gern. Hab ich recht?«

»Ja. Und Dad war Botschafter in Argentinien. Aber ich spiele nicht Geige, sondern Cello.« Brooke fuhr weiter und tat so, als habe er ihr keinen Schrecken eingejagt. Aber sie schien nicht mehr von ganz so weit oben auf ihn herabzusehen. »Da drüben ist das Verwaltungsgebäude – merk dir das, Mister Gehirnerschütterung, denn da bist du morgen früh mit Dr. Robbins verabredet.«

»Ist gespeichert.«

»Und zur Linken sehen wir gleich den Hauptcampus ...« Brooke redete weiter im Ton einer Museumsführerin und zählte alle Einrichtungen auf, während sie über den zentralen Platz brausten – darunter auch *drei* Bibliotheken.

Will hörte überhaupt nicht zu. Das Mädchen hinter dem Steuer war wesentlich faszinierender als all ihre Erläuterungen, denn sie stammte aus einer Welt, die von Geld, Privilegien und Macht geprägt und Lichtjahre von seiner eigenen entfernt war. Jemandem wie ihr war er noch nie begegnet. Sie sah umwerfend aus, besaß ein unglaubliches Selbstvertrauen, und doch hatte sie nichts von der manipulativen Art jener Mädchen, die sich einzig und allein auf ihr Aussehen verließen. Ihre Gelassenheit und ihre Intelligenz beeindruckten ihn noch mehr. Da sie nicht das Geringste von ihm wusste – und darüber, wie mickrig sein Stammbaum im Vergleich zu ihrem war –, entschied er, es sei wahrscheinlich das Beste, es dabei zu belassen.

Während sie herumfuhren, winkten andere Schüler ihnen zu und schenkten dem offensichtlichen Neuankömmling ein freundliches Lächeln. Brooke winkte zurück, so heiter und elegant wie die Königin einer Parade. Sie winkte sogar den vorbeifahrenden Golfwagen der lächelnden Wachmänner zu, die alle so aussahen wie Eloni: kräftig, rundes Gesicht und lockige Haare.

»Stammt der gesamte Sicherheitsdienst hier aus Samoa?«

»Das ist dir also schon aufgefallen«, sagte Brooke und warf Will erneut einen kurzen Blick zu. »Nicht, dass es mich überraschen würde.«

»Gibt es einen Grund dafür?«

»Mal abgesehen von der Tatsache, dass sie riesig und geschickt und stark genug sind, einen Bus mit bloßen Händen in Stücke zu reißen?«

»Wieso? Ist das hier eine Highschool oder eine Mannschaft der National Football League?«

»Es ist eine *Privatschule* für Kinder aus angesehenen Familien mit berechtigtem Sicherheitsbedarf. Außerdem sind sie freundlich, vertrauenswürdig und unbestechlich.«

»Und wieso sehen sie alle gleich aus? Sind sie alle miteinander verwandt?«

»Sie gehören zum selben *Aiga* oder Clan«, erklärte Brooke. »Ich favorisiere die Theorie, obwohl es vermutlich ein moderner Mythos ist, dass sie rehabilitierte Gangster der South Side von Chicago sind. Eloni ist ihr *Matai,* ihr Häuptling. Mein Vater sagt, wir sollten froh sein, dass Samoa auf unserer Seite ist, weil es eine so große Kriegerkultur besitzt. Und falls sich das jemals ändert, können wir dankbar sein, dass es nur ein winziger Fleck im Südpazifik ist.«

Sie ließen die Gemeinschaftsgebäude hinter sich und rollten durch einen Birkenwald, der auf einem schmalen Plateau lag. An einem gewundenen Weg standen vier identische Backsteinhäuser, jedes vier Stockwerke hoch, mit Giebeldach und zahlreichen Verzierungen. Sie waren stilistisch moderner als alles, was Will bisher auf dem Gelände des Centers gesehen hatte, angenehm für das Auge und anregend für den Geist.

»Das sind die Wohnheime. Nimm deine Tasche mit.« Brooke parkte vor dem letzten Gebäude in der Reihe.

Will folgte ihr zur Eingangstür. Daneben stand auf einem Schild GREENWOOD HALL. »Sieht anders aus als der Rest der Schule«, meinte er.

»Star-Architekt«, erklärte Brooke. »Hat jede Menge Preise gewonnen.«

Sie gingen durch einen großen leeren Flur mit Steinboden und hellen Kiefernholzbalken zu einer Tür, auf der GREENWOOD HALL PROVOST MARSHAL stand. Brooke drückte die Tür auf und deutete auf einen Tisch in dem quadratischen, holzgetäfelten Raum.

»Leg deine Tasche dort ab«, sagte sie. »Und tritt zurück.«

LYLE OGILVY

Verdutzt folgte Will ihrer Aufforderung. Brooke klopfte an eine Tür und stellte sich dann neben Will. Ein paar Sekunden später trat ein großer junger Mann mit hängenden Schultern in den Raum. Er trug ein blaues Sakko mit dem Wappen des Centers auf der Brusttasche und eine sorgfältig gebundene, gestreifte Krawatte in den Farben der Schule. Leise und bedächtig schloss er die Tür hinter sich. Seine großen Plattfüße, die er beim Gehen nach außen stellte, steckten in schweren schwarzen Lederschuhen. Ein Helm aus fettigen schwarzen Strähnen krönte seinen ungewöhnlich langen Kopf und seine Haare sahen aus, als würde er sie jeden Morgen bügeln. Sein Gesicht war von überdimensionalen Augenbrauen und einem vorstehenden Kinn gerahmt, sodass der Eindruck entstand, die fleischigen, dazwischen eingequetschten Züge würden miteinander um Platz ringen. Graugrüne Ringe unter den Augen lieferten den einzigen farblichen Kontrast zu seiner leichenblassen Haut. Er schniefte ständig, hatte entweder mit einer Allergie oder mit einer Nebenhöhlenentzündung zu kämpfen. Dem Aussehen nach musste er mindestens achtzehn sein.

»Will West, Lyle Ogilvy«, stellte Brooke vor, »der Provost Marshal von Greenwood Hall.«

Der Vorsteher des Wohnheims musterte Will mit nervösen schwarzen Augen, die verschlagene Intelligenz ausstrahlten. Bedächtig trat er zwei Schritte vor und bot Will zur Begrüßung eine feuchte Hand und ein unterwürfiges Lächeln. Irgendetwas an Lyle – seine gebeugte Haltung und die verstohlene Wachsamkeit – erinnerte Will an einen Leichenbestatter oder einen großen Raubvogel.

Brooke wich zurück, als Lyle auf sie zukam; sie schien mehr als nur ein bisschen Angst vor ihm zu haben.

»Sehr erfreut, dich bei uns zu haben«, meinte Lyle. Eine überraschend hohe Stimme für eine Person von dieser Größe und Masse. Lyle bemühte sich um einen vornehmen Akzent, der wohl britisch wirken sollte: Er klang wie die Schauspieler in alten Filmen, wenn sie einen Smoking tragen. Nach außen hin blieb sein Ton höflich, aber ein nur halb verborgenes spöttisches Lächeln legte die Vermutung nahe, dass er Will als seinen Untergebenen betrachtete.

»Ganz meinerseits«, erwiderte Will. »Was genau ist ein Provost Marshal?«

Lyle schien die Frage zu amüsieren. »Wir haben in den Wohnheimen gewisse Regeln. Ich mache sie zwar nicht, bin aber dafür zuständig, dass sie eingehalten werden. Manchmal etwas widerwillig, aber immer, wie ich dir versichern kann, mit großem Einsatz.« Er trat an den Tisch und öffnete den Reißverschluss von Wills Tasche.

Will wollte ihn daran hindern, aber ein besorgter Blick von Brooke hielt ihn davon ab.

»Als Erstes kannst du mir dein Handy und deinen Laptop geben.«

»Warum?«

»Bestimmung der Schule«, erklärte Lyle. »Auf dem Campus sind keine erlaubt.«

»Keine Telefone, keine Mails?«, fragte Will, sowohl an Brooke als auch an Lyle gewandt. Brooke bestätigte es mit einem leichten Kopfschütteln. »Ich würde gerne den Grund dafür erfahren.«

»Die Schüler des Centers werden dazu angehalten, mittels traditioneller Methoden zu kommunizieren«, erklärte Lyle geduldig. »Sie sollen die vernachlässigte Kunst der persönlichen Unterhaltung pflegen oder das geschriebene Wort nutzen. Oder, wenn es sein muss, eines unserer Telefone, die uns kostenlos in allen Einrichtungen zur Verfügung stehen.« Er zeigte auf ein altmodisches schwarzes Telefon auf einem Eckschränkchen, das aussah, als hätte es dort seit 1960 Staub angesetzt.

»Ich meine es nicht persönlich, aber das ist doch ... völlig verrückt«, fand Will.

»Das Gefühl haben am Anfang alle«, erwiderte Lyle und streckte die Hände aus. Er meinte es ernst: Er wollte Wills Sachen, und zwar sofort.

Will versuchte, Zeit zu schinden. Sein iPhone konnte er entbehren, aber nicht das Handy, das Nando ihm gegeben hatte. »Okay. Das mit dem Telefon sehe ich theoretisch ein, aber keinen *Laptop?«*

Jetzt klang Lyle verärgert: »Die Schule stellt jedem Schüler einen individuell auf dessen Bedürfnisse zugeschnittenen Tablet-Computer zum persönlichen Gebrauch zur Verfügung. Unsere IT-Mitarbeiter werden all deine Daten auf dessen Festplatte übertragen ...«

»Was ist, wenn ich lieber meine eigene Festplatte benutzen möchte?«

»... bestehend aus Software und Bauteilen, die in unseren Labors entwickelt wurden. Technisch wesentlich ausgefeilter als dieser Schrott aus den trendigen Vorstadtläden. Ist es nicht so, Miss Springer?«

»Doch, ja.« Mit den Augen drängte Brooke Will, es nicht zu weit zu treiben.

»Wann bekomme ich die Sachen zurück?«

Lyle musste sich eindeutig Mühe geben, ruhig zu bleiben. »Sie werden sicher aufbewahrt und dir am Ende des Schuljahrs wieder ausgehändigt.«

»Ich habe jede Menge Zeug auf meinem Telefon, das ich mit meiner Festplatte noch synchronisieren muss«, sagte Will. »Adressbuch, Kalender, persönliche Dateien ...«

»Dann tu es«, sagte Lyle. *»Sofort.«*

Der Laptop war Wills kostbarster Besitz – ein Luxus, den sich seine Eltern kaum hatten leisten können. Er schaute wieder zu Brooke, die ihn panisch ansah: *Bitte mach mit.* Will nahm sein MacBook und sein iPhone heraus, schloss beide Geräte an und startete die Datenübertragung.

Lyle beobachtete ihn und Will hatte das Gefühl, als würde Nandos Handy ihm ein Loch in die Jackentasche brennen. Er widerstand dem Impuls, nach ihm zu tasten, während Lyle ihn mit Blicken durchbohrte.

»Kann ich wenigstens meinen iPod behalten?«, erkundigte sich Will. »Oder müssen wir alles wieder auf Vinyl überspielen?«

Brooke konnte sich ein Lachen nicht verkneifen, beherrschte sich aber schnell wieder. Lyle reagierte nicht. Er ging zu einem Schrank in der Ecke des Zimmers, schloss ihn auf und holte etwas heraus.

Rasch griff Will in seine Tasche und nahm Nandos Handy heraus. Während Lyle ihm den Rücken kehrte, drückte er Brooke das Telefon in die Hand und schloss ihre Finger darum.

Entsetzt riss sie die Augen auf und versteckte es schnell hinter ihrem Rücken, als Lyle wieder zurückkehrte und ihm eine Broschüre und einen Brief reichte.

»Deine Kopie der Verhaltensregeln für Schüler«, sagte Lyle. »Und ich brauche deine Unterschrift auf dieser Einverständniserklärung, die besagt, dass du an alle Regeln und Vorschriften darin gebunden bist und sie befolgst.«

Nr. 68: UNTERSCHREIBE NIE EIN JURISTISCHES DOKUMENT, OHNE ES VORHER VON EINEM ANWALT PRÜFEN ZU LASSEN, DER FÜR DICH ARBEITET.

Lyle zog einen Stift aus der Tasche und bot ihn Will an, der ihn jedoch ignorierte.

»Super. Ich sehe es durch und gebe es dir dann zurück.«

Lyle musterte ihn prüfend, als wittere er Aufsässigkeit, doch Will lächelte nur freundlich.

»Ich werde mir jetzt den Rest deiner Sachen ansehen«, verkündete Lyle. »Die rechtliche Befugnis dafür ist auf Seite sechs in Paragraph drei festgelegt: Inspektion bei Ankunft. Da findest du auch eine detaillierte Auflistung aller verbotenen Gegenstände und Substanzen.«

Wieder schaute Will zu Brooke, die Lyles Worte mit eifrigem Kopfnicken bestätigte.

»Ich habe nichts zu verbergen«, meinte Will.

»Leer deine Taschen«, wies Lyle ihn an.

Will stülpte die Taschen seiner Jogginghose nach außen. Lyle öffnete die Reisetasche und durchsuchte sie vorsichtig mithilfe eines Kulis. Zuerst fischte er Wills Sonnenbrille heraus und dann die, die Dave ihm im Flugzeug gegeben hatte. Er betrachtete sie eingehend.

»Stehen Sonnenbrillen auf dem Index?«, fragte Will.

»Warum hast du zwei?«

»Regel Nummer 97: Was Brillen und Unterwäsche betrifft: Reise stets mit Reserve.«

»Woher kommt diese hier?«, hakte Lyle nach und schaute durch die Gläser.

»Boutique-Label.«

»Ich sehe kein Label.«

»Das macht sie ja gerade so echt. Typisch Westküste.«

Nicht vollständig überzeugt, legte Lyle beide Brillen wieder in die Tasche. Dann nahm er Wills Schweizer Messer und wog es auf seiner Handfläche. »Regelverstoß«, stellte er hämisch grinsend fest. *»Das* ist eine Waffe.«

»Entschuldige, dass ich widerspreche, aber das ist nicht korrekt. Darf ich mal?«, fragte Will und nahm Lyle das Messer aus der Hand. »Okay, es besitzt eine Klinge, aber die wurde ursprünglich hinzugefügt, damit Soldaten ihre Dosen mit Feldration öffnen konnten.« Will klappte jedes einzelne Werkzeug des Messers aus. »Es hat auch einen Beitel, eine Schere, einen Flaschenöffner, einen Schraubendreher, eine Ahle, einen Kabelschneider und einen Schlüsselring. Man gibt es Typen, die schon Gewehre, Bajonette und Handgranaten haben. Es ist keine Waffe, sondern ein Werkzeugkasten, und ich werde auf der Stelle den Direktor anrufen und diese Angelegenheit mit ihm ausdiskutieren, falls du es mir wegnimmst.«

Kochend vor Wut legte Lyle das Messer wieder in Wills Tasche. Dann setzte er seine Inspektion fort und holte schließlich das zusammengefaltete Handtuch hervor. Er legte es auf den Tisch, breitete es auseinander und brachte die Überreste des zerbrochenen Vogels zum Vorschein.

Verdammt. Ich vergesse immer wieder, dass er noch da drin ist.

Lyle streckte die Hand aus, als erübrige sich dieses Mal jeder Kommentar.

»Projektarbeit in Naturwissenschaften«, verkündete Will. »Von meiner alten Schule. Ich bastle noch daran herum und habe es einfach nicht fertiggebracht, mich davon zu trennen ...«

»Was ist das?«, verlangte Lyle zu wissen.

»Wonach sieht es denn aus?«

»Es *sieht aus* wie ein mechanischer Vogel.«

»Ja, genau das soll es auch werden. Kompliment.«

Lyle ging nicht auf ihn ein. Will spürte, dass er den Vogel – oder *irgendetwas* – konfiszieren wollte, aber krampfhaft nach einem Grund dafür suchte.

»Erzähl mir nicht, dass mechanische Vögel auf dem Index stehen«, witzelte Will.

»Überwachungsgeräte schon.«

»Überwachungsgeräte?«

»Das ist doch eine *Kamera,* oder etwa nicht?«, fragte Lyle und zeigte auf das Auge.

»Sehr schmeichelhaft, Lyle, aber du überschätzt meine technischen Fähigkeiten. Ich könnte das verdammte Ding nicht einmal so programmieren, dass es piepst, ganz zu schweigen davon, dass es fliegt. Ich hoffe, dass mir das hier jemand beibringen kann ...«

In dem Moment richtete Lyle sich auf und schaute Will in die Augen. Will spürte zuerst einen starken, unangenehmen Druck im Kopf, als schließe sich ein Stahlband immer fester um seinen Schädel. Und dann hatte er das Gefühl, als würde jemand ihm mit einem Taschenmesser ins Gehirn stechen. Die Wunde an seinem Kopf pochte und die Schmerzen schienen mit jeder Sekunde stärker zu werden. Will wollte sich nichts anmerken lassen und schaute deshalb zu Brooke. Sie war blass und total verängstigt.

Und plötzlich begriff Will, warum: Lyle Ogilvy spielte ein Psychospiel, wie auch Will es beherrschte, hatte aber im Gegensatz zu ihm offenbar keinerlei Skrupel, diese Fähigkeit bei anderen Menschen anzuwenden.

Will versuchte, sich Lyles psychischer Manipulation zu entziehen, indem er ein leeres Bild in dessen Kopf schob. Es schien ihn nicht zu erreichen, aber in Will regte sich etwas, das sich wie elektrischer Strom anfühlte und knisternd zum Leben erwachte. Er spürte, dass tief in seinem Inneren mehr Energie steckte, wusste aber nicht, wie er sie nutzen konnte.

Während er kämpfte und sich wehrte, veränderte sich seine Wahrnehmung des Drucks, den Lyle ausübte, und vor ihm öffnete sich ein neues Sichtfeld. Es schien, als könnte er sehen und hö-

Probleme sind nur dazu da, um uns zu inspirieren, nach Lösungen zu suchen. Es wäre besser für dich, wenn du keine Inspiration für mich bist.« Mit diesen Worten verschwand Lyle in seinem Büro hinter der inneren Tür.

Will ging hinaus und folgte Brooke. Nach ein paar Schritten geriet er ins Taumeln und musste sich an der Wand abstützen. Er wurde von der gleichen Schwärze und Übelkeit erfasst wie am Flughafen, dieses Mal allerdings noch viel heftiger.

»Alles in Ordnung?«, fragte Brooke.

Er stöhnte und hielt sich den Kopf.

Brooke lehnte sich dicht neben ihm an die Wand, noch immer verängstigt. »Wie hast du das gemacht?«, flüsterte sie.

Wie viel von dem, was da drin vor sich gegangen ist, hat sie gesehen oder gespürt?, fragte Will sich.

»Wie hab ich *was* gemacht?«, flüsterte er zurück.

»Dich so gegen Lyle zu behaupten. Ich habe bis jetzt noch keinen gesehen, der das geschafft hat.«

NR. 91: ES GIBT KEINE GRENZEN FÜR DAS, WAS EIN MANN AUF SICH NEHMEN SOLLTE, UM DAS RICHTIGE MÄDCHEN ZU BEEINDRUCKEN.

»Ich lass mich nicht gern schikanieren«, erklärte Will.

Brooke drückte ihm Nandos Handy in die Hand und er stopfte es in seine Tasche.

»Komm, lass uns nach oben gehen«, sagte sie und fasste ihn am Arm. »Deine Wunde blutet.«

WOHNGRUPPE G4-3

Da Brooke der Ansicht war, Will solle keine Treppen steigen, ließen sie sich von einem großen, rumpelnden Aufzug in den vierten Stock befördern. Ihretwegen riss Will sich zusammen, aber er fühlte sich, als hätte man ihm sämtliche Eingeweide ausgekratzt und ihn selbst in ein tiefes Loch geworfen.

Der Aufzug öffnete sich zu einer zentralen, lichtdurchfluteten Lobby, die mit bunten Sofas möbliert war. Von dort gingen Korridore zu den Zimmern ab, wie Speichen von der Nabe eines Rads. Brooke führte Will durch einen dieser Gänge, von dem zu beiden Seiten kürzere Flure abzweigten. Sie bogen in den letzten Flur auf der linken Seite ein und Brooke holte eine Schlüsselkarte aus der Tasche. Schließlich blieben sie vor einer weißen Tür mit roten, erhabenen Lettern stehen: G4-3.

»Vier Stockwerke in jedem Haus. Zwölf Wohngruppen pro Stockwerk, fünf Schüler pro Wohngruppe.«

Schnell hatte Will es ausgerechnet: *960 Schüler im Center.*

Brooke zog die Karte durch ein Kästchen oberhalb der Türklinke, worauf ein kurzer elektronischer Warnton erklang. Die Tür sprang auf und sie betraten einen großen, achteckigen Raum mit breiten Oberlichtern, die alles in ein helles, freundliches Licht tauchten. Bequeme Sofas und dick gepolsterte Sessel in gedämpften Farben lockerten die strengen Linien der Architektur auf. Brooke führte Will an einen Esstisch mit fünf Stühlen vor einer kleinen Küchenzeile, die mit allem Nötigen ausgestattet war.

»Setz dich«, sagte sie und half Will auf einen Stuhl. »Ich bin sofort wieder da.« Dann verschwand sie durch eine der fünf Türen.

Will sah sich um. Einbauregale säumten die Wände. Eine einzelne Stufe führte hinab zum Mittelpunkt des Raumes, wo große schrank war eine Kommode untergebracht. Ein großes Erkerfenster ging auf den Wald hinaus, in entgegengesetzter Richtung zum Campus. Die andere Tür in dem Zimmer führte zu einem kleinen, weiß gekachelten Bad.

»Das Zimmer soll übrigens absichtlich so aussehen wie eine weiße Leinwand«, erklärte Brooke. »Du sollst ihm deine persönliche Note verleihen. Hast du Hunger?«

»Ich bin kurz vorm Verhungern.«

»Lass dir Zeit beim Umschauen. Ich sehe nach, was wir im Kühlschrank haben.« Sie schloss die Tür hinter sich.

Will warf seine Tasche aufs Bett und testete die Matratze: hart, aber nicht zu hart, genau richtig. Das Zimmer war angenehm, aber ausgesprochen neutral. Er hätte überall auf der Welt sein können.

Hier wohne ich jetzt.

Diesen Moment hatte er schon viele Male erlebt. Er war daran gewöhnt, von vorn anzufangen.

Aber nie allein. Nie ohne meine Eltern.

Jetzt, da er hier – und in Sicherheit – war, brach die ganze Tragweite seines Verlustes auf ihn herein. Mit aller Kraft wehrte er diese Gefühle ab, bevor der Kummer ihn überwältigte.

Ich werde nicht trauern. Wer auch immer uns das angetan hat, ich werde ihm diese Genugtuung nicht schenken. Ich weiß, dass Mom und Dad noch am Leben sind, und ich werde alles tun, um sie zu finden.

Er war einfach in dieses neue Leben hineingeschleudert worden und musste stark bleiben und nach vorn schauen. Seine Eltern würden *wollen,* dass er genau das tat.

Nr. 50: WENN CHAOS HERRSCHT, HALTE DICH AN DIE ROUTINE. SCHAFFE NACH UND NACH ORDNUNG.

WOHNGRUPPE G4-3

Da Brooke der Ansicht war, Will solle keine Treppen steigen, ließen sie sich von einem großen, rumpelnden Aufzug in den vierten Stock befördern. Ihretwegen riss Will sich zusammen, aber er fühlte sich, als hätte man ihm sämtliche Eingeweide ausgekratzt und ihn selbst in ein tiefes Loch geworfen.

Der Aufzug öffnete sich zu einer zentralen, lichtdurchfluteten Lobby, die mit bunten Sofas möbliert war. Von dort gingen Korridore zu den Zimmern ab, wie Speichen von der Nabe eines Rads. Brooke führte Will durch einen dieser Gänge, von dem zu beiden Seiten kürzere Flure abzweigten. Sie bogen in den letzten Flur auf der linken Seite ein und Brooke holte eine Schlüsselkarte aus der Tasche. Schließlich blieben sie vor einer weißen Tür mit roten, erhabenen Lettern stehen: G4-3.

»Vier Stockwerke in jedem Haus. Zwölf Wohngruppen pro Stockwerk, fünf Schüler pro Wohngruppe.«

Schnell hatte Will es ausgerechnet: *960 Schüler im Center.*

Brooke zog die Karte durch ein Kästchen oberhalb der Türklinke, worauf ein kurzer elektronischer Warnton erklang. Die Tür sprang auf und sie betraten einen großen, achteckigen Raum mit breiten Oberlichtern, die alles in ein helles, freundliches Licht tauchten. Bequeme Sofas und dick gepolsterte Sessel in gedämpften Farben lockerten die strengen Linien der Architektur auf. Brooke führte Will an einen Esstisch mit fünf Stühlen vor einer kleinen Küchenzeile, die mit allem Nötigen ausgestattet war.

»Setz dich«, sagte sie und half Will auf einen Stuhl. »Ich bin sofort wieder da.« Dann verschwand sie durch eine der fünf Türen.

Will sah sich um. Einbauregale säumten die Wände. Eine einzelne Stufe führte hinab zum Mittelpunkt des Raumes, wo große

Bodenkissen und kleine Teppiche um einen runden gemauerten Kamin angeordnet waren. An beiden Enden des Raums stand je ein altmodisches Telefon. Nirgends waren Fernseh- oder Computerbildschirme zu sehen, sodass die Einrichtung seltsam zeitlos wirkte.

Hinter einer der geschlossenen Schlafzimmertüren drang klassische Klaviermusik hervor. Jemand übte und dieser Jemand war außerordentlich begabt. Brooke kam mit Watte und einem Desinfektionsmittel wieder. Sie öffnete die Flasche und tränkte einen Bausch Watte mit der Flüssigkeit.

»Du musst das nicht tun«, sagte Will. »Ich kann auch wieder auf die Krankenstation gehen.« Sein Kopf schmerzte noch immer, aber das Schwächegefühl ließ allmählich nach.

»Zwei Jahre Schwesternhelferin – ich glaube, ich kriege das schon hin«, meinte Brooke. »Meine Mom ist Ärztin. Dreh deinen Kopf ein bisschen.« Sie beugte sich hinab, strich Wills Haare zur Seite und nahm ihm den Verband ab. Als sie ihn auf den Tisch legte, sah Will, dass er rot getränkt war. Vorsichtig tupfte sie Desinfektionsmittel auf die Stiche und Will musste sich unglaublich zusammenreißen, um nicht vor Schmerz aufzuschreien. Voll konzentriert biss Brooke sich auf die Lippen. »Sieht aus, als würden die Stiche halten ... und die Blutung hat auch schon wieder aufgehört ...«, meinte sie. »Tut das nicht höllisch weh?«

»Nein«, behauptete Will.

»Lügner. Ich würde schreien.«

»Von wegen Schwesternhelferin, was?«

»Halt den Mund.« Als Brooke die Wunde gereinigt hatte, bereitete sie einen neuen Verband vor.

»Wie bist du hier gelandet?«, fragte Will.

»Mein Dad ist ein Ehemaliger. Es stand eigentlich nie zur Debatte, dass ich irgendwo anders hingehen würde.«

»Es hatte also nichts mit deinen Testergebnissen zu tun?«

»Meine Ergebnisse waren super, aber die Kinder von Absolventen haben natürlich einen Vorteil. Ich wusste seit der dritten Klasse, dass ich hierherkommen würde.« Sie legte Will den neuen Verband an. »So müsste es gehen. Erzähl bloß niemandem, dass du ein Handy hast.«

»Ich werde schweigen wie ein Grab, solange du nichts sagst.«

Brooke musterte ihn eindringlich. »Ich meine es ernst, Will. Letztes Jahr habe ich gesehen, wie Lyle bei einem Neuen ein Handy gefunden hat. Das Nasenbluten des Jungen hat überhaupt nicht mehr aufgehört.«

Und ich wette, Lyle hat ihn nicht mal angefasst. Bei der Erinnerung an Lyles Attacke zuckte Will zusammen. »Immer wird den falschen Leuten die Verantwortung übertragen.«

»Ich hätte dich vor Lyle warnen sollen. Beim nächsten Mal weißt du Bescheid.«

Beim nächsten Mal bin ich vorbereitet.

»Entschuldigung, hast du was gesagt?«, fragte sie.

»Nein.« *Okay, das passiert in letzter Zeit ziemlich oft.*

Brooke warf ihm einen scharfen Blick zu, legte das Verbandszeug auf eine Theke und spielte dann wieder die Museumsführerin: »Das hier ist also unser Gemeinschaftsraum mit der Küche. Die Schlafzimmer sind hinter den einzelnen Türen. Deines liegt da drüben.«

Sie führte ihn zu einer Tür, die mit einer »4« markiert war. Dahinter befand sich ein überraschend großes Zimmer mit unregelmäßigen Ecken und Winkeln, hellblau gestrichenen Wänden und dunklen Holzdielen. Ein Einzelbett mit Nachttisch und ein massiver Schreibtisch mit einem futuristisch anmutenden Stuhl aus Stahlgeflecht bildeten das einzige Mobiliar. Auf dem Schreibtisch stand eines der schwarzen Telefone und in einem offenen Wandschrank war eine Kommode untergebracht. Ein großes Erkerfenster ging auf den Wald hinaus, in entgegengesetzter Richtung zum Campus. Die andere Tür in dem Zimmer führte zu einem kleinen, weiß gekachelten Bad.

»Das Zimmer soll übrigens absichtlich so aussehen wie eine weiße Leinwand«, erklärte Brooke. »Du sollst ihm deine persönliche Note verleihen. Hast du Hunger?«

»Ich bin kurz vorm Verhungern.«

»Lass dir Zeit beim Umschauen. Ich sehe nach, was wir im Kühlschrank haben.« Sie schloss die Tür hinter sich.

Will warf seine Tasche aufs Bett und testete die Matratze: hart, aber nicht zu hart, genau richtig. Das Zimmer war angenehm, aber ausgesprochen neutral. Er hätte überall auf der Welt sein können.

Hier wohne ich jetzt.

Diesen Moment hatte er schon viele Male erlebt. Er war daran gewöhnt, von vorn anzufangen.

Aber nie allein. Nie ohne meine Eltern.

Jetzt, da er hier – und in Sicherheit – war, brach die ganze Tragweite seines Verlustes auf ihn herein. Mit aller Kraft wehrte er diese Gefühle ab, bevor der Kummer ihn überwältigte.

Ich werde nicht trauern. Wer auch immer uns das angetan hat, ich werde ihm diese Genugtuung nicht schenken. Ich weiß, dass Mom und Dad noch am Leben sind, und ich werde alles tun, um sie zu finden.

Er war einfach in dieses neue Leben hineingeschleudert worden und musste stark bleiben und nach vorn schauen. Seine Eltern würden *wollen,* dass er genau das tat.

Nr. 50: WENN CHAOS HERRSCHT, HALTE DICH AN DIE ROUTINE. SCHAFFE NACH UND NACH ORDNUNG.

Will wischte sich die Tränen aus den Augen und betrachtete sich lange im Spiegel. Was er dort sah, gefiel ihm nicht: erschöpft, blass, niedergeschlagen. Er sortierte seine wenigen Kleidungsstücke in den Schrank, legte den mechanischen Vogel in die oberste Schublade der Kommode und faltete das Handtuch darüber. Die gerahmte Fotografie seiner Eltern und Dads Regeln wanderten auf den Nachttisch. Er verstaute das Handy unter der Matratze und steckte das Ladegerät in die Steckdose hinter dem Bett.

Dann duschte er. Heißes Wasser schoss mit großem Druck aus einem verstellbaren Brausekopf. Will achtete darauf, dass seine Haare nicht nass wurden, und wusch die Strapazen der Reise ab. Einigermaßen wiederhergestellt, zog er seine Ersatzjeans, ein weißes T-Shirt, Pullover und seine Fliegerjacke an. Womit seine Garderobe auch schon mehr oder weniger erschöpft war.

Als er laute Stimmen aus dem großen Raum hörte, öffnete er die Tür.

Ein älterer Junge stand an der Eingangstür: Er war etwa acht Zentimeter größer und dreißig Pfund schwerer als Will und schien nur aus Muskeln zu bestehen. Der Junge war gebräunt, rotwangig, hatte kurze schwarze Haare und trug über einer gut sitzenden grauen Baumwollhose ein enges marineblaues Polohemd. Er hielt Brookes Handgelenk umklammert, drehte es leicht und zog sie näher zu sich heran. »Das hast du nicht gesagt. So haben wir das nicht *abgemacht«*, stieß er in ziemlich lautem Ton hervor.

»Schrei nicht so und lass mich los«, sagte sie.

»Hey«, rief Will. »Was geht ab?«

Der ältere Junge schaute überrascht zu Will. »Wer ist die Flasche?«, wollte er von Brooke wissen.

»Er ist gerade angekommen ...«

Will ging zu den beiden hinüber und grinste wie ein ahnungsloser Trottel. »Mein Name ist Will West und ich komme auch aus dem Westen. Wenn das keine Ironie ist. Freut mich ehrlich, dich kennenzulernen. Und du bist?« Er streckte die Hand aus und verbreitete weiter Nerd-Schwingungen.

Ein Rest von Country-Club-Manieren brandete durch das Hirn des Muskelberges. Er ließ Brooke los und schüttelte Will die Hand. »Todd Hodak.« Dabei riss er die Augen weit auf, um Interesse zu heucheln, und drückte Wills Hand, so fest er konnte.

Will tat so, als würde es wahnsinnig wehtun, krümmte sich und versuchte, sich zu befreien. »Mann, was für ein Händedruck, Todd. Sieh dir das an, ich kann garantiert nie wieder Klavier spielen.« Er hielt seine Hand hoch, die schlaff herunterhing, und gluckste.

Todd starrte ihn an, als hätte er Lepra.

»Du bist bestimmt Sportler. Was machst du? Wahrscheinlich so ziemlich alles! Ich bin gerade erst angekommen und vermisse schon jetzt meinen Hund. Hast du auch einen Hund? Meiner heißt Oscar, ein Langhaardackel. Erinnert ein wenig an ein Wiener Würstchen ...«

Genervt drehte Todd sich zu Brooke. »Wir reden später weiter.« Dann knallte er die Tür hinter sich zu.

Aufgeregt und mit rotem Kopf stürmte Brooke zur Küche. Will folgte ihr bis zum Essbereich. Sie kam mit einem großen Teller zurück, den sie laut und unsanft auf den Tisch stellte. »Entschuldige mich einen Augenblick«, sagte sie, lief in Zimmer 1 und schloss die Tür hinter sich.

Kurz darauf hörte Will sie weinen. Unsicher, was er tun sollte, ging er zum Tisch, auf dem ein Krug mit Limonade und große Gläser mit Eiswürfeln standen, daneben kleine Tonschälchen mit drei verschiedenen Dips, ein Teller mit Gemüsestreifen und einer mit gewürzten Oliven.

Und die ganze Zeit konnte er nur eins denken: *Sie wohnt auch hier. Es* gibt *einen Gott.*

Dann flog die Wohnungstür auf und ein elfenhafter schwarzhaariger Junge stürmte herein, bepackt mit Kartons voller elektronischer Bauteile. Als er Will sah, blieb er verblüfft stehen. Seine Haut besaß die Farbe von Karamell und seine großen braunen Augen leuchteten. Er musterte Will einen Moment eingehend mit unveränderter Miene. Dann hastete er zu Zimmer 3 und hielt seine Ladung gerade so lange auf nur einem seiner dürren Arme fest, bis er die Tür aufschließen konnte. Nachdem er die Tür mit dem Hintern aufgestoßen hatte, ging er schnell hinein und drückte sie hinter sich zu. Will hörte, wie von innen mehrere Riegel vorgeschoben wurden.

Brooke kam mit geröteten, verweinten Augen aus ihrem Zimmer. Sie lächelte gezwungen und schien entschlossen, so zu tun, als habe der Vorfall mit Todd Hodak gar nicht stattgefunden. Stattdessen setzte sie sich an den Tisch und pickte an dem Essen herum.

Will setzte sich ihr gegenüber und bediente sich ebenfalls.

»Alles in allem haben wir eine gute Gruppe hier.« Brooke wedelte mit einer Karotte in Richtung Tür 3. »Du wirst Ajay mögen. Alle mögen Ajay. Er ist unentbehrlich.« Sie biss in die Karotte und deutete auf Tür 2. »Aber Nick ist eine ziemliche Nervensäge. Magst du Sport oder Chuck Norris?«

»Ich mag Sport.«

»Na dann. Wer weiß, vielleicht kommt ihr beiden ja prima miteinander klar.«

Will konnte nicht aufhören zu essen. Die Dips waren alle frisch und einfach köstlich: Hummus, eine Creme aus Artischocken und dann etwas Scharfes und Breiiges, das er nicht identifizieren konnte. »Was ist das?«, fragte er und zeigte auf den dritten Dip. »Das schmeckt fantastisch.«

»Baba Ganoush.«

Die Art, wie sie es sagte – mit einem leichten Lispeln –, war so anbetungswürdig, dass Will sie fast aufgefordert hätte, es zu wiederholen.

Brooke zeigte mit dem Rest der Karotte auf Tür 5, wo Will zuvor Klaviermusik gehört hatte. »In Zimmer 5 wohnt Elise. Sie ist ... na, du wirst es ja selbst sehen.« Sie steckte sich den Karottenstumpf in den Mund. »Du könntest etwas mit ihr gemein haben.«

»Was denn?«

»Du bist schon ein großer Junge. Ich überlasse es dir, es herauszufinden.«

Will versuchte, nicht zu interessiert zu klingen: »Sind alle Wohngruppen gemischt?«

»Hast du damit ein Problem?«

»Nein, nein, überhaupt nicht ...«, versicherte Will rasch.

»Denn in einem der Wohnheime sind Jungen und Mädchen in verschiedenen Stockwerken untergebracht. Falls das für dich also ein Problem ist ...«

»Nein, ist es nicht ...«

»... müsstest du Dr. Robbins Bescheid sagen ...«

»Wirklich, es ist kein Problem.«

Brooke lehnte sich zurück und lächelte. »Du könntest deine Meinung ändern, wenn du Elise kennenlernst.«

»Das bezweifle ich.«

Sie biss in eine rote Paprika. »Du hast gar keinen Dackel, der Oscar heißt.«

»Ich hab nicht mal einen Hund.«

»Also hast du Todd nur verarscht?«

»Tun das nicht alle?«

»Nein. Niemand.«

»Ja«, gestand Will. »Ich habe mich über ihn lustig gemacht.«

Tür 3 ging auf. Ajay trat heraus und schloss dann gewissenhaft die Tür ab.

»Ajay, das ist Will«, stellte Brooke ihn vor. »Er zieht in Nummer 4 ein.«

»Dachte ich mir schon«, erwiderte Ajay und verbeugte sich leicht. »Willkommen, Sir. Elend gepaart mit Abgeschiedenheit, aber geteiltes Leid ist in der Tat halbes Leid.« Er hatte eine tiefe, würdevolle Stimme und einen gebildeten Südstaaten-Akzent. Vom Aussehen her wirkte er wie zwölf, klang aber so, als würde er demnächst für das Amt des Präsidenten kandidieren.

»Oh, Mist«, fluchte Brooke nach einem Blick auf die Uhr an der Wand. »Ich muss zum Unterricht. Ajay, könntest du dich ein bisschen um Will kümmern? Er braucht Klamotten, Lebensmittel, Bücher und so weiter – ein ziemliches Trauerspiel. Ich bin bald wieder zurück.« Brooke verschwand durch die Wohnungstür und Ajay nahm sich eine Olive.

»Wenn das tatsächlich der Fall ist, dann bin ich genau der richtige Mann für dich: Ajay Janikowski, ganz zu deinen Diensten«, sagte er, schob seine Hand hinter den Rücken, warf die Olive in die Luft und fing sie mit dem Mund auf.

AJAY JANIKOWSKI

Ajay drängte sich an Will vorbei in die Diele und dann durch eine Seitentür. »Wir nehmen die Treppe«, verkündete er. »Die Aufzüge stammen aus den Anfängen von Harry S. Trumans Präsidentschaft. Bei einem Wettrennen mit einem Gletscher und einem verstorbenen Postangestellten würden sie immer noch Dritter werden.« Ajay stürmte vor Will die Stufen hinunter und strotzte vor Energie, die er offenbar kaum zügeln konnte.

Will hatte Mühe, mit ihm Schritt zu halten.

»Wie schlimm bist du verletzt?«, fragte Ajay.

»Nicht besonders.«

»Und du bist heute Morgen erst angekommen? Woher denn?«

»Aus Südkalifornien.«

»Sind das die einzigen Klamotten, die du mitgebracht hast?«

»Mehr oder weniger.«

Ajay blieb auf einem Treppenabsatz stehen und musterte ihn. »Du wirst quasi auf der Stelle an Unterkühlung sterben.«

»Hat man mir schon gesagt.«

»Wie viel Geld hast du?«, hakte Ajay nach.

»Was kommt nach ›bitterer Armut‹?«

»Bitte sag mir, dass du noch nicht total in Brooke verknallt bist.«

Endlich hatte Will ihn eingeholt. »Wie kommst du darauf?«

Enttäuscht schüttelte Ajay den Kopf und rannte weiter die Treppen hinunter. »Großer Gott, Mann, wir müssen uns ranhalten.« Er preschte durch die Tür im Erdgeschoss und legte draußen das gleiche hohe Tempo in Richtung Campus vor. Die Temperatur war beträchtlich gestiegen – von sofortiger Lähmung auf knapp unterhalb von Frostbeulen.

Will zog den Reißverschluss seiner Jacke zu und bibberte. »Wie kommst du darauf, dass ich in Brooke verknallt bin?«, fragte er.

»Also bitte, Will. Aufgrund der räumlichen Nähe sieht das Schicksal eindeutig eine Art von Freundschaft zwischen uns vor, aber du musst einfach die Gefährlichkeit unserer Situation anerkennen.«

»Und worin besteht die?«

Ajays große Augen wurden noch größer. »Die erstaunliche und beinahe übernatürliche Attraktivität nicht nur unserer beider außergewöhnlichen Mitbewohnerinnen, sondern der gesamten *weiblichen Population* der Schule.«

»Du meinst ... sie sind alle wie Brooke?«

»Nein, das ist es ja gerade«, erklärte Ajay und gestikulierte wild. »Sie sind alle so verschieden wie Schneeflocken. Wunderschöne, interessante Mädchen, jedes auf seine eigene, bezaubernde Art in der Lage, einen um den Verstand zu bringen. Jeder richtige Mann würde mit einem Bantu-Speer im Bein durch haiverseuchte Gewässer schwimmen, um mit uns zu tauschen. Aber wenn du dich nicht beherrschst, wird dein Nervensystem explodieren wie ein Feuerwerkskörper. Nicht mal ein Sprengstoffspürhund könnte dich noch retten.«

»Wie alt bist du?«, fragte Will.

»Fünfzehn. Aber das chronologische Alter ist eine sehr unzuverlässige Bewertungsgröße.«

»Okay, ich finde, Brooke ist einfach der Wahnsinn und wird eines Tages die Welt regieren. Besser?«

»Ja! Denn jetzt haben wir zumindest geklärt, dass du kein Roboter bist.« Ajay schlug Will auf den Rücken, lachte herzlich und führte ihn in eines der größeren Gebäude.

Auf einem nicht zu übersehenden Schild stand STUDENTENWERK. Doch selbst die Ausmaße dieses Schilds konnten Will nicht auf das vorbereiten, was ihn im Inneren erwartete: Das Studentenwerk besaß die Größe eines Einkaufszentrums. Ein Lebensmittelgeschäft nahm die südwestliche Ecke ein. Neben einem Waschsalon mit chemischer Reinigung befanden sich eine Bank, dahinter ein riesiger Sportartikel-Laden und ein Geschäft, das allen erdenklichen Künstler- und Wissenschaftsbedarf anbot. Die Buchhandlung schien endlos zu sein. Sie ging in den geschäftigen Food-Court, dem Gastronomiebereich mit acht verschiedenen Imbissen und Restaurants über, von denen keines so aussah, als bekomme man dort billiges, ungesundes Fastfood. Gegenüber entdeckte Will ein Duplex-Kino; in einem wurde ein Film gezeigt, der gerade erst landesweit angelaufen war. Ajay erklärte, in dem anderen seien nur Klassiker aus dem »Goldenen Zeitalter« – lange vor *Star Wars* – im Rahmen eines Filmwissenschaftskurses zu sehen. Die Laufschrift kündigte »Alfred Hitchcock: Das Fenster zum Hof« an. Direkt nebenan lagen das Bowling Center mit sechs Bahnen und die Eisdiele, die Will in den Prospekten der Schule gesehen hatte.

Will folgte Ajay in ein Bekleidungsgeschäft von der Größe eines Fußballplatzes, wo sich ein Ständer mit allen nur erdenklichen Klamotten in den Farben der Schule an den nächsten reihte. Will war überwältigt – bis er sich schmerzlich der Tatsache bewusst wurde, dass er nur noch hundert Dollar besaß.

»Fang schon mal an«, forderte Ajay ihn auf und schob ihm einen Einkaufswagen hin. »Ich bin gleich wieder da.«

Ajay eilte davon und Will lenkte den Wagen zu den Wintersachen. Er konnte keine Preisschilder finden, aber das Teil, das er am liebsten wollte – ein schweres blaues Fleeceshirt mit dem grauen Kürzel CIL auf der Brust –, würde mindestens die Hälfte seiner Finanzen aufzehren. Zögernd warf er es in den Einkaufswagen. Er versuchte gerade, sich zu entscheiden, ob er den Rest des

Gelds für eine Khakihose oder ein Rugby-Hemd ausgeben sollte, als Ajay zurückkam.

»Das hier war an der Kasse für dich hinterlegt«, teilte er Will mit. »Du hast mir nicht gesagt, dass du ein Vollstipendium hast, Mann. Das ist natürlich eine ganz andere Sache.« Ajay reichte Will eine dicke Kreditkarte aus Plastik. Sie war unbedruckt und vom gleichen tiefen Schwarz wie Dr. Robbins' dehnbarer Tablet-Computer. Ajay fuhr mit dem Finger über die Kante und aktivierte so einen Sensor. Das Wappen der Schule erschien, schwebend in der Mitte der Karte, und darunter standen ein sechzehnstelliger Zahlencode und der Name WWEST.

Will drehte die Karte um. Wie bei normalen Kreditkarten verlief auch hier ein Magnetstreifen über die Rückseite. Seine Eltern hatten ihm erklärt, wie diese Streifen funktionierten und dass Banken und Unternehmen sie dazu benutzten, vertrauliche Informationen über ihre Benutzer zu sammeln und zu speichern. Er fragte sich, wie viele Informationen wohl bereits auf dieser Karte gespeichert waren. »Nimmt man hier auch Bargeld an?«, erkundigte er sich.

»Bargeld? Du lieber Himmel, du brauchst doch kein Bargeld mehr. Du hast jetzt die Karte und du kannst sie überall benutzen.«

»Hat man dir vielleicht gesagt, wie hoch mein Limit ist?«

»Wenn es eines gibt, dann ist es jetzt deine Aufgabe, das herauszufinden«, erwiderte Ajay.

Lebenshaltungskosten, Bücher und andere Arbeitsmaterialien, alles inklusive. Wieder hatte Dr. Robbins gehalten, was sie versprochen hatte.

»Also gut, dann mal los.« Will ließ Hose und Rugby-Hemd in den Wagen fallen. Bis jetzt hatte er noch nie irgendwo eingekauft, ohne auf den Preis achten zu müssen. Die Aussicht darauf stimmte ihn ganz euphorisch, aber trotz Ajays Ermutigung, das Limit zu testen, hatte er noch immer das Gefühl, sich unberechtigt zu bereichern. Ajay warf ständig Sachen in den Einkaufswagen und Will legte sie immer wieder zurück.

Nr. 81: NIMM NIE MEHR, ALS DU BRAUCHST.

Drei Hosen. Fünf Hemden in Marineblau und Grau. Socken und Unterwäsche für sieben Tage. Ein paar Winterstiefel mit dicken Sohlen. Eine blaue Strickmütze. Mit Fleece gefütterte Handschuhe und ein grauer Wollschal. Zwei Sets lange Unterwäsche. Der einzige Luxus, den Will sich erlaubte, war ein dunkelblauer Winterparka mit pelzgefütterter Kapuze, aber er überzeugte sich mühelos davon, dass er ihn unbedingt brauchte, um hier zu überleben.

Eine freundliche Kassiererin gab alle Artikel ein, bat ihn um seine Karte und zog sie über einen Scanner, der das Plastik zum Glühen brachte. Will musste nichts unterschreiben. Er sah auch nicht, was das Ganze kostete, denn auf der Quittung, die er bekam, standen keine Preise.

»Wie lange bist du schon hier?«, fragte Will.

»Bin im zweiten Jahr. Als Neuling war ich ungefähr so groß wie dieses Hühnerteil.« Ajay zeigte mit seiner Gabel auf ein Stück Hähnchen auf seinem Teller und lachte wieder auf seine ansteckende Art.

Will konnte nicht anders, als ebenfalls zu lachen, besonders wenn Ajay Witze über sich selbst machte.

Sie saßen im Food-Court bei Schalen gefüllt mit Reis-Teriyaki und frisch zubereitetem, köstlichem japanischem Sunomono-Salat, bezahlt mit einem einzigen Aufblitzen von Wills magischer Karte. Ein voller Magen hellte seine Stimmung unfassbar auf. Genau wie das Fleeceshirt.

»Was soll eigentlich das ganze Theater von wegen Handys und Laptops?«, fragte er.

Ajay zog die Augenbrauen zusammen und sein Blick verfinsterte sich. »Dann hast du Lyle also schon kennengelernt.«

»Ja.«

Ajay beugte sich vor. »Zuerst hab ich geglaubt, es wäre eine Vorschrift, die die Schule sich ausgedacht hat, um zu zeigen, dass sie das Sagen hat. Und ich nahm an, das Ignorieren dieser Vorschrift würde mehr honoriert als ihre Beachtung. Das war jedoch ein Irrtum, wie sich herausstellte: Sie nehmen das wirklich sehr ernst.«

»Aber warum?«

»Sie wollen nicht, dass wir ständig auf Telefone starren oder im Internet unterwegs sind. Sie wollen *wirklich*, dass wir miteinander reden.«

»Eine SMS ist auch eine Form, miteinander zu reden«, wandte Will ein. »Und meistens ist sie wesentlich effektiver.«

»Ich widerspreche dir ja gar nicht, Will, aber ich mache die Vorschriften nicht. Und, ehrlich, nach einer Weile wirst du feststellen, dass du von persönlicher Kommunikation nur profitieren kannst.«

»Wie das?«

»Sie zwingt dich, dein Schneckenhaus zu verlassen, und ist besser für deine sozialen Kompetenzen. Ob du es glaubst oder nicht: Ich war ziemlich introvertiert.«

»Das sagst du nur so.«

»Nein, es stimmt, ich schwöre es! Und jetzt sieh dir an, was aus mir geworden ist: die reinste Quasselstrippe. Ich bin total aus mir rausgekommen.« Ajay nahm ein kleines, rechteckiges schwarzes Kästchen aus der Mappe, die Brooke ihm gegeben hatte, und schob es über den Tisch. »Befestige das an deinem Gürtel«, forderte er Will auf. »Das ist ein Pager. Wenn jemand versucht, dich über das interne Telefonnetz zu erreichen, piepst er. Du kannst jedes Telefon auf dem Campus benutzen – die Zentrale verbindet dich sofort mit dem Anrufer.«

Das Gerät war ein bisschen größer als eine Streichholzschachtel und hatte einen Metallclip auf der Rückseite. In der rechten oberen Ecke befand sich ein winziges Gitter und in der Mitte war ein kleiner Knopf eingelassen. Ansonsten bestand es aus einem Guss und war erstaunlich schwer. Will fand nicht einmal ein Fach für Batterien.

»Mit der SMS-Geschichte muss ich mich also abfinden«, folgerte er. »Was ist mit E-Mails?«

»Zusammen mit deinem Tablet bekommst du eine E-Mail-Adresse, die mit den Servern des Schul-Intranets verbunden ist.«

»Moment mal. Willst du damit sagen, dass sie nur auf dem Campus funktioniert? Und was ist mit Internetzugang?«

»Nur eingeschränkt. Kein WLAN oder andere Netzwerkverbindungen hier draußen. Du kannst dich bei besonderen Recherchen für die Ports in den Bibliotheken anmelden, aber die Nutzung externer Websites ist stark begrenzt.«

Wills Verärgerung wuchs. »Wir können nicht mal von unseren eigenen Zimmern aus ins Netz?«

»Kein Surfen, keine sozialen Netzwerke, keine Konsolenspiele, keine Online-Games.«

»Was ist mit Fernsehen?«

»Es gibt einen Fernseher im Studentenwerk, aber ich habe noch nie jemanden davor gesehen ...«

»Aber das sind Grundprinzipien der Redefreiheit. Das Recht auf Zugang zu sinnlosen Informationen und stumpfsinniger, niveauloser Unterhaltung ...«

»Das Center ist eine private Einrichtung. Sie können so viele Vorschriften aufstellen, wie sie wollen.«

»Wir leben doch nicht im kommunistischen China. Die können nicht einfach die Leitung kappen und uns vom Rest der Welt abschotten ...«

»Der Punkt ist, dass für solche Dinge kaum *Zeit* bleibt, Will. Man lässt uns ackern wie Schlittenhunde, und falls es dir noch nicht bewusst war: Schlittenhunde lieben es, im Geschirr zu laufen! Du wirst schon sehen. Unterschätze nicht die Freude, die mit Herausforderungen verbunden ist oder mit dem Gefühl, sich ganz in der Arbeit zu verlieren. Ich spreche davon, zu hundert Prozent einzutauchen: Unterricht, Referate, Hausaufgaben und Praktika. Hinzu kommen all die sozialen Aktivitäten wie Sportvereine, Clubs, Konzerte, Tanzveranstaltungen ...«

»Tanzveranstaltungen?«

Ajay senkte die Stimme, damit ihn niemand hören konnte. »Im Rahmen des Herbstfestes letzten Monat habe ich sogar bei einem *Squaredance* mitgemacht.«

»Echt jetzt?«

»Es war wahnsinnig lustig! Kannst mich ruhig für verrückt halten, aber die Mädchen, Mann, die Mädchen!« Ajay sprang auf und führte seinen Squaredance vor.

Wills Gedanken wanderten zu Brooke und von ihr zu Todd Hodak. Er brauchte mehr Hintergrundinformationen über die Situation, die er beobachtet hatte, aber soweit er es beurteilen konnte, plauderte Ajay mit jedem in der Wohngruppe wie ein Talkmaster. Brooke sollte nicht erfahren, dass er auf sie stand.

Nach dem Essen führte Ajay ihn zu der Eisdiele beim Bowling Center, wo ein Kellner mit weißem Hütchen, der aussah wie aus einem Fünfzigerjahre-Werbeplakat, ihnen Schoko-Milchshakes mixte. Der silberne Becher beschlug, als Will sich seinen Shake in ein hohes Glas einschenkte. Genüsslich trank er das köstliche Gebräu mit den zart schmelzenden Eiscremestückchen. Angenehme Popmusik drang aus einer Musikbox. Das gedämpfte Geräusch umfallender Kegel von nebenan war so beruhigend wie ein Wasserfall. Aus welchem Grund auch immer: Das Leben fühlte sich wieder lebenswert an.

Ein Beweis für die Richtigkeit von Regel Nr. 84: WENN SONST NICHTS FUNKTIONIERT, VERSUCH ES MIT SCHOKOLADE.

»Wozu ein Bowling Center?«, fragte Will weiter.

Ajay tat so, als würde er eine Bowlingkugel werfen. »Offensichtlich hat der Direktor eine Studie gelesen, der zufolge der Rückgang an Glück und Zufriedenheit in Amerika in direktem Zusammenhang mit dem Verschwinden von Bowlingcentern steht. Und ein paar Wochen später: voilà.«

»Bist du in einem Team?«

»Ja. Du wirst es lieben. Du bekommst sogar ein Hemd mit deinem Namen auf der Brusttasche. Obwohl ich aus ästhetischen Gründen darauf bestanden habe, dass bei mir ›Tony‹ draufsteht.«

So weit war scheinbar alles, was das Center betraf, nahezu perfekt und so traumhaft wie eine Filmkulisse. Wo Will auch hinschaute, er sah nur zufriedene und fröhliche Gesichter, genau wie in dem Werbespot.

»Bist du schon mal aufgewacht und hast gedacht, du träumst?«, fragte er.

»Will«, entgegnete Ajay, plötzlich ernst. »Meine Mutter kam mit neun Jahren aus Indien nach Amerika. Ihre verarmten Eltern arbeiteten als Dienstboten in einem Casino in Atlantic City und übernahmen schließlich eine chemische Reinigung. Mein Vater stammt aus einer alten polnischen Adelsfamilie, die bis auf das, was sie am Leib trug, alles im Zweiten Weltkrieg verloren hatte. Er wuchs als mittelloser Immigrant in Milwaukee auf. Hat sich dann hochgearbeitet, die Duke University besucht und schließlich eine kleine Drugstore-Kette in Raleigh gekauft, die sich ›Pill and Puff‹ nennt. Meine Mutter ist zur Abendschule gegangen, um Pharmazie zu studieren. Schließlich bekam sie eine Anstellung in einem seiner Drugstores, wo meine Eltern sich kennenlernten und ineinander verliebten. Was dazu führte, dass ich geboren wurde, ihr einziges Kind.

Infolge dieses ungewöhnlichen Vermächtnisses, auf das ich unglaublich stolz bin, gelte ich wohl in jeder Hinsicht als komischer Vogel. Ich bin gerade mal 1,50 Meter groß, und wenn du mich jetzt mickrig findest, hättest du mich mal mit sechs Jahren sehen sollen. Es wird dich nicht überraschen, dass ich vom ersten Tag im Kindergarten bis zur Junior High School von jedem Neandertaler, der mich auch nur ansah, gnadenlos schikaniert worden bin. Mädchen haben mich in all den Jahren mit bloßem Auge nicht wahrgenommen. Insgeheim wusste ich, dass ich schlauer war als all diese Armleuchter. Ich habe nur dank meines Verstandes überlebt, ohne zu ahnen, dass ich irgendjemandem irgendetwas Interessantes zu bieten hätte ... dass ich jemand war, der Freunde haben, Mädchen treffen und etwas erleben könnte, das einer Gegenwart oder einer Zukunft ähnelte. Bis zu dem Tag, an dem ich ins Center kam.« Ajay schaute Will in die Augen, offen und aufrichtig.

Will schämte sich dafür, dass er an ihm gezweifelt hatte.

»Wenn das ein Traum ist«, schloss Ajay, »dann bitte ich dich: Lass nicht zu, dass man mich aufweckt.«

NICK UND ELISE

Nachdem sie die Eisdiele verlassen hatten, verabschiedete sich Ajay, weil er zum Unterricht musste. Will kaufte noch schnell ein paar Grundnahrungsmittel wie Erdnussbutter, Cracker und Milch ein. Er entdeckte kein Junkfood in den Regalen, nur tonnenweise gesunde Sachen; seine Eltern wären begeistert gewesen. Dann streifte er für den Marsch zurück nach Greenwood Hall seine neuen warmen Sachen über: Handschuhe, Mütze, Schal und Jacke. Er kam sich vor wie eine Wurst in der Pelle, fror aber kein bisschen und legte die Strecke in erstaunlicher Geschwindigkeit zurück. Eines musste man den arktischen Temperaturen lassen: Sie sorgten dafür, dass man *viel* schneller ans Ziel kam.

Als er das Haus betrat, bemerkte er, dass die Tür zum Büro des Provost Marshal offen stand. Über der Tür war eine Kamera angebracht. Im Vorbeigehen erwischte er einen kurzen Blick auf Lyle, der eindringlich auf Todd Hodak einredete.

Irgendwie wusste Will: *Sie reden über mich.*

Als die beiden ihn sahen, funkelten Todds Augen zornig. Will ging die Treppe hinauf und hörte, wie die Bürotür zugeknallt wurde.

Im vierten Stock angekommen, nahm er seine Keycard heraus und öffnete die Wohnungstür. Er spürte, dass ihn jemand beobachtete, während er seine Tüten in die Küche trug, und drehte sich um.

Auf einen Ellbogen gestützt, lag eine schlanke Gestalt ausgestreckt auf dem Sofa, ein aufgeschlagenes Buch vor sich. Pechschwarzes Haar, zu einem Bubikopf geschnitten. Eine Haut wie Porzellan und geschwungene Brauen über großen, mandelförmigen jadegrünen Augen – eine Farbe, die Will außer auf Fotos von tropischen Gewässern noch nie gesehen hatte. Ihre hohen Wangenknochen erinnerten irgendwie an die Statue einer altägyptischen Königin. Sie war nicht im herkömmlichen Sinne schön. Nichts an ihr schien herkömmlich. Stattdessen fielen Will sofort Worte ein wie *gebieterisch, faszinierend, betörend.*

Sie war von Kopf bis Fuß in Dunkelblau gekleidet: enger Rock, Leggings und Rollkragenpullover. Amüsiert lächelnd lag sie da, reglos, still und königlich wie eine Perserkatze, und wandte ihre beunruhigenden Augen keine Sekunde von ihm ab.

»Du musst Elise sein«, sagte Will schließlich.

Eine Augenbraue hob sich langsam. *»Muss* ich das?«

Will kam sich vor wie eine Maus, mit der eine Katze spielte. »Ja, du musst. Ich bleibe bei meiner ursprünglichen Aussage.«

»Ja, dann ...«

Sie will wissen, wie ich heiße.

»Will«, sagte er.

»Ja, dann«, wiederholte Elise. »Vorteil Will.«

Aber nicht lange, dachte er. Will legte grüßend zwei Finger an die Stirn und stolperte dann absichtlich über seine eigenen Füße, sodass die Tüten durch die Luft flogen.

Elise verdrehte die Augen und widmete sich wieder ihrem Buch. *Er war entlassen.*

Mit gesenktem Kopf räumte Will seine Lebensmittel weg und coachte sich selbst: *Tu einfach so, als sei sie auch nur ein Mensch.* Dann kehrte er in den großen Raum zurück, bereit zu einem Smalltalk ...

Doch Elise hob abwehrend die Hand. »Ich arbeite.«

Welche geistreiche Bemerkung Will sich auch immer zurechtgelegt haben mochte, er vergaß sie sofort. Er marschierte in sein Zimmer und atmete ein paar Mal tief durch. Brooke und Elise unter einem Dach. *Das kann nicht wahr sein.* Bis jetzt hatte Ajay also nicht übertrieben, was die Mädchen im Center betraf.

Will bemerkte etwas auf seinem Schreibtisch: sein neues »EDV-Gerät«. Er begutachtete es von allen Seiten. Das Ding hatte keinerlei Ähnlichkeit mit einem traditionellen Laptop, sondern sah eher aus wie ein etwas dickeres iPad. Das Gerät war schwer und aus einem glatten mattschwarzen Metall gefertigt, das wie Samt aussah und sich auch so anfühlte. Knapp drei Zentimeter dick, wog es ungefähr eineinhalb Pfund und besaß keine sichtbaren Ports oder Laufwerke. Auf der Rückseite war in der unteren rechten Ecke eine sechzehnstellige Nummer in das Metall geprägt und dahinter die Buchstaben WWEST – genau wie auf seiner schwarzen Schulkarte.

Er versuchte herauszufinden, wie er den Computer starten konnte, und entdeckte auf der rechten Seite eine Einkerbung. Als er darauf drückte, begann etwas zu surren und auf der Rückseite fuhren Stützen aus, die das Gerät auf einen idealen Betrachtungswinkel anhoben. Dann vergrößerte sich das Ding um ein Drittel, genau wie Dr. Robbins' magische Tafel, und fuhr sich mit einem musikalischen Akkord hoch. Die ganze Vorderseite erwachte zum Leben und es baute sich ein Bildschirm auf, in dessen Mitte die folgenden Worte erschienen: KARTE EINFÜHREN.

Will nahm seinen neuen Schülerausweis aus der Tasche. An der Seite des Geräts war ein Schlitz aufgetaucht, in den er die Karte einführte. Das Tablet las den Metallstreifen ein und warf die Karte dann wieder aus.

Jetzt erschien die Aufforderung: BITTE AUTHENTIFIZIEREN.

Die pulsierenden Konturen einer linken Hand mit gespreizten Fingern füllten den Monitor; auch diese Linien hatte Will bereits auf Dr. Robbins' Gerät gesehen. Er streckte die linke Hand aus und spürte bereits wenige Zentimeter vor dem Umriss, dass von ihm eine starke Wärme ausging. Als er den Bildschirm berührte, schloss sich die Linie um seine Hand. Feine Ströme flossen unter seiner Haut, dann blitzten die Konturen einmal auf und verblassten. Ein majestätischer Dur-Akkord erfüllte den Raum und ein Begrüßungsbildschirm erschien: das Wappen des Centers, das in einem schimmernden dunkelblauen Feld schwebte. Ein paar Sekunden später reihten sich konventionelle Benutzersymbole am unteren Rand des Bildschirms auf.

Anschließend erschienen die Worte: MÖCHTEN SIE JETZT MIT DEM LERNPROGRAMM BEGINNEN? (EMPFOHLEN) JA / NEIN.

Will tippte auf NEIN, woraufhin ein Mailbox-Icon auf dem Bildschirm auftauchte. Er tippte es zwei Mal an und es öffnete sich ein grafisch vertrautes E-Mail-Programm. Darin befand sich eine neue Nachricht: An wwest@thecil.org. Von srourke@thecil.org.

Er klickte auf die Nachricht und eine Videodatei von Direktor Stephen Rourke wurde abgespielt, der am Schreibtisch in seinem Büro saß und direkt in die Kamera schaute. Die Bildqualität war so gut, dass es schien, als würde er auf der anderen Seite eines Fensters sitzen.

»Hallo, Will. Ich hoffe, du hast dich von dem Nasenstüber wieder erholt. Es tut mir leid, dass ich nicht bei dir bleiben konnte, aber die Ärzte haben mir versichert, du würdest dich wieder berappeln. Ich möchte mich auch bei dir entschuldigen, weil ich dich überhaupt in diesen Raum geführt habe. Meine Schuld: eingerastetes Direktorenhirn. Ich hoffe, du gewöhnst dich schnell ein. Lass uns den Rest morgen nachholen. Wenn es irgendetwas gibt, das wir tun können, um deinen ersten Tag angenehmer zu gestalten, musst du es nur sagen. Jetzt wünsche ich dir erst einmal eine gute Nacht.«

Das Mailbox-Icon wurde wieder eingeblendet. Statt seine Finger als Cursor zu benutzen, probierte Will etwas anderes aus. »Mailbox schließen«, befahl er und sofort verschwand sie in einem der Symbole am unteren Bildschirmrand. *Cool.*

»Festplatte öffnen«, lautete seine nächste Anweisung.

In der Mitte des Monitors öffnete sich ein Icon, das wie ein Aktenschrank aussah. Eine Schublade mit einer Liste von Ordnern und Dateien von der Festplatte seines Laptops öffnete sich und Will überprüfte, ob die Daten von seinem Rechner sicher angekommen waren.

Irgendwo im Zimmer hörte er ein gedämpftes Summen. Er ging dem Geräusch nach und fand die Quelle unter der Matratze: Nandos Handy.

»Herunterfahren«, befahl Will.

Das Tablet schaltete sich ab. Will konnte zwar keine Kamera sehen, fürchtete aber, dass eine in den Rahmen eingebaut war. Man konnte nie wissen, wer vielleicht Zugriff auf diese Aufnahmen hatte – Lyle zum Beispiel. Deshalb legte Will zur Sicherheit sein Sweatshirt über den Bildschirm.

Nr. 83: NUR WEIL DU PARANOID BIST, HEISST DAS NICHT, DASS NACHSICHT BESSER ALS VORSICHT IST.

Will holte Nandos Handy hervor und ging damit ins Bad. Er schloss die Tür, verriegelte sie und drehte dann den Wasserhahn auf, bevor er den Anruf entgegennahm.

»Hey, Nando«, flüsterte er.

»Yo, Will«, flüsterte Nando zurück. »Ich bin gerade bei eurem Haus.«

»Warum flüsterst du? Ist jemand in deiner Nähe?«

»Nein, alles cool, Mann. Ich stehe am Ende der Straße. Warum flüsterst *du?*«

Will dachte kurz nach. »Im Krankenhaus sind Handys verboten.«

»Dann hör zu, Kumpel. Dein alter Herr könnte recht haben. Was hier läuft, ist echt merkwürdig. Vor dem Haus stehen drei schwarze Schlitten. Identische Aufmachung, gleiches Modell – klassische Undercover-Schleudern. Eben waren sogar die Cops hier. Zwei Streifenwagen der örtlichen Polizei.«

»Wie lange bist du schon da?«

»Ungefähr eine Stunde.«

»Musst du nicht arbeiten?«

»Nee, das hier macht viel mehr Spaß«, meinte Nando. »Außerdem hab ich dieses kleine Teleskop, das meine Frau mir bei Brookstone gekauft hat. Damit kann man den Leuten die Nasenhaare zählen. Ich beobachte die Kerle aus den Limousinen, wie sie rein- und rausgehen.«

»Beschreib sie mir«, bat Will.

»Schwarze Kappen und Jacken. Sehen fast aus wie vom FBI, nur dass weder auf den Kappen noch auf den Jacken FBI steht. Sie tragen Koffer in die Autos. Und Kisten. Alle zugeklebt, wie für einen Umzug.«

»Wie viele Schwarzkappen?«

»Sechs. Zwei in jedem Wagen«, erklärte Nando. »Und wer diese Kappen auch immer sein mögen, sie haben hier jedenfalls das Sagen: Sie haben den Cops Anweisungen gegeben.«

»Hast du sonst noch jemand gesehen?«

»Ein paar Mal kam eine Lady aus dem Haus. Schwarze Haare, ziemlich groß, gut aussehend. Soll ich dir was sagen? Als ich sie zum ersten Mal gesehen hab, dachte ich, sie könnte deine Mom sein.«

Will fühlte sich mies, weil er Nando anlog, aber er sah keine andere Möglichkeit. »Kann nicht sein. Sie ist hier bei uns. Sonst noch jemand?«

»Ein anderer Typ, *keiner* von den Kappen. Lange Haare und Brille, hellbrauner Bart. Hab ihn nur ein Mal durch das Fenster gesehen, wie er drinnen mit den Kappen geredet hat.«

Also ist Dad noch immer da. Aber in welchem Zustand?

»Hab ein paar Schnappschüsse gemacht, wollte aber erst mit dir reden, bevor ich sie schicke.«

»Du kannst sie mir per E-Mail schicken.« Will gab Nando die Adresse seines neuen Accounts.

»Okay, Boss. Ich bleib dran. Sieht so aus, als würden sie gleich abfahren.« Nando legte auf.

Gleichzeitig klopfte jemand energisch an Wills Zimmertür. Will trat aus dem Bad und rief: »Wer ist da?«

»Sicherheitsdienst«, antwortete eine männliche Stimme. »Öffnen Sie *sofort* die Tür.«

Das war zwar jemand anderes als Lyle, aber das bedeutete nicht, dass der nicht mit einem Schlägertrupp da draußen stand.

»Eine Sekunde. Ich war gerade im Bad.« Will riss das Ladegerät des Handys aus der Wand und versteckte beides unter der Matratze. Dann ging er mit pochendem Herzen zur Tür und öffnete sie.

Draußen stand ein tough aussehender Junge mit raspelkurzen blonden Haaren. Er trug ein blaues Sakko mit dem Emblem der Schule, genau wie Lyle. Auf der linken Seite seines Haaransatzes schwang sich ein Wirbel wie eine Nautilus-Muschel nach oben. Der Junge war etwa zehn Zentimeter kleiner als Will, dafür aber ein ganzes Stück breiter und verströmte eine sportliche, entschlossene Ausstrahlung. Seine funkelnden eisblauen Augen bohrten sich direkt in Wills. Dann hielt er ein Exemplar der Verhaltensregeln hoch, die Will von Lyle bekommen hatte. »Sagt Ihnen Regel Nummer sechzehn, Punkt sechs, Paragraf fünf, Absatz neun etwas?«

»Nein, ich ...«

»Unwissenheit schützt nicht vor Strafe, Mr West.«

Will schaute an dem Blonden vorbei und sah Elise auf der Bank vor dem runden Kamin. Sie hatte sich umgezogen und trug jetzt einen kurzen sportlichen Trikotrock, schwarze Stollenschuhe und blaue Kniestrümpfe. In den Händen drehte sie einen Feldhockey-Schläger. Seltsamerweise kam es Will so vor, als bemühte sie sich krampfhaft, nicht zu lachen.

»Da Sie es vorgezogen haben, die Anweisung des Provost Marshal zu ignorieren, statt die Regeln zu lesen, will ich Ihnen den betreffenden Abschnitt vorlesen: ›Neue Schüler dürfen andere Schüler sechs Wochen lang keine Fragen zu deren Privatleben stellen ...‹« Der junge Mann schaute zu Elise und deutete damit an, dass sie sich über Will beschwert hatte.

Verwirrt starrte Will die beiden an.

»Wie gesagt, ich kannte die Regeln nicht ...«

»Das ist wirklich eine schwache Ausrede, Mr West. Haben Sie überhaupt eine Vorstellung davon, in welchen Schwierigkeiten Sie stecken? Soll ich Ihnen verraten, was Sie noch nicht über Absatz neun wissen? Bitte sagen Sie mir, falls ich für Sie zu schnell bin.«

»Nein, machen Sie weiter.«

Der Junge hob das Heft hoch und fuhr fort: »Neuankömmlinge dürfen nur nach der Uhrzeit und dem Weg zu den Klassenzimmern fragen. Beiläufige Kommentare zur eigenen Playlist: Regelverstoß. Schwärmen von der Lieblingsmannschaft: Regelverstoß. Jegliche Erwähnung von Heimweh und Sehnsucht nach Haustieren namens Pinky oder Pucky: Regelverstoß. Und niemals und unter gar keinen Umständen dürfen Sie in einem Satz die Worte *genial, abgefahren* und *geil* benutzen. Es sei denn, Sie reden von mir.«

Elise krümmte sich jetzt vor Lachen. Auch der blonde Junge konnte sich nicht länger beherrschen und ließ sich prustend in einen Sessel fallen. »Oh Gott, Alter, du bist unglaublich!«

»Verarscht«, meinte Will. »Na toll.«

»Pinky oder Pucky«, wiederholte Elise und quiekte vor Lachen.

»Du bist also Nick«, schloss Will.

»Das war so irre«, sagte Nick. »Ich fühle echt mit dir.« Er

drehte sich um und nutzte die Armlehnen des Sessels für einen perfekten Handstand. »Nick McLeish. Hoffe, das bedeutet nicht, dass wir keine Freunde sein können.« Er machte einen Salto über die Rückenlehne, landete geschmeidig auf dem Boden und ging mit ausgestreckter Hand auf Will zu. »Brooke hat mir erzählt, dass du schon eine Begegnung der besonderen Art mit Lyle-Lyle-Crocodile, dem Ungeheuer von Greenwood Hall hattest. Ich konnte nicht widerstehen. Und Elise hat mich dazu angestiftet.«

»Das ist gelogen!«, erwiderte Elise empört und lachte plötzlich nicht mehr.

»Schon gut«, beschwichtigte Will. »Ist ja nichts passiert.«

»Wow, das steckst du ja echt locker weg. Respekt, ich bin schwer beeindruckt. Du nicht, Leesy?«

»Lass dir von Nicks Charme nicht deine guten Umgangsformen verderben«, warnte Elise.

»Sie hält mich für charmant«, jubelte Nick und zeigte ein breites und – wie Will zugeben musste – wirklich außergewöhnlich charmantes Grinsen.

»Früher hat man Hexen schon für weniger auf dem Scheiterhaufen verbrannt«, verkündete Elise.

»Tja, wir wissen ja alle, wer hier die *Hexe* ist, okay? Und ehrlich, Alter: Ich wäre nicht annähernd so versöhnlich, wenn du mir so einen Streich gespielt hättest.«

»So einen Streich würde ich dir auch nicht spielen«, klärte Will ihn auf.

»Okay. Das hätte ich auch nicht von dir angenommen«, bestätigte Nick und musterte ihn prüfend. »Du bist ein Mann von Ehre und Charakter. Bin mir nicht sicher, ob du zu uns passt, aber wir sind für alles offen. Woher kommst du?«

»Südkalifornien.«

»Echt jetzt? SoCal, wirklich? Hast du das gehört, Elise? 90210. Hollywood. Surf City, USA, die Lakers ...«

»Weiter«, forderte Elise ihn auf. »Du hast ein paar Klischees ausgelassen.«

»Und du stammst aus Boston?«, fragte Will.

»Fast. Aus New Hampshire.«

»Celtics-Fan. Wusste ich's doch. Tut mir leid, Nick. Wir können keine Freunde sein.«

»Entspann dich. Du weißt doch, dass das irische Grün unserer Meisterschaftsfahnen für eure lahme Westküstenkräfte reinstes Kryptonit ist ...«

Will wandte sich an Elise. »Bist du etwa auch Celtics-Fan?«

»Auf keinen Fall, Mann«, sagte Nick. »Sie ist aus Seattle. Als ob die jemals auch nur in die Nähe irgendeiner Meisterschaft gekommen wären – außer vielleicht bei einer Meisterschaft in *chronischer Depression.«*

»Der richtige Terminus lautet ›Seasonal Affective Disorder‹, jahreszeitlich bedingte Depression«, korrigierte Elise.

»SAD, traurig«, ergänzte Will.

»Ja, das ist es«, stimmte Nick zu. »Ich will dir sagen, wie es bei uns läuft, Alter. Unser Hausdrachen hier, Miss Elise Moreau, gibt den Ton an.« Er ging zu Elise, die den Kopf schüttelte, während sie sich die Schuhe zuband, und massierte ihr die Schultern.

»Mit jeder Minute, die du ihm zuhörst, sinkt dein IQ um einen Punkt.«

»Elise, erklär Will doch mal, was du für eine bist«, bat Nick.

»Nein.«

»Komm schon, du weißt doch, dass ich nur wieder alles durcheinanderbringe ...«

»Nick: *Nein* ist ein vollständiger Satz«, sagte Elise entschieden.

»Stimmt«, gab Nick zu. »Elise ist eine verrückte Zigeunerin und

Wahrsagerin. Sie hat diese unheimlichen geistigen Ninja-Kräfte. Wenn sie dich einmal in ihren Fängen hat und in deine Seele schaut, gibt es kein Entkommen mehr, jeder Widerstand ist zwecklos.«

Will konnte sich nicht vorstellen, wieso überhaupt jemand Widerstand leisten *wollte*. Elise sah ihn aufmerksam an, als habe sie gehört, was er dachte. Erschrocken schaute er weg.

»Und stell dir mal vor, wie es erst für *sie* sein muss, Alter. Zu wissen, dass sie die Macht hat, in die verborgensten und dunkelsten Tiefen der Seele zu schauen und Dinge zu sehen, die sich die Leute nicht einmal *selbst* eingestehen.«

Glaubt Brooke etwa deshalb, Elise und ich hätten etwas miteinander gemein?

Elise holte aus und ließ ihren Hockeyschläger gegen Nicks Schienbein krachen.

»Au! Habe ich das wirklich gesagt? Nein, was ich eigentlich sagen *wollte,* ist, dass sie so harmlos ist wie eine Cheerleaderin mit einem Hello-Kitty-Bildschirmschoner ...«

»Darf ich bitte noch mal?«, unterbrach Elise ihn und holte erneut aus.

Nick sprang zur Seite und Elise drehte sich zu Will um. Der wich ihren großen grünen Augen aus; im Augenblick verbarg niemand mehr Geheimnisse in seiner Seele als er. Ihm wurde auch klar, dass er mit der falschen Person gesprochen hatte, was *praktische* Antworten betraf. »Sollte ich Lyles Verhaltensregeln also wirklich lesen?«, fragte er Elise.

»Ja.«

»Oh nein, *wirklich?«,* stöhnte Nick.

»Sei nicht so dämlich, Nick. Nur, weil *du* sie nie gelesen hast ... Gefahr erkannt, Gefahr gebannt.«

Nick ließ sich auf die Couch fallen, rieb sich das Schienbein und blätterte sein Exemplar durch. »Wahrscheinlich hat sie recht, Alter«, meinte er seufzend. »Es ist nur so: Sobald ich es aufschlage und zu lesen anfange ...« Nick schloss die Augen, ließ den Kopf nach hinten fallen und begann laut zu schnarchen.

Erneut schüttelte Elise den Kopf, wirbelte ihren Schläger durch die Luft und ging zur Tür. Sie drehte sich noch einmal zu Will um und sagte eindringlich: »Lies die Regeln. Hast du inzwischen dein Tablet bekommen?«

Gott, ihre Augen sind wirklich beunruhigend. »Hab es eben auf meinem Schreibtisch entdeckt.«

»Hast du das Lernprogramm schon absolviert?«

»Nein, noch nicht ...«

»Tu es.«

»O-kay.«

Elise verließ die Wohnung. Nick blieb ausgestreckt auf dem Sofa liegen und tat so, als schlafe er.

»Ich werde mal fertig ... auspacken«, verkündete Will.

Mit geschlossenen Augen schleuderte Nick seine Ausgabe der Verhaltensregeln wie ein Frisbee durch den Raum. Sie flog über das Schutzgitter des Kamins direkt ins Feuer, begann zu qualmen und brannte dann lichterloh. Nick winkte Will zu, die Augen noch immer geschlossen, verschränkte die Arme vor der Brust und machte dann tatsächlich ein Nickerchen.

Will schloss die Tür zu seinem Zimmer auf und nahm das Sweatshirt von dem Tablet. Das Symbol des Posteingangs blinkte; darunter stand folgende Frage: MÖCHTEN SIE »NANDO« IN IHRE EXTERNE ADRESSLISTE AUFNEHMEN?

»Ja. E-Mail öffnen.«

DIE ADRESSE WURDE IN IHRE LISTE AUFGENOMMEN.

Nandos Nachricht öffnete sich. »HIER, WIE VERSPROCHEN.« Auf dem Bildschirm wurden drei Fotos hochgeladen. Will sah zu, wie sie sich aufbauten. Das erste war aus Nandos Auto im Vorbeifahren aufgenommen: drei schwarze Wagen vor ihrem Haus. Das zweite zeigte drei Männer mit schwarzen Kappen, die Kartons in den Kofferraum des ersten Wagens luden. Auf dem dritten war Belinda zu sehen, wie sie mit einem von ihnen vor dem Haus sprach. Der Mann hatte seine Kappe abgenommen. Er war kahl.

Instinktiv probierte Will etwas anderes. »Heranzoomen«, befahl er.

Sofort holte der Computer das Foto näher heran, bis Will Belinda besser sehen konnte. Sie hatte sich körperlich nicht verändert, sah aber auf diesem Bild weniger wie seine Mom aus. Eher wie eine Schauspielerin mit Kostüm und Make-up während einer Drehpause: in diesem Moment *spielte* sie nicht seine Mom.

Ein Ton erklang aus dem Computer. Auf dem Bildschirm öffnete sich eine neue Nachricht von Nando. Es war eine SMS, gesendet von seinem Handy: Kappen hauen ab ... Habe alles im Blick ...

Erneut klopfte es an Wills Tür. »Alle Dateien schließen«, befahl er rasch.

Sofort erschien wieder der Begrüßungsbildschirm, das animierte Schulwappen – Engel, Pferd, Ritter – über schimmerndem Schwarz. Dieselbe Frage, die er vorhin schon gesehen hatte, tauchte ein weiteres Mal auf: MÖCHTEN SIE JETZT MIT DEM LERNPROGRAMM BEGINNEN?

»Nicht jetzt«, erwiderte Will.

WIE SIE MÖCHTEN, WILL. Der Bildschirm wurde wieder schwarz.

Will hatte nie ein Haustier besessen, aber dieser neue Computer weckte in ihm ein sehr seltsames Gefühl. Er wusste nicht, wie er es sonst ausdrücken sollte, doch das Gerät schien seinen Befehlen *freudig* zu folgen – wie ein Hund. Will ging zur Tür.

Draußen stand Ajay in seiner Schuluniform, selbstsicher und

formell. »Will, wir haben beschlossen, dass du uns zum Abendessen begleitest«, verkündete er mit seiner tiefen Stimme. »Und ich fürchte, du kannst in dieser Angelegenheit keinen Widerspruch einlegen.«

DER TOTE JUNGE

Neben der Eisdiele und dem Food-Court gab es vier Restaurants auf dem Campus: ein formeller Speisesaal für Elternbesuche und Besprechungen mit Lehrern, wo man reservieren und Anzug und Krawatte tragen musste; ein Grillrestaurant in der Sporthalle für Mannschaftsessen vor oder nach einem Spiel oder dem Training; eine Mensa – bei Weitem der größte Gastronomiebetrieb –, der fast die gesamte Fläche im Erdgeschoss eines Gebäudes nicht weit vom Studentenwerk einnahm und täglich von 6 bis 24 Uhr ein durchgehendes Büfett anbot; und schließlich der Rathskeller, in den Will von seinen Mitbewohnern geführt wurde.

Eine abgenutzte Steintreppe führte hinab in den Keller von Royster Hall, dem ältesten Haus auf dem Campus. Über der Tür hing ein Holzschild, in das in gotischen Lettern aus der Zeit Pinocchios DER RATHSKELLER – SEIT 1915 geschnitzt war.

Die fünf betraten einen überraschend warmen und gemütlichen Kellerraum, der durch gemauerte Bögen unterteilt war und in dem lange Tische mit dunklen Holzbänken standen. An beiden Enden brannte ein Kaminfeuer. Der Boden war mit einer Schicht Sägemehl bestreut und auf den Tischen standen Messinglaternen mit künstlichen, flackernden Kerzen. Deckel und Böden riesiger Fässer mit den aufgeprägten Insignien alter Brauereien aus Milwaukee zierten die Wände. Wills Mitbewohner erklärten, der Rathskeller sei bei der Gründung des Centers der Besprechungsraum der Lehrerschaft gewesen – ein kulinarischer Tempel, hauptsächlich der deutschen Küche Wisconsins gewidmet.

Als Speisekarten dienten große rechteckige Tafeln, die über den Kaminen an den Wänden hingen. Darauf waren mit Kreide einige der Speisen geschrieben, die Will noch nie gehört hatte: *Knack-*

wurst, Sauerbraten, Schweinshaxe mit Spätzle, Weißwurst, Bratkartoffeln, Hasenpfeffer, Martinsgans.

Die anderen bestellten für Will, der lieber schwieg und der Interaktion seiner neuen Mitbewohner folgte. Clever und eloquent leitete Ajay die Unterhaltung und hielt den Ton leicht. Nick riss unermüdlich Witze und sabotierte jedes Thema, das zu ernst zu werden drohte. Elise hielt sich zurück, stimmte aber ein, wenn Nick bissige Bemerkungen über die anderen machte – spielerisch, wenn es um Anwesende ging, und nicht ganz so spielerisch, wenn sie über Personen sprach, die nicht zur Gruppe gehörten. Beide waren Spezialisten darin, andere zu verunsichern. Will wusste nicht, ob das ihre Art war, die eigene Verletzlichkeit zu verbergen, oder ob sie tatsächlich ein bisschen boshaft veranlagt waren.

Somit blieb als Einzige Brooke, die sich wie eine Erwachsene verhielt und die anderen wieder auf höfliches Terrain führte, wenn sie zu weit gingen. Und das taten sie andauernd – und sei es auch nur, damit Brooke sie wieder zurechtweisen konnte.

Dann kam das Essen, serviert von zwei fröhlichen, molligen Frauen im Dirndl, und Will staunte nicht schlecht: Die Speisen waren fantastisch. Fünf verschiedene Würste auf einem Berg Sauerkraut. Eine gigantische Schüssel sämiger Kartoffelsalat, der perfekt zum Fleisch passte, dazu scharfes, knackiges Essiggemüse sowie Töpfchen mit verschiedenen Senfsorten, die dem Wort *Senf* eine ganz neue Bedeutung verliehen: einer war wie Samt, ein anderer so scharf, dass er die Nebenhöhlen durchpustete, und der dritte schmeckte süß wie Honig. Um alles herunterzuspülen, standen Krüge mit kaltem, prickelndem Cidre bereit, den die Freunde in große gekühlte Becher gossen.

Ajay erwähnte Wills Verärgerung über das SMS-Verbot, woraufhin alle bestätigten, dass es ihnen anfangs schwergefallen war, sich daran zu gewöhnen. Na ja, fast alle.

»SMS schreiben hat mich nie interessiert«, behauptete Nick.

»Wie auch?«, spottete Elise. »Dazu muss man ja auch buchstabieren können.«

»Na los, lacht schon, ihr Superhirne«, forderte Nick die anderen auf. »In nicht allzu ferner Zukunft wird es gar keine SMS mehr *geben*. Und das weiß ich, weil ich eine Idee für das krasseste, abgefahrenste soziale Netzwerk aller Zeiten habe.«

»Lass hören«, forderte Ajay ihn auf.

Nick senkte die Stimme und die anderen beugten sich zu ihm vor. »Ich nehme die besten Elemente von YouTube, Twitter und Facebook und kombiniere sie zu einem ganz neuen Service mit dem Namen ... You*Twit*Face, DuDeppenGesicht!«

Sie mussten so heftig lachen, dass Ajay der Cidre aus der Nase lief – was alle nur noch mehr zum Lachen brachte.

»Ich möchte einen Toast ausbringen«, verkündete Ajay dann und hob sein Glas. »Auf unseren neuen Gefährten Will: Möge der Wind immer in deinem Rücken sein und jede See sanft und wonniglich. Und möge es immer der andere sein, der da ruft: ›Dieser Drink geht auf mich.‹«

Sie lachten. Dann hob Brooke ihr Glas und sagte: »Will, möge dein Leben fröhlich sein und das Glück dir immer hold. Und finde am Ende aller Regenbogen einen dicken Topf voll Gold.«

Die anderen klatschten Beifall, bevor Nick mit erhobenem Glas aufstand. »Gesundheit und ein langes Leben, Alter. Bleib glücklich und wohlgenährt ... Und auf dass du schon eine halbe Stunde im Himmel weilst, bevor der Teufel von deinem Ableben erfährt!«

Wieder lachten sie. Dann war Elise an der Reihe, aber sie stand weder auf, noch hob sie ihr Glas; sie schaute Will nicht einmal an. Stattdessen fuhr sie mit dem Zeigefinger über den Rand ihres Glases, bis ein unheimlicher, schriller Ton den Raum erfüllte, und richtete dann den Blick auf Will. Die Intensität, mit der sie ihn ansah, war mindestens so durchdringend wie das Geräusch. Ihre hypnotisierenden grünen Augen bohrten sich förmlich in seinen Kopf.

»Vergiss nie«, setzte sie fast flüsternd an, »dich zu erinnern an alles, was dich glücklich macht. Und denk daran, das zu vergessen, was nur Trauer dir hat gebracht.«

Will wandte sich ab. *Sie hat in mich hineingeschaut. Ich hab es gefühlt. Nick hat nicht übertrieben: Sie hat wirklich eine unheimliche Art, einen anzusehen.*

Die heitere Stimmung am Tisch kippte.

»Mein Gott«, stöhnte Ajay. »Musst du jede fröhliche Situation in einen Werwolf-Film verwandeln? Und wo du schon mal dabei bist, kannst du ihn auch gleich vor dem Vollmond warnen.«

Die anderen lachten, aber Elise wirkte todernst. *Sie versucht wohl, einen Schatten abzuschütteln,* dachte Will. Irgendetwas hatte sie verstört – etwas, das sie gesehen oder gefühlt hatte oder das ihr wieder eingefallen war. Will spürte dem Gedanken mithilfe seiner Intuition nach, prallte aber gegen eine Mauer. Er konnte nicht in Elise hineinschauen.

»Hallo?«, meldete sich Nick und führte einen imaginären Telefonhörer zum Ohr. »Selbstmordberatungsstelle – bitte bleiben Sie am Apparat.«

Brooke warf Nick einen warnenden Blick zu. *Halt den Mund.* Nick protestierte, verstand dann aber und schlug sich gegen den Kopf. Alle wirkten plötzlich bedrückt und mieden Wills Blick.

»Okay, was hat das jetzt zu bedeuten?«, fragte Will schließlich.

»Was hat *was* zu bedeuten?«, meinte Nick.

»Du bist ein lausiger Lügner, Nick. Das, was auch immer euch jetzt so beschäftigt.«

»Es hat nichts mit dir zu tun«, versicherte Brooke.

»Warum erzählt ihr es mir dann nicht?«

»Weil wir, nun ja …«, druckste Ajay herum, »offensichtlich lieber nicht darüber sprechen wollen.«

Alle schienen darauf zu warten, dass Brooke die Entscheidung traf. Es dauerte einen Augenblick, bis sie nüchtern sagte: »Wir hatten letztes Jahr noch einen Mitbewohner. Er ist gestorben.«

Will ließ diese Information auf sich wirken.

NR. 10: REAGIERE NICHT EINFACH NUR AUF EINE SITUATION, DIE DICH ÜBERRASCHT. GEH DARAUF EIN.

Elise wandte sich ab, ihr Gesicht war aschfahl. *Das* war es also, was sie so bestürzt hatte.

»In der Schule?«, fragte Will.

»Nein«, erklärte Brooke. »Während der Sommerferien, als er nicht hier war.«

»Als wir *alle* nicht hier waren«, ergänzte Nick.

»Und davor hat er in meinem Zimmer gewohnt«, schloss Will. Er kannte die Antwort bereits.

»Ja«, bestätigte Brooke. »Und wie gesagt: Es hat nichts mit dir zu tun.«

»Es hatte mit keinem von uns etwas zu tun«, fügte Ajay hinzu.

»Was ist mit ihm passiert?«

»Das ist es ja gerade …«, sagte Nick.

»Was?«, hakte Will nach.

»Keiner weiß es«, erläuterte Elise. »Lass die Rechnung kommen, Nick. Wir verschwinden von hier.« Elise wusste, wie man ein Gespräch beendete.

Die Stimmung auf dem Rückweg nach Greenwood Hall war wesentlich gedämpfter als auf dem Weg zum Rathskeller. Kaum in der Wohnung angekommen, wünschten die anderen Will schnell eine gute Nacht und verschwanden in ihre Zimmer. Will holte sich eine Flasche Wasser aus der Küche und blieb noch ein Weilchen in dem großen Gemeinschaftsraum. Auf einem Regal in der Nähe des Kamins entdeckte er ein Jahrbuch des Centers: die Ausgabe des letzten Schuljahres. Er nahm sie mit in sein Zimmer, schloss die Tür hinter sich und verriegelte sie. Er war wieder allein, dieses Mal für die ganze Nacht.

Im Zimmer des toten Jungen.

Das Zimmer hatte leer gestanden, bis man mit Sicherheit wusste, dass er nicht zurückkommen würde. Waren die Möbel ausgetauscht worden? Hatte der Junge auf derselben Matratze geschlafen? In diesen schwarzen Telefonhörer gesprochen? Auf diesem Stuhl gesessen, an diesem Schreibtisch gelernt? Will schob den Tisch ein wenig nach rechts. Der Holzboden unter den vorderen Beinen schimmerte dunkler. Vermutlich war es derselbe Schreibtisch, den auch der Junge benutzt hatte.

Sein Name war Ronnie Murso. So viel hatte Will immerhin aus Ajay herausbekommen, bevor sie sich für die Nacht in ihre Zimmer zurückgezogen hatten. Die fünf – Brooke, Ajay, Nick, Elise und Ronnie – hatten das erste Jahr zusammen in Wohnung 4-3 von Greenwood Hall verbracht. Ein bedeutungsvolles Jahr, ihr erstes Jahr weg von Zuhause, voller Aufregung und Veränderungen. Will schlug die Seiten der Neuzugänge im Jahrbuch auf. Er fand die Fotos von allen – die üblichen lächelnden, ahnungslosen Gesichter. Bis auf Elise, die mit einer Unerschrockenheit in die Kamera schaute, als kenne sie die intimsten Geheimnisse des Fotografen.

Dann entdeckte Will Ronnie Murso. Er hatte ein langes, schmales Gesicht mit zarter Kinnpartie und strohblonde Haare. Sein schmallippiges Lächeln wirkte angespannt und ein wenig gezwungen. Die intelligenten haselnussbraunen Augen verrieten

Verletzlichkeit. Er sah sensibel und eindeutig schüchtern aus. Wahrscheinlich ein Emo, eher von der dürren Sorte. Unter jedem Foto befand sich ein kleiner Text, den die Schüler über sich selbst geschrieben hatten. Unter Ronnies Bild stand:

Umarme das Paradox. Suche nach Mustern.
Beethoven hat den Schlüssel, aber er weiß es noch nicht.
Im Inneren deines Shangri-Las könnten sich die Tore der Hölle verbergen.

Seltsam. Das war schon das zweite Mal seit seiner Abreise, dass er dem Wort Shangri-La begegnete. Und hatte sein Dad in seiner letzten Nachricht nicht den gleichen Ausdruck benutzt: »die Tore der Hölle«? Und was Ronnies Aufforderung betraf: Wie viele Erwähnungen innerhalb kurzer Zeit ergaben ein Muster?

Nr. 26: EINMAL IST EINE BESONDERHEIT. ZWEIMAL IST EIN ZUFALL. DREIMAL IST EIN MUSTER. UND WIE WIR JA WISSEN …

Es gibt keine Zufälle.

Die Matratze brummte und riss ihn aus seinen Gedanken. Nandos Handy. Will holte es hervor, ging damit ins Bad und schloss die Tür.

»Sie sind am Oxnard Airport, Mann«, berichtete Nando, als Will den Anruf annahm. »Sie sind direkt von eurem Haus hierher und auf die Landebahn gefahren. Jetzt beladen sie ein Privatflugzeug mit den Sachen aus dem Haus.«

»Wo bist du?«, fragte Will.

»Ich stehe mit dem Wagen auf der anderen Straßenseite und beobachte alles durch den Zaun. Es ist eine zweimotorige Maschine … für sieben oder acht Passagiere, würde ich sagen.«

»Kannst du das Kennzeichen am Heck erkennen?«

Einen Augenblick später gab Nando es durch: »N-vier-neun-sieben-T-F.«

»Wer ist an Bord?«

»Die Frau und dieser Typ mit dem Bart …«

Mom und Dad.

»Und der Kahle ist gerade noch zu ihnen eingestiegen. Jetzt ziehen sie die Treppe hoch. Der Rest der Kappen fährt in den Autos weg, wie in einer Formation.«

»Pass auf, dass sie dich nicht sehen«, mahnte Will.

»Das werden sie nicht, Mann – Taxis sind unsichtbar, besonders in der Nähe von Flughäfen. Die Maschine setzt sich jetzt in Bewegung, scheint startklar zu sein. Soll ich an den Kappen dranbleiben?«

»Das kann ich nicht von dir verlangen, Nando …«

»Ach was, Mann. Ich kann Mr und Mrs Richie Rich und ihre verwöhnten Gören jeden Tag zum LAX fahren. Geht schon klar. Jeder Fahrer würde töten für so ein Abenteuer.«

»Ich weiß gar nicht, wie ich dir danken soll«, gestand Will.

»Umarme deinen Dad, Kumpel. Alles in Ordnung … Hey, die Kappen nehmen die Nebenfahrbahn. Muss los. Bis später.«

Will rief die Auskunft an und ließ sich die Nummern von privaten Airlines geben, die nicht-kommerzielle Flüge ab Oxnard anboten. Bei der dritten Nummer hatte er Erfolg, als er das Kennzeichen nannte. Die Sekretärin auf der anderen Seite der Leitung bestätigte, dass die Maschine ihrem Unternehmen gehörte: eine zweimotorige Bombardier Challenger 600.

Nr. 34: TU SO, ALS WÜRDEST DU VERANTWORTUNG TRAGEN, UND DIE LEUTE WERDEN DIR GLAUBEN.

Will verstellte seine Stimme und imitierte den flachen, scharfen Ton, den Staatsbeamte anschlagen, wenn sie Zivilisten zu verstehen geben wollen, dass sie es ernst meinen: »Hier Deputy Johnson, Büro des Sheriffs von Ventura County. Wir haben Grund zu der Annahme, dass sich verdächtige Personen an Bord dieser Maschine befinden. Haben Sie eine Passagierliste?«

»Nein, Sir.« Die Sekretärin schien geradezu erfreut, Auskunft geben zu dürfen.

»Wurde das Flugzeug von Mr oder Mrs Jordan West gemietet?«, fragte Will und hörte durch den Hörer Papiergeraschel.

»Ja. Mrs West hat den Flug per Kreditkarte bezahlt.«

Seine Eltern besaßen keine Kreditkarten; er hatte sie immer nur mit Bargeld oder Schecks bezahlen sehen.

»War das der *Name* auf der Kreditkarte?«, hakte Will nach.

»Ja. Jordan West.«

»Und wohin fliegen sie?«

»Nach Phoenix. Der Rückflug ist für morgen eingetragen.«

Phoenix. Also hatte sein Ablenkungsmanöver funktioniert. Mit ein wenig Glück würden sie auch in Mexiko nach ihm suchen.

»Und wie viel hat dieser Flug gekostet?«

»Von hier nach Phoenix und zurück kostet 12.720 Dollar«, teilte sie ihm mit.

Damit waren auch die letzten Zweifel ausgeräumt, dass seine Eltern diesen Flug nicht bezahlt hatten. Sie konnten gerade so die monatlichen Rechnungen begleichen; so viel Geld hatten sie einfach nicht. Will dankte der Frau und sagte, er werde wieder anrufen, falls es noch Fragen gäbe.

Dann kehrte er in sein Zimmer zurück. Allmählich ließ seine

Konzentration nach; die beiden aufreibendsten Tage seines bisherigen Lebens forderten ihren Tribut. Er spürte einen dumpfen Schmerz im Kopf, genau wie in ungefähr einem Dutzend anderer Körperteile. Endlich konnte er sich ins Bett legen. Die Matratze war fest, aber nachgiebig, das Kissen weich und kühl.

Will betrachtete das Foto seiner Eltern auf dem Nachttisch, nahm dann Dads Regeln hervor und blätterte sie durch. Einige waren in Wills Handschrift geschrieben, die meisten jedoch in der seines Vaters – so, wie sie beide sie im Laufe der Jahre zusammengetragen hatten. Auf der letzten Seite bemerkte Will eine Regel ohne Nummer in Dads Handschrift, die er bis jetzt noch nicht gesehen hatte. Er musste sie erst vor Kurzem hinzugefügt haben:

ÖFFNE ALLE TÜREN UND ERWACHE.

Warum klang das vertraut? Will suchte nach einem Zusammenhang, aber dann fielen ihm die Augen zu und er schlief mit dem Heft auf der Brust ein.

Als die Wanze die Mauern von Greenwood Hall hinaufkletterte, wich sie nicht ein einziges Mal von ihrem Weg ab und bewegte sich mit konstanter Geschwindigkeit vorwärts. Schon bald nachdem Will eingeschlafen war, quetschte sich eine Kreatur von der Größe einer Kakerlake durch eine Ritze zwischen Fußboden und Sockelleiste in Wills Zimmer. Sie war flach, gepanzert wie ein Käfer und mit borstigen schwarzen Haaren bedeckt. Ungewöhnlich viele Augen traten aus ihrem Kopf hervor. Die Kreatur krabbelte durch das Zimmer, kletterte an einem Bein des Schreibtischs hinauf und dann auf den Bildschirm von Wills Tablet. Mit den Vorderbeinen befühlte sie die Seiten des Computers, bis sich in dem schwarzen nahtlosen Metall ein Port öffnete. Die Wanze zwängte sich hinein und verschwand.

Kurz darauf schaltete sich der Computer ein. Auf der Rückseite wurden Stützen ausgeklappt, die das Gerät langsam anhoben. Der geheimnisvolle schwarze Bildschirm erwachte schimmernd zum Leben. Fast unmerklich bewegten sich die Stützen so lange, bis der Monitor zum Bett ausgerichtet war.

Und dann beobachtete er den schlafenden Will.

Es gab keinen Zweifel: Das war der Junge, den ich im Traum gesehen hatte. Ich erkannte ihn sofort. Erkannte er mich auch? Ich konnte es nicht sagen. Aber ich wusste, dass er Geheimnisse hatte, vielleicht noch mehr als ich.

Schon bald würde er anfangen, Fragen zu stellen. Keine Ahnung, wie sich das entwickeln würde. Eines wusste ich jedoch mit Sicherheit: Fragen konnten noch gefährlicher sein als Geheimnisse.

AKADEMISCHE BÜRGER

Das schwarze Retro-Telefon auf Wills Schreibtisch klingelte mit einem wohltönenden, aber nachdrücklichen Bimmeln. Schlaftrunken stand Will auf und nahm ab. »Hallo?«, murmelte er.

»Guten Morgen, Mr West. Es ist sieben Uhr morgens und wir haben heute Donnerstag, den neunten November. Willkommen an Ihrem ersten Tag am Center.« Eine weibliche Stimme, angenehm, gut gelaunt und freundlich. Die gepressten und harten Vokale des nördlichen Mittelwestens.

»Danke. Wer spricht da?« Will versuchte, das Telefon ans Bett zu ziehen, aber die schwere, mit Stoff umwickelte Schnur reichte nur wenige Zentimeter weit und gab nicht nach, als er daran zerrte.

»Dr. Robbins hat uns gebeten, Sie heute Morgen telefonisch zu wecken. Und Sie daran zu erinnern, Mr West, dass Sie um Punkt neun Uhr mit ihr ...«

»Ich weiß, ich weiß ...«

»... in Nordby Hall verabredet sind. Das ist das Hauptverwaltungsgebäude. Zimmer 241. Möchten Sie eine Wegbeschreibung oder vielleicht eine Karte?«

»Nein, danke, ich weiß, wo das ist.«

»Wunderbar! Es wird ein wirklich schöner Tag heute. Sonnig, ein leichter Wind und ein Hoch mit Temperaturen von bis zu vier Grad Celsius ...«

»Wow. Eine Hitzewelle.«

»Oh ja, das kann man wohl sagen. *Sehr* angenehm. Aber Sie wissen ja: Kälte stärkt den Charakter. Also genießen Sie ruhig die frische Luft.«

»Wie heißen Sie?«, erkundigte Will sich erneut.

»Ich bin nur eine der Angestellten in der Telefonzentrale, Mr

West. Sind Sie jetzt auch wirklich wach? Diese Zeitverschiebung kann eine echte Belastung sein ...«

»Ich schwöre, dass ich wach bin.«

»Ausgezeichnet. In der Mensa gibt es Frühstück, falls Sie vor dem Treffen etwas essen wollen. Ich wünsche Ihnen einen wunderschönen Tag, Mr West.« Die Frau von der Zentrale, wer auch immer sie war, beendete das Gespräch.

Will hörte nur noch eine Art Fahrstuhlmusik. Nachdem er aufgelegt hatte, sah er sich das Telefon zum ersten Mal richtig an. Er hob es hoch und stellte fest, dass es unglaublich schwer war, es musste mindestens zwei Pfund wiegen. Und er konnte weder Nähte noch Schrauben finden, als sei der Apparat aus einem Guss gefertigt. Das Ding besaß auch keine Nummerntasten, nur einen großen runden Knopf aus glänzender weißer Emaille mit einem schwarzen großen *C* in der Mitte. Erneut nahm er den Hörer ab und drückte auf den Knopf mit diesem großen *C*.

Sofort antwortete eine weibliche Stimme: »Guten Morgen, Mr West. Was kann ich für Sie tun?«

Wenn das nicht dieselbe Frau war wie vorhin, hörte sie sich zumindest genau so an wie sie. Will legte wortlos wieder auf. Anschließend duschte er kurz und zog dann seine neue Schulkleidung an: blaues, langärmliges Polohemd, graue Baumwollhose und Winterstiefel. Er befestigte den schwarzen Pager an seinem Gürtel und steckte Daves Sonnenbrille ein, bevor er sich in dem großen Spiegel an der Innenseite der Schranktür betrachtete. Ein merkwürdiges Gefühl überkam ihn; er sah aus wie einer der Jugendlichen aus der Schulbroschüre.

Das bin ich. Ich bin jetzt ein Schüler des Centers.

»Das Leben ist schön«, murmelte er.

Ajay saß im Gemeinschaftsraum, als Will aus der Tür trat, und bot an, ihn zum Frühstück zu begleiten. Zusammen verließen sie die Wohnung. Die Frau von der Telefonzentrale hatte recht gehabt: Es war bei Weitem nicht mehr so kalt wie gestern. Dieses Mal dauerte es ganze drei Minuten, bis Will das Gefühl hatte, sein Gesicht sei bis auf den Schädelknochen durchgefroren.

»Was hat es eigentlich mit diesen Damen am Telefon auf sich?«, wandte er sich an Ajay.

»Die von der Zentrale?« Ajays Augen weiteten sich. »Oh, sie sind sehr mysteriös.«

»Inwiefern?«

»Niemand weiß, wer sie sind und wo sie arbeiten. Sie sind immer sofort dran, wenn du den Hörer abnimmst, egal von welchem Telefon, aber niemand hat je eine von ihnen *gesehen*. Und sie sagen einem nie, wie sie heißen.«

»Aber sie müssen doch irgendwo auf dem Campus sein. Sie *klang* wirklich so, als stamme sie von hier.«

»Ich weiß«, bestätigte Ajay. »Wie die Lieblingstante. Man kann den Apfelkuchen, den sie für dich im Ofen backt, beinahe riechen.«

Inzwischen waren sie in der Mensa angekommen. Der Raum war so groß wie ein Kaufhaus und wimmelte von Schülern, die wesentlich munterer und dynamischer wirkten als alle Jugendlichen, die Will jemals so früh am Morgen erlebt hatte.

Vielleicht liegt es am Kaffee.

Ajay und er reihten sich in eine der beiden Schlangen rund um das enorme Büfett ein, auf dem ein ungeheuer reichhaltiges Frühstück aufgebaut war. Die beiden Mitbewohner luden ihre Teller voll und setzten sich an einen Ecktisch. Will hielt sich für einen guten Esser, aber bereits zum zweiten Mal sah er Ajay so viel in sich hineinschaufeln wie ein Schwerarbeiter. Der kleine Kerl verdrückte Unmengen – als gelte es, einen Esswettbewerb zu gewinnen.

»Sieh sich das einer an«, staunte Will. »Muss ein kleines Vermögen kosten, hier zur Schule zu gehen.«

»Hab gehört, es kostet ein *großes* Vermögen, aber genau weiß ich es nicht. Ich habe ein Vollstipendium.«

»Du auch?«

»Ich sag's doch, alter Knabe. Wir sind Seelenverwandte«, verkündete Ajay.

»Wie haben sie dich gefunden?«

»In der achten Klasse habe ich an meiner alten Schule an einem Test teilgenommen. Zwei Monate später tauchte Dr. Robbins auf – Mittwoch, den 4. Februar 2009 um 16.15 Uhr – und der Rest ging wie von selbst.«

»Gab es irgendetwas Außergewöhnliches, was sie an dir interessiert hat?«, fragte Will.

»Damals noch nicht. Aber seit ich hier bin, zeigen sie ein gewisses Interesse an einer besonderen Fähigkeit, die ich besitze.« Ajay schaute sich verstohlen um. »Soll ich es dir erzählen?«

»Klar.«

»Ich kann ungewöhnlich gut sehen«, verriet Ajay mit gesenkter Stimme. »Das durchschnittliche Sehvermögen beträgt 6/6. Das bedeutet, man sieht bei sechs Meter Entfernung das, was die meisten Menschen auf diese Entfernung sehen. Kampfjet-Piloten haben im Durchschnitt eine Sehstärke von 6/3,5 – sie sehen also bei sechs Meter Entfernung das, was die meisten Leute erst auf dreieinhalb Meter erkennen. Mein Wert liegt bei 6/2.«

»Mann, dann siehst du ja wie ein Adler.«

»Soweit ich weiß, haben die einen Wert von 6/1,2 – aber bisher konnte man wohl noch keinen Adler dazu überreden, einen Sehtest zu machen. Es liegt allerdings nicht in der Familie. Meine Eltern tragen beide eine Brille; mein Vater ist ohne sogar blind wie ein Maulwurf.« Ajay zögerte. »Und das ist noch nicht alles.«

Will wartete geduldig.

»Ich habe noch eine *zweite* besondere Fähigkeit. Aber du musst mir versprechen, dass du niemandem davon erzählst.«

»Abgemacht.«

Ajay beugte sich zu Will vor und flüsterte: »In den letzten Jahren habe ich beobachtet, dass ich sprichwörtlich ein fotografisches Gedächtnis besitze. Ich erinnere mich an alles, was ich sehe.«

»Sehr unwahrscheinlich.«

»Das ist die übliche Reaktion. Gib mir mal die Zeitung.«

Will reichte ihm eine Ausgabe der Schulzeitung, die jemand auf dem Nachbartisch hatte liegen lassen. Ajay warf einen kurzen Blick auf den *Daily Knight* und gab ihm die Zeitung dann zurück. Während Will mitlas, ratterte Ajay die gesamte erste Seite ohne Pause aus dem Gedächtnis herunter.

»Das hättest du auch vorher schon auswendig lernen können«, wandte Will ein.

»Stimmt. Habe ich aber nicht.«

»Also siehst du nicht nur alles, du erinnerst dich auch an alles, was du gesehen hast.«

»Davon habe ich denen hier im Center noch gar nichts erzählt«, gestand Ajay und kam noch näher. »Ich erinnere mich an *alles, was ich je erlebt habe.*«

»Wirklich? Konntest du das schon immer?«

»Muss ich wohl, aber es kam mir nie ungewöhnlich vor. Bis ich festgestellt habe ...«, Ajay tippte sich an den Kopf, »... dass alles hier drin ist, erfasst und gespeichert nach Tag, Datum und Uhrzeit, wie auf einer Festplatte.«

Vorsichtig hakte Will nach: »Warum soll niemand davon erfahren?«

»Weil ich fürchte, dass ich dann ständig von anderen Schülern genervt werde, ich soll ihnen beim Lernen helfen. Oder beim

Schummeln. Oder dass die Schule mich untersuchen lassen will. Vielleicht bin ich ja paranoid, aber ich möchte es lieber für mich behalten.«

»Das Gefühl kenne ich«, verriet Will.

»Wieso? Wodurch sind sie dir auf die Spur gekommen?«

»Durch den Test.« Wieder zögerte Will. »Ich hatte eine ... ungewöhnlich hohe Punktzahl.«

»Noch etwas, das wir gemein haben.«

Will fragte sich, ob das auf alle seine Mitbewohner zutraf – allerdings bestimmt nicht auf *Nick* –, und seine Gedanken wanderten wieder zu den Informationen, die er am Abend zuvor über ihre Wohngemeinschaft erfahren hatte. »Worin war Ronnie Murso besonders gut?«

»In allem«, erklärte Ajay. »Er war unübertroffen, der klügste Junge, dem ich je begegnet bin. Mit sieben hat er Computerspiele entwickelt. Das letzte Jahr hat er zum Großteil im Labor verbracht und an irgendeinem gewaltigen Projekt gearbeitet. Aber er hat uns nicht verraten, worum es dabei ging.«

»Warum nicht?«

»Ich nehme an, er hatte die Hoffnung, es zu verkaufen. Schüler können alles, was sie hier entwickeln, patentieren lassen, und ein paar haben schon einen Haufen Geld verdient. Ich hatte den Eindruck, Ronnie fürchtete, jemand könne seine Idee stehlen.«

»War es ein Spiel?«

»Ich weiß es nicht. Ich bin ja eher der Hardware-Typ. Gib mir einen Werkzeugkasten und einen Eimer Schrauben und ich bastle bis ans Ende aller Zeiten. Ronnie war ein Träumer mit einer verblüffenden Sicht auf die Dinge. Ein echter Visionär. Was seinen Verlust umso schlimmer macht.«

Als Will sich in dem großen Raum umsah, entdeckte er plötzlich Brooke am anderen Ende. Sie saß mit demselben großspurigen

Idioten an einem Tisch, den er erst gestern in die Flucht geschlagen hatte: Todd Hodak. Brooke sah angespannt und unglücklich aus, überlegte Will. *Dieser Todd setzt sie unter Druck.*

»Du kannst mich für meschugge halten, Will, aber ich habe ein gutes Gefühl, was dich betrifft«, verriet Ajay und setzte sein breites Grinsen auf. »Du wirkst auf mich so unerschütterlich wie ein Stahlträger. Ich sage so etwas normalerweise nicht so schnell, aber ich weiß, dass ich dir vertrauen kann.«

Will war es nicht gewohnt, dass jemand so offen mit ihm sprach – nicht einmal Menschen, die er viel länger kannte als Ajay. Er mochte Ajay sehr, aber bis jetzt hatte er noch nie einen wirklich guten Freund gehabt. Nur zu gern hätte er erwidert: »Ich vertraue dir ebenfalls.« Und er spürte auch, dass das stimmte, aber er war so sehr in seiner übervorsichtigen Vergangenheit gefangen, dass er nicht wusste, wie er es sagen sollte.

Doch bevor Will etwas erwidern konnte, erschien plötzlich ein seltsamer Ausdruck auf Ajays Gesicht. Als habe er den *Befehl* erhalten, etwas Bestimmtes zu tun. Er stand abrupt auf, nahm sein Tablett, drehte sich um und stieß sofort mit jemandem zusammen.

Lyle Ogilvy war vollkommen geräuschlos hinter ihn getreten. Als Ajay ihn anrempelte, entglitt ihm sein Tablett, und die Reste seines Frühstücks fielen herunter. Eine halb aufgegessene Waffel klatschte auf Lyles linken Schuh und Ahornsirup verteilte sich zwischen den Schnürsenkeln.

»Tut mir furchtbar leid«, beteuerte Ajay und wurde aschfahl.

»Das sollte es auch«, sagte Lyle ganz ruhig, ohne sich zu bewegen. »Mach das sauber. Auf der Stelle.«

»Natürlich, Lyle, sofort.«

Im Raum um sie herum wurde es still. Ungeschickt zog Ajay eine Handvoll Servietten aus dem Spender auf dem Tisch. Lyle ließ Will nicht aus den Augen.

»Du brauchst das nicht zu tun, Ajay«, meinte Will.

»Ist überhaupt kein Problem. Einzig und allein mein Fehler.«

Will griff nach Ajays Hand und hielt sie fest. »Tu es nicht.«

»Bitte, Will«, wisperte Ajay. »Es ist besser, wenn ich es tue.«

Entschlossen stand Will auf, als Ajay sich bückte, um Lyles Schuh sauber zu machen. Zufrieden grinsend musterte Lyle Will.

»Du hast ihm nicht genug Platz zum Aufstehen gelassen. Es war deine Schuld«, erklärte Will.

»Warum machst du es dann nicht für ihn weg?«, fragte Lyle mit noch breiterem Grinsen.

Weitere Schüler drehten sich zu ihnen um. Todd Hodak und ein paar andere Kraftmeier schlenderten in ihre Richtung. Ajay, der auf Händen und Knien auf dem Boden kauerte, schaute zu Will auf und flehte ihn mit den Augen an, sich nicht einzumischen.

Lyle beugte sich vor und flüsterte: »Ich weiß über dich Bescheid. Ich weiß *alles* über dich.«

Will nahm die Flasche mit Ahornsirup vom Tisch und trat neben Lyle. Dann kam er ganz nah an ihn heran, senkte die Stimme, damit nur er ihn hören konnte, und packte Lyles Gürtel. »Ich möchte dich was fragen, Lyle«, flüsterte Will zurück. »Hast du schon mal mit einem halben Liter Ahornsirup in der Hose im Unterricht gesessen?«

Das Grinsen verschwand aus Lyles Gesicht und auf seinen Wangen tauchten leuchtend rote Flecken auf.

»Nein?«, hakte Will nach. »Willst du mal wissen, wie das ist?«

Unsicher, was er tun sollte, hörte Ajay auf, Lyles Schuhe zu säubern.

»Zieh die Nummer des ›unheimlichen Wohnheimaufsehers‹ woanders ab. Bei mir funktioniert das nicht«, zischte Will.

Abrupt drehte Lyle sich um und stolzierte davon. Der mit Sirup bekleckerte Schuh quietschte bei jedem Schritt und ließ seinen seltsam gespreizten Gang noch plumper wirken. Im nächsten Augenblick stürmten Todd Hodak und seine Kumpels zu ihm.

Will schaute in Brookes Richtung: Sie hatte die ganze Szene beobachtet und zeigte ihm jetzt kurz den nach oben gestreckten Daumen.

»Stell das weg und komm mit«, befahl Ajay. »Schnell.«

Will folgte ihm nach draußen, wo Ajay ihn um die nächste Ecke zog. Sie sprinteten los, um außer Sichtweite zu gelangen. Als sie kurz einen Blick zurückwarfen, sahen sie, wie Todd Hodak und zwei andere aus der Mensa gerannt kamen und nach ihnen Ausschau hielten.

Ajay drückte Will mit dem Rücken gegen das Gebäude, damit sie ihn nicht sehen konnten. »Um Gottes willen, Mann, hast du völlig den Verstand verloren?«

»Der Typ war eindeutig im Unrecht«, widersprach Will.

»Aber so kann man mit Lyle Ogilvy nicht umspringen ...«

»Falsch: Er kann mit *dir* nicht so umspringen. Und beim nächsten Mal wird er es sich zweimal überlegen«, beharrte Will. »Warum bist du überhaupt so plötzlich aufgestanden?«

»Keine Ahnung«, räumte Ajay ein und schaute verwirrt. »Ich glaube ... ich habe wohl gedacht, es sei Zeit zu gehen, und ... um ehrlich zu sein, kann ich mich gar nicht daran erinnern, dass ich aufgestanden bin. Wieso?«

»Ich war nur neugierig.«

»Na, wie auch immer. Vielen Dank, dass du dich für mich eingesetzt hast. Aber lass uns solche Dinge beim nächsten Mal bitte *vorher* besprechen.«

Will war einverstanden. Als sich ihre Wege trennten, schüttelten sie einander die Hand. »Ich vertraue dir auch, Ajay«, sagte Will.

Will hatte keine Mühe, Nordby Hall zu finden, und stand vor Dr. Robbins' Büro, als sie um zwei Minuten vor neun in beigefarbenem Wildlederrock, braunen Stiefeln und geripptem, cremefarbenem Rollkragenpullover angerauscht kam. Ihre Wangen waren von der Kälte gerötet.

»Dads Regel Nummer 54: Wenn du nicht pünktlich sein kannst, dann sei zu früh«, meinte Will.

»Die Regel gefällt mir. Komm rein.«

Er folgte Dr. Robbins in ihr Büro. Durch die Fenster, die zum Campus hinausgingen, fiel strahlendes Morgenlicht in den Raum. An zwei Wänden hingen Gemälde von Küstenlandschaften, karge Bilder von Brandung und Sand in blassen, beruhigenden Farben. Robbins' Schreibtisch war aus Glas und Edelstahl gefertigt und ihre Bücherregale bestanden aus dicken Glasplatten, die an Drahtseilen hingen. Keinerlei Schnickschnack, alles klar und effizient, einschließlich einer großen bequemen Couch, einem Beistelltisch und zwei Sesseln. Will fragte sich, ob die Schüler, die sie beriet, auf dem Sofa Platz nahmen; Robbins war schließlich Psychologin. Sicherheitshalber setzte er sich auf einen der Sessel.

»Wie war dein erster Abend? Hast du alle deine Mitbewohner kennengelernt?«

Will erzählte Robbins, dass die anderen ihn zum Abendessen eingeladen hatten und alle sehr nett zu sein schienen.

Dr. Robbins saß ihm gegenüber und hielt zwei Ordner in der Hand. »Ich habe Mr McBride gebeten, sich zu uns zu gesellen, damit wir über deinen Stundenplan sprechen können, aber bevor wir dazu kommen ...« Sie legte die Ordner auf den Tisch und schlug einen davon auf. »Nach dem, was du mir gestern erzählt hast, habe ich eine Kopie des Tests angefordert, den du im September absolviert hast.«

Will las »National Scholastic Evaluation Agency« oben auf der ersten Seite eines zusammengehefteten, etwa 16 Seiten umfassenden Dokuments. Er erkannte die Fragen auf der Seite wieder.

»Ist das dein Fragebogen?«, fragte Dr. Robbins.

Der zuständige Aufsichtführende hatte jeden Test mit einer Maschine gestempelt, sobald die Schüler ihn abgegeben hatten. Auf dem Stempel von Wills Exemplar stand 11.43 Uhr.

»Sieht so aus.«

»Der Test begann um neun Uhr. Ihr hattet drei Stunden Zeit. Du hast um siebzehn Minuten vor zwölf abgegeben – das kannst du dem Zeitstempel entnehmen. Mir hast du gesagt, du wärst nach zwanzig Minuten fertig gewesen.« Robbins klang weder verärgert noch anklagend, sondern ganz neutral.

»Das war ich auch.«

»Warum hast du den Test dann nicht abgegeben, als du fertig warst?«

»Aus dem bereits erwähnten Grund. Ich wollte warten, bis die Hälfte der Gruppe abgegeben hatte ...«

»Damit du nicht auffällst. Ich verstehe. Kannst du irgendwie *beweisen,* dass du nur zwanzig Minuten gebrauchst hast?«

»Nein, aber es ist die Wahrheit.«

Robbins nahm sich einen Augenblick Zeit, um ihre Gedanken zu ordnen. Dann schob sie Will ein einzelnes Blatt vor die Nase: die Ergebnisse seines Tests bei der zentralen Bewertungsagentur. »Du hast alle Fragen richtig beantwortet«, teilte sie ihm mit. »475 Fragen. Naturwissenschaften, Mathematik, Logik, Englisch und Leseverständnis. Erklär mir bitte, wie du *das* in zwanzig Minuten geschafft haben willst, wenn du es nicht einmal versucht hast ...«

»Das kann ich nicht. Ich weiß es nicht ...«

»... und wie das zu deinem Plan passt, nicht aufzufallen?«

»Ich hatte nicht die *Absicht,* den Test zu bestehen. Ich hab nur einen kurzen Blick darauf geworfen. Umgekehrt hab ich auch nicht *absichtlich* versucht, die Fragen falsch zu beantworten. Ich habe einfach die erste Antwort angekreuzt, die mir in den Sinn kam.«

»Worauf sollen wir dein Ergebnis dann zurückführen? Glück? Intuition? Diese Tests werden seit Jahrzehnten durchgeführt und so etwas ist bis jetzt noch nie vorgekommen. Unter *Millionen* von Fällen nicht ein einziges Mal. Kanntest du die Fragen vielleicht schon vorher?«

»Nein. Man hat uns nicht einmal was von dem Test gesagt. Erst an dem Tag, als wir ihn gemacht haben.«

Robbins musterte ihn prüfend. »Ich weiß nicht, was ich davon halten soll.«

Wills Herz begann fast panisch zu rasen. »Glauben Sie etwa, ich hätte geschummelt? Werden Sie mir jetzt mein Stipendium wegnehmen?«

»Nein, Will. Das steht überhaupt nicht zur Debatte. So unwahrscheinlich es sich auch anhört, aber ich glaube dir. Ich glaube nicht nur, dass du es verdient hast, hier zu sein, ich glaube sogar, dass du hier sein *musst*. Ich kann dir weder genau sagen, warum ich so empfinde, noch kann ich dir erklären, wie *das* hier passiert ist.«

Will dachte kurz darüber nach und fragte dann: »Wer sonst hat die Ergebnisse zu Gesicht bekommen?«

»Keine Ahnung; ich weiß nicht, wer außerhalb der Agentur Zugriff hatte«, erwiderte sie und schaute ihn dann erschrocken an. »Glaubst du, die Leute, die hinter dir her waren, hatten Zugang zu den Testergebnissen?«

»Vielleicht«, meinte Will. »Ich wüsste nicht, warum völlig Fremde sich sonst für mich interessieren sollten. Was wissen Sie über diese zentrale Bewertungsagentur?«

»Die National Scholastic Evaluation Agency existiert seit über 25 Jahren ...«

»Aber wer steckt dahinter? Ist das ein Privatunternehmen?«

»Soweit ich weiß, handelt es sich um eine gemeinnützige Stiftung, die auch Gelder von der Regierung erhält ...«

Es klopfte an der Tür. Dan McBride öffnete sie und schaute lächelnd herein. »Ich hoffe, wir stören nicht.« Dicht gefolgt von Direktor Rourke betrat er das Büro. Beide reichten Will die Hand und tauschten Nettigkeiten aus, während sie sich setzten.

»Wir haben gestern stundenlang über dich geredet, Will«, sagte Rourke. »Dir müssen furchtbar die Ohren geklungen haben.«

»Wieso haben Sie über mich gesprochen?«

»Du stellst uns vor ein Dilemma«, gestand Rourke. »Da es bis zum Ende des Schuljahrs nur noch fünf Wochen sind, ist es weder sinnvoll noch fair, deine Leistungen in den Notendurchschnitt einzurechnen. Deshalb wirst du die Kurse zunächst einmal nur als ›Gasthörer‹ besuchen. Das gibt dir Zeit, vor dem neuen Schuljahr aufzuholen und dich an das Leben hier zu gewöhnen. Unser Ziel ist es nicht nur, Schüler auszubilden und zu erziehen, wir möchten auch akademische *Bürger* schaffen.« Rourke nickte McBride zu.

»Hier haben wir die Gebiete, mit denen du beginnen solltest«, erläuterte McBride und reichte Will eine Liste mit vier Fächern, von denen er noch nie gehört hatte. Bis auf das letzte Fach gab es für jedes eine umfangreiche Literaturliste:

STAATSKUNDE: MACHTPROFILE UND REALPOLITIK

AMERIKANISCHE LITERATUR: EMERSON, THOREAU UND DAS AMERIKANISCHE IDEAL

NATURWISSENSCHAFTEN: GENETIK – DIE WISSENSCHAFT VON MORGEN AUS HEUTIGER SICHT

SPORT: OUTDOOR-SPORTARTEN (HERBSTPROGRAMM)

»Ein Kurs findet dienstags und donnerstags statt«, fuhr McBride fort. »Die anderen jeweils Montag, Mittwoch und Freitag. Sportunterricht ist die ganze Woche über.«

Will zeigte auf Amerikanische Literatur. »Ist das Ihr Kurs, Mr McBride?«

»Ich fürchte, ich konnte nicht widerstehen«, gestand der Lehrer und grinste.

»Was den Sport betrifft«, fügte Rourke hinzu, »ist es ebenfalls zu spät, um dich offiziell in eine der Mannschaften aufzunehmen, aber niemand hat etwas dagegen, wenn du mit ihnen *trainierst.«*

»Crosslauf?«

»Ich habe schon mit Coach Jericho gesprochen. Wenn du möchtest, kannst du heute nach dem Unterricht deine Ausrüstung in der Sporthalle abholen und loslegen.«

Nach zwei Tagen ohne Training konnte Will es kaum erwarten, wieder zu laufen. Sein Körper und sein Geist sehnten sich regelrecht danach. »Abgemacht«, stimmte er zu.

Der Direktor stand auf und schüttelte ihm die Hand. »Wenn du mich jetzt entschuldigst, Will. Ich muss zur Lehrerkonferenz und bin spät dran.«

Nachdem Rourke das Büro verlassen hatte, wollten die drei die Besprechung gerade fortsetzen, als Wills Pager piepste. Hinter dem kleinen Gitter blinkte ein rotes Licht. Er drückte auf den Knopf und das Piepsen verstummte.

»Ich soll die Zentrale anrufen, richtig?«, fragte Will.

»Du kannst mein Telefon benutzen«, bot Robbins an. »Drück die Null und dann wirst du durchgestellt.«

»Ich hätte da allerdings noch eine Frage«, sagte Will, während er zum Telefon ging.

»Was willst du wissen, Will?«, erkundigte sich McBride.

Nr. 59: MANCHMAL FINDET MAN MEHR HERAUS, WENN MAN FRAGEN STELLT, AUF DIE MAN DIE ANTWORT BEREITS KENNT.

»Meine Mitbewohner haben mir von einem Jungen namens Ronnie Murso erzählt.« Der Ausdruck in ihren Gesichtern verriet ihm, dass sie auf diese Frage nicht vorbereitet waren. Will nahm den Hörer ab und drückte die Null.

Sofort meldete sich die Telefonzentrale. »Was kann ich für Sie tun?«, fragte eine weitere flache, fröhliche Stimme mit lokalem Akzent.

»Hier spricht Will West. Ich wurde angepiepst.«

»Einen Augenblick bitte.«

Dann sagte eine abgehackte männliche Stimme: »Mr West? Hier spricht Dr. Kujawa aus der Klinik des Centers.«

»Haben Sie mich angepiepst, Sir?«

»Ja. Wir sind uns gestern begegnet, aber da waren Sie nicht bei Bewusstsein. Ich habe Ihnen diese Stiche am Kopf verpasst. Wie fühlen Sie sich?«

»Schon viel besser, danke.«

»Freut mich zu hören, Mr West. Ich habe hier ein paar Untersuchungsergebnisse, die ich gern mit Ihnen besprechen würde. Könnten Sie jetzt gleich in mein Büro kommen?«

»Warum? Stimmt etwas nicht?«

»Wir sprechen darüber, wenn Sie hier sind. Bitte sagen Sie Dr. Robbins, sie soll mitkommen. Ich möchte, dass sie sich das ansieht.«

Will legte auf. »Dr. Kujawa möchte uns beide sprechen«, sagte er.

»Wir unterhalten uns unterwegs«, schlug Robbins vor. »Dann erzähle ich dir von Ronnie Murso.«

DIE KLINIK

Will hatte Mühe, mit Dr. Robbins Schritt zu halten, als sie den Campus überquerten. Der Wind hatte aufgefrischt und eisige Luft schlug ihm ins Gesicht. Dr. Robbins schien die Kälte jedoch kaum zu bemerken.

»Ronnie Murso kam letztes Jahr zu uns«, setzte Robbins an. »Er hatte Schwierigkeiten, sich an das Leben so weit weg von zu Hause zu gewöhnen. Außerdem hatte er große familiäre Probleme; seine Eltern hatten sich gerade scheiden lassen. Ronnie sollte die Sommerferien jeweils zur Hälfte bei einem von beiden verbringen. Am Ende des Schuljahres fuhr er zuerst zu seinem Vater und reiste mit ihm zum Angeln in eine abgelegene Gegend Kanadas. Doch als das Sportflugzeug am vereinbarten Treffpunkt landete, um die beiden wieder abzuholen, waren sie nicht da. Suchtrupps wurden losgeschickt und die Polizei eingeschaltet. Kurz und gut, sie wurden nie gefunden. Ronnie und sein Vater sind verschollen.«

Nr. 92: WENN DU WILLST, DASS JEMAND DIR MEHR ERZÄHLT, SAG WENIGER. HALTE AUGEN UND OHREN OFFEN UND MACH DEN MUND ZU.

»Es gibt verschiedene Theorien zu ihrem Verschwinden«, fuhr Robbins fort. »Ronnie war ein Einzelkind. Seine Mutter ist davon überzeugt, dass Ronnies Vater ihn entführt hat, um zu verhindern, dass sie das Sorgerecht bekommt. Sie glaubt, dass er mit Ronnie untergetaucht ist, um irgendwo anders ein neues Leben zu beginnen. Sollte das der Fall sein, so hat sie bis jetzt niemand gefunden.«

»Was glauben Sie denn?«

»Ich halte es für wahrscheinlicher, dass sie in Schwierigkeiten geraten sind und einen tragischen Unfall hatten. Aber solange sie niemand findet, werden wir das nicht erfahren.«

»Haben Sie deshalb gezögert, Ronnies Zimmer wieder zu vergeben?«

»Zum Teil. Manchmal ist es schwerer, nicht zu wissen, was passiert ist, als die Wahrheit zu erfahren.«

»Warum haben Sie *mir* das Zimmer gegeben?«

Robbins hielt inne und schaute ihn eindringlich an. »Ist das denn wichtig für dich?«

»Ich glaube, ich bin ein bisschen empfindlich«, gab Will zu. »Ich habe gerade die unheimlichsten 24 Stunden meines Lebens hinter mir, nur um hierherzugelangen, und finde dann heraus, dass ich im Zimmer eines Jungen wohne, der vor sechs Monaten auf mysteriöse Art und Weise verschwunden ist.«

Beruhigend legte Robbins ihm die Hand auf die Schulter. »Ich verstehe deine Besorgnis, Will. Das ist absolut natürlich. Aber die Ereignisse rund um Ronnie haben nicht das Geringste mit dir zu tun.«

Sie verschweigt mir etwas. Will hatte keine Ahnung, woher er das wusste – Instinkt, Intuition, was auch immer. Aber es war jetzt nicht der richtige Zeitpunkt, ihr deswegen auf den Zahn zu fühlen.

Nr. 60: WENN DIR DIE ANTWORT, DIE DU BEKOMMST, NICHT GEFÄLLT, HÄTTEST DU DIE FRAGE NICHT STELLEN SOLLEN.

Ohne ein weiteres Wort zu wechseln, gelangten sie zur Klinik. Sie lag etwas abseits vom Zentrum der Einrichtung und war das modernste Gebäude auf dem Campus, ein sechsstöckiger Turm aus Stahl und blau getöntem Glas. Irgendein Förderer hatte einen fetten Scheck ausgestellt, damit sein Name hier verewigt wurde:

Große Buchstaben aus mattem Silber wiesen den Bau als »Haxley Medical Center« aus.

Sie fuhren mit dem Aufzug in den fünften Stock. Dr. Kujawa begrüßte sie und führte sie in ein angrenzendes Untersuchungszimmer. Er trug einen weißen Laborkittel, auf dessen linke Brust DR. KEN KUJAWA gestickt war. Der Arzt sah gepflegt und fit aus – Anfang vierzig, schätzte Will –, hatte grau meliertes, kurz geschnittenes Haar und war knapp angebunden.

»Sie können sich dort drüben hinsetzen, Mr West«, wies Dr. Kujawa ihn an und deutete mit dem Kinn auf einen Tisch. »Wie geht es Ihrem Kopf?«

»Im Augenblick gut«, sagte Will.

»Dann wollen wir mal nachsehen.« Kujawa beugte sich über Will, teilte seine Haare und untersuchte die Wunde. »Das habe ich mir schon gedacht«, meinte er und winkte Dr. Robbins heran. Dann tauschten die beiden einen Blick.

»Was ist los? Gibt es ein Problem?«, fragte Will.

»Kommen Sie bitte mit.«

Will und Dr. Robbins folgten ihm in sein Büro, wo Kujawa hinter dem Schreibtisch Platz nahm und etwas in eine elegante Desktop-Version des Center-Tablets eintippte. »In Ihren Unterlagen steht, dass sie Läufer sind. Stimmt das, Mr West?«

»Ja, ich mache Crosslauf.«

»Haben Sie Ihres Wissens nach jemals leistungssteigernde Mittel genommen oder verabreicht bekommen?«

»Was?«

»Diese Mittel werden als ESA klassifiziert, sogenannte Erythropoese-stimulierende oder blutbildende Substanzen. Pharmazeutische Produkte, die durch Injektion verabreicht werden.«

»Nein«, erwiderte Will empört und warf Dr. Robbins einen beunruhigten Blick zu. »Niemals.«

Kujawa fuhr ganz sachlich fort: »Diese Wirkstoffe fördern die körpereigene Produktion des Hormons Erythropoetin, auch EPO genannt. EPO stimuliert die Bildung roter Blutkörperchen, wodurch mehr Sauerstoff in die Muskeln transportiert wird. Sportler können so ihre Leistung erheblich steigern, vor allem bei Ausdauersportarten wie Radfahren, Rudern und Laufen.«

Will wurde immer wütender. »Das nennt man Blutdoping.«

»Haben Sie schon einmal von dem Wachstumshormon Somatropin gehört? Für Ihr Alter und Ihre Größe haben Sie davon nämlich fast doppelt so viel im Blut wie der Durchschnitt ...«

»Wollen Sie damit sagen, ich hätte Drogen genommen? Ich schwöre Ihnen, dass das nicht der Fall ist.«

Dr. Kujawa reagierte nicht, sondern schaute ihn ruhig und abschätzend an. Er wartete.

»Es ist nicht so, als ob er dir nicht glauben würde, Will«, sagte Robbins ruhig. »Fahr fort, Ken.«

»EPO und Somatropin erhöhen auch die Selbstheilungskräfte des Körpers – angefangen von lebensbedrohlichen Wunden bis hin zu Mikrorissen in Muskelfasern. Der naheliegende Vorteil für Sportler besteht darin, dass diese Substanzen die Regeneration beschleunigen. Man erholt sich schneller, nicht nur von Verletzungen, sondern auch vom routinemäßigen Training.« Kujawa zog einen Handspiegel aus der obersten Schublade seines Schreibtisches und einen kleineren Kosmetikspiegel aus seinem Kittel. Dann kehrte er damit zu Will zurück. »Sie hatten eine fast drei Zentimeter lange, klaffende Wunde in der Kopfhaut. Ich musste sie mit sechs Stichen nähen. Das war vor ungefähr 24 Stunden. Sehen Sie sich die Wunde jetzt an.« Der Arzt hielt den größeren Spiegel über Wills Kopf und drückte ihm den kleineren in die Hand. Dann teilte er seine Haare, damit Will die Stelle sehen konnte.

Die Wunde war nicht mehr da. Keine Narbe, keine Kruste, nicht einmal ein einziger Stich. Nur eine ganz leichte weiße Verfärbung.

»Diese Wunde ist nicht nur verheilt, Ihr Körper hat auch die selbstauflösenden Fäden bereits abgebaut, was normalerweise über eine Woche dauert. Das ist, gelinde gesagt, mehr als nur ein wenig ungewöhnlich.« Kujawa legte die beiden Spiegel beiseite, nahm ein paar bedruckte Seiten von seinem Schreibtisch und gab sie Dr. Robbins. »Ich habe eine paar Routineuntersuchungen an den Blutproben durchgeführt, die ich gestern entnommen habe«, erklärte er. »Die Sauerstoffbindung Ihres Blutes ist phänomenal, mehr als *drei Mal* so hoch wie der Spitzenwert. Dagegen war Lance Armstrong zu seinen Hochzeiten ein Invalide.«

»Ich verstehe das nicht«, stammelte Will. »Das ist nicht möglich. Das Ganze muss irgendein merkwürdiges Versehen sein.«

Robbins war blass und starrte mit gerunzelter Stirn auf die Untersuchungsergebnisse. Sie dachte angestrengt nach.

»Das denke ich nicht«, erwiderte Kujawa. »Ich möchte gern weitere Tests durchführen, um herauszufinden, ob Ihr Körper diese hohen Werte selbst produziert oder ob sie synthetisch erzeugt und durch eine Ihnen unbekannte Methode in Ihren Blutkreislauf gelangt sind. Haben Sie jemals Injektionen bekommen?«

»Nein.«

»Was ist mit ungewöhnlichen Vitaminen oder Nahrungsergänzungsmitteln?«

»Nicht, dass ich wüsste.«

»Es wäre hilfreich, Ihre Patientenunterlagen einsehen zu können. Jährliche Untersuchungen, Impfungen und Ähnliches. Könnten Sie Ihre Eltern bitten, sie uns zu schicken?«

»Natürlich.« Will nickte. Doch die Wahrheit war wesentlich peinlicher: Er konnte sich nicht erinnern, jemals bei einem Arzt gewesen zu sein. Sein Vater hatte eine abgegriffene schwarze Ledertasche im Schlafzimmerschrank. Sie enthielt ein Stethoskop, Untersuchungsinstrumente für Hals, Nase und Ohren, ein Blutdruckmessgerät und Spritzen zum Blutabnehmen. Damit untersuchte er Will zweimal im Jahr gründlich. Will hatte lange geglaubt, dass das bei allen Familien so üblich sei ...

Außerdem gab es noch einen weiteren maßgeblichen Faktor: Will hatte noch nie einen Arzt *gebraucht.* Soweit er zurückdenken konnte, war er noch nie krank gewesen. Nicht ein einziges Mal in seinem ganzen *Leben.*

»Ich will Sie nicht beunruhigen, ich möchte mir nur ein vollständiges Bild verschaffen«, erklärte Kujawa. »Weitere Tests durchführen, alle Aspekte berücksichtigen und sehen, was dabei herauskommt.«

»Dazu brauchen wir natürlich dein Einverständnis«, ergänzte Robbins. »Und das deiner Eltern. Könntest du sie darum bitten?«

»Ich rufe sie heute an«, versicherte Will.

»Je eher, desto besser«, betonte Dr. Kujawa. »Sie können mein Telefon benutzen, wenn Sie wollen.«

»Sie sind jetzt nicht zu erreichen. Ich versuche es später«, sagte Will ausweichend. »Bedeutet das, dass ich mit dem Crosslauf-Team trainieren kann?«

»Mr West, auf Grundlage dessen, was ich gesehen habe, könnten Sie von hier bis zur kanadischen Grenze laufen, ohne auch nur eine Sekunde außer Atem zu kommen.«

PROFESSOR SANGREN

Schon den zweiten Tag hintereinander verließ Will mit schwirrendem Kopf die Klinik, wenn auch aus unterschiedlichen Gründen. Dieses Mal bemerkte er die eisige Luft kaum.

Das erklärt zumindest, warum ich so schnell laufen kann. Aber wie zum Teufel ist es dazu gekommen? Bin ich irgendeine Art Freak? Kein Wunder, dass meine Eltern mich nicht in einer Crosslauf-Mannschaft haben wollten; ich wäre als Kuriosität in einer Folge von Ripley's unglaubliche Welt *gelandet. Und was wird man wohl sonst noch finden, wenn die Ärzte erst einmal anfangen, in meinem Inneren herumzustöbern?*

Als er sich dem zentralen Innenhof näherte, hörte Will nicht weit entfernt eine Glocke schlagen. Er stellte fest, dass sie sich in einem Turm von Royster Hall in der Nähe der Gemeinschaftsgebäude befand. Das von überall auf dem Campus sichtbare Zifferblatt zeigte 11.00 Uhr. Es läutete zur vollen Stunde.

Will nahm den Stundenplan heraus, den McBride ihm gegeben hatte. Der erste seiner fünf Kurse begann heute um elf. *Jetzt.* Raum 207, Bledsoe Hall. Er rief sich die Karte des Campus ins Gedächtnis und lokalisierte das Gebäude. Rasch ermittelte er Richtung und Entfernung – über vierhundert Meter – und rannte los.

Beim letzten Glockenläuten erreichte er das Gebäude, sprintete die Treppen hoch und fand Raum 207 auf Anhieb. Durch das dicke gewellte Glas der Tür sah er schemenhafte Gestalten und hörte eine männliche Stimme. Er holte tief Luft und trat ein.

Sechs Reihen geschwungener Mahagoni-Pulte auf niedrigen Stufen bildeten einen halbkreisförmigen Hörsaal. Die Jalousien an den Fenstern waren heruntergelassen. Fünfundzwanzig Schüler saßen an den Tischen, jeder ein Tablet vor sich.

Sie alle sahen gut aus, wirkten selbstsicher und schienen körperlich fit zu sein. Eine bunt gemischte Gruppe unterschiedlicher Herkunft und Abstammung. Jeder einzelne von ihnen machte einen sehr organisierten und zielstrebigen Eindruck. Wenn diese Stichprobe exemplarisch für die gesamte Schülerschaft des Centers war, dann hatte Rourke recht: Diese Jugendlichen lagen *weit* über dem Durchschnitt. Falls sie nicht schon jetzt reich und berühmt waren, war das wohl nur noch eine Frage der Zeit ... Will kam sich vor wie das sprichwörtliche schwarze Schaf.

Der Lehrer, ein jungenhafter, energischer Mann mit langem rotblondem Haarschopf, stand vor einem quadratischen blauen Bildschirm, der fast die ganze Wand einnahm. Auf seinem Rednerpult befand sich eine Art eingebaute, computergesteuerte Schalttafel. Als Will hereinkam, verstummte er mitten im Satz und fragte dann: »Und Sie sind?«

»Zu spät«, antwortete Will.

»Nur ... knapp zwei Monate«, meinte der Lehrer mit tiefer, volltönender Stimme.

Die Klasse lachte.

Will warf einen Blick auf seinen Stundenplan. STAATSKUNDE: MACHTPROFILE UND REALPOLITIK. *Professor Lawrence Sangren.*

»Tut mir wirklich leid, Professor Sangren«, entschuldigte Will sich.

Nr. 72: WENN DU AN EINEN NEUEN ORT KOMMST, VERHALTE DICH SO, ALS SEIST DU SCHON EINMAL DORT GEWESEN.

»Ladys und Gentlemen, begrüßen Sie mit mir den *späten* Will West«, rief Sangren und zeigte auf Will wie ein Talkmaster, der einen Gast ankündigte. »Und haben wir denn heute auch unser Unterrichtsmaterial mitgebracht, Mr West?«

»Ich hatte gehofft, das Lehrbuch hier zu bekommen.«

Aus irgendeinem Grund lachte die Klasse auch darüber. Will lief knallrot an.

»So wie die ersten Lebensformen aus dem Meer aufgetaucht sind, sollten auch Sie lernen zu kriechen, bevor Sie gehen«, riet Sangren. »Nehmen Sie Platz.«

Will schluckte seinen Ärger hinunter und stieg die flachen Stufen hinauf. In der Mitte der dritten Reihe entdeckte er Brooke. Sie zwinkerte ihm zu und deutete mit dem Kinn auf den freien Platz zu ihrer Rechten. Dankbar rutschte Will neben sie und bemerkte dann, dass Elise hinter ihm saß – allein, das Kinn aufgestützt – und ihn anstarrte. Sie schüttelte den Kopf.

»Miss Springer«, rief Sangren. »Würden Sie bitte Mr West erklären, warum er sein Notebook zum Unterricht mitbringen sollte?«

»Aktueller Text, Lernhilfen und Mitschriften werden während jedes Unterrichts drahtlos auf dein Tablet geladen«, teilte Brooke ihm mit und flüsterte dann: »Deswegen nehmen wir es überall mit hin.«

Will seufzte innerlich: Er hatte *überhaupt nichts* mitgebracht, nicht einmal einen Stift. Traurig.

Nr. 40: VERSUCHE NIE, DICH HERAUSZUREDEN.

»Ein wie großer Versager bin ich?«, fragte er leise.

»Für diese Größenordnung reicht unsere Skala nicht aus«, antwortete Brooke ebenso leise.

»Mit dem Typ hab ich es mir wohl gründlich vermasselt.«

»Sehr wahrscheinlich.«

»Danke, jetzt fühle ich mich gleich besser«, murmelte Will.

»Sind wir mit der Unterbringung zufrieden, Mr West?«, erkundigte sich Sangren.

»Ja, Sir.«

»Gut. Würden Sie dann bitte aufhören zu reden? Es sei denn, ein origineller Gedanke oder ein Meteorit hat Sie getroffen – was ich beides für gleich unwahrscheinlich halte.«

Noch mehr Gelächter. Selbst Elise rang sich ein kurzes Grinsen ab.

Gott. Bitte lass mich auf der Stelle tot umfallen.

Sangren fuhr mit den Fingern über das Bedienungsfeld an seinem Pult. Die Deckenbeleuchtung im Raum wurde gedämpft und die Blenden der Jalousien schlossen sich automatisch. Auf dem blauen Bildschirm hinter Sangren erschien eine Karte von Europa.

Nein, es war viel mehr als eine Karte, wie Will erkannte. Es handelte sich um eine Art Satellitenaufnahme: hochgradig fotorealistisch, mit präzisen topografischen, dreidimensionalen Konturen. Eingekerbte Grenzen umrissen die einzelnen Länder. Namen kennzeichneten bedeutende Orte und geografische Besonderheiten. Berge schossen direkt aus dem Bildschirm auf den Betrachter zu: Die Alpen türmten sich nach Süden in Richtung Italien auf.

Jedes Detail wirkte unglaublich lebendig. Große Städte – Rom, Wien, Paris, London – erschienen als breit flackernde Lichtinseln pulsierenden Lebens. Strömungen und Gezeiten belebten Ozeane, die rund um Häfen wogten und an Küstenlinien brandeten. Keine Karte, die Will je gesehen hatte, zeigte den Einfluss der Geografie auf die Entstehung von Gesellschaften deutlicher als diese. Wolken jagten über den Himmel. Sonnenlicht und Schatten fielen auf den Kontinent, wie es nur ein Astronaut, oder vielleicht Gott, sehen konnte.

Will schaute sich um: Die *gleiche* Karte erschien auf den Tablets der Schüler. Erstaunlich.

»Mr West, das Thema des Unterrichts lautet *Staatskunde: Machtprofile und Realpolitik«*, sagte Sangren. *»Ziel* des Kurses ist es, zurückzuschauen und zu begreifen, was für uns als Amerikaner hinsichtlich der Anstrengungen unserer menschlichen Vorfahren zum *jetzigen* Zeitpunkt relevant ist. Können Sie mir so weit folgen?«

»Ja, Sir.«

Sangren bewegte seine Hände über das Pult. Auf der gesamten Karte bauten sich animierte dreidimensionale Bilder auf; die Zeit wurde vor Wills Augen lebendig. Römische Legionen marschierten auf Lager von Barbarenstämmen zu. Napoleons *Grande Armée* rückte nach Moskau vor. Staub wirbelte von antiken Straßen auf, zum Rhythmus der Hufe auf den Pflastersteinen; Waffenklirren, Schüsse und Kanonendonner erfüllten den Raum. Händler beluden Segelschiffe in den Häfen. Auf offenem Meer lieferten sich Kriegsflotten erbitterte Schlachten.

»Wir lehren hier nicht Geschichte; die Geschichte lehrt uns. So, wie sie die Menschen lehrte, die sie durchlebten: auf dieselbe Art und Weise, wie wir die Gegenwart erfahren, als ein lebendiges Gebiet, das man berühren kann. Die Geschichte der Menschheit ist eine lange und fesselnde Geschichte, durchdrungen von einem gemeinsamen Thema: die Gier nach Macht. Angetrieben von Männern und Frauen, welche die Instrumente und Regeln der *Ausübung* von Macht beherrschten. Und welche wären das, Miss Moreau?«

Elise blickte Will an, während sie die Frage beantwortete. Jedes Wort war wie ein Peitschenhieb. »Brutalität. Terror. Korruption. Habgier. Blutvergießen. Täuschung.«

»Vergessen Sie Obsession, Wahnsinn und Verführung nicht«, ergänzte Sangren.

»Oh nein, wie könnte ich!«, erwiderte Elise.

Die anderen Schüler kicherten.

»Mit anderen Worten, wir suchen nach der *Wahrheit* hinter den allgemeinen Annahmen«, fuhr Sangren fort. »Und die Wahrheit ist nicht besonders hübsch, nicht wahr, Miss Moreau?«

»Nein, Sir. Aber sie ist gewiss interessant.«

Wieder lachte die Klasse. Alle, bis auf Brooke, die die Augen verdrehte.

»Leeren Sie Ihren Geist, Mr West. Vergessen Sie all die schönen Märchen, die man Ihnen über Geschichte als ›Fortschritt‹ und über das ›Gute‹ im Menschen erzählt hat. Von wegen Idealismus, Fairness, Anstand, die dem Menschen eigene edle Gesinnung und all dieses herzerwärmende Zeug. Trotzdem möchte ich eines klarstellen: Daran ist nichts auszusetzen. Und wenn es Sie interessiert, dann können Sie alles darüber in einem anderen Kurs lernen, ein Stück weiter den Gang entlang. Er heißt *Prosaliteratur.*«

Gelächter von den Rängen. Will starrte Sangren mit großen Augen an. Er hatte noch nie erlebt, dass ein Lehrer ein Thema so aggressiv angegangen war. In den Schulen, die er bisher besucht hatte, wäre Sangren wegen solcher Ansichten suspendiert worden.

Sein dichtes Haar wippte hin und her, während er auf und ab ging. Sangren dozierte mit der Leidenschaft und Energie eines Dirigenten, der ein Orchester zum Ende einer Symphonie führt: »Das ist der große Schwindel der herrschenden Klassen. Sie haben die Massen seit Anbeginn der Zeit dazu gebracht, ihnen abzukaufen, dass es zu ihrem eigenen Besten sei, sich dem Willen derer zu fügen, die das Sagen haben. Selbst wenn es sie ihre Ersparnisse, ihre Lebensgrundlage oder ihr Glück kostet. Selbst wenn es sie *umbringt.* Und genau das geschieht viel häufiger, als allgemein angenommen.«

Auf der Karte tauchten weitere Bilder auf: mit Toten und Verletzten übersäte Schlachtfelder. Wagen mit übereinandergestapelten Holzsärgen. Soldatenfriedhöfe. Endlose Reihen weißer Kreuze, die im Nebel verschwanden.

»Also fragen Sie sich selbst: Welche dieser demografischen Gruppen streben Sie an? Wollen Sie Ihr Leben an den einarmigen Banditen in einem billigen Kasino verbringen? Oder lieber in einem Penthouse an einem Tisch mit hohen Einsätzen, an dem richtig gespielt wird? Das ist die Samtkordel, der große Graben zwischen diesen Welten. Auf welcher Seite stehen Sie?«

Die Frage hing im Raum.

Sangren blickte Will direkt an. »Antworten Sie noch nicht. Passen Sie auf. Sie werden von dem, was Sie erfahren, schockiert sein. Bis der Groschen fällt, wird es Nächte geben, in denen Sie sich am liebsten in den Schlaf weinen möchten. Doch dann wachen Sie eines Morgens auf, schauen sich um und sehen die Welt, wie sie wirklich ist. Sie Glücklicher!«

Die schrecklichen Bilder verblassten und auf dem Bildschirm erschien eine atemberaubende Darstellung der Erde, die in der schwarzen Weite des Weltraums schwebte.

»Schließlich wird diese entzückende, zerbrechliche kleine blaue Kugel eines Tages *Ihr* Vergnügungspark sein«, verkündete Sangren. »Und bis es so weit ist, wäre es da nicht in Ihrem eigenen Interesse, erst einmal zu lernen, wie sie wirklich funktioniert?«

Nach dem Unterrichtsende taumelte Will die Stufen in Richtung Ausgang hinunter. In nur einer Stunde hatte Sangren Wills Geist so herausgefordert, wie es vor ihm noch kein Lehrer geschafft hatte. Er fühlte sich belebt, aber auch überwältigt. Er hatte *Welten* aufzuholen. Draußen wartete Brooke auf ihn, aber kaum hatte er sie erreicht, hörte er hinter sich:

»Mr West!«

Professor Sangren, der am Pult stand und seine Tasche packte, winkte Will zu sich.

»Wir sprechen später«, sagte Brooke und drückte seinen Arm. »Lass dich nicht unterkriegen.«

Will kehrte zu Sangren zurück und bemerkte, dass er seinen Lehrer überragte.

»Ich habe Ihnen wohl Angst gemacht.«

»Das ist schon in Ordnung, Sir ...«

»Ich entschuldige mich nicht. Das war schließlich meine Absicht.« Sangren betrachtete Will mit einem herablassenden Lächeln. »Wir müssen ziemlich schnell herausfinden, ob Sie hierher gehören. Das trifft nun einmal auf nicht viele Menschen zu. Dafür braucht man sich auch nicht zu schämen, aber es wird eine Feuerprobe werden. Merken Sie sich eins: Das Center ist eine Meritokratie und keine Kindertagesstätte der Wohlfahrt.«

In Will brodelte es und er hatte Mühe, seinen Ärger zu unterdrücken.

»Wissen Sie, was auf dem Spiel steht? Wir befinden uns in einem globalen Messerkampf. Werden Amerika und die westlichen Demokratien die mächtigste, findigste und innovativste Kraft der Erde bleiben? Oder werden wir China und Indien einfach weiterwinken und sagen: ›Yo, geht schon vor, wir kommen dann nach.‹ Ihre Generation wird den Ausgang dieser Schlacht entscheiden. Ihr seid entweder klug und stark genug, um an vorderster Front zu stehen, oder eben nicht. Als Lehrer müssen wir knallhart aufzeigen, was von jedem Schüler erwartet und verlangt wird. Sie müssen alles tun, was nötig ist, um hier zu überleben, und es wird *hart* werden.«

Will fiel etwas an Sangrens Augen auf: Seine linke Iris war vollkommen schwarz, als sei die Pupille wie beim Augenarzt mit Tropfen erweitert worden. Irgendetwas an diesem seltsamen Kontrast gab Will das Gefühl, als würden ihn zwei verschiedene Personen durch ein einziges Augenpaar ansehen.

Erneut lächelte Sangren. Will gefiel dieses Lächeln nicht. »Ich vermute, keiner von unseren alten Schmuse-Softies in der Verwaltung hat es so erklärt.«

»Nicht mit so vielen Worten.«

»Dann lassen Sie mich der Erste sein, der *diese* vielen Worte verwendet: Sie haben fünf Wochen Zeit, um das Klassenziel zu erreichen. Ich wünsche Ihnen viel Glück. Sieht so aus, als könnten Sie es gebrauchen.« Sangren schlenderte davon, wippte bei jedem Schritt auf die Zehenspitzen, schwang seine Aktentasche und pfiff *»Singin' in the Rain«*.

Will sah ihm nach. Der kleine Professor hatte gerade mit einer Ladung Eiswasser sein Gefühl der Sicherheit weggespült. Wenn Sangren die Wahrheit sagte, was passierte dann, wenn er es *nicht* schaffte? Wenn sie ihn in fünf Wochen rauswarfen ... wo in aller Welt sollte er dann hin?

Geistesabwesend trat Will hinaus auf den Gang. Da sein einziger Kurs für heute zu Ende war, fühlte er sich verloren und ein wenig hilflos. Er achtete nicht darauf, wo er entlanglief. Aus einem Raum am Ende des Ganges hörte er auf einmal klassische, virtuos gespielte Klaviermusik. Eine Frau stimmte ein und sang etwas in einer fremden Sprache – Französisch, wie er vermutete. Ihre Stimme ließ ihn erstarren; kraftvoll, aber zurückhaltend und äußerst gefühlvoll. Er folgte den Klängen bis vor eine Tür und öffnete sie.

In der Mitte des Raumes stand ein Flügel, auf dem Elise spielte und dazu sang. Sie brach ab, als sie ihn hereinkommen hörte.

»Entschuldige«, sagte Will. »Bitte mach weiter.«

Elise musterte ihn finster. »Hast du noch nie *Lakmé* gehört?«

»Ich habe so etwas überhaupt noch nie gehört.«

»Kein Grund, gleich auszuflippen«, meinte sie und spielte weiter, improvisierte jetzt jedoch und aus der klassischen Musik wurde beschwingter Jazz.

»Wo hast du das gelernt?«, fragte Will, erstaunt über ihre Fähigkeiten.

»Dad ist erster Geiger. Mom war der Star in einem Nachtclub in Hongkong. Es ist also nicht so, als ob ich eine *Wahl* gehabt hätte, okay?«

»Hört sich an, als wäre dir das peinlich.«

»Wem seine Eltern in unserem Alter nicht peinlich sind«, meinte Elise, »der hat sie nicht mehr alle.« Dann verwandelte sie dieselbe Melodie in Pop, R&B und Hip-Hop. Der Hammer.

»Du solltest Profi werden«, fand Will. »Ehrlich. Auf der Stelle.«

Elise lachte. »Und dann? Soll ich mein Leben lang der unmusikalischen Brut aus den Vororten Klavierunterricht geben, nur um das zu finanzieren, was ich gerne mache? Nein danke.«

»Was machst du denn gerne?«

»Das Übliche«, sagte sie und ließ die Finger über die Tasten gleiten. »Schreiben, Aufnahmen machen, Weltherrschaft.« Erneut schaute sie mit diesem überaus offenen, beunruhigenden Blick direkt in Will hinein.

Doch dieses Mal sah er nicht weg, denn er hatte plötzlich das Gefühl, ihre Augen schon einmal gesehen zu haben ...

»Ich hab mitgekriegt, wie Sangren dich nach dem Unterricht gekrallt hat«, erklärte sie und drehte sich wieder zum Flügel. »Hat er dir einen Tritt in den Hintern verpasst?«

»Wie meinst du das?«

»Stell dich nicht blöd, West. Du weißt genau, wovon ich spreche.«

Will trat nervös von einem Fuß auf den anderen. »Na ja, er hat ein paar Dinge gesagt, auf die ich nicht unbedingt vorbereitet war ...«

Elise knallte den Deckel auf die Tasten. »Würdest du bitte damit *aufhören!*«

Will zuckte zusammen. »Was? Womit aufhören?«

Sie schaute ihm in die Augen. Will versuchte, ausdruckslos und unergründlich zu wirken, was sie anscheinend nur noch mehr verärgerte. »Hör auf, dich zu *verstecken*. Vielleicht bist du damit bei den Hinterwäldlern auf der Highschool in Kleinkleckersdorf durchgekommen, aber du bist nicht mehr der Einzige im Raum mit Durchblick. Und du wirst es hier nicht schaffen, wenn du dich weiterhin in deinem Schneckenhaus verkriechst.«

Will wurde bewusst, dass sie versuchte, ihm auf ihre eigene, komplizierte Art zu helfen, genau wie Ajay vorhin beim Frühstück. Er holte tief Luft und bemühte sich, seine Zurückhaltung abzulegen, während er ausatmete. »Ich hab keine Ahnung, wie ich das machen soll.«

»Zeig dich«, forderte Elise. »Vertraue jemandem. Leg dein Pokerface ab. Finde heraus, wer deine Freunde sind – das sind übrigens *wir* –, und bitte um Hilfe. Sei echt, sei der, der du *bist,* oder verschwinde.«

Ein Teil von ihm war dankbar für den Rat. Aber die Tatsache, dass sie seine Verteidigungslinien so mühelos überwand, machte ihn wütend. Bevor er wusste, was er antworten sollte, hörte er sich schon zurückschlagen: »Genau wie Ronnie Murso?«

Elise zuckte zusammen, als hätte er ihr mit dieser Frage tief ins Fleisch geschnitten. Es überraschte ihn, dass Miss Hochnäsig verletzt werden konnte. Trotzdem bereute Will seine Bemerkung sofort. Er machte sich auf einen Gegenangriff gefasst, doch statt die Krallen auszufahren, schaute Elise ihn nur völlig schutzlos an und ließ ihn sehen, wie sehr er ihr wehgetan hatte.

»Irgendwann wirst du begreifen, wie unfair das war«, flüsterte sie. Dann erhob sie sich vom Klavierhocker und rauschte an ihm vorbei aus dem Raum.

Will stand nur da und fragte sich wieder und wieder: *Warum zum Teufel habe ich das nur gesagt?*

»Verdammt«, fluchte er. Dann schaute er auf seine Uhr: Er musste unbedingt in die Sporthalle, um den Coach zu treffen. Das Lauftraining hatte er jetzt mehr als nötig. Er lief nach draußen und sprintete über den Rasen zur Sporthalle. In seinem Kopf klang Elises Stimme nach: *»Zeig dich. Vertraue jemandem.«*

Jahrelang hatte man ihm beigebracht, *niemandem* zu vertrauen. Er war förmlich darauf konditioniert. Und jetzt sollte er sein Pokerface ablegen? Aber er war so lange auf der Hut gewesen, dass er nicht genau wusste, wen er darunter vorfinden würde.

Und nach allem, was er in den letzten beiden Tagen erfahren hatte, war er nicht einmal sicher, ob er sich selbst trauen konnte.

DIE SPORTHALLE

Die Sporthalle am äußersten Ende der Spiel- und Trainingsfelder war größer als ein Flugzeughangar. Das Gebäude aus robusten, verwitterten Ziegelsteinen wurde von schwarzen gitterartigen Gusseisen-Streben und imposanten Säulen gestützt, die sich um einen Platz aus Beton gruppierten. Der Baustil erinnerte Will an ein altes Baseballstadion, in dem Babe Ruth hätte gespielt haben können. LAUGHTON FIELD HOUSE, ERBAUT 1918 war in die Steine nahe der Eingangstür gemeißelt, aber auf dem Campus wurde die Halle von allen nur die *Scheune* genannt.

Vor dem Eingang stand eine lebensgroße Bronzestatue des Maskottchens der Schule – der Ritter in Rüstung, wie Will ihn vom Emblem des Centers kannte. Er stand leicht nach vorn gebeugt und bereit zum Angriff. Das kurze Schwert, der Schild und das Beil, das an seinem Gürtel hing, ließen ihn ziemlich bedrohlich aussehen.

Auf dem Schild war das Wappen zu erkennen, das im unteren Feld den Ritter zeigte, wie er sein Schwert auf den Hals eines unterlegenen Feindes richtete. Aber der gefallenen Figur auf dem Schild wuchsen teuflische Hörner aus dem Kopf und sie besaß einen gegabelten Schwanz – Details, die in den Abbildungen fehlten, welche Will bisher gesehen hatte. Und aus der Nähe betrachtet, wirkte die Rüstung des Ritters außerdem alles andere als mittelalterlich, eher glatt und eng anliegend wie eine zweite Haut. Auf einer kleinen glänzenden Messingplatte am Sockel stand THE PALADIN.

Will betrat das Gebäude. Vor ihm öffnete sich ein riesiger Raum, an dessen Decke kreuz und quer verlaufende Stahlträger zu sehen waren. Flügelfenster entlang der Dachlinie und runde, an langen Stahlkabeln aufgehängte Scheinwerfer spendeten Licht. Ein Kunstrasenplatz, umgeben von vier Laufbahnen, nahm die Hälfte der Fläche ein. Darauf trainierte gerade ein Lacrosse-Team. Die andere Hälfte setzte sich aus Basketball-Feldern mit Hartholzböden zusammen. Ausgedehnte Holztribünen auf Rädern waren ineinandergeschoben und stapelten sich an drei Seiten vor den Wänden. Auf den kleineren Plätzen fanden lebhafte Trainingsspiele statt.

Will folgte den Schildern zu den Umkleiden, ging durch eine Tür abseits der Spielfelder und dann einen Gang entlang, in dem es streng nach Sportsalben, altem Schweiß, Waschpulver und – von irgendwoher – nach Schwimmbad-Chlor roch. Gerahmte Schwarz-Weiß-Fotos von ehemaligen Schulmannschaften säumten die Wände: Football, Baseball, Basketball, Hockey und Fußball. Alle trugen den Spitznamen der Schule: »The Paladins«. Schließlich fand Will die Herrenumkleide und kam sich vor, als wäre er in die Vergangenheit gereist.

Reihen langer Holzbänke standen vor hohen, ramponierten Metallspinden mit Gittertüren auf einem Betonboden, der von jahrzehntelangem Gebrauch glatt und abgewetzt war. An der gewölbten Decke hingen Ventilatoren mit breiten Flügeln. Will entdeckte außerdem Toiletten, Duschen und eine offene Tür, die zum Waschraum führte; dieser war hellblau gekachelt und Stapel einfacher weißer Handtücher lagen dort bereit. Dann hörte er weiter vorne Schritte. Will hielt inne, als ihm klar wurde, dass sie zu Lyle Ogilvy gehörten. Lyle war allein und steuerte auf eine schmale Tür neben den Duschen zu. Er schaute sich rasch um und dann war er verschwunden. *Merkwürdig.*

Will ging an den Duschen vorbei und machte hinter der nächsten Ecke eine Trennwand aus weiß lackiertem Drahtgeflecht mit einem Schild aus, auf dem MATERIALRAUM stand. In dieses

Drahtgeflecht eingebaut verlief eine Edelstahl-Theke, die bis auf eine Tischklingel auf Wills Seite und eines der schwarzen Telefone auf der anderen Seite vollkommen leer war. Ein schweres Schloss sicherte ein Tor links von Will. Die wabenartigen Wände hinter der Theke waren mit allen Arten von Sportgeräten gefüllt – Regale, die so weit reichten, dass sie in den Schatten verschwanden. Irgendwo dort hinten flackerte lautlos eine Deckenleuchte.

Will schlug kurz auf die Klingel, deren Läuten durch den leeren Käfig hallte. Ein paar Sekunden später hörte er ein rhythmisches Quietschen, als etwas am hinteren Ende des Gangs durch den Schatten rollte. Allmählich konnte Will erkennen, dass es sich um einen motorisierten Rollstuhl mit quietschenden Reifen und einem ungewöhnlichen Passagier handelte.

Der Mann konnte nicht größer als 1,20 Meter sein und war offenbar durch irgendeine Muskelerkrankung verkrümmt. Er trug eine Kappe mit dem Logo des Centers, ein Sporttrikot, das mehrere Nummern zu groß war, und darüber eine Weste mit zahlreichen Taschen. Seine Arme wirkten ausgemergelt, aber er hatte große, ausdrucksvolle Hände. Mit der rechten Hand bediente er den Joystick zur Steuerung des Rollstuhls. Seine krummen Beine waren nach außen gespreizt und seine Füße steckten in nagelneuen blauweißen Nikes.

Der kantige, übergroße Kopf des Rollstuhlfahrers hing leicht nach links und wackelte zittrig. Will konnte nicht sagen, wie alt er war. Unter der Kappe schauten keine Haare hervor; der Mann wirkte jung und alt zugleich. Auf dem Namensschild an seinem Hemd stand JOLLY NEPSTED, GERÄTEWART.

»Ich weiß, was du gerade denkst«, meinte Nepsted mit hoher und leicht verzerrter Stimme.

»Was denn?«, fragte Will.

»Welchen Grund sollte der schon haben, fröhlich zu sein?«

Will lachte, als er bemerkte, dass Nepsted ihn angrinste.

»Sagen Sie's mir.«

Nepsteds Hand glitt zu seinem Gürtel hinunter. Er zog ein elastisches Band mit einem Messingring hervor, an dem alle möglichen Schlüssel hingen. »Ich bin der Typ mit den *Schlüsseln*«, teilte er Will mit und ließ das Band wieder los, das daraufhin an seinen Gürtel zurückschnellte. Erneut grinste er breit.

»Dann sind Sie der Typ, den ein Neuankömmling unbedingt kennenlernen muss«, meinte Will.

»Will West«, schloss Nepsted.

»Woher wissen Sie das?«

»Was glaubst du wohl, wie viele Neulinge wir um diese Jahreszeit bekommen?« Nepsted musterte ihn. »Schuhe: neuneinhalb, Taille: 29, Schrittlänge: 31, Sweatshirt: Medium.« Er drückte auf einen Knopf am unteren Ende des Joysticks und neben Will glitt eine Stahlschublade aus der Theke heraus, in der sich ein schwarzer, rechteckiger Gitterkorb befand. Will nahm ihn heraus und stellte ihn auf die Ablage.

Im Korb befanden sich zwei Paar Laufshorts und farblich passende Trikots. Ein Dutzend Paar weiße Socken. Zwei neue graue Laufanzüge, bestickt mit dem Namen der Schule und dem Logo – der heruntergeklappte Helm des Paladins, dessen Augen wie glühende Lichtfunken durch die Schlitze im Stahl zu funkeln schienen. Für kaltes Wetter gab es einen weiteren Anzug, der mit Fleece gefüttert war. Alles genau in den Größen, die Jolly genannt hatte.

Ganz unten lag ein Paar Adidas Avanti, ultraleichte Crosslauf-Spikeschuhe aus metallgrauem Mesh-Obermaterial mit drei königsblauen Streifen: die Laufschuhe, die Will sich immer gewünscht hatte. Schon als er sie in die Hand nahm, wusste er, dass sie perfekt passen würden.

»Dein Spindschlüssel ist auch drin«, teilte Nepsted ihm mit.

Will fand ihn in einer Ecke des Korbs: ein einzelner, an einem Drahtring befestigter Messingschlüssel mit der verblassten Nummer 419.

»Kauf dir zur Sicherheit noch ein Zahlenschloss, wenn du nicht der vertrauensselige Typ bist. Unterschreibe bitte das Formular und wirf es dann wieder in die Schublade.«

Will nahm ein Klemmbrett mit einer Quittung heraus, unterschrieb mit dem daran befestigten Kugelschreiber an der Stelle, die mit einem *X* markiert war, und legte das Brett dann zurück in die Schublade. »Der vertrauensselige Typ«, sagte Will. »Das höre ich in letzter Zeit öfter. Sehe ich aus wie ein vertrauensseliger Typ?«

Jolly legte den Kopf auf die Seite. »Woher soll ich das wissen? Ich bin allein in einem abgeschlossenen Käfig. Sehe *ich* aus wie ein vertrauensseliger Typ?« Er drückte auf den Knopf an seinem Joystick, woraufhin sich die Schublade mit einem dumpfen, hallenden Geräusch schloss. Nepsted nahm die Quittung und stopfte sie in seine Weste.

Während Will seine Sachen zusammenpackte, fragte er: »Woher haben Sie Ihren Spitznamen?«

»Es ist kein Spitzname.«

»Sie heißen wirklich Jolly?«

»Nein, mein wirklicher Name ist Happy. Jolly ist nur mein zweiter Name. Happy Jolly Nepsted. Glücklich und fröhlich, aber nur innerlich«, erklärte Nepsted mit unverändertem Gesichtsausdruck. »Lass mich wissen, wie du mit der Ausrüstung zurechtkommst. Suchst du Coach Jericho?«

»Ja, wo kann ich ihn finden?«

»Er wird dich finden«, erwiderte Jolly.

»Danke, Jolly«, meinte Will. »Irgendetwas sagt mir, dass ich mich an Sie wenden muss, wenn ich wissen will, was hier so abgeht.«

Nepsted starrte ihn an. »Glaub mir, du willst gar nicht wissen, was hier abgeht.« Er deutete mit dem Kinn auf die Sachen, die Will auf dem Arm hielt; das Sweatshirt mit dem Logo des Paladins lag ganz oben. »Weißt du, was ein Paladin ist?«

»Eine Art Ritter«, vermutete Will. »Aus dem Mittelalter.«

»Ein heiliger Krieger«, betonte Nepsted. »Dem Kampf gegen das Böse verschrieben.«

»Apropos böse«, sagte Will und zeigte auf das Wappen auf dem Sweatshirt. »Bei allen Versionen des Wappens, die ich gesehen habe, inklusive dieser hier, hat der Paladin irgendeinen gewöhnlichen Schurken besiegt. Aber das Wappen auf dem Schild der Statue draußen vor der Halle zeigt den Gegner des Paladins mit Hörnern und einem gegabelten Schwanz. Eher wie ein Teufel oder Dämon.«

Nepsted zwinkerte zwei Mal. »Das ist bisher noch keinem neuen Schüler aufgefallen.«

Will trat näher und zeigte wieder auf das Sweatshirt. »Warum hat man den Dämon aus dem Logo herausgenommen?«

Bevor Nepsted antworten konnte, schrillte das schwarze Telefon in dem Käfig so laut, dass die Stahltheke vibrierte. Jolly hob ab. »Geräteraum, Nepsted. Einen Augenblick.« Nepsted legte auf und musterte Will. »Besuch mich wieder. Wenn du *bereit* bist.« Mit diesen Worten drehte er seinen Rollstuhl um und fuhr quietschend den Gang hinunter in den flackernden Schatten.

Bereit? Wofür?

Will folgte den Nummern, bis er seinen Spind am Ende einer Reihe in einer entlegenen Ecke gefunden hatte. Gespannt zog er seinen neuen Trainingsanzug und die Laufschuhe an. Als ihm einfiel, dass er keine vertrauensselige Person war, zumindest nicht in Umkleidekabinen, schob er sich seinen Geldbeutel und die Sonnenbrille in die Hosentasche.

Dann nahm er aus dem Augenwinkel wahr, wie sich jemand durch die Reihen der Bänke und Schränke bewegte: ein großer Kerl mit breiten Schultern, in Fliegerjacke und Springerstiefeln.

»Dave?«, fragte Will.

»Komm mit«, hörte er Daves Stimme in seinem Kopf.

Will hastete ihm nach, um die Spinde herum zu derselben Tür, durch die Lyle vorhin verschwunden war. Sie stand einen Spalt offen. Vorsichtig spähte Will hinein und blickte in einen langen, dunklen Korridor.

»Dave?«, flüsterte Will. »Dave, bist du da?«

Seine neuen Spikes knirschten auf dem Beton, als er zögernd einen Schritt vorwärts machte; er tastete sich an der Mauer entlang und wartete darauf, dass sich seine Augen an die Dunkelheit gewöhnten. Die Luft hier fühlte sich zwanzig Grad wärmer an als in der Umkleide – feucht und fast tropisch. Schon bald erreichte er eine Treppe und stieg langsam die Stufen hinunter. Dabei bewegte er sich unter einem leichten Zischen hindurch – als würde Dampf aus einem defekten Rohr entweichen.

»Hier entlang«, hörte er Dave sagen.

Am Fuß der Treppe bog der Gang im rechten Winkel nach links ab. Die Tür weiter oben fiel mit einem lauten metallischen Knall zu. Will erstarrte. Als er hinter sich jedoch niemanden hörte, ging er weiter und tastete sich im Dunklen durch einen endlos langen Korridor. Schließlich sah er vor sich am Boden einen Lichtstreifen. Er erkannte, dass das Licht unter einer Tür hervordrang. Wenig später hörte er Stimmen von der anderen Seite.

»Sie bewegen sich schneller, als wir dachten, Kumpel«, sagte Dave. »Echt unheimlich. Du musst es dir ansehen, damit du weißt, womit wir es zu tun haben. Setz die Brille auf, geh zu der Tür und öffne sie.«

Diese Aufforderung gefiel Will ganz und gar nicht, aber er setzte trotzdem die Sonnenbrille auf. Dabei erinnerte er sich an den letzten Satz, den sein Dad in das Regelheft geschrieben hatte.

ÖFFNE ALLE TÜREN UND ERWACHE.

Will schloss die Finger um den Knauf, drehte ihn, zog die Tür auf und schaute vorsichtig in den Raum dahinter. In der Mitte befand sich ein blendend weißes Licht, um das sich eine Gruppe von Leuten versammelt hatte. Es ließ sich schwer sagen, um wie viele Personen es sich handelte – bei diesem Licht war es schwer, überhaupt etwas zu erkennen –, aber Will konnte ausmachen, dass mit ihren Zügen etwas nicht stimmte. Sie hatten keine menschlichen Gesichter.

Das runde Objekt, das sie anstarrten, hing auf Augenhöhe in der Luft. Seine Oberfläche schien mit einer blassen, durchsichtigen Membran überzogen zu sein und der Rand des Kreises schimmerte wie heiße Glut und pulsierte in Schwarz, Rot und Grün.

Ein Fenster, dachte Will. *Ein Fenster im Gefüge der Luft.*

»Da kommen die Monster her«, flüsterte Dave.

Durch die Membran konnte Will eine verdorrte, fremdartige blutrote und aschfarbene Landschaft erkennen. Über einer trostlosen vulkanischen Einöde wölbte sich ein schwarzer, mit giftigem Lila und Grün durchzogener Himmel. Am fernen Horizont wüteten Feuer. Ein unvorstellbarer Gestank nach Schwefel, Moder und Verwesung verbreitete sich.

»Das ist das Niegewesen«, erklärte Dave.

Will sah Bewegung durch die Membran. Irgendetwas kam hinter einem Haufen zertrümmerter Steine hervor und schwankte auf das Fenster zu. Es sah aus wie eine große Frau, unglaublich schön und nackt, die wohlgeformten Brüste von langem, glänzend schwarzem Haar verdeckt. Sie erreichte den leuchtenden Kreis, streckte die Hände in Richtung der Membran aus – und schaute Will direkt in die Augen.

»Oh-oh. Das ist nicht gut«, warnte Dave.

Ihre Hände drückten gegen die Membran und dehnten sie, bis sie schließlich riss. Weitere Glieder, dunkel und glibberig wie Tentakel, zerrten die Reste der Membran beiseite. Als die Frau Kopf und Oberkörper hindurchsteckte, sah Will, dass ihre Haare nass und zerzaust waren wie Seegras. Ihre schwarzen Augen, deren Lider sich hoben und senkten, zuckten wild hin und her und waren erfüllt von einem unstillbaren, unbarmherzigen Hunger. Ein fauliger Geruch drang an Wills Nase, sodass ihm schlecht wurde.

»Lauf, verdammt noch mal!«, brüllte Dave.

Panik riss ihn aus seiner Starre. Will knallte die Tür zu und rannte, so schnell er konnte, durch den Korridor. Während er durch die Dunkelheit hetzte, hörte er, wie hinter ihm die Tür aufflog. Er wurde von etwas verfolgt, das mit einem trockenen Rasseln über den Betonboden schlitterte.

Plötzlich tauchte Dave vor ihm im Gang auf und zog seine merkwürdige Waffe. Als er an ihm vorbei zielte und das Feuer eröffnete, schaute Will über die Schulter zurück. Heißes, grellweißes Licht pulsierte durch den Korridor. Das Wesen kam näher, die spinnenartigen Glieder nach ihm ausgestreckt, den Kopf in den Nacken geworfen und das Maul mit den grässlichen Eckzähnen weit aufgerissen ...

»Hör auf zu glotzen und lauf weiter!«, schrie Dave. Er rührte sich nicht von der Stelle, spannte den Hammer seiner Waffe und beschoss das Wesen mit einem explosiven Lichtfeuer. Als Will an ihm vorbeirannte, rief Dave: »Das macht Nummer drei!«

Heulen und Kreischen erfüllte den Korridor. Will lief durch die scheinbar endlose unterirdische Finsternis. Als er schließlich die Ecke erreichte, hörte er Geschrei und Schritte hinter sich, menschliche Stimmen – die Gruppe, die er beim Öffnen der Tür als Erstes gesehen hatte.

Er stolperte die Treppen hinauf, tastete sich verzweifelt an der Wand entlang. Ein Zischen drang an seine Ohren. Endlich gelangte er an die Tür zur Umkleide und stieß sie auf. Die Spikes rutschen über den Beton, als er in den Raum stürmte.

Dann rissen ihn plötzlich zwei starke Hände in eine Nische. Hinter ihm schloss sich leise eine Tür aus Drahtgeflecht. Er sah Besen, einen Mopp mit Eimer und Reinigungsmittel.

Und seinen Mitbewohner Nick McLeish im Trainingsanzug, der neben ihm hockte und sich einen Finger an die Lippen drückte. Ein paar Sekunden später preschten Wills Verfolger durch die Tür in die Umkleide, vorbei an ihrem Versteck. Es waren mindestens zehn Leute. Sie bewegten sich so schnell, dass man unmöglich erkennen konnte, wer sie waren.

Die letzte Person der Gruppe kam direkt vor ihrer Tür zum Stehen. Durch die Lücken des Drahtgeflechts konnte Will ein Paar schwarze Adidas-Laufschuhe mit roten Streifen am Spann sehen. Sein Blick wanderte hinauf zu einer Hand, die nach dem Türknauf griff. Rasch und vollkommen lautlos verriegelte Nick die Tür. Wer auch immer da draußen war, rüttelte kurz daran und entfernte sich dann plötzlich. Die Stimmen und Schritte wurden leiser. Nick legte sich eine Hand über den Mund, um nicht laut loszulachen.

»Was ist denn daran so komisch?«, flüsterte Will.

»Dein Gesichtsausdruck, Alter. Als du um die Ecke geschlittert bist, als wären Monster hinter dir her. Oh Mann, ich hätte mich wegschmeißen können vor Lachen.«

»Ich *wurde* verfolgt, Nick!«

»Ich weiß, ich weiß …«

»Wer war das? Hast du sie gesehen?«

»Nein, Alter. Ich stand ganz ahnungslos an meinem Spind, du

bist vorbeigestürmt, und als ich sie kommen hörte, hab ich dich hier reingezerrt. Was zur Hölle hast du gemacht, Mann?«

Hölle war der richtige Ausdruck. Will zögerte, erinnerte sich aber dann an Elises Rat: Wenn er es schaffen wollte, brauchte er die Hilfe *aller* seiner Mitbewohner.

»Keine Ahnung«, erklärte Will und zitterte am ganzen Leib. »Ich habe eine Tür geöffnet und etwas gesehen, was ich nicht sehen sollte.«

»Komm schon, schieß los. Was war es?«

»Ich weiß nicht einmal, wie ich es beschreiben soll.«

»Krass. Welche Tür? Komm, das musst du mir zeigen.«

»Nein. Auf *gar* keinen Fall, Nick.« Will vergrub sein Gesicht in den Händen.

Nick hielt inne und klopfte ihm dann auf den Rücken. »Okay, ganz ruhig, Brauner. Kein Grund, die Nerven zu verlieren. Wir bringen dich besser hier raus, bevor die Hinterwäldler mit Fackeln und Mistgabeln zurückkommen.«

SUICIDE HILL

Will folgte Nick und gemeinsam schlichen sie sich aus dem Besenschrank zu einer winzigen Tür, die zwischen zwei Reihen von Spinden versteckt war. Eine dunkle Treppe hinunter, einen niedrigen, schmalen Gang entlang, eine Treppe hinauf, zu einer anderen Tür und schon standen sie draußen vor der Sporthalle, am Rand des dichten Waldes, auf der Seite, die vom Campus abgewandt war.

Die Hände auf den Kopf gelegt, atmete Will die kalte Luft in tiefen Zügen ein und lief gleichmäßig auf und ab, um die Anspannung abzuschütteln. Währenddessen versuchte er zu begreifen, was er eben gesehen hatte.

Ein Fenster in der Luft ... wie das in den Bergen hinter unserem Haus! Ein Fenster ins Niegewesen ... Daher stammen die Monster und durch das Fenster gelangen sie hierher ... Burbelangs und Gremlins und weiß der Teufel, wie dieses letzte Monster hieß.

Nick lehnte mit verschränkten Armen an einem Baum, bewegte einen Zahnstocher im Mund hin und her und beobachtete Will die ganze Zeit über. »Was hast du überhaupt in der Scheune gewollt, Alter?«

»Ich soll mich da mit Coach Jericho und dem Crosslauf-Team treffen.«

»Jericho? Oh Mann, das ist tragisch«, meinte Nick und schüttelte den Kopf.

»Warum? Was ist mit ihm?«

»Ira Jericho ist ein klassischer, gnadenloser Schleifer der übelsten Sorte. Und übrigens: Er hat dich gerade ins Visier genommen.«

Will drehte sich um. Ein großer, hagerer Mann in einem eng anliegenden blauen Laufdress stand etwa vierzig Meter entfernt, wo ein Pfad von der Sporthalle in den Wald hineinführte. Jericho hatte die langen, dicken schwarzen Haare zu einem Pferdeschwanz zusammengebunden. Sein Gesicht war so braun gebrannt, dass es fast wie gemeißelt wirkte. Er besaß hohe Wangenknochen und einen harten, schmalen Mund. Seine dunklen Augen waren fest auf Will geheftet, als er zwei Finger in den Mund steckte und einen schrillen, durchdringenden Pfiff ertönen ließ. Dann zeigte er mit einem Finger zuerst auf Will und schließlich vor sich auf den Boden: *Du. Sofort herkommen.*

Nr. 88: HÖR IMMER AUF DIE PERSON MIT DER PFEIFE.

Will winkte dem Coach zögerlich zu. Dann schaute er sich zu Nick um, der noch immer am Baum lehnte. »Kommst du nicht mit?«, fragte Will.

»Nö.«

»Warum nicht?«

»Ich bin *Turner,* Alter. Jericho hat uns *sprunghaften, elastischen* Typen nichts zu sagen.«

»Komm schon, Nick, gib mir Begleitschutz. Ich revanchiere mich auch.«

Nick überlegte. »Zeig mir diesen unheimlichen Raum, den du entdeckt hast ... noch heute Abend ... und ich bin dabei.«

»Okay, okay.«

Lässig drückte Nick sich vom Baumstamm ab und gesellte sich zu Will. Die beiden trabten zu Coach Jericho an den Waldrand.

Die Arme vor der Brust verschränkt und reglos wie Stein ragte der Mann vor ihnen auf; Jericho musste mindestens 1,95 Meter groß sein. Alles an ihm war bis auf das Minimum reduziert – kein bisschen zu viel, weder auf seinen Rippen noch an seiner Art.

»West«, sagte der Coach knapp.

»Das bin ich«, erklärte Will und hob leicht die Hand.

»Das ist er«, bestätigte Nick und zeigte auf Will.

»Sehr hilfreich«, meinte Jericho. Er hatte sich noch immer nicht bewegt. »Seid ihr beiden Clowns wach?«

»Ja, Sir«, antwortete Will.

»Ich versteh die Frage nicht«, verkündete Nick.

»Mein Training fängt immer um Viertel vor an«, erklärte Jericho. »Auf die Minute.«

Will schaute auf seine Uhr. Es war zwanzig vor eins. »O-kay«, sagte er gedehnt.

»Das bedeutet *umgezogen* und *auf den Plätzen* um Viertel vor.«

»Ich hab ihn schon aufgewärmt, Coach«, beschwichtigte Nick. »Er kann jederzeit losrennen.«

Jericho starrte Nick an, der ihm ein charmantes Lächeln schenkte. »Na, wenn du mal keine echte Pfadfinderin bist ... Unser Greenhorn hier braucht jemanden, der ihm den Weg zeigt, McLeish. Wir laufen fünf Kilometer. Du begleitest ihn.«

Nicks Lächeln verschwand wie auf Knopfdruck. »Aber ...«

»Warte, lass mich raten: Du hast jetzt Training. Bei den *Turnern.*«

»Ja, stimmt, Coach, zufällig ist es so ...«

»Blödsinn. Ich kenne den Stundenplan. Möchtest du lieber zehn Kilometer laufen, Zuckerstange?«

»Fünf hört sich gut an«, sagte Nick kleinlaut.

»Meine Mannschaft versammelt sich bei Riven Oak, an der gespaltenen Eiche«, teilte Jericho ihnen mit. »Das ist unser Treffpunkt, Start und Ziel. Bei Regen, Graupel, Schnee oder Sonnenschein. Zeig ihm, wo das ist, McLeish.«

»Mach ich, Coach.« Nick zog Will am Arm, um schnell das Weite zu suchen.

Doch Coach Jericho hielt die beiden zurück. »West: Du bist ein

Zehntklässler und ein erbärmlicher Anfänger ... Nein, du bist das, was ein Anfänger auf einer Kuhwiese von seinen Spikes kratzt. Komm uns nicht in die Quere. Wenn du einen meiner Spitzenmänner zum Stolpern bringst, begrabe ich dich in diesem Wald hier. Bleib auf dem Weg. Ich will keinen Suchtrupp verheizen. Und schaff deinen erbärmlichen Hintern vor Einbruch der Dunkelheit wieder her, falls du dazu fähig bist.«

»Komm, Will ...«

Aber Will schüttelte ihn ab. Jerichos Ton machte ihn wütend. »Nichts leichter als das, Coach.«

Zum ersten Mal schaute Jericho ihn nicht mit eiskalter Verachtung an. »Ach ja? Du glaubst also, du kannst es mit meinem Team aufnehmen?«

»Ja, Sir.«

»Nicht mit diesem Spinner im Schlepptau.«

Nick lachte, verstummte aber sofort, als Jericho ihn erneut mit seinem durchbohrenden Blick musterte.

»Ich kann sogar mehr, als es nur mit ihnen aufnehmen. Ich kann sie schlagen«, verkündete Will.

Jericho schenkte Will einen letzten, fast interessierten Blick. »Auf geht's, McLeish.«

»Ich zeig ihm den Weg, Coach.« Nick sprintete los und Will rannte hinter ihm her. Sie folgten dem Pfad auf eine kleine Anhöhe. Unten am Waldrand ragte über einer Lichtung eine alte gespenstische Weißeiche auf. Ihre Äste bildeten ein Dach mit einer Spannweite von fast fünfzig Metern. Der Stamm musste einen Durchmesser von etwa fünf Metern haben und war offenbar vor langer Zeit durch irgendetwas schwer beschädigt worden: In seiner Mitte befand sich ein Spalt, so breit, dass ein Motorrad hindurch gepasst hätte.

Das Crosslauf-Team des Centers wartete am Fuß der hohen Eiche. Keine Jungs, sondern ein Dutzend muskulöser und unglaublich fitter junger Männer – also alles andere als windschnittige Langstreckenläufer. Nur ein paar von ihnen besaßen Wills Körpermaße, der Rest war größer und mindestens zwanzig Pfund schwerer. Und im Gegensatz zu Will hatte keiner von ihnen die mit Fleece gefütterte Joggingkleidung übergestreift; stattdessen trugen sie nur Trikot, Shorts, Socken und Laufschuhe. Ihre nackten Arme und Beine schimmerten rot vor Kälte, was aber keinen von ihnen zu stören schien. Sie waren bereits aufgewärmt und schlugen vor überschüssiger Energie aus wie Vollblutpferde in der Startbox. Um sie herum stieg der Dampf ihres heißen Atems auf.

Die Paladins. Ihre Augen leuchteten mit dem gleichen kampfbereiten Feuer wie auf dem Logo. Die Ritter der Straße.

Als Will sie erreichte, musterten sie ihn von Kopf bis Fuß auf eine arrogante, verächtliche Weise, wie es Läufer vor einem Wettkampf machten: *Wieder so ein jämmerlicher Anfänger.* Will sah, dass Todd Hodak zu den Leuten an der Spitze des Teams gehörte und ihn anstarrte. Rasch studierte Will die Körpersprache der Läufer: Sie machten Todd Platz und ordneten sich hinter ihm ein.

Er ist ihr Anführer.

Will betrachtete Todds Schuhe: schwarze Adidas mit drei roten Streifen. Die Laufschuhe, die er wenige Minuten zuvor im Gang vor dem Besenschrank gesehen hatte. Als Will wieder hochschaute, entdeckte er noch etwas anderes in Todds Blick: eine Angst, die er ganz schnell zu verbergen suchte.

Ist das die Gruppe, auf die ich in diesem unheimlichen Raum gestoßen bin? Haben sie mich bis zurück zur Umkleide verfolgt? Er hatte gesehen, wie auch Lyle durch die Tür in diesem Korridor verschwunden war. *Was zum Teufel geht hier vor?*

Die Mitglieder des Teams wandten sich ab, als würden sie diesen Gedanken abschmettern. Dann zerriss der laute Knall der Startpistole die Stille. Oben auf dem Anstieg stand Jericho, die rauchende Pistole noch hoch in die Luft gereckt.

Mit Todd Hodak an der Spitze lief das Team nacheinander durch die Öffnung in der Eiche und dann den Berg hinauf in Richtung Wald. Sie rangelten um die besten Positionen und hatten nach weniger als fünfzig Metern ihr normales Lauftempo erreicht. Oben angekommen, passierten sie Coach Jericho.

»Ist das alles, was ihr draufhabt, ihr Nieten?«, rief der Trainer und schaute auf seine Stoppuhr.

Nick schloss zu Will auf, als der Pfad breiter wurde und sie sich dem Wald näherten. »Yo. Will, du hast vergessen mir zu sagen, dass du noch verrückter bist als ein tollwütiger Hund.«

»Wovon redest du?«

»Du hast gerade zu Jericho gesagt, du würdest dieses Rennen gewinnen.«

»Ja, na und?«

»Total uncool. Aber es gibt ja noch eine Menge anderer Sportarten, wenn Coach Spielverderber dich achtkantig aus der Mannschaft schmeißt ... Volleyball, Wasserball, Golf ...«

»Ohne mich.«

»Glaub mir, Alter, du würdest dir selbst einen Gefallen tun. Ich würd mich eher mit Helium aufblasen und ein Sumoringer-Team gründen ... als das hier.« Nick spuckte in den Wald.

»Was ist mit Jericho los? Warum ist er so ein harter Hund?«

»Der Typ ist ein echter Oglala Lakota, Mann«, erklärte Nick. »Die ganze Region hier hat seinen Leuten gehört. Ich glaube, er ist deswegen noch immer stinkig. Man sagt, er sei ein direkter Nachfahre von Crazy Horse.«

»Echt?«

»Und wenn das stimmt ... dann hat sein Ururgroßvater General Custer kaltgemacht.«

»Heilige Scheiße!«, rief Will verblüfft und lief langsamer, damit Nick Schritt halten konnte.

»Es heißt, er hätte irgendwelche abgefahrenen Fähigkeiten eines Schamanen und Kriegers aus seiner Familie geerbt ... hat Visionen und redet mit dem Großen Manitu.«

»Lässt er sein Team deshalb durch die Eiche laufen?«

Nick schüttelte den Kopf. »Seine Vorfahren ritten durch diesen alten gespaltenen Baum, wenn sie zur Büffeljagd aufbrachen ... deshalb startet und beendet Jericho jedes Rennen auf diese Art.«

Ziemlich cool, trotzdem dachte Will an eine praktischere Erklärung: Es passte immer nur ein Läufer durch den Spalt, sodass die Bühne für einen heldenhaften Sieg in letzter Sekunde bereitet und bei den Läufern der Kampfgeist geweckt wurde. Ein Fotofinish erübrigte sich daher auf dieser Strecke. Wer hier gewinnen wollte, brauchte deutlichen Vorsprung.

»Aber zuerst musst du Suicide Hill überleben«, sagte Nick.

»Was ist das?«

»Alter, ich will dir doch nicht die Überraschung verderben.«

Will blickte zu der Gruppe vor ihm, schätzte ab, wie groß die Lücke war, und behielt den Abstand bei. Er musste nur nah genug an ihnen dranbleiben, um rechtzeitig angreifen zu können; andererseits handelte es sich um durchweg starke, erfahrene Läufer. Der Schwächste aus der Mannschaft des Centers war besser als der Beste, gegen den er je angetreten war. An jedem anderen Tag wäre ihm das Ganze vielleicht wie ein böser Traum erschienen, in dem er plötzlich und ohne Vorwarnung ins Finale der Landesmeisterschaften katapultiert wurde – die Art von Albtraum, in dem die Startpistole schon erhoben ist, während man vergeblich nach seinen Schuhen sucht oder nicht weiß, wie man sie zubindet.

Aber Will war vollkommen gelassen. Kujawas Untersuchungsergebnisse hatten alles verändert. *Halte dich nicht zurück.* Es gab keinen Grund mehr dafür, er konnte darauf pfeifen. Zum ersten Mal in seinem Leben durfte er in einem richtigen Rennen seinen Turbolader auf die volle Drehzahl bringen. Dennoch musste er sich seinen Lauf klug einteilen und den richtigen Moment abpassen.

Nr. 73: BEGREIFE DEN UNTERSCHIED ZWISCHEN TAKTIK UND STRATEGIE.

Will lief entspannt und locker, als würde er einen Spaziergang machen. Nick dagegen hatte bereits Schwierigkeiten mitzuhalten. Sein Mitbewohner war unglaublich drahtig und muskulös, aber sein Körper war für andere Herausforderungen trainiert: kurze Kraftanstrengungen an den Geräten oder am Boden, kontrollierte, präzise Bewegungen an den Ringen und Holmen. Es gab so gut wie keine Überschneidungen mit den Anforderungen, die das animalische Stampfen eines Geländelaufs stellte.

»Ich hasse dich für diesen Mist hier«, schnaufte Nick. »Ich hoffe, du weißt das ... falls nicht, werde ich dich garantiert ... alle 100 Meter daran erinnern.«

»Hattest du schon immer so kurze Beine?«

»Hey, Scherzkeks, versuch du mal einen Abgang vom Reck ... mit einem doppelten Salto rückwärts ... und eineinhalbfacher Drehung ... und zeig mir mal, ob du die Landung hinkriegst, ohne dir das Genick zu brechen, als wäre es ein Hühnerflügel.«

Sie folgten dem Pfad in den Wald, der über sanfte Hügel hinauf- und hinabführte. Die Bäume standen hier dichter, erstreckten sich weit in alle Richtungen und verschwanden in den Schatten. Will war noch nie in einem Wald mit so kräftigen, artenreichen und ausdrucksstarken Bäumen gewesen. Der Duft war überwältigend, eine würzige Mischung aus feuchter Erde, verrottenden Blättern und Schimmel: Die Natur bereitete sich auf den Winter vor.

Die neuen Schuhe fühlten sich leicht an, genau wie er gehofft hatte. Er behielt die Gruppe vor sich im Auge, als sie das Tempo nach dem ersten Kilometer anzog.

»Was weißt du über Todd Hodak?«, erkundigte Will sich.

»Alter, Todd ist der totale Blödmann. Sein Foto steht im Lexikon neben Trottel. Und ich hab Pullover, die klüger sind als er. Mit anderen Worten ... falls ich mich nicht klar ausgedrückt haben sollte: Todd ist der größte Vollidiot weit und breit.«

»Verstehe.«

Nick schnappte nach Luft und verzog das Gesicht vor Schmerz. »Wurde mit 'nem silbernen Löffel im Mund geboren ... hält sich für Superman.«

»Was läuft zwischen Todd und Brooke?«

»Die Familien sind befreundet ... altes Geld, so alt wie Moby Dick ... Daddy ist ein großes Tier an der Wall Street ... leitet einen dieser Hätschel-Fonds.«

»Du meinst Hedge Fonds?«

»Ja, wo anderer Leute Geld gehätschelt wird ... Na jedenfalls, als Brooke hierherkam ... hat sich Silberlöffel-Todd als Gutmensch und edler Beschützer aufgespielt.«

»Bitte erzähl mir jetzt nicht, dass sie darauf reingefallen ist.«

»Alter, Brooke ist nicht so leicht zu beeindrucken ... aber Todd war so hilfsbereit, hat ihr alles gezeigt ... hat sie seinen schmierigen Kumpanen vorgestellt ... und seinen Gestank mit Old Spice überdeckt ... Doch nachdem sie erst mal den *echten* Todd gerochen hatte: Nein danke ... Aber Todd akzeptiert kein ›Nein danke‹ als Antwort ... trotzdem gibt Brooke nicht nach ... Mr Blöd trifft auf Ms Stur ... und ab geht die Post, Baby!« Im nächsten Moment wäre Nick beinahe gestolpert und hingefallen.

Will packte ihn am Arm und hielt ihn fest. »Sind sie nun zusammen oder nicht?«

»Das ist ja das Seltsame ... *Fehlanzeige* ... Brooke wehrt sich mit allen Mitteln ... fehlt nur noch, dass sie ein Kruzifix an ihre Tür nagelt ... Aber vierzehn Monate später versucht Todd immer noch, den Safe zu knacken ... belästigt sie weiterhin ... und Brooke ist zu stolz, ihn auffliegen zu lassen.«

»Du hast recht: Er ist wirklich ein Vollidiot«, meinte Will.

»Warum ... willst du das ... eigentlich wissen?«

Will versuchte, beiläufig zu klingen. »Ach, nur so.«

»Das ist ja interessant ... wer hätte gedacht ... dass unter deiner ultracoolen südkalifornischen Fassade ... das Herz eines hoffnungslosen Romeos schlägt.«

Will warf ihm einen finsteren Blick zu. »Red nicht so einen Blödsinn, Nick.«

»Übrigens ... der Angeber hält alle Schulrekorde im Crosslauf ... der einzige Bereich, in dem er wirklich ... der knallharte Typ ist, den er im Spiegel sieht ...«

Als sie die letzte Anhöhe hinaufliefen, kam der See, den Will auf den Karten gesehen hatte, in Sicht: Lake Waukoma. Der Pfad führte hinunter zum Wasser und schlängelte sich dann zwischen Bäumen hindurch am Ufer entlang. Das Gewässer kam Will viel größer vor, als er es sich vorgestellt hatte: an der weitesten Stelle mehrere Hundert Meter breit und dazu über drei Kilometer lang. Inzwischen hatte sich der Himmel schiefergrau gefärbt und dichte Wolken zogen auf, die sich im Wasser spiegelten. Eine frische Brise wirbelte Schaumkronen auf den Wellen auf und brachte die aufgereihten roten Bojen, die eine Rennstrecke auf der Wasseroberfläche markierten, zum Schaukeln. Der Weg führte an einem alten hölzernen Bootshaus vorbei, in dem Segelboote und verschiedene Ruderboote gestapelt waren.

Die erste Gruppe bog um eine Ecke, Todd Hodak noch immer locker an zweiter Stelle. Er war stark und lief wie aus dem Lehrbuch: gleichmäßige Schritte, perfekter Bewegungsablauf, Ober- und Unterkörper im Gleichklang. Hodak bewegte sich im Windschatten eines großen dünnen Jungen, der als Hase, also als Tempomacher vorausgelaufen war. Vermutlich, weil Todd das so wollte.

»Schon mal dein Blut untersuchen lassen, seit du hier bist?«, fragte Will.

»Ja«, keuchte Nick. »Ein oder zwei Mal ... Müssen wir so schnell laufen?«

»Ja. Haben sie irgendwas gefunden?«

»Mal überlegen ... oh, ja. Es war rot ... Wieso?«

»Die Ärzte wollen mich durchchecken«, erzählte Will.

»Das machen sie bei den Sportlern jedes Jahr«, erklärte Nick und taumelte, als würde er jeden Moment zusammenbrechen. »Habe ich schon erwähnt ... dass ich dich hasse?«

»Nicht in den letzten zwanzig Sekunden.«

Rechts von ihnen, jenseits der Bäume, stieg die Landschaft abrupt zu einem Höhenzug an, der von zerklüfteten Felssäulen durchbrochen war. Jede dieser Säulen zeigte die horizontalen Streifen der verschiedenen Gesteinsschichten in lebhaften Rot-, Gelb- und Cremetönen.

Diese Schlucht muss einmal ein Flussbett gewesen sein, überlegte Will. *Das Wasser hat sich im Laufe der Jahrtausende einen Weg nach unten gefräst und diese merkwürdigen Formationen hinterlassen.*

An der Wand des Höhenzugs bemerkte Will eine Reihe schwarzer pockennarbiger Stellen. »Was ist das da oben in der Felswand?«, fragte er. »Sind das Höhlen?«

»Heilige Begräbnisstätten der Lakota ... frag Jericho ... vielleicht ist es inzwischen ein Kasino mit Einkaufszentrum ... und übrigens: Ich hasse dich.«

»Und das ganze Gebiet gehört der Schule?«

»Über achttausend Hektar« japste Nick. »Größer als meine Heimatstadt ...«

Inzwischen konnte man die Insel in der Mitte von Lake Waukoma sehen, auf der sich ein merkwürdiges Gebäude erhob. Will hatte Fotos von Burgen am Rhein gesehen – was offenbar auch für denjenigen, der diesen Kasten hier erbaut hatte, galt: Eine hohe, massive Mauer aus grauem Stein und Beton umschloss den zentralen Bau, der sich zu zwei Türmen verzweigte. Hinter den Fenstern brannte Licht. Eine Brücke führte vom Eingang zu einer Anlegestelle und einem Dock am Ufer, wo Motorboote im unruhigen Wasser auf und ab wippten.

»Das Ding da heißt ›The Crag‹«, verriet Nick.

»Gehört die Insel auch zur Schule?«

»Privathaus. *Crag* ist ein schottisches Wort und bedeutet so viel wie ... Haus von Krösus ... mitten in einem See.«

»Erzähl mir nicht, dass du mit diesem Gehirn Hausaufgaben machst«, spottete Will.

»Irgendein Fantastillionär wohnt da ... Großer Förderer der Schule. Heißt Haxley.«

»Der Name steht auch an der Klinik«, bemerkte Will.

»Aber er ist nie da ... das hier ist so was wie sein vierzehnter Wohnsitz.«

»Jetzt ist aber jemand da. Bist du schon mal auf der Insel gewesen?«

»Nein, bloß nich'«, schnaufte Nick. »Privatgelände ... Zutritt strengstens verboten ... von bissigen Hunden und ... Scharfschützen bewacht ... und ich hasse dich wirklich ... und für immer.«

Will schaute auf die Uhr und schätzte Tempo, Zeit und Entfernung ab. »Noch eineinhalb Kilometer. Schaffst du es von hier zurück zur Scheune?«

»Nei-hein. Ich bin echt ... am Ende«, keuchte Nick. »Totale Muskelübersäuerung.«

»Was ist das Schlimmste, das passieren könnte?«

»Ich könnte erblinden ... An Unterkühlung sterben ... Und dann fressen mich die Bären.«

»Gut«, meinte Will. »Dann brauch ich mir ja keine Sorgen zu machen.«

»Was hast du vor?«

Nr. 13: FÜR DEN ERSTEN EINDRUCK GIBT
ES KEINE ZWEITE CHANCE.

»Zeit gutmachen.« Will sprintete ruckartig los und ließ Nick zurück, als bewege der sich auf einem Laufband. Er hörte kaum noch den letzten kraftlosen Protest seines Mitbewohners.

»Hol dich der Teufel, Will West!«

Der Pfad bog nach links, um die Nordspitze des Sees. Wills Spikes gruben sich in den Boden und bei jedem Schritt spritzte Erde auf. Schnell und methodisch schloss er die Lücke zu den anderen. Noch fünfzig Meter, dann nur noch dreißig. Inzwischen hatte sich das Feld der Läufer auseinandergezogen; die weniger starken waren zurückgefallen. Will sprintete an dem ersten, kurz darauf an dem zweiten Nachzügler vorbei. Sie schauten nur völlig verblüfft, als er sie überholte, und brachten kein Wort heraus.

Vernichtet.

Durch eine Lücke zwischen den Bäumen sah Will weiter vorn Todd Hodak und einen anderen schnellen Läufer: ein afroamerikanischer Junge, der das Tempo verschärfte. Davor lief nur der Hase, der, sobald er seinen Job erledigt hatte, die Führung abgeben würde.

Noch ein Kilometer.

Der Pfad verlief wieder geradeaus, wurde breiter, als er sich vom See entfernte, und führte dann steil nach oben zur Scheune und der gespaltenen Eiche. Im Winter konnte man den Steilhang bestimmt auf Skiern hinunterbrettern. Schon aus etwa fünfhundert Metern Entfernung sah man ihn in seiner ganzen Länge – absolut demoralisierend und Furcht einflößend für einen Läufer in der härtesten Phase des Rennens. Ein teuflisches Finish.

Suicide Hill, der Selbstmord-Hügel.

Als der Hase den Fuß des Hügels erreichte, fiel er zurück wie eine abgeworfene Antriebsrakete. Hodak und der andere Läufer zogen an ihm vorbei und stürmten im Gleichschritt die Steigung hinauf.

Will beschleunigte, als er sich dem Hang näherte. Früher, als er noch nichts von seinen Fähigkeiten wusste, hätte ihn Suicide Hill eingeschüchtert, aber jetzt machte ihm der Anstieg keine Angst. Er überholte einen weiteren Nachzügler, zog nach außen und ließ drei weitere stehen. Voll konzentriert sprintete er an ihnen vorbei, Körper und Geist im Gleichklang.

Los. Kein Grund mehr, mich zurückzuhalten, stimmt's, Dad? Zum allerersten Mal.

Ohne die geringste Anstrengung gelangte Will an den Hang. Er rannte an einem weiteren langsamen Läufer und dann an dem Hasen vorbei, der sich noch immer im freien Fall befand. Nur noch zwei Läufer zwischen Will und den beiden an der Spitze. Tiefe, gleichmäßige Atemzüge. Er spürte, wie die Energie mit jedem Einatmen in seinen Körper strömte und ihm die Kraft gab, noch schneller zu laufen. Er hatte sein Limit noch lange nicht erreicht, fühlte sich leicht und befreit.

Die beiden vor ihm hörten ihn kommen und blickten kurz über die Schulter zurück. Große Kerle, Oberstufenschüler, die Seite an Seite kämpften. Nur die Elite der Mannschaft lief so kurz vor Ende des Rennens an der Spitze. Erfahrene Athleten, die große Wettkämpfe gewonnen hatten und jederzeit auch diesen hier für sich entscheiden konnten.

Der Schock stand ihnen ins Gesicht geschrieben. Ein namenloser Anfänger in schwerem Laufzeug versuchte, sie am Suicide Hill zu überholen? Was zum Teufel …? Sie schauten sich an und holten zu einem Schlag aus: Sofort machten sie sich breit, um den Pfad zu verteidigen, fest entschlossen, diesen Trottel nicht vorbeizulassen. Will korrigierte seinen Kurs ein wenig in Richtung Mitte. Sie wollten, dass er auf die Lücke zwischen ihnen zusteuerte, luden ihn förmlich dazu ein.

Eine Falle.

Als er zu ihnen aufschloss, rammte der Junge auf der rechten Seite Will brutal seinen Ellbogen in die Schulter und brachte ihn aus dem Tritt. Der Läufer links versuchte, ihm mit seinen Spikes auf den Fuß zu treten. Will wich aus, sodass die Spikes den Stoff seiner Laufhose aufschlitzten und über seine Wade schrammten. Notgedrungen musste er sich ein wenig zurückfallen lassen, um seinen Rhythmus wiederzufinden.

Die beiden Wächter schauten wieder zu Will und tauschten dann einen Blick. Sie grinsten zufrieden, offenbar davon überzeugt, dass sie die Botschaft übermittelt und die Führenden ein Stück weiter vorn wirksam abgeschirmt hatten. Der Anstieg war gnadenlos und wurde auf halber Strecke sogar noch steiler.

Auf dem Gipfel des Hügels kam eine Holzkonstruktion in Sicht, eine hohe Aussichtsplattform, die aussah wie ein Feuerwachturm. Coach Jericho stand oben am Geländer und beobachtete das Finish durch ein Fernglas. Und er beobachtete Will.

Jetzt pass mal gut auf, Coach!

Will schoss nach links. Der Junge, der auf dieser Seite lief, verlagerte sein Gewicht in diese Richtung, um ihn abzublocken. Doch

Will machte eine Dreihundertsechzig-Grad-Körperdrehung, ohne aus dem Gleichgewicht zu geraten, und stürmte zwischen den beiden hindurch. Der rechte Läufer streckte die Hand nach Wills Sweatshirt aus, bekam es aber nicht mehr zu fassen, woraufhin er stolperte und stürzte. Der andere Junge wollte über seinen Kumpel springen, blieb aber mit dem Fuß an ihm hängen und prallte auf ihn. Als sie zu Boden gingen, brüllten die beiden lauthals, um die Führenden zu warnen.

Hodak und der schwarze Junge sahen sich um und erkannten, dass Will nur zehn Meter hinter ihnen war und schnell näher kam. Sie senkten den Kopf und erhöhten das Tempo.

Noch fünfzig Meter bis zur Hügelkuppe.

Allmählich begannen Wills Lungen zu brennen. Er näherte sich seinem roten Bereich – Suicide Hill und die üblen Tricks der Mannschaft hatten dafür gesorgt, dass er an sein Limit gehen musste –, trotzdem war er total aufgekratzt. Hodak blickte nach hinten und zog dann seinem Partner davon; das Alphatier des Teams besaß noch Reserven. Der schwarze Junge hatte schwer zu kämpfen und wurde immer langsamer; als sie die Kuppe erreichten, hatte Will ihn überholt.

Der Weg wurde wieder flacher. Will brauchte ein paar Schritte, um sich an den ebenen Boden zu gewöhnen. Nur noch zweihundert Meter, ein Zweikampf bis zur gespaltenen Eiche. Der Pfad führte direkt an der Aussichtsplattform vorbei und Coach Jericho hastete zum gegenüberliegenden Geländer, um das Finish zu verfolgen.

Zum ersten Mal wurde Will nervös. Das hier war Hodaks Heimstrecke. Er hielt den Schulrekord, lief ungehindert zehn Meter vorneweg. Vermutlich war ein ganzer Flügel im Herrenhaus seiner Familie für seine Trophäen reserviert und Will hatte in seinem ganzen Leben noch kein einziges Rennen gewonnen; er hatte noch nicht einmal die Chance dazu gehabt. An jedem anderen Tag und bei jedem anderen Rennen wäre er wahrscheinlich glücklich gewesen, auf dieser Position ins Ziel einzulaufen. Aber heute würde er sich nicht mit dem zweiten Platz zufriedengeben. Er verdoppelte seine Atemzüge und legte alle emotionalen Schalter um, um sich anzuspornen.

Bilder blitzten vor seinem inneren Auge auf: Limousinen, Schwarzkappen, Monster. All das, was sie – wer auch immer sie waren – seinen Eltern und ihm angetan hatten. Will sah rot und richtete seine ganze Wut auf die eine Person, die vor ihm lief. *Raketentreibstoff.*

Noch hundert Meter bis zum Spalt in der Eiche.

Überwältigender Zorn verlieh Will die Energie, die er für diesen letzten Angriff brauchte. Er legte noch einen Gang zu, bremste direkt hinter Hodaks linker Schulter ab und blieb kurz in seinem Windschatten, bevor er noch einmal anzog und neben ihn lief. Hodak sah ihn aus dem Augenwinkel an. Er gab alles, wütend über Wills Angriff, und war entschlossen, ihn zu schlagen. Sein Ellbogen schnellte zur Seite, doch Will wich ihm aus.

Sie sprinteten gleichauf, Schritt für Schritt. Die Öffnung in der Eiche kam immer näher. Nur einer von ihnen passte hindurch.

LAUF, WILL!

Die Stimme seines Vaters war so real und so klar, als würde er direkt neben ihm stehen.

Will nahm noch einmal alle Kraft zusammen, scherte nach rechts aus und schob sich beim vorletzten Schritt vor Hodak, dessen Spikes seine Hacken berührten. Kühle Luft wirbelte um ihn herum, als er in die Öffnung in der Eiche sprintete – seine Hosenbeine berührten das Holz – und dann flog er hindurch.

Er lief weiter, ließ sich von dem Schwung tragen und wurde mit jedem Schritt langsamer; seine Beine fühlten sich an, als wären sie aus Gummi. Nachdem auch Hodak durch den gespaltenen Baumstamm hindurchgelaufen war, sank er völlig außer Atem auf Hände und Knie. Die anderen Läufer kamen ins Ziel und versammelten sich sofort um ihren Kapitän. Die beiden, die versucht hatten, Will auf dem Anstieg vom Weg zu drängen, zogen Hodak auf die Füße.

Mit kreidebleichem Gesicht, die Hände zu Fäusten geballt, stakste Todd Hodak auf ihn zu. Will richtete sich auf und wich nicht von der Stelle. Noch immer nach Luft ringend, blieb Hodak einen halben Meter vor ihm stehen. Er zeigte mit dem Finger auf Wills Gesicht und versuchte, etwas zu stammeln, brachte aber kein Wort hervor.

»Das war klasse, oder?«, sagte Will und holte tief Luft. »Ich hab gerade ein irres Läuferhoch.«

Jetzt schaute Todd einfach nur verwirrt.

»Entschuldige, wie war noch mal gleich dein Name? Hase?«

Hodak riss die Augen zuerst verblüfft auf, kniff sie dann aber vor Wut zusammen. »Du bist tot«, brüllte er. »Du bist *tot!*«

»Nicht? Tut mir leid, ich kann mir einfach keine Namen merken.«

Seine Mannschaftskameraden hatten Mühe, Todd zurückzuhalten. Er schlug wild um sich und stieß heftige Drohungen aus, bis ein schrilles Pfeifen erneut die Luft durchschnitt. Sofort hielten alle inne.

Coach Jericho trat hinter dem Baum hervor und musterte die Szene. »Das reicht«, befahl er seinem Team. »Ab in die Halle.«

Todd wurde von den anderen in Richtung Sporthalle geschleppt. Will blieb zurück. Sein Puls normalisierte sich und sein Atem wurde gleichmäßiger. Sein Körper regenerierte sich bereits wieder! Er wartete darauf, dass Jericho etwas sagte, doch der Coach starrte ihn nur an.

»Wie war ich, Coach?«, fragte Will.

Jericho schaute auf seine Stoppuhr. Offensichtlich hatte er Wills Zeit genommen. »Sei morgen pünktlich«, wies Jericho ihn an. »Wir reden dann.« Der Trainer steckte die Stoppuhr in die Hosentasche und ging in Richtung Sporthalle davon.

Will drehte sich noch einmal zum Suicide Hill um. Dort sah er eine einzelne Gestalt, die über die Kuppe taumelte, auf die Knie sank und dann umkippte. Will trabte zu Nick, der direkt neben dem Pfad lag, leise stöhnte und melodramatisch nach Luft rang.

»Schlappschwanz«, sagte Will.

»Streber«, entgegnete Nick.

»Ich habe Hodak geschlagen.«

»Echt? Das ist ... super ... und ich ... gratuliere ganz herzlich ... aber mir ist gerade ... wieder eingefallen ... dass ich dich ... noch immer wirklich ... wirklich hasse.«

EIN MISSVERSTÄNDNIS

Will wartete, bis der Rest der Mannschaft verschwunden war, bevor er unter die Dusche ging und sich umzog. Er fand einen Erste-Hilfe-Kasten in seinem Spind und säuberte die Schürfwunde an seiner linken Wade. So stolz wie in diesem Moment war er noch nie gewesen. Er hatte sich vor den Augen des Trainers mit der versteinerten Miene behauptet, hatte alle Tricks abgewehrt, die Todd Hodak und seine Kumpane versucht hatten, und hatte gesiegt.

Es war halb fünf und schon fast dunkel, als Will und Nick zur Wohnung zurückkehrten. Nick humpelte stöhnend ins Wohnzimmer, ließ sich dann auf die Couch fallen und schlief auf der Stelle ein. Von den anderen war noch niemand da. Will schloss sich in seinem Zimmer ein, fuhr sein Tablet hoch und checkte seine E-Mails. Nichts. Dann holte er das Handy unter der Matratze hervor und ging damit ins Bad.

Drei Anrufe von Nando, alle innerhalb der letzten zwei Stunden. Zwei Mal aufgelegt, eine Voicemail: »Mann, wo steckst du? Es gibt interessante Neuigkeiten. Ruf mich an.«

Will drückte auf RÜCKRUF und schon beim zweiten Klingeln meldete sich Nando.

»Hey, Nando, wo bist du?«

»Unterwegs. Hektischer Tag heute. Bin diesen Limousinen letzte Nacht bis nach L.A. gefolgt. Die Kappen haben sich in einem Hotel in der Nähe der Uni eingenistet, also hab ich bei meinem Cousin gepennt.«

»Du warst gar nicht zu Hause?«

»Alter, ich hab dir doch gesagt, dass ich nicht so schnell lockerlass. Hab einen der Typen vom Parkservice des Hotels geschmiert, der mir dann verraten hat, wann die Kappen ihre Schlitten haben wollen. Sieben Uhr morgens: Alle drei Limousinen sind zum Regierungsgebäude am Wilshire Boulevard in Westwood gefahren. Und dann über die Rampe in die private Tiefgarage.«

Das Regierungsgebäude ... Will erinnerte sich plötzlich an etwas, das Dr. Robbins gesagt hatte: Es handelt sich um eine gemeinnützige Stiftung, die auch Gelder von der Regierung erhält. »Sieh dir mal den Wegweiser in der Lobby an«, bat er Nando. »Steht dort irgendwas von dem Büro eines Unternehmens, das sich ›National Scholastic Evaluation Agency‹ nennt?«

Nando schwieg, während er sich den Namen notierte. »Bin gleich wieder da, Boss.«

Nachdem Nando aufgelegt hatte, suchte Will unter den gewählten Nummern in seinem Handy die der Fluggesellschaft am Oxnard Airport heraus und drückte auf WAHLWIEDERHOLUNG. Sofort meldete sich dieselbe junge Frau.

»Hier Deputy Sheriff Johnson«, sagte Will. »Wir haben gestern wegen der Bombardier Challenger telefoniert, die Ihr Unternehmen an Mr Jordan West vermietet hat.«

»Ja, Sir, ich erinnere mich.«

»Sie wollten nach Phoenix fliegen. Sind sie schon zurück?«

Die junge Frau zögerte kurz. »Nein, Sir.«

»Können Sie bestätigen, dass sie tatsächlich in Phoenix gelandet sind?«

»Ja. Wie vorgesehen gestern Abend.«

Und mit ein bisschen Glück sind sie die ganze Nacht durch die Stadt gelaufen und haben an Busbahnhöfen und in Jugendzentren nach mir gesucht.

»Haben Sie seitdem etwas von ihnen gehört?«

»Nein. Die Maschine ist vor zwei Stunden in Phoenix gestartet, aber wir wissen nicht, mit welchem Ziel.«

»Sie sind also nicht auf dem Weg zurück nach Oxnard?«, hakte Will nach.

»Nein, Sir, wir wissen nicht, wo sie sind.«

»Hat Ihr Pilot denn keinen Flugplan durchgegeben?«

»Der Pilot hat sich bis jetzt noch nicht bei uns gemeldet, Sir.«

»Was ist mit der Flugsicherung in Phoenix – sollte man dort nicht das Flugziel kennen?«

»Wir versuchen, diese Information zu bekommen.« Die Frau legte die Hand über die Sprechmuschel, redete mit jemandem und fragte dann: »Wieso müssen Sie mit Mr West sprechen?«

Will versuchte, ruhig und bestimmt zu klingen. »Das ist vertraulich.«

Erneut schwieg sie einen Moment und meinte dann: »Würden Sie bitte einen Augenblick warten?«

Eine männliche Stimme, die Will nicht kannte, ging in befehlsgewohntem, nüchternem Ton ans Telefon: »Hier Inspector Nelson von der Federal Aviation Administration. Mit wem spreche ich?«

Sofort unterbrach Will die Verbindung.

Federal Aviation Administration? Was zum Teufel hat die US-Luftfahrtbehörde damit zu tun? Moment mal: Wenn man heutzutage ein Privatflugzeug chartert und es nicht zurückbringt, weckt das doch garantiert deren Interesse. Ganz zu schweigen vom Ministerium für Innere Sicherheit.

Will wusste nicht, was er davon halten sollte. Erschöpft kehrte er in sein Zimmer zurück.

Dort saß Dave am Schreibtisch, hielt den Glaswürfel in der Hand und betrachtete die schwarzen kleinen Würfel, die wie in einem Vakuum darin herumschwebten. »Hey, Kumpel«, begrüßte Dave ihn grinsend. »Überrascht, mich zu sehen?«

»Na ja, es verblüfft mich eben, wenn du andauernd die Gesetze der Physik auf den Kopf stellst.«

»Wollte sichergehen, dass du dich von unserer Expedition erholt hast …«

»Warum hast du mich nicht vor diesem Ding da unten gewarnt?«

»Wusste selbst nicht, dass es da ist. Ich wollte dir eigentlich nur das Wiesel-Loch zeigen.« Dave hielt den Würfel hoch. Seltsame Symbole und Zeichen tauchten darin auf, gefolgt von einem projizierten Bild des Monsters, das sie vorhin gesehen hatten. »Das war übrigens eine Lamia. Teils Frau, teils Schlange und teils Spinne. Und Halleluja, wenn die mal loslegen, bleibt kein Stein auf dem anderen.«

»Ist sie noch immer hinter mir her?«, fragte Will mit weit aufgerissenen Augen.

»Nein, Kumpel. Ich hab ihr die Lichter ausgeknipst, nachdem du weg warst. Keine Sorge.«

»Haben die Kappen sie mir auf den Hals gehetzt, so wie die anderen?«

»Glaub ich nicht«, meinte Dave. »Nur schlechtes Timing, sonst nichts. Ich geb zu, dass ich nicht ganz unschuldig daran bin.«

Will spürte einen Kloß im Hals. »Bedeutet das, die Kappen wissen, dass ich hier in der Schule bin?«

»Sagen wir mal so: Kommt darauf an, wer dich sonst noch beobachtet hat. Die Lamia hatte auf jeden Fall keine Zeit, irgendwem davon zu erzählen. Konntest du sehen, wer sie herbeigerufen hat?«

»Nein, aber ich habe da so eine Vermutung«, erklärte Will, während er unruhig auf und ab ging. »Selbst wenn sie es nicht auf mich abgesehen hatten, gehe ich davon aus, dass es eine Verbindung zwischen den Schwarzkappen und diesen anderen gibt, wer auch immer sie sind. Hab ich recht?«

»Sieht ganz so aus«, meinte Dave nachdenklich.

»Also müssen wir rauskriegen, wer da unten war.« Will setzte sich auf sein Bett, nahm die Sonnenbrille hervor und drehte sie nachdenklich zwischen den Fingern. »Das Wiesel-Loch, dieses Portal oder Fenster ... dadurch kommen also die Monster aus dem Niegewesen in unsere Welt?«

»Genau. Und so funktioniert das Ganze.« Dave hielt den Würfel hoch. Die kleineren Würfel drehten sich nicht länger und setzten eine gewaltige Lichtexplosion frei. Ein heller Lichtstrahl projizierte ein verblüffend echtes Bild von Kühen an die Wand, die auf einer sonnenbeschienenen Wiese grasten. In einer Ecke brannte ein milchiges Fenster – wie das, das Will vorhin gesehen hatte – kreisrunde Konturen in die Luft, als würde jemand ein Loch in eine Wand schneiden. Sobald der Kreis vollendet war, drückten Gestalten von der anderen Seite dagegen, bis die Membran aufplatzte, woraufhin eine unsichtbare Kraft entfesselt wurde, die die Luft erbeben ließ.

Will setzte die dunkle Brille auf und sah eine brodelnde Masse grässlicher schwarzer Schnecken, die sich über die Wiese ergoss. Sie krochen an den Kühen hoch, bis sie sie vollkommen bedeckt hatten, und fraßen sie innerhalb von Sekunden bis auf die Knochen auf.

Entsetzt nahm Will die Brille wieder ab und das Bild verschwand. »Warum kann ich diese Dinge ohne die Brille nicht sehen?«

»Hängt mit elektromagnetischer Frequenz zusammen«, erklärte Dave. »Dauert ein Weilchen, bis die Biester nach dem Durchdringen der Membran in unser Lichtspektrum eintreten. Die Brille gleicht das aus. Normalerweise teilen wir sie nicht einfach so aus, aber du musst wenigstens eine Ahnung davon bekommen, womit du es zu tun hast.«

»Womit ich es zu tun habe?«

»In dieser Phase des Spiels ist es meine Aufgabe, dich im richtigen Tempo auf Touren zu bringen. Hab schon starke Männer gesehen, die unter den Strapazen zusammengebrochen sind, aber du schlägst dich echt bombig.«

Will holte tief Luft. »Können diese Kreaturen eigenständig herüberkommen?«

»Ach du Scheiße, das wäre echt fatal. Wenn die Puschelwuschel eigenständig ein Wiesel-Loch von ihrer Seite öffnen könnten, stünden wir jetzt bis zur Hüfte in Krabbelgetier.«

»Hast du sie gerade Puschelwuschel genannt?«

»Das ist keine offizielle Bezeichnung, eher ein Spitzname.«

Will musste schlucken. »Dann haben sie also auf diese Weise dieses ... Ding rübergebracht, mit dem sie meine Mom traktiert haben.«

»Der Mitfahrer. Eines der übelsten Mistviecher in ihrem Repertoire.«

»Zeig ihn mir«, forderte Will.

Dave hielt den Würfel hoch und ein anderes Bild wurde an die Wand projiziert: eine widerwärtige röhrenförmige »Wanze«.

»Ein kleiner, hinterhältiger Eindringling«, erklärte Dave. »Die Wanze schlüpft in einen mechanischen Aufspürer, der sie zum Zielobjekt bringt. Dort springt sie dann ab und krallt sich wie ein Parasit hinten im Nacken fest. Meistens werden sie für Insektenstiche gehalten.«

Will erinnerte sich an den roten Fleck, den er zu Hause in der Küche in Belindas Nacken gesehen hatte. Seine Haut begann zu jucken.

»Der Mitfahrer bohrt sich durch die Haut und kriecht in den Blutkreislauf. Seine Brut dringt in das Nervensystem ein, breitet sich bis hinauf zum Gehirn aus und beeinflusst das Verhalten.«

Das Bild an der Wand zeigte, was Dave eben beschrieben hatte: Die eingepflanzte Wanze griff das dreidimensionale »Modell« eines Menschen an.

»Du meinst ... dieses Ding kann die Gedanken eines Menschen kontrollieren?«, hakte Will nach.

»Genau. Aber offenbar funktioniert es nicht nur bei Menschen. Das gibt uns noch Rätsel auf. Die Biester können sich an alles klammern – Tiere, Pflanzen, sogar unbelebte Objekte. Von denen einige unter Laborbedingungen ... lebendig geworden sind.«

»Kann man sie irgendwie loswerden? Und überleben die Opfer?«

»Unseres Wissens nach nicht«, sagte Dave mit sanfter Stimme. »Tut mir leid, Kumpel.«

Plötzlich klopfte jemand energisch an die Tür.

»Sei still«, flüsterte Will.

»Ich hab dir doch gesagt, dass sie mich nicht hören können ...«

»Eine Sekunde!« Will öffnete die Schranktür. »Würdest du dich dann bitte hier verstecken?«

»Nicht nötig.«

»Dann können sie dich auch nicht sehen?«

Dave lächelte. »Nicht, wenn wir es nicht wollen.«

Jetzt wurde noch heftiger geklopft. Als Dave sich zur Tür drehte, bemerkte Will erneut das Emblem auf dem Rücken seiner Jacke.

»Übrigens«, sagte Will mit gedämpfter Stimme. »Ich weiß, was ANZAC ist.«

»Schön für dich, Kumpel. Und wie kommst du jetzt darauf?«

»Das steht hinten auf deiner Jacke. Oder nicht?«

»So ist es. Ich sollte deine scharfe Beobachtungsgabe wohl nicht unterschätzen.« Dave streckte einen Finger aus und kippte die offene Wasserflasche auf Wills Schreibtisch um. Sie fiel auf den Boden und das Wasser rann über die Dielen.

Genervt verdrehte Will die Augen, entriegelte die Tür und öffnete sie einen Spalt.

Brooke stand vor ihm, noch immer in Mantel und Schal und ein wenig außer Atem. Winzige Schweißperlen bedeckten ihre sommersprossige Nase und ihre Stirn. In ihren Augen lag etwas Dringliches. »Entschuldige, kann ich reinkommen?«

»Klar. Achte einfach nicht auf ... ach, vergiss es.«

Brooke schlüpfte ins Zimmer und Will schloss die Tür hinter ihr. Anscheinend sah sie Dave nicht, der sofort munter wurde, als Brooke hereinkam. Er stieß sogar einen bewundernden Pfiff aus.

»Holla die Waldfee«, meinte er anerkennend.

»Halt die Klappe«, befahl Will ihm.

»Was?«, fragte Brooke und drehte sich zu ihm um.

»Ach, nichts. Ich sagte: Die Kälte ist nicht von Pappe.«

»Hör zu, Will. Als ich eben unten reingekommen bin, stand die Tür von Lyles Büro offen und ich konnte sehen, wie Todd sich mit ihm unterhielt. Sehr eindringlich, fast schon verschwörerisch.«

»Echt 'ne Wucht«, meinte Dave. »Sie ist wirklich eine Schönheit, Kumpel.«

»Todd und Lyle«, wiederholte Will, während er hinter Brookes Rücken Dave einen wütenden Blick zuwarf und sich mit dem Finger quer über die Lippen fuhr: Schnauze!

»Ja, und als ich dann hochgekommen bin, hat mir Nick erzählt, was heute mit dir und Todd beim Training los war ...«

»Alles völlig harmlos ...«

»Nein, Will, du verstehst nicht: Wenn du ihm sein Förmchen weggenommen hast, ist Todd jetzt hinter dir her, um dich fertigzumachen. Und zwar auf dem kürzesten Weg ...«

»Was hat der Typ für ein Problem?«

»Das Problem ist, dass Todd keine Sicherung hat. Wenn er wütend wird, explodiert er sofort, ohne jede Vorwarnung. Du musst ihm unbedingt aus dem Weg gehen.«

»Und er muss dich in Ruhe lassen«, erwiderte Will.

»Ja, weiter so, Junge«, lobte Dave.

»Es geht hier nicht um mich«, widersprach Brooke. »Ich rede von dir. Wahrscheinlich sind sie schon auf dem Weg hierher.«

»Und?«

»Hast du denn die Verhaltensregeln nicht gelesen? Willst du ihnen einen Grund dafür liefern, dich aus der Schule werfen zu lassen?«

»Was für einen Grund?«

Brooke riss beunruhigt die Augen auf. »Dein Handy?!«

»Verdammt, richtig.« Will holte es hervor und hielt es ihr entgegen. »Hier, nimm du es.«

»Nein! Will, sie können die ganze Wohnung durchsuchen, wenn sie hier bei dir nichts finden ...«

»Wäre besser, du hörst auf sie, Kumpel«, riet Dave.

»Ist Lyle überhaupt dazu befugt?«, hakte Will nach.

»Ja, und das wüsstest du auch, wenn du die Regeln gelesen hättest. Warum ist hier überall Wasser auf dem Boden? Hol ein Handtuch ...«

Im nächsten Moment klingelte es mehrmals an der Wohnungstür.

»Da sind sie«, rief Brooke alarmiert. »Ich werd versuchen, sie aufzuhalten. Wirf das Handy aus dem Fenster. Und schließ hinter mir ab. Sofort.« Sie hastete aus dem Zimmer.

Will drückte die Tür zu und verriegelte sie. Ratlos schaute er auf das Handy in seiner Hand und anschließend zu Dave, der noch immer auf dem Schreibtischstuhl saß und nicht sonderlich besorgt aussah. »Ich brauche es wirklich«, erklärte Will.

»Verstehe. Dann solltest du unbedingt ein Versteck dafür finden.« Dave wippte mit dem Stuhl und klopfte vorsichtig mit dem Fuß auf den Boden.

Überrascht bemerkte Will, dass beinahe das gesamte verschüttete Wasser verschwunden war. Er ließ sich auf Hände und Knie fallen und stellte fest, dass es in eine fast unsichtbare Ritze zwischen den Dielen unter dem linken hinteren Tischbein sickerte. Dann hörte er Stimmen im Gemeinschaftsraum: Brooke und vermutlich Nick, aber definitiv Lyle und Todd. Sie waren bereits in der Wohnung.

Will schob den Schreibtisch ein kleines Stück zur Seite, kniete sich auf den Boden und tastete die Ränder der Ritze ab. Er fuhr mit den Fingernägeln hinein, bekam die Diele zu packen und versuchte, sie hochzuziehen. Aber sie bewegte sich kaum. Rasch holte er sein Schweizer Messer aus der Tasche, klappte die dünnste Klinge aus und keilte sie zwischen die Dielen. Dann hebelte er das lose Bodenbrett ein paar Zentimeter hoch, bis er es fassen konnte, und riss es heraus. Ein sauber zugeschnittenes, 7 x 15 Zentimeter langes Holzstück mit fein geschliffenen Kanten, das sich nahtlos in das Parkett einpasste und dadurch mit bloßem Auge nicht zu erkennen war.

»Gute Arbeit«, meinte Dave und beugte sich vor, um besser sehen zu können.

Unter der losen Diele befand sich ein etwa dreißig Zentimeter tiefer und fünfzehn Zentimeter breiter Hohlraum.

Plötzlich klopfte es laut an Wills Tür.

»Öffnen Sie die Tür, Mr West! Auf der Stelle!«

Lyle Ogilvy.

Will legte Handy und Ladegerät in das Loch, platzierte die Diele darauf und schob den schweren Schreibtisch wieder zurück an seinen Standort.

»Darfst jederzeit mit anpacken«, flüsterte Will in Daves Richtung.

»Du machst das super, Kumpel.«

»Ich habe den Generalschlüssel dabei«, verkündete Lyle. »Und ich werde ihn benutzen. Ich zähle jetzt bis ...«

Will entriegelte die Tür und öffnete. »Zehn?«

Kochend vor Wut starrte Lyle auf ihn hinab. Hinter ihm stand Todd mit finsterer Miene, die Hände in die Hüften gestemmt und von den beiden Trotteln flankiert, die am Suicide Hill versucht hatten, Will abzudrängen. Beide hatten von dem Sturz mehrere Schrammen und Schnittwunden im Gesicht davongetragen. Hinter ihnen im Gemeinschaftsraum warteten Brooke und Nick. Wills Mitbewohner wirkte cool und unbeteiligt und warf ein Holzscheit ins Feuer.

»Du kannst doch bis zehn zählen«, meinte Will. »Oder etwa nicht, Lyle?«

Lyle hielt Will die Verhaltensregeln vor die Nase und tippte nachdrücklich darauf. »Seite fünf, Absatz sieben: Bei Verdacht auf Besitz eingeschmuggelter Objekte oder Materialien wird der gesamte Wohnbereich des betreffenden Schülers umgehend durchsucht.« Er wandte sich an Brooke und Nick: »Ihr macht jetzt eure Zimmertüren auf, setzt euch hin und rührt euch nicht, bis ich es sage.«

Sie folgten seiner Aufforderung. Lyle senkte die Schultern und rauschte an Will vorbei in dessen Zimmer. Todd und sein Trupp stürmten ihm nach. Dabei nahm sich Todd allerdings die Zeit, Will verächtlich zu mustern. Dave war von seinem Stuhl aufgestanden und lehnte jetzt am Rand des Erkerfensters, von wo aus er alles schweigend beobachtete. Keiner der Eindringlinge bemerkte ihn.

In diesem Augenblick kam Ajay zur Wohnungstür herein. Er blieb abrupt stehen, als er Will in seinem Zimmer sah.

Will fing seinen Blick auf, hielt sich einen imaginären Telefonhörer ans Ohr und formte langsam und lautlos mit den Lippen die Worte: »Ruf Mr McBride an.«

Ajay nickte, ging zurück und zog leise die Wohnungstür hinter sich zu.

Dann wandte Will sich Lyle und den anderen zu, die begonnen hatten, sein Zimmer systematisch auseinanderzunehmen. Todd durchwühlte seinen Schreibtisch, während die anderen beiden sich den Schrank und das Bad vornahmen. Lyle drehte die Matratze um und tastete nach verdächtigen Beulen zwischen den Sprungfedern.

Nr. 65: DER DÜMMSTE TYP IM RAUM IST DERJENIGE, DER DIR ALS ERSTER ERZÄHLT, WIE SCHLAU ER IST.

»Todd, Kollege«, setzte Will an. »Wenn du schon so gründlich bist, solltest du mein geniales Versteck nicht auslassen. Unter dem Schreibtisch. Du stehst praktisch drauf.«

Todd hielt lange genug inne, um ihn erneut finster anzufunkeln. »Hältst du mich für einen Vollidiot?«

Dave nickte, zwinkerte Will zu und streckte begeistert den Daumen nach oben.

»Hey, ich wollte nur helfen«, beschwichtigte Will.

»Gehen Sie ins Wohnzimmer und warten Sie bei Ihren Mitbewohnern«, befahl Lyle. »Gemäß Verhaltensregeln, Seite neunzehn, Absatz sechs ...«

Nr. 96: LERNE DIE GRUNDRECHTE DER VERFASSUNG AUSWENDIG.

»Nein, das tu ich nicht.«

»Wie bitte?«

»Ich bleibe hier und sehe zu«, entgegnete Will. »Gemäß der Bill of Rights, vierter Zusatzartikel: Schutz von Person, Wohnung, Papieren und Eigentum vor willkürlicher Durchsuchung, Festnahme und Beschlagnahmung. Nur für den Fall, dass irgendwelche Beweisstücke ›zufällig‹ den Weg in mein Zimmer finden.«

Lyle musterte ihn wütend. »Beschuldigen Sie mich etwa, belastendes Beweismaterial hier zu deponieren?«

»Ich will nur sichergehen, dass keinem was aus der Tasche fällt.«

Die Handlanger kamen mit leeren Händen aus dem Bad zurück und Todd schüttelte ebenfalls den Kopf.

Frustriert nahm Lyle das Heft mit Dads Regeln vom Nachttisch. »Was ist das?«, fragte er, während er das Heft durchblätterte.

Der Anblick dieses Hefts in Lyles Händen machte Will stinkwütend.

NR. 30: MANCHMAL WIRD MAN MIT EINEM SCHLÄGER NUR FERTIG, WENN MAN ZUERST ZUSCHLÄGT. UND ZWAR HART.

»Das ist Privateigentum«, protestierte Will und marschierte zu ihm. »Es ist mir egal, was diese bescheuerten Verhaltensregeln sagen. Wenn ihr euch das nächste Mal hier drin wie die Gestapo aufführt, bringt einen Durchsuchungsbefehl mit, und zwar von einem Richter unterschrieben. Denn falls ihr jemals wieder ohne einen kommen solltet, rolle ich meine Ausgabe der Verfassung zusammen und schlage euch damit die Zähne ein.«

Alle vier blieben wie erstarrt stehen. Will riss Lyle das Heft seines Dads aus der Hand, woraufhin sich auf dessen kreidebleichem Gesicht leuchtend rote Flecken bildeten.

Dave sprang von seinem Platz in der Fensternische hervor und führte eine Art Freudentanz auf.

»So kannst du mit ihm nicht reden«, knurrte Todd und trat zwischen Will und Lyle.

»Worin bist du eigentlich gut, Todd?«, fragte Will.

»Wie bitte?«

»Was sind deine Begabungen im Leben? Ich meine, abgesehen von ›Zweitschnellster‹ und ›Von Beruf Sohn‹?«

Todds Augen wurden rot wie Bremsleuchten und sein ganzer Körper bebte. Beschwichtigend legte Lyle ihm eine Hand auf die Schulter, aber Todd schüttelte sie ab und schrie Will ins Gesicht: »Du bist so was von erledigt!«

Nr. 76: WENN DU DIE OBERHAND GEWINNST,
NUTZ DEINEN VORTEIL VOLL AUS.

»Raus jetzt«, verlangte Will. »Alle.« Er stand Kinn an Kinn mit Todd, der die Fäuste ballte und dann das Foto von Wills Eltern vom Nachttisch fegte. Es fiel zu Boden und das Glas zerbrach. Rasende Wut kochte in Will hoch, wie Wasserdampf in einem Kessel.

Ich werde dir dieses Grinsen aus dem Gesicht wischen.

Ungezügelte Energie rauschte durch seine Brust, elektrische Ladung schoss sein Rückgrat hinauf, aber gerade als er auf Todd losgehen wollte, beugte sich Dave zu Todd vor und pustete ihm sanft ins Ohr.

Vor Schreck schlug sich Todd gegen den Kopf und wirbelte herum, um herauszufinden, wer oder was das gewesen sein konnte. »Was zum Teufel ...?«

Will sah, wie über Lyles Gesicht ein verwirrter, fragender Ausdruck huschte. Er hat keine Ahnung, was er damit anfangen soll – aber er hat Daves Gegenwart gespürt.

»Durchsucht die anderen Zimmer«, befahl Lyle.

Todd senkte den Kopf und stürmte hinaus, dicht gefolgt von seinen Laufkameraden. Dann beugte sich Lyle zu Will hinunter und verzog das Gesicht zu einem grauenhaften Lächeln. Will wehte fauliger Atem und saurer Körpergeruch entgegen. Lyles Stimme war rau und heiser vor Adrenalin und in seinen mürrischen

Mundwinkeln bildete sich Schaum. »Ich habe dich durchschaut«, stieß er hervor.

»Ach ja?«

»Du glaubst, gut zu sein, sei alles, worauf es ankommt. Du glaubst, dass Güte und Tugend etwas mit Größe zu tun hätten. In dieser falschen Sicherheit wiegen sich nur Versager. Der jämmerliche Irrtum der Schwachen.«

Wills Herz schlug schneller und das Blut wich aus seinem Gesicht.

»Wir mögen dich nicht«, sagte Lyle leise. »Es gefällt uns nicht, was deine Anwesenheit für das Center bedeutet: Wohlfahrt für Nullen. Das falsche Versprechen der ›Chancengleichheit‹. Die gibt es nicht, hat es nie gegeben und soll es auch nie geben.«

»Wer ist ›wir‹?«, fragte Will fordernd.

»Die, die dir überlegen sind«, erwiderte Lyle gehässig. »Du bist ein Prolet und die haben im Center nichts verloren. Du wirst ohnehin nicht mehr lange hier sein. Verlass dich drauf.« Mit einem Ruck zog er die Jacke über seinen hängenden Schultern gerade und verließ das Zimmer.

Will folgte ihm. Im Gemeinschaftsraum sahen Brooke und Nick zu, wie Lyles Handlanger versuchten, die Tür von Elises Zimmer aufzubrechen. Geschäftig zückte Lyle den Generalschlüssel und stakste zu ihnen, um aufzuschließen. Gleichzeitig marschierte Will zum nächsten Telefon und drückte auf den Knopf.

»Guten Abend, was kann ich für Sie tun?«, fragte die Stimme der Telefonzentrale.

»Schicken Sie einen Krankenwagen nach Greenwood Hall«, erwiderte Will so laut, dass alle es hören konnten. »Vierter Stock, Wohnung Nummer 3. Bitte beeilen Sie sich. Hier hat es einen furchtbaren Unfall gegeben.«

Lyle, Todd und ihre beiden Kumpane starrten ihn fassungslos an.

Will hob den schwarzen Apparat hoch, als prüfe er sein Gewicht und seine Beschaffenheit. Als Nick das sah, griff er zu einem eisernen Feuerhaken, der neben dem Kamin hing, und schlug sich damit vielsagend in die Hand.

Todd nahm Lyle den Schlüssel ab und schob ihn ins Schloss. Sofort riss Elise von innen die Tür auf und stellte sich ihm in den Weg, in der Hand ihren Feldhockeyschläger, den sie selbstbewusst und entschlossen drehte.

Von den anderen ermutigt, wenn auch nicht ganz so entschlossen, nahm Brooke ein Kissen vom Sofa und holte aus, bereit zum Wurf.

»Entschuldigen Sie?«, meldete sich die Dame aus der Telefonzentrale.

»Eine Sekunde bitte«, antwortete Will, ließ den Hörer sinken und zählte demonstrativ Lyle, Todd und ihre beiden Gehilfen ab – eins, zwei, drei, vier. Dann hielt er sich den Hörer wieder ans Ohr: »Schicken Sie besser gleich zwei Krankenwagen.«

Todd gab seinen Gehilfen ein Zeichen, die sich daraufhin auf Elise stürzten. Mit den Reflexen einer Kobra holte Elise aus und verpasste ihnen mit dem Hockeyschläger einen harten, präzisen Schlag gegen die Handgelenke. Sofort wichen die beiden zurück und rieben sich vor Schmerz die Hände. Angespannt warteten beide Seiten darauf, dass die andere reagierte; Gewalt hing in der Luft.

Dave erschien im Türrahmen von Wills Zimmer, holte ein Feuerzeug aus der Tasche, betätigte den Zündmechanismus und hielt es wie bei einem Rockkonzert der Achtzigerjahre in die Luft. Einen Augenblick später verschwand er jedoch, als die Wohnungstür aufgerissen wurde und Dan McBride hereinstürmte, dicht gefolgt von einem atemlosen Ajay.

»Was geht hier vor?«, verlangte McBride zu wissen. »Mr Ogilvy, bitte erklären Sie mir das.«

»Durchsuchung des Zimmers wegen des Verdachts auf unerlaubte Objekte, Sir«, erwiderte Lyle.

»Mit welcher Begründung?«, fragte McBride.

»Er hat keine«, mischte Will sich ein.

»Und ob ich die habe!«, widersprach Lyle mit zornig blitzenden Augen, schien seine Worte aber sofort zu bereuen.

Will konnte es in Lyles Augen lesen: Er hat etwas gesehen, aber er kann es nicht erklären. Dieser Fiesling schikaniert mich nicht einfach so. Da steckt mehr dahinter, vielleicht sogar viel mehr.

»Lassen Sie hören«, forderte McBride ihn auf.

»Ich fürchte, dass ich nichts beweisen kann«, räumte Lyle ein. »Noch nicht. Sagen wir einfach, es war ein Missverständnis.« Dann bedeutete er den anderen, ihm zur Wohnungstür zu folgen.

Höflich öffnete Nick ihnen die Tür und winkte ihnen nach, als sie gingen. »Und Tschüss«, sagte er leise. »Gute Rückreise nach Deppenhausen.«

An der Wohnungstür warf Todd Nick einen letzten giftigen Blick zu.

McBride eilte den vieren in den Flur nach. »Ich bin gleich wieder zurück«, rief er.

»Hallo? Mr West. Sind Sie noch da?«, fragte die Frau von der Telefonzentrale.

»Entschuldigung. Ich habe mich verwählt«, meinte Will und legte auf.

»Mannomann, das war astrein«, schwärmte Nick. Er hielt Will eine Faust entgegen, und Will schlug ein. Brooke ließ das Kissen fallen und schlang die Arme um Will, der sich nicht dagegen wehrte.

Elise, die am Türrahmen lehnte, drehte ihren Hockeyschläger in der Hand und grinste süffisant mit hochgezogener Augenbraue. »Zwei Krankenwagen«, sagte sie. »Nicht schlecht.«

»Nicht schlecht?«, meinte Ajay und sprang durch den Raum. »Nicht schlecht? Machst du Witze? Das war absolut genial!«

Dann kehrte McBride zurück. »Will, würdest du bitte einen Moment mit mir auf den Flur kommen«, sagte er.

Als sie draußen im Flur standen, räumte McBride ein, dass dies nicht die erste Beschwerde sei, die man gegen Lyle Ogilvy vorgebracht habe. Das Center verleihe den Provost Marshals gewisse Befugnisse, als Ausdruck der von der Schule vertretenen Philosophie der Schülerselbstverwaltung. Dies hatte allerdings gelegentlich dazu geführt, dass ein paar dieser Aufseher ihre Position ausgenutzt hatten. McBride versprach, Direktor Rourke von dem Vorfall in Kenntnis zu setzen.

»Ich bin froh, dass du mich angerufen hast, Will. Sag mir Bescheid, wenn er dich wieder belästigt. Und du weißt sicher nicht, wonach Lyle gesucht hat?«

Will fühlte sich mies, weil er lügen musste, sah aber keine andere Möglichkeit. »Nein, ich weiß es nicht, Sir.«

McBride wünschte ihm eine gute Nacht. In der Wohnung fand Will seine Mitbewohner am Tisch im Gemeinschaftsraum vor. Elise saß ein wenig abseits und starrte an die Decke.

Anscheinend warteten sie darauf, dass er das Schweigen brach. Er holte tief Luft. »Hat irgendeiner von euch ein Problem damit, was hier eben abgegangen ist?«

»Das soll wohl ein Witz sein, oder?«, fragte Nick.

»Ich weiß, dass ihr vor Lyle Angst habt«, erklärte Will. »Und zwar aus gutem Grund. Er hat euch schon vorher übel mitgespielt und wird es auch weiterhin tun.« Will vermied absichtlich jeden Blickkontakt mit Brooke, als er hinzufügte: »Das Gleiche gilt für diesen Pitbull Todd und die beiden anderen Armleuchter.«

»Tim Durgnatt und Luke Steifel«, sagte Ajay.

»Es sei denn, wir schieben dem Ganzen einen Riegel vor. Und zwar auf der Stelle.« Will wartete. Als niemand reagierte, fuhr er fort: »Kommt schon, der Direktor will, dass wir miteinander reden. Also lasst uns reden.«

»Unsere Sorge ist die, Will«, setzte Ajay vorsichtig an. »So super es auch war, sie alle auf dem Boden kriechen zu sehen, fürchten wir trotzdem, dass es jetzt nur noch schlimmer wird.«

»Wir leben doch in einer Demokratie«, empörte Will sich. »Wer hat denn die Verhaltensregeln verfasst, von denen Lyle ständig schwafelt?«

»Dr. Greenwood und der erste Jahrgang der Schule«, erläuterte Brooke. »Die Schüler haben daran mitgearbeitet und sind seitdem dafür verantwortlich.«

»Können wir die Regeln nicht ändern? Um Lyle und jeden anderen, der sich so aufspielt, in die Schranken zu verweisen?«

»Man kann Ergänzungen vorschlagen«, räumte Brooke ein, »aber die müssen von der Schülervertretung genehmigt werden.«

»Und das bringt uns zu unserem Problem«, sagte Elise. »Lyle, Todd und ihre Lakaien – alle Oberstufenschüler – *kontrollieren* die Schülervertretung.«

»Und Lyle und Todd haben dich soeben ganz oben auf die Liste ihrer Feinde gesetzt«, fügte Ajay hinzu.

»Zusammen mit dem Rest von uns«, meinte Brooke.

»Tolle Neuigkeit«, sagte Nick. »Wir standen doch sowieso schon drauf.«

»Ja, aber jetzt rangieren wir ganz oben, mit Sternchen«, meinte Brooke.

»Vielen Dank für diese aufbauenden Worte, Miss Charming«, bemerkte Elise sarkastisch.

Es wird Zeit, dein Leben in die Hand zu nehmen. Hör auf, dir Sorgen zu machen, was sie von dir denken, und sag deine Meinung.

Will stand auf: *»Ruhe jetzt!«*

Alle sahen ihn schockiert an, besonders Elise, die ausnahmsweise einmal nicht verärgert wirkte.

Nr. 98: BETRACHTE DEIN LEBEN NICHT WIE EINEN FILM ODER ALS WÜRDE ES JEMAND ANDEREN BETREFFEN. DEIN LEBEN BETRIFFT DICH. UND ES BETRIFFT DICH JETZT – IN DIESEM MOMENT.

»Wenn wir uns streiten, tun wir *genau* das, was sie wollen«, sagte Will. »Was kann schlimmstenfalls passieren, wenn wir zusammenhalten und uns gegen sie wehren? Dass wir von der Schule fliegen?«

»Ist das nicht schlimm genug?«, fragte Brooke.

»Sag du es mir. Einen Tag vor meiner Ankunft hier hat eine Gruppe von Männern in schwarzen Limousinen drei Mal versucht, mich zu entführen.« Will schwieg einen Moment, um diese Information sacken zu lassen. »Und allmählich frage ich mich, ob Lyle und Todd nicht irgendetwas damit zu tun haben.«

Die vier starrten ihn verblüfft an. »Das kann nicht dein Ernst sein«, meinte Ajay.

»Hast du dafür Beweise?«, hakte Brooke nach, die Augen weit aufgerissen.

»Lasst ihn *reden«,* forderte Elise von den anderen und wandte sich dann wieder an Will: »Schieß los.« Das war keine Bitte, sondern ein Befehl.

»Ich kann noch nicht *beweisen,* dass sie darin verwickelt sind. Aber ich habe heute etwas gesehen, das vermuten lässt, dass die Kidnapper Verbindungsleute im Center haben, die mit ihnen zusammenarbeiten. Ich hab auch schon eine Idee, wo ich nachsehen muss, um diesen Verdacht zu bestätigen. Und falls ich recht habe ... falls Lyle und Todd tatsächlich etwas damit zu tun haben ... dann sind wir alle in Gefahr.« Will schaute in die Runde: *Jetzt* hatte er ihre Aufmerksamkeit.

»Das musst du der Schulleitung melden«, fand Brooke.

»Einen Teil habe ich ihnen schon berichtet«, erläuterte Will. »Aber ich kann ihnen nichts von Lyle erzählen, weil ich nicht weiß, wem ich vertrauen kann. Weder hier noch anderswo. Abgesehen von euch vieren.«

»Alter«, sagte Nick mitfühlend. »Was können wir tun?«

»Was hat das eine denn mit dem anderen zu tun?«, fragte Brooke nervös.

»Du hast doch gehört, was Lyle gesagt hat«, erinnerte Will sie. »Er hat uns soeben den Krieg erklärt und dabei leider die Regeln auf seiner Seite. Wenn sich das System gegen uns wendet, müssen wir zurückschlagen – und zwar mit allen Mitteln.«

Die anderen am Tisch wechselten verhaltene Blicke. Will hatte bei jedem von ihnen eine Saite zum Klingen gebracht, außer bei Brooke, die ganz steif und verschreckt dasaß.

»Du meinst, wir müssen die Regeln brechen«, folgerte sie.

Nr. 55: WENN DU BEI DER VORBEREITUNG VERSAGST,
BEREITE DICH AUFS VERSAGEN VOR.

»Wenn es sein muss«, bestätigte Will. »Es sei denn, ihr wollt euch von Lyle und seinen Schakalen weiterhin herumschubsen lassen. Aber ich mache da nicht mit und ihr solltet das auch nicht tun.«

»Wo ich herkomme, pflegt man zu sagen: Tauch bei einer Messerstecherei nicht mit einem Schokoriegel in der Hand auf«, bemerkte Nick.

»Professor Sangren hat heute etwas Ähnliches gesagt«, pflichtete Will ihm bei und wandte sich an Brooke: »Zur Hölle mit Moral und Ethik, die angeblich die Basis der Zivilisation bilden. Das Leben ist nichts weiter als ein Kampf auf Leben und Tod, bei dem nur die Stärksten überleben.«

»Er hat recht und ich verrate euch auch, warum«, sagte Elise mit Nachdruck. »Schon mal was vom Dunning-Kruger-Effekt gehört?«

»Nein«, gestand Will.

»Das ist wissenschaftlich bewiesen. Teil eins: Idioten und Stümper überschätzen ihre Intelligenz und ihre Fähigkeiten. Sie sind *so* dumm, dass sie nicht erkennen können, was für Schwachköpfe sie tatsächlich sind. Also haben sie ein unsinniges Überlegenheitsgefühl, das wiederum zu einem unsinnigen Selbstvertrauen führt. So setzt sich der Kreislauf fort, der ihre eingebildete Überlegenheit verstärkt. Teil zwei: Wirklich kluge und begabte Menschen *unter*schätzen ihre Fähigkeiten generell und leiden unter ähnlich unsinnigen Minderwertigkeitsgefühlen und Selbstzweifeln.«

Daraufhin schwiegen zunächst alle.

»Ich glaube, ich kann für alle sprechen«, meinte Nick schließlich, »wenn ich sage ... *hä?*«

»Es bedeutet, dass Unwissenheit Selbstvertrauen fördert«, erklärte Ajay. »Intelligenz schafft Unsicherheit. Deshalb handeln die Dummen mit blinder Zuversicht, während die Klugen durch Selbstzweifel gelähmt werden.«

»Und so kommt es, dass die Spatzenhirne das Sagen haben«, folgerte Elise. »Wie krank ist das denn?«

»Total«, erwiderte Nick. »Dummheit kann man nicht lernen.«

»Nein, es ist eine Gabe«, bestätigte Elise und starrte Nick an. »Man wird einfach damit geboren.«

»Allerdings hilft es zu begreifen, womit wir es hier zu tun haben«, meinte Ajay nachdenklich.

»Wir beenden das Ganze«, verkündete Will und schlug mit der

Faust auf den Tisch. »Und wir fangen noch heute Abend damit an.«

Brooke lief rot an. »Tut mir leid, aber das ist gerade alles zu viel für mich«, erklärte sie und stürmte in ihr Zimmer. »Ich muss mir das erst durch den Kopf gehen lassen«, sagte sie noch, bevor sie die Tür leise hinter sich schloss.

»Verdammt«, fluchte Will; er hätte sich ohrfeigen können. »Soll ich zu ihr gehen?«

»Auf keinen Fall«, warnte Elise.

»So tickt sie nun mal«, erklärte Nick. »Es macht sie *wahnsinnig,* wenn sie fünf gerade sein lassen soll.«

»Sie fängt sich schon wieder«, versicherte Ajay.

»Träum weiter. Wir sprechen hier von einem Aufstand. Ich wette zehn Dollar, dass sie noch nie bei Rot über die Straße gegangen ist«, widersprach Elise.

»Und wenn sie es jemals tun sollte, empfiehlt es sich aufzupassen«, meinte Nick, »denn dann wird der Verkehr mit quietschenden Reifen zum Stehen kommen ...«

Elise verpasste ihm einen heftigen Tritt unter dem Tisch.

»Was denn?«, protestierte Nick.

Will streckte seine Faust in die Tischmitte und forderte die anderen auf, ihre Hände daraufzulegen. »Gehen wir es an. Und zwar sofort.«

Nick und Ajay platzierten ihre Hände auf Wills Faust, doch Elise zögerte und hob eine Augenbraue. *»Wirklich?«,* fragte sie.

»Komm schon, Süße«, redete Nick ihr zu. »Sei kein Spielverderber.«

»Ich bin nicht so der Gruppenmensch«, meinte sie und wich zurück.

»Jetzt hör auf damit und spring über deinen Schatten«, drängte Ajay. »Glaubst du, du könntest den Teufelskreis dieses Dunning-Kruger-Effekts durchbrechen, wenn du nur dasitzt und nichts tust?«

»Wenigstens ist das eine Möglichkeit, mit meiner inneren Fünfzehnjährigen in Kontakt zu treten«, bemerkte sie trocken und legte ihre Hand auf die der anderen.

»Du *bist* fünfzehn«, sagte Nick.

Elise schaute Will an und schüttelte den Kopf: *Siehst du, womit ich mich hier herumschlagen muss?*

»Lasst uns den Laden rocken«, forderte Nick begeistert.

»Nick, Ajay, holt eure Jacken«, wies Will sie an und stand auf. »Ajay, wir brauchen Taschenlampen und eine Karte vom Campus.«

»Wonach genau suchen wir?«, fragte Ajay.

»Nach Beweisen, die Lyle mit den Männern in Verbindung bringen, die mich verfolgt haben.« Dann wandte Will sich an Nick: »Wir fangen in dem Raum an, den du sehen wolltest.«

»Cool«, fand Nick.

Nick und Ajay liefen in ihre Zimmer. Mit gedämpfter Stimme erkundigte Will sich bei Elise: »Und, wie schlage ich mich? Gefalle ich dir besser ohne mein ›Pokerface‹?«

Elise musterte ihn kühl. »Hab schon Schlimmeres gesehen.«

Will hastete in sein Zimmer. Dort saß Dave auf dem Bett und stocherte in der Matratze herum. Inzwischen wäre Will eher überrascht gewesen, ihn *nicht* zu sehen. »Du hast doch nicht vor, über Nacht zu bleiben, oder?«, fragte er ihn.

»Ich habe eben die Genehmigung erhalten, dir ein paar zusätzliche Informationen zukommen zu lassen«, teilte Dave ihm mit.

»Moment.« Will schob den Schreibtisch zur Seite, entfernte die lose Diele, nahm das Handy heraus und überprüfte, ob er neue Nachrichten hatte. Vor wenigen Minuten war eine SMS von Nando angekommen: *Ruf mich an.* Will drückte auf Kurzwahl und Nando antwortete sofort.

»Yo, Will«, flüsterte er. »Es geht um diese Agentur, die National Scholastic Evaluation Agency, nach der du mich gefragt hast. Sie befindet sich tatsächlich im Regierungsgebäude.«

Will hielt inne. »Echt? Bist du sicher?«

»Ich steh gerade davor, Alter. Siebzehnter Stock, der Name klebt auf der Tür. Ich gehe jetzt rein ...«

»Warte mal ...«

»Ein arbeitsloser Latino latscht im Regierungsgebäude ins falsche Büro. Was kann da schon schiefgehen?«

Will hörte, wie eine Tür geöffnet wurde. Am liebsten hätte er sich versteckt, aus Angst, die Menschen dort könnten ihn sehen, sobald sie auch nur einen Blick auf Nandos Handy warfen.

»Kann ich Ihnen helfen?«, fragte eine Frau.

»Mein Bruder Frankie sagt, ich soll ihn hier treffen«, erwiderte Nando, verstärkte seinen Akzent und stellte sich dumm. »Das hier ist doch das Passamt, oder? Oder hat er da was verwechselt?« Nando sprach wieder ins Telefon: »Falsches Stockwerk, Bruder. Das Passamt ist im *siebten.*« Dann wandte er sich erneut an die Frau: »Und wo bin ich dann hier gelandet?«

Die Frau antwortete genervt.

»Bei der National Scholastic Evaluation Agency«, wiederholte Nando. »Ist das ein Förderprogramm der Regierung? Meine Nichte Claudia, die Kleine meiner Schwester, ist nämlich supersuperschlau und geht auf eine dieser Magneto-Schulen oder wie die heißen.« Dann wieder ins Telefon: »Hey, Frankie, sie sagt, das hier ist eine private Einrichtung, aber sie bekommen Geld von der Regierung und sie machen hier nur Einstufungstests.«

»Frag, ob sie Broschüren haben.«

»Er meint, ich soll Sie fragen, ob Sie irgendwelche Broschüren haben«, wandte Nando sich wieder an die Frau. »Okay, vielen Dank für Ihre Hilfe, Lady. Entschuldigen Sie die Störung.«

Will hörte, wie Nando die Tür öffnete und hinaus in den Flur trat. Dann sprach er wieder mit seiner normalen Stimme: »Keine Broschüren. Normales Büro, Empfangstheke, Beamtentypen. Und zwei Schwarzkappen ...«

Will umklammerte das Handy fester. »Wo?«

»In einem Hinterzimmer ... Alter, sie kommen gerade raus auf den Flur. Ich muss abzischen.«

Die Verbindung wurde unterbrochen. Will klappte das Telefon zu und drehte sich zu Dave um. »Das *ist* es«, sagte er aufgeregt. »So sind sie mir auf die Spur gekommen. Die Schwarzkappen stecken mit der Agentur, die den Test durchgeführt hat, unter einer Decke!«

»Klingt plausibel«, meinte Dave und prüfte noch immer die Härte der Matratze.

»Wenn ich jetzt Lyle und Todd mit diesem Loch im Keller in Verbindung bringen kann, finden wir vielleicht heraus, wie das alles zusammenpasst«, überlegte Will, während er das Handy an das Ladegerät anschloss und beides unter die Matratze schob. Als er sich umdrehte, stand Dave an der Tür.

»Du hast übrigens genau richtig gelegen, was ANZAC betrifft«, sagte er.

»Ein anderes Mal, okay?«, versuchte Will, ihn zu vertrösten. Dann schnappte er sich Mantel, Schal und Mütze.

»Ich dachte, du wolltest wissen, wer ich bin.«

»Nicht mehr nötig, das habe ich mir inzwischen zusammengereimt: Du bist mein ›imaginärer Freund‹. Ein Phantom, eine – zugegeben sehr überzeugende – Halluzination, die sich mein Gehirn ausgedacht hat, hervorgerufen durch einen Eins-a-Nervenzusammenbruch.«

»Du bist also so bekloppt wie ein Kotelett und ich bin nur ein bisschen Knorpel, das noch am Knochen hängt«, folgerte Dave.

»Ja, so ungefähr.«

»Hm. Muss ich noch mal drüber nachdenken.«

»Das *hab* ich schon mehrfach getan«, sagte Will, »und es ist die einzig mögliche Erklärung.«

»Vielleicht solltest du lieber noch mal einen Blick in diesen Raum im Keller werfen, bevor du voreilige Schlüsse ziehst ...«

»Da will ich zufälligerweise gerade hin«, meinte Will und zog seine Winterklamotten an. »Nimm's nicht persönlich, aber im Interesse meiner eigenen geistigen Gesundheit kann ich mich nicht weiter mit dir beschäftigen. Du bist ein ›Symptom‹, ein stressbedingter Bewältigungsmechanismus ...«

»Faszinierende Theorie.«

»Aber die Situation *wird* sich irgendwann wieder beruhigen – weil es einfach so sein muss – und dann wirst du einfach so verschwinden. Dich in Luft auflösen. Für immer.« Will ging zur Tür. Aber dieses Mal entmaterialisierte Dave sich nicht, sodass er mit ihm zusammenstieß. Dave fühlte sich so real an wie eine Straßenlaterne.

»Denk, was du willst, Kumpel. Ich versuche nur, dir klarzumachen, wie der Hase läuft.«

»Bitte geh mir aus dem Weg«, sagte Will.

»Du hattest deine Chance, aber jetzt hörst du mir besser zu, bevor ich die Geduld verliere ...«

»Ich gehe jetzt.« Will streckte die Hand zum Türknauf aus.

Im nächsten Moment erfüllte gleißendes Licht den Raum. Taumelnd wich Will zurück, als Dave sich in ein anderes, viel größeres Wesen verwandelte. Sein Kopf berührte die Decke und seine breite Gestalt verdeckte die Tür. Er sah aus, als könnte er locker einen Mini Cooper in seinen Fäusten zerquetschen. Durch Wills Verhalten zur Weißglut gebracht, leuchtete sein ganzer Körper so grell, dass es Will in den Augen schmerzte, aber er konnte den

Blick nicht abwenden. Die gewaltige Gestalt trug eine Rüstung, die aussah, als sei sie aus Platin. Außerdem hielt sie ein glänzendes bläuliches Schwert in der Hand.

Dave beugte sich hinunter und brüllte Will ins Gesicht: »Setz dich hin und *halt den Bagger!*«

Der gewaltige Windstoß seines Atems riss Will vom Boden und schleuderte ihn in seinen Schreibtischstuhl, der über den Boden rollte und gegen die hintere Wand krachte.

»Okay«, sagte Will kleinlaut, dem die Ohren klingelten.

Dave verschwand. Dann lehnte er plötzlich neben Wills Stuhl an der Wand, vollkommen ruhig und gefasst und wieder auf seine normalen Körpermaße geschrumpft. »Das hier ist *Ground Zero,* Kumpel: Du bildest dir nix ein. Im Gegenteil, es ist alles echt und du steckst bis zum Hals in der Scheiße. Und du bist nicht der Einzige, hinter dem sie her sind. Ich bin ebenfalls in Gefahr. Genau wie alle, die auf unserer Seite des Spielfeldes stehen. Es herrscht Krieg und du bist mittendrin.« Dave packte Will bei den Schultern, hob ihn langsam in die Luft und sprach ihm direkt ins Gesicht.

Will zuckte zurück, doch seine Glieder erschlafften.

»Du bist von einer Flutwelle erfasst worden, Will, und die Gewalt und das Ausmaß der Kräfte, die hier am Werk sind, übersteigen deine Vorstellungskraft – so wie die Ewigkeit die Vorstellungskraft eines Regenwurms übersteigt.«

»Hm.«

»Normalerweise sorgen wir dafür, dass der Klient erst hinterher aus allem schlau wird, aber in Anbetracht der Dringlichkeit unserer Situation hat man mir grünes Licht gegeben, dir zu sagen, wer ich bin.«

Dave setzte Will aufs Bett und zeigte ihm eine teilweise verbrannte Dienstmarke. »Staff Sergeant Dave Gunner. Ich war Hubschrauberpilot des ANZAC, wie du richtig gefolgert hast. Sondereinsatzkommando. Vietnam.« Er deutete auf den Rücken seiner Fliegerjacke, auf das Abzeichen mit den drei Feldern: der Ritterhelm, das rote Riesenkänguru und die Silhouette eines Helikopters. »Bin 65 Kampfeinsätze geflogen«, sagte er. »Und dann 1969 über Plei Cu abgestürzt. Der hintere Rotor ist verreckt. Katastrophaler mechanischer Fehler.«

»Was willst du damit sagen?«, fragte Will. Er zitterte am ganzen Körper.

»Wir haben es nicht geschafft«, erläuterte Dave. Einen Moment lang wirkte er fast wehmütig. »Ich, Digger, Fat Philly, die ganze Crew. Und das ausgerechnet zwei Tage nach dem besten Wochenende meines Lebens, als ich mich am weißen Sandstrand von Nha Trang in Miss Nancy Hughes verliebt hatte, Leutnant Erster Klasse des US Navy Nurse Corps aus dem kalifornischen Santa Monica.«

»Aber du fährst einen Hot Rod«, warf Will ein, obwohl er nicht wusste, warum er das gesagt hatte.

»Wenn man erst mal meinen Rang erreicht hat, hat man Anspruch auf ein speziell angefertigtes Fahrzeug. Nachdem mein Heli abgeschmiert war, hab ich mich für ein Gefährt mit mehr Bodenhaftung entschieden.«

»Willst du damit sagen, dass du ... ein Geist bist?«

»Nein, Kumpel.« Dave schüttelte den Kopf. »Streng genommen sind wir zwar tot, insofern ich diese Erfahrung nun mal machen durfte, aber wir sind noch immer materielle Wesen. Jedenfalls *können* wir es sein, je nach den jeweiligen Umständen. Aber kein Geist ... sondern 'ne vollkommen andere Liga.«

»Was bist du dann?«

Dave nahm seinen Würfel hervor, woraufhin dreidimensionale Bilder einer Art Himmelskrieger vor Will in der Luft auftauchten. »Weder hier noch dort, sondern irgendwo dazwischen. Im Laufe der Jahre hat man uns alle möglichen Namen gegeben: Wanderer, Reisende, Sekundäre, Himmelstempler ...«

Erstaunt schnappte Will nach Luft. »Dann bist du also ... nicht nur ein toter Hubschrauberpilot?«

Dave seufzte schwer und erwiderte dann geduldig: »Machen wir es nicht zu kompliziert. Dieser Auftrag hat oberste Priorität. Vor zwei Tagen haben wir Wind davon bekommen, dass das Andere Team überall nach einem bestimmten Jungen sucht. Ein Junge, an dem wir, wie sich herausstellte, selbst ein berechtigtes Interesse hatten. Unsere Gegner haben Himmel und Hölle in Bewegung gesetzt, um ihn vor uns zu finden – aus Gründen, die wir noch nicht ganz durchschauen.«

Will wagte nicht, sich zu bewegen. »Du meinst ...«

»Ich meine dich. Ich weiß nicht, ob es dir schon aufgefallen ist, Will, aber die Fieslinge aus dem Niegewesen wollen dich töten«, sagte Dave behutsam. »In den seltenen Fällen, in denen wir dem Klienten verraten dürfen, wer wir sind – und für mich ist das hier das erste Mal –, verwenden wir einen einfachen Begriff, der leicht verständlich ist. Normaler Sprachgebrauch. Obwohl er völlig unangemessen ist, um unsere genaue Natur zu beschreiben.«

»Und was genau bist du nun?«, fragte Will; ein beklemmendes Gefühl überkam ihn, größer als jede Angst in den beiden Tagen zuvor.

»Ich bin dein Schutzengel«, verriet Dave ihm endlich.

Jemand klopfte leise an der Tür.

»Das sollte für den Augenblick genügen«, meinte Dave und verschwand.

DER ANDERE UMKLEIDERAUM

Will schloss auf und öffnete seine Zimmertür. Direkt davor standen Ajay und Nick in Jacke, Mütze und Schal.

»Bist du fertig, Will?«, fragte Nick.

»Ja.« Will nickte, noch immer wie benommen. Dann stolperte er an ihnen vorbei in Richtung Küche und sie folgten ihm. »Wohin gehen wir?«

»Zur Scheune«, erklärte Nick. »Du wolltest uns doch diesen unheimlichen Raum im Keller zeigen.«

»Ja, richtig.«

»Ich nehme ein paar Sachen mit, die wir vielleicht gut gebrauchen können«, verkündete Ajay und musterte Will prüfend. »Alles in Ordnung?«

Will nahm eine Flasche Wasser und leerte sie in einem Zug. »Ja, es geht mir gut.«

»Du siehst irgendwie ... seltsam aus«, befand Nick.

»Als hättest du gerade einen Geist gesehen ...«, meinte Ajay.

Nicht schlecht geraten. »Ich bin dein Schutzengel.« Ziemlich nah dran. Ich stehe unter Schock. Kein guter Zustand, um allein zu sein. Geh mit ihnen. Bleib ruhig.

»Habt ihr irgendwas gehört?«, erkundigte Will sich vorsichtig. »In meinem Zimmer, gerade eben? So was wie Donner, oder ...?«

»Nein«, meinte Ajay.

»Okay«, sagte Will und ging zur Wohnungstür.

»Hey, Alter, vielleicht solltest du deine Jacke mitnehmen«, schlug Nick vor.

»Woran merkt man, dass man verrückt wird?«, fragte Will.

»Die üblichen Symptome«, erwiderte Ajay. »Man hört geisterhafte Stimmen, leidet unter wilder Paranoia und sieht plötzlich Gestalten – häufig religiöser Natur.«

Wie beruhigend.

Will, Ajay und Nick hasteten mit gesenktem Kopf über die Rasenfläche, die Hände wegen der eisigen Nachtluft tief in den Taschen vergraben. Will hatte seinen neuen blauen Winterparka aus dem Schrank geholt. Obwohl er darunter einen Fleece-Pullover, ein Hemd und ein langärmeliges T-Shirt trug, fror er noch immer. Die große Uhr an der Royster Hall zeigte fast neun Uhr, aber die Halogen-Straßenlampen an den Wegen erleuchteten die gesamte Umgebung taghell.

»Ich muss immer daran denken, was Robin Williams mal gesagt hat«, sagte Nick.

»Und das wäre?«, fragte Will.

»Wenn man Ninjas im Vorgarten sieht. Absolut zuverlässiger Hinweis darauf, dass es im Oberstübchen zieht.«

»Warum fragst du?«, wollte Ajay wissen.

Am liebsten hätte Will gesagt: *Weil mein Schutzengel denkt, dass eine Armee von Monstern versucht, mich umzubringen, und wir nicht wissen, warum.* Nicht gerade die neueste Nachricht, aber sie aus Daves Mund zu hören, schnürte Will die Luft ab. Er wusste nicht, ob er es schlimmer finden würde, wenn Dave real oder nur eingebildet war.

So oder so, wie viel soll ich diesen Jungs noch verraten? Wenn ich ihnen die ganze Geschichte erzähle, halten sie mich für völlig durchgeknallt.

»Ach, nur so«, sagte Will.

»Hast du dieses Handy in deinem Zimmer benutzt?«, erkundigte Ajay sich.

»Ein paar Mal.«

»Ist es möglich, dass Lyle eine Art Scanner oder Abhörvorrichtung besitzt?«, überlegte Ajay. »Vielleicht hat er deshalb beschlossen, unsere Zimmer zu durchsuchen. Du solltest das Ding definitiv so selten wie möglich benutzen.«

»Mach ich.«

Die Straßenlampen wurden spärlicher, als sie die Sportplätze erreichten. In der Ferne erleuchtete die »Scheune« die Nacht. Ein samoanischer Wachmann flitzte in einem Golfwagen vorbei. Er winkte und lächelte. Die drei winkten und lächelten zurück.

»Lächeln die Wachmänner immer so?«, wunderte Will sich.

»Nicht wenn du versuchst, dich nach der Sperrstunde rauszuschleichen«, entgegnete Nick.

»Elf Uhr an Wochentagen«, ergänzte Ajay. »An Wochenenden und Feiertagen um Mitternacht.«

»Was passiert, wenn sie einen nach der Sperrstunde erwischen?«

»Sie begleiten dich höflich zurück in dein Zimmer«, sagte Ajay.

»Außer du läufst mit einem abgetrennten Kopf und einer blutbeschmierten Kettensäge rum«, fügte Nick hinzu.

Als sie die Sporthalle erreichten, blieb Will stehen, um sich die Statue des Paladins und das Wappen auf seinem Schild noch einmal genauer anzusehen. *Er kämpft gegen einen gehörnten Dämon. Zufall? Vielleicht sollte ich Happy Nepsted mal nach Monstern in den Gängen unter der Halle fragen.*

Sie betraten das Gebäude. Sämtliche Lichter brannten, aber das große Trainingsfeld und die Basketballplätze waren verlassen. Die beunruhigende Stille ließ die höhlenartige Halle noch größer wirken. Will ging voran, den Gang zu den Umkleideräumen entlang, in dem die alten Fotos der Schulmannschaften hingen.

Dort gab er Nick und Ajay ein Zeichen, leise zu sein; dann öffnete er die Tür. Weil das Licht ausgeschaltet war, knipsten sie ihre Taschenlampen an. Die Luft in dem dunklen Raum war so kalt wie in einem Kühlhaus.

Sie gingen an den Duschen vorbei, wo Dutzende von Wassertropfen auf den Kacheln widerhallten. Dann erfassten die Strahlen ihrer Taschenlampen den weißen Draht von Happy Nepsteds Gerätekäfig. Sie leuchteten hinein und strahlten die langen Gänge hinter der Theke an.

»Wonach suchst du?«, fragte Nick.

»Nepsted«, erklärte Will. »Der Gerätewart. Ich hätte ein paar Fragen an ihn. Er kommt mir übrigens ein bisschen ... eigenartig vor.«

»Wirklich? Ein mürrischer Zwerg, der in Rätseln spricht und nie den Keller verlässt?«, meinte Nick. »Ja, ich würde sagen, das ist schon ein bisschen merkwürdig.«

»Die Tür, durch die Lyle verschwunden ist, befindet sich da drüben«, teilte Will ihnen mit.

Als sie darauf zugingen, prallten ihre Lichtstrahlen von dem lackierten Metall ab und tanzten mit einem geisterhaften Schein durch die Luft.

»Die ist mir bis jetzt noch nie aufgefallen«, gestand Ajay.

»Lasst uns die Hütte auseinandernehmen«, forderte Nick, drückte die Tür auf, rannte hindurch und knallte sie hinter sich zu. Kurz darauf hörten Will und Ajay einen erstickten Schrei: »Oh nein, oh Gott, Hilfe!«

Sie stießen die Tür auf und stürmten hinein. »Nick? Nick?! Wo bist du?«

Plötzlich tauchte ein Gesicht aus der Dunkelheit vor ihnen auf. »Nepsted hat mich erwischt«, krächzte Nick, der sich die Taschenlampe unters Kinn hielt.

Ajay sprang zurück und prallte gegen die Wand, eine Hand auf die Brust gelegt. »Du Vollidiot. Ich hätte fast einen Herzinfarkt bekommen.«

»Keine Sorge, Alter. Ich war mal kurz davor, einen Erste-Hilfe-Kurs zu belegen ...«

»Also ehrlich, Nick«, stöhnte Will, dessen Herz ebenfalls raste. »Ein Wunder, dass dich noch keiner umgebracht hat.«

»Ja, ich weiß. Und jetzt macht euch auf was gefasst. Keine Ahnung, ob ihr damit klarkommt ... denn wie ich eben festgestellt habe, befinden wir uns in einem ziemlich gruseligen ... *Versorgungsgang.«* Nick leuchtete nach oben und nach unten, sodass ein quadratischer grauer Betonkorridor sichtbar wurde, an dessen Decke dicke Rohre verliefen. Ein paar Meter weiter entwich aus einem der Rohre ein kleiner Dampfstrahl.

»Das muss das Zischen sein, das ich gehört habe«, schloss Will. »Zu dem Raum geht es hier entlang.« Er führte sie die Treppe hinunter und dann um die scharfe Kurve herum nach links. Sie richteten ihre Lampen auf die lange, gerade Passage vor ihnen, bis die Strahlen in der Dunkelheit verschwanden.

Ajay nahm seinen Pager heraus und drückte einen Knopf. »Das«, meinte er und räusperte sich, »ist ein sehr langer Korridor.«

»Der Raum liegt am anderen Ende«, sagte Will.

»Wie weit ist das?«, fragte Nick.

»Keine Ahnung. Weit. Gehen wir.«

Sie setzten sich in Bewegung. Um sie herum machte sich Kälte breit. Durch den Lichtstrahl ihrer Taschenlampen segelten verschwommene Staubpartikel, träge Teilchen in einem trüben Meer. Vage Gestalten schienen in der Ferne zu schweben. Ihre Lichter begannen zu wackeln.

Zitternd blieb Ajay stehen. »Ich habe am ganzen Körper Gänsehaut.«

»Ich auch«, gestand Nick.

»Wollt ihr den Raum jetzt sehen oder nicht?«, fragte Will genervt.

»Ja!«, rief Nick.

»Also was sind wir nun, Männer oder Mäuse?«, hakte Will nach.

»Reich mir mal den Käse«, piepste Ajay.

»Geht einfach weiter«, befahl Will.

»Klar. So, wie du rennen kannst, hast du ja auch nichts zu befürchten«, bemerkte Nick. »Aber Ajay und ich werden von hinten angefallen ... und dann stürzen sich gefräßige Zombies auf unser Gehirn und ...«

»Herrje, würdest du endlich den Mund halten?«, flehte Ajay.

»Herr Jeh? Wer ist denn Herr Jeh?«, fragte Nick.

Will bewegte sich langsam vorwärts, während die anderen ihm dicht folgten. Die Taschenlampen geradeaus gerichtet, bündelte sich ihr Licht zu einem gemeinsamen Strahl, der die Dunkelheit durchschnitt.

»Hat vielleicht jemand Lust, mit mir zusammen die Nationalhymne zu singen?«, fragte Nick mit zittriger Stimme.

»Die erste gute Idee, die du seit Langem hattest«, fand Ajay.

Nick räusperte sich leise. *»Oh say, can you see ...«* Seine Stimme war kaum mehr als ein Flüstern. *»... by the dawn's early light ...«* Die anderen stimmten ein und sangen mindestens so leise wie Nick: *»What so proudly we hailed ...«*

Im nächsten Moment ertönte hinter ihnen im Gang ein lauter metallischer Knall. Abrupt verstummten sie und blieben wie versteinert stehen. Keiner wagte es, sich umzudrehen.

»Keine Sorge«, sagte Will. »Das war nur die Tür, durch die wir reingekommen sind.«

»Und wir müssen uns keine Sorgen machen, *weil ...?«*, hakte Ajay nach.

»Weil sie von selbst ins Schloss fällt«, erwiderte Will. »Geht weiter.«

Vorsichtig setzten sie sich wieder in Bewegung.

»Wo wir gerade davon sprechen, Alter: Du hast uns gar nicht erzählt, *was* du hier unten gesehen hast«, meinte Nick.

»Das wollt ihr gar nicht wissen«, antwortete Will.

»Das stimmt so nicht«, korrigierte Nick ihn.

»Ja, Will«, pflichtete Ajay ihm bei. »Erzähl schon.«

»Es ist ... schwer zu beschreiben. Und selbst wenn es wieder auftauchen würde, könntet ihr es sowieso nicht sehen, weil ihr keine ... Spezialbrille habt.«

»Man braucht eine *Spezialbrille?«*, fragte Ajay ungläubig. »Oh Gott, ich muss dringend mal pinkeln.«

»Was glaubst du, wie weit wir schon gekommen sind?«, erkundigte Will sich.

»Ungefähr hundert Meter«, überlegte Ajay. »Vielleicht auch mehr.«

»Meinst du, wir befinden uns jetzt noch immer unter der Scheune?«

»Keine Ahnung«, gestand Ajay. »Ich bin so durcheinander, dass ich einen Kompass bräuchte, um festzustellen, an welchem Ende sich mein Hintern befindet.«

»Wir gehen direkt nach Osten«, schaltete Nick sich ein.

»Woher willst du das wissen?«, fragte Ajay.

»Ich habe einen irren Orientierungssinn.«

»Hast du nicht gesagt, dein Dad wäre Ringer?«, meinte Will.

»Alter, er hat die New-Hampshire-Junior-College-Meisterschaften gewonnen.«

»Und wie oft hat er dich auf den Kopf fallen lassen?«, setzte Will nach.

»Moment mal. Dein Vater ist aufs *College* gegangen?«, wunderte Ajay sich.

»Junior College«, berichtigte Nick. »Ein Jahr lang. Und du brauchst gar nicht so verwundert zu tun.«

Ajay nahm den Schul-Pager von seinem Gürtel und drückte erneut auf den Knopf.

»Was machst du da eigentlich andauernd mit dem Ding?«, fragte Will.

»An verschiedenen Stellen GPS-Koordinaten erfassen«, erklärte Ajay. »Ich brauche sie, um eine Karte dieses Gangs zu zeichnen, wenn wir zurückkommen.«

»Falls wir zurückkommen«, schränkte Nick ein.

»Du benutzt den Schul-Pager als GPS?«

»Ich hab den Prozessor modifiziert«, meinte Ajay weiter. *»Reverse Engineering.«*

»Alter«, staunte Nick. »Ich weiß nicht mal, wo die Batterien reinkommen.«

Die Dunkelheit umhüllte sie wie ein schweres Laken. In der endlosen Leere hallten ihre Schritte wider; jedes Geräusch wurde verstärkt. Plötzlich prallten ihre Strahlen auf etwas, das blendendes Licht zurückwarf.

»Was ist das?«, fragte Nick. »Ist das eine Tür?«

»Ja«, bestätigte Will, als sie die Taschenlampen gezielter darauf richteten. »Das ist die Tür zu dem Raum.«

»Hoffentlich ist es eine Toilette«, meinte Ajay.

»Der Raum, in dem die Leute waren, die mich verfolgt haben«, berichtete Will.

»Dich hat irgendwer *verfolgt?«*, hakte Ajay nach. »Ach, du Scheiße.«

»Nicht bloß irgendwer. Da war dieses ›Ding‹, das nur Will sehen kann«, fügte Nick sarkastisch hinzu. »Mit seiner ›Spezialbrille‹.«

»Von einem *Ding* hast du nichts gesagt«, wandte Ajay sich an Will.

»Echt nicht?«

»Ich weiß ja nicht, wie es euch geht«, sagte Nick, »aber ich fühle mich *großartig.«*

Ungefähr drei Meter vor der Tür blieben sie stehen. Der Gang endete hier. Dieses Mal drang kein Licht unter der Tür hervor. Von irgendwo in der Ferne hörten sie ein Rumpeln, vielleicht die alte Heizungsanlage des Gebäudes.

»Glänzende Leistung. Gute Show im Ganzen«, befand Ajay. »Unsere Arbeit ist getan. Lasst uns den Rückzug antreten.« Er drehte sich um und wollte gehen, aber Nick hielt ihn mit seinem Ellbogen auf.

»Nicht so schnell, Professor Bloom.« Dann wandte er sich an Will: »Willst du die Tür nicht öffnen?«

»Doch, doch.«

»Musst du nicht zuerst noch deine Brille aufsetzen?«, fragte Ajay.

»Glaub nicht.« Will trat vor und umfasste den Türknauf, der sich mühelos drehen ließ. Rasch wischte er sich den Schweiß von der Handfläche, umschloss den Türknauf erneut und öffnete dann die Tür.

Die anderen beiden richteten ihre Taschenlampen an ihm vorbei in den Raum und Nick rief begeistert: »Oh mein Gott. Das ist unglaublich, Alter. Du hast es geschafft.«

»Was geschafft?«

Nick betätigte einen Lichtschalter und an der Decke sprangen flackernd mehrere Neonröhren an. »Du hast die Ausweichumkleide entdeckt«, verkündete er und zeigte auf ein Schild, auf dem AUSWEICHUMKLEIDE stand.

Sie betraten einen kleinen L-förmigen Raum mit abgehängter Kassettendecke. An einer Wand standen Spinde, davor Bänke. In einer verspiegelten Ecke war auf einer Gummimatte eine Hantelbank aufgestellt; um sie herum lagen verschiedene Gewichte.

Vorsichtig machte Will einen Schritt vorwärts und schnupperte. »Riecht ihr was?«, fragte er.

»Ja, ganz deutlich«, bestätigte Nick und steckte seine Taschenlampe ein. »Alte Socken und gammlige Unterhosen. Mann, das hier ist eine *Umkleide.«*

»Lieber Gott, mach, dass es hier eine Toilette gibt«, flehte Ajay und rannte um die Ecke. »Ja!«

»Du wusstest also bereits von diesem Raum, Nick?«, hakte Will nach.

»Hab Gerüchte gehört.« Nick nahm eine Kurzhantel und machte Armbeugen. »Er ist quasi mythisch. Und das aus gutem Grund, wie du siehst. Kommt direkt nach Atlantis und Bigfoot.«

Will holte seine Sonnenbrille hervor und setzte sie auf. Doch nichts geschah. Kein Schwefelgeruch, kein blendendes Licht und keine gleißenden Portale, die durch Zeit und Raum schnitten. Keine Fenster ins Niegewesen, keine kreischenden, bedrohlichen Monster.

»And the rockets' red glare«, schmetterte Ajay aus einem anderen Eck die Nationalhymne weiter, *»the bombs bursting in air ...«*

»Das Ganze ist also ein Fehlschlag, aber zumindest ein grandioser«, meinte Nick. »Hey, ist das die Brille? Lass mal sehen.«

»Nein«, sagte Will und steckte sie in die Tasche. »Wozu wird dieser Raum gebraucht?«

»Drei Mal darfst du raten, Alter. Es ist eine *Ausweich*umkleide«, antwortete Nick, gähnte und streckte sich. »Und wenn ich wüsste, was das heißt, würde ich es dir sagen.«

»Es ist ein zusätzlicher Umkleideraum, eine *Reserve«,* erklärte Ajay von der Ecke aus. »Aber da die Hauptumkleide fast so groß ist wie ein Eishockeyfeld, bedeutet es wahrscheinlich, dass dieser Raum hier für gar nichts gebraucht wird.«

»Warum liegt diese Umkleide so weit abseits?«, wunderte Will sich. »Wozu die ganze Geheimniskrämerei?«

»Alter, weißt du, was?«, sagte Nick und gähnte wieder. »Das ist mir völlig schnurz.«

»Überprüft die Spinde«, forderte Will und öffnete die Tür des Schranks vor sich. »Komm schon Nick, beweg deinen Arsch.«

Nick schleppte sich zu den Schränken, während Ajay um die Ecke bog und den Reißverschluss seiner Hose schloss. »Das ist definitiv genug Passionsfrucht-Eistee für eine Nacht«, meinte er erleichtert. »Wir durchsuchen die Spinde? Wonach?«

»Ich weiß es nicht«, gestand Will. »Hinweise.«

Ajay machte mit und öffnete einen Schrank nach dem anderen. Die meisten waren leer, in ein paar hingen krumme Drahtbügel oder gebrauchte Mullbinden.

»Also wenn du uns etwas *genauer* sagen würdest, was du beim ersten Mal hier gesehen hast, hätten wir eine bessere Vorstellung davon, wonach wir jetzt suchen«, bemerkte Nick.

Will dachte kurz nach. *Was soll's? Wenn ich diesen Jungs nicht trauen kann, wem dann?* »Okay. Ich würde es als ein Portal beschreiben«, sagte er nüchtern. »Oder ein in die Luft geritztes Fenster zu einem üblen, schrecklichen Ort. Manche nennen es auch ›Wiesel-Loch‹.«

»Danke, dass du gefragt hast!«, meinte Ajay und warf Nick einen besorgten Blick zu.

»O-kay. Und ich vermute mal, dass dabei ein gigantisches Wiesel beteiligt war.«

»Nein, kein Wiesel«, widersprach Will. »Etwas anderes kroch durch das Fenster. Es sah eher aus wie eine ... das klingt jetzt vielleicht noch durchgeknallter ... wie eine Mischung aus Mensch, Spinne und Schlange mit hypnotischen Augen. Nur noch viel ekelhafter und gefährlicher.«

»Nein, das klingt überhaupt nicht verrückt, kein bisschen. Oh, seht mal, was ich gefunden hab«, rief Nick und zeigte in einen leeren Spind. »Eine Schüssel mit 'nem Sprung drin ...«

»Reiß dich zusammen«, wies Ajay ihn zurecht.

»Er hat das, was ich gesehen habe, als eine ›Lamia‹ bezeichnet«, fuhr Will fort. »Ich schätze mal, dass ihr mir nicht glaubt.«

»Eine Lamia?«, hakte Ajay entsetzt nach. »Bist du dir sicher?«

»Ja.«

»Klingt irgendwie erfunden«, fand Nick. »Was ist eine Lamia?«

»Ein mythologischer Dämon«, erklärte Ajay, leicht grünlich im Gesicht. »Halb Frau, halb Schlange. Ein Ungeheuer, das leise durch die Nacht schleicht und ... Kinder verschlingt. Angeblich.«

»Das trifft es ungefähr«, bestätigte Will.

»Entzückend«, meinte Nick.

»Und der Gentleman, der dir das erzählt hat ...«, bohrte Ajay weiter, »... wer könnte das wohl sein?«

»Derselbe, der mir die Brille gegeben hat«, räumte Will widerstrebend ein.

Ajay lehnte sich gegen die Schränke, woraufhin eine Platte an der Wand darüber zur Seite schwang und ein verborgenes Fach offenbarte.

»Was hast du gemacht?«, fragte Will und sprang auf die Bank, um nachzusehen.

»Ich muss wohl eine Art Druckplatte aktiviert haben«, mutmaßte Ajay und drückte noch einmal auf dieselbe Stelle an der Seite des Schranks.

Die Tafel schob sich wieder vor das Fach. Ajay drückte erneut auf die Stelle und das Fach öffnete sich wieder.

Nick hüpfte neben Will. »Ein Geheimfach. Abgefahren.«

Neugierig steckte Will die Hand in den Hohlraum. »Da ist was. Ich komme nicht dran; es ist ganz hinten.«

Ajay kletterte zu den beiden auf die Bank. »Hebt mich hoch. Ich komme bestimmt dran.«

Will und Nick packten Ajay und hoben ihn hoch. Er zwängte sich bis zur Taille in den Schrank und zerrte mit beiden Händen eine mittelgroße schwarze Koffertruhe aus dem Fach. Dann ließen die beiden Ajay wieder hinunter, nahmen die Truhe und platzierten sie auf der Bank.

»Nicht besonders schwer«, stellte Ajay fest.

»Abgeschlossen«, sagte Will.

»Das übernehme ich«, verkündete Nick. »Es erfordert jahrelanges intensives Training, natürliches Talent und unglaubliche Finesse ...« Er schnappte sich eine der Hanteln und ließ sie ein paar Mal mit voller Wucht auf das Schloss krachen, bis es zerbrach.

»So geht's auch«, sagte Will und klappte den Deckel hoch.

In der Truhe fanden sie eine Sammlung merkwürdiger alter Hüte. Will nahm einen nach dem anderen heraus: ein Piratenhut mit langer, buschiger Feder; ein rotes Barett; eine mit seltsamen Symbolen verzierte Narrenkappe; eine Bischofsmütze; eine bronzene Krone mit großen Edelsteinimitaten; ein Kranz aus Olivenzweigen; zwei Dreispitze aus der Zeit der amerikanischen Revolution; die Kettenhaube einer Ritterrüstung; ein Cowboyhut; ein langer indianischer Federschmuck und schließlich eine Art Schweißermaske mit einem kleinen, dickrandigen Sehschlitz. Alles gut erhaltene Stücke, keines sah schäbig oder billig aus.

»Junge, Junge«, staunte Nick. »Ihr wisst, was das bedeutet, nicht wahr?«

»Nein«, räumte Will ein.

»Die Village People tun sich wieder zusammen!«

»Genau, und zwar auf einem Mittelaltermarkt«, ergänzte Ajay.

»Wartet mal, da ist noch was«, sagte Will. Vorsichtig hob er den Boden hoch, auf dem die Kopfbedeckungen gelegen hatten. Darunter kam eine ebenso bunte Sammlung stark verstaubter Plastikmasken mit dicken Gummibändern zum Vorschein. Masken, wie man sie vielleicht in den Regalen eines altmodischen Spielzeugladens finden konnte. Sie waren handbemalt und mit viel Liebe zum Detail gefertigt. Verschiedene Gesichter mit ausgeprägten und ziemlich beunruhigenden Zügen: ein Clown, ein Teufel, ein Fuchs, ein Pferd, ein Keiler mit Hauern, ein Mädchen mit Zöpfen, ein grinsendes Kürbisgesicht, ein finster dreinschauender Mann mit Augenklappe, ein Geist, ein bedrohlicher Wolf und zwei menschliche Gesichter. Will nahm eine der Masken in die Hand: ein Mann mittleren Alters mit Hängebacken, geschürzten Lippen und langen silbernen Haarsträhnen, die zu beiden Seiten seines fast kahlen Schädels herabfielen. »An wen erinnert der euch?«, fragte Will.

»An den Knaben auf jedem *Benjamin,* jedem Hundert-Dollar-Schein«, meinte Nick.

»Benjamin *Franklin«,* betonte Ajay.

»Wow. *Das* ist ja ein Zufall«, staunte Nick.

Will hob die letzte Maske hoch. »Und der hier?«

»George Washington?«, bot Ajay an.

»Unser Landesvater?«, fragte Nick und rief dann mit gespielter Empörung: »Okay, jetzt sind sie zu weit gegangen!«

»Die Leute, die ich hier unten gesehen habe, trugen diese Masken«, erinnerte Will sich. »Deswegen sahen ihre Gesichter so seltsam aus. Zwölf Hüte. Zwölf Masken.«

»Was hat das zu bedeuten?«, überlegte Ajay.

»Ich weiß es noch nicht«, erwiderte Will. Er durchsuchte die Koffertruhe erneut und fand einen vergilbten Umschlag, der in einem kleinen Netz an der Seite steckte. Aus diesem holte er ein ebenso vergilbtes Papier hervor und faltete es auseinander. Ein Emblem zierte den Briefkopf: ein Blütenkreis, darüber ein aus vier gekreuzten Werkzeugen oder Waffen bestehendes Quadrat mit einem grinsenden Totenkopf in der Mitte. Unter dem Emblem stand DIE RITTER und dann folgte eine fein säuberlich geschriebene Auflistung von Namen, die den Rest der Seite ausfüllte.

Orlando
Renaldo der Fuchs
Namo der Herzog
Salomon der König
Turpin der Erzbischof
Astolpho aus dem Westen
Ogier der Däne
Malagigi der Zauberer
Padraig de Mort
Florismart der Freund
Ganelon der Handwerker
Guerin de Montglave
»Der Gehörnte«

Die drei sahen sich an.

»Die Ritter …«, überlegte Will. »Sagt euch einer dieser Namen was?«

»Nein«, antwortete Nick. »Aber ich hab auch kein Telefonbuch aus dem vierzehnten Jahrhundert.«

»Irgendeine Vermutung?«

»Die französische Fußballnationalmannschaft?«, scherzte Ajay.

»Die zwölf Musketiere?«, meinte Nick.

»Okay, okay«, beschwichtigte Will.

»Zwölf Hüte, zwölf Masken, aber dreizehn Namen auf der Liste«, stellte Ajay fest.

»Und, was ist damit?«, fragte Nick

»Ich vermute, dass zu jedem Namen eine Kopfbedeckung und eine Maske gehören. Bis auf den letzten in Anführungszeichen, der ist eher eine Beschreibung als ein Name.«

»›Der Gehörnte‹«, wiederholte Will.

»Lasst uns das ganze Zeug mitnehmen und uns später das Hirn

darüber zermartern«, schlug Nick vor. Dann gähnte er und warf einen Blick auf seine Armbanduhr. »Ich muss wirklich pennen.«

»Nein«, widersprach Will. »Wir sollten alles wieder genauso hinlegen, wie wir es vorgefunden haben. Vorher will ich aber Fotos machen.«

»Ich bin mir ziemlich sicher, dass ich mich an jedes einzelne Detail erinnern kann, Will«, warf Ajay ein.

»Ich weiß. Aber vielleicht müssen wir die Fotos jemand anderem zeigen.«

Ajay und Nick legten die Masken und Kopfbedeckungen auf den Boden.

Will holte sein Handy hervor und aktivierte die Kamera. »Können wir für etwas mehr Licht hier drinnen sorgen?«

Nick betätigte noch ein paar Schalter bei der Tür. In der Umkleide gingen keine weiteren Lichter an, dafür aber draußen im Gang. Entschlossen marschierte Nick hinaus und schaute sich nach zusätzlichen Schaltern um. Gleichzeitig machte Will Aufnahmen von den Hüten und Masken und beugte sich weit vor, um den Briefkopf mit dem Emblem und der Namensliste zu fotografieren.

»Die Leute, die du gesehen hast, trugen also sowohl Hüte als auch Masken?«, erkundigte Ajay sich.

Will nickte. »Das würde auch erklären, warum sie so lange gebraucht haben, um meine Verfolgung aufzunehmen: Sie mussten das alles zuerst wegräumen.«

Im nächsten Moment wich Nick langsam in die Umkleide zurück. Er war kreidebleich. »Ich will euch ja nicht die Laune verderben, aber ich fürchte, wir müssen einen anderen Weg hier raus finden.«

»Warum?«, fragte Will, während er das letzte Foto machte.

»Böser Bube am anderen Ende des Ganges. Hat ein mordsmäßiges Messer ...«

»Was?!«

»... und ein mittelgroßes Beil«, fuhr Nick fort.

»Bist du high oder was?«, wunderte Ajay sich.

Die beiden steckten den Kopf hinaus in den Gang. Eine lange Reihe einzelner nackter Glühbirnen leuchtete von der Decke und warf eine Reihe kleiner Lichtkegel auf den Boden. Im letzten Lichtschein, am anderen Ende des Korridors, stand eine einsame Gestalt: ein großer Mann, in einen schwarzen Umhang gehüllt, mit einem Eisenhelm auf dem Kopf. Er schaute genau in diesem Moment auf, schien die drei zu sehen und zog etwas aus seinem Gürtel – ein Kurzschwert, das im Lichtschein funkelte. Dann kam er auf sie zu und wurde schneller, während er von einem Lichtkegel zum nächsten lief. Ein durchdringender, blutrünstiger Schrei hallte durch den Korridor.

»Gott sei Dank war ich schon pinkeln«, sagte Ajay.

Will riss die beiden zurück in die Umkleide und drückte die Tür zu. »Sucht nach einem anderen Ausgang«, schrie er sie an.

Sofort sahen Nick und Ajay sich fieberhaft im Raum und in der angrenzenden Toilette um. Will verriegelte die Tür und rüttelte daran, um sicherzugehen, dass sie auch verschlossen war.

Nr. 15: SEI SCHNELL, ABER HETZE NICHT.

»Irgendeine Möglichkeit in der Toilette?«, rief Will.

»Nein, außer wir spülen uns selbst runter«, erwiderte Ajay.

»Du würdest vielleicht reinpassen«, bemerkte Nick. »Dann könntest du Hilfe holen.«

Will sah sich die Spinde genauer an. Sie waren in Gruppen von jeweils drei zusammengeschweißt und vor die Wand geschoben. Er ging auf die Knie und entdeckte, dass bei der mittleren Gruppe die kleine Holzplatte fehlte, die bei den anderen bis zum Boden reichte.

»Helft mir mal«, bat Will. »Schnell!«

Die beiden rannten zu ihm, während auf der anderen Seite der Tür ein schauerliches Gebrüll ertönte. Will riss die Schranktüren der mittleren Schränke auf und stellte fest, dass sie allesamt leer waren. Dann packte er die Einlegeböden und zog daran. Die Spinde bewegten sich ein kleines Stück auf ihn zu.

»Dieser Teil ist nicht an der Wand befestigt«, stellte er fest. »Dahinter ist irgendwas.«

»Seht mal nach, ob ihr einen Knopf oder so was wie einen Schalter finden könnt«, meinte Ajay.

Jeder von ihnen nahm sich einen Schrank vor. Nick entdeckte Lüftungslöcher, die in die Rückseite des mittleren Schranks gestanzt waren, und blickte hindurch. »Ich kann keine Wand erkennen«, verkündete er. »Dahinter ist es offen.«

Der Türknauf rappelte; dann wurde heftig gegen die Tür geschlagen.

»Da muss irgendwo ein verdeckter Knopf sein. Sucht nach ungewöhnlichen Formen oder Einbuchtungen«, befahl Ajay und tastete jeden Zentimeter des Metalls ab. »Könnte alles Mögliche sein, eine Platte, auf die man drücken oder treten muss ... oh Gott, oh Gott ...«

»Bleib ruhig, Ajay«, sagte Will. »Vielleicht will er uns ja nur Angst einjagen.«

Ein lautes Krachen von Metall auf Metall ertönte, als die Gestalt die Tür rammte.

»Das gelingt ihm echt gut!«, schrie Ajay.

»Reißen wir das ganze bescheuerte Ding einfach weg von der Wand«, schlug Nick vor.

»Auf drei«, rief Will. »Eins, zwei, drei!«

Jeder von ihnen packte einen Spind und zog, so fest er konnte. Die Schrankgruppe bewegte sich ein paar Zentimeter, hing aber an irgendetwas fest.

»Hier oben ist ein Schnappriegel«, rief Ajay, als er die Innenseite des mittleren Schranks abtastete. »Definitiv ein Schloss. Es muss einen verborgenen Mechanismus geben, mit dem man es öffnen kann.«

Ein weiterer heftiger Schlag gegen die Tür, dann drei hintereinander, immer schneller und lauter. Der Beschlag rund um den Türknauf begann, sich zu verbiegen.

»Er schlägt die verdammte Tür ein«, stellte Nick fest.

Ajay kletterte vollständig in den Spind, packte die Metallhaken an der Decke und versuchte, sie zu drehen. »Okay, ich glaube, ich hab's.«

»Sag Bescheid, wenn du so weit bist!«, rief Will, als ein weiterer Schlag den Knauf nach innen drückte.

Ajay stemmte einen Fuß gegen eine Wölbung im Metall an der linken Seite und mit dem rechten Fuß drückte er gegen eine ähnliche Wölbung auf der anderen Seite. Dann drehte er mit aller Kraft an den Haken. Ein Knacken ertönte, als der Schnappverschluss nachgab.

»Jetzt! Zieht!«, schrie Ajay.

Will und Nick rissen an den Metallschränken, so fest sie konnten. Dieses Mal gaben die Spinde nach und schwankten bedrohlich. Will und Nick sprangen zur Seite, als sie auf den Boden krachten. Ajay befand sich noch immer im mittleren Schrank. Dort, wo die Gruppe gestanden hatte, war ein Loch in der Betonsteinmauer, das den Blick auf einen dunklen, schmalen Durchgang freigab.

»Hier drin bin ich keine große Hilfe«, rief Ajay mit gedämpfter Stimme aus dem Spind.

Ein weiterer wütender Schlag ließ die Tür erbeben. Will warf einen Blick über die Schulter und sah, wie sich die Spitze des Beils neben dem Knauf durch das Türblatt bohrte. Ein zweiter Hieb mit dem Beil vergrößerte die klaffende Öffnung.

»Der Typ meint es ernst«, bemerkte Nick.

»Nick!«, rief Will. Er packte die untere Seite der Schränke, Nick die obere. Mit vereinten Kräften stemmten sie die drei Spinde hoch, woraufhin Ajay wieder zum Vorschein kam, zusammengestaucht und mit dem Gesicht auf dem Boden.

»Das war ziemlich unangenehm«, krächzte er.

Hastig krabbelte er aus dem Schrank und Nick und Will schoben die drei miteinander verbundenen Spinde in Richtung Tür. Eine Hand in einem schwarzen metallischen Handschuh schnellte durch das Loch neben dem Beschlag und tastete nach dem Türknauf. Ajay kam Nick und Will zu Hilfe und gemeinsam rammten sie die Spinde gegen die Tür. Von draußen hörten sie einen wütenden, schmerzerfüllten Aufschrei.

»Gefällt dir das?«, schrie Nick mit funkelnden Augen und sprang hin und her. »Komm schon! Kannst noch mehr haben! Na los!«

»Nick, bist du wahnsinnig?«, rief Will. »Den Typ mit dem Beil schreit man nicht an!«

»Sieh's mal positiv«, entgegnete Nick. »Zumindest ist es keine Lamia.«

Rasch klemmte Will eine Bank zwischen die Schränke und die nächstgelegene Wand, damit sie nicht verrutschen konnten. Atemlos sahen die drei sich an und wandten sich dann der schmalen Öffnung in der Rückwand zu.

»Wer will zuerst?«, fragte Will und knipste seine Taschenlampe an.

DÉJÀ-VU

Ajay stürmte durch das Loch in der Wand, dicht gefolgt von Nick und Will. Die Wände des gewundenen Ganges waren anfangs durch Beton verstärkt, wurden danach aber von dicken Holzbalken gestützt. Nach etwa fünfzig Metern gelangten sie in einen Tunnel aus massivem Fels, der aussah, als sei er mit Meißeln in das Gestein gehauen worden.

»Hat er die Tür aufgebrochen? Verfolgt er uns?«, fragte Nick ängstlich.

»Noch nicht«, erwiderte Will nach einem Blick über die Schulter. »Ich höre jedenfalls nichts.«

»Leidet einer von euch unter Klaustrophobie?«, fragte Ajay und richtete seine Taschenlampe weiterhin geradeaus.

»Ich nicht«, verneinte Nick.

»Nicht, dass ich wüsste«, sagte Will.

»Hoffen wir, dass ihr recht habt«, meinte Ajay. »Wäre nämlich ein schlechter Ort, um es herauszufinden.«

Der Tunnel wurde immer schmaler und niedriger, bis nur noch eine Person hindurchpasste und Ajay sich als Einziger fortbewegen konnte, ohne sich bücken zu müssen.

»Wer war der Typ? Habt ihr mehr erkannt als ich?«, fragte Will.

»Er trägt einen großen Helm«, erklärte Nick. »Und einen schwarzen Umhang, einen Gürtel mit eiserner Schnalle, einen irren Kettenpanzer und eine Eisenmaske.«

»Muss einer der Ritter sein«, schlussfolgerte Will. »Aber woher wusste er, dass wir hier unten sind?«

»Ich spüre einen Luftzug«, verkündete Ajay. »Ein gutes Zeichen.«

»Wo zum Henker sind wir?«, wollte Nick wissen.

»Das kann ich dir sagen, wenn wir in der Wohnung sind«, teilte Ajay ihm mit und drückte erneut den GPS-Knopf an seinem Pager.

»Was bringt uns das *dann* noch?«, meinte Nick.

»Wir befinden uns in einem Geheimgang«, erläuterte Will. »Die Betonung liegt auf *geheim*. Geht weiter.«

»Sieht überraschend sauber aus«, fand Ajay und tastete die Wand ab. »Gar keine Insekten und Ungeziefer, wie man es erwarten würde.«

»Das könnte bedeuten, dass der Gang häufig benutzt wird«, überlegte Will. »Von den Rittern, wer auch immer die sind.«

»Seh ich auch so«, pflichtete Ajay ihm bei.

»Ich nicht«, sagte Nick.

»Warum nicht?«, fragte Ajay.

»Alter, mit diesen Hüten passt man doch niemals durch diesen Tunnel.«

»Tut mir leid, mein Fehler. Hab vergessen, dass du ein Idiot bist«, kommentierte Ajay.

»Wow, ich hatte gerade einen irren Geistesblitz!«, rief Nick aufgeregt. »Ihr kennt doch die Statue des Paladins draußen vor der Sporthalle? Genau *so* sieht der Axt-Heini aus!«

»Ernsthaft, Nick. Ich finde das kein bisschen hilfreich«, meinte Ajay und ging voran.

»Ich meine es ernst. Er trägt eine Rüstung und einen Helm, genau wie die Statue, und auch diesen Umhang, ein Schwert und ein Beil ...«

»Willst du damit sagen, dass eine *Statue* aus Metall zum Leben erwacht ist und uns wie ein Amokläufer verfolgt?«, fragte Ajay ungläubig und blieb stehen.

»Ich hab nicht gesagt, dass der Typ aus Metall besteht ...«

»Er meint, dass der Typ so *aussah* wie die Statue«, erläuterte Will.

»Danke«, sagte Nick.

»Dann ist das, was du hier verzapfst, zumindest nicht mehr lächerlich, sondern einfach nur unwahrscheinlich«, meinte Ajay und ging weiter. »Warum sollte irgendjemand so etwas tun?«

»Vielleicht sind die Ritter sauer, weil wir ihren Spielplatz gefunden haben«, mutmaßte Nick. »Und die Schatzkiste mit ihrer *Happy-Meal*-Hutsammlung.«

»Sie wollten uns zu Tode erschrecken«, erklärte Will.

»Weil ...?«, hakte Ajay nach.

»Weil ...«, antwortete Will, von Ajays Ton genervt, »... ich sie heute schon einmal bei dem Wiesel-Loch gesehen habe und wir jetzt wissen, wie sie sich nennen. *Okay?«*

»Tut mir leid«, entschuldigte sich Ajay und warf ihm einen Blick über die Schulter zu. »Ich werde immer so ungehalten, wenn mich ein Axtmörder verfolgt.«

»Es war ein Beil«, mischte Nick sich ein.

»Auch bekannt als *Handaxt«,* beharrte Ajay.

»Echt, Alter, eines muss man dir lassen: Du bleibst bei dem ganzen Stress erstaunlich cool«, fand Nick.

»Ich *wirke* ruhig, weil ich seit vielen Jahren meditiere«, entgegnete Ajay. »Aber ich versichere dir, dass ich sämtliche Selbstkontrolle aufbieten muss, um den unwiderstehlichen Drang zu unterdrücken, nach meiner Mama zu rufen.«

Will richtete den Strahl seiner Taschenlampe in die Dunkelheit hinter ihnen. Das Licht glitzerte auf dem Fels. »Ajay, kannst du weiter vorn irgendwas erkennen?«

»Der Gang wird breiter«, antwortete dieser. »Und es geht ein wenig abwärts. Habt ihr das leichte Gefälle bemerkt?«

»Ja«, bestätigte Will. »Lauf weiter.«

Allmählich wurde der Tunnel breiter, bis die Wände schließlich nicht mehr vom Lichtkegel der Taschenlampen erfasst wurden.

Die drei blieben stehen und leuchteten in die Finsternis. Die Decke wölbte sich hoch über ihnen und die Wände waren mit Reihen alter Holzbalken abgestützt.

»Mann, wer hat das alles wohl gebaut?«, wunderte Nick sich, als er sich umsah.

»Keine Ahnung«, meinte Will. »Aber offensichtlich existiert das Ganze hier schon sehr lange.«

»Es muss Jahre gedauert haben, wenn nicht Jahrzehnte«, vermutete Ajay und betrachtete die Balken. »Gezielte Sprengungen, die ganzen Stützbalken: Das war sicher ein Riesenaufwand.«

Die Luft fühlte sich feucht, frisch und viel wärmer als vor ein paar Minuten an. Von den Wänden strahlte eine erstaunliche Hitze ab. Irgendwo hörten sie Wasser tropfen und kurz darauf liefen sie durch etwa zwei Zentimeter hohe Pfützen.

»Wir müssen ganz in der Nähe des Sees sein«, bemerkte Ajay.

Dann kamen sie an ein paar dunklen Öffnungen vorbei, die in verschiedene Richtungen abzweigten. Als sie sich dem gegenüberliegenden Ende der großen Höhle näherten, rückten die Wände wieder näher zusammen, bis sie schließlich einen Durchgang erreichten, der von Holzbalken eingefasst war und in einen weiteren schmalen Tunnel führte. Sie folgten dem gewundenen Gang, der nach etwa fünfzehn Metern an einer T-Kreuzung endete. Hier gingen zwei Tunnel im Winkel von neunzig Grad ab.

»Welchen nehmen wir?«, fragte Nick.

Genau in diesem Moment hörten sie Stimmen und Schritte weit hinter ihnen widerhallen; kurz darauf zuckten Lichtstrahlen über das Felsgestein des Tunnels.

»Versuchen wir es hier«, schlug Will vor und zeigte nach rechts. *»Lauft.«*

Sie sprinteten los und liefen hintereinanderher, bis der Gang breiter wurde. Zunächst führte er noch tiefer hinab, verlief dann ein langes Stück eben und stieg schließlich wieder steil an. Nach fünfzig Metern endete er in einer kleinen Felskammer.

Hier waren die Wände mit Balken abgestützt, die neuer aussahen als alle bisherigen. Eine stabile Stahlleiter an der gegenüberliegenden Wand führte hinauf in einen schmalen, runden Schacht. Ohne ein Wort zu wechseln, steckten sie ihre Taschenlampen ein, sprangen auf die Sprossen und kletterten, so schnell sie konnten, hinauf in die Dunkelheit. Fünfzehn Meter, dann dreißig, bis sie nicht mehr wussten, wo sie waren, aber auch nicht erkennen konnten, wie weit sie noch klettern mussten.

»Dieses verdammte Ding nimmt kein Ende ... Au!«, rief Ajay, als er mit dem Kopf gegen etwas Hartes stieß. Abrupt hielt er inne, woraufhin die anderen von unten gegen ihn prallten. »Na, wer sagt's denn – ich habe das Ende gefunden. Nick, könntest du bitte einen angemessenen Abstand zwischen deinen Kopf und mein Hinterteil bringen?«

»'tschuldigung«, murmelte Nick und drehte sich zu Will um. »Mach Platz, Alter.«

Will stieg eine Sprosse tiefer, schlang einen Arm um die Leiter und holte seine Taschenlampe hervor. Er knipste sie an und richtete sie nach oben. Eine Holzklappe bedeckte den Schacht am Ende der Leiter.

»Mach sie auf«, forderte Nick.

»Vielen Dank für diesen überaus hilfreichen Vorschlag«, entgegnete Ajay genervt.

Am unteren Ende der Leiter hörten sie auf einmal Rufe. Ein paar Sekunden später richtete jemand eine Taschenlampe nach oben in den Schacht. Der Strahl erfasste sie zwar nicht, aber wenn ihre Verfolger die Leiter hinaufkletterten, würde es nicht lange dauern, bis sie entdeckt wurden.

»*Kannst* du sie öffnen?«, flüsterte Will.

Ajay drückte, so fest er konnte, mit der Schulter gegen das Holz. Die Klappe bewegte sich ein wenig, aber er bekam sie nicht hoch. »Ich brauche Hilfe.« Ajay rückte zur Seite, als Nick neben ihn kletterte. Mit vereinten Kräften drückten sie gegen das Holz. Dieses Mal hob es sich ein paar Zentimeter, blieb aber an einer Seite hängen.

»Stemm dich mit dem Rücken dagegen«, flüsterte Nick. »Na los, Alter, wir schaffen das.«

»Auf drei«, wisperte Will und schob seine Schultern unter die beiden.

Dann drückten sie gemeinsam. Die Klappe schwang bis zum Umschlagpunkt der Scharniere auf, schwebte einen Moment in der Luft und fiel dann mit einem gedämpften Aufprall nach hinten. Schnell kletterten die drei hinaus und fanden sich in hohem, nassem Gras wieder.

»Los, wir müssen sie schnell wieder zumachen«, sagte Will.

Sie krabbelten zurück, hoben die Klappe an und ließen sie über die Öffnung fallen.

»Ist da irgendwo ein Schloss dran?«, fragte Will.

»Ich sehe keins«, antwortete Ajay.

»Wenn wir uns drauf stellen, kommen sie nicht raus«, bemerkte Nick.

»Ja, ihr beide wartet hier«, meinte Ajay trocken. »Und ich ziehe los und kaufe Hammer und Nagel.«

»Wo sind wir überhaupt?«, wunderte Nick sich.

»Keine Ahnung«, gestand Will und schaute sich um.

Sie befanden sich auf einer kleinen Lichtung in der Mitte eines Waldes. Ajay drehte sich um und blickte mit großen Augen auf. »Äh, Jungs«, stammelte er und zeigte mit dem Finger nach oben. »Sieht so aus, als wären wir auf der Insel.«

Nick und Will drehten sich um. Weniger als hundert Meter entfernt ragte die Burg im gotischen Stil über ihnen auf – sie standen praktisch in ihrem Hinterhof. Aus dieser geringen Entfernung wirkte das Furcht einflößende Gemäuer riesig; Steinwälle erhoben sich hoch über ihren Köpfen. Hunde bellten und Lichter flackerten auf, die sich von einem Tor in der Nähe auf sie zubewegten.

»Sie wissen, dass wir hier sind«, stellte Will fest.

»Bloß woher?«, fragte Nick.

»Irgendjemand muss ihnen gesagt haben, dass wir in den Tunneln unterwegs sind.«

»Wahrscheinlich dieser Paladin-Typ«, vermutete Ajay. »Er muss die anderen Ritter alarmiert haben …«

»Können wir das nicht später besprechen? Mit diesen Wachen ist bestimmt nicht zu spaßen«, mahnte Nick.

Sie duckten sich und schlichen davon. Der abnehmende Mond war im Osten aufgegangen und bot genügend Licht, um ihnen den Weg zu leuchten. Nach wenigen Minuten hatten sie den Wald durchquert und den See erreicht. Bis zum gegenüberliegenden Ufer waren es an der schmalsten Stelle etwa vierhundert Meter. Will steckte eine Hand ins Wasser.

»Das ist das Westufer«, stellte Nick fest. »Die Schule ist da drüben.«

»Sollen wir schwimmen?«, fragte Ajay.

»Das Wasser ist zu kalt«, erklärte Nick. »Und die Wachen haben Motorboote.«

»Dann schnappen wir uns eins davon«, schlug Will vor.

»Es gibt einen Anlegesteg auf dieser Seite der Insel«, erzählte Ajay und zeigte nach rechts. »Dort entlang.«

Hinter ihnen waren Rufe zu hören und Lichter tanzten in der Dunkelheit, als die Ritter aus dem Tunnel mit den Wachen der Burg zusammentrafen.

»Schnell«, drängte Will. »Am Steg werden sie zuerst suchen.«

Sie liefen rechts am Ufer entlang. Bald kam ein kleiner Anlegesteg in Sicht, an dessen Ende ein Ruderboot und ein motorisiertes Beiboot vertäut waren. Zwei Wachmänner standen in der Nähe des Ufers unter einer hohen Lampe.

Will bückte sich und band seine Schuhe fester zu. »Wartet hier auf mich«, flüsterte er. »Seid mucksmäuschenstill und haltet euch bereit, wenn ich euch hole.«

»Wo willst du hin?«

»Ich besorg uns ein Boot.« Will atmete ein paar Mal tief ein und stürmte dann in Richtung Steg. Der steinige Strand bot zwar wenig Halt, trotzdem gewann er schnell an Tempo. Als er sich dem Steg näherte, wurde er langsamer und winkte den Wachposten zu: erwachsene Männer in dunklen Uniformen. »Na, alles klar?«, rief Will und rannte am Anleger vorbei.

Die Männer liefen hinterher und befahlen ihm lauthals, stehen zu bleiben. Doch Will erhöhte das Tempo, bog nach rechts und hielt auf das Innere der Insel zu, wobei er den dicht stehenden Bäumen gerade noch ausweichen konnte. Die Wachen nahmen die Verfolgung auf, stolperten unbeholfen durch die Büsche und riefen nach Verstärkung.

Die Lichter der Gruppe rechts neben Will hatten fast den Anlegesteg erreicht. Ruckartig drehten sie um und kamen auf ihn zu. Will lief im Zickzack durch den Wald, duckte sich, sprang über Hindernisse und machte dabei eine Menge Lärm, damit die Gruppe seine Spur aufnehmen konnte.

Schließlich gelangte er auf eine Lichtung in der Nähe der Burg. Als er eine einzelne Silhouette mit einer Taschenlampe etwa zehn Meter weiter links sah, ging er hastig in die Knie. Und dann erkannte er den Umriss der Gestalt und ihren torkelnden Gang.

Lyle Ogilvy.

Überrascht mich nicht, dich hier zu sehen, dachte Will.

Lyle bewegte sich zielgerichtet durch die Dunkelheit. Er blieb stehen und hob den Kopf, wie ein Hund, der Witterung aufgenommen hatte. Will ahnte, dass Lyle sich umdrehen würde – doch als er das tat, hatte Will sich bereits hinter einem Baum versteckt.

Er weiß, dass ich hier bin. Er spürt meine Gegenwart.

Will tastete den Boden um sich herum ab, fand einen abgebrochenen Ast und schleuderte ihn weit in den Wald hinein. Sofort richtete Lyle den Strahl seiner Taschenlampe in diese Richtung. Auch Wills andere Verfolger drehten sich zu der Stelle, wo der Ast gelandet war. Blitzschnell machte Will auf dem Absatz kehrt und sprintete den Weg zurück, den er gekommen war.

Dieses Mal versuchte er allerdings, so wenig Lärm zu machen wie möglich. Als er sich darauf konzentrierte, leise aufzutreten und die Geräusche seiner Verfolger wahrzunehmen, spürte er, wie seine Sinne immer schärfer wurden, bis sie plötzlich eine höhere Bewusstseinsstufe zu erreichen schienen. Auf einmal hatte er ein genaues Gefühl für die Entfernung und die Richtung, aus der die Geräusche um ihn herum kamen. Seine Sinne erzeugten einen 360-Grad-Scan – fast so, als entstünde vor seinem inneren Auge ein Rasterfeld seiner unmittelbaren Umgebung.

Als Will sich auf diese geschärfte Wahrnehmung einließ, schien die Zeit langsamer abzulaufen. Er sah seine eigenen Tritte, noch bevor seine Füße aufsetzten, und konnte dadurch jegliches Geräusch vermeiden. Gleichmäßig erhöhte er seine Geschwindigkeit und erreichte einen Zustand, in dem seine Bewegungen auf dem »Rasterfeld« erschienen, bevor er sie ausführte. Will fühlte sich wie ein schwereloser Lichtstrahl, der durch den Raum schoss.

Im Handumdrehen war er zurück am Westufer, fünfzig Meter vom Anleger entfernt. Niemand war ihm auf den Fersen; seine Verfolger hatten sich überall im Wald hinter ihm verteilt. Ohne sein Tempo zu verringern, hielt Will auf den Anleger zu. Im Laufen holte er sein Schweizer Messer hervor und klappte die längste Klinge aus. Am Ende des Landungsstegs stieß er sich ab und schwebte drei Meter übers Wasser. Die Klinge trennte die Leine des Bootes durch, als Will zielsicher im Bug landete. Vom Anleger gelöst, schoss das Motorboot auf das offene Wasser hinaus, angetrieben von Wills Schwung. Zwei Schritte zum Heck, ein Zug am Handstarter, ein Aufheulen des Motors und schon zischte er los und steuerte das Boot scharf nach links.

Nick und Ajay liefen bis zu den Knien ins Wasser, als Will sich ihnen näherte. Er verlangsamte kurz das Tempo, damit die beiden sich über die Dollborde ins Boot hieven konnten, hielt dann das Steuer hart nach rechts und sauste Richtung gegenüberliegendes Ufer.

Während sie schweigend über den See fuhren, spürte er, wie sein geschärftes Bewusstsein nachließ. Innerlich fühlte er sich zittrig und leer, genau wie nach dem »Bilderschieben«.

Da besteht also ein Zusammenhang, überlegte er. *Die Schnelligkeit, die Ausdauer, das Schieben der Bilder und jetzt das hier. Ich kann noch mehr, ich kann noch* viel *mehr.*

Ihre Verfolger erreichten das Wasser erst, als sie den See schon fast überquert hatten. Kurz darauf hörten sie hinter sich ein Rennboot, aber da hatte Will das Motorboot bereits auf einen Uferstreifen am Festland gesteuert. Sie sprangen heraus, als es im Sand stecken blieb, und liefen los. Mithilfe ihrer Taschenlampen fanden sie rasch den Pfad.

»Wie spät ist es?«, fragte Ajay.

»Zehn vor elf. Wir können es unmöglich bis zur Sperrstunde schaffen«, keuchte Nick. »Na ja, *Will* schon.«

»Wir schaffen es, Jungs. Ich habe Lyle eben auf der Insel gesehen«, tröstete Will sie.

»Was?«, staunte Ajay.

»Keine Ahnung, ob er in den Tunneln war oder bei den Wachen, die von der Burg kamen, aber er hat nach uns gesucht.«

»Erwischt«, freute Nick sich und ballte die Faust.

»Was zum Teufel hier auch immer vor sich geht, Lyle steckt mittendrin«, meinte Will.

Schweigend und entschlossen liefen sie weiter. Will trieb die anderen an, während er auf Geräusche möglicher Verfolger lauschte. Er hörte ein Motorboot an der Stelle vorbeirauschen, wo sie an Land gegangen waren, aber es hielt nicht an. Die drei passierten die Scheune ohne weitere Zwischenfälle.

Einige Minuten später kamen sie an einem Sicherheitsmann vorbei, der in seinem Golfwagen an Greenwood Hall vorbeifuhr – ausnahmsweise einmal *ohne* ein freundliches Lächeln. Er ließ sie nicht aus den Augen, als sie exakt um 22.59 Uhr außer Atem durch die Eingangstür preschten.

»Und jetzt eins nach dem anderen«, sagte Will, als sie die Treppe hinaufliefen. »Wir werden jede Menge Kaffee brauchen.«

»Das sind französische Namen«, stellte Elise fest, als sie auf die Liste schaute.

»Echt?«, meinte Nick.

»Iss deinen Kuchen, Nick«, forderte Elise und warf ihm einen vernichtenden Blick zu.

»Lise, Schätzchen, ich glaube, wir haben bereits herausgefunden, dass es sich um *französische* Namen handelt, okay? Bis auf den ersten. Orlando.«

»Und weißt du auch, was Orlando für ein Name ist?«, hakte Elise schnippisch nach.

»Hallo? Das ist eine Stadt in *Florida!*«

Vier der WG-Bewohner saßen am Esstisch; Ajay war in seinem Zimmer und arbeitete an irgendetwas. Bis auf Will hatten alle ihr Tablet vor sich liegen, obwohl Nick mehr mit seinem Stück Schokoladenkuchen beschäftigt war. Die Jungs hatten Elise und Brooke direkt nach ihrer Rückkehr geweckt und Kaffee gekocht. Dann hatte Will den beiden alles über die Ritter, den Paladin, Lyle und die Tunnel erzählt, die zur Burg auf der Insel führten. Allerdings nichts von den Monstern – Will hielt es für besser, alle übernatürlichen Details wegzulassen, bis er sicher war, dass die Mädchen sich ihnen auch wirklich anschlossen. Nick und Ajay hatten ihm dabei zugestimmt. Als Will seinen Vortrag beendet hatte, übertrug Ajay die Fotos von den Masken auf die Tablets der anderen. Elise hatte während des Berichts zunehmend mehr Interesse gezeigt, aber Brooke blieb nach wie vor zurückhaltend. Zumindest saß sie mit am Tisch und sah sich die Aufnahmen an.

»Du hast kein Stipendium Nick, oder?«, fragte Will.

»Ich hab sogar ein Vollstipendium«, teilte Nick ihm mit und biss von seinem Kuchen ab. »Mann, ich *liebe* Schokoladenkuchen.«

»Ein Stipendium für Kunstturnen, aber nicht für Geografie«, bemerkte Elise. »Ich bin halb Französin, du Schwachkopf. Ich spreche fließend Französisch, mein Vater ist Franzose.«

»Ach ja? Und was ist mit deiner Mom? Die ist keine Französin.«

»Sie ist Vietnamesin und *spricht* Französisch. Und ich sage euch, das hier sind alles französische Namen. Oder besser gesagt fränkische. Aus dem Mittelalter.«

»Abgefahren«, fand Nick. »Es handelt sich also um einen Haufen mittelalterlicher französischer Typen.«

Brooke berührte Nick leicht am Arm. »Bitte sei still.«

»Leute, konzentriert euch«, mahnte Will. »Sobald wir herausgefunden haben, wer die übrigen Ritter sind und was sie vorhaben, können wir uns vielleicht eher ein Bild machen.«

»Aber eins wollen wir schon mal festhalten: Es handelt sich mit Sicherheit *nicht* um einen Haufen mittelalterlicher französischer Typen«, beharrte Elise und blickte Nick finster an.

»Sehen wir uns dieses Emblem über der Liste einmal genauer an«, schlug Will vor und zeigte auf das Foto auf Brookes Tablet.

Brooke betrachtete das Bild aus der Nähe. »Das hier könnten weiße Chrysanthemen sein. Wir brauchen ein Pflanzenlexikon.«

»Wo sollen wir das denn um diese Zeit hernehmen?«, fragte Will.

»Aus der Bibliothek«, erklärte Brooke, machte aber keine Anstalten aufzustehen.

»Wie denn?«, hakte Will verwirrt nach.

»Auf meinem Tablet.«

»Ich dachte, der Internetzugang wäre blockiert«, wandte Will ein.

»Für Server von außerhalb«, erklärte Brooke. »Aber nicht für die auf dem Campus.«

»Hast du das Lernprogramm etwa noch immer nicht absolviert?«, fragte Elise ungläubig.

»Ich hatte noch keine Zeit.«

»Zeig es ihm«, verlangte Elise.

Brooke drehte ihr Tablet so, dass Will den Monitor sehen konnte. Das Bild darauf – eine hochauflösende Darstellung des Gemeinschaftsraumes ihrer Wohnung – verwunderte ihn nicht. Allmählich gewöhnte er sich an diese unglaublich fortschrittliche Grafik. Dafür verblüffte ihn etwas anderes.

Um den Tisch herum saßen drei unfassbar lebensechte Versionen, fast schon Doppelgänger, von Brooke, Elise und Nick. Sie schauten Will aufmerksam an, in ihrer typischen Haltung und mit der *Persönlichkeit* – er wusste nicht, wie er es sonst nennen sollte – ihrer lebendigen Gegenstücke.

»Was in aller Welt ...?«, stammelte er.

Elise, Brooke und Nick lachten; die Figuren auf dem Display lachten mit ihnen. Keine ihrer Handlungen war exakt synchron mit denen ihren echten Pendants, aber sie wirkten erschreckend ähnlich; als hätten sie alle einen Zwilling.

»Was sind das für Dinger?«, erkundigte Will sich.

»Sie heißen Syn-Apps«, antwortete Brooke.

»Eine Abkürzung für ›Synchronized Synthetic Applications‹«, erläuterte Elise.

Der vierte Stuhl, auf dem Will am richtigen Esstisch saß – und wo eine Version von »Will« die virtuelle Gruppe vervollständigt hätte – war leer.

»Und wo bin ich?«, fragte er.

»Du hast das Lernprogramm noch nicht absolviert, Dummerchen«, erwiderte Elise.

»Geh in die Bibliothek«, wandte Brooke sich an ihren Monitor. Daraufhin erhob sich Brookes Syn-App vom Tisch. Die Wände der Wohnung auf dem Bildschirm verwandelten sich nahtlos in die hoch aufragenden Regale einer riesigen Bibliothek. »Finde ein Buch über die symbolische Bedeutung von Blumen.«

Ihre Syn-App machte eine zustimmende Handbewegung, die ausgesprochen typisch für die richtige Brooke war. Dann ging sie auf die Regale zu, um das gewünschte Buch zu suchen.

Will vermutete, dass er in Wahrheit nichts anderes zu sehen bekam als einen hochentwickelten »Bitte-Warten«-Bildschirm, während der Computer eine Datenbank durchsuchte. Der Effekt haute ihn trotzdem um. »Ist das die echte Bibliothek?«, fragte er.

»Eine *virtuell* echte«, erklärte Brooke. »Eine Replik der Archer Library, der Hauptbücherei auf dem Campus. Mit digitalen Versionen sämtlicher Bücher und Archivunterlagen.«

Will zeigte auf die Figuren der anderen »Schüler«, an denen Brooke vorbeiging und die an Tischen saßen oder etwas in den Regalen suchten. »Dann sind das Syn-Apps von anderen Schülern, die online recherchieren«, folgerte er.

»Genau«, bestätigte Brooke. »Alles in Echtzeit. Wie in einem Chatroom.«

»Nur dass keiner was sagt«, witzelte Nick. »Ist schließlich eine *Bibliothek.*«

Will warf einen Blick auf Elises Tablet; Brooke war auch von ihrem Display verschwunden. Und »Elise« schaute ihn von dort mit dem gleichen anmaßenden und boshaften Lächeln an, das auch die *echte* Elise ihm meistens schenkte. »Also wenn ich das Lernprogramm mache ...«, setzte Will an.

»... stellt dein Tablet eine Syn-App von dir her«, ergänzte Brooke.

»Und die Menschen dachten einmal, *Fotografien* würden ihre Seele rauben«, meinte Will nachdenklich und schüttelte den Kopf.

»Ts-ts-ts«, machte Nick.

Elise seufzte. »Es ist nur ein grafischer Platzhalter für eine intuitive Benutzeroberfläche.«

»Ja, was auch immer«, meinte Nick. »Das Gelaber kannst du deinem Friseur erzählen. Ich weiß nur eins: Es ist echt *große* Klasse, seinen eigenen kleinen Doppelgänger zu haben.«

»Wie kriegen sie diese wahnsinnige Ähnlichkeit hin?«, fragte Will.

»Ausgefeilte charakterbasierte Drei-D-Modellierung«, erklärte Elise weiter. »Berechnet anhand deiner äußeren Erscheinung und deines Verhaltens. Die Software lernt, indem sie dich beobachtet.«

»Um dir *ähnlicher* zu sein«, fügte Nick hinzu. »Wie *abgefahren* ist das denn?« Er drehte sein Tablet um. Sein Double spazierte im Handstand um den Tisch herum und schnitt Grimassen, woraufhin auch der echte Nick aufsprang und auf den Händen den Tisch umrundete.

»Kein Zweifel, das bist du«, bestätigte Will.

Elise hatte sich wieder den Zeichen auf dem Briefkopf über der Liste zugewandt und betrachtete sie durch eine Lupe. »Das könnten Waffen sein, am Rand des Bouquets. Oder vielleicht Werkzeuge.«

In dem Moment hastete Ajay aus seinem Zimmer, sein Tablet unter dem Arm, und setzte sich zu ihnen an den Tisch. »Gute Neuigkeiten. Ich habe die GPS-Daten sortiert, die ich in den Tunneln gesammelt habe. Mal sehen, was sich ergibt, wenn wir sie über ein Rasterbild des Campus legen.«

Verstohlen schaute Will auf Ajays Tablet und beobachtete, wie dessen Syn-App auf dem Display Bilder hin und her schob. Sein Doppelgänger wirkte noch elfenhafter als der echte Ajay – fast wie eine japanische Anime-Figur mit riesigen braunen Augen.

»Das ist verdammt unheimlich«, meinte Will.

»Ich glaub's ja nicht ... Hast du das Lernprogramm etwa noch immer nicht gemacht, Mann?«, fragte Ajay.

»Bin mir gar nicht sicher, ob ich das überhaupt will, nachdem ich das hier gesehen habe«, entgegnete Will.

»Ich hab's. Das sind Waffen *und* Werkzeuge«, verkündete Elise, die das Emblem noch immer durch eine Lupe betrachtete. »Oben erkennt man ein Schwert und ein Beil ...«

»Hey«, unterbrach Nick sie. »Genau wie bei dem *Paladin*-Heini.«

»Und bei den beiden unteren handelt es sich um ein Winkelmaß ... und einen Zirkel, wie ihn Architekten und Bauzeichner benutzen«, fuhr Elise fort und zeigte ihnen die Symbole auf ihrem Display.

»Die vier Objekte könnten aber auch etwas anderes sein als Werkzeuge«, wandte Brooke ein und schaute skeptisch auf ihren Bildschirm. »Es wäre möglich, dass es sich um Buchstaben handelt.«

»Was für Buchstaben?«, erkundigte Nick sich, der einen einhändigen Handstand machte und gleichzeitig versuchte, einen Schluck Kaffee zu trinken.

»Eine Art Kalligrafie«, überlegte Brooke. »Aus irgendeinem alten Alphabet.«

»Mal sehen«, meinte Elise und hielt die Liste der Ritter vor ihr Tablet. Ihre Doppelgängerin erhob sich vom Tisch, um einen Blick auf die Seite zu werfen, streckte dann die Hand zum oberen Rand des Bildschirms aus und zog eine *exakte Kopie* der Liste herunter.

»Was zum Teufel war das denn gerade?«, fragte Will verblüfft.

»Das Tablet hat mithilfe seiner Kamera die Seite gescannt, eine virtuelle Kopie erstellt und sie in die Simulation hineinbefördert«, erläuterte Elise. »Damit meine Syn-App nach einer Übereinstimmung suchen kann.«

Die »Elise« auf dem Display schaute Will direkt an und grinste: »Ganz schön gruselig, was?«

Will fiel rückwärts von seinem Stuhl. »Das Ding spricht!«

»Boah-ey«, meinte Nick.

»Das tun sie alle«, beruhigte Brooke ihn. »Sobald sie dich kennengelernt haben.«

»Und das ist noch nicht alles – sie können noch viel mehr als nur *sprechen«,* verriet Nick und half Will auf, während er noch immer auf den Händen lief. »Wenn du verstehst, was ich meine … zwinker, zwinker.«

»Nick, nur weil etwas hinkt, ist es noch lange kein Vergleich«, sagte Elise.

»Touché, Teuerste«, sagte Nick, kam mit Schwung wieder auf die Beine und machte eine kleine Verbeugung vor Elise.

Elise verdrehte die Augen und wandte sich dann an ihre Syn-App: »Bibliothek.«

Die Umgebung um sie herum verwandelte sich in die Archer Library. »Elise« ging auf die Regale zu und begegnete unterwegs »Brooke«, die mit einem großen, aufgeschlagenen Buch zurückkam. Die Syn-Apps winkten einander zu.

Will spähte Brooke über die Schulter, als ihr Double nach oben schaute und ein Buch über Blumen hochhielt, mit dem sie ganz nah an den Bildschirm herankam. Brooke las den Eintrag vor, den ihre Syn-App gefunden hatte: »Die weiße Chrysantheme ist die Blume der Stadt Chicago … und die Blume des Monats November …«

»Wenn das kein Zufall ist«, meinte Nick und schnippte mit den Fingern. »Leute, wir sind gar nicht weit von Chicago entfernt … und wir *haben jetzt November.«*

»Atme tief ein«, riet Ajay ihm. »Und versuch mal, deinen Verstand vollständig auszuschalten.«

»Die weiße Chrysantheme ist außerdem das Symbol einer mysteriösen Organisation, die sich die ›Bruderschaft des Dreiecks‹

nennt«, las Brooke weiter vor. »Ein Geheimbund von Wissenschaftlern, Architekten und Ingenieuren. Die Ursprünge dieser Bruderschaft reichen bis ins Mittelalter zurück … zudem steht der Bund mit den Freimaurern in Verbindung.«

»Jetzt wird es interessant«, bemerkte Ajay aufgeregt. »Der Zirkel und das Winkelmaß, die du in dem Emblem entdeckt hast, sind beides Symbole der Freimaurer.«

»Freimaurer?«, fragte Nick. »Ist das auch eine Bruderschaft? So wie diese Vereine an den Universitäten?«

»Nein, weder die einen noch die anderen sind Vereine«, klärte Brooke ihn auf. »Zumindest nicht solche, wie du meinst.«

»Und welche meine ich?«, hakte Nick nach.

»Studentische Verbindungen, wilde Partys«, sagte Brooke.

»Saufgelage«, ergänzte Elise. »Schwachköpfe, die im Strahl kotzen.«

»Genau«, bestätigte Nick und schlug mit der Faust auf den Tisch.

»Stell dich nicht so dämlich«, ermahnte Ajay ihn. »Das sind jahrhundertealte Organisationen, berüchtigt für ihre Verschwiegenheit und Brutalität.«

»Echt jetzt?«, fragte Nick verblüfft und setzte sich wieder hin. »Ich bin *begeistert.«*

»Okay, ich hab's gefunden«, verkündete Elise und drehte mit Schwung ihr Tablet herum. Ihre Syn-App beamte sich aus der Bibliothek in den Gemeinschaftsraum und hielt einen Lederband vor den Bildschirm, in dem eine Seite mit kalligrafischen Buchstaben aufgeschlagen war.

»Die Buchstaben gehören zum karolingischen Alphabet«, las Elise vor. »Die Standardschrift für Manuskripte in Westeuropa in der Zeit von etwa 800 bis 1200 nach Christus.«

»Karolingisch bedeutet ›unter der Herrschaft von Carolus‹«, erläuterte Ajay. »Der lateinische Name von Karl dem Großen, der

Europa seit der Römerzeit erstmalig vereinte und schließlich vom Papst zum Kaiser gekrönt wurde.«

»Was die Vermutung nahelegt, dass sich die Ritter – wer auch immer sie sind – von irgendeiner Gruppe haben inspirieren lassen, die zur Zeit Karls des Großen ins Leben gerufen wurde«, überlegte Brooke.

»Möglicherweise«, sagte Ajay.

»Und welche Buchstaben stehen da jetzt?«, fragte Will.

Elise hielt das Emblem neben das alte Alphabet. »T, k, o, c.«

Nick nahm Stift und Papier und schrieb die Buchstaben auf, genau wie seine Syn-App auf dem Bildschirm. »Okay, ich bin offiziell baff«, räumte er ein und kratzte sich am Kopf. »T-k-o-c ergibt kein Wort.«

»Vielleicht ist es ein Anagramm«, regte Brooke an. »Ordne die Buchstaben mal anders an.«

»Interessanterweise war Karl außergewöhnlich groß und imposant für seine Zeit«, dozierte Ajay weiter, »fast 1,90 Meter, während sein Vater offenbar ein Zwerg war.«

»Alter ... wie kannst du dir all dieses Zeug bloß merken?«, staunte Nick.

Ajay warf Will einen nervösen Blick zu. »Na ja, ich lese sehr viel und mache mir umfangreiche Notizen und hab vermutlich auch ein überdurchschnittliches Erinnerungsvermögen ...«

»Okay, hier kommen die Ergebnisse«, verkündete Nick, hielt triumphierend seine Wortliste hoch und zeigte auf das letzte. »Wie findet ihr das?«

»Tock«, las Brooke vor. »Das ist alles?«

»Tock könnte etwas bedeuten«, gab Nick zu bedenken.

»Stimmt – wenn du eine Uhr wärst«, meinte Ajay.

»Zumindest kann eine Uhr die Zeit angeben«, merkte Elise missmutig an.

Nick schaute entmutigt, aber sein Double auf dem Bildschirm hielt die Liste hoch, die es erstellt hatte, pfiff und wedelte aufgeregt mit den Armen, um Nicks Aufmerksamkeit zu erregen. »Moment mal«, bat Nick. Dann versuchte er, die Variationen auszusprechen, die seine Syn-App aufgeschrieben hatte: »Ktoc, cokt, ockt ... Mist. Ich kling wie eine Katze mit einem Haarballen im Hals ...«

Der »Nick« auf dem Bildschirm imitierte eine würgende Katze.

»Erstaunlich«, bemerkte Ajay und schüttelte den Kopf. »Selbst sein Cartoon ist ein Idiot.«

»Irgendwo ...«, setzte Elise an und trommelte genervt mit den Fingern auf die Tischplatte, »irgendwo in diesem Land gibt es ein winzig kleines Dorf, das seinen Trottel vermisst.«

»Haha, sehr witzig. Wo ist unser Scrabble?« Nick stand auf und stöberte in den Küchenschränken herum. Schließlich kam er mit einem kleinen Beutel Buchstabenplättchen zurück und fischte die vier benötigten heraus.

»Seht euch das mal an«, rief Ajay und legte sein Tablet auf den Tisch. Eine dreidimensionale Ansicht des Campus erschien in der Luft und schwebte über seinem Monitor. Ajay zog das Bild mit den Händen auseinander, bis es den Tisch fast vollständig bedeckte. »Jetzt wollen wir mal die Koordinaten ausfindig machen, die ich eingegeben habe ...« Er scrollte so lange herum, bis sie aus der Vogelperspektive auf die Sporthalle schauten. Das Gebäude wurde transparent und eine detailgetreue Abbildung der Herrenumkleide erschien. »Wir sind von der Umkleide aus in den Tunnel gegangen ... dann diese Treppe hinunter, scharf nach links ... und dann den Gang entlang bis hierhin ...« Er fuhr mit dem Finger über eine lange Gerade und zeigte den Verlauf des Tunnels an, bis er einen weiteren blinkenden Punkt am Ende erreichte.

»Die Tür zur Ausweichumkleide«, erklärte er. »Etwa 400 Meter unter den Sportplätzen.« Erneut berührte er den Bildschirm; die kleinere Umkleide erschien und darin eine weitere Tür. »Wir haben den *zweiten* Tunnel hier hinter den Schränken entdeckt. Jetzt passt mal auf.«

Ein weiteres Mal blickten sie aus der Vogelperspektive auf den Tunnel, während Ajay ihm in östlicher Richtung folgte. »Als wir die große Kammer durchquert haben und die T-Kreuzung erreichten, waren wir mehr als 60 Meter unter der Erde.«

Die beiden Gänge zweigten im Winkel von jeweils 90 Grad ab. Der rechte führte direkt unter die fotorealistisch dargestellten Fluten des Lake Waukoma.

»Wir sind der rechten Abzweigung bis hierhin gefolgt«, fuhr Ajay fort. Der blinkende Punkt bewegte sich unterhalb des Sees bis zur Insel und hielt an der Bodenklappe hinter der Festung inne.

»Die Burg wurde Anfang der Siebzigerjahre des neunzehnten Jahrhunderts erbaut. Ich vermute, die Tunnel hat man zur selben Zeit angelegt. Wahrscheinlich existierte damals an dieser Stelle bereits ein natürliches Höhlensystem.«

»Wie die Höhlen in der Felswand auf der anderen Seite des Sees«, bemerkte Will.

»Genau«, bestätigte Ajay. »Aber wie wir gesehen haben, muss es unglaublich aufwendig gewesen sein, sie zu erweitern und fertigzustellen. Die erforderlichen Ressourcen standen wohl zur Verfügung, als die Burg erbaut wurde. Und ich glaube, nur jemand, der reich und exzentrisch genug war, ein so protziges Bauwerk zu errichten, hat auch diese Tunnel anlegen können. Daher bin ich der Meinung, dass Burg und Tunnel zur selben Zeit entstanden sind. Und zwar über fünfzig Jahre *vor* der Gründung des Centers.«

»Und wer hat die Burg gebaut?«, fragte Will.

»Das werde ich herausfinden«, meinte Brooke. »Aber warum wurden die Tunnel überhaupt angelegt?«

»Diese Frage können wir noch nicht beantworten«, meinte Will.

»Glaubt ihr, dass es zwischen den Leuten, die euch von der Burg aus verfolgt haben, und den Rittern eine Verbindung gibt?«, fragte Elise besorgt.

»Ich bin mir nicht sicher«, sagte Will. »Wir wissen, dass dieser Haxley, dem die Burg heute gehört, jede Menge Wachleute auf der Insel hat. Vielleicht haben sie einfach nur auf die Gegenwart von Eindringlingen reagiert?«

»Will, sie haben praktisch auf uns gewartet, als wir die Leiter hochkamen«, widersprach Ajay.

»Und dieser Tunnel führt direkt zum Versammlungsraum der Ritter«, bemerkte Elise. »Also *muss* es eine Verbindung geben.«

»Ich glaube, sie hat recht, Will«, sagte Ajay.

»Dann lasst uns nach dieser Verbindung suchen«, forderte Will.

»Okay, das ist ja alles echt abgefahren und total krank«, meldete Nick sich wieder zu Wort, der noch immer mit den Scrabble-Plättchen herumhantierte. »Aber diese vier beschissenen Buchstaben ergeben noch immer kein einziges beschissenes Wort.«

»Weil es eben kein Anagramm ist«, behauptete Brooke und starrte aufgeregt auf den Bildschirm. »Die Buchstaben sind ein Akronym.«

»Du meinst etwas, das das Gegenteil von etwas bedeutet?«, fragte Nick.

»Nein, das ist ein *Antonym«,* klärte Brooke ihn auf. »Bei einem Akronym handelt es sich um die *Anfangsbuchstaben* von Wörtern oder einem Satz mit besonderer Bedeutung.« Sie brachte die Plättchen wieder in ihre ursprüngliche Reihenfolge. »T ... K ... O ... C.«

»Du meinst, wie LOL?«, fragte Nick skeptisch.

»Ja.« Brooke nickte. »Wie ein *Akronym* eben.«

»LSIMH«, sagte Nick.

»Was soll das denn heißen?«, fragte Ajay.

»Lache Still In Mich Hinein«, erklärte Nick.

»Und wofür steht TKOC?«, hakte Will nach.

Brooke drehte ihr Tablet herum. Ihre Syn-App öffnete einen weiteren ledergebundenen Wälzer aus der Bibliothek und hielt ihn hoch. Der Bildschirm zeigte eine aufwendige zweiseitige Farbillustration – eine Heldendarstellung von zwölf Rittern zu Pferd in schwerer Rüstung.

»The Knights of Charlemagne: Die Ritter Karls des Großen«, erläuterte Brooke. »Die zwölf größten Krieger, die unter Kaiser Karl gedient haben. Sie nannten sich selbst die Ritter und jeder Name von dieser Liste, die ihr gefunden habt, ist hier aufgeführt: Orlando, Renaldo, Namo …«

Die anderen drängten sich um sie, damit sie etwas sehen konnten.

»… Salomon, Turpin, Astolpho, Ogier, Malagigi, Padraig, Florismart, Ganelon, Guerin de Montglave …«

»Alter«, rief Nick. »Mir platzt gleich der Schädel.«

»Deshalb haben die Ritter karolingische Buchstaben für dieses Akronym verwendet«, schloss Ajay. »Ein Hinweis auf ihren Ursprung und ihre Identität, der sich in dem Emblem verbirgt.«

»Die ersten zwölf Namen finde ich hier«, bestätigte Elise, als sie die Liste aus dem Buch überflog. »Aber nicht den *letzten:* der Gehörnte.«

»Und wer soll das dann sein?«, fragte Will.

»Ich habe da so eine Idee«, meinte Brooke und blätterte ihr Online-Buch durch. »Eine Sekunde.«

»Fassen wir zusammen«, meinte Will und ging auf und ab, während er alles durchdachte. »Die Umkleide und diese Tunnel werden von Angehörigen einer Gruppe benutzt, die sich die Ritter Karls des Großen nennen. Die Neuauflage eines alten Ordens, der vermutlich mit der Person in Verbindung steht, die diese Burg erbaut hat.«

»Oder mit der Person, die heute dort wohnt«, warf Elise ein.

»Und die Ritter haben definitiv etwas mit den Schwarzkappen zu tun, die mich verfolgt haben«, stellte Will fest.

»Vielleicht gehören sie alle derselben Organisation an«, mutmaßte Ajay.

»Ja, vielleicht«, meinte Will.

»Also was fangen wir damit jetzt an?«, wollte Nick wissen, während er auf der anderen Seite des Tischs hin und her lief.

»Unsere Mission hat sich nicht geändert«, teilte Ajay mit. »Wir müssen herausfinden, wer diese Ritter sind. Wen hat Will da unten mit den Hüten und Masken gesehen? Wer hat uns heute Abend durch die Tunnel gejagt?«

»Einen von ihnen kennen wir«, bemerkte Elise.

»Lyle«, folgerte Will. »Mit ihm fangen wir an.«

Brooke schnappte nach Luft und stand ruckartig auf. Sie hielt ihr Tablet in der Hand und rief aufgeregt: »Hört euch das mal an!«

»Erschreck mich nicht so«, beschwerte Nick sich.

Gebannt las Brooke einen weiteren Abschnitt aus dem Buch vor, das ihre Syn-App gefunden hatte: »Die zwölf Ritter Karls des Großen begleiteten den Herrscher bei zwei verschiedenen Kreuzzügen, als er sein Heer durch Europa führte, um Jerusalem und das Heilige Land für die ›zivilisierten‹ Königreiche des Westens einzunehmen.«

»Und was sagt uns das?«, fragte Ajay.

»Karl der Große hatte noch einen anderen Namen für diese Kerle«, verriet Brooke. »Seine zwölf Ritter ... er nannte sie Paladine.«

Seit dem Moment seiner Ankunft hier hatte ich nicht länger von ihm geträumt. Aber die Gefahr, in der er schwebte, war nicht mit den Träumen verschwunden. Im Gegenteil: Ich spürte, dass sie jetzt sogar noch größer war und dass sie immer näher kam. Hatte er sie mitgebracht oder hatte sie schon immer auf ihn gewartet?

Eigentlich sollte er hier in Sicherheit sein. Die Schule kennt Mittel und Wege zu seinem Schutz. Sollte ich ihm sagen, was ich weiß? Vielleicht hat er noch nichts davon gehört. Würde es etwas nutzen? Wie kann ich sicher sein, dass es nicht noch schlimmer wird, wenn ich ihm davon erzähle?

Schlafen wird langsam unmöglich.

DAS LERNPROGRAMM

Es war bereits nach ein Uhr, als die fünf beschlossen, endlich ins Bett zu gehen – zufrieden darüber, dass sie jetzt zumindest einen Namen für das hatten, worauf sie gestoßen waren. Trotzdem lag Will noch lange wach. Er machte sich Sorgen wegen dieser letzten Information, die Brooke entdeckt hatte: Die ursprünglichen Ritter waren alle Paladine gewesen. Einer der heutigen Ritter, verkleidet als Paladin, hatte ihn mit einem Beil verfolgt. Und der Paladin war seit 1915 das Wahrzeichen der Schule.

Bedeutete das, dass die Schule irgendwie in die Geschichte verwickelt war?

Außerdem war da noch dieses ganze andere, völlig verrückte Zeugs, von dem er den anderen bisher nichts erzählt hatte: Die Verbindung, die Nando zwischen den Schwarzkappen und der Agentur aufgedeckt hatte, die ihn an die Schule geholt hatte. Das wiederholte Erscheinen seines Schutzengels, die Monster aus dem Niegewesen und dieser paranormale »Krieg«, von dem Dave behauptet hatte, dass er mittendrin steckte.

Will hörte ein leises Klopfen, ging zur Tür und öffnete sie einen Spalt.

Im Flur wartete Brooke. »Ich muss dich was fragen«, flüsterte sie.

Sie stand so nahe, dass Will einen Hauch ihres süßen, nach Pfefferminz duftenden Atems auffing. Er trat zur Seite und ließ sie hinein. Das weiße Hemd, das sie trug, war ihr viel zu groß, genau wie die dicken Wollsocken an ihren Füßen. Sie ging zu Wills Bett, zog ein nacktes Bein hoch und setzte sich darauf. Will nahm neben ihr Platz, hielt aber ein wenig Abstand.

Als sie sich zu ihm vorbeugte, funkelten ihre großen, ängstlichen Augen im Mondlicht, das durch das Fenster fiel. »Ich liege einfach nur da und starre an die Decke«, verriet sie ihm mit leiser, zitternder Stimme. »Und ich frage mich die ganze Zeit, warum der Paladin da unten aufgetaucht ist.«

»Vielleicht ist er uns gefolgt«, überlegte Will.

»Aber woher hat er überhaupt gewusst, dass ihr da unten wart?«

»Vielleicht haben wir eine Art stillen Alarm ausgelöst ...«

»Ich glaube, dass Lyle dich irgendwie beobachten kann«, sagte sie voller Überzeugung. »Das Gleiche ist nämlich auch mit Ronnie passiert. Lyle schien immer genau zu wissen, wo er gerade war.«

Will erschauderte bei dem Gedanken.

»Und, Will, überleg mal«, fuhr Brooke fort und legte ihre Hand auf seine. »Wenn Lyle wirklich zu den Rittern gehört und sie mit den Männern zusammenarbeiten, die versucht haben, dich zu entführen ...«

Jetzt lief es Will eiskalt den Rücken hinunter. »Dann haben sie wahrscheinlich inzwischen erfahren, dass ich hier bin«, beendete er den Satz.

»Es tut mir leid, dass ich dich bisher nicht stärker unterstützt habe«, entschuldigte Brooke sich aufrichtig. »Ich bin nämlich im Grunde nicht der Meinung, dass Regeln dazu da sind, gebrochen zu werden. Aber das hier ist etwas anderes: Du schwebst in Gefahr und ich möchte helfen, so gut ich kann.«

»Ich bin froh, dass du das sagst«, gestand Will. »Ich muss dir auch etwas sagen. Es sieht so aus, als würde Todd ebenfalls dazugehören – er und ein paar andere aus der Crosslauf-Mannschaft.«

Brooke wandte den Blick ab und seufzte. Sie wirkte eher traurig als überrascht.

»Entschuldige«, sagte Will. »Was auch immer zwischen euch läuft, es geht mich nichts an.«

»Zwischen uns läuft gar nichts«, stellte Brooke mit funkelnden Augen klar. »Unsere Familien sind befreundet, das ist alles. Wir kennen uns schon von Kindheit an.«

»Wenn ich dir irgendwie helfen kann ...«, bot Will an.

Brooke schaute ihn wieder direkt an, mit einem besorgten Ausdruck in den Augen. »Bei all dem, was hier abgeht, willst du *mir* helfen?«

Einen Moment verlor Will sich in diesen Augen, dann blickte er weg.

Sie nahm auch seine andere Hand. »Ganz im Ernst, Will: Ich möchte nicht, dass dir etwas passiert.«

»Mach dir um mich keine Sorgen«, beschwichtigte er.

»Aber ich mache mir Sorgen«, widersprach sie. »Schon bei unserer allerersten Begegnung wusste ich, dass du etwas Schreckliches erlebt hast.«

»Na ja, ich lag ja auch mit einer genähten Kopfwunde in der Klinik.«

Brooke boxte ihn leicht auf den Arm. »Der Fachbegriff ist *emotionale Intelligenz*. Ich will dir nicht nur deshalb helfen, weil ich damit das Richtige tue, sondern weil ich dich mag. Du bist klug und nett und ... irgendwie mutig.«

Erneut musste Will den Blick abwenden.

»Das haben wohl noch nicht viele zu dir gesagt, oder?«

»Nein«, räumte Will leise ein.

Brooke versuchte, ihm in die Augen zu schauen. »Was ist mit Freunden zu Hause? Leute, die dir nahestehen?«

Will zuckte die Achseln. »Ich habe keine.«

»Keinen einzigen Freund?«

Er schüttelte den Kopf.

»Okay, das ist nicht in Ordnung. Aber nicht, weil etwas mit dir nicht in Ordnung wäre«, sagte sie sanft. »Was haben deine Eltern sich bloß gedacht? Du hättest eine Menge Freunde haben sollen. Von jetzt an wirst du die auch haben.«

Will hoffte, dass Brooke nicht hören konnte, wie heftig sein Herz schlug; es würde bestimmt jeden Moment seinen Brustkorb sprengen.

»Und wenn du darüber sprechen möchtest ... über das, was du durchgemacht hast, oder über Fußball oder englische Dichtung des achtzehnten Jahrhunderts ... ich stehe zur Verfügung. Dafür sind Freunde nämlich da«, verkündete Brooke wie jemand, der dieses Konzept zum ersten Mal in der Geschichte der Menschheit erklärt. Dann drückte sie noch einmal Wills Hand und ging zur Tür. »Ich werde Todd auf den Zahn fühlen und sehen, was ich herausfinden kann«, versprach sie.

»Sei bitte vorsichtig.«

Die Bemerkung schien sie zu amüsieren. »Du weißt wirklich nicht viel über Mädchen, stimmt's? Schlaf jetzt, *Champ.«*

Keine Chance – an Schlaf war nicht zu denken. Nachdem Will sich eine halbe Stunde hin und her gewälzt hatte, bemerkte er, dass sich sein Tablet eingeschaltet hatte. Eigentlich war er sich vollkommen sicher, dass er es ausgeschaltet und flach hingelegt hatte, bevor er ins Bett gegangen war. Aber jetzt stand der Computer wieder auf den Stützen, den Bildschirm direkt in seine Richtung gewandt. Darauf war folgende Nachricht zu lesen:

MÖCHTEN SIE JETZT MIT DEM LERNPROGRAMM BEGINNEN? (EMPFOHLEN)

»Ich geb auf«, murmelte Will, wankte zum Schreibtisch und setzte sich. »Ja, ich möchte mit dem Lernprogramm beginnen.«

Auf dem Bildschirm erschienen sprudelnde Luftblasen, die Will ein eigenartiges, fast schon körperlich spürbares Gefühl vermittelten. *Er freut sich.* Dann tauchte eine Reihe von Fragen auf, die mit zunehmender Geschwindigkeit verschwanden und durch neue ersetzt wurden, sobald Will antwortete:

WIE GROSS SIND SIE? WIE SCHWER? WANN IST IHR GEBURTSTAG? WAS IST IHRE LIEBLINGSFARBE? IHR LIEBLINGSSPORT?

Als Will alle Fragen beantwortet hatte, wurde er aufgefordert, seine Hände nacheinander auf den Bildschirm zu legen. Dabei verströmte er jedes Mal ein helles blaues Licht. Anschließend sollte er sein Gesicht bis auf fünfzehn Zentimeter an den Monitor heranbringen, sich nicht bewegen und die Augen schließen. Will folgte der Aufforderung und spürte, wie sich ein symmetrisches Raster aus intensivem Licht langsam über seine Gesichtszüge bewegte ...

Er tastet mich ab.

Eine letzte Mitteilung erschien: DIESES GERÄT WIRD FÜR IHRE PERSÖNLICHE UND SICHERE VERWENDUNG AKTIVIERT. MÖCHTEN SIE NOCH IMMER FORTFAHREN?

»Ja.«

Der Bildschirm schimmerte nun dunkelblau. Ein schwacher Pulsschlag setzte ein und sorgte für wellenförmige Bewegungen, wie Steine, die in einen stillen See geworfen wurden. In der Mitte bildete sich ein winziger, blasser Punkt, der mit jedem Herzschlag an Größe gewann. Will erkannte, dass der Puls auf dem Monitor mit seinem eigenen Herzschlag übereinstimmte.

Er konnte die Augen einfach nicht abwenden: Innerhalb weniger Minuten wuchs der Punkt auf die Größe einer Münze an. Etwas an diesem gleichmäßigen Rhythmus sorgte dafür, dass sich Wills Geist entspannte und er immer schläfriger wurde. Als ihm das Kinn auf die Brust sank, schleppte er sich ins Bett und schlief sofort ein.

Ein paar Stunden später erwachte er im Sonnenschein. Er schaute zum Monitor und sah, dass der Punkt weiter angewachsen war. Die blasse Gestalt, die sich über Nacht gebildet hatte, sah aus wie die Silhouette eines menschlichen Körpers, der auf dem Rücken lag und im Raum schwebte. Noch vage und unfertig, aber im Entstehen.

Das bin ich. Er entwickelt meinen Doppelgänger.

Nachdem Will geduscht und sich angezogen hatte, griff er nach dem Tablet, um es mitzunehmen, doch sofort ertönte ein schriller Ton und auf dem Bildschirm erschien eine Warnung:

DIESES GERÄT DARF ERST BENUTZT WERDEN, SOBALD DIE AKTIVITIERUNG VOLLSTÄNDIG ABGESCHLOSSEN IST.

»Der Vorfahre jeder Handlung ... ist ein Gedanke.«

Will schnellte hoch und hatte sofort ein schlechtes Gewissen. Nach dreißig Minuten seiner ersten Stunde bei Dan McBride – dem Lehrer, dessen Meinung ihm wichtiger war als die jedes anderen – konnte er nur noch mit Mühe die Augen aufhalten. Er ließ den Blick über die anderen zwanzig Schüler im Hörsaal schweifen. Keiner von ihnen schien zu bemerken, wie schwer es ihm fiel, wach zu bleiben.

»Das ist Emersons zentraler Gedanke«, sagte McBride an seinem Lesepult. »Alles beginnt im Geist. Alles, was wir wahrnehmen, was wir schaffen, erfahren oder glauben ... beginnt hier. In unserem Inneren.«

Will rutschte auf seinem Platz hin und her. Ein trüber Gedankensumpf schwappte in seinem Kopf herum und unheimliche maskierte Gesichter schwammen auf ihn zu, während er gegen den Schlaf ankämpfte.

Eine Gruppe, die sich selbst die Ritter Karls des Großen nennt. Nach den ursprünglichen Paladinen aus dem Mittelalter. Mitglieder eines Geheimbundes innerhalb der Schule. Mit irgendeiner Verbindung zu den Schwarzkappen und dem Niegewesen.

Was bezwecken *sie? Seit wann sind sie hier? Es kann nicht bloß Zufall sein, dass das Maskottchen des Centers ein Paladin ist. Aber wie passt das alles zusammen?*

»Ihr müsst an euch selbst glauben«, fuhr McBride fort. »Lernt, euren Instinkten zu trauen, wenn die Welt euch sagt, ihr sollt es nicht tun. ›Vertraue dir *selbst* entgegen aller Vernunft oder der Meinung aller anderen.‹ So sollten wir Emerson zufolge leben. Denn *euer* Leben muss in allererster Linie für *euch* einen Sinn ergeben.«

McBrides Worte klangen, als wären sie direkt auf Will gemünzt. Wie eine von Dads ersten Regeln. Nr. 11: VERTRAUE DEINEN INSTINKTEN.

Dadurch wurde Will schlagartig wieder wach. Er schaute zu Brooke hinüber, die in der Ecke saß, McBride ansah und ihm aufmerksam zuhörte. Sie war so wunderschön, dass seine Brust bei ihrem Anblick schmerzte. Dann spürte er, wie sich von hinten ein Augenpaar in seinen Rücken bohrte.

Hör auf zu glotzen und halt dich ein wenig zurück, du Schlafmütze.

Als er sich umdrehte, sah er, dass Elise ihn anstarrte. Erwischt. *Na toll, sind meine Gefühle schon so offensichtlich?*

Elise hielt sich mit den Fingern die Augen auf. Sie machte sich lustig über seine Versuche, wach zu bleiben.

Doch Will bemerkte noch etwas anderes in ihrem Blick: einen nicht überwundenen Schmerz *hinter* ihrer coolen Fassade. Er hatte das Gefühl, als sähe er sie zum ersten Mal richtig.

»Emerson möchte, dass wir Folgendes tun«, erklärte McBride und entfernte sich vom Pult. Er klang so ernsthaft, als erzählte er das alles zum ersten Mal. »Emerson will, dass wir eigenständig denken, ohne Angst, uns lächerlich zu machen oder verurteilt zu werden. Er will, dass wir uns entscheiden und das ignorieren, was der Rest der Welt sagt. Achtet nicht auf Moden und Trends und folgt immer eurer eigenen inneren Stimme. Eure vorrangige Aufgabe besteht darin, zu lernen, wer ihr seid. Was Emerson betrifft, so gibt es keine Fehler im Leben, nur Lektionen. Sobald ihr eine Lektion gelernt habt, geht ihr weiter zur nächsten. Und der einzige Ort zum Lernen ist genau hier. In der immerwährenden Gegenwart.«

Sei dir der Realität der Gegenwart stets bewusst. Denn wir haben nichts außer dem jetzigen Moment. McBride beschwor heute wirklich Dad herauf, dachte Will und spürte, wie sich seine Stimmung verbesserte.

Nach dem Unterricht winkte McBride Will zu sich ans Pult. »Schön, dass du meinen Kurs besuchst, Will. Ich hoffe, du hattest nicht allzu viel Mühe, wach zu bleiben.« McBride zwinkerte ihm zu, während er seine Unterlagen in eine Aktentasche packte.

»Entschuldigung, Sir«, sagte Will kleinlaut. »Ich leide noch immer unter der Zeitverschiebung. Konnte nicht schlafen.«

»Kein Problem. Da fällt mir ein: Dr. Robbins lässt fragen, ob du dich mit deinen Eltern in Verbindung gesetzt hast. Wegen der medizinischen Unterlagen und diesen zusätzlichen Untersuchungen.«

»Ja«, bestätigte Will, krümmte sich aber innerlich. »Wir haben gestern Abend telefoniert. Sie schicken die Sachen mit der Post. Und sie haben keine Einwände gegen weitere Tests.«

»Ausgezeichnet«, freute McBride sich.

Als sie gemeinsam den Raum verließen, beschloss Will, McBride zu vertrauen und ihn einfach zu fragen: »Sir, wissen Sie irgendetwas über ... geheime Gesellschaften oder Bünde, hier an der Schule?«

Verwundert blieb der Lehrer auf dem Gang stehen. »Wieso fragst du das, Will?«

»Ich habe da so ein Gerücht gehört. Über eine Gruppe, die sich die Ritter Karls des Großen nennt.«

McBride nickte. »Also, ich kann mich zwar nicht an eine Gruppe mit diesem Namen erinnern, aber du könntest es in der Archer Library versuchen. Sie besitzt ein großes Archiv über die Geschichte der Schule.«

»Danke, das ist eine gute Idee«, meinte Will.

»Gewöhne dich übers Wochenende ein«, sagte McBride und legte ihm eine Hand auf die Schulter. »Und versuch, etwas Schlaf nachzuholen.« Erneut zwinkerte er Will zu.

Will sah ihm nach, wie er davonhumpelte und trotz seiner kaputten Knie Haltung bewahrte.

Verdammt. Die medizinischen Unterlagen habe ich völlig vergessen. Das war ein Problem. Aber er wusste bereits, wie er es lösen konnte.

»Hi, Nando, hier ist Will. Passt es gerade?«

»Hi, Will. Ja, ich hab Zeit.«

Will hatte sich im Bad eingeschlossen und flüsterte in sein Handy. »Ich hab mir Sorgen gemacht, als du dich gestern nicht mehr gemeldet hast. Die Schwarzkappen sind doch direkt auf dich zugekommen.«

»Alles cool, Bruder. Freddie und ich haben sie abgehängt. Bin gestern Abend zurück nach Ojai gefahren. Muss wieder malochen, meinen Taxi-Job machen. Was gibt's?«

»Hier im Krankenhaus braucht man ein paar medizinische Unterlagen von meinem Dad und wir glauben, sie sind in unserem Haus. Meinst du, du könntest da mal vorbeifahren und sie holen, wenn die Luft rein ist?«

»Klar.«

»Wir haben einen Schlüssel bei der Hintertür deponiert. Lass uns telefonieren, wenn du da bist, dann sage ich dir, wo du nachsehen musst.« Vor Wills innerem Auge erschien ihr Haus in Ojai. Seit seiner Abreise waren erst drei Tage vergangen, aber sie kamen ihm vor wie drei Monate. Diese Version von ihm selbst – Will West 1.0 – schien erschreckend veraltet zu sein.

»Wenn du Empfang hast, werde ich versuchen, dir ein Video zu streamen«, sagte Nando.

»Super Idee«, flüsterte Will begeistert. »Ich werde dafür sorgen.« Dann beendete er das Gespräch und kehrte in sein Zimmer zurück, um sich auf seinen letzten Kurs an diesem Tag vorzubereiten. Die Gestalt auf seinem Tablet war weiter gewachsen, wie eine Skulptur, die aus einem Gesteinsblock gemeißelt wurde. Sie besaß mittlerweile schon Haare – in der richtigen Farbe und Länge – und mit jeder Sekunde, die verging, bildeten sich die Muskeln deutlicher heraus.

Noch ein paar Stunden und aus diesem kleinem Menschlein ist mein Double entstanden.

Will schob den Schreibtisch ein Stück zur Seite und öffnete das Geheimversteck. Als er das Handy hineinlegte, bemerkte er, dass sich der Hohlraum unter den Dielen ein paar Zentimeter in Richtung Wand erstreckte. Er fuhr mit der Hand hinein und tastete den Boden ab. Erst als er das Handgelenk drehte, um die Unterseite der Dielen abzutasten, stieß er auf einen eckigen Gegenstand, der mit einem Stück Klebeband am Holz befestigt war. Er riss das Band ab und holte den Gegenstand hervor.

Es handelte sich um ein kleines Stück Metall, so lang und etwa halb so breit wie ein Dominostein. Genau in dem Moment, in dem Will die lose Bodendiele wieder über die Öffnung schob und den Schreibtisch an seinen Platz rückte, klingelte das schwarze Telefon. Erschrocken zuckte er zusammen und antwortete beim zweiten Klingeln.

»Will, hier ist Dr. Robbins«, meldete sich die Psychologin forsch. »Mr McBride hat mir gesagt, dass du die Erlaubnis deiner Eltern für die Untersuchungen hast.«

»Ja, das ist richtig.«

»Sehr gut. Dr. Kujawa möchte dich gern morgen früh sehen. Da Samstag ist, verpasst du keinen Unterricht. Komm bitte um acht Uhr in die Klinik, okay?«

»Okay.«

»Schön. Dann sehen wir uns morgen«, sagte sie und legte auf.

Will wusste nicht, was er davon halten sollte. Die ersten Tests hatten eine Menge über ihn verraten, aber was würden sie dieses Mal zutage fördern?

Auf dem Weg zu seinem nächsten Kurs klopfte Will an Ajays Tür. »Ajay, ich bin's – Will.«

Er hörte, wie Sicherheitsschlösser entriegelt wurden, bevor sich die Tür einen Spalt öffnete und Ajay den Kopf herausstreckte. »Was gibt's?«

Will hielt das kleine Metallstück hoch. »Kannst du mir sagen, was das ist?«

Ajay betrachtete es argwöhnisch. »Woher hast du das?«

»Das erzähl ich dir später. Bitte sieh es dir an und sag mir dann, was du herausgefunden hast.«

»In Ordnung«, sagte Ajay und nahm das Objekt entgegen. »Sonst noch was?«

»Ich brauche später eine Live-Videoverbindung mit einem Kumpel in Südkalifornien«, erklärte Will. »Kriegst du das hin?«

»Hat er Zugang zu einem Telefon, mit dem Videodaten gestreamt werden können?«

»Davon gehe ich aus«, bestätigte Will.

»So gut wie erledigt«, versicherte Ajay und wollte die Tür gerade wieder schließen.

Will warf einen kurzen Blick auf Elises Zimmertür und beschloss, einem weiteren inneren Gefühl zu folgen. »Wann sind Elise und Ronnie Murso eigentlich letztes Jahr zusammengekommen?«

Erstaunt und mit großen Augen hielt Ajay inne. »Woher weißt du das?«

»Ich glaube, das ist der Grund, warum Elise immer so abweisend ist.«

»Sehr scharfsinnig, alter Knabe«, meinte Ajay beeindruckt. »Wie bist du darauf gekommen?

»Durch ihre Reaktion, als wir zum ersten Mal über ihn gesprochen haben«, verriet Will. »Bis später.«

RULAN GEIST

Zum zweiten Mal seit seiner Ankunft im Center fühlte Will sich, als hätte man ihn in tiefes Wasser geworfen. *Genetik – Die Wissenschaft von Morgen aus heutiger Sicht.* Achtzehn Schüler in Laborkitteln und Schutzbrillen arbeiteten in Zweiergruppen an langen Tischen.

Der Lehrer, Professor Rulan Geist, trug einen Kittel, der ihm bis auf seine schwarzen Stiefeletten hinabreichte und an den Staubmantel eines Cowboys erinnerte. Während er durch die Reihen schritt, erklärte er der Klasse, worum es im heutigen Unterricht ging: Spleißen von Genen und Extraktion der DNA bei einem Nematoden, einem winzigen, primitiven Wurm, den sie sezierten. Geist hätte ebenso gut Irokesisch sprechen können.

Der Professor war groß und massig, hatte lange Arme und dicke, breite Hände, die er entweder hinter dem Rücken verschränkte oder mit denen er unbeholfen gestikulierte. Er sprach mit tiefer, volltönender Stimme und einem leichten Akzent, vielleicht skandinavisch oder niederländisch. Geist war ein hässlicher Typ mit dunklen Ringen unter den Augen und einem großporigen, sonnengebräunten Gesicht, dessen untere Hälfte er mit einem sorgfältig gestutzten Knebelbart an Kinn und Oberlippe zu verschönern suchte. Der Bart sah aus, als würde er nach dem Rasieren innerhalb einer Stunde wieder nachwachsen. Geheimratsecken und ein spitzer Haaransatz sorgten dafür, dass sein kurzes, gewelltes, grau meliertes Haar aussah wie eine Rückenflosse. Borstige Haare wuchsen ihm aus den Ohren und buschige Brauen kräuselten sich wie Korkenzieher über seinen Augen. Eine Brille mit dicken viereckigen Gläsern saß auf seiner steil abfallenden Nase und vergrößerte seine dunklen, feucht schimmernden Augen, wenn er jemanden ins Visier nahm.

Und genau das machte er ein paar Mal mit Will. Will versuchte unterdessen, so zu tun, als helfe er seiner Partnerin, einem ernsten rothaarigen Mädchen. Ihr Name war Allyson Rowe und sie war höflich genug, Will nicht unter die Nase zu reiben, was für ein hoffnungsloser Fall er war. Geist lächelte Will jedes Mal freundlich an und schien seine Bemühungen zu schätzen, auch wenn sie ihn nicht überzeugten. Als er kurz vor Ende der Stunde ein letztes Mal an Wills Platz vorbeikam, legte er ihm kurz die Hand auf die Schulter, beugte sich zu ihm hinab und sagte: »Wir unterhalten uns nach dem Unterricht.«

Nachdem sich der Raum geleert hatte, nahmen Will und Geist auf den hohen Stühlen vor einem Labortisch Platz. Freundlich lächelnd hakte Geist seine Stiefel an der untersten Querstrebe des Stuhls ein und legte die Hände auf die Knie. Drahtige schwarze Haare wuchsen zwischen den Knöcheln seiner langen, dicken Finger.

»Naturwissenschaft ist wohl ein fremdes Land für Sie«, meinte Geist.

»In dem man eine fremde Sprache spricht«, gestand Will.

»Ja, gewiss. Aber es geht um mehr als nur um die Sprache. Es handelt sich um eine völlig andere Kultur. Eine Kultur, die jedem, der ihr zum ersten Mal begegnet, äußerst seltsam erscheint.«

»Ist es so offensichtlich?«, fragte Will beschämt.

»Ich will Sie nicht kritisieren, Mr West. Ich habe Ihre Fächerauswahl gesehen. Sie hatten Geometrie und nur ein Jahr Biologie. Weder Chemie noch Algebra. Das wirft Sie weit zurück. Ich habe auch gelesen, dass Ihr Vater in der Forschung arbeitet.«

»Ja, Sir. Neurobiologie.«

»Und von seinem naturwissenschaftlichen Interesse hat nichts auf Sie abgefärbt?«

»Bis vor ein paar Jahren wusste ich nicht einmal, womit er sein Geld verdient.«

»Also bringt er seine Arbeit nie mit nach Hause oder spricht mit Ihnen darüber?«

»Nein, das hat er nie getan«, erwiderte Will. Dann erinnerte er sich, dass er lieber in der Gegenwart sprechen sollte, und korrigierte sich: »Er redet nie über seine Arbeit.«

»Das überrascht mich. Die Neurobiologie ist ein *aufregender* Fachbereich«, sagte der Lehrer begeistert. »Jede Menge Entdeckungen und hochinteressante Themen. Ich hätte angenommen, dass Sie zumindest ein gewisses Interesse *geerbt* hätten.«

»Vielleicht habe ich das ja und weiß es nur nicht. Vielleicht ist es nur ein rezessives Gen.«

Geist lachte. »Dann wissen Sie ja doch ein wenig über unser Thema.«

Will hielt Daumen und Zeigefinger ein paar Millimeter auseinander.

»Also, ich glaube fest daran, dass es sehr sinnvoll ist, einen Blick auf eine Landkarte zu werfen, bevor man ein fremdes Land besucht. Und genau das werde ich jetzt tun: Ihnen eine Karte erstellen. Bildlich gesprochen.« Geist führte Will zu einer leeren weißen Wandtafel.

Will war dankbar, dass der Lehrer auf seine Unwissenheit so verständnisvoll reagierte, im Gegensatz zu Professor Sangren, der ihn vor der gesamten Klasse bloßgestellt hatte.

Nachdem Geist einen kleinen Schalter an einem elektronischen Stift betätigt hatte, strömte Licht aus ihm heraus und die Tafel wurde heller. »Genetik«, setzte Geist an. »Vom gleichen Wortstamm abgeleitet wie *Genese,* ›Entstehung‹. Der Anfang aller Dinge. Der wissenschaftliche Zweig, in dem wir die zwei Faktoren für die Entwicklung lebender Organismen studieren: Vererbung und Variation. Merkmale sind entweder von biologischen Vorgängern vererbt – unsere Eltern und Vorfahren – oder durch eine Reihe von Faktoren in der Natur beeinflusst.«

»Natur oder Kultur«, folgerte Will.

»Genau! Die philosophischen Gegensätze, die unsere wissenschaftliche Disziplin definieren.« Geist bediente den elektronischen Stift, ließ irgendwie die Worte *Schicksal* und *Natur* auf einer Seite der Tafel erscheinen und zeichnete einen Kreis um sie herum.

»Hier ...«, setzte er an und tippte auf den Kreis, »stellt man sich Vererbung als eine Art Bestimmung vor. Das, was die Griechen Los nennen. Alles, was uns im Leben widerfährt, ist vorherbestimmt, weil die *Definitionen* unseres Charakters im Vorhinein durch die Grenzen dessen festgelegt sind, was in unserem individuellen genetischen Code verankert ist. Dagegen haben wir hier drüben das andere Extrem ...« Auf der anderen Seite der Tafel ließ Geist das Wort *Kultur* erscheinen, fügte dann *freier Wille* hinzu und umkringelte die Worte. »... welches davon ausgeht, dass Menschen *absolute Autonomie* besitzen, was ihre Entwicklung betrifft. Dahinter verbirgt sich die Vorstellung, dass wir uns, als einzigartige Wesen, durch die Entfaltung unseres Charakters im Leben zu dem entwickeln, wofür wir uns *entschieden* haben, und zwar *ungeachtet* dessen, was in unserem Code steht. Einfach ausgedrückt, bestimmen diese beiden Positionen und alles, was zwischen ihnen liegt, die Koordinaten unserer Landkarte.«

»Das leuchtet mir ein«, sagte Will.

»Gut. Wo, glauben Sie, finden wir objektive wissenschaftliche *Wahrheit?*«

»Irgendwo in der Mitte?«

»Sehr richtig.«

Geist drückte erneut auf seinen elektronischen Stift und die Mitte der Tafel öffnete sich wie ein Fenster zu einem dreidimensionalen Aquarium. Eine Grafik zweier bunter, miteinander verschlungener DNA-Stränge schwebte im Raum. Um sie herum erschienen

Gruppen animierter Kästchen, angefüllt mit Buchstaben und Symbolen, die auf verschiedene Abschnitte der Stränge zeigten.

»Der genetische Code des Menschen«, erklärte Geist. »Der Bauplan des Lebens. Er enthält über 24.000 einzelne Gene und drei Milliarden chemische Basenpaare, von denen jedes 30.000 Variationen hervorbringen kann. Und sie alle sind für die Existenz und die Fortdauer menschlichen Lebens zuständig. Mehr als sieben Milliarden Menschen tragen heute ihre Version dessen in sich, was Sie hier sehen, versteckt in Billionen von Zellen in ihrem Körper. Und all diese Baupläne sind so einzigartig wie die Sterne am Himmel. Konzentrieren Sie sich jetzt auf den Unterschied zwischen einer *Karte* ...«

Der Bildausschnitt wurde herangezoomt und zeigte die Doppelhelix, so groß, detailliert und plastisch wie die Oberfläche eines fremden Planeten.

»... und dem *Gebiet,* das sie darstellt. Und dieses *Gebiet* ist für uns so dunkel und unbekannt wie die Prärie für Lewis und Clarke, als sie die Passage in den Westen suchten. So mysteriös, wie es die Raumfahrt für meine Generation war. Jede Generation findet ihre eigene Grenze und dies hier ist Ihre, Will«, verkündete Geist mit missionarischem Eifer. »Es könnte durchaus die *letzte* Grenze sein. Jemand aus Ihrem Jahrgang, vielleicht sogar jemand, den Sie persönlich kennen, wird der Magellan, Cortés oder Kolumbus dieser Welt sein. Es wird nicht darum gehen, neue Handelsrouten oder Rohstoffe wie Gewürze oder Zuckerrohr zu finden. Die Möglichkeiten für Entdeckungen reichen unendlich viel weiter, denn wir können heute mit Sicherheit sagen, dass irgendwo auf dieser Karte alle Antworten auf das Geheimnis der menschlichen Existenz – der Schöpfung *selbst* – nur darauf warten, dass wir sie finden.«

Bilder von Pflanzen und Tieren in unendlichen Variationen zogen über den Bildschirm, bewegten sich um die gewundenen

DNA-Stränge und die vier Buchstaben A, T, C und G. Will war von der Darstellung wie gebannt.

»Alles Leben auf der Erde verdankt seine Existenz den Geheimnissen dieser simplen und schönen Formen. Bei einem Großteil der Natur ist deren Schicksal – als Begrenzung – in ihren Code eingeschrieben, als wäre es in Stein gemeißelt. Diese Blume hier blüht violettrot; dieses kleine Säugetier dort paart sich jedes Jahr im Frühling in einem Zeitraum von nur zwei Wochen; das Leben dieses Vogels wird von unabänderlichen Wanderungen bestimmt.

Weniger als sieben Prozent der Bausteine des Lebens sind auf den Menschen beschränkt. Sieben Prozent, die es unserer Spezies ermöglichen, in einer einzigen Generation Grenzen zu ›überschreiten‹, die für jede andere Lebensform unüberwindlich sind. Sieben Prozent, die auf eine Art und Weise, wie wir sie noch nicht begreifen, für das Phänomen des ›menschlichen Bewusstseins‹ verantwortlich sind. Jenes Phänomen, das uns innerhalb weniger Jahrtausende ...«

Eine Flut von Bildern wanderte über die weiße Tafel: vertraute Gesichter, mathematische Formeln, Ingenieurszeichnungen, Partituren.

»... Shakespeare, Newton, Mozart, Leonardo da Vinci, Jesus, Beethoven, Dickens, Michelangelo, Edison, Einstein, Gandhi, Galileo, Buddha, die Beatles und viele andere beschert hat. Mit dieser Karte in der Hand werden wir schon bald die Geheimnisse dieser sieben Prozent lüften. Sie und Ihre Zeitgenossen könnten zu einer evolutionären Generation werden, die die Menschheit in eine bessere Zukunft führt.« Geist drückte auf den Stift und ein Meer junger Gesichter erschien, Schüler des Centers, die fasziniert zu etwas aufblickten, das man nicht sehen konnte. »Eine Zukunft, in der es Wunder zu bestaunen gibt.«

Völlig in Gedanken versunken, verließ Will den Raum. Wenn Geist die Absicht gehabt hatte, ihn zum Nachdenken zu bringen, war ihm das gelungen: Durch seine Einführung in die Genetik betrachtete Will diese mysteriösen Fähigkeiten, die er in den letzten Tagen an sich entdeckt hatte, in einem anderen Licht. Sie mussten eine genetische Grundlage haben, aber soweit er wusste, hatten Jordan und Belinda West nie über die Talente verfügt, die er jetzt besaß.

Wenn er sie nicht von seinen Eltern geerbt hatte, woher zum Teufel kamen sie dann?

DER KRAFTRAUM

Will drückte auf die Klingel vor dem Käfig bei den Umkleiden. Er hatte das Wäschenetz aus seinem Spind mitgenommen und genügend Zeit eingeplant, um sich vor dem Training umzuziehen. »Hey, Jolly, sind Sie da?«, rief er über die Theke.

»Du schon wieder.«

Will hörte Nepsteds Rollstuhl, bevor der Zwerg aus einem kleinen Seitenraum kam, den er bisher noch nicht bemerkt hatte.

»Ich hab ganz vergessen zu fragen, was ich mit der schmutzigen Wäsche machen soll«, sagte Will und hielt das Netz hoch.

»Wirf sie in einen der Körbe im Duschraum«, instruierte Nepsted. »Sie wird in zwei Tagen gewaschen zu deinem Spind gebracht. Außer an Freitagen. Wenn du sie freitags reinwirfst, bekommst du sie erst am Montag zurück.« Nepsted rollte auf seiner Seite des Käfigs heran und fixierte Will mit seinen seltsamen runden, starren Augen.

Er hat gesagt, ich solle zurückkommen, wenn ich bereit wäre. Bin ich das? Es gibt nur eine Möglichkeit, das herauszufinden.

»Wir sprachen ja neulich über das Maskottchen«, setzte Will vorsichtig an. »Ich habe da was aufgeschnappt, wonach ich Sie fragen wollte.«

»Und?«

»Wissen Sie, dass die ursprünglichen Paladine die Ritter Karls des Großen waren?«

»Sehe ich aus, als wäre ich blöd?«, erwiderte Nepsted in neutralem Ton. »Wenn du so viel weißt, dann verrat mir mal, wie viele Paladine es insgesamt waren.«

»Zwölf«, antwortete Will. »Sie nannten sich die Ritter.«

»Zwölf ist eine heilige Zahl«, bemerkte Nepsted, dessen Stimme einen hypnotisierenden, leiernden Tonfall angenommen hatte. »Ganzheit. Einigkeit. Zwölf Sternzeichen. Zwölftonmusik. Zwölf Bildkarten in einem Kartendeck. Zwölf Geschworene. Die zwölf Raunächte. Zwölf Arbeiten des Herakles. Zwölf Männer auf dem Mond. Die zwölfblättrige Lotusblüte. Zwölf Stunden der Dunkelheit, zwölf Stunden des Lichts. Zwölf Stämme Israels ...«

Sofort bereute Will, dass er Nepsted überhaupt angesprochen hatte. Der Typ klang so durchgeknallt wie einer dieser Verschwörungs-Freaks, die aus einem Wohnwagen in der Wüste funkten. »Zwölf Monate, zwölf Eier und so weiter«, unterbrach Will ihn. »Schon kapiert.«

»Zwölf *Paladine«*, betonte Nepsted, hielt einen Moment inne und fügte dann hinzu: »Zwölf *Jünger.«*

»Jünger ...«, wiederholte Will. »Sie meinen, die Paladine sind Jünger? Wessen Jünger? Die des Gehörnten?«

Nepsteds Kopf wackelte, während er schief grinste. »Die Ritter *folgen* dem Gehörnten, aber sie sind Jünger von ... etwas *anderem.«*

»Etwas? Nicht jemand? Sie meinen, wie das Niegewesen?«

Nepsteds Augen blitzten auf, aber er zuckte nur die Achseln.

Es gefällt *ihm, mit mir zu spielen,* dachte Will. *Lange genug um den heißen Brei herumgeredet.*

»Weiß die Schule von den Rittern?«, fragte er direkt.

Nepsted grinste. »Hätte man einen Paladin zum Maskottchen gemacht, wenn keiner was wüsste?«

»Aber weiß die Schule denn auch, was da unten in der Ausweichumkleide ist? Weiß man von den Tunneln?«, hakte Will nach.

»Wie kommst du darauf, dass *ich* das weiß?«

»Sie haben mir gesagt, dass Sie der Typ sind, der alle Schlüssel hat.«

»Alle bis auf einen«, meinte Nepsted geheimnisvoll.

»Sie wissen genau, was da unten vor sich geht, stimmt's?«, beharrte Will.

Plötzlich schaute Nepsted verängstigt. »Wenn du da unten was zu suchen hast, weißt du, was vor sich geht. Wenn du nicht weißt, was vor sich geht, hast du dort auch nichts zu suchen.«

Will spürte, dass er einen Nerv getroffen hatte. Er trat näher an den Käfig heran und zeigte mit dem Finger auf Nepsted. *»Du* weißt, was da unten ist, und du weißt, wozu es dient. Die Hüte, die Masken und die Tunnel, die unter dem See verlaufen und auf die Insel führen. Ich glaube, du weißt sogar über das Niegewesen Bescheid. Du hast mir gesagt, du wüsstest alles, was hier vorgeht. Oder war das etwa gelogen?«

Das Gesicht des Zwerges verzog sich und lief dunkelrot an. »Wie viele Schlösser siehst du hier, Junge?«

»Was soll das nun wieder heißen?«

»Bring mir *diese* Antwort«, zischte Nepsted giftig. »Vorher brauchst du nicht wiederzukommen.« Dann drückte er einen Knopf an der Theke, woraufhin sich ein Metallgitter langsam von der Decke herabsenkte. Er drehte um und fuhr davon.

Will rief ihm nach: »Was wollen die Ritter? Was machen sie hier? Warum hast du Angst vor ihnen?«

Dieses Mal riss Nepsted seinen Rollstuhl herum und raste erstaunlich schnell wieder auf die Theke zu. Mit einem langen, knochigen Finger zeigte er auf Will, während sich die Gitterwand vor sein Gesicht schob. »Du hast das Recht, dein eigenes Leben in Gefahr zu bringen, aber *wag* es ja nicht, dich in meines einzumischen, Junge. Hast du mich verstanden? Denn das würde für dich schlimmer enden, als du dir vorstellen kannst. *Viel* schlimmer.« Das Metallgitter krachte mit einem lauten Scheppern auf die Theke und die Reifen von Nepsteds Rollstuhl quietschten, während er in den Tiefen des Käfigs verschwand.

»Na toll«, murmelte Will. »Ich habe den merkwürdigen Zwerg verärgert.«

»Wie viele Schlösser siehst du hier, Junge?« Was zum Teufel sollte das bedeuten? Genauso gut konnte er mit einem Glückskeks sprechen. Rumpelstilzchen besaß offensichtlich den Schlüssel zu mehr als nur Türen, aber die erste Aufgabe bestand wohl darin, *ihn* zu knacken.

Vielleicht sollte ich das nächste Mal meine »erweiterten« Suggestionskräfte einsetzen, überlegte Will.

Er warf seinen Wäschebeutel in einen der Körbe und schaute auf seine Armbanduhr. Noch acht Minuten bis zu Jerichos Crosslauf-Training. Rasch marschierte er zu seinem Spind und zog seine Laufsachen an. Die Wunde von den Spikes, die von einem der Läufer am Suicide Hill stammten, war schon fast verschwunden: Von den langen, üblen Kratzern sah man nur noch blasse rote Striemen.

Will schaute in den Spiegel am Ende der nächsten Reihe. Hinter seinem Spiegelbild stand *Dave* und starrte ihn an. Überrascht wirbelte Will herum, aber da war niemand. Erneut wandte er sich zum Spiegel und trat näher. Dave lächelte, sah greifbar und real aus, wie er da neben ihm im Gang stand. Wieder drehte Will sich um: nichts.

Dave war *im Inneren* des Spiegels.

»Wieso kann ich dich sehen?«, wunderte Will sich.

»Der technische Begriff lautet ›Astralprojektion‹. Ich bin wieder im Hauptquartier. Gute Neuigkeiten: Du hast die Genehmigung für die nächste Sicherheitsstufe und unter Verschluss stehende Informationen bekommen.«

»Was immer du sagst, Dave«, meinte Will und setzte sich, um seine Schuhe zuzubinden. »Ich will dich nicht wieder verärgern.«

»Ich arbeite für die Hierarchie«, erklärte Dave. »Sieh mal her.«

Als Will von seinen Schnürsenkeln aufblickte, riss er erstaunt die Augen auf.

Neben Dave war ein Bild erschienen: eine ausgedehnte Stadtlandschaft mit glänzenden Türmen, hohen Häusern und Pavillons, die über einem endlosen, schneebedeckten Gebirgszug in der Luft schwebte. Während Dave sprach, drehte sich das Bild langsam. »Stell dir sieben ineinandergreifende Abteilungen eines globalen Unternehmens vor, dessen einziger Zweck darin besteht, Gutes zu tun. Ich weiß, ich weiß: nicht menschenmöglich. Deshalb existiert die Hierarchie auch auf einer immateriellen Ebene. Sie ist sehr groß, Will. Das Wort *monumental* beschreibt ihre wahren Ausmaße nicht einmal annähernd.« Dave zeigte auf eines der gigantischen Gebäude. »Allein die Personalabteilung ist so groß wie Kansas – Sachbearbeiter, Manager, Berater. Architekten und Baumeister. Die Legion der Gedankenformen. Die Halle der Akasha-Chronik. Unsere Büros sind hier oben, in der Nähe des Rats der Mahatmas.«

Dave zeigte auf einen hohen Elfenbeinturm, der sich in der Mitte des Komplexes erhob. Tausende von Menschen arbeiteten hier in gewaltigen Hallen.

»Leben all diese Leute noch?«, fragte Will.

»Das kann man wohl sagen. Zwar nicht wie im irdischen Sinne rein körperlich – aber sie können es sein, je nach Notwendigkeit. So wie ich.«

»Wozu ist das alles gut?«, flüsterte Will.

Das Bild verblasste. Dave betrachtete Will freundlicher als je zuvor, als wüsste er, wie schwer es war, das alles zu begreifen. »Wir kümmern uns um den ganzen Planeten, Kumpel. Betreuer aller Lebensformen, je nach Abteilung. Ich bin bei der Sicherheit. Wir halten Ausschau nach zwielichtigen Machenschaften des Anderen Teams, führen Spezialaufträge für den Einsatzleiter aus, der für alles die Verantwortung hat.«

»Das ist nicht zufällig der ›Gehörnte‹?«

Dave legte den Kopf auf die Seite. »Nein, der Gehörnte ist der *Kapitän* des Anderen Teams. Vollkommen falsche Seite. Unser Boss ist nicht so einer. Er hat eigentlich gar keinen richtigen Namen, obwohl die Kollegen manchmal den Begriff *Planetarischer Logos* verwenden.«

Wills ganzer Körper begann zu kribbeln. »Du meinst ... Gott?«

»Gott?« Dave konnte sich ein Lachen kaum verkneifen. »Wohl kaum, Kumpel. Das ist eine völlig andere Größenordnung. Die Hierarchie ist eine rein lokale Einrichtung mit lokalen Aufgaben. Lass uns mal nicht übers Ziel hinausschießen. Glaub mir, mit dem Anderen Team haben wir mehr als genug zu tun; die ganze Truppe ist ausgeschwärmt und auf ihrem Posten.«

Will schnappte nach Luft und ihm wurde schwindlig. »Diese ganzen Monster, Wanzen und Puschelwuschel gehören also zum Anderen Team?«

»So ist es. Lakaien unseres größten Feindes.«

»Und sie sind nicht menschlich.«

»Nicht mal annähernd. Aber sie haben sehr viele menschliche Helfer.«

»Wie die Schwarzkappen und die Ritter Karls des Großen?«

»Richtig, Kumpel«, sagte Dave bewundernd. »Du scheinst mit all dem ja ziemlich locker fertig zu werden.«

»Tja, nachdem du mir den ›Schutzengel‹ um die Ohren gehauen hast, kann mich nichts mehr schocken. Wie bist du da hineingeraten?«

»Auf die übliche Tour«, antwortete Dave. »Ich wurde rekrutiert.«

Dann verschwand Dave plötzlich und Will sah nur noch sich selbst im Spiegel. Ein paar jüngere Schüler, die gerade die Umkleide betreten hatten, starrten ihn misstrauisch an.

»So ist es«, meinte Will. »Ich bin der Neue, der mit seinem Spiegelbild spricht.«

Verwundert über seine eigene Gelassenheit verließ Will die Umkleide und machte sich auf die Suche nach dem Kraftraum. Er fand ihn am hinteren Ende des Mittelgangs: ein langer, hoher Raum, in dem an einer Seite Turngeräte – Ringe, Barren, Böcke und Seitpferde – und auf der anderen Seite Fitnessgeräte sowie Hanteln und Gewichte bereitstanden.

In der Mitte machten einige Athleten Dehnübungen auf Gummimatten. Ungefähr die Hälfte davon gehörte zur Crosslauf-Mannschaft. Als Will hereinkam, zeigten ihm die wenigen, die ihn bemerkten – Durgnatt, Steifel und der afroamerikanische Junge Wendell Duckworth – die kalte Schulter. Todd Hodak trabte auf einem Laufband ein paar Meter von ihnen entfernt. Coach Jericho war nirgends zu sehen.

Will wog seine Optionen ab. Er konnte den Blick auf den Boden richten, unterwürfig tun und versuchen, sie nicht zu provozieren. Darauf hoffen, dass Todd und seine Handlanger ihn ignorieren würden. Aber wenn ein paar dieser Typen – vielleicht alle – die Ritter waren ...?

Wahrscheinlich war jetzt ein guter Zeitpunkt, es herauszufinden.

Will schnappte sich ein Handtuch und sprang auf das Laufband neben Hodak. Er erhöhte die Geschwindigkeit, bis er das gleiche Tempo wie Todd lief, schaute dann zu ihm hinüber und grinste ihn an.

Nr. 31: MANCHMAL IST ES NICHT DAS SCHLECHTESTE, WENN MAN DICH FÜR VERRÜCKT HÄLT.

»Wir sollten die *Masken* fallen lassen«, setzte Will an.

Hodak warf ihm einen misstrauischen Blick zu. »Was hast du gesagt?«

»Lassen wir die Spielchen«, meinte Will lässig. »Du kannst versuchen, mich tagein, tagaus zu schikanieren. Selbst wenn dir das gelingen sollte, lauf ich immer noch schneller als du. Ich mach dich fertig und das weißt du auch. Ich hab die Kampagne ›Schlagt Todd Hodak‹ ins Leben gerufen.«

Todd stellte sein Laufband ab und wandte sich ab. Er war außer Atem und sein Oberkörper zitterte vor Anstrengung.

»Du siehst müde aus, Todd«, bemerkte Will, stieg von seinem Laufband und folgte ihm. »Hast du gestern Nacht schlecht geschlafen? Zum Abendbrot zu viel Arme *Ritter* gegessen?«

Bei diesen Worten lief Todd feuerrot an und ballte die Fäuste.

Will schloss zu ihm auf und sagte leise: »Es ist mir egal, wer du bist. Wenn du mich noch einmal angreifst oder wenn du und deine Handlanger einem meiner Mitbewohner, einschließlich Brooke – *insbesondere* Brooke – wehtun, mach ich dich fertig.«

Das sollte reichen.

Will drehte ihm den Rücken zu. Aus dem Augenwinkel sah er, wie Todd Durgnatt und Steifel zunickte. Sofort sprangen die beiden auf und stürzten sich auf ihn.

Jetzt wird's schmerzhaft.

Durgnatt, der Dunkelhaarige, packte Will bei den Ellbogen und riss ihm die Arme auf den Rücken. Steifel fasste ihn bei den Beinen. Zusammen hoben sie Will hoch, der sich nicht im Geringsten wehrte. Der Rest des Teams reagierte, als hätten sie diese Situation wieder und wieder geprobt: Zwei liefen zur Tür, um Schmiere zu stehen; die anderen versammelten sich um die Matte in der Mitte, wo Durgnatt und Steifel Will auf die Knie zwangen.

Todd packte Will am Kragen seines Sweatshirts und holte mit der Faust aus.

Will schaute ihn an und konzentrierte sich auf die Stelle zwischen Todds Augenbrauen, um dann, mit wesentlich mehr Selbstvertrauen als beim letzten Mal, ein Bild in dessen Kopf zu schieben.

Schlag Durgnatt.

Todds rechte Faust flog an Wills Kinn vorbei und landete direkt auf Durgnatts Nase. Der große Junge ließ Will los und hielt sich die Hände vors Gesicht; Blut strömte zwischen seinen Fingern hervor, als er auf die Knie sank. Todd starrte auf seine Faust, als könne er nicht glauben, was sie gerade getan hatte. Erneut holte er aus.

Schlag Steifel.

Todds linker Haken traf Steifel an der Schläfe. Während Steifel benommen davontorkelte, sprang Will auf die Beine, schüttelte die Hände aus und tänzelte zum Spaß wie Bruce Lee herum.

»Verdammt, was ist los mit dir, Todd?«, fragte Durgnatt fassungslos und starrte auf das Blut an seinen Händen.

»Haltet ihn das nächste Mal gefälligst still, ihr Idioten«, schnauzte Todd. »Bringt ihn her!«

Aus allen Richtungen rannten Todds Handlanger auf Will zu und stießen mit so viel Schwung zusammen, dass sie auf dem Boden landeten und Will unter sich begruben. Will zog den Kopf ein und wollte sich seitlich davonrobben, hatte aber wegen des Gewichts, das auf ihm lastete, Mühe zu atmen. Ein weiteres Mal bündelte er alle Energie und schob jedem Einzelnen der Gruppe ein Bild zu:

Schlag deinen Nebenmann in die Weichteile.

Sofort versetzte jeder in dem Knäuel dem Mann neben sich einen kurzen Haken in den Unterleib. Ein Chor von Schmerzensschreien ertönte, dann fielen sämtliche Angreifer zur Seite und wanden sich stöhnend auf dem Boden.

Will schlängelte sich unter dem Haufen hervor, drückte ein paar der Stöhnenden zur Seite und rappelte sich auf. Aber er stand noch nicht ganz aufrecht, als etwas gegen seinen Rücken krachte und die Luft aus seinen Lungen presste. Er fiel nach vorn, drehte sich um und sah Todd, der ihn rasend vor Wut anstarrte, einen Baseballschläger in der Hand. Will schnappte nach Luft wie ein Fisch auf dem Trockenen. Er konnte nicht mehr klar denken und war kurz davor, in Panik auszubrechen.

Todd ließ sich auf die Matte fallen und rammte Will einen Ellbogen in die Rippen, sodass auch noch das letzte bisschen Luft aus seinem Körper wich.

Uff. Das hat echt wehgetan.

Noch immer gekrümmt und stöhnend vor Schmerz versammelten sich die anderen um Todd und Will. Dann hockte sich Todd auf Wills Brust und drückte seine Arme weg, um ungehindert zuschlagen zu können. Ein paar seiner Lakaien eilten ihm zu Hilfe und hielten Wills Arme fest. Will bekam kaum Luft und brachte einfach nicht die Energie auf, sich zu wehren.

Das Ganze drohte völlig aus dem Ruder zu laufen. *Verdammt noch mal, Dave! Das wär jetzt ein guter Zeitpunkt für einen Schutzengel, sich mal blicken zu lassen, meinst du nicht?*

Durch die Beine der Umstehenden hindurch sah Will eine kurze Bewegung, als die Tür aufflog. Eine Gestalt sprang hinauf zu den Ringen, drehte sich ein paar Mal blitzschnell und sauste dann auf sie zu.

Genau in dem Moment, in dem Todd Wills Gesicht bearbeiten wollte, krachten zwei Füße gegen Todds Schulter und katapultierten ihn in seine Team-Kameraden hinein. Etwa vier andere Jungs segelten durch die Luft und kurz darauf tauchte vor Will ein vertrautes Gesicht auf.

»Wessen Spitzenidee war *das* denn?«, fragte Nick grinsend. Er machte ein paar Flickflacks quer über die Matte, als das Team ihn zu packen versuchte. Dann sprang er aus dem letzten Überschlag auf ein Seitpferd, machte von dort einen Salto *rückwärts* Richtung Will und landete auf drei anderen Jungs. Sie krachten ineinander und brachten die anderen hinter ihnen wie Kegel zu Fall.

Als Durgnatt und Steifel auf ihn zurannten, sprintete Nick zum Stufenbarren. Er umfasste den unteren Holm, machte einen Aufschwung, ließ los und flog zum oberen Holm. Hier vollführte er zwei Riesenfelgen und verdoppelte seine Geschwindigkeit, bevor er losließ und die Beine so ausstreckte, dass er den beiden einen gewaltigen Tritt verpasste. Durgnatt und Steifel flogen gegen eine gepolsterte Wand, sackten zu Boden und blieben reglos liegen.

»Der Nächste, bitte«, rief Nick.

Da die meisten aus der Mannschaft außer Gefecht gesetzt waren – einschließlich Todd, der sich wacklig und benommen auf Hände und Knie stützte –, machten sich die wenigen, die noch gehen konnten, aus dem Staub.

Nick riss Todd auf die Füße. »Was hältst du *hiervon,* Blödmann?!« Nick schubste ihn mit einem Finger, woraufhin Todd der Länge nach umkippte. Im nächsten Augenblick machte Nick einen Salto rückwärts auf ein Sprungbrett, flog im hohen Bogen durch die Luft, landete auf der Matte und gelangte mit ein paar Überschlägen zu Will. Er beugte sich zu ihm hinunter und half ihm auf die Knie. »Alles in Ordnung, Mann?«, fragte er.

Will nickte, rang aber noch immer nach Luft.

»Zwölf gegen einen. Echt genial. Zum Glück war ich rechtzeitig zur Stelle.«

»Hey«, sagte Will, als er endlich wieder sprechen konnte. *»Vergiss* Geografie, Mann. Du solltest unbedingt beim Turnen bleiben.«

In diesem Moment kam Coach Jericho durch die Tür, mit Klemmbrett und Trillerpfeife in der Hand. Als er seine Mannschaft stöhnend, blutend und verängstigt am Boden sah, blieb er wie angewurzelt stehen.

Todd bemerkte den Trainer und rappelte sich mühsam auf. »Hallo, Coach«, brachte er gequält hervor, taumelte ein paar Schritte auf Jericho zu und ging dann wieder kopfüber zu Boden.

Der Trainer heftete seinen Blick auf Nick und Will – die Einzigen im Raum, die unverletzt waren – und seine Augen funkelten vor Wut. »McLeish, du Armleuchter, was zum Teufel hast du hier zu suchen?«

Nick und Will fassten sich bei den Händen und taten so, als machten sie Dehnübungen.

»Ich helfe meinem Mitbewohner nur beim Dehnen, Coach«, erwiderte Nick.

»Was ist hier los?«, verlangte Jericho zu wissen.

»Keine Ahnung, Coach, wir sind eben erst reingekommen«, meinte Will. »Aber wenn ich raten müsste ... sieht ganz so aus, als hätten sie zu viel trainiert.«

COACH JERICHO

Der Trainer ging mit Will und Nick hinaus in den Gang, wo er sie geschlagene zwei Minuten lang zusammenstauchte. Der Mann konnte brüllen wie ein irrsinniger Feldwebel, aber beide blieben bei ihrer Geschichte. Als Jericho einsah, dass seine Tirade zu nichts führte, entließ er Nick und nahm Will mit in einen Raum ein Stück den Gang entlang. Der Raum war mit Teppichboden ausgelegt und an drei Wänden standen große Schränke mit Trophäen. Jericho schwieg, während Will sich umsah. Alle erdenklichen Wettkampfsportarten waren hier vertreten und von den zahlreichen Pokalen, Schalen, Medaillen und Bändern datierten einige fast hundert Jahre zurück.

»Sind das alles Ihre Teams, Coach?«, fragte Will.

»Klugscheißer. Was sagt dir das?«

»Dass hier schon immer ein ausgeprägtes Konkurrenzdenken herrschte – für einen Haufen überprivilegierter Dumpfbacken.«

»Tradition. Tradition und Geschichte«, entgegnete Jericho. »Wer die Vergangenheit nicht ehrt, bringt Schande über die Gegenwart und zerstört die Zukunft. Woher kommst du?«

»Kalifornien.«

»Das weiß ich. Woher *stammst* du?«

»Ich weiß es nicht«, antwortete Will aufrichtig.

»Die Jugendlichen, die hierherkommen, sind egoistisch, selbstgefällig und geprägt von der Dummheit der Kultur, in der sie aufgewachsen sind. Das ist nicht ihre Schuld. Aber wenn sie diese Schule genau so wieder verlassen, dann ist das *unsere* Schuld.«

Überrascht stellte Will fest, dass es ihm leichtfiel, offen mit Jericho zu reden. Hinter seinem grimmigen Äußeren und dem aufbrausenden Temperament entdeckte Will eine unbedingte Geradlinigkeit. »Das sehe ich auch so«, meinte Will.

Jericho trat näher heran und schaute Will in die Augen. »Sobald du einmal hier bist, kommt es nur auf das an, was in dir steckt und wie gut du auf das hörst, was es dir sagen will. Wenn du das begreifst, bist du im Einklang mit *Wakan Tanka,* dem Großen Mysterium. Dann wirst du wissen, woher du stammst.« Die dunklen Augen des Trainers bohrten sich wie Röntgenstrahlen in Will.

Will bekam eine Gänsehaut.

»Mysterien offenbaren eine Aufgabe«, erklärte Jericho ruhig. »Ein Leben ohne Aufgabe ist seine eigene Strafe. Hast du jemals über deine Aufgabe nachgedacht?«

»Ja, in letzter Zeit öfter.«

Der Coach ging zu einem großen Globus auf einem Ständer und drehte ihn, während er fortfuhr: »Eine unserer kollektiven Aufgaben besteht darin, als Beschützer unserer Welt zu dienen.«

Jetzt hört er sich allmählich an wie Dave, dachte Will.

»Weißt du, wie schrecklich es ist, zusehen zu müssen, wie deine Zivilisation vom Weg abkommt?«, fragte Jericho.

»Entschuldigung, aber Sie sprechen von ...?«

»Meinem Volk. Unseren Überzeugungen, unseren Göttern und unserer Kultur. Das alles ist verschwunden«, erklärte Jericho. »Wir wissen, dass jede Zivilisation einer anderen weicht. Jedes Tier, jede Art macht einer anderen Platz. Vergänglichkeit, das ist die Realität.«

»Das habe ich auch schon gehört«, pflichtete Will ihm bei und dachte an Sangrens Vortrag.

»Aber das bedeutet nicht, dass man sich dem Bösen einfach ergibt. Wir können uns ein »Du« und ein »Ich« nicht mehr leisten. Rot, Weiß, Schwarz, Gelb – diese Unterscheidungen haben keine Bedeutung mehr.« Jericho gab dem Globus Schwung, woraufhin der sich schneller drehte und alle Farben zu einer einzigen verschmolzen. »Wenn wir nicht alle ein Volk sind, werden wir es nicht schaffen. Glaubst du, dass es vor uns keine anderen gegeben hat? Darauf kannst du wetten. Noch bevor mein Volk hier ankam. Lange vorher. Genau hier.«

Es wurde beängstigend still im Raum. »Sie meinen ... in Wisconsin?«

»Sie waren nicht so wie wir«, fuhr der Trainer fort und hielt den Globus an. »Aber sie fielen den gleichen Gefahren zum Opfer: Wahnsinn, Zerstreuung, Disharmonie. Auch Gesellschaften können krank werden. Woran liegt das wohl deiner Meinung nach?«

»Keine Ahnung«, gestand Will.

Jericho öffnete eine geschnitzte Holzschachtel, die in einem Regal neben einem der Trophäenschränke lag. Er nahm ein Bündel aus vier kleinen runden Stäben heraus, an deren Enden mehrere Federn befestigt waren, und zog damit Kreise in der Luft, während er Will fixierte. »Weil niemand immun ist. Unvollkommenheit gehört zum Leben«, sagte Jericho. »Diese Welt braucht keine neuen Ideen. Was sie braucht, ist alte Weisheit. Wenn du deine *Sehkraft* schärfst, wirst du den Weg nach vorn erkennen. Werde ein Krieger im Kampf zwischen Dunkelheit und Licht. Hast du ein Lieblingstier?«

»Darüber habe ich noch nie wirklich nachgedacht«, gab Will verwirrt zu.

»Dann denk jetzt darüber nach. Achte auf Tiere in deinen Träumen«, riet Jericho und fuhr mit den Federn leicht über Wills Stirn. »Dann sag mir, ob du von Bären ... oder von Wieseln träumst.«

»Bären oder Wiesel?«, fragte Nick. »Das soll wohl ein Witz sein.«

»Das hat er gesagt«, versicherte Will.

Nach dem Training trotteten sie gemeinsam zurück zum

Campus. Es dämmerte bereits und der Wind hatte aufgefrischt und peitschte ihnen ins Gesicht. Die Kälte fühlte sich jetzt anders an. Dunkle Wolken zogen am westlichen Horizont auf und das Barometer fiel rapide. Ein massives Tief war zu ihnen unterwegs und brachte wahrscheinlich den ersten Wintersturm in Wills Leben.

»Zuerst Wiesel-Löcher und jetzt Wiesel?«, meinte Nick. »Das kann doch kein Zufall sein. Ich meine, warum nicht Affen oder Hühner?«

»Er sagte, Wiesel seien die einzigen Tiere, die mehr töten, als sie zum Überleben brauchen«, erklärte Will. »Sie töten, weil es ihnen *gefällt.«*

»Okay, das ist echt scheiße«, fand Nick. »Aber mal was anderes: Meinst du, Todd hat uns verpfiffen? Weiß Jericho, dass wir seinem Team den Arsch versohlt haben?«

»Ich glaube nicht, dass Todd das freiwillig zugeben würde. Du etwa?«

»Keine Ahnung. Ich war noch nie in so einer bescheidenen Lage«, erklärte Nick.

»Ernsthaft? In wie viele Schlägereien warst du denn schon verwickelt?«, fragte Will.

»Mit der von heute? Einunddreißig.«

Will blieb wie angewurzelt stehen. »Du hattest einunddreißig Schlägereien?! Und hast noch nie den Kürzeren gezogen? Einunddreißig zu null?«

Nick zuckte ein wenig verlegen die Achseln, während sie weitergingen. »Alter, was würde es für einen Sinn machen, sich auf eine Schlägerei einzulassen, wenn man sie verliert? Du bist nicht in so einer Gegend aufgewachsen wie ich. Stadtkinder lernen zu kämpfen, noch bevor sie gehen können. Mein Dad sagt, ich hätte einem Vierjährigen von meinem Kinderbettchen aus eine verpasst, als er mir meine Schmusedecke klauen wollte. Wie viele waren es bei dir?«

Will geriet ins Stottern. »Äh, Schlägereien? Außer der eben? Keine.«

»Du hast dich nie prügeln müssen, so oft wie du umgezogen bist?«

»Ich musste vor ein paar Typen *wegrennen*«, räumte Will ein.

Nick klopfte Will auf die Schulter. »Alles klar, Alter.«

»Ich hatte ja keine Ahnung, dass du so ein knallharter Typ bist«, gestand Will.

»Lassen wir es dabei«, sagte Nick leise. »Das war das erste Mal, seit ich hier bin, dass ich in so was hineingeraten bin. Ich hab Dad versprochen, mich zu ändern. Wenn er davon erfährt, bringt er mich um.«

»Tut mir leid, dass ich dich da mit reingezogen habe.«

»Nein, das muss es nicht. Um ehrlich zu sein, vermisse ich es, die Bestie rauszulassen«, gab Nick zu und verpasste einem imaginären Gegner ein paar Tritte und Hiebe. »Nicht, dass ich auf der *Suche* nach Ärger gewesen wäre, aber wenn Typen in meiner Welt hören, dass jemand Turner ist ... Da könntest du genauso gut *Florist* sein, der auf Gesellschaftstanz steht.«

»Wo hast du gelernt ... so herumzuspringen?«

»Habe mit fünf angefangen zu turnen. Im selben Jahr hat Dad mich zum Boxen angemeldet. Dann beim Ringen. Dann Taekwondo und Karate ... später Aikido und Kung Fu ... Wing Chun zur Verteidigung ... und seit Kurzem mache ich diesen brasilianischen Kampfsport: Capoeira. Das ist echt der Hammer.«

»Kein Wunder, dass du nicht laufen kannst«, folgerte Will. »Was sagt denn deine Mom dazu?«

Nick schaute weg. »Meine Mom ist gestorben, als ich fünf war.«

Will blieb stehen. »Das tut mir echt leid, Nick.«

»Danke. Ich bin deswegen selbst noch immer ziemlich deprimiert.«

»Hast du Geschwister?«

»Nein, da sind nur Dad und ich.«

Ein Wachmann fuhr vorbei und winkte, als sie die Gebäude erreichten.

»Wie bist du im Center gelandet?«, erkundigte Will sich.

»Ich bekam die Einladung, nachdem ich bei den Highschool-Endausscheidungen von New England die Goldmedaille gewonnen hatte«, antwortete Nick. »Was irgendwie ungewöhnlich war, weil ich damals erst in die achte Klasse ging.«

»Allerdings«, meinte Will bestätigend. »In welcher Disziplin?«

Nick zuckte bescheiden die Achseln: »In allen.«

Will fielen fast die Augen aus dem Kopf. »In *allen?* Dann hast du also tatsächlich ein Sportstipendium ...«

»Sieh dich um, Alter«, sagte Nick. »Ohne Stipendium könnten wir uns den Laden hier doch gar nicht leisten. Mein Dad ist Zugführer bei der Bostoner U-Bahn. Er fährt mit der Bahn zur Arbeit, nur damit er dann selbst so eine bescheuerte Bahn fahren kann. Dad ist so einer, der den Dreck unter den Fingernägeln nie wegkriegt, verstehst du? Aber wer sagt, dass man immer nur Pech haben muss?«

»Verstehe.«

»Alter, falls es dir noch nicht aufgefallen ist: Ich bin nicht gerade der Hellste. Ich kann das Wort *Dyslexie* nicht mal buchstabieren. Und ich dachte, ADHS sei eine Art Plasmabildschirm.«

Will krümmte sich vor Lachen.

»Aber an dem Tag, an dem ich ein *College*-Stipendium bekomme, wird keiner mehr lachen«, fuhr Nick fort und warf einen vielsagenden Blick auf die efeubedeckten Häuser um sie herum. »Ein *echtes* College, nicht irgend so ein berufsbegleitendes Junior College. Die Big Ten, Ivy League, Atlantic Coast Conference – die höchsten Ligen im amerikanischen Hochschulsport. Das ist Dads und mein Plan und an den halten wir uns.«

Für Will war Nicks Geschichte nur schwer vereinbar mit dem, was er über den hohen akademischen Standard des Centers gehört hatte. Konnte es sein, dass sportliche Begabung im Auswahlprozess der Schule wirklich so viel zählte? Und wenn ja, warum?

»Aber ich hab gut reden«, meinte Nick. »Du läufst wie eine verdammte Antilope. Bist du deshalb hier?«

»Nein. Hat was mit einem Test zu tun, den ich gemacht habe«, erwiderte Will vage und blieb dann unter einer Straßenlampe einen Block vor Greenwood Hall stehen. Er wollte Nick alles erzählen – was er durchgemacht hatte, was mit seinen Eltern passiert war, die Dinge, von denen Jericho vorhin gesprochen hatte, Daves Einführung in die Hierarchie und das Niegewesen. Der Gedanke, dass er all diese Geheimnisse für sich behalten sollte, brachte seinen Kopf fast zum Platzen. Und Nick verdiente sein Vertrauen, denn er war ein ehrlicher, gutherziger Kämpfer aus bescheidenen Verhältnissen. Mehr denn je wollte Will ihn zum Freund haben.

Brauche ich wirklich noch mehr Beweise? Der Kerl hat sich gerade eben in eine Prügelei gestürzt und mir den Arsch gerettet. Und davon abgesehen hat er einen Schlag wie eine Dampframme.

Trotzdem schwebte Regel Nr. 5 in Wills Kopf herum wie eine dieser Miniaturkacheln in der Geheimnisvollen Schwarzen Acht. VERTRAUE NIEMANDEM. Und dieses Mal kotzte ihn diese Regel an.

Warum wollten meine Eltern nicht, dass ich Freunde habe? Warum haben sie mir gesagt, ich könne niemandem außerhalb der Familie vertrauen? Warum haben sie alles Mögliche getan, um mich von anderen fernzuhalten?

»Du bist echt in Ordnung, Nick«, sagte Will. »Ich weiß nicht, wie ich dir dafür danken soll, dass du mir geholfen hast. Ich meine es ernst. Ich weiß es wirklich nicht.«

Nick schien fast verlegen. »Nicht der Rede wert, Chilly-Willy. Ich bin sicher, du hättest das Gleiche auch für mich getan.«

»Ich würde es zumindest wollen, aber ich weiß nicht, ob ich es auch hinkriegen würde«, gestand Will.

»Du kannst ja losrennen, wenn es brenzlig wird, und Hilfe holen«, meinte Nick und grinste verschmitzt.

»Ich glaube, hier habe ich alle Hilfe, die ich brauche. Nick, ich bin mir ziemlich sicher, dass Todd und die meisten dieser Typen zu den Rittern gehören. Als ich gegenüber Todd die Wörter *Maske* und *Ritter* erwähnte, fuhr er zusammen, als hätte ich ihm einen Stein an den Kopf geworfen.«

»Gute Arbeit, Alter«, fand Nick und gab Will einen Fist Bump. »Wie gehen wir weiter vor? Verpfeifen wir die bösen Buben?«

»Nicht ohne Beweise. Wir brauchen etwas, das sie todsicher mit den Schwarzkappen in Verbindung bringt«, sagte Will und blickte hinüber zu den Lichtern in den Fenstern von Greenwood Hall. »Wir müssen also etwas völlig Verbotenes tun.«

Nick schaute auf einmal ziemlich ernst. »Ich bin dabei.«

»Wir durchsuchen Lyles Wohnung«, verkündete Will.

Sie versuchten, Lyle vom Haustelefon in der Lobby aus anzurufen. Keine Antwort. Dann klopften sie an Lyles Tür.

»Denkst du, er ist da?«, fragte Will.

»Du kennst doch das alte Sprichwort«, meinte Nick. »Halte deine Freunde nahe bei dir, aber deine Feinde noch näher – und zwar tot im Keller vergraben.« Nick drehte den Türknauf.

Verblüfft sahen sie einander an, als die Tür sich einfach öffnen ließ.

»Lyle?«, rief Nick. »Bist du zu Hause, Kollege?«

Sie betraten den holzvertäfelten Vorraum. Leer. Dann klopfte Nick an die Tür zu Lyles Wohnbereich. »Juhu, Marshal Lyle?«

Keine Antwort. Nick drehte auch hier den Knauf, aber die Tür war verriegelt. Kurzerhand zog er ein Werkzeug aus der Tasche und knackte das Schloss in weniger als fünf Sekunden. »Das kann bei uns jeder in der Nachbarschaft«, lächelte er verlegen.

Dann betraten sie Lyles Wohnung. In der Mitte des ersten Zimmers stand ein L-förmiger Schreibtisch mit sechs Monitoren, auf denen Bilder von den rund um Greenwood Hall installierten Sicherheitskameras übertragen wurden. An einer der Wände ragte ein mit großen Spiralblöcken gefülltes Bücherregal auf und darüber hing eine Metallablage mit versiegelten Plastikbehältern. Will entdeckte einen Behälter mit seinem Namen und fand darin sein iPhone und seinen Laptop.

Währenddessen öffnete Nick die Tür zu Lyles Schlafzimmer und schaltete das Licht ein, wich aber sofort vor irgendetwas zurück. Als Will zu ihm trat, stieg ihm ein fauliger Geruch in die Nase.

»Hast du schon jemals so was Widerliches gerochen?«, fragte Nick.

»Schon zum dritten Mal«, erklärte Will. *Immer dann, wenn die Monster auftauchen.*

»Entweder hat er einen toten Fisch mit faulen Eiern gefüllt und in Gülle mariniert«, meinte Nick, »oder der Fiesling braucht echt dringend eine Dusche.«

Will folgte dem Geruch bis zum Schrank im Schlafzimmer und öffnete dessen Tür.

Hinter einer vollbehängten Kleiderstange entdeckte Nick an der Rückwand eine dünne Metallfolie mit nicht zu entziffernden Schriftzeichen. Als er eine Hand danach ausstreckte, wurden die Zeichen heller, als seien sie von innen erleuchtet. »Was zum Teufel ist das?«, fragte er verwundert.

»Keine Ahnung«, räumte Will ein und machte mit der Handykamera ein Foto davon.

Unter einem Haufen von Lyles Zeug weiter hinten im Schrank ragte die Ecke einer Truhe aus hochmoderner schwarzer Kohlefaser hervor. »Sieh dir das an«, sagte Nick und zog die rechteckige, ziemlich flache Truhe heraus, die oben mit einem Griff versehen war.

Als Will sich vorbeugte, um sie eingehender zu betrachten, begannen seine Augen zu brennen. »Der Gestank kommt aus der Truhe«, stellte er fest.

»Wir schreiben ihm einen Zettel: ›Alter, schlechte Nachrichten, deine Frettchen sind gestorben. Kauf dir eine Flasche Sagrotan.‹«

Sie mussten sich Nase und Mund zuhalten, bevor Will das Schloss öffnete und den Deckel aufklappte. Im Inneren befanden sich säuberlich angeordnete Reihen von Behältern aus schwarzem Metallgeflecht in drei Größen: einige so groß wie Streichholzschachteln, andere in Form von Thermosflaschen, die letzten lang und dünn wie Spaghetti-Dosen, aber alle mit weiteren seltsamen Zeichen beschriftet.

Als Nick eine der Thermosflaschen in die Hand nehmen wollte, sprang etwas darin mit solcher Wucht auf ihn zu, dass der Draht von innen ausgebeult wurde. »Was zum Teufel ist das?«, schrie er entsetzt und riss rasch die Hand weg.

Will knallte die Truhe zu und schob sie mit dem Fuß zurück in den Schrank. »Lass uns verschwinden.«

Nick folgte ihm in Lyles Büro. »Was ist in diesen Behältern?«

»Ich bin mir nicht sicher, aber ich habe einen der Schwarzkappentypen mit so einem Ding vor unserem Haus in Ojai gesehen.«

»Vielleicht sollten wir *ihn* fragen.« Nick zeigte auf einen der Monitore auf Lyles Schreibtisch.

Lyle Ogilvy hatte gerade das Haus betreten.

Sie stürmten nach draußen und erreichten genau in dem Moment den Flur, als Lyle um die Ecke bog. Er war leichenblass, die Augen gerötet und überanstrengt. Der Wintermantel, den er trug, ließ seinen massigen Körper noch aufgeblähter wirken, und um den Hals hatte er einen dicken Wollschal geschlungen. Er hielt eine aufgeweichte Papiertüte in der Hand, aus deren Nähten eine fettige Flüssigkeit tropfte. Aber das Seltsamste war, dass er sie nicht finster musterte – er schaute sie überhaupt nicht an.

»Hey, Lyle, wie läuft's denn so?«, rief Nick.

Lyle hielt inne und drehte sich um. Er schien die beiden kaum zu bemerken, ging in sein Büro, schloss leise die Tür hinter sich und verriegelte sie.

»Was ist denn mit Onkel Fester los?«, wunderte Nick sich.

»Da bin ich überfragt«, meinte Will. »Sieht aus, als hätte er 'ne Grippe. Lass uns verschwinden und mit Ajay reden. Wir haben eine lange Nacht vor uns.«

»Ich hole uns was zu essen«, rief Nick und marschierte zum Ausgang. »Chinesisch?«

»Ja, gern.« Will nickte und stieg dann die Treppe hinauf.

USB-STICK

Es war halb sechs, als Will in die Wohnung kam. Ajay saß am Tisch und verschlang sein Müsli. Will erzählte ihm von seiner Vermutung, dass Todd und die anderen älteren Schüler des Crosslauf-Teams wahrscheinlich die Ritter waren, und auch von der Entdeckung, die Nick und er gerade eben in Lyles Schrank gemacht hatten.

»Was ist in diesen Behältern?«, fragte Ajay.

»Ich denke, es sind noch mehr von diesen ... na, du weißt schon«, erwiderte Will, plötzlich verunsichert.

»Monstern?« Ajays Augen weiteten sich. »Weißt du, Will, ich *möchte* ja gern alles glauben, was du uns erzählt hast, aber du bist bis jetzt der Einzige, der sie gesehen hat.«

»Wenn du Glück hast, ändert sich das auch nicht«, entgegnete Will.

»Tja, ich muss dir auch ein paar Sachen zeigen«, verkündete Ajay und trug seine Müslischale in die Küche. »Komm gleich zu mir rüber und bring dein Tablet mit.«

Will hastete in sein Zimmer. Auf dem Schreibtisch stand sein Tablet und zeigte als Bildschirmschoner das Schulwappen, das in einem blauen Feld schwebte. Abrupt hielt Will inne, als das Display plötzlich schwarz wurde und dann eine Kopie seines Zimmers zeigte. Ein junger Mann saß, mit dem Rücken zu Will, an seinem Schreibtisch und arbeitete am Tablet.

Die Figur drehte sich um: Wills vollständig entwickelte Syn-App – das gleiche Gesicht, die gleichen Haare und Klamotten, nur das Shirt war nicht blau, sondern hellgrau. Aber nachdem die Kopie Will *gesehen* hatte, nahm das Shirt ebenfalls eine blaue Tönung an.

Es war beinahe so, als würde er in den Spiegel schauen, aber nur beinahe: Die Figur hatte weniger scharf umrissene Züge, wie eine nicht ganz fertiggestellte Skizze. Computer-Will schaute Will in die Augen und lächelte, als habe er auf ihn gewartet.

Der Doppelgänger winkte ihm zu. Will zögerte, bevor er zurückwinkte. Er überlegte, ob er die Figur bitten sollte aufzustehen. Denn Will war so beeindruckt von diesem unheimlichen Ding, dass er glaubte, die Syn-App müsse Platz machen, damit er an seinen *echten* Computer konnte. »Will« stand auf, trat vom Schreibtisch zurück und lächelte ihn in Erwartung der nächsten Anweisung freundlich an.

Hat er etwa gehört, was ich gedacht *habe?*

»Okay, das ist ein bisschen unheimlich«, sagte Will. »Herunterfahren.«

»Möchtest du, dass ich einen Sicherheitscheck durchführe, Will?«, fragte »Will«, in einer gespenstisch echten Imitation seiner Stimme.

»Nicht jetzt ...«

»Ich empfehle dringend ...«

»Ich sagte, nicht *jetzt.* Herunterfahren!«

»Will« schnippte mit den Fingern und der Bildschirm wurde schwarz, die Stützen fuhren sich in den Rahmen ein und der Computer legte sich flach auf den Tisch. Misstrauisch hob Will das Gerät an. Wie eine tickende Zeitbombe streckte er es von sich, während er zu Ajays Zimmer lief. Will klopfte hastig und hörte dann, wie Ajay die Sicherheitsschlösser entriegelte und die Tür öffnete.

»Komm schnell rein«, bat Ajay. Dann schloss er hinter Will die Tür und bemerkte, wie vorsichtig Will sein Tablet hielt. »Ich nehme an, dein Doppelgänger ist endlich angekommen.«

»Das Ding macht mir Angst.«

»Absolut natürliche Reaktion. Ich hab es anfangs mit meinem nicht einmal im selben Zimmer ausgehalten. Stell dein Tablet neben meins auf den Tisch. Wir werden es brauchen.«

Will schaute sich um. Hauchdünne, durchsichtige Stoffbahnen hingen von der Decke und auf dem Boden lagen dicke weiche Kissen. Eine animierte Darstellung des Periodensystems, auf dem Moleküle einander gemächlich umkreisten, befand sich an einer der Wände. Der Schreibtisch stand unter einer hängenden Pyramide, die mit leuchtend rotem Satin bezogen war. Und über dem Wandregal, hinter dem Schreibtisch, hing ein Banner mit folgender Aufschrift:

GOTT WÜRFELT NICHT.
EINSTEIN

Will stellte sein Tablet neben Ajays. Auf dem Bildschirm war eine exakte Kopie von Ajays Zimmer zu sehen, mit dessen Doppelgänger am Schreibtisch.

»Hochfahren«, befahl Will seinem Computer.

Der Bildschirm leuchtete auf und erneut trat Wills Double in Erscheinung, der sich nun in der gleichen virtuellen Version von Ajays Zimmer befand. »Ajay« begrüßte ihn freudig, eilte zu ihm – wobei er von seinem Monitor zu Wills Monitor wechselte! – und schüttelte »Will« die Hand.

»Abgefahren«, meinte Will. »Sie haben sich gerade kennengelernt.«

»Ja. Sie werden Freunde, genau wie wir.« Ajay wandte sich an die Bildschirme: »Zum größeren Screen wechseln.« Das Bild der kleineren Monitore wurde jetzt an Ajays Wand projiziert, dort, wo vorher das Periodensystem zu sehen gewesen war.

»Das Ding, das du mir gegeben hast, ist ein USB-Stick«, erklärte Ajay und hielt den mysteriösen Metallstreifen hoch, den er von Will bekommen hatte. Als er ihn an die Seite seines Tablets hielt, öffnete sich ein Port, in den er den Stick einführte.

Unmittelbar danach erschien auf dem großen Wandbildschirm eine große quadratische Stahlkiste, die auf dem Boden von Ajays virtuellem Zimmer lag. NICHT ÖFFNEN stand oben und an den Seiten. »Ajay« und »Will« gingen zu der Kiste und sahen sie sich an.

»Öffnet sie«, ordnete Ajay an.

Die Doppelgänger folgten der Anweisung und der Deckel klappte auf wie bei einer echten Kiste. »Ajay« griff hinein und holte eine kleinere Kiste heraus – ein weiteres plastisches Objekt, an dessen Seite DATEI stand – und stellte sie auf den Tisch.

»Datei öffnen«, befahl Ajay seiner Syn-App.

Der Befehl wurde ausgeführt. In der Kiste lag eine kleine Fotografie. »Das ist ein JPEG«, bemerkte Ajay. »Bitte auf Vollbildschirm vergrößern.«

Das Foto wuchs, bis es den Wandbildschirm mit einer Landschaft füllte, wie Will sie noch nie gesehen hatte. Zerklüftete, schneebedeckte Berge, von denen Wasserfälle Hunderte von Metern hinab in heiße Quellen stürzten, die sich durch eine üppige grüne Landschaft zogen. Merkwürdige kantige Felsformationen, die abrupt aus dem Boden schossen und in aufsteigenden Dampf gehüllt waren. Das Ganze war so majestätisch und zugleich gespenstisch wie eine außerirdische Welt.

»Ajay« und »Will« schauten von den kleinen Bildschirmen, die noch immer die Simulation von Ajays Zimmer zeigten, nach oben zur Wand. Will hörte, wie sie leise »Ahh« und »Ooh« murmelten.

»Wo ist das?«, fragte Will.

»Keine Ahnung«, gestand Ajay. »Es ist das einzige Bild auf dem Stick.«

»Kein Text, keine Informationen oder sonst irgendwelche Hinweise?«

»Nein, aber mir ist etwas Seltsames aufgefallen. Ein digitales Bild wie das hier sollte eigentlich nicht mehr als dreißig Megabyte groß sein. Diese Datei hat aber über neun Gigabyte.«

»Wie ist das möglich?«, fragte Will und schaute genauer hin.

»Das lässt sich nur durch zusätzliche Datenschichten erklären, die in das Bild eingebettet sind. Ich habe herumgestöbert und konnte ein bisschen mehr zutage fördern.« Ajay wandte sich an sein Double auf dem Tablet: »MPEG zeigen.«

Plötzlich wurde das Bild an der Wand lebendig. Das Wasser der Bäche begann zu strömen und kräuselte sich in den Quellen. Der gespenstische Nebel waberte um die Felsen herum und über die Landschaft zogen Wolken hinweg. Will und Ajay hörten Vögel zwitschern, das Donnern und Tosen von Wasserfällen und den Wind, der im hohen Bambus raschelte.

»Also ist es eine Videodatei und kein Foto«, schloss Will.

»Beides«, korrigierte Ajay ihn. »Aber das erklärt noch nicht annähernd die Größe. Kommt dir die lebendige Landschaft irgendwie vertraut vor?«

»Nein. Ich habe diesen Ort noch nie gesehen, da bin ich ganz sicher.«

»Mir geht's genauso. Vielleicht kriege ich ja noch mehr raus, dafür brauche ich aber Informationen. Wann verrätst du mir endlich, wo du das gefunden hast?«

Bevor Will antworten konnte, klopfte jemand rhythmisch an die Tür.

»Das ist Nick«, verriet Ajay und machte ihm auf.

Nick spazierte herein, im Arm mehrere Schachteln mit chinesischem Essen, Pappteller, Wasserflaschen und ein paar Glückskekse, die er auf der Nase balancierte.

»Mensch, Nick, veranstalte hier bloß keine Sauerei«, murrte Ajay.

»Immer mit der Ruhe, Bruder. Wann habe ich jemals eine Sauerei veranstaltet?«, entgegnete Nick und jonglierte kurz mit den Mitbringseln, wobei Ajay fast einen Herzinfarkt bekam. Dann stellte er die Speisen geschickt neben ihren Tablets ab und füllte für jeden von ihnen einen Teller: Garnelen Kung Bao, Dim Sum mit Hühnchen, scharfes Rindfleisch und gebratener Reis mit gegrilltem Schweinefleisch und rohen Frühlingszwiebeln. »Wie ich sehe, lässt Ajay wieder den Technik-Freak raushängen. Will, Alter – ist das dein kleiner Doppelgänger? Supaaa!« Im nächsten Moment bemerkte Nick das Video auf dem großen Bildschirm. »Und was zum Henker ist *das?«*

»Das versuchen wir gerade herauszufinden«, erklärte Will.

»Ist alles ein bisschen rätselhaft«, fügte Ajay hinzu.

»Von wegen rätselhaft«, widersprach Nick und spießte ein Dim Sum auf. »Das ist eine der geilsten Aufnahmen von Shangri-La aller *Zeiten.«*

Shangri-La. Irgendetwas machte Klick bei Will. Zuerst hatte Nando es erwähnt und jetzt ... Regel Nr. 26: EINMAL IST EINE BESONDERHEIT. ZWEIMAL IST EIN ZUFALL. DREIMAL IST EIN MUSTER. UND WIE WIR JA WISSEN ...

»Was meinst du mit ›Shangri-La‹?«, fragte er.

»Du weißt schon«, erwiderte Nick und kaute auf einer Garnele. »Dieser Ort in Asien, oben auf dem Himalelujah oder wie das heißt.«

»Himalaja«, stellte Ajay richtig.

»Genau. Absolut berühmter Ort, wo so superwichtige spirituelle Typen ihre Versammlungen abhalten. So was wie 'ne Comicmesse für Mystiker. Ein wahnsinnig grünes Tal hoch oben in den Bergen, so wie *das* da ...« Nick zeigte mit seinem Essstäbchen auf das

Bild an der Wand. »Wo Mönche auf Lamas reiten, um das zu tun, was mystische Typen nun mal tun, wenn sie ... ihr wisst schon ... es tun.«

»Mönche auf Lamas«, wiederholte Ajay.

»Hallo? Was denkst du denn, wie die da hochkommen? Auf *Lamas.*«

Ajay verdrehte die Augen und schüttelte den Kopf wie eine verärgerte Comicfigur. »Während sie was tun? Gib mal ein Beispiel! Was *tun* sie bei diesen ›Versammlungen‹?«

Will ignorierte die beiden und versuchte, sich zu erinnern, während er die Landschaft studierte: *Shangri-La ist mir vor Kurzem ein* drittes *Mal begegnet ... aber in welchem Zusammenhang?*

»Soll ich es für dich buchstabieren?«, fragte Nick. »Es nennt sich *Gedankenverschmelzung.* Sie spielen Fang-den-Ball, aber ohne Ball. Sie reden mit dem Kosmos und ... erhalten ... kosmische Antworten.«

»Shangri-La ist kein realer Ort, du Idiot«, klärte Ajay ihn auf. »Es ist ein *Mythos*. Totaler Blödsinn. Eine dämliche westliche Legende über den ›mystischen Orient‹, die Anfang des zwanzigsten Jahrhunderts dem Wunschdenken einiger bekloppter Reiseschriftsteller entsprungen ist. Ein Dutzend Expeditionen haben danach gesucht, aber nicht den geringsten Hinweis gefunden.«

»Sagst du«, meinte Nick und kaute auf einem Dim Sum herum.

»Und weißt du auch, *warum* sie es nicht gefunden haben? Weil es nicht existiert!«, fuhr Ajay fort, zu aufgebracht, um einen Bissen von seinem Teller zu nehmen. »Sogar der Name Shangri-La ist falsch. Die Popkultur hat den Namen verfälscht, den diese Trottel dem Ort ursprünglich gegeben hatten. Wenn du es genau wissen willst: Der *korrekte* Name dieses *Fantasie*-Ortes ist *Shambhala,* nicht Shangri-La.«

»Moment mal«, unterbrach Nick ihn. »Wie in diesem alten Song: *›How does your light shine in the halls of Shambhala?‹«*

»Three Dog Night«, fügte Will hinzu und starrte wie gebannt auf das Video.

»Keine Ahnung, wie viele Hunde die da haben, aber das ist der Ort!«, rief Nick.

»Ja, das ist er«, bestätigte Ajay. »Und es ist ein Haufen New-Age-Quatsch. Du wirst keine ›superwichtigen spirituellen Typen‹ finden, die allein durch ihre Gehirnströme mit Zigarrenkisten jonglieren, schon gar nicht in einem ›wahnsinnig grünen Tal‹, weil es das in einer Höhe von über 4.000 Meter gar nicht geben kann. Shangri-La ist ebenso wenig real wie Bigfoot oder dieser komische Schneemensch ...«

»Ach, wirklich? Tja, zufälligerweise ist Bigfoot ein Yeti und Yetis sind Schneemenschen und Schneemenschen sind so was wie die *Wachhunde* in Shangri-La.«

»Großer Gott, wo hast du diesen Blödsinn bloß aufgeschnappt? Aber noch mehr interessiert mich, warum du ihn nachplapperst?«

»Weil man das nicht nur mit seinem *Gehirn* kapieren kann«, erwiderte Nick und zeigte auf das Banner über Ajays Bett. »Da steht es, in den unsterblichen Worten von Norman Einstein: Gott würfelt nicht.«

»Ich brauch dringend ein Aspirin«, stöhnte Ajay verzweifelt und legte den Kopf in die Hände.

»Wo ist dein Jahrbuch, Ajay?«, fragte Will, der sich endlich erinnerte. »Ich muss dir was zeigen.«

Ajay holte seine Ausgabe aus einem Regal neben dem Schreibtisch.

Will nahm sie, blätterte zu der Seite mit Ronnie Mursos Foto und las den Text darunter vor: »›Umarme das Paradox. Suche nach Mustern. Beethoven hat den Schlüssel, aber er weiß es noch nicht. Im Inneren deines Shangri-Las könnten sich die Tore der Hölle verbergen.‹«

»*Alter*«, rief Nick triumphierend. »Hab ich's euch nicht gesagt?!«

»Tut mir leid, aber weiß nicht, worauf du hinauswillst ...«, gestand Ajay.

»Ronnie Murso hat diesen USB-Stick hinterlassen«, erklärte Will. »In einem Versteck unter den Bodendielen in seinem Zimmer. Da bin ich mir ziemlich sicher. Er hat gehofft, dass der nächste Bewohner ihn findet – was mir heute Morgen gelungen ist.«

»*Was?!*«, fragte Nick mit vollem Mund.

»Ronnie hat *diese* Nachricht in das Jahrbuch geschrieben und *dieses* Bild auf dem Stick gespeichert«, sagte Will nachdrücklich und verschränkte die Arme vor der Brust. »Macht euch selbst einen Reim darauf.«

Ajay betrachtete das Bild an der Wand genauer. »Stimmt, wenn Ronnie etwas in dieses Bild eingebaut hat, dann wäre es typisch für ihn, uns auch Hinweise darauf zu geben, wie man es entschlüsselt.«

»In seinem Jahrbuch«, murmelte Nick kauend. »Starrt uns die ganze Zeit an. Wie in einem seiner Spiele. *Typisch* Ronnie.«

»Oder es geht um etwas viel Ernsteres«, überlegte Will.

»Ich habe eine Idee, wie wir es herausfinden können«, verkündete Ajay begeistert. Dann befahl er den Syn-Apps auf dem Tablet: »Integriert euch ins Bild.«

Daraufhin verschwanden ihre Doppelgänger von den Tablets und tauchten einen Moment später in dem Videobild an der Wand auf, am Fuß des Berges.

»Was hast du da gerade gemacht?«, fragte Will.

»Genau das, was Ronnie vermutlich wollte«, erklärte Ajay. »Ich habe uns in den Code der Datei gehackt, um ihr auf den Grund zu gehen. Oder eher auf den Gipfel.«

Die beiden Doubles trugen jetzt Rucksäcke und Will sah verblüfft zu, wie sie eine Kletterausrüstung hervorholten. »Aber das macht doch alles der *Computer,* oder?«, fragte er verunsichert. »Dass unsere Syn-Apps in das Bild eintreten, ist nur eine visuelle Version des Befehls, den du der Software gegeben hast, oder?«

»Wenn du dich bei dieser Vorstellung besser fühlst ...«, meinte Ajay mit einem verschmitzten Lächeln.

»Die Kleinen *arbeiten«,* kommentierte Nick und saugte seine letzte Nudel ein. »Haut rein, Jungs!«

Will warf einen Blick auf Ajays Wecker: sechs Uhr. »Hast du alles vorbereitet, damit ich jetzt in Kalifornien anrufen kann, Ajay?«

»Klar. Dann mal los«, bestätigte Ajay und stand auf. »Das wird hier sowieso ein Weilchen dauern.«

Will hielt ihm sein Handy entgegen.

»Ich brauch nur die Nummer. Ich hab da eine alternative Lösung. Kommt mit.« Ajay führte die beiden zur Tür seines Schranks.

Will schaute sich noch einmal kurz um: Auf dem großen Bildschirm begannen »Will« und »Ajay« den Aufstieg in die Berge von Shangri-La und bezwangen gerade mit Haken und Seilen die steile Felswand neben dem höchsten Wasserfall.

DIE VIDEOSCHALTUNG

Ajay öffnete die Tür seines Kleiderschranks. Ein Licht ging an und gab den Blick frei auf eine Kleiderstange und Regalböden voller Klamotten. Nachdem sie alle eingetreten waren, schloss Ajay hinter ihnen die Tür, drückte zwei Mal auf einen Schalter an der Innenwand und betätigte dann eine Fernbedienung, die er aus der Tasche holte. Das Regal drehte sich um neunzig Grad und dahinter kam ein schmaler Raum zum Vorschein, in dem ein Sattelstuhl stand und eine winzige Werkbank mit vielen Werkzeugen, elektronischen Bauteilen und Reihen übereinandergestapelter Pfefferminzdosen, die beschriftet und nach Farben sortiert waren.

»Bitte fasst nichts an«, sagte Ajay.

Auf einem Regal lagen sechs anscheinend selbst gebastelte elektronische Apparate, die an Ladegeräte angeschlossen waren.

Will erkannte darunter vier Walkie-Talkies, die übrigen konnte er jedoch nicht identifizieren: gefährlich aussehende blaue Metallringe mit geschwungenen Einbuchtungen. »Was ist das?«, fragte er.

»Elektrische Schlagringe«, erläuterte Ajay. »Ich habe etwas Ähnliches im Netz gesehen und dachte, ich könnte das Design verbessern. Bis jetzt hatte ich allerdings noch keine Gelegenheit, sie zu benutzen.«

»Alter«, sagte Nick interessiert, »ich werde sie mit dem größten Vergnügen für dich in der Praxis testen.«

Ajay zeigte auf ein großes Objekt auf der Werkbank, das mit einem orangefarbenen Tuch bedeckt war. »Das ist es. Aus ausgeschlachteten Teilen zusammengeschustert, aber es müsste funktionieren.« Er riss das Tuch weg und enthüllte einen ovalen grünen Bildschirm, an dem ein Gewirr aus Drähten, Steckern,

Platinen und die Wählscheibe eines alten Telefons befestigt waren.

»Abgefahren«, fand Nick. »Was ist das, eine Art Todesstrahl?«

»Das war mal ein alter Fernseher«, erklärte Ajay. »Jetzt ist es ein Bildtelefon.«

»Nie im Leben«, staunte Nick.

»Jetzt weiß ich, warum du so viele Schlösser an der Tür hast«, bemerkte Will.

»Und wieso du mir den Arsch gerettet hast, als du Lyle daran gehindert hast, unsere Zimmer zu durchsuchen«, erwiderte Ajay.

»Also verstößt all das hier gegen sämtliche Regeln«, stellte Will bewundernd fest.

»Schuldig im Sinne der Anklage«, sagte Ajay und grinste.

»Hast du davon gewusst?«, wandte Will sich an Nick.

Nick legte ihm eine Hand auf die Schulter. »Alter, ich habe dabei geholfen, den Raum zu bauen.«

»Wie lautet die Nummer deines Freundes?«, fragte Ajay.

Will las sie ihm vor, woraufhin Ajay die alte Wählscheibe betätigte. Einen Augenblick später hörten sie über einen Lautsprecher ein Klingeln und dann: »Hallo, hier Nando.«

»Nando, wie läuft's? Wo bist du?«, fragte Will.

»Im Wagen, hinter eurer Garage, *Compadre.«*

»Irgendwelche Schwarzkappen in der Nähe?«

»Negativ. Keine zu sehen. Wo bist du, Kumpel?«

»Bei meinen Freunden, den Technik-Freaks«, antwortete Will. »Sie haben alles vorbereitet, damit ich Videodateien von dir empfangen kann.«

»Cool«, meinte Nando. »Ich hab hier ein hochauflösendes 4G-Smartphone und volle Signalstärke. Seid ihr bereit zum Streamen?«

Ajay streckte den Daumen nach oben.

»Wir schalten jetzt ein«, verkündete Will.

Nachdem Ajay einen Knopf gedrückt hatte, erschien in der Mitte der Röhre ein grüner Punkt, der zunächst zu wogenden Wellen explodierte. Doch dann materialisierte sich aus dem Rauschen, das sich anhörte wie ein Platzregen, ein wackliges Bild in lebendigen Farben: Wills Garage in Ojai, aufgenommen mit einer Handykamera.

»Wie sieht's aus?«, meldete Nando sich. »Empfangt ihr was?«

»Klar und deutlich«, bestätigte Will.

Nando schwenkte das Telefon herum und hielt es auf Armlänge von sich weg, damit sie sein Gesicht sehen konnten. Er trug eine Brille und einen Pork-Pie-Hut. Kabel verliefen von dem Handy zu Stöpseln in seinen Ohren. *»Buenos tardes,* mein Freund«, sagte Nando und tippte sich an den Hut.

»Schön, dich zu sehen, Nando. Du kannst uns zwar nicht sehen, aber hier neben mir stehen Nick und Ajay.«

»Hola, Freunde von Will.«

»Guten Abend, Sir«, begrüßte Ajay ihn.

»Was geht ab, Nando?«, meinte Nick.

»Ich hab eine Vorrichtung für das Handy improvisiert, Kumpel«, verkündete Nando und hielt ein rotes elastisches Stirnband hoch. »Meine Frau hat das in irgend so einer Reality-Show gesehen. Sieht bescheuert aus, aber so könnt ihr beobachten, was ich sehe.«

»Dann mal los«, sagte Will und meinte dann zu Nick und Ajay: »Wir suchen medizinische Unterlagen, die mein Dad im Haus gelassen hat.«

»Woher kennst du diesen Typ?«, fragte Ajay.

»Er hat mir geholfen, den Schwarzkappen zu entkommen. Absolut zuverlässig.«

Das Bild hüpfte auf und ab, als Nando das Telefon an dem Band befestigte, das er dann über seinen Hut zog. Fetzen von Bildern zischten vorbei – die Garage, der Hof hinter dem Haus, Nandos

Taxi, der Abendhimmel –, bis die Kamera sich auf die Rückseite von Wills Haus richtete.

»Alles klar so weit, Jungs?«, erkundigte Nando sich.

»Perfecto«, bestätigte Will.

»Okay, und wo finde ich jetzt diesen Schlüssel?«

»In einem magnetischen Schlüsselkästchen am Fenster neben der Hintertür.«

»Verstanden.«

Auf dem Röhrenbildschirm konnten die drei beobachten, wie Nando sich dem Haus näherte. Sie hörten seine Schritte auf dem Kies und seinen Atem. Dann holte er ein Paar dünner schwarzer Handschuhe hervor.

»Es hat 18 Grad Celsius, ein schöner Herbstabend hier in Südkalifornien«, verkündete Nando wie ein Wetteransager. »Wie ist es oben in San ...«

»Kalt«, unterbrach Will ihn hastig, da ihm schlagartig einfiel, wie wenig er Nando *und* seinen Mitbewohnern bis jetzt erzählt hatte. »Kälter als bei dir, viel kälter.«

»Hast du irgendwas über das gecharterte Flugzeug rausgefunden?«, fragte Nando.

»Bis jetzt nicht. Bin noch dabei.«

»Flugzeug?«, hakte Nick nach. »Was für ein Flugzeug?«

Will hielt sich einen Finger an die Lippen und formte lautlos die Worte: »Das erkläre ich euch später.«

»Ist ja nicht so, als ob sie im Kaufhaus einen Toaster geklaut hätten, Kumpel. Dieser ganze Einsatz kostet garantiert ein paar Millionen Dollar. Überrascht mich, dass ich nichts in den Nachrichten gesehen habe. Wie geht es deinem Dad?«

»Besser. Danke.«

Ajay warf Will einen verwunderten Seitenblick zu, doch Will hob abwehrend eine Hand und bat wortlos um Geduld.

Nando war jetzt an der Hintertür angekommen. Der Bildschirm zeigte, wie seine Hände den Bereich rund um das Fenster abtasteten. »Übrigens, mein Cousin Freddie hat eine Website dieser National Scholastic Soundso Agency gefunden«, erzählte Nando. »Ich hab dir den Link gemailt. Hast du ihn bekommen?«

»Ich sehe nach, wenn wir hier fertig sind«, erwiderte Will.

»Hier ist was.« Nando holte ein kleines Metallkästchen hervor, klappte den Deckel auf und nahm einen Schlüssel heraus.

»Das ist er«, bestätigte Will.

Nando ging zur Tür, steckte den Schlüssel ins Schloss und drehte ihn. »Ich geh jetzt rein.« Als Nando das Haus betrat, knarrten ein paar Bodendielen, dann schloss er die Tür hinter sich.

Es war eigenartig und seltsam unwirklich, sein altes Zuhause zu sehen. Will spürte, wie sich Schweißperlen in seinen Achselhöhlen bildeten.

»Hier brennt kein Licht. Ich lass es lieber aus, falls die Schwarzkappen hier in der Nähe herumschwirren ...«

»Wo sind deine Eltern?«, flüsterte Ajay.

»Nicht zu Hause«, flüsterte Will zurück. »Noch bei der Arbeit ... außerhalb der Stadt.«

Nick und Ajay schauten sich an. Inzwischen bewegte Nando sich durch den Flur zum Wohnzimmer. Will konnte nicht fassen, was er dort sah.

Das Zimmer war vollkommen verwüstet. Überall lagen Bücher herum, Stühle waren zertrümmert, die Tapete von den Wänden gerissen. Jemand hatte die Bodendielen herausgebrochen und zersplittert, das Sofa in zwei Teile zerschlagen und die Füllung herausgezerrt. Dads Gipsbüste von Voltaire lag zerschmettert auf dem Boden, daneben sein wertvoller Plattenspieler und die meisten seiner unbezahlbaren alten Platten.

»Alter«, flüsterte Nick. »Ihr seid *ausgeraubt* worden.«

»Sieht nicht besonders gut aus, Kumpel«, bestätigte Nando.

»Diese *Schweine«,* stieß Will zwischen zusammengebissenen Zähne hervor.

»Hast du davon gewusst, Will?«, fragte Ajay mit immer größer werdenden Augen.

»Ich hatte mir so was schon gedacht«, räumte Will ein. »Nando, geh bitte mal nach oben.«

Nando verließ das Wohnzimmer und stieg die Treppe hinauf. Das Licht wurde schwächer, da sämtliche Türen im oberen Stock geschlossen waren.

»Nach links, wenn du oben bist«, bat Will.

Nando bog um die Ecke. Im ganzen Haus herrschte Totenstille, nur Nandos Atem war zu hören. »Ziemlich heiß hier oben, Mann«, flüsterte er. *»Sehr* heiß. Sie müssen die Heizung angelassen haben.«

»Mein Zimmer ist direkt geradeaus«, teilte Will ihm mit. »Schau mal rein.«

Licht flutete den Flur, als Nando die Tür öffnete. Es dauerte einen Moment, bis die Kamera sich der Helligkeit angepasst hatte, und dann konnte Will sein Zimmer erkennen. Oder das, was davon übrig war. Es sah aus, als hätte dort ein Hurrikan getobt. Alles war zerfetzt und in Stücke gerissen. Das Banner über dem Fenster – EIN METHODISCHER GEIST IST ALLES – hing in Streifen herab.

»Oh Mann«, sagte Ajay mitfühlend.

Sie haben etwas gesucht. Etwas, das Dad versteckt haben muss. Aber was?

»Alter«, meldete Nick sich wieder zu Wort. »Jetzt mal ernsthaft. Das ist echt übel.«

Will wurde schlecht. Er betete, dass man seine Eltern nicht genauso brutal behandelt hatte. *Was wollen diese Leute von uns? Von mir?*

»Geh bitte in das Schlafzimmer meiner Eltern«, wandte Will sich wieder an Nando. »Den Gang entlang und die letzte Tür links. Neben Dads Schreibtisch steht ein Regal mit Aktenordnern.«

Nando trottete durch den Flur. Als er die Tür erreichte, zeigte die Kamera kurz nach unten. Seine Hand kam ins Bild, während er den Türknauf drehte. Dann drückte er die Tür auf.

In dem Moment, in dem er das Schlafzimmer betrat, riss ein hauchdünner Faden, der über die Schwelle gespannt war. Nando bemerkte es gar nicht. Aber im Heizungsraum unter der Kellertreppe drehte sich ein Ring auf einem runden Drahtgeflechtzylinder von der Größe eines Bierfasses langsam nach links. Aus dem Fass schoss zischend ein Stöpsel nach oben und dicker gelblicher Rauch verteilte sich im Raum ...

Im Schlafzimmer von Wills Eltern fand Nando alles genauso verwüstet vor wie in Wills Zimmer. Die Matratzen waren bis auf die Federkerne aufgeschlitzt worden, alle Schubladen am Schreibtisch seines Vaters herausgerissen, ausgeschüttet und zertrümmert.

»Die Regale sind komplett leer, Mann«, teilte Nando mit. »Vielleicht haben die Schwarzkappen die Aktenordner ja in diesen Kisten rausgetragen.« Die Kamera richtete sich auf einen Temperaturregler neben der Tür. »Kein Wunder, dass es hier so heiß ist: Das Thermostat steht auf dreißig Grad.«

»Sieh im Schrank nach«, bat Will.

Nando trat an den offenen, begehbaren Kleiderschrank, in dem es ziemlich dunkel war. Er holte eine Taschenlampe hervor und schaltete sie ein. Die Kamera folgte dem Strahl der Lampe: Kleider und Bügel waren von den Stangen gerissen worden und stapelten sich zu einem großen Haufen auf dem Boden.

»Hier drin ist nichts, Mann«, verkündete Nando. »Die haben alles gründlich durchsucht.«

»An der Schrankdecke gibt es eine lose Platte«, verriet Will.

»Hinten rechts in der Ecke. Versuch es da mal, aber du brauchst einen Stuhl.«

Nando zog einen Stuhl aus dem Schlafzimmer in den hinteren Bereich des Schranks. Er stieg darauf und betrachtete die Decke, die mit weißer Isolierfarbe besprüht war. »Ich glaube, ich sehe sie. Hier ist eine Naht.« Nando stocherte herum, bis sich eine etwa ein Quadratmeter große Platte aus der Verankerung löste. Er drückte sie hoch und schob sie zur Seite. »Ich kann die Dachsparren sehen, eine Art Zwischendecke. Dahinten ist was.«

»Kommst du dran?«, fragte Will.

»Ich versuch's.« Das Bild wurde undeutlich, als Nando den Kopf auf die Seite legte. »Okay, hab es.« Er zog eine schwarze Tasche hervor und hielt seine Taschenlampe darauf. »Sieht aus wie eine Arzttasche. Echtes altes Leder.«

»Die gehörte meinem Dad«, erklärte Will.

»Irgendetwas ist neben dem Griff aufgedruckt, schon ziemlich verblasst. Ich glaube, es sind Initialen.«

Will konnte sich nicht erinnern, jemals Buchstaben auf der Tasche gesehen zu haben. »Steht da *J.W.?*«

»Nein, Mann. Irgendwas anderes. Sieht aus wie ... *H.G.*«

»Das kann nicht sein«, wandte Will ein.

»Sieh selbst«, sagte Nando und hielt die Tasche vor die Kamera. Und tatsächlich entdeckte Will verblichene goldene Buchstaben auf dem abgegriffenen, narbigen Leder unterhalb des Griffes: H.G.

»Mach sie auf«, sagte Will.

»Eine Sekunde. Ich glaub, ich hab was gehört«, meinte Nando.

Einen Moment später ertönte ein dumpfer Schlag, als wäre im Erdgeschoss irgendetwas Schweres aus Metall auf den Boden gefallen.

»Was war das?«, fragte Nick.

»Vielleicht die Heizung?«, mutmaßte Ajay.

»Nein«, flüsterte Nando. »Ich glaube, es ist jemand im Haus.«

Alarmiert beugte Will sich vor. »Du musst verschwinden, Nando!«

Nando sprang vom Stuhl herunter und lief auf die offene Schranktür zu. »Was ist *das?* Hier *stinkt* es plötzlich hundserbärmlich.« An der Tür blieb er abrupt stehen und murmelte: »Ich glaub, ich hab da was in der Zwischendecke rascheln gehört.«

Will schrie den Bildschirm an: »Nando, hau sofort ab!«

Nando wirbelte herum – mit ihm seine Taschenlampe, deren Strahl schließlich die Klappe in der Decke fand. Irgendetwas befand sich am Rand der Öffnung. Im ersten Moment erinnerte es Will an die Riesenversion eines Kartoffelkäfers.

Aber dieses Ding dort war schlimmer. Viel schlimmer. Es hatte einen winzigen Kopf, der auf einem blassen Stiel saß, und aus seinem Kiefer ragten Scheren hervor. Große leuchtende Augen wölbten sich aus seinem fast menschlichen Gesicht. Es stellte sich auf die Hinterbeine, sodass man sein wachsartiges Bauchsegment und die restlichen Gliedmaße sehen konnte: zuckende Reihen von etwas, das aussah wie schwarze Wurstfinger.

»Igitt!«, meinte Nando.

Das Ding stieß einen schrillen, rasselnden Schrei aus und sprang vom Dachboden direkt auf die Kamera zu. Ajay, Nick und Will schreckten instinktiv vom Bildschirm zurück.

Nando schlug das Vieh weg, drehte sich um, sprang aus dem Schrank und knallte die Tür hinter sich zu. »Habt ihr das gesehen?«, fragte er aufgeregt.

»Ja!«, brüllten Will, Nick und Ajay.

Sie hörten, wie der Käfer von innen gegen die Tür schlug. Kurz darauf drangen seine Scheren wie doppelte Bohrspitzen durch das Holz und sonderten dabei eine ätzende rotorange Flüssigkeit ab, die die Holzfasern zu matschigem Brei auflöste.

»Was ist das für ein Ding?«, schrie Ajay entsetzt.

Plötzlich hielt Nando eine Pistole in der Hand.

»Der Alte hat 'ne *Knarre«,* staunte Nick.

Nando gab aus kürzester Entfernung drei Schüsse ab, als sich das Ding durch das Loch quetschte. Im nächsten Moment explodierte der Käfer und Flüssigkeit spritzte durch die Luft, die sofort in Flammen aufging. Flüssiges Feuer lief an der Tür hinunter.

»Das ist jedenfalls *kein* in Südkalifornien heimischer Käfer«, stellte Ajay zitternd fest.

»Ach wirklich!?«, kreischte Nando.

»Verschwinde!«, brüllte Will.

»Bin schon dabei«, rief Nando und rannte zur Tür hinaus, während sich das Feuer rasch ausbreitete.

Doch draußen auf dem Treppengeländer saß ein weiterer Käfer. Er sprang an Nandos Bein und krallte sich dort fest. Die Kamera wurde ruckartig herumgerissen, als Nando durch den Flur hüpfte und verzweifelt versuchte, das eklige Ding wegzuschlagen, das inzwischen mit schnappenden Kiefern an ihm hochkrabbelte.

Ajay und Nick sprangen auf und schlugen wild auf ihre Beine, als sei der Käfer auf ihnen gelandet.

»Geh in mein Zimmer«, rief Will. »Durch das Fenster nach draußen ...«

»Verdammt, das Ding sitzt auf meinem Rücken«, rief Nando panisch. Hastig warf er sich mit dem Rücken gegen eine Wand, woraufhin ein grässliches Kreischen ertönte, gefolgt von einem lauten Knacken. Rasch drehte Nando sich um. Der schwarze Schleim und die klebrigen Einzelteile, in die das Ding zerbrochen war, fingen sofort Feuer.

»Los. Lauf!«, brüllte Will.

Nando hatte gerade die Tür von Wills Zimmer erreicht, als sie ein ekelerregendes Rascheln hörten. Er wirbelte herum und eine ganze Horde von Monstern, Hunderte, drängten nach oben und kletterten dabei ungeduldig übereinander. Nando gab mehrere Schüsse auf die Spitze des Schwarms ab, die die Käfer wie Feuerwerkskörper entzündeten.

Hastig stürmte Nando in Wills Zimmer, warf die Tür hinter sich zu, rannte zum Fenster und schob es nach oben. Irgendwo hinter ihm war ein Chor aus Bandsägen zu hören. Nando riss den Kopf herum, wodurch sich die Kamera zur Seite neigte. Tausende Käfer bissen sich gleichzeitig durch jeden Zentimeter der Tür und zermalmten sie vor seinen Augen. Nando schoss, bis das Magazin seiner Pistole leer war, woraufhin das, was von der Tür noch übrig war, explodierte.

Eine Sekunde später balancierte er keuchend über das Dach, wobei die Schindeln unter seinen Füßen knirschten. »Ruft einen verdammten Kammerjäger!«, schrie Nando.

Dann erreichte er den Rand des Daches und sprang ohne Zögern. Die Kamera zuckte hin und her. Sie hörten Nando grunzen, als er gegen einen Ast prallte. Dann ließ er sich stöhnend auf den Boden fallen. Rasch rappelte er sich auf und humpelte zu seinem Taxi.

Er riss die Fahrertür auf und drehte sich genau in dem Moment um, als das Haus in die Luft flog und aus allen Fenstern meterhohe Flammen schlugen. Hektisch kletterte Nando hinters Lenkrad, steckte den Schlüssel in die Zündung, legte den Gang ein und fuhr los.

»Alles in Ordnung?«, rief Will besorgt.

»Ich bin alles andere als in Ordnung«, entgegnete Nando. »Aber ich bin noch am *Leben* ...«

In dem Moment klatschte ein weiterer Käfer laut kreischend gegen die Windschutzscheibe. Nando schrie auf und riss das Steuer ruckartig nach rechts.

Dann wurde der Bildschirm schwarz.

EIN WINZIGER PIANIST

Auf dem Bildschirm erschien die Mitteilung: VERBINDUNG UNTERBROCHEN. Als Will sich umdrehte, sah er, wie Nick und Ajay einander ängstlich umklammerten.

»Monster«, flüsterte Ajay matt.

»Alter, ich werd für den Rest meines Lebens alles glauben, was du uns erzählst«, versprach Nick.

Ein wenig verlegen ließen sie sich los. Nick taumelte aus dem Schrank und atmete ein paar Mal tief durch. Ajay und Will folgten ihm.

»Glaubt ihr, Nando geht's gut?«, fragte Ajay.

»Ich versuch mal, ihn anzurufen«, sagte Will und holte sein Handy hervor.

»Also stammen diese Käfer von demselben Ort wie die anderen Monster?«, erkundigte Nick sich.

»Ja.« Will tippte Nandos Nummer ein. Der Anruf wurde sofort auf die Mailbox weitergeleitet.

»Na, jedenfalls haben wir keine Spezialbrille gebraucht, um *diese* Biester zu sehen«, bemerkte Ajay.

»Stimmt«, bestätigte Will. »Das bedeutet wohl, dass sie schon vor einer Weile rübergekommen sind.«

»Von diesem Ort, den du das ›Niegewesen‹ genannt hast«, ergänzte Ajay.

»Richtig.«

»Und sie kommen durch diese Wiesel-Löcher«, fügte Nick hinzu.

»Ja.« Will drückte auf WAHLWIEDERHOLUNG. »Verdammt, Nando antwortet nicht.«

»Alter, euer *Haus* brennt. Ruf die Feuerwehr an«, meinte Nick.

»Und was soll er ihnen sagen?«, fragte Ajay. »Dass er es von *Wisconsin* aus hat brennen sehen?«

»Keine Ahnung«, gestand Nick und zuckte hilflos die Achseln. »Wenn sie sich beeilen, erwischen sie vielleicht noch eine dieser durchgedrehten Kakerlaken.«

»Sie werden gar nichts finden«, stellte Will fest. »Das Feuer wird alles vernichten. Das war eine Falle, die zuschnappen sollte, sobald ich zurückkomme. So hatten es die Schwarzkappen zumindest geplant.«

»Du meinst ... die wollen dich umbringen?«, fragte Ajay ungläubig.

Scheiß auf die Regeln und das, was meine Eltern wollten. Jetzt sind meine Freunde darin verwickelt und schweben in Gefahr – und zwar meinetwegen. Zeit, sie in alles einzuweihen.

»Ja. Hast du irgendwas von dem aufgenommen, was wir eben gesehen haben?«, hakte Will nach.

»Alles«, bestätigte Ajay.

»Holt die Mädchen«, forderte Will die beiden auf. »Wir treffen uns im Gemeinschaftsraum.«

Fünf Minuten später saßen Elise und Brooke mit den anderen zusammen auf den großen Sofas und hörten Will zu, der ihnen erzählte, wie die Schwarzkappen ihn an jenem Morgen in Ojai verfolgt hatten. Er zeigte ihnen den mechanischen Vogel, mit dem sie seine Familie ausspioniert hatten, bevor sie seine Eltern entführt ... oder ihnen noch Schlimmeres angetan hatten. Will berichtete von den Monstern in den Bergen und der Ebene, über Mitfahrer und Wiesel-Löcher und davon, dass Leute an dieser Schule Monster aus dem Niegewesen herbeiriefen. Dave und die Hierarchie erwähnte er allerdings nicht – schließlich sollten sie ihn nicht für *völlig* durchgeknallt halten. Aber er erwähnte seine Vermutung, dass Todd und einige andere aus dem Crosslauf-Team, zusammen mit Lyle und den übrigen Rittern, diejenigen waren, die die Monster herüberbrachten.

»Monster?«, fragte Elise skeptisch. »Das ist ja wohl ein bisschen übertrieben.«

»Ich will dir ja glauben, Will«, sagte Brooke, mit großen Augen und zittriger Stimme. »Aber hast du irgendwelche Beweise für all das?«

»Zeig es ihnen«, bat er Ajay.

Ajay spielte Nandos Video auf seinem Tablet für die Mädchen ab. Als die Aufnahme endete, schauten Brooke und Elise fassungslos drein. Einen Moment herrschte völlige Stille im Raum, nur das Holz im Kamin knisterte leise.

»Also im Grunde«, sagte Elise gedehnt, als sei sie von der Vorstellung fasziniert, »ist alles, was wir wissen ... falsch.«

»Eine Frage, Will«, meldete Brooke sich. »Warum sind sie hinter dir her?«

Will zuckte die Achseln. »Ich glaube, meine Eltern müssen es gewusst haben – so oft, wie wir umgezogen sind.« Er erzählte ihnen, dass sie ihm immer wieder eingebläut hatten, unter gar keinen Umständen aufzufallen, und dass er sich daher in der Schule und beim Sport immer zurückgehalten hatte. »Dann habe ich diesen Test mit Bestnote bestanden. Wenn das nicht gewesen wäre, würden meine Eltern vielleicht noch ...«

Brooke rutschte zu ihm hinüber und nahm seine Hand. »Was da auch immer vor sich geht«, sagte sie sanft, »ich bin wirklich froh, dass du uns davon erzählt hast. Und wir *alle* werden dir helfen.«

Will spürte einen dicken Kloß im Hals und seine Augen brannten. Elise saß auf der anderen Seite und tätschelte seine Schulter. Von seinem Pokerface war nicht mehr viel übrig.

»Es hängt also alles zusammen«, folgerte Ajay, der aufgestanden war und im Raum auf und ab ging. »Die Ritter, die Umkleide, die

Tunnel zur Felseninsel und das, was bei dir zu Hause passiert ist. Jetzt müssen wir nur den Grund für das Ganze herausbekommen.«

Will schaute Elise an. Er hätte schwören können, dass er hörte, was sie dachte – fast so, als hätte sie einen Gedanken in *seinen* Kopf »geschoben«.

Ronnie hat davon gewusst.

»Ich werde euch sagen, was *ich* denke«, verkündete Nick, der aufgewühlt herumlief. »Ich denke, dass die Schweine, die dir das alles angetan haben, fällig sind für eine erstklassige Abreibung ...«

»Immer mit der Ruhe, Tarzan«, beschwichtigte Brooke ihn.

Ajay kniete sich neben Will und warf einen Blick auf den Vogel. »Kann ich mir den später ansehen, Will?«

Will nickte und Ajay wickelte den Vogel in ein Handtuch, um ihn mitzunehmen.

»Ich muss mit Elise reden«, flüsterte Will ihm zu.

»Brooke, kommst du mal mit in mein Zimmer?«, fragte Ajay. »Ich will dir was zeigen. Dir auch, Nick.«

»Was ist?«, blaffte Nick, der noch immer auf und ab lief.

»Ich brauche deine Hilfe«, teilte Ajay ihm mit. »In meinem *Zimmer.*«

Will nickte Ajay dankbar zu. Als die anderen verschwunden waren, setzte er sich vor Elise. »Was hat Ronnie gewusst?«, fragte er sanft.

Elises Augen weiteten sich überrascht. »Woher ...?«

»Ich bin mir nicht sicher«, gab er zu. »Aber ich habe recht, oder? Ronnie wusste etwas darüber und er hat dir davon erzählt.«

Elise legte die Finger an die Schläfen und massierte sie, als hätte sie Kopfschmerzen. Das feine schwarze Haar hing ihr über die Augen. »Sie haben ihn ununterbrochen drangsaliert ... Todd, Lyle und die anderen. Er war so schüchtern, jammerte ständig, weil er solches Heimweh hatte. Wir hielten ihn für einen hoffnungslosen Fall. *O* wie ›Opfer‹ stand ihm förmlich auf die Stirn geschrieben, wie ein Nummernschild. Dann begann er, mich anzuhimmeln. *Total* peinlich. Er spielte Flöte, schrieb Gedichte ... nicht zum Aushalten.«

»Er hat sie für dich geschrieben?«

Elise zog eine verächtliche Miene. »›Wie misst man die Entfernung, die ein Lächeln zurücklegt?‹ Jetzt mal ehrlich: Sehe ich aus wie ein Mädchen, das *Gedichte* mag?«

Ihr Blick verriet sofort die Antwort. »Ja, das musst du echt gehasst haben«, sagte Will.

»Wir wussten, dass Ronnie brillant war, auf eine ziemlich verpeilte Art. Und lustig und selbstironisch, und das war ... unerwartet. Er gewann erst an Selbstvertrauen, als er sein Projekt im Labor begann. Dann hörten sie sogar auf, ihn zu terrorisieren. Aber er hat uns nie verraten, woran er gearbeitet hat.«

»Nicht einmal dir?«

»Warum hätte er es *mir* sagen sollen? Wir waren schließlich nicht zusammen. Ich meine, wir haben viel Zeit miteinander verbracht und ich ...« Elise sah, dass Will ihr das nicht abnahm. »Okay, okay, ja, wir sind uns nähergekommen. Aber gegen Ende des Schuljahres hat sich plötzlich irgendetwas verändert. Ronnie ist mir von einem Tag auf den anderen aus dem Weg gegangen.«

»Warum?«

Ihre jadegrünen Augen blitzten vor Schmerz und Wut. »Ich weiß es nicht. Ich habe versucht, es herauszufinden. Etwas über ihn, über mich, darüber, was nicht stimmte ... einfach *irgendetwas*. Ich weiß nicht, ob du das schon mitgekriegt hast, aber irgendwie kann ich sehen, was Menschen empfinden.«

Will musste schlucken. »Allerdings, das habe ich gemerkt.«

»Aber von Ronnie habe ich nicht das schwächste Signal empfangen. Im Gegenteil: Dieser süße, warmherzige Trottel hat plötzlich einen eisernen Vorhang heruntergelassen. Und dabei wusste er Dinge über mich ... Dinge, die ich noch niemandem zuvor erzählt hatte. Ich habe ihm vertraut und plötzlich hat er nicht mal mehr *Hallo* gesagt.«

Jetzt musste er äußerst behutsam vorgehen: ein falsches Wort und sie würde ihm keinen Ton mehr verraten. »Elise, was hat Ronnie gewusst?«, fragte Will sanft.

Sie warf ihm einen grimmigen, durchdringenden Blick zu.

Will versuchte, seinen Geist zu öffnen, damit sie in ihn hineinschauen konnte ... um ihr zu zeigen, dass er ihr vertraute.

»Am letzten Tag vor den Ferien«, sagte sie schließlich, »als alle ihre Sachen für den Sommer packten, kam Ronnie mir auf dem Hof entgegen. Er hat mir dieses ... süße, offenherzige Lächeln geschenkt, das mir sagte, dass *er* es ist, dass er sein Schutzschild abgelegt hat ... und da konnte ich kurz in sein Inneres schauen.« Sie wandte den Blick ab.

Angestrengt versuchte Will, Augenkontakt mit ihr zu halten. »Was hast du gesehen?«

»Etwas, das ihm Angst machte und das er im Labor gesehen hatte. Etwas Dunkles und Furchteinflößendes, womit er nicht umgehen konnte.«

»Hat er dir gesagt, worum es dabei ging?«

Elise schüttelte den Kopf. »Er hat mich nur umarmt und meinte dann, falls ihm etwas zustoßen sollte, würde er einen Weg finden, es mir zu sagen ... damit ich es verstünde. Und dann hat er mir eine Frage ins Ohr geflüstert: ›Bist du Erwacht?‹«

»Erwacht?« Das Wort jagte Will einen Schauer über den Rücken; er hatte es in letzter Zeit verdammt oft gehört. »Was hat er damit gemeint?«

Erneut schüttelte Elise den Kopf. »Keine Ahnung. Das war das letzte Mal, dass ich ihn gesehen habe.« Sie schaute weg, tief verletzt, aber zu stolz, um zu weinen.

Will dachte angestrengt nach, was er tun sollte, bis ihm klar wurde, dass dieses Problem nicht durch *Denken* gelöst werden konnte. Dann erinnerte er sich wieder: Regel Nr. 87: MÄNNER WOLLEN GESELLSCHAFT, FRAUEN WOLLEN MITGEFÜHL.

»Hast du Ronnie je gesagt, was du wirklich für ihn empfindest?«, fragte er leise.

»Natürlich nicht«, erwiderte Elise und drehte eine Haarsträhne zwischen den Fingern.

»Und das kannst du dir nicht verzeihen.«

»Ist das so offensichtlich?«

»Irgendwie schon.«

»Irgendwie ist das eine blöde Frage.«

»Ich glaube, wir haben alle ein Pokerface, meinst du nicht?«, überlegte Will.

Elises Blick wurde sanfter; sie zückte ein imaginäres Messer, rammte es sich in die Brust und fiel nach vorn. Will lachte. Kurz darauf musste sie ebenfalls lachen. Dann rappelte er sich auf und streckte eine Hand aus. Als er sie hochzog, standen sie einander ganz nah gegenüber.

Plötzlich war Will wie gelähmt. Eine Art farbiger Lichtstrahl schoss aus ihren verwirrenden Augen und durch ihn hindurch, als bestünde er aus Glas. In diesem Moment hätte sie ihm befehlen können, eine Bank auszurauben oder von einem Wolkenkratzer zu springen, und er hätte es, ohne nachzudenken, getan. Er konnte sich ihr nicht entziehen, wollte es in diesem Augenblick auch gar nicht.

»Vielleicht weiß ich ja, auf welche Art und Weise Ronnie es dir mitteilen wollte«, sagte er. »Komm mit.« Er nahm sie bei der Hand und führte sie in Ajays Zimmer.

Als sie den Raum betraten, schaute Brooke vom Schreibtisch auf und sah, dass sie sich an den Händen hielten. Will kam sich vor, als sei er beim Taschendiebstahl erwischt worden. Sofort ließ er Elises Hand los und Brooke schaute schnell weg.

Nick hatte für alle Stühle bereitgestellt. Elise setzte sich neben Ajay, vor das animierte Bild des Berges auf dem Wandbildschirm. In der halben Stunde seit ihrem Aufbruch waren die Syn-Apps bis zum Gipfel geklettert und standen nun auf einem schmalen Felsvorsprung über dem höchsten Wasserfall. Die Figuren winkten Will und Elise zu, als sie näher kamen.

»Was ist das?«, fragte Elise.

»Dieses Bild war auf dem USB-Stick, den Ronnie in seinem Zimmer versteckt hat«, erklärte Will. »Ich habe ihn heute Morgen gefunden.«

»Und ich habe unsere Syn-Apps reinkopiert«, ergänzte Ajay. »Wir glauben, dass Ronnie etwas in der Datei versteckt hat; die Doppelgänger versuchen, es zu finden. Heranzoomen«, befahl er.

Der Felsvorsprung, auf dem die Figuren standen, wurde vergrößert.

»Geht jetzt weiter«, befahl Ajay den beiden. »Folgt dem Pfad.«

Als die Syn-Apps um die Ecke bogen, tauchte eine friedliche grüne Lichtung vor ihnen auf. Bunte Wildblumen blühten im hohen Gras, das in der Brise hin und her wogte. Vor einer Pagode, die direkt in die Wand eines steilen Felsens gebaut war, sah man einen Teich.

»Was ist das für ein Ort?«, fragte Elise.

»Ich sage das den beiden schon die ganze Zeit«, merkte Nick an. »Sie sind in *Shangri-La.*«

Die Figuren betraten eine Brücke aus Bambus, überquerten den Teich, in dem weiß und golden funkelnde Kois träge umherschwammen, und stiegen dann die Treppe zu dem imposanten doppelflügeligen Tor der Pagode hinauf. Das Tor öffnete sich und zwei menschliche Gestalten in langen weißen Kitteln traten heraus, bevor sich das Tor hinter ihnen wieder schloss.

»Wer sind diese Typen?«, wunderte Will sich.

»Sie sehen aus wie Ärzte«, fand Brooke.

»Los, geht hinein«, verlangte Elise.

»Versuchen wir es doch mal«, meinte Will und befahl den Doppelgängern: »Eintreten.«

Doch als die Syn-Apps einen Schritt vorwärts machten, verschränkten die Ärzte die Arme und blockierten das Tor. Daraufhin versuchten die Syn-Apps seitlich an ihnen vorbeizukommen, aber die Docs versperrten ihnen jedes Mal den Weg.

»Loser«, meinte Nick. »Muss etwa ich da reinspringen und ihnen an *eurer* Stelle in den Hintern treten? Ich hol schnell meinen Zwerg ...«

»Setz dich hin und halt den Mund«, befahl Brooke.

»Lies diesen einen Abschnitt aus dem Jahrbuch noch mal vor«, bat Ajay.

Will nahm das Buch vom Schreibtisch: »›Umarme das Paradox. Suche nach Mustern. Beethoven hat den Schlüssel, aber er weiß es noch nicht. Im Inneren deines Shangri-Las könnten sich die Tore der Hölle verbergen.‹«

»Das hat Ronnie geschrieben«, sagte Elise.

»Ja«, bestätigte Will.

»Wir glauben, dass er das alles hier entwickelt hat«, erklärte Ajay. »Es ist wie eines seiner Spiele.«

»Das ist mehr als nur ein Spiel.« Elise rückte näher an den Bildschirm heran. »So hat er die Welt gesehen: ein Labyrinth aus miteinander verwobenen Geheimnissen. Wenn man das erste Rätsel löst, trifft man auf das nächste, bis man schließlich zum Kern der Dinge gelangt.«

»Wo er das versteckt hat, was er dir sagen wollte«, vermutete Will.

»Möglicherweise«, meinte Elise und studierte den Absatz im Jahrbuch.

»Dann ist das die Version eines extrem komplizierten Passwortes«, folgerte Brooke.

»Hört ihr mir eigentlich zu?«, mischte Nick sich ein und kaute an seinen Fingernägeln. »Gib Shangri-*La* ein.«

»Dein Vorschlag wurde angemessen beachtet«, ließ Ajay ihn wissen.

Plötzlich blickte Elise ruckartig auf, als hätte sie eine Idee. »Sag den Syn-Apps, sie sollen die beiden Typen vor dem Tor umarmen.«

»Das ist doch lahm«, fand Nick.

»Wollt ihr nun meine Hilfe oder nicht?«, entgegnete Elise aufgebracht.

Ajay und Will schauten sich an, zuckten die Achseln und sagten dann gleichzeitig: »Umarmt sie.«

Ihre Syn-Apps sahen sich an, zuckten ebenfalls mit den Schultern und gingen dann mit ausgebreiteten Armen auf die Gestalten am Tor zu. Die Docs sahen einander an, traten einen Schritt vor und ließen sich tatsächlich von »Will« und »Ajay« umarmen.

Sofort öffnete sich das Tor hinter den Männern. Sie traten zurück, verbeugten sich und lösten sich in Luft auf.

»Umarme das ›Paar Docs‹«, folgerte Will.

»So langsam kapierst du es«, lobte Elise.

»ROTFLMAO«, meinte Nick mit offenem Mund.

»Stimmt doch gar nicht: Du wälzt dich doch gar nicht auf dem Boden und lachst dich kaputt ...«, widersprach Ajay.

»Ich lache innerlich.«

»Sagt ihnen, sie sollen reingehen«, bat Elise.

Will und Ajay gaben den Befehl, woraufhin ihre Doubles das Gebäude betraten. Die Wände verschwanden und die beiden kleinen Figuren fanden sich in einem riesigen, leeren grauen Raum wieder. Von hoch oben leuchtete ein heller, kreisrunder Lichtstrahl herab und kurz darauf erfüllten weitere Lichtstrahlen den Raum mit Kreisen in allen Farben des Regenbogens.

Die Syn-Apps traten in den ersten weißen Kreis. Ohne Vorwarnung brach der gesamte Boden, der nicht vom Licht erfasst wurde, plötzlich weg. Nur die bunten Kreise blieben übrig; sie bildeten jetzt die Spitzen hoher, runder Säulen, die aus der bodenlosen Leere aufstiegen.

»Oh-oh«, meinte Will verunsichert. »Was passiert eigentlich, wenn unsere Doppelgänger sterben?«

»Ich vermute, wenn sie sterben, verlieren wir den Zugang zum Programm«, erwiderte Ajay.

»Wahrscheinlich hat Ronnie das Programm so konzipiert, dass es sich selbst zerstört«, überlegte Elise. »Um das zu schützen, was er darin versteckt hat. Wir haben nur einen einzigen Versuch.«

»Was hat er noch mal geschrieben?«, hakte Brooke nach und nahm das Jahrbuch in die Hand.

»Hoffentlich nicht ›Stürz dich in einen sinnlosen Tod‹«, sagte Nick.

»›Suche nach Mustern‹«, las Brooke vor.

»Was für Muster?«, wunderte Nick sich.

Die Kreise begannen nun zu blinken, nach Farben geordnet. Jede der insgesamt sieben Farben korrespondierte mit einem einzelnen lauten Ton, der sich bei jedem Blinken wiederholte, bis der ganze Raum mit übel klingenden Tönen erfüllt war. Die Syn-Apps hielten sich die Ohren zu.

»Wie funktioniert das?«, rief Ajay. »Was sollen wir tun?«

Elise schloss die Augen und hörte ganz genau hin. »Das ist die phrygische Tonleiter. Der fünfte Modus der harmonischen Moll-Tonleiter.«

»Woher weißt du das?«, fragte Nick.

»Ich weiß es, weil *ich* ihm davon erzählt habe«, erklärte Elise gereizt. »Man muss auf die Farbe springen, die mit der nächsten Note in der Tonleiter übereinstimmt.« Sie hatte Mühe, sich zu konzentrieren; die Musik war ohrenbetäubend laut. »Blau«, sagte sie nach einem Moment.

Die beiden Syn-Apps hüpften von ihrer Säule auf den nächsten blauen Kreis. Als sie dort landeten, zerbrachen alle weiteren blauen Säulen und verschwanden – und mit ihnen auch die »blauen« Noten, sodass die Musik ein wenig angenehmer wurde.

»Was jetzt?«, fragte Ajay.

Elise konzentrierte sich. »Violett.«

»Will« und »Ajay« sprangen auf einen violetten Kreis. Sofort verschwanden alle anderen Säulen dieser Farbe, während die übrigen Säulen – auch die, auf der sie standen – sich wie Kolben auf und ab bewegten, wodurch weitere Sprünge unendlich viel gefährlicher wurden.

»Jetzt rot«, befahl Elise.

Die Syn-Apps warteten, bis die nächste rote Säule polternd aus der Dunkelheit aufstieg, und setzten genau in dem Augenblick zum Sprung an, als sie an ihnen vorbeirauschte. Nachdem die beiden sicher gelandet waren, zerfielen die übrigen roten Säulen.

Jetzt hoben und senkten sich die Säulen nicht nur, sondern schwangen von einer Seite auf die andere. Die Syn-Apps hatten Mühe, das Gleichgewicht zu halten. Sie klammerten sich aneinander, während sie auf ihrer roten Säule durch den Raum geschleudert wurden.

»Das ist wie ein völlig durchgeknalltes Karussell«, meinte Brooke.

»Wohin jetzt?«, drängte Will.

Drei Farben blieben noch übrig: Orange, Gelb und Grün.

»Orange«, sagte Elise.

Dieses Mal mussten »Will« und »Ajay« länger warten, bis eine orangefarbene Säule auftauchte, auf die sie springen konnten. »Will« landete sicher, aber »Ajay« blieb mit einem Fuß an der Kante hängen und war kurz davor abzustürzen. »Will« packte ihn am Gürtel und zog ihn hoch, während die Säule durch den Raum wirbelte.

»Warum haben wir eigentlich nicht ›Nick, die menschliche Bergziege‹ mit diesem Job beauftragt?«, wunderte Ajay sich.

»Alter, ich habe es doch angeboten«, protestierte Nick.

»Gelb«, fuhr Elise fort.

Eine gelbe Säule sauste vorbei und die beiden sprangen. Jetzt blieben nur noch grüne Säulen übrig, die erheblich an Fahrt aufnahmen. Die Doppelgänger passten eine von ihnen ab, und nachdem sie gelandet waren, verringerte die Säule allmählich die Geschwindigkeit, bis sie schließlich mit einem furchterregenden Zittern zum Stehen kam.

Eine einzelne weiße Säule tauchte ungefähr zehn Meter vor den Doppelgängern auf, zu weit, um hinüberzuspringen.

»Und jetzt?«, fragte Ajay nervös.

»Denk in Ruhe nach«, wandte Will sich an Elise. »Du hast alle Zeit der Welt.«

Doch kaum hatte er diese Worte ausgesprochen, erschien eine Mitteilung auf dem Bildschirm: DU HAST DREISSIG SEKUNDEN. Dann wurde von 30 heruntergezählt: 29, 28 ... Mit jeder verstreichenden Sekunde bröckelte die grüne Säule, auf der die Syn-Apps standen, ein bisschen mehr. Die kleinen Doppelgänger flüchteten in die Mitte der Säule und schauten Hilfe suchend zu Will und Ajay auf.

»Sag schon«, drängte Brooke.

»Verdammt, Ronnie«, fluchte Elise leise.

»Springt, Leute!«, forderte Nick.

»Benutzt eure Seile«, befahl Ajay in Richtung Bildschirm.

Die Syn-Apps steckten kurz die Köpfe zusammen. Dann öffnete »Will« seinen Rucksack und holte etwas hervor, das aussah wie eine Leuchtpistole. »Ajay« befestigte eine Kralle am Ende seines Seils und ließ sie in den Lauf von Wills Pistole gleiten. Kurz darauf schoss »Will« sie hinüber auf den weißen Kreis, der sich etwas unterhalb ihrer eigenen Säule befand. Die Kralle grub sich nahe der Kante in die Oberfläche, während Ajay sein Ende des Seils in der Mitte der schrumpfenden Säule mit einem Felshaken sicherte.

»Eine Seilrutsche«, kommentierte Will.

Als der Countdown bei zehn angelangt war, hakten die Syn-Apps sich in das Seil ein und sprangen von der Säule. Sie sausten über die Leere hinweg und landeten genau in dem Augenblick im weißen Kreis, in dem der Rest der grünen Säule zusammenbrach und in der bodenlosen Schwärze verschwand. Rasch schlüpften sie aus ihrer Kletterausrüstung und konnten so gerade noch verhindern, dass sie über den Rand in die Tiefe gerissen wurden. Alle, einschließlich der Syn-Apps, hielten einen Moment inne, um einmal tief durchzuatmen.

»Was jetzt?«, fragte Brooke.

Der Hintergrund wurde langsam heller und der weiße Lichtkreis entpuppte sich als Teil eines Vorsprungs am Fuß einer hohen, glatten Klippe.

»Geht weiter«, forderte Elise die Doppelgänger auf. »Ihr nähert euch dem Ziel.«

Die Syn-Apps schoben sich weiter über den Vorsprung, bis sie eine Öffnung in der Klippe erreichten. Als sie hindurchtraten, verwandelte der Raum sich in ein großes Zimmer mit antiken Möbeln, einem lodernden Kaminfeuer und geometrisch angeordnetem Parkett. Große Gobelins mit Jagdmotiven hingen an den Wänden.

In der Mitte des Raumes stand ein reich verzierter Flügel, an dem ein Mann saß. Er trug ein weißes Hemd mit hohem Kragen und Halstuch, Kniebundhosen, Schnallenschuhe und einen langen Frack. Er hatte ihnen den Rücken zugewandt und saß vornübergebeugt, einen Arm auf den Flügel gelegt und das Kinn aufgestützt. Auf einem kleinen hölzernen Ständer neben ihm standen Tintenfass und Federkiel bereit, auf dem Flügel lagen zwei leere Bögen Notenpapier.

Die Doubles gingen um das Klavier herum, bis sich die Kameraperspektive verschob und Will den Mann von vorn sehen konnte. Er war etwa vierzig, gedrungen und kräftig. Ein wilder, dichter grauer Haarschopf rahmte seinen Kopf. Sein Gesicht war von Sorgenfalten durchzogen und er schaute ernst, fast gequält. Offenbar bemerkte er sie nicht, denn seine leuchtenden stahlblauen Augen starrten in die Ferne.

»Wisst ihr, wer das ist?«, fragte Ajay.

Will hatte dieses Gesicht auf Dutzenden von Plattenhüllen aus der Sammlung seiner Eltern gesehen. »Ludwig van Beethoven«, erklärte er.

»Oh mein Gott«, rief Nick. »Der Typ, der die Nationalhymne komponiert hat!«

»Beethoven hat nicht ...«, setzte Brooke an.

»Lass es. Das bringt nichts«, meinte Ajay.

»Das letzte Rätsel«, fuhr Brooke fort und las dann aus dem Jahrbuch vor: »›Beethoven hat den Schlüssel, aber er weiß es noch nicht.‹«

»Dann sag es ihm«, trug Ajay seinem Double auf.

»Guten Tag, Herr Beethoven«, sagte die kleine Ajay-Figur auf

dem Bildschirm und verbeugte sich höflich. *»Dürfen wir Sie kurz sprechen?«*

»Deine Kopie spricht *Russisch?«*, staunte Nick bewundernd.

»Ich spreche *Deutsch«*, korrigierte Ajay ihn.

Aber Beethoven reagierte nicht, schaute sie nicht einmal an.

»Er kann euch nicht hören«, erklärte Brooke. »Er ist doch taub.«

»Kann dein kleiner Kumpel Zeichensprache, Ajay?«, fragte Nick und schlug sich dann an die Stirn. »Was rede ich da? Zeichensprache war damals ja noch gar nicht erfunden.«

Plötzlich stand Brooke auf und fragte: »Spielt einer von euch beiden Klavier?«

»Ein bisschen«, sagte Ajay bescheiden.

Brooke beugte sich vor und summte ihm eine Melodie ins Ohr. Sie sahen einander an.

»Und jetzt?«, hakte Ajay nach.

»Sag ihm, er soll es nach Gehör spielen«, antwortete Brooke.

Ajay wandte sich an seine Syn-App: »Spiel das auf dem Flügel.« Dann summte er leise die Melodie, woraufhin sein Doppelgänger zur rechten Seite des Instruments ging und die Noten spielte.

Dah-di-dah-di-dah-du-di-da-da ...

Elise schnappte nach Luft und schlug die Hände vors Gesicht, als ihr Tränen in die Augen schossen.

Beethoven wurde lebendig und sein Gesicht hellte sich auf, als wäre er von irgendetwas inspiriert worden, nachdem er die Noten im Geiste »gehört« hatte. Er legte seine rechte Hand auf die Tasten, wiederholte die Melodie und nahm beim dritten Takt die linke Hand hinzu. Gleichzeitig erschien jeder von ihm gespielte Ton als Note auf dem Papier, als würde *er* sie aufschreiben.

»Das habe ich schon hundert Mal gehört«, sagte Will.

»Es ist eine seiner berühmtesten Kompositionen«, bemerkte Ajay.

»Kann sein«, meinte Nick enttäuscht. »Aber das ist ganz bestimmt nicht die Nationalhymne.«

»Nein«, meldete Elise sich zu Wort und wischte sich eine Träne weg. »Es heißt *›Für Elise‹.«*

»Für *Elise«,* wiederholte Brooke und warf Will einen Blick zu.

Beethoven spielte weiter und plötzlich wurde er von einem vollen, aber unsichtbaren Orchester begleitet. Die Wand vor dem Flügel verwandelte sich in die Tür eines gewaltigen Banktresors mit komplizierten Schlössern, Riegeln und dampfbetriebenen Mechanismen.

Die Noten der Melodie stiegen vom Notenpapier auf, als seien sie lebendig, schwebten auf den Tresor zu und strömten in einen Schlitz ungefähr in der Mitte des Tresors. Sofort setzten sich mehrere Mechanismen und Hebel in Gang, Bolzen gaben nach, Dampfstrahlen zischten, Räder drehten sich, ein Riegel wurde mit einem dumpfen Geräusch zurückgezogen – und dann öffnete sich langsam die Tür.

»Beethoven hat den Schlüssel«, sagte Brooke leise.

In diesem Augenblick trat Ronnie Mursos Syn-App durch die Tür.

RONNIE

Beunruhigt wichen die Syn-Apps vor Ronnie zurück. Elise trat näher an den großen Bildschirm heran, während sich die anderen hinter sie stellten. Ronnie blinzelte und schaute sich um, verwirrt und desorientiert. Für Will sah er genauso aus wie auf dem Foto im Jahrbuch, nur dass das strohblonde Haar von Ronnies Doppelgänger verfilzt und sein Gesicht schmutzig war. Seine Kleidung wirkte abgerissen und verdreckt und die Hose hatte Löcher an den Knien.

»Ronnie?«, flüsterte Elise ungläubig.

Die Syn-App blickte auf, entdeckte Elise und wich verängstigt zurück.

»Ronnie, weißt du, wo du bist?«, fragte Elise.

Er schüttelte den Kopf.

»Weißt du, *wer* du bist?«, fragte sie sanft.

Ronnies Double zögerte, schüttelte dann aber wieder den Kopf.

»Was ist mit ihm los?«, erkundigte Will sich leise bei den anderen.

»Keine Ahnung«, gestand Ajay. »Ich habe noch keine Syn-App gesehen, die sich so verhalten hat.«

»Der Zwerg sieht aus wie ein Obdachloser«, flüsterte Nick.

»Vielleicht hat er ja sein Gedächtnis verloren«, meinte Brooke.

»Ronnie ... weißt du, wer ich bin?«, versuchte Elise es weiter.

Erneut zögerte er und schüttelte schließlich wieder den Kopf, wie ein kleines Kind und völlig verloren. Elise vergrub das Gesicht in den Händen. Brooke trat an ihre Seite und legte ihr beruhigend eine Hand auf die Schulter.

»Was hat das zu bedeuten, Elise?«, fragte Will verwirrt.

»Es bedeutet, dass er am *Leben* ist«, erklärte sie.

»Vielleicht«, meinte Ajay nachdenklich.

»Ajay, seine Syn-App ist *genau vor dir«,* wandte Elise ein und zeigte auf den Bildschirm. »Ronnie lebt. Er hat gesagt, er würde einen Weg finden, mich zu erreichen, falls ihm etwas zustoßen sollte. Und irgendetwas *ist* ihm zugestoßen – sieh ihn dir doch an. Mit ihm stimmt was nicht: Er ist verletzt oder verwirrt, aber er lebt ...«

»Eine Sekunde mal«, mischte Will sich ein. »Ihr meint, er ist noch am Leben, nur weil seine Syn-App da ist?« Die anderen antworteten nicht, schauten sich nur verlegen an. »Ihr wollt mir doch nicht ernsthaft erzählen, dass die Syn-Apps irgendeine physikalische Verbindung zu dem haben, was uns im wirklichen Leben zustößt?«

»Das ist nur ... eine Theorie«, stammelte Ajay.

»Es ist *genau* das, was ich sage«, widersprach Elise.

»Das ist nicht möglich«, behauptete Will. »Diese Dinger sind nur eine Aneinanderreihung von Milliarden Einsen und Nullen. Egal, wie viele Tricks sie draufhaben, es ist nur eine Simulation.«

»Sollte man annehmen«, sagte Ajay vorsichtig. »Andererseits haben wir das ursprüngliche Programm ja nicht geschrieben.«

Will hakte nicht weiter nach. Er erinnerte sich an das unheimliche Gefühl, als seine eigene Syn-App zum Leben erwacht war. *Da ist was dran. Ich habe* tatsächlich *eine Verbindung gespürt.*

»›Es gibt mehr Ding' im Himmel und auf Erden, als Eure Schulweisheit sich träumt, Horatio‹«, merkte Brooke an.

Geistesabwesend zog Ronnie etwas aus seiner Tasche und wirkte selbst überrascht über seinen Fund. Dann betrachtete er das Objekt in seinen Händen genauer.

»Nick«, sagte Elise. »Hol mein Tablet.«

Während Nick aus dem Zimmer sprintete, hielt Ronnie den Gegenstand ins Licht.

»Was hast du da, Ronnie?«, fragte Elise sanft.

Ronnie wich vor ihr zurück und versteckte das Objekt hinter seinem Rücken.

»Schon gut«, beruhigte Elise ihn. »Ich tu dir nichts. Ich möchte nur sehen, was du da gefunden hast.«

Ronnie zuckte die Achseln; offenbar wusste er es selbst nicht.

»Kannst du es mir zeigen?«, fragte Elise. »Vielleicht kann ich dir dabei helfen herauszufinden, worum es sich handelt.«

Wills und Ajays Syn-Apps gingen auf Ronnie zu.

»Nicht zu nah«, warnte Elise Ajay. »Wir dürfen ihn nicht erschrecken.«

»Ajay« und »Will« blieben ein paar Schritte vor ihm stehen. Nick kam mit Elises Tablet zurück. Sie legte den Computer auf den Schreibtisch neben die Tablets der anderen und fuhr hoch. Wenige Augenblicke später materialisierte sich auch ihre Syn-App auf dem großen Wandbildschirm.

»Elise« ging auf Ronnie zu und streckte ihm eine Hand entgegen. Doch Ronnie wich einen Schritt zurück.

»Dir kann nichts passieren«, versicherte Elise ihm. »Wir tun dir nicht weh. Kannst du mir zeigen, was du da hast, Ronnie?«

Langsam öffnete er die Hand, in der er einen virtuellen USB-Stick hielt. »Elise« nahm ihn vorsichtig an sich.

»Ajay, sieh nach, was darauf ist«, bat Elise.

Ihre Syn-App hielt ihm den Stick hinter dem Rücken entgegen. »Ajay« sprang zu ihr und übernahm ihn wie einen Staffelstab. Dann holte er einen virtuellen Computer aus seinem Rucksack und steckte den Stick in den dafür vorgesehenen Port – genau wie der echte Ajay es mit dem echten Stick gemacht hatte.

»Mal sehen, ob ich das richtig verstanden habe«, sagte Will skeptisch. »Ein virtueller USB-Stick … von einer virtuellen Figur in ihren virtuellen Computer gesteckt.«

»Stell es dir mal so vor«, erwiderte Ajay beruhigend. »Das alles sind verschiedene Ebenen derselben Datei auf einem *echten* USB-Stick, die von einem *echten* Computer gelesen wird. Da wir das Rätsel jetzt gelöst haben, stellt dieser Stick vielleicht die letzte Ebene dar und enthält das, was Ronnie uns zeigen wollte.«

Aber seine Syn-App runzelte die Stirn. Ratlos schaute er zum echten Ajay und schüttelte den Kopf.

»Die Datei lässt sich nicht öffnen«, folgerte Ajay. »Wir haben etwas übersehen.«

»Verdammt«, fluchte Elise leise.

Das Bild von Beethovens Salon verschwand und wurde durch die Bergwiese vor der Pagode ersetzt. Ronnie schien jetzt noch aufgeregter. »Elise« nahm seine Hand, doch dieses Mal wich er nicht zurück.

Plötzlich hatte Will eine Idee. Er trat neben Elise, beugte sich zum Wandbildschirm vor und sagte bestimmt: »Ronnie, das ist *Elise*. Sie war deine beste Freundin.«

Ronnie hörte zu und zog die Augenbrauen zusammen, während er angestrengt nachdachte.

»›Wie misst man die Entfernung, die ein Lächeln zurücklegt?‹«, versuchte Will es weiter.

Die Worte ließen Ronnie zusammenfahren. Er drehte sich um, schaute hinauf zu der *echten* Elise und schien sie zu erkennen. Dann streckte er die Hand aus und Elise legte ihre Hand auf den Bildschirm. Als sich ihre Finger berührten, wirkte Ronnie plötzlich wachsam, lebendig und voller Energie.

»Zeig uns, was du auf diesem Stick versteckt hast, Ronnie«, bat Elise. »Zeig uns, was wir sehen sollen.«

Ronnie nickte und zeigte zum oberen Bildschirmrand. Ein durchsichtiges, von Eisenringen zusammengehaltenes Fass fiel herunter und landete mit einem dumpfen Aufprall auf der Holzbrücke über dem Teich. Kurz darauf füllte es sich mit einer zähen roten Flüssigkeit.

»Was ist das?«, wunderte Nick sich.

»Es funktioniert«, stellte Ajay fest. »Die Datei wird auf mein Tablet geladen.«

Elise saß noch immer vollkommen reglos da, ihre Hand auf den Bildschirm und gegen Ronnies Finger gepresst. Will hatte irgendwie den Eindruck, dass sie ohne Worte miteinander kommunizierten.

»Ich glaube, er wird irgendwo gefangen gehalten«, sagte Elise.

»Was? Woher weißt du das?«, fragte Nick.

»Ich weiß es einfach«, erwiderte sie. »Wenn wir die Datei öffnen, werden wir wohl sehen, wer dahintersteckt.«

Ajay warf Will einen Blick zu und zog eine Augenbraue hoch. »Das werden wir ja gleich wissen«, meinte er, als die Datei zu fünfzig Prozent hochgeladen war.

Brooke schaute sich fragend um. »Hört ihr das auch?«

»Was?«, wollte Nick wissen.

»Ja«, bestätigte Ajay. »Es ist ein ...«

»... ein Brummen«, unterbrach Elise ihn. »Es kommt aus der Landschaft auf dem Bildschirm. In der Nähe des Berggipfels.«

Jetzt hörte Will es auch: ein dröhnendes Geräusch, das immer lauter und bedrohlicher wurde. In dem Moment sickerte ein Rinnsal gewellter schwarzer Schatten in die rechte obere Bildschirmecke; die Schatten schwebten träge durch die Luft, wie Baumwollsamen, die der Wind vor sich hertrieb. Als sie sich der Wiese näherten, verschmolzen die Gestalten zu einer pulsierenden Masse, die sich gegen den Uhrzeigersinn und immer schneller auf der Stelle drehte. Der Himmel verdunkelte sich, als die Masse an Stärke gewann, immer größer wurde und schließlich eine Trichterwolke bildete.

»Was ist das?«, rief Nick.

»Ich glaube, jemand hat sich in das Programm gehackt«, überlegte Ajay.

»Aber wie?«, wunderte Brooke sich.

»Ich weiß es nicht«, gestand Ajay. »Wir sind nicht online. Daher muss es von einem unserer Tablets kommen.«

Die Syn-Apps flüchteten sich zum unteren Bildschirmrand. »Will« holte ein virtuelles Schweizer Messer aus der Tasche, klappte eine der Klingen aus und zog dann an dem Griff, bis dieser so lang wie eine Harpune war.

»Was macht dein Double da?«, fragte Nick.

»Keine Ahnung«, erwiderte Will.

»Das gefällt mir nicht«, sagte Elise. »Wir müssen da raus.«

Sämtliche Blicke wanderten zu dem Fass, das sich zu fast neunzig Prozent gefüllt hatte.

»Wir haben es gleich«, verkündete Ajay.

Die anschwellende Windhose traf auf dem Boden auf und zerstörte alles, was sie berührte – sie riss die Wiese auf, zerschmetterte die Pagode. Die Syn-Apps versuchten, dem Trümmer-Regen auszuweichen.

»Ajay, es ist nicht *sicher ...«,* mahnte Brooke.

»Wenn ich den Download jetzt unterbreche, verlieren wir das, was Ronnie uns zeigen wollte ... wahrscheinlich für immer«, wandte Ajay ein.

Plötzlich rannte Ronnie auf die Windhose zu und immer weiter weg von dem Fass. Die Syn-App schrie und winkte mit den Armen. Der Wirbelsturm änderte die Richtung und verfolgte ihn.

»Was zum Teufel macht er da?«, fragte Nick.

»Er verschafft uns mehr Zeit«, erläuterte Will.

»Will« folgte Ronnie zu dem Vorsprung, über den sie gekommen waren. Als die Trichterwolke Ronnie auf dem Felsen in die Enge getrieben hatte, verwandelte sie sich in einen Schwarm von Insekten, die aussahen wie Heuschrecken. Sie steuerten auf Ronnie zu und fielen über ihn her. Mit schmerzverzerrtem Gesicht schaute er zu Elise ... und kurz darauf flogen die Pixel seines zerfallenden Bildes hinauf in den Wirbelsturm.

»Nein!«, schrie Elise entsetzt.

Als die Windhose Ronnies Syn-App aufsog, nahm sie die groben Konturen seines gequälten Gesichts an. »Will« holte aus und schleuderte seine Harpune ins Zentrum des Wirbels, der daraufhin ins Schwanken geriet und schwächer wurde. Doch es war bereits zu spät. Ronnies Schreie verhallten, als der gefräßige Schwarm ihn vollständig verschlang.

Das Fass auf dem Bildschirm hatte sich gefüllt und purpurrote Flüssigkeit schwappte in den Teich.

»Wir haben die Datei!«, rief Ajay aufgeregt. »Herunterfahren!«

»Herunterfahren!«, wiederholten Elise und Will.

Ihre Tablets schalteten sich ab, die Syn-Apps verschwanden und die Bildschirme wurden schwarz. Im selben Moment begannen die Lampen im Zimmer zu flackern, bevor sie vollständig ausgingen. Plötzlich saßen sie im Dunkeln.

Nick rannte zum Fenster. »Der ganze Campus ist stockfinster!«

»Ein Stromausfall«, analysierte Ajay und trat neben ihn. »Aber auf dem ganzen Campus? Das hab ich noch nie erlebt.«

Will schaltete sein Tablet wieder ein, woraufhin ein gespenstisches Licht den Raum erfüllte.

Auf dem Monitor erschien seine Syn-App, in der Hand die aus dem Schweizer Messer gebastelte Harpune. »Du hättest mich diesen Sicherheitscheck machen lassen sollen, Will«, sagte sein Doppelgänger. »Will« hob die Harpune hoch und zeigte ihm eine Kreatur, die er aufgespießt hatte: ein schwarzes Insekt, so groß wie ein kleiner Hund und mit borstigen Haaren bedeckt. Sein grässliches, zerquetschtes Gesicht hatte verzerrte halb menschliche Züge.

»Was zum Teufel ist das?«, hakte Nick nach.

»Dein Tablet hatte einen Virus«, erklärte Wills Syn-App. »Herkunft unbekannt.« Dann schob »Will« das Insekt zum Bildschirmrand. Ein Port öffnete sich an der Seite von Wills Tablet und der tote Rumpf eines identischen Insekts – allerdings nur knapp drei Zentimeter lang – plumpste auf den Schreibtisch.

Brooke wurde bleich. »Dieses Ding hat Ronnie verfolgt?«

»Sieht ganz so aus«, bestätigte Ajay. Er nahm einen Bleistift und fegte das tote Tier in eine leere Pfefferminz-Dose.

»Führ den Rest des Sicherheitschecks jetzt sofort durch«, befahl Will seiner Syn-App.

»Wird gemacht«, bestätigte »Will«.

»Wo kam das her?«, fragte Elise und starrte auf das Insekt.

»Von Lyle«, antwortete Will.

»Lyles Koffer, Alter. Die Dinger waren in diesen *Behältern«*, erinnerte Nick sich und betrachtete das Krabbeltier mit weit aufgerissenen Augen.

»Auf diese Weise hat er mich beobachtet«, dämmerte es Will. »Deshalb wusste er von meinem Handy und von unserem Besuch in ihrer Umkleide.«

»Aber woher hatte Lyle dieses Ding?«, fragte Brooke.

»Von dort, wo auch alle anderen herkommen«, meinte Will. »Aus dem Niegewesen.«

Ajay aktivierte sein Tablet. Kurz darauf wurde sein Doppelgänger sichtbar und hielt ein großes Icon einer Datei hoch. »Sie ist unbeschädigt. Wir haben Ronnies Datei«, teilte Ajay den anderen aufgeregt mit und wandte sich an seine Syn-App: »Öffne sie.«

Auf dem Monitor erschien das grobkörnige Bild einer Datei mit einem PLAY-Pfeil in der Mitte. Es hatte den Anschein, als würde man durch ein Loch in einen schwach erleuchteten Raum blicken, in dem auf einer Bank eine geöffnete Aktentasche mit Dokumenten lag. In der Ecke war ein Zeitstempel.

»Scheint ein Video zu sein«, vermutete Ajay. »Aufgenommen im letzten April«, fügte er hinzu, als er den Stempel bemerkte.

»Das ist die Ausweich-Umkleide«, sagte Will, der näher herangekommen war. »Ich glaube, wir schauen aus einem der Spinde nach draußen.«

Ajay klickte auf PLAY.

Das Bild wackelte ein wenig, bevor ein Gesicht auftauchte: Ronnie Murso. »Ich befinde mich in der Ausweich-Umkleide«, flüsterte er.

Das Bild bewegte sich wieder, als Ronnie mit der Kamera in der Hand aus dem Spind in die Umkleide trat. Er ging zu der Aktentasche und wühlte darin herum. Schließlich holte er einen dicken grauen Metallstab heraus, hielt ihn vor das Objektiv und sagte in die Kamera: »Ich glaube, das benutzen sie, um ...«

Plötzlich schaute er aufgeschreckt zur Tür, als hätte er draußen etwas gehört. Er ließ den Stab in die Aktentasche fallen, hastete zurück in den Spind und zog die Tür zu. Dann hielt er das Objektiv erneut in das Loch und richtete es auf die Umkleide.

Ein großer, korpulenter Mann in dunklem Anzug und Hut betrat den Raum. Sein Gesicht war nicht zu sehen. »Stell sie hier hin«, sagte er.

Lyle Ogilvy kam hinter ihm herein und schleppte eine schwarze Metalltruhe, wie Will und Nick sie in Lyles Schrank gesehen hatten; er stellte sie neben die Aktentasche auf die Bank. Dann nahm der Mann drei Gegenstände aus der Aktentasche und legte sie daneben: den Stab, ein rechteckiges silbernes Kästchen mit einer Aufschrift sowie einen zusammengerollten Bogen aus dünnem Metall. Als Erstes rollte er den Bogen aus, der ungefähr so groß wie ein Plakat und mit merkwürdigen Schriftzeichen bedeckt war.

»Das Ding hing doch an der Wand in Lyles Schrank«, bemerkte Nick.

»Haben sie dir gezeigt, wie man es benutzt?«, fragte der Mann Lyle.

»Ja, Sir«, bestätigte Lyle.

Der Mann nahm den Stab in die Hand. »Was ist mit dem Schnitzer? Weißt du, wie er funktioniert?«

»Nein, noch nicht«, räumte Lyle ein.

»Wir haben nur zwei davon. Du solltest gut darauf aufpassen«, meinte der Mann, während er eine Art Anzeige an dem Stab überprüfte. »Es dauert eine Weile, bis die Spannung aufgebaut ist. Reich mir mal einen Behälter.«

Lyle öffnete die Truhe. Darin lagen mehrere Reihen unterschiedlich großer Behälter aus schwarzem Drahtgeflecht – genau wie in Lyles Schrank. Lyle nahm einen von der Größe einer Thermosflasche heraus.

Dann aktivierte der korpulente Mann etwas an dem Metallstab, den er den Schnitzer genannt hatte: Eine Reihe von Schriftzeichen an der Seite des Stabs leuchtete auf und die Spitze wurde so heiß, dass sie weiß glühte. »Sie werden von den Schriftzeichen herbeigerufen«, erklärte der Mann. »Die Löcher sind instabil und bleiben gerade lange genug geöffnet, dass einer herüberkommen kann. Achte darauf, immer einen Behälter in der richtigen Größe zu benutzen. Mach den da mal auf.«

Mit zitternden Händen öffnete Lyle ein Ende des Behälters.

Der Mann hob den Schnitzer und drückte dann auf einige der leuchtenden Symbole, als gebe er einen Code ein. »Du musst den Behälter direkt vor das Loch halten, sonst bist du eine Hand los«, warnte er Lyle.

Die weiße Spitze des Stabes leuchtete so hell auf, dass das Gesicht des Mannes zum ersten Mal zu erkennen war. Will schnappte nach Luft: Es handelte sich um den Kahlen, den er zu Hause in Ojai zusammen mit den anderen Schwarzkappen gesehen hatte.

Nun bewegte der Kahle die Spitze des Stabes mit beiden Händen in einem engen Kreis und schnitt ein kleines Loch in die Luft. »Jetzt«, sagte er. »Schnell.«

Das Gesicht vor Anspannung verzogen, hielt Lyle den Behälter direkt vor das Loch. Eine Sekunde später vibrierte der Behälter heftig, als etwas durch das Loch hineinsprang.

»Mach ihn zu!«, rief der Mann.

Lyle klappte den Deckel zu.

Doch plötzlich zeigte die Kamera nach oben, als hätte Ronnie das Gleichgewicht verloren.

»Was war das?«, fragte der Kahle.

In diesem Moment endete das Video abrupt und der Bildschirm wurde dunkel.

»Oh mein Gott«, stammelte Brooke und setzte sich. »Oh mein Gott.«

»Das ist der Anführer der Männer, die mich in Kalifornien verfolgt haben«, verriet Will. »Kennt ihn einer von euch?«

Die anderen schüttelten den Kopf.

»Verdammt, Ronnie«, fluchte Nick.

»Deswegen haben sie ihn verschleppt«, sagte Elsie düster. »Sie wussten, was er gesehen hatte.«

»Aber vorher hatte er noch Zeit, in all dem Chaos dieses Video zu verstecken«, bemerkte Ajay.

»Lyle hat genau so eine Truhe in seinem Zimmer«, wiederholte Nick. »Und die Behälter sind alle *voll.*«

»Ich möchte noch etwas anderes checken«, sagte Ajay und spulte das Video zu der Stelle zurück, wo der Kahle das Metallkästchen auf die Bank stellte. »Auf dem Kästchen stand etwas. Isolieren und vergrößern!«

Das Bild zoomte heran und das silberne Kästchen wurde deutlicher. Es hatte ungefähr die Größe eines Notizblocks und in die metallene Oberfläche waren folgenden Worte eingraviert:

DIE PALADIN-PROPHEZEIUNG

$\overline{\underline{\text{MCMXC}}}$ IV

»Was ist die Paladin-Prophezeiung?«, wunderte Ajay sich.

»Diese anderen Buchstaben ergeben kein Wort«, bemerkte Nick.

»Das sind römische *Ziffern*«, klärte Elise ihn auf.

»Waren die Römer bescheuert, oder was? Warum haben sie nicht einfach *Zahlen* benutzt?«

Elise und Ajay warfen sich einen Blick zu und schüttelten den Kopf.

»Neunzehnhundertneunzig«, las Brooke vor. »Und vier.«

»Sagt das einem von euch was?«, fragte Ajay.

Die anderen verneinten.

»Holt eure Tablets und Taschenlampen«, ordnete Will entschlossen an. »Wir suchen Lyle, auf der Stelle. Dann zeigen wir ihm das hier und lassen nicht eher locker, bis er uns sagt, was er weiß.«

Auf dem gesamten Campus waren die Lichter ausgegangen. Will sah, wie draußen weiße Flocken herabfielen, die im blassen Mondlicht schimmerten. Die fünf knipsten ihre Taschenlampen an und machten sich auf den Weg hinunter ins Erdgeschoss. Überall wanderten Schüler durch die Dunkelheit, die aufgeregt über den Stromausfall und den aufziehenden Sturm redeten. Es herrschte genügend Aufregung und Verwirrung, dass die fünf unbemerkt in den Vorraum von Lyles Wohnung schlüpfen konnten.

Will horchte an der Tür, konnte aber nichts hören. Nick knackte das Schloss erneut und marschierte hinein. Lyles Zimmer waren leer und der ekelhafte Geruch war verschwunden.

Rasch ging Will zu dem offenen Schrank und warf einen Blick hinein. »Alles weg«, verkündete er.

»Genau wie Lyle«, meinte Nick.

Als sie in die Wohnung zurückkehrten, zerriss das Klingeln des schwarzen Telefons neben dem Kamin die Stille.

Ajay nahm ab. Er hörte einen Moment zu und wandte sich dann an Will: »Für dich.«

Will nahm den Hörer und meldete sich: »Ja, bitte?«

»Bitte bleiben Sie in der Leitung. Direktor Rourke möchte Sie sprechen«, sagte eine weibliche Stimme.

Will formte mit den Lippen das Wort »Rourke« in Richtung der anderen.

Dann war der Direktor am Apparat. »Guten Abend, Will.«

»Guten Abend, Sir.«

»Der Sturm hat ein Umspannwerk östlich von uns lahmgelegt. Die gesamte Region ist ohne Strom, aber wir werden bald die Notaggregate installiert haben. Doch deswegen rufe ich nicht an.«

»Okay.«

»Vorhin bekam ich einen Anruf von deinen Eltern. Kein Grund zur Sorge, Will. Sie kommen morgen Nachmittag mit dem Flugzeug zu Besuch.«

»Wirklich?« *Also hatte Brooke recht. Sie wissen, dass ich hier bin.* Will drehte sich der Magen um. »Das sind ja tolle Neuigkeiten.«

»Sie haben gefragt, ob du deine Pläne für das Wochenende entsprechend ändern könntest.«

Will musste schlucken. »Okay, das mach ich. Danke, dass Sie mir Bescheid gesagt haben, Sir.«

»Wie ist der Rest der Woche verlaufen? Hast du dich gut eingelebt?«

»Ja«, antwortete Will und warf seinen Mitbewohnern einen Blick zu, »es wird hier nie langweilig.« Dann verabschiedete er sich, legte auf und erzählte den anderen die Neuigkeit. Im selben Moment gingen die Lichter wieder an.

»Was wirst du jetzt tun?«, fragte Elise.

»Ich weiß es nicht«, gab Will zu. »Ich möchte über all das nachdenken, bevor wir irgendetwas unternehmen. Aber es ist schon spät. Wir sollten versuchen, etwas zu schlafen.«

»Zuerst gibt mir jeder sein Tablet«, verlangte Ajay. »Ich will sie überprüfen und sicherstellen, dass sie alle sauber sind.«

»Ich stehe Wache«, verkündete Nick. »Für den Fall, dass Lyle oder einer seiner Handlanger irgendwas versuchen.«

Müde verabschiedeten sich die anderen in ihre Zimmer. Will wälzte sich eine Stunde lang im Bett hin und her. Seine Eltern waren hierher unterwegs und er musste davon ausgehen, dass sie in Begleitung der Schwarzkappen kommen würden. Was wollten diese Leute bloß? Dave hatte von einem Krieg zwischen der Hierarchie und dem Niegewesen gesprochen, aber was hatte das mit ihm zu tun?

Die Worte, die sie auf diesem Metallkästchen gesehen hatten, ließen ihm keine Ruhe: die Paladin-Prophezeiung. Keine Ahnung, was das zu bedeuten hatte, aber es schien ein weiterer Hinweis darauf zu sein, dass die Schule oder eine Gruppierung innerhalb der Schule irgendwie darin verwickelt war.

Will gelang es, ein paar Stunden zu schlafen. Kurz nach Sonnenaufgang löste er Nick an der Tür ab. Er wollte gegen acht zur Klinik aufbrechen und machte sich gerade fertig, als Brooke aus ihrem Zimmer kam.

Sie wirkte frisch und war dem kalten Wetter entsprechend angezogen. »Ich gehe in die Bibliothek«, teilte sie ihm mit. »Sollen wir zusammen gehen?«

»Hast du schlafen können?«, erkundigte sich Will, während sie die Wohnung verließen und die Treppe hinunterstiegen.

»Ist das dein Ernst? Nach all dem, was gestern los war? Wo willst du hin?«

»Kujawa will ein paar Tests in der Klinik durchführen. Dauert bestimmt nicht lange.«

»Einer von uns sollte dich begleiten.«

»Schon in Ordnung. Kujawa und Robbins sind da. Ich vertraue ihnen.«

»Ich auch«, sagte Brooke. »Aber ich fände es trotzdem besser, wenn dich einer der Sicherheitsleute hinbringt. Hast du dir überlegt, was du ihnen von Lyle erzählen willst?«

»Nicht viel. Aber genug, damit sie nach ihm suchen.«

»Sei vorsichtig, Will«, bat Brooke und legte ihm eine Hand auf den Arm. »Wie gesagt, ich vertraue Robbins, aber wir haben keine Ahnung, wer noch alles an dieser Geschichte beteiligt ist.«

»Stimmt. Weißt du vielleicht, wem das Center gehört?«, fragte Will.

»Einer privaten Stiftung mit Namen Greenwood Foundation. Nach dem Gründer Thomas Greenwood.«

»Und wer leitet diese Stiftung?«, fragte Will weiter.

»Ein Verwaltungsrat – Firmenchefs, Philanthropen. Alles hochrangige Ehemalige. Mein Dad war ebenfalls mal Mitglied. Ich kann mir nicht vorstellen, dass sie etwas damit zu tun haben.« Brooke kaute nachdenklich auf ihrer Unterlippe. »Was machen wir, wenn deine sogenannten Eltern kommen?«

Sie hat »wir« gesagt. »Darüber habe ich mir noch keine Gedanken gemacht«, gestand Will.

»Aber ich. Du wirst mich ihnen vorstellen. Ich bin dein Date beim Essen. Du wirst mit diesen Leuten nicht eine Sekunde allein verbringen.«

»Mein *Date?*«

»Genau. Und wenn sie irgendwas versuchen, schreie ich. Es sei denn, du willst sie lieber versetzen und zum Bowling gehen.« Brooke lächelte und Wills Herz machte einen Satz.

»Gespieltes Date oder echtes Date?«, hakte er nach.

»So echt wie noch nie«, versicherte sie.

»Danach Eisessen und Kino?«

»Nur, wenn wir in der letzten Reihe sitzen und rumknutschen können.« Am Fuß der Treppe blieb Brooke stehen und sah Will an. Dann stellte sie sich auf die Zehenspitzen und küsste ihn. »Geht dir das zu schnell?«, fragte sie.

»Du hast mich noch nicht laufen sehen«, entgegnete er.

»Lauf, Will, lauf.«

Brooke öffnete die Tür und sie traten hinaus in eine weiße Welt. In der Nacht waren über dreißig Zentimeter Schnee gefallen und es schneite weiter. Ein scharfer, heulender Wind trieb die Flocken vor sich her, türmte sie zu hohen Verwehungen rund um die Gebäude auf.

So sieht also Schnee aus.

Brooke winkte einen Golfwagen heran, an dem ein Schneepflug befestigt war, und sprach mit dem Fahrer. Als er seine Kapuze nach hinten schob, erkannte Will den Sicherheitschef. »Eloni fährt dich hin«, sagte Brooke. »Pieps mich an, wenn du fertig bist. In der Zwischenzeit werde ich nach Informationen über die Ritter und die Burg suchen; mal sehen, ob es irgendwelche ›zuverlässigen Quellen‹ gibt. Das ist übrigens Spionage-Slang: Als Dad im Ausland stationiert war, hab ich jede Menge CIA-Typen kennengelernt.« Sie schlug ihm auf die Schulter. »Bis später, West.«

Will kletterte neben Eloni in den Golfwagen. Er konnte einfach nicht aufhören zu grinsen, was den massigen Samoaner zum Lachen brachte.

»Zur Klinik?«, fragte Eloni.

Will nickte, als sie anfuhren und sich die Schaufel durch den Schnee pflügte wie der Bug eines Schiffes.

Kujawa erwartete Will bereits, als er im dritten Stock der Klinik aus dem Aufzug trat. Er führte ihn in einen Raum voll medizinischer Geräte mit einer kleinen Umkleide und bat ihn, sich Laufsachen anzuziehen.

Als Will sich gerade umgezogen hatte, klopfte es an die Tür und Dr. Robbins kam herein. »Du siehst müde aus«, sagte sie.

»Es geht mir gut«, beruhigte Will sie.

»Ich habe gehört, dass deine Eltern heute Nachmittag kommen.«

»Ja, das hab ich auch gehört«, meinte Will.

»Man hat mir gesagt, sie kommen mit einem Privatflugzeug«, fuhr Robbins fort und ließ ihn nicht aus den Augen. »Können sie sich das denn leisten, Will?«

Will schüttelte den Kopf und versuchte, seine Angst zu verbergen.

»Ich habe darüber nachgedacht, wie du bei dem Test ein so gutes Ergebnis erzielen konntest, obwohl du dir gar keine Mühe gegeben hast, Will«, setzte Robbins an und trat näher. »Vielleicht hast du dich unbewusst ja doch angestrengt. Weil du wusstest, dass etwas in deinem Leben nicht stimmt, und du wolltest, dass jemand – irgendjemand – auf dich aufmerksam wird.«

Bei diesen Worten musste Will sich eingestehen, dass da möglicherweise etwas dran sein konnte – woraufhin er sich noch schlechter fühlte.

Robbins senkte die Stimme. »Ich kann mich hier voll und ganz für dich einsetzen, wenn du mich brauchst, aber dazu musst du mir gegenüber offen und ehrlich sein.«

»Okay.«

»Ist zwischen dir und deinen Eltern vielleicht irgendetwas vorgefallen?«

Will wählte seine Worte mit Bedacht. »Das könnte man so sagen.«

Robbins trat noch einen Schritt näher. »Hältst du es für möglich, dass sie herkommen, um dich von der Schule zu nehmen?«

Will schaute ihr in die Augen, wollte glauben, dass sie ihm helfen konnte, hatte aber Angst, zu viel zu sagen. »Ja, ich glaube, das ist gut möglich.«

»Sollte das der Fall sein … möchtest du mit ihnen zurückfliegen?«

»Nein. Ich möchte hierbleiben.«

Robbins musterte ihn prüfend. »Dann kannst du dich darauf verlassen, dass ich alles in meiner Macht Stehende tun werde, um dir zu helfen.«

In dem Moment steckte Dr. Kujawa den Kopf durch die Tür. »Wir wären dann so weit, Will.«

Will und Robbins folgten dem Arzt in ein Labor mit Trainingsgeräten und großen, kompliziert aussehenden medizinischen Apparaten. Ein Panoramafenster am anderen Ende des Raums ging auf den verschneiten Campus hinaus. Will setzte sich auf eine Bank und schaute in die winterliche Landschaft hinaus, während Kujawa Dutzende selbstklebender Elektroden und Kunststoffpunkte an seinem Oberkörper, seinem Hals und seiner Stirn anbrachte.

»Das sind drahtlose Sensoren, die Daten auf die Computer hinter diesem Fenster übertragen«, erklärte Kujawa und zeigte auf ein kleines Fenster in der Trennwand. »Wir werden dich von der Kontrollkabine aus beobachten und anschließend die Ergebnisse mit dir durchgehen.« Er führte Will zu einem Hightech-Laufband und gab ihm ein blaues Plastikmundstück, das an einen waagerechten Schnorchel erinnerte und durch eine lange Röhre mit einem Computer verbunden war. »Bitte setz das ein, während du läufst«, sagte der Arzt. »Wir werden ein paar Funktionen messen, etwa die Effizienz deiner Sauerstoffaufnahme. Durch das Mundstück kannst du ganz normal atmen. Du wirst gar nicht merken, dass es da ist.«

»Klingt unkompliziert«, meinte Will.

Kujawa klemmte einen Pulsmesser an die Spitze von Wills rechtem Zeigefinger und wickelte eine Manschette für die Blutdruckmessung um seinen Arm. Dann betupfte er Wills rechten Handrücken mit Desinfektionsmittel und legte schmerzlos einen kleinen Katheter, den er mit einem Klebestreifen fixierte. »Wir werden auch ein paar Blutproben nehmen, um die Sauerstoffaufnahme in Echtzeit zu ermitteln.« Er schloss den Katheter an einen weiteren langen Schlauch an, der zu verschiedenen Maschinen führte. Will sah einen dünnen roten Strich, der von seiner Hand hinab in den Schlauch strömte.

Kujawa stellte noch einige Funktionen am Laufband ein und meinte dann: »Auf geht's. Das Band passt sich deiner Geschwindigkeit an, also halte dich nicht zurück.«

Damit zogen Kujawa und Robbins sich in den Kontrollraum zurück und bedeuteten Will durch das Fenster, er solle anfangen.

Will marschierte los und das Laufband bewegte sich mit ihm. Schon bald verfiel er in einen leichten Trab und zog dann das Tempo an. Trotz des Mundstücks und der Elektroden fand er rasch seinen Rhythmus und atmete ganz entspannt. Er verbannte seine Sorgen und tat, worum der Arzt ihn gebeten hatte: Er hielt sich nicht zurück. Das Band unter seinen Füßen heulte auf, als er die Geschwindigkeit erhöhte und seine Beine immer schneller stampften. Will fühlte sich seltsam schwerelos, sah nichts als grünes Licht vor sich.

Er schaute hinüber zum Kontrollraum, wo sich inzwischen

sein freundlicher Genetik-Lehrer, Dr. Rulan Geist, zu Kujawa und Robbins gesellt hatte. Kujawa zeigte ihm gerade irgendeinen Ausdruck.

Gut. Vielleicht kann er mir ein paar Antworten geben. Ich werde ihm mal meine Höchstgeschwindigkeit vorführen.

Will drückte einen Knopf, worauf sich das Laufband neigte, bis er eine Steigung von sechs Prozent hinauflief. Er rannte und rannte, immer schneller, sodass die Scharniere und der Motor des Laufbands zu ächzen begannen. Als er Funken von dem Band aufsteigen sah und verbranntes Gummi roch, schlug Will auf den roten Nothalt-Knopf auf dem Armaturenbrett. Das Band kam so abrupt und quietschend zum Stehen, dass Will seinen Beinen nicht mehr rechtzeitig den Befehl zum Anhalten geben konnte. Also sprang er vom steil geneigten Ende des Laufbands in die Luft und landete auf den Füßen. Als er sich umdrehte, sah er, dass unter dem erhöhten Bereich des Bandes bereits Flammen hervorschlugen.

Kujawa hastete in den Raum, schnappte sich einen Feuerlöscher und erstickte das Feuer. Will sah, wie Dr. Robbins ihn von der Tür aus mit einer Mischung aus Neugier und ernsthafter Besorgnis anstarrte. Dr. Geist war noch im Kontrollraum und schaute verdutzt auf die Monitore.

Will nahm das Mundstück heraus, während Kujawa ihm vorsichtig den Katheter aus der Hand entfernte. »Äh … tut mir leid, Doc«, meinte er zerknirscht.

»Nein, nein, ist schon gut«, erwiderte Kujawa und bemühte sich, ruhig zu bleiben. »Du hast nur das getan, worum ich dich gebeten hatte. Komm bitte mit hier rüber.« Der Arzt führte Will zu einem großen weißen Apparat, einer waagerechten Röhre aus glattem Kunststoff. Er bediente eine Schalttafel, woraufhin eine flache Liege ausgefahren wurde. »Leg dich bitte hier drauf, mit dem Gesicht nach oben und dem Kopf in Richtung Gerät«, bat er Will.

»Was ist das?«, fragte Will.

»Das ist ein Kernspintomograf«, erklärte Kujawa. »Wir werden ein paar Aufnahmen von deinem Gehirn machen. Dieses Mal brauchst du dich nicht zu bewegen. Genau genommen, musst du vollkommen still liegen, weil es sonst nicht funktioniert.«

»Gut. Ich will das Ding nicht auch noch kaputt machen.«

»Bitte nicht. Es ist um einiges teurer.«

Als Will sich hinlegte, stürmte Dr. Geist herein, dicht gefolgt von Dr. Robbins und in der Hand ein Tablet des Centers. Der Lehrer zeigte Kujawa und Robbins die Ergebnisse des Laufband-Tests und konnte sich vor Begeisterung kaum zurückhalten: »Dieser VO2max-Wert ist verblüffend. Um drei Basispunkte höher, als ich je gesehen habe ... Hallo, Will, entschuldige, aber das ist unglaublich beeindruckend. Der Hämatokritwert ist konstant im unteren dreistelligen Bereich, das ist einmalig. Die Wattzahl lag bei über 600, aber der Puls ist nie über 150 gestiegen ... Hast du Muskelkater in den Beinen?«

»Nein, Sir.«

»Ich würde vermuten, er produziert nicht einmal Lactat«, wandte Geist sich an Kujawa. »Seine Zellerneuerung gleicht einer Art selbstreinigendem Motor.«

»Irgendwelche Hinweise auf leistungssteigernde Mittel?«, erkundigte Robbins sich.

»Nein, sein Blut ist makellos«, versicherte Geist. »Die Glukosewerte sind gleichmäßig, keine Spitzen. Er erzeugt EPO als Reaktion auf Stress in einem außergewöhnlich effizienten homöostatischen Prozess.« Plötzlich erinnerte Geist sich wieder daran, dass Will dort lag, und meinte: »Tut mir leid, Will, das alles muss für dich wie das reinste Kauderwelsch klingen.«

»Was bedeutet das alles?«, wollte Will wissen.

»Es bedeutet, dass dein Körper bemerkenswerte aerobe und metabolische Eigenschaften besitzt«, erklärte Kujawa.

»Um es vorsichtig zu formulieren«, fügte Geist hinzu und schüttelte erneut den Kopf über die Werte. »Das ist verblüffend, absolut verblüffend.«

»Haben wir eine plausible Erklärung dafür?«, fragte Robbins besorgt.

»Es ist noch viel zu früh, um Spekulationen anzustellen«, wandte Geist ein und überließ Kujawa das Wort.

»Vielleicht kann die Kernspintomografie uns darüber Aufschluss geben«, sagte der Arzt. »Mal sehen.«

Geist lächelte, klopfte Will auf die Schulter und kehrte dann in den Kontrollraum zurück.

Will war jetzt noch mulmiger zumute. Er drehte den Kopf nach hinten und schaute misstrauisch in das dunkle Zentrum des Apparates, während Kujawa die Schalttafel bediente. »Wie funktioniert dieses Ding?«, fragte er den Arzt.

»Ein Kernspintomograf hüllt dich in ein harmloses Magnetfeld, das wir mit Radiowellen verschiedener Frequenzen fluten. Sie sind zwangsläufig laut, also setz die hier bitte auf.« Kujawa reichte Will einen dick gepolsterten Kopfhörer mit einem verstellbaren Mikrofon. »Schließ die Augen und bleib zehn Minuten lang vollkommen ruhig liegen. In dieser Zeit erstellen wir ein Bild deines kompletten Nervensystems.«

Als Kujawa in den Kontrollraum zurückgekehrt war, trat Robbins einen Schritt vor und nahm Wills Hand; ihre Finger fühlten sich glatt, kühl und beruhigend an. »Bist du schon einmal in einer solchen Röhre gewesen?«, fragte sie.

Will schüttelte den Kopf.

»Atme ganz ruhig und entspann dich«, riet sie. »Über dieses Mikro kannst du Bescheid geben, falls es dir zu viel wird. Dann ziehe ich den Stecker.«

»Bringen wir es hinter uns«, meinte Will.

Dr. Robbins drückte noch einmal seine Hand und ging dann zurück zu den anderen.

Will setzte den Kopfhörer auf und legte sich hin. Kurz darauf glitt die Liege langsam in die schmale Öffnung. Der Kopfhörer dämpfte das Surren des motorisierten Mechanismus. Will hielt die Augen geschlossen und versuchte, ruhig zu bleiben, indem er sich auf seinen Atem konzentrierte. Er nahm noch einen kurzen Ruck wahr, als die Liege einrastete, dann lag er in der gedämpften Stille im Inneren des Apparates, bis zu den Knien von einem Gerät umgeben, das ihn an einen Plastiksarg erinnerte.

»Alles in Ordnung, Will?«, meldete sich Kujawa über Kopfhörer.

»Ja, mir geht es gut«, antwortete er.

»Ich werde jetzt die Sequenz starten«, kündigte der Arzt an. »Bleib so ruhig wie möglich liegen.«

Nach einem kurzen Augenblick der Stille setzte ein tiefes, elektronisches Klopfgeräusch in der Kammer um Will herum ein, während die Schallwellen durch seinen Schädel drangen. Dann mischte sich ein anderes Geräusch unter das Dröhnen – eine vertraute Stimme, die über der scheppernden Taktfrequenz zu liegen schien und sich schließlich klar und deutlich abhob.

»Bleib ruhig. Atme tief ein und aus«, sagte die Stimme. »Was für ein Schwachsinn. Die haben gut reden. Die müssen ja nicht wie die Sardinen in der Büchse hier drin liegen.«

Dave.

»Bist du tatsächlich hier?«, fragte Will ungläubig. »Oder rede ich mit einer ›Astralprojektion‹?«

»Was hast du gesagt, Will?«, meldete sich Dr. Kujawa über Kopfhörer.

»Nichts«, antwortete Will in das Mikro und flüsterte dann: »Was willst du?«

»Das letzte Mal hab ich dich wohl ganz schön zum Nachdenken gebracht«, meinte Dave. »Inzwischen hattest du ja Gelegenheit, wieder Ordnung im Oberstübchen zu schaffen, und bist jetzt bereit für den Rest.«

Im Kontrollraum betrachteten Kujawa, Geist und Robbins die Bilder von Wills Gehirn auf einem Monitor. Dr. Geist zeigte auf zahlreiche Stellen, die orangefarben und hellrot aufleuchteten. »Der gesamte Stirnlappen weist eine neuronale Hyperaktivität auf ... und hier im *Corpus callosum* feuern beide Seiten unisono. Die Gehirnhälften arbeiten fast vollständig synchron.«

»Und sehen Sie sich das mal an«, sagte Dr. Kujawa und tippte auf den Monitor. »Der hintere Teil seines Hippocampus ist jetzt ungefähr doppelt so groß wie normal, aber nicht auf Kosten des *vorderen* Teils.«

»Was hat das zu bedeuten?«, fragte Robbins.

»Sein räumliches Vorstellungsvermögen muss immens sein«, erklärte Geist.

Lillian Robbins hielt ein Ohr an den Lautsprecher und lauschte. *»Spricht* er gerade?«

»Wenn wir hier fertig sind«, meinte Geist, »muss ich unbedingt ein komplettes genetisches Profil von ihm erstellen.«

Der Kernspintomograf schaltete zur nächsten hämmernden Frequenz, die gedehnter und höher klang als die vorherige.

Will versuchte, möglichst leise zu sprechen. »Red weiter«, forderte er Dave auf.

»Unser Exekutivrat hat eine Krisensitzung einberufen«, fuhr Dave fort. »Alle Mann an Deck, Sitzungen rund um die Uhr ...«

»Ich will davon nichts mehr hören, okay?«, zischte Will. »Diese Verbrecher haben irgendeine wahnsinnige Kakerlakenfalle aufgestellt, die unser Haus niedergebrannt und meinen Freund fast umgebracht hat. Meine Eltern, oder das, was von ihnen noch übrig ist, sind gerade auf dem Weg hierher, und zwar in einem geklauten Flieger; das FBI ist ihnen schon auf den Fersen. Die Schwarzkappen stecken mit einem Geheimbund der Schule unter einer Decke, der Monster aus dem Niegewesen zu uns herüberbringt, und sie haben auch den Jungen, der vorher in meinem Zimmer gewohnt hat, getötet oder entführt ...«

»Wow. Du warst ja *echt* fleißig«, staunte Dave.

Erneut änderte sich die Taktfrequenz und Schallwellen wummerten durch die enge Röhre. Obwohl Will die Augen geschlossen hatte, stellte er fest, dass er sehen konnte, wie Dave nun durch den Apparat hindurchspazierte. Er registrierte sogar die Inschrift in dem Aufnäher auf dem Rücken von Daves Jacke: ATD39Z.

Sehe ich etwa direkt durch diesen Apparat hindurch?

Doch als Will die Augen öffnete, schaute er nur auf den weißen Plastikhimmel zwei Zentimeter vor seinem Gesicht. Sein Herz pochte wie wild. Er schloss die Augen wieder und bemühte sich, Ruhe zu bewahren.

Dave schob sich in sein Blickfeld und stützte sich auf den Apparat. »Genau, Kumpel, atme ruhig weiter«, riet er. »Folgendes: Du hast die höchste Sicherheitsunbedenklichkeitsbescheinigung erhalten – Ebene Zwölf. Wir spielen jetzt mit offenen Karten. Du musst erfahren, was es mit dem Anderen Team auf sich hat.«

Will hatte Mühe, sich zu konzentrieren. »Okay.«

»›Das Andere Team‹ ... so nennen wir die Ältere Ursprungsrasse«, erklärte Dave. »Sieh dir das mal an.« Er marschierte *durch* den Apparat hindurch, bis er direkt vor Will stand. Dann holte er den großen Glaswürfel hervor. Die darin schwebenden Würfel rotierten erst langsamer und kamen dann vollständig zum Stillstand. Ein Lichtstrahl schoss aus dem linken Würfel und brach sich im rechten Würfel wie in einem Prisma. Die gestreuten Strahlen schienen Will direkt in die Augen und füllten seinen Verstand mit chaotischen, beunruhigenden Bildern der Geschichte, die Dave ihm nun erzählte.

»Also, das Andere Team: Sie waren Äonen vor den Menschen hier. Es handelt sich um unsere fernen Vorläufer. Keine *Vorfahren* wohlgemerkt, denn das beinhaltet eine Abstammung. Sie sind *nicht* menschlich, sondern gehören zu einer vollkommen anderen Rasse. Daher *Vorläufer,* also vorherige *Bewohner* der Erde.«

Eine ältere Rasse. Noch jemand hatte kürzlich davon gesprochen. Coach Jericho.

»Damals«, fuhr Dave fort, »bauten diese sogenannten Alten hier unten totalen Mist und legten sich mit der Hierarchie an.«

»Inwiefern?«

»Sie waren gerissen und gemein. Sie errichteten Imperien und Wunderwerke, die die größten Errungenschaften der Menschheit aussehen lassen wie Förmchen im Sandkasten. Und je kühner ihre Träume wurden, desto mehr kamen sie vom Kurs ab. Sie verloren ihren moralischen Kompass eine Million Meilen draußen auf hoher See, was sie zu falschen Überzeugungen und der Entwicklung dessen brachte, das wir ›aphotische Technologie‹ nennen.«

»Was heißt *aphotisch?«*

»Lichtlos.«

Im flackernden Schein der Würfel sah Will Bilder riesiger Laboratorien aufblitzen, in denen hoch aufragende Anordnungen unermesslich großer Maschinen standen, die von riesigen, nicht menschlichen schattenhaften Gestalten bedient wurden.

»Und das war der Moment, in dem sie an Dingen herumgepfuscht haben, von denen sie besser die Finger gelassen hätten. Mit ihren höllischen Pfuschereien haben sie den Ur-Baukasten missbraucht und alle möglichen unnatürlichen Kreaturen in diese Welt gebracht, die es nie hätte geben sollen.«

Will sah Reihen von transparenten Behältern, die mit widerlichen brodelnden Flüssigkeiten gefüllt waren. Darin wuchsen entsetzlich deformierte Wesen in allen möglichen Formen und Größen heran.

»Sie haben die Flora und Fauna der Erde – Insekten, Tiere, Bakterien, was auch immer sie in die Finger bekamen – in ein Gruselkabinett verwandelt. Sie haben Codes verdorben, Pläne pervertiert und aus der Welt ein Schlachtfest gemacht, das alle Grenzen des Wahnsinns sprengte. Trotz unserer unumstößlichen Politik der Nichteinmischung in die Angelegenheiten der Erdbewohner konnten wir einfach nicht länger tatenlos zusehen. Und deshalb hat die Hierarchie eingegriffen.«

»Was ist passiert?«, flüsterte Will.

»Ich sage nur so viel: Diese bösen Jungs haben sich nicht still und leise verabschiedet.«

Die Bilder, mit denen Will bombardiert wurde, zeigten nun eine andere Szene. Er schaute jetzt auf eine düstere, verpestete Welt hinab, wo Explosionen aus der Erdoberfläche hervorbrachen, die von gigantischen Stürmen, Erdbeben und gewaltigen Flutwellen verwüstet war. Eine Katastrophe von globalem Ausmaß.

»Nach einer Zeit, die ›Die Große Unruhe‹ genannt wurde, verbannten wir die ganze widerwärtige Horde in ein interdimensionales Lager – ein Gefängnis, wenn du so willst.«

Oberhalb einer kargen arktischen Landschaft schlitzte eine kolossale funkelnde Sense ein Loch in den Himmel und enthüllte das infernalische Ödland, das Will schon einmal gesehen hatte.

»Auch bekannt als das Niegewesen«, sagte er.

»Ja«, bestätigte Dave.

Legionen düsterer Dämonen, angetrieben von einer Heerschar von Kriegern in glänzender Rüstung, passierten das lodernde Portal. Als die letzten der schemenhaften Massen hindurchmarschiert waren, schlug das Portal mit einem gewaltigen Grollen hinter ihnen zu und verschwand mit einer Endgültigkeit, die Will das Blut in den Adern gefrieren ließ.

Die Tore der Hölle.

»Diese Bande kommt also nicht aus einer *anderen* Dimension, sondern von *hier*. Im Moment befinden sie sich – absolut gegen ihren Willen – in einer anderen Dimension. Die meisten ihrer widerwärtigen Kreaturen sind mit ihnen im Niegewesen verschwunden, aber ein paar von ihnen sind uns durch die Lappen gegangen und lauern jetzt in dunklen Ecken. Als eine neue führende Spezies – die menschliche Rasse – aus der Ursuppe auftauchte, entwickelten sich diese letzten Flüchtigen zu den Monstern all unserer frühen Mythen und Legenden.«

Weitere Bilder erschienen: Mythische Wesen terrorisierten den primitiven Menschen zu Land, zu Wasser und aus der Luft – fliegende Schlangen, Werwölfe, Seeungeheuer, eine vollständige Zoologie des Schreckens.

»Im letzten Jahrtausend haben die Alten versucht, ihren Anspruch auf den Planeten wieder geltend zu machen«, fuhr Dave fort. »Und sie haben einige unserer eigenen – *menschlichen* – Kollaborateure rekrutiert, um sie zu unterstützen.«

»Die Schwarzkappen«, sagte Will leise. »Die Ritter.«

»Die letzten in einer langen Reihe starker Männer und Frauen mit schwachem Geist«, ergänzte Dave. »Jahrhundertelang haben die Alten sie mit Geschenken aus der aphotischen Technologie bestochen – Ideen und Erfindungen, mit denen sie ein Vermögen machen können. So sorgen die Alten dafür, dass diese Menschen ihre eigene Art bekämpfen. Und mit jedem Verrat rückt das Andere Team dem Ziel ein Stück näher, um schließlich wieder die Herrschaft über die Erde zu erlangen.«

Im nächsten Moment erlosch das helle Licht abrupt und die Bilder verschwanden in den kleinen schwarzen Würfeln. Dave steckte den großen Glaswürfel wieder in die Tasche und spazierte zur anderen Seite des Kernspintomographen.

»Okay«, sagte Will, »aber was wollen sie von *mir?* Ich bin ein Niemand, nur irgendein Junge. Ich hab mit dem Ganzen doch nichts zu tun ...«

»Da irrst du dich leider, Kumpel«, warf Dave ein und beugte sich zu ihm hinunter. »Sieht so aus, als hätten sie einen verdammt guten Grund ... ein Grund, der die ganze Zeit direkt vor unserer Nase war.«

»Und der wäre ...?«

»Du bist einer von uns«, teilte Dave ihm mit. »Das, was wir einen ›Initiierten‹ nennen. Ein Mitglied der Hierarchie.«

Will erstarrte; er war völlig sprachlos.

»Denk doch mal nach, Will. Diese ganzen fiesen Kreaturen, die sie losgeschickt haben, um dich zu verfolgen und auszuschalten. Die haben noch einiges in petto für dich, bevor du die Füße hochlegen kannst, mein Freund.«

»Bist du deshalb hier? Um mich zu beschützen, weil ich ein ... ein ...«

»Weil du ein *Initiierter* bist«, half Dave aus. »Und die Bösen wis-

sen, dass ich als dein Betreuer nicht beliebig oft eingreifen kann, sobald du das Training einmal begonnen hast ...«

»Training? Was für ein Training? Ich habe überhaupt kein *Training* begonnen ...«

»Tu nicht so blöd, Mann. Die Hierarchie vergibt Sicherheitsunbedenklichkeitsbescheinigungen der Stufe zwölf nicht wie Lotteriescheine. Dein Training hat angefangen, ob du es nun weißt oder nicht ...«

»Und ich hab da gar nichts mitzureden?«

»Nicht mehr«, entgegnete Dave. »Und als Initiierter musst du dich an zwei Regeln halten. Erstens: Du bist ab jetzt zu absoluter Verschwiegenheit verpflichtet. Du darfst nicht einmal deinen Mitbewohnern von der Hierarchie erzählen – und abgesehen von ihnen würde ich an diesem Punkt ohnehin keiner anderen Seele vertrauen.«

Will sah den Racheengel in Daves Augen kurz aufblitzen. »Und die zweite Regel?«

»Bleib am Leben. Während deiner Probezeit darf ich dir neun Mal den Arsch retten. Und da wir fast die Hälfte deines Kontingents aufgebraucht haben, solltest du besser ganz schnell lernen, auf dich selbst aufzupassen.«

»Wieso ›fast die Hälfte‹?«, protestierte Will. »Das war doch erst *drei* Mal und das ist ein *Drittel* ...«

»Gleich nicht mehr.« David hielt vier Finger hoch und zog die merkwürdige, lange Waffe aus seinem Schulterholster.

Dann ging das Licht aus.

WIE AUF EINEM SCHLACHTFELD

Die Computer und Monitore im Labor und im Kontrollraum stürzten mit einem dumpfen Dröhnen ab. Kujawa hämmerte wütend auf die Tasten seiner Schalttafel.

»Ein weiterer Stromausfall?«, wunderte Geist sich.

»Scheint so«, meinte der Arzt.

»Haben wir von den Tests eine Sicherheitskopie? Wir dürfen diese Daten nicht verlieren.«

Robbins sprach in das Mikrofon: »Will, kannst du mich hören?«

Will öffnete die Augen. Nur ein schwacher grauer Schein vom Fenster auf der anderen Seite des Zimmers drang bis in den Apparat hinein.

Ab den Knien steckte sein Körper in der Röhre fest. Mühsam unterdrückte er den Impuls, um sich zu schlagen. Er streckte die Füße aus, umfasste die Kanten der Liege und zog sich in Richtung Öffnung. Doch nur das Polster unter seinem Rücken verschob und staute sich am unteren Ende, sodass er so gut wie nicht vorwärts kam. Nach wenigen Sekunden war er in Schweiß gebadet.

Dann hörte er, wie hinter ihm, auf der anderen Seite des Apparats, eine Tür aufgerissen wurde – aber nicht die Tür des Kontrollraums, sondern eine, die ihm vorher nicht aufgefallen war.

Will schloss die Augen und visualisierte erneut das Raster. Es breitete sich aus und um ihn herum erschien ein sensorisches Bild des Raumes. Er fand die Tür, die zu einer Hintertreppe führte. Auf der Schwelle stand eine große, gebeugte Gestalt, die eine lange Hülse in den Händen hielt. Dann hörte Will, wie ein Vakuum-Siegel aufgebrochen wurde.

Lyle.

Der vertraute, übelkeiterregende Gestank drang an Wills Nase – was es ihm nur noch schwerer machte, ruhig zu bleiben und sich zu beherrschen.

Ein helles Licht blitzte auf, als Dave auf den vorderen Bereich des Apparats feuerte. Ein weiterer Strahl schoss durch den Raum ... auf lange, dünne Wesen zu, die mit dem hässlichen Rascheln Tausender Füße über den Boden flitzten. Dave zog sich zurück und schoss weiter, aber es waren zu viele – mehr als ein Dutzend – und sie bewegten sich zu schnell.

Kreischend sprangen sie auf die Liege und schlangen sich mit einem schmatzenden *Plopp* um Wills Fußgelenke. Er spürte die scharfen, sägemesserartigen Zahnreihen, die sich über ihre gesamten schleimigen Körper zogen. Panisch trat er um sich, konnte sich aber in der engen Röhre kaum bewegen und die Biester nicht abschütteln. Als er die Augen öffnete, sah er im schwachen Licht, wie sie sich in die Röhre zwängten, über seine Oberschenkel hinauf zu den Hüften schoben und sich auf seinen Oberkörper zubewegten. Sie wirkten wie eine Kreuzung aus knapp einen Meter langen Würmern und Tausendfüßlern und hatten es offenbar auf sein Gesicht abgesehen.

Gleichzeitig spürte Will, wie hinter der Tür Lyles Bild in der Dunkelheit pulsierte; Wahnsinn, Schmerz und Wut strahlte seine bösartige Gestalt aus. Will »sah«, wie er ausholte, um einen donnernden Hammerschlag aus seinem kranken Hirn direkt gegen Wills Verstand zu richten. Und Will wusste: Falls Lyle traf, hatte er keine Chance; sobald diese Krabbelviecher seinen Hals erreicht hatten, würden sie nur noch eine bewusstlose Hülle würgen.

Doch dann schien sich die Zeit zu einem Moment höchster Konzentration zu verdichten und langsamer zu verstreichen. Will schloss erneut die Augen und suchte im Geiste nach dem größten Objekt in seiner Nähe: Draußen, direkt vor dem großen

Panoramafenster, »sah« er eine Art großen, kahlen Baum. Er hakte sich ein und zog ihn mit aller Kraft zu sich heran. Einen Sekundenbruchteil später erfolgten ein heller Lichtblitz und eine gewaltige Explosion von zerberstendem Glas, während der Luftdruck im Raum schlagartig fiel. Wind und eisige Kälte drangen an seine Beine.

»Wir müssen ihn da rausholen«, rief Dr. Robbins in der Dunkelheit des Kontrollraums und tastete sich zur Tür vor.

In dem Augenblick, als Robbins die Tür des Kontrollraums öffnete, zuckte ein greller elektrischer Lichtbogen durch das Labor. Ein dunkles Objekt flog aus dem Sturm durch das Panoramafenster herein und zertrümmerte das Glas. Robbins wurde von einer gewaltigen Bö aus Schnee und pfeifendem Wind erfasst und mit Wucht gegen die Wand gedrückt. Zuerst konnte sie dieses seltsame Objekt, das in den Raum drang, nicht zuordnen, aber dann erkannte sie seine Form: ein Telefonmast.

Der Lärm der Explosion störte Lyles Konzentration. Sein tödlicher Schlag löste sich in Nichts auf, bevor er Will erreichte. Lyle machte auf dem Absatz kehrt und hastete die Treppe hinunter, aber seine Kreaturen krochen weiter näher; vier von ihnen schlängelten sich bereits über Wills Brust hinauf zu seinem Gesicht. Will stieß vor übermenschlicher Anstrengung einen lauten Schrei aus, umfasste die Ränder der Liege und schob ein leeres Gedankenbild gegen die Rückseite der Röhre hinter ihm. Dann ertönte ein lautes Knacken und die Halterung der Liege gab nach.

Die Liege schoss aus dem Apparat und flog durch den Raum. Hastig rollte Will sich vom Polster in Richtung Boden und schlug im Fallen die Würmer fort. Als er auf dem Linoleum landete, wirbelte er herum und sah, wie Dave seine Stellung verteidigte, eine unbeugsame Gestalt im wirbelnden Schnee. Es hatte fast den Anschein, als würde es im Raum schneien. Dave spannte den Hahn seiner Waffe und knallte die letzten Würmer ab. Sie explodierten zu grünen Säuretropfen, die gegen die Seiten des Kernspintomografen spritzten.

Dann ging das Licht im Labor wieder an; die Deckenleuchten schaukelten im Wind. Durch das Panoramafenster ragte ein Telefonmast in den Raum, von dem zerfetzte Kabel herabhingen wie die durchgeschnittenen Fäden einer Marionette. Dave war verschwunden.

Will sah Lillian Robbins auf dem Boden neben der Stelle, wo die Liege gegen die Wand gekracht war. Die Psychologin starrte ihn an. Plötzlich kehrte der Strom in den Mast zurück und elektrisierte die losen Kabel. Sie bäumten sich auf, tanzten über den Boden und peitschten in Robbins Richtung, nur Millimeter von ihr entfernt.

Mühsam rappelte Will sich auf. Ohne nachzudenken, schuf er ein Gedankenbild, das die Drähte wie eine unsichtbare Hand packte, die in ein Knäuel giftiger Schlangen greift. Er manipulierte das Bild so, dass sich die zischenden Kabel um den umgeworfenen Mast wickelten und Funken sprühend gegen einen Trafokasten schlugen, bis sie einen Kurzschluss verursachten und reglos liegen blieben.

Robbins kam auf die Knie. Geist und Kujawa eilten ins Labor und halfen ihr auf. Dann schauten alle drei zu Will hinüber. Nur mit Shorts und Laufschuhen bekleidet, stand er zitternd da. Dicke Schneeflocken wirbelten um ihn herum und durchgeschmorte Elektroden fielen wie verbrannte Knöpfe von seinem nackten Oberkörper herab.

»Alles ... in Ordnung?«, stammelte Robbins.

»Ich denke schon«, meinte Will. »Was ist passiert?«

»Der Strom ist ausgefallen und der Mast ... krachte durch das Fenster«, erklärte Geist.

»Eine unglaubliche Windbö«, kommentierte Kujawa.

»Ja, offensichtlich«, pflichtete Geist ihm atemlos bei. »Eine Fallbö oder ein Scherwind.«

»Irgendeine elektrische Entladung«, fügte Kujawa hinzu.

Erneut wandten sie sich Will zu und einen kurzen Moment dachte er daran, ihnen die Erklärung zu liefern: *Wenn ich in Todesgefahr schwebe, kann ich offensichtlich mit meinem Geist Objekte bewegen.* Er drehte sich um und sah, dass der Rest des Labors fast völlig zerstört war; große Teile des Apparats qualmten noch von der Säure, die an der Verkleidung explodiert war. Doch dann erinnerte er sich wieder an Daves Warnung und die Verschwiegenheitsvereinbarung.

»Verdammtes Pech mit den Geräten heute, was, Doc?«, meinte Will bedauernd.

Kujawa nickte; ihm fehlten die Worte. Auch die anderen schwiegen. Der Wind peitschte durch den Raum, und da das Adrenalin in seinem Blut abebbte, traf die Kälte Will wie ein Hammer. Kujawa führte ihn rasch in ein leeres Krankenzimmer und hüllte ihn in Decken, während er seine Vitalfunktionen überprüfte. Will hatte keine größeren Verletzungen davongetragen und sein Körper wurde schnell wieder warm, obwohl er sich schwach und benommen fühlte. Aber er kannte den Grund dafür und hatte nicht vor, dem Arzt davon zu erzählen.

Vor dem Gebäude hatte sich inzwischen eine Menschenmenge versammelt und die Feuerwehr war eingetroffen. Will hörte, wie die Feuerwehrmänner einen Baukran orderten, um den Mast aus dem dritten Stock zu bergen. Er hatte sich gerade wieder angezogen, als Lillian Robbins ins Zimmer kam.

»Ich habe deine Mitbewohner angepiepst«, teilte sie ihm mit.

»Du kannst mit ihnen zu eurer Wohnung zurückkehren, sobald sie hier sind.«

»Okay«, sagte Will und band seine Schuhe.

»Deine Eltern sollten eigentlich um vier Uhr eintreffen«, fuhr Dr. Robbins fort, »aber wegen des Sturms wurden sie nach Madison umgeleitet. Mr McBride holt sie dort ab, sodass sie rechtzeitig zum Abendessen hier sein werden. Ich habe einen Tisch im Speisesaal der Fakultät reserviert. Mr Rourke wird ebenfalls dabei sein.«

»Ich würde gerne Brooke mitbringen«, sagte Will. »Wenn das in Ordnung ist.«

Robbins musterte ihn prüfend. »Kein Problem.«

Will bemerkte einen Ausdruck in Robbins' Gesicht, der ihm schon vorher aufgefallen war: Sie studierte ihn skeptisch und nachdenklich. »Hat die Untersuchung irgendwas ergeben?«, erkundigte er sich. »Ich meine, bevor das ganze Labor in die Luft geflogen ist?«

»Ich bin keine Neurologin. Dr. Kujawa und Dr. Geist werden die Ergebnisse mit dir durchgehen.«

Will lief es eiskalt den Rücken hinunter. »Also haben Sie etwas gesehen.«

Erneut schaute Robbins ihn eindringlich an. »Hast du Selbstgespräche geführt, Will?«

»Selbstgespräche? Ja, klar«, bestätigte er. »Konnten Sie mich hören?«

»Nicht deutlich genug, um zu verstehen, was du gesagt hast.«

»Sie hatten recht. Ich dachte, in dieser Röhre würde mir gleich der Schädel platzen, also habe ich mir gut zugeredet: ›Es geht dir hervorragend; alles in Ordnung; denk nicht darüber nach, wo du gerade bist.‹«

»Haben dir ... irgendwelche Stimmen geantwortet?«, fragte sie vorsichtig.

Will wartete einen Augenblick, bevor er antwortete. »Haben *Sie* welche gehört?«

»Nein, ich habe nichts *gehört.«* Robbins runzelte die Stirn und schaute ihm fest in die Augen. »Aber wir haben in einem Bereich deines Gehirns eine sehr starke Aktivität *gesehen,* der häufig visuelle, akustische und manchmal sogar olfaktorische Halluzinationen zugeordnet werden.«

»Sie haben mich also ununterbrochen quasseln hören«, sagte Will im Versuch, ihre Fragen mit einem Witz zu entschärfen, »und sich gedacht, ich würde einem Kobold bei der Suche nach seinem Talisman helfen.«

In dem Moment riss Robbins der Geduldsfaden. »Will, wir haben wirklich Grund zur Sorge, weil du unter so außerordentlichem Stress stehst. Wie ich erfahren habe, hattest du auch Ärger mit ein paar anderen Schülern ...«

Bei diesen Worten erkannte Will, dass er ihr einen Teil der Geschichte auf eine Art und Weise erzählen konnte, die sie vielleicht verstehen und zum Handeln animieren würde. »Und da ich der Neue an der Schule bin, denken sie, dass ich den Mund halten werde. Ich sollte mich einfach nur freuen, dass ich hier sein darf, stimmt's? Aber ich werde nicht länger schweigen.«

»Worüber?«

Überleg dir genau, wie du das jetzt sagst.

»Es gibt hier eine Gruppe von Schülern«, setzte Will an. »Oberstufenschüler. Sie gehören einer Art Club oder Geheimbund an und verstecken sich hinter Ritualen und Masken, damit das Ganze harmlos aussieht. Sie nennen sich die Ritter Karls des Großen.« An Robbins Reaktion glaubte er zu erkennen, dass sie davon schon einmal gehört hatte.

»Aber das Ganze ist nicht harmlos«, fuhr Will fort. »Es ist eine Tarnung, um jüngere zu drangsalieren. Neue oder schwächere

Schüler oder solche, die anders sind. Und sie schikanieren sie nicht nur, sie terrorisieren sie regelrecht.«

»Wenn das stimmt, warum habe ich bis jetzt noch nichts davon mitbekommen?«, fragte Robbins skeptisch.

»Weil sie es sich gut überlegen, wen sie ins Visier nehmen«, entgegnete Will. »Und weil sie ihre Opfer mit Drohungen zum Schweigen bringen. Die Schüler, die sie sich vornehmen, sind wie gelähmt vor Angst. Und ich weiß mit Sicherheit, dass Ronnie Murso eines ihrer Opfer war. Sie könnten sogar etwas mit seinem Verschwinden zu tun haben.«

Robbins' Augen blitzten wütend auf, aber sie hielt sich zurück. »Ich werde sofort dem Direktor davon berichten. Hast du irgendwelche Namen der verantwortlichen Schüler?«

»Lyle Ogilvy«, antwortete Will.

»Sonst noch jemand?«

»Ich bin mir bei den anderen nicht ganz sicher. Aber Sie können auf jeden Fall mit ihm anfangen.«

Robbins blieb ruhig und überlegte. »Wissen deine Mitbewohner davon?«

Nr. 45: KOOPERIERE MIT DEN OBRIGKEITEN, ABER NENNE KEINE NAMEN VON FREUNDEN.

Vom Flur drangen Stimmen ins Zimmer. Will glaubte, Ajay und Nick zu hören. »Ich möchte da niemanden hineinziehen«, erwiderte er ausweichend.

»Alter, hast du den Mast im Labor gesehen? Das ist echt abgefahren!«

Ja, kein Zweifel: Nick.

»Ich akzeptiere diese Antwort nur unter einer Bedingung«, teilte Robbins ihm kühl mit. »Deine Eltern bleiben als Mr Rourkes Gäste in Stone House. Nimm dir den Rest des Tages Zeit, über das nachzudenken, was du mir gerade erzählt hast. Heute Abend will ich sämtliche Einzelheiten hören. Ich verlange einen vollständigen und genauen Bericht ...«

»Aber ...«

»Oder mir bleibt keine andere Wahl, als dich des Centers zu verweisen. Du wirst uns dann morgen verlassen. Zusammen mit deinen Eltern, und zwar für immer.« Robbins schaute ihn mit ihren veilchenblauen Augen fest und unverwandt an. Das war kein Bluff.

INSTANT MESSAGE

Kurz nachdem Robbins das Krankenzimmer verlassen hatte, spazierten Nick und Ajay durch die Tür und betrachteten Will bewundernd.

»Dann ist an den Gerüchten also tatsächlich was dran«, meinte Ajay. »Es heißt, du wärst fast von einem fliegenden Telefonmast erschlagen worden!«

»Na ja, sagen wir mal so: Ich war zum selben Zeitpunkt im Zimmer«, erwiderte Will bescheiden.

»Alter, das ist ja der *Wahnsinn«*, fand Nick und gab Will einen Fist Bump.

»Ich erzähl euch später mehr davon«, sagte Will leise und lotste sie aus dem Zimmer. »Ich habe Robbins gesagt, dass wir sie in der Lobby treffen. Vorher will ich aber noch was nachgucken.« Er ging voran ins Labor, wo die Rettungsmannschaft noch mit den Bergungsarbeiten beschäftigt war, und stahl sich durch die Tür zur Hintertreppe. Die drei schlichen durch das leere, hallende Treppenhaus hinunter in den zweiten Stock.

»Wonach suchen wir?«, fragte Ajay.

»Beweismaterial.«

»Wofür?«, hakte Nick nach.

Will öffnete einen kleinen Besenschrank, knipste das Licht darin an und sah sich um: Besen, Wischmopps und Putzutensilien auf Regalbrettern. In einer Wertstofftonne fand er, was er suchte – einen langen Behälter aus schwarzem Drahtgeflecht von der Größe eines Baguettes.

»Lyle hat versucht, mich umzubringen«, sagte Will und nahm einen Lappen, um den länglichen Behälter herauszuholen. »Mit dem, was *hier* drin war.«

»Ach du Schande, Alter ... Lyle hat dir seine Frettchen auf den Hals gehetzt?«

»Keine Frettchen, sondern Würmer, gekreuzt mit Tausendfüßlern so lang wie diese Dose, die beim Abnippeln Säure verspritzt haben. Sie sind an mir hochgekrochen, als ich in der Röhre lag.«

»Ich glaube, ich muss gleich kotzen«, meinte Ajay und lehnte sich gegen die Wand.

»Hat sie sonst noch jemand gesehen?«, fragte Nick.

»Nein. Und kein Wort zu niemandem«, mahnte Will, während er die Dose in eine Mülltüte gleiten ließ. Nick warf sie sich über die Schulter, während sie zur Lobby liefen.

Dr. Robbins saß in der Nähe des Eingangs, zusammen mit Eloni und einer Frau, die wie seine Zwillingsschwester aussah. Eloni stellte sie als seine Cousine Tika vor.

»Eloni fährt euch nach Greenwood Hall zurück«, erklärte Robbins. »Ich möchte, dass du für den Rest des Tages in der Wohnung bleibst, Will. Ich werde dich persönlich abholen, sobald deine Eltern eingetroffen sind. Ruf mich sofort an, falls irgendetwas anderes vorfällt.« Sie warf Will einen letzten strengen Blick zu.

Die Jungen folgten Eloni und Tika zu einem dunkelblauen Ford Flex, der mit laufendem Motor vor der Tür stand. Es schneite noch immer heftig. Sie stiegen ein und Eloni setzte sich hinters Steuer. Während der Fahrt nach Greenwood Hall sagte niemand ein Wort. Dort angekommen, begleiteten Eloni und Tika sie hinein.

Eloni blieb vor Lyles Tür stehen und klopfte an; Nick und Will tauschten besorgte Blicke. Als niemand antwortete, erteilte Eloni seiner Cousine eine Anweisung in ihrer Muttersprache. Tika öffnete die Tür und ging dann zu Lyles Wohnung. Kurze Zeit später kehrte sie kopfschüttelnd zurück.

»Bleib hier«, forderte Eloni sie auf und wandte sich dann in bestimmtem Ton an die Jungs: »Nach oben. Sofort.«

»Suchen Sie nach Lyle, Eloni?«, fragte Will.

»Das könnte man so sagen«, verkündete er und folgte den dreien in die Wohnung, wo er jedes Zimmer überprüfte. Die Zimmer von Brooke und Elise waren leer. »Ich bin draußen, falls Sie mich brauchen«, teilte er ihnen schließlich mit, marschierte mit schweren Schritten zur Tür und zog sie hinter sich zu.

»Dann hat die Schule Lyle also zur Fahndung ausgeschrieben?«, fragte Nick.

»Ich habe Dr. Robbins gerade genug erzählt, um ihr Interesse zu wecken«, erklärte Will.

Ajay warf einen Blick durch den Spion und sah Eloni, der draußen Wache hielt, die Arme vor der Brust verschränkt. »Er steht da wie angewurzelt.«

»Wir müssen uns beeilen«, verkündete Will. »Habt ihr Brooke oder Elise gesehen?«

»Seit heute Morgen nicht mehr«, sagte Nick.

»Robbins meinte, sie hätte sie angepiepst, als sie euch angerufen hat, also sind die beiden wahrscheinlich unterwegs. Versuch noch einmal, sie zu erreichen, Nick. Nur um sicherzugehen.«

Nick nahm den Hörer ab und bat die Vermittlung, die beiden Mädchen anzupiepsen.

»Ajay, können wir unsere Tablets benutzen oder ist das zu riskant?«, erkundigte Will sich.

»Ich hab sie so weit gesichert, wie ich nur konnte. Aber ich muss euch vorher noch was zeigen«, meinte Ajay.

»Wir treffen uns bei dir«, sagte Will. »In zwei Minuten.« Dann lief er in sein Zimmer. Als er eintrat, schaltete sich sein Tablet an und auf dem Bildschirm erschien seine Syn-App, die bereits auf ihn wartete. »Will« sah jetzt noch lebensechter aus, hatte detailliertere Züge und war unheimlicher denn je.

»Alles in Ordnung, Will?«, fragte sein Doppelgänger.

Er hört sich sogar noch mehr an wie ich. Der Computer muss meine Stimme aufzeichnen und sampeln.

»Ja. Ich möchte, dass du nach Fotos von Hubschrauber-Einheiten des Sondereinsatzkommandos des ANZAC aus Vietnam suchst. Es geht um einen Helikopter mit der Registrierung Alpha Tango Delta drei neun Zulu.«

»Suchst du nach einer bestimmten Person?«, fragte »Will«.

»Ich möchte herausfinden, was mit einem alten Freund passiert ist. Er hieß Dave Gunner.«

»Ich klemme mich dahinter. Du hast eine Videobotschaft von Nando bekommen.« Die Syn-App öffnete die Nachricht.

Nando saß in seinem Taxi und sprach in das Objektiv seiner Handy-Kamera: »Hey, Will. Hatte letzte Nacht einen furchtbaren Albtraum über Insekten, aber davon abgesehen geht es mir gut. Hör zu, das hier haben wir über dieses National-Scholastic-Dingsda-Programm herausgefunden.« Er hielt ein BlackBerry hoch und las von dessen Display ab: »Unternehmenssitz Washington, D.C., Zweigstellen: Los Angeles, Seattle, Dallas, Chicago, Atlanta und Boston. Immer in Regierungsgebäuden; es besteht also eine Verbindung zur Regierung. Aber es handelt sich um ein gemeinnütziges Unternehmen im Privatbesitz einer Stiftung namens Greenwood Foundation. Melde mich später wieder. Peace.«

Einen Moment war Will unfähig, sich zu bewegen. »Die Greenwood Foundation«, murmelte er, als die Nachricht zu ihm durchdrang.

»Hast du was gesagt, Will?«, meldete sich seine Syn-App.

»Die Greenwood Foundation ist die Stiftung, die das Center leitet«, erkannte Will.

»Das ist richtig«, bestätigte sein Doppelgänger.

Will nahm sein Tablet und hastete in Ajays Zimmer. Ajay stand an seinem Schreibtisch, über irgendetwas gebeugt; Nick telefonierte.

»Brooke und Elise haben sich noch immer nicht gemeldet«, sagte er, als er auflegte. »Elise ist in der Reitmannschaft. Normalerweise trainiert sie samstagnachmittags immer.«

»Bei dem Wetter?«, wunderte sich Will.

»In der Nähe der Stallungen gibt es eine Reithalle«, klärte Nick ihn auf.

»Wahrscheinlich hat sie ihren Pager gar nicht dabei«, meinte Ajay. »Ich habe deinen Vogel mal unter die Lupe genommen, Will.« Die einzelnen Teile lagen ausgebreitet auf seinem Schreibtisch. »Sieh dir mal die Augen an.« Ajay nahm die beiden Knöpfe, die durch zwei goldene Drähte mit einem silbernen Kästchen verbunden waren, und hielt den komplizierten Mechanismus unter ein gerahmtes Vergrößerungsglas. »Zwei hoch entwickelte Linsen«, erklärte er und zeigte mit einem Stift darauf, »die bei richtiger Synchronisation dreidimensionale Bilder zu diesem Ding hier transportieren.« Er deutete auf das silberne Kästchen. »Ein zentraler Prozessor, ausgestattet mit modernster Gesichtserkennungs-Software und einem leistungsstarken drahtlosen Sender. Aber das eigentlich Rätselhafte daran ist die Tatsache, dass der Prozessor keine Energiequelle besitzt. Ich kann einfach nicht herausfinden, womit er betrieben wird, und ich habe noch nie zuvor eine so ausgeklügelte Robotertechnik gesehen.«

»Aphotische Technologie«, sagte Will leise.

»Wie bitte?«, fragte Ajay.

»So wird das Ganze genannt ... auch das Zeug, das wir in Ronnies Video gesehen haben: der Schnitzer und die schimmernde Metallfolie. Ihr solltet euch besser mal einen Moment hinsetzen, Jungs.«

Ajay und Nick warfen sich einen besorgten Blick zu und setzten sich.

Will holte tief Luft.

Mach es so einfach wie möglich und erwähne weder Dave noch die Hierarchie ...

»Die Schwarzkappen und die Ritter arbeiten für Wesen, die als das Andere Team bezeichnet werden«, setzte Will an. »Es stammt ursprünglich von der Erde, wurde aber schon im Niegewesen gefangen gehalten, lange bevor es Menschen gab. Jetzt wollen sie wieder zurück und deshalb haben sie all diese Monster erschaffen.«

Ajay und Nick sahen einander an. »Äh, okay«, meinte Nick.

»Apropos, hast du diese Wanze aus meinem Computer untersucht, Ajay?«

Ajay blinzelte kurz, nahm dann die Pfefferminzdose von seinem Schreibtisch und öffnete den Deckel. Darunter kam eine dünne Schicht schwarzer Schleim zum Vorschein. »Ich fürchte, sie hat sich aufgelöst«, meinte Ajay bedauernd. »Ich habe die Überreste untersucht, aber ich kann nichts finden, das auch nur eine entfernte Ähnlichkeit mit biologischer DNA aufweist.«

»Das liegt daran, dass diese Kreaturen aus dem Niegewesen eine andere biologische Beschaffenheit besitzen«, erklärte Will. »Das Andere Team braucht die Hilfe von Menschen hier auf der Erde und diese Leute wiederum nutzen Technologien, die das Andere Team ihnen gegeben hat, um es herüberzuholen.«

»Und da kommen die Kappen und die Ritter ins Spiel«, folgerte Nick.

»Ja. Und die Wahrheit ist, dass wir zwar schon eine Menge herausgefunden haben, aber in gewisser Hinsicht noch ganz am Anfang dessen stehen, was wir wissen müssen.«

Ajay starrte Will mit großen Augen an. »Dieses Andere Team will also aus dem Niegewesen ausbrechen ... um dann *was* zu tun?«

»Um, äh, die Weltherrschaft zu übernehmen«, murmelte Will. »Und dabei die gesamte Menschheit zu versklaven und zu vernichten.«

Erneut wechselten Nick und Ajay einen Blick. »Woher weißt du das, Will?«, fragte Ajay vorsichtig.

»Ich habe Insiderinformationen, aber darüber kann ich nicht sprechen.«

»Obwohl dein Weltuntergangsszenario meine Gutgläubigkeit ziemlich strapaziert«, setzte Ajay an und musste schlucken, »ist unser Vertrauen in dich bis heute nicht enttäuscht worden. Daher spreche ich wohl für uns beide ...«

»Alter«, unterbrach Nick ihn und streckte seine Faust aus. »Was auch immer wir tun müssen.«

Will verspürte unendliche Erleichterung und gab beiden einen Fist Bump.

Im nächsten Moment verkündete Wills Syn-App: »Du hast eine Nachricht von Brooke, Will.«

»Da ist sie«, sagte Will. »Ajay, hol sie auf den großen Bildschirm.«

Ajay verband ihre Computer mit seinem Wandbildschirm und Will bat seinen Doppelgänger, die Nachricht abzuspielen.

Brooke war in der Bibliothek und flüsterte in die Kamera ihres Tablets. »Will, ich habe im Web eine globale Suche in Schulannalen, Jahrbüchern und Zeitungen über die Ritter Karls des Großen gestartet und mehrere Treffer erhalten.« Dann las sie aus den Artikeln vor, die sie auf ihrem Tablet durchging: »Die früheste Erwähnung der Ritter findet sich in einem Jahrbuch von 1928: eine neu gegründete Schülervereinigung, in die nur zwölf Mitglieder pro Jahr aufgenommen wurden, ausschließlich Oberstufenschüler. Ihr Motto lautete ›Bessere Menschen zum Wohle der Menschheit‹. Sieht nicht so aus, als ob sie in unheimlichere Aktivitäten als Krocketturniere und Laienaufführungen von komischen Opern verwickelt gewesen wären. Das nächste Mal tauchen die Ritter in einem Foto von 1937 auf, gemeinsam mit einem berühmten Gast: Henry Wallace, damals Landwirtschaftsminister unter Präsident Franklin Roosevelt. Hier, sieh es dir an.«

Auf dem Wandbildschirm erschien eine Schwarz-Weiß-Aufnahme, auf der die zwölfköpfige Gruppe der Ritter Karls des Großen und ihr Ehrengast, Henry Wallace, zu sehen waren. Sie hatten sich um einen langen Tisch in einem eleganten Speisesaal versammelt und hielten die erhobenen Gläser in die Kamera.

»Pause«, befahl Will, woraufhin das Bild erstarrte. Will zeigte auf einen der Schüler. »Ich könnte schwören, dass ich diesen Jungen schon einmal gesehen habe.«

»Wie soll das gehen?«, fragte Nick. »Das Foto ist über siebzig Jahre alt.«

»Ich weiß es nicht. Vielleicht habe ich irgendwo anders schon mal ein Bild von ihm gesehen. Wo wurde es aufgenommen?«

»Sieht aus wie der formelle Speisesaal«, meinte Ajay. »Merkwürdig. Ein hohes Tier wie der Landwirtschaftsminister besucht das Center, und kein Offizieller der Schule, nicht einmal der Direktor, ist zu diesem Essen eingeladen?«

»Weiter«, bat Will.

Brookes Nachricht wurde fortgesetzt: »Dieses Ereignis scheint der Höhepunkt für die Ritter gewesen zu sein. Danach finden sich nur noch wenige Erwähnungen und 1941 sind sie dann vollständig verschwunden. Offenbar wurden sie aufgelöst und es gab irgendeine Disziplinarmaßnahme, aber ich kann nichts weiter darüber finden.«

»Wieso 1941? Was ist in dem Jahr passiert?«, fragte Nick.

Ajay hielt Brookes Nachricht erneut an. »Amerika trat in den Zweiten Weltkrieg ein. Außerdem wurde in diesem Jahr der ehemalige Landwirtschaftsminister Henry Wallace zum Vizepräsidenten der Vereinigten Staaten ernannt.«

»Der Typ auf dem Foto wurde Vizepräsident?«, staunte Nick. »Das ist ja interessant. Ich habe zwar keine Ahnung, was es bedeutet, aber das ist echt ein Ding.«

»Das ist jedenfalls keine Kleinigkeit«, meinte Will.

»Suche nach Henry Wallace *und* den Rittern«, befahl Ajay seiner Syn-App.

»Diese Informationen sind online nicht verfügbar«, teilte der Doppelgänger mit.

»Was bedeutet, dass es welche *gibt*«, folgerte Will. »Wo finden wir sie?«

»Vermutlich im Archiv Seltener Bücher«, überlegte Ajay. »Für den Zugang braucht man einen von einem Lehrer unterschriebenen Antrag.« Er spielte Brookes Mitteilung weiter ab.

»Ich habe noch Folgendes über ›The Crag‹ gefunden«, fuhr Brooke fort und las dann aus einem Buch vor: »›Die Burg auf der Insel wurde von Ian Lemuel Cornish erbaut, einem Munitionsfabrikanten aus Neuengland, der im Bürgerkrieg zu Reichtum gelangte ... und wurde später von Franklin Greenwood erworben, dem zweiten Direktor des Centers, der sie als sein Privathaus nutzte.‹«

»Franklin Greenwood«, wiederholte Ajay. »Sohn von Thomas Greenwood, dem Gründer.«

»Derzeit befindet sich die Burg im Besitz von Stan Haxley, einem Ehemaligen, der im Verwaltungsrat der Greenwood Foundation sitzt. Das ist im Moment alles. Bis später«, sagte Brooke und winkte in die Kamera. Die Nachricht endete und der Bildschirm wurde schwarz, bis ihre Syn-Apps wieder erschienen.

»Beschaff mir alles, was du über Lyle Ogilvy finden kannst«, trug Will seinem Double auf.

Nach wenigen Sekunden zeigte »Will« ihnen in einem Jahrbuch ein Farbfoto von Lyle als Schüler im ersten Jahr. Er war blass, verpickelt und unattraktiv, aber bei Weitem nicht der finster dreinblickende Fiesling, den sie kannten. In seinem Schulblazer mit Krawatte sah er fast harmlos aus. Neben dem Bild waren seine persönlichen Daten aufgeführt.

»Ogilvy, Lyle«, las Ajay vor. »Geboren am 14. Oktober 1992 in Boston. Einziges Kind eines leitenden Angestellten eines Ölkonzerns und einer bekannten Dermatologin.«

»Wer von den beiden hat das Center besucht?«, fragte Will.

»Sein Dad, Abschlussklasse 1974, dann Princeton, Abschluss 1978«, antwortete Ajay.

Jetzt folgte ein Foto von Lyle als Schüler im zweiten Jahr. Er hatte ein künstliches Lächeln aufgesetzt und trug dasselbe Outfit, wirkte aber älter und schwerer; er schien noch tiefer in einer schwierigen Adoleszenz zu stecken. Die Ringe unter seinen Augen waren dunkler geworden.

»Irgendwas ist mit ihm passiert«, meinte Will und betrachtete das Foto genauer. »Er sieht verängstigt aus. Zeig uns mal sein Foto als Junior.«

Das Bild wurde durch ein anderes ersetzt: Lyles Verwandlung in die furchterregende Person, die sie alle kannten, war zu diesem Zeitpunkt offensichtlich abgeschlossen. Sein Lächeln war einem verächtlichen Grinsen gewichen und herrische Geringschätzung hatte die Angst in seinen Augen verdrängt.

»Was auch immer mit diesem Mistkerl passiert ist, es hat hier ein bedenkliches Ausmaß angenommen«, analysierte Ajay.

»Ich vermute, in der Zwischenzeit wurde er von den Rittern rekrutiert«, warf Will ein. »Und wahrscheinlich hatte er Besuch von dem Kahlen.«

Ein blinkendes Icon eines schwarzen Telefons erschien auf

dem Bildschirm, begleitet von einem Unheil verkündenden, tiefen Ton.

»Du hast eine Nachricht auf dem Instant Messenger«, teilte Wills Syn-App mit. »Jemand möchte mit dir sprechen. Möchtest du einen Chat-Screen öffnen?«

»Vielleicht ist es Brooke«, überlegte Will. »Ja.«

Das Telefonsymbol dehnte sich zu einem großen Bildschirm aus und ein Signal wurde aktiviert. Das Bild schien aus der Perspektive einer Computer-Kamera aufgenommen zu sein, aber es war so dunkel, dass man keine Details erkennen konnte. Dann bewegte sich das Bild und zeigte die Oberfläche eines sanft schimmernden Stoffes.

Will flüsterte Ajay zu: »Zeichne das auf.«

Der Stoff schwang zur Seite und ein Gesicht schob sich vor die Linse. Dunkle Augen funkelten durch die schmalen Schlitze einer eisernen Maske: der Paladin, der sie durch die Tunnel gejagt hatte. »Will West«, sagte er mit einer knurrenden Reibeisenstimme, die elektronisch gefiltert und verzerrt war.

Will bedeutete Nick und Ajay, von der Kamera wegzugehen, und fragte dann: »Was willst du?«

Der Paladin neigte herablassend den Kopf auf die Seite. »Deinen Kopf. Auf einem Stock.«

Will musste schlucken. »Dann wirst du wohl herkommen und ihn dir holen müssen.«

»Das glaube ich nicht.«

»Ich weiß, wer du bist.«

»Du weißt nicht einmal, wer *du* bist«, entgegnete der Paladin.

Will starrte auf den Bildschirm und lauschte angestrengt. Er hörte schwache Geräusche im Hintergrund – natürliche Geräusche, von denen er instinktiv wusste, dass sie zusammengehörten – und versuchte, sie zu identifizieren. »Wenigstens verstecke ich mich nicht hinter einer Maske«, bemerkte Will.

»Nein. Du versteckst dich nur in deinem Zimmer.«

»Ich verstecke mich nirgends. Du weißt schließlich, wo ich bin.«

»Wir werden ein kleines Treffen arrangieren ... und du wirst zu *mir* kommen. Sofort und allein.« Der Paladin trat zur Seite. Hinter ihm, in der Mitte des dunklen Raums, war Brooke. Sie saß auf einem einfachen Holzstuhl, die Füße mit einem Seil an die Stuhlbeine gefesselt, die Hände durch die Leisten der Lehne auf den Rücken gebunden. Ihre Augen waren verbunden und sie hatte einen Knebel im Mund. Dicke Kopfhörer bedeckten ihre Ohren. Ihr ganzer Körper stand unter Anspannung. Offensichtlich war sie außer sich vor Angst.

»Du *Scheißkerl*«, stieß Nick aufgebracht hervor und trat auf den Bildschirm zu.

Will musste ihn mit beiden Händen zurückhalten.

Dann schob sich das Gesicht des Paladins wieder vor die Kamera und versperrte die Sicht auf Brooke. »Du kommst zu mir oder deine kleine Freundin hier wird dafür büßen.« Der Paladin hob eine behandschuhte Hand und hielt ein schwarzes, mit mehreren Knöpfen versehenes Gerät von der Größe eines Handys vor die Linse. Dann trat er zur Seite, damit Will Brooke sehen konnte, und drückte auf einen der Knöpfe.

Brooke bäumte sich auf und stieß einen Schrei aus, der aber von dem Knebel gedämpft wurde.

»Aufhören!«, rief Will. »Bitte nicht ...«

Der Paladin nahm den Finger von dem Knopf und Brooke schnappte keuchend nach Luft.

Will schloss die Augen. Um sich nicht von seiner Wut überwältigen zu lassen, konzentrierte er sich wieder auf die Geräusche im Hintergrund. Und dann begriff er plötzlich: plätscherndes Wasser, das Knarren von Seilen und Holz ...

Ich weiß, wo du bist.

Erneut füllte das Gesicht des Paladins den Bildschirm aus. »Komm allein, West«, sagte er.

»Wohin?« Will spürte, wie sich Schweißperlen auf seiner Stirn bildeten.

»Wenn du mich finden willst, schau hinter mich.«

»Was soll das heißen?«

»Du hast fünfzehn Minuten, um es herauszufinden«, teilte die Gestalt ihm mit. »Wenn du dich auch nur um eine Sekunde verspätest oder wenn ich sehe, dass du nicht allein bist, oder wenn du die Schulleitung verständigst – und glaub mir, ich werde es erfahren –, dann wird es für sie noch sehr viel unangenehmer.« Nach dieser Ankündigung drückte er erneut auf den Kopf und dieses Mal war Brookes Schrei trotz des Knebels gut zu hören. Dann streckte der Paladin seine Hand zur Kamera aus und unterbrach die Verbindung.

»Oh mein Gott, Will«, flüsterte Ajay. »Sie müssen sich Brooke geschnappt haben, als sie aus der Bibliothek kam.«

»Ich bring ihn um. Ich schwöre, dass ich ihn umbringen werde!«, schrie Nick in Richtung Bildschirm.

NR. 75: WENN DU EINE SCHNELLE ENTSCHEIDUNG TREFFEN MUSST, HALTE DICH NICHT MIT DEN DINGEN AUF, DIE NICHT MACHBAR SIND, SONDERN KONZENTRIERE DICH AUF DAS, WAS MÖGLICH IST.

»Beruhige dich«, sagte Will bestimmt. »Das hilft ihr auch nicht weiter.« Er stellte die Stoppuhr an seinem Handy auf fünfzehn Minuten und kehrte mit den anderen in den großen Raum zurück.

»Was können wir tun?«, fragte Ajay besorgt.

»Es geht nicht darum, was wir tun *können,* sondern darum, was wir tun *werden«,* erwiderte Will. »Hast du alles aufgezeichnet?«

»Ja«, bestätigte Ajay.

»Was ist mit Elise? Glaubt ihr, dass Lyle sie auch in seiner Gewalt hat?«, fragte Nick.

»Nein, denn diesen Trumpf hätte er sonst bestimmt ausgespielt«, beruhigte Will ihn. »›Wenn du mich finden willst, schau hinter mich.‹ Was soll das eurer Meinung nach bedeuten?«

»Ich habe nicht die geringste Ahnung«, gestand Ajay.

»Es geht um die Statue, Leute. Die von dem Paladin vor der Scheune. Das ist doch wohl eindeutig«, behauptete Nick.

»Eine weitere erschreckend plausible Erklärung«, meinte Ajay.

»Vielleicht hört ihr ja jetzt endlich mal damit auf, mich immer zu missunterschätzen!«, beklagte Nick sich.

»Lyle will also, dass ich zur Scheune komme«, überlegte Will. »Aber die Scheune ist nicht der Ort, an dem *er* sich befindet. Okay, dann mal los. Nick, bist du dabei?«

»Hat eine Ente einen wasserdichten Hintern?«

Will warf einen Blick durch das Schlüsselloch der Wohnungstür, vor der Eloni Wache stand. »Welches Fenster ist am weitesten vom Eingang des Gebäudes entfernt?«

»Deins«, sagte Nick.

Nr. 94: DIE MEISTEN ALLER WAFFEN UND GEGENSTÄNDE, DIE DU JEMALS BENÖTIGEN WIRST, FINDEST DU IM HAUS.

Ajay und Nick folgten Will in die Küche, wo er sich ein paar Sachen schnappte und damit in sein Zimmer marschierte.

»Will, du hast doch nicht ernsthaft vor, das zu tun, was er von dir verlangt?«, fragte Ajay besorgt.

»Was haben wir denn für eine andere Wahl, Ajay? Nick, hol ein Seil.«

»Bin schon unterwegs.«

»Ich rate dringend davon ab. Die Situation ist viel zu gefährlich ...«, warnte Ajay.

»Würdest du bitte den Mund halten, Ajay?«, rief Nick, während er in sein Zimmer stürmte. »Krall dich woanders an deiner Perlenkette fest, bevor du in Ohnmacht fällst.«

»Aber vielleicht könnte Eloni uns helfen ...«

»Nein, das kann er nicht«, entgegnete Will bestimmt und schaute auf seine Stoppuhr. »Dafür fehlt uns die Zeit.«

Vierzehn Minuten.

»Will, sei vernünftig. Lyle hat heute schon einmal versucht, dich umzubringen«, mahnte Ajay. »Wir brauchen Hilfe von qualifizierten Profis ...«

Nr. 61: WENN DU WILLST, DASS ETWAS RICHTIG GEMACHT WIRD, MACH ES SELBST.

»Wenn du willst, dass etwas richtig gemacht wird, mach es selbst«, zitierte Will die Regel. Dann riss er das Fenster in seinem Zimmer auf. Obwohl es erst zwei Uhr nachmittags war, hatte es den Anschein, als wäre die Abenddämmerung bereits angebrochen. Und auch die Temperatur war rapide gefallen. Will schaute die drei Stockwerke hinunter. Es schneite noch immer und der Schnee türmte sich unten am Gebäude.

»Ohne dich können wir Brooke nicht retten, Ajay«, drängte Will. »Wie entscheidest du dich?«

Bei diesen direkten Worten richtete Ajay sich zu seiner vollen Größe von 1,50 Meter auf. »Ihr habt meine ungeteilte Unterstützung. Selbst wenn ich dabei ernsthaft verletzt werde oder sogar draufgehe.«

»Hol deine Jacke«, sagte Will und bat ihn dann, noch ein paar weitere Gegenstände mitzubringen. In der Zwischenzeit streifte er seine Winterklamotten über und steckte Daves Sonnenbrille ein, während Nick mit zwei Sprungseilen angerannt kam und sie zusammenknotete. Dann banden die beiden ein Ende des Seils an einem Pfosten von Wills Bett fest und warfen das andere Ende aus dem Fenster.

Kurz darauf hastete Ajay mit einem kleinen Rucksack ins Zimmer zurück und zog rasch seine Jacke über. »Hier, wir können die hier benutzen«, sagte er und verteilte seine selbst gebastelten Walkie-Talkies. Den blauen elektrischen Schlagring gab er Nick. »Der ist für dich. Drück mit dem Daumen auf den Knopf, wenn du die Ladung aktivieren willst. Sie müsste reichen, um einen Büffel zu Fall zu bringen.«

»Abgefahren.« Nick steckte den Schlagring in die Tasche, trat zwei Schritte zurück und verschwand mit einem Schwalbensprung durch das Fenster. In der Luft zog er die Beine an und vollführte zwei Salti. Will und Ajay stürmten zum Fenster und sahen, wie Nick im Schnee landete, sich abrollte und auf die Füße sprang.

»Wozu hat er überhaupt ein Seil geholt?«, wunderte Ajay sich.

»Für uns«, erklärte Will. »Nach dir.« Er sicherte das Seilende und Ajay ließ sich langsam daran hinunter. Als er das Ende des Seils erreichte, gab Nick ihm ein Zeichen, woraufhin Ajay das Seil freigab und sich in eine Schneewehe fallen ließ. Anschließend seilte Will sich bis zur Hälfte ab, löste den Knoten, drückte sich von der Hauswand ab und sprang auf Nick und Ajay zu. Die drei landeten in einer weiteren tiefen Schneewehe, rappelten sich auf und klopften sich dann gegenseitig den Schnee von den Klamotten.

»Uhrenvergleich«, sagte Will. »Wir müssen uns genau abstimmen.«

»Zwei Uhr acht«, verkündete Nick. »Mittlere Nordamerikanische Chuck-Norris-Zeit.«

»Stimmt«, bestätigte Ajay.

»Wir haben noch genau zwölf Minuten«, teilte Will ihnen mit. »Und wir werden folgendermaßen vorgehen.« Dann erklärte er ihnen, was jeder Einzelne zu tun hatte.

Dreißig Sekunden später starteten sie in drei verschiedene Richtungen.

DIE PALADINE

Will war noch nie zuvor durch Schnee gelaufen und dieser hier lag so hoch, dass er ihm in manchen Mulden bis zu den Knien reichte. Er war jetzt schwerer und nasser als vorher und hatte die Konsistenz von glatten Styroporkügelchen. Die Gummisohlen an Wills Winterschuhen quietschten und es fiel ihm schwer, das Gleichgewicht zu halten, was ihn dreißig Prozent seiner Schnelligkeit kostete. Als er Zeit und Entfernung abschätzte, wurde ihm klar, dass er sein Ziel mit diesem Laufstil nicht rechtzeitig erreichen würde.

Er musste einfach schneller rennen. In der vergangenen Woche hatte er zwei Mal die Grenze dessen überschritten, was er für möglich gehalten hatte; jetzt zapfte er seine Reserven ein weiteres Mal an. Will ignorierte den rutschigen Boden, vergaß seine dicke Jacke, die schlechte Sicht und die schneidend kalte Luft. Er beschleunigte, hob wie ein Tragflügelboot, das seine Reisegeschwindigkeit erreicht, vom Schnee ab und lief über ihn hinweg. Am Innenhof vorbei, über die Felder, wo die Schneedecke völlig geschlossen war, auf den weiß verschneiten Wald zu. Als das Auge des Schneesturms über das Center zog, schlief der Wind ein, die Temperatur sank schlagartig noch tiefer und ein eisiger Nebel stieg von dem auskühlenden Boden auf. Die Schneeflocken fielen jetzt senkrecht herab – ein dichter weißer Vorhang, der um ihn herumtanzte. Will sondierte die Waldgrenze vor sich und schoss dann durch die Lücke auf den Pfad, den er gesucht hatte: der Pfad durch die schneebedeckten Bäume, den Will in seinem ersten Traum vom Center gesehen hatte.

Zur Scheune führte keine einzige Fußspur – die große Fläche vor der Sporthalle glich einem unberührten weißen Feld. Das Gebäude war durch den Schnee und den dichter werdenden Nebel erst zu sehen, als er auf weniger als fünfzig Meter herangekommen war.

Er schaute auf die Uhr. Noch drei Minuten, aber er musste den anderen Zeit geben, um ihre Positionen einzunehmen. Also fiel er in einen leichten Trab. Dann sah er durch den Nebel die Statue bei der Eingangstür; ihr Kopf und Körper waren mit Schnee überzogen, wie Zuckerguss auf einem Kuchen. Er zog die Kapuze des neuen blauen Parkas fest zu, bis nur noch seine Augen herausschauten.

Will hatte vermutet, dass irgendwo eine versteckte Kamera installiert war, damit seine Gegner sich vergewissern konnten, dass er allein gekommen war. Wahrscheinlich befand sich hier auch irgendwo ein Lautsprecher, über den der Paladin ihn mit einem weiteren Hinweis in die Halle locken wollte. Wo sie dann mit Sicherheit warten und die Falle zuschnappen lassen würden.

Als er vor die große Bronzestatue trat, starrten die kalten Augen an ihm vorbei. Doch dazwischen, direkt hinter der Maske, bemerkte er ein Objektiv von der Größe eines Knopfes. Er winkte in die Richtung der Kamera und wartete. Dann winkte er ein weiteres Mal.

»Du bist allein gekommen«, sagte schließlich dieselbe verzerrte und gefilterte Stimme wie auf dem Instant Messenger. Durch den Lautsprecher, der ebenfalls hinter der Maske verborgen war, hatte es den Anschein, als würde die Statue sprechen.

Raffiniert.

Er nickte.

»Und du bist pünktlich«, fügte der Paladin hinzu.

Er zeigte auf seine Uhr und streckte bestätigend den Daumen nach oben. »Was jetzt?«

»Wie gesagt, wenn du mich finden willst ... schau hinter mich.«

Hinter der Statue schwangen die Türen der Sporthalle auf. Mit gesenktem Kopf ging er darauf zu. Unterwegs griff er in die Tasche seines blauen Parkas und drückte auf den Knopf seines Walkie-Talkies. »Chuck Norris an Basis«, sagte er. »Sie haben es geschluckt. Bin unterwegs zum Tanz in der Scheune. Gehe jetzt rein. Over.«

Hätte er sich umgedreht, wäre ihm ein schwarzer Kohlefaser-Behälter von der Größe einer Thermosflasche aufgefallen, der in einem Loch im Absatz des rechten Stiefels der Statue versteckt war. Und er hätte gesehen, wie sich der Kopf des Paladins drehte, um ihn zu beobachten. Das Metall quietschte, als würde jemand mit Fingernägeln über eine Schiefertafel kratzen.

Ajay rannte mit Volldampf durch die Stallungen und in die Reithalle, wo er Elise fand. Sie war allein und ritt auf ihrem schwarzen Hengst über den Parcours. Ajay winkte ihr, damit sie anhielt. Und nachdem er ihr in weniger als einer verblüffend wortgewandten Minute erklärt hatte, was passiert war, wo sie hinmussten und wie viel Zeit sie dafür hatten, streckte Elise ihm die Hand entgegen. Ajay nahm sie und Elise zog ihn hinter sich auf den Sattel.

»Ich bin kein besonders großer Freund von Pferden«, sagte Ajay ängstlich.

»Pech«, meinte Elise nur. »Halt dich fest.«

Ajay schlang die Arme um ihre Taille – gegen diesen Teil des Arrangements hatte er nichts einzuwenden. Doch dann spornte Elise ihr Pferd zum Galopp an ... Sie sprangen über das Geländer des Parcours in die Stallungen und preschten dann durch das offene Tor hinaus in den Schnee.

Eine Stimme drang knackend aus dem Walkie-Talkie in Ajays Tasche, aber er war wie versteinert und traute sich nicht, das Funkgerät herauszuholen.

Schwaches graues Zwielicht fiel durch die Flügelfenster im Dach der Scheune. Die Spots an der Decke waren ausgeschaltet und die Zuschauertribünen ausgefahren, sodass sie das überdachte Stadion an allen vier Seiten umgaben. Er ging zwischen zwei Tribünen hindurch zu den Laufbahnen und dann zum Innenfeld. Noch bevor er die Mitte des Feldes erreicht hatte, tauchten die Ritter auf; sie schlüpften aus Lücken zwischen den Tribünen hervor. Sie waren zu sechst, trugen schwarze Sportanzüge und Masken aus der Truhe in der Umkleide: Clown, Teufel, Fuchs, Pferd, der Keiler und das grinsende Kürbisgesicht.

Er ging langsamer, um Zeit zu schinden, als die Masken den Kreis um ihn herum enger zogen. Sie trugen schwarze Polizeiknüppel aus hartem Verbundstahl mit Gummigriffen. Er schob seine rechte Hand in die vordere rechte Tasche seines Parkas und durch die Löcher von Ajays blauem Schlagring. Mit der linken Hand umschloss er den Griff des Sprungseils, das er zusammen mit dem Walkie-Talkie in der anderen Tasche trug.

Als die sechs die Innenbahn des Lauffeldes erreichten, sprang eine der Deckenleuchten an und der maskierte Paladin trat hinter dem enger werdenden Kreis ins Licht.

»Dieses Mal hast du deinen Bodyguard nicht dabei, *West*«, höhnte der Paladin mit seiner dröhnenden, gefilterten Stimme.

Das Walkie-Talkie in der linken vorderen Parkatasche knackte leise. Wills Stimme war zu hören: »Basis an Chuck: auf Posten. Zwei Masken an der Tür. Leg los, Kumpel.«

»Falsch, Idiot«, klärte Nick den Paladin auf. »Ich steh direkt vor dir.« Nick schob die Kapuze zurück und streifte Wills blauen Parka ab. Er hob die Hand, schwang den Schlagring und nahm die Grundhaltung ein, wachsam und bereit zum Angriff. Dann drehte er sich langsam im Kreis, stellte Blickkontakt mit jeder einzelnen der Masken her und wirbelte das Ende des Sprungseils bedrohlich durch die Luft. »Ziemlich dürftige Besetzung«, kommentierte er. »Nur sechs? Ernsthaft? Kein Benjy Franklin oder Georgie Washington? Und wo habt ihr eure schicken Hüte gelassen? Ich wollte euch so gerne in voller Pracht erwischen.«

Der Paladin hielt abrupt inne und wich dann einen Schritt zurück. Die ganze Gruppe geriet ins Stocken, war plötzlich verunsichert. Wills Plan hatte sie völlig unvorbereitet getroffen: *So weit, so gut.*

Dann hob der Paladin eine Hand und richtete einen Elektroschocker auf ihn.

»Auf geht's«, rief Nick.

Will blieben noch fünf Minuten, als er die Kuppe des letzten Hügels erreichte und Lake Waukoma in Sicht kam. Er hielt sich landeinwärts, um das Ufer zu meiden, und lief im Schutz der Bäume, bis das Bootshaus zu sehen war. Dann wurde er langsamer und seine Beine sanken in den Schnee ein, während er etwa fünfzig Meter vor dem Gebäude stehen blieb.

Wie erwartet, waren auf beiden Seiten des zum Ufer gewandten Eingangs Wachen postiert. Sie patrouillierten auf einem überdachten Steg, der auf beiden Seiten des Gebäudes bis zum Wasser verlief. Will nahm das Fernglas heraus, das Ajay ihm gegeben hatte, und richtete es auf die Gestalten.

Der einäugige Pirat und das Mädchen mit den Zöpfen bewachten die Tür. Da es für ihre komischen Hüte zu kalt war, hatten sie schwarze Strickmützen über ihre Masken gezogen.

Will schaute auf die Uhr: weniger als zwei Minuten. Sein Walkie-Talkie knackte und er hörte Nicks Stimme: »Chuck Norris an Basis. Sie haben es geschluckt. Bin unterwegs zum Tanz in der Scheune. Gehe jetzt rein. Over.«

Sie würden sich jetzt alle auf Nick konzentrieren, zumindest für eine kurze Weile. Will huschte auf das Bootshaus zu und rutschte dann einen Hang zum Ufer hinunter – zu der Seite, von der sie keinen Angriff erwarten würden: vom Wasser.

Der Schnee hatte sich noch nicht unter den Dachvorsprüngen der großen Tore gesammelt, die zum See hinausgingen. Diese waren von außen mit Vorhängeschlössern gesichert, endeten aber direkt oberhalb der Wasserlinie. Als Will sich hinunterbeugte, sah er dahinter Bootsrümpfe sanft im Wasser schaukeln.

Will drückte den Knopf an seinem Walkie-Talkie und sagte leise: »Basis an Chuck: auf Posten. Zwei Masken an der Tür. Leg los, Kumpel.«

Dann spähte er um die Ecke und entdeckte die Seitentür.

»Schnappt ihn euch!«, befahl der Paladin.

Die sechs maskierten Figuren rannten schreiend und mit erhobenen Schlagstöcken auf Nick zu. Der Paladin feuerte den Elektroschocker ab, aber darauf war Nick vorbereitet. Blitzschnell lehnte er sich nach hinten, bis er mit der rechten Hand den Boden berührte, und spürte im nächsten Moment, wie drei Projektile direkt an seinem Kinn vorbeiflogen. Sofort ließ der Paladin den Taser fallen und hastete zur Tür.

Nick drückte sich wieder hoch und wirbelte herum. Er ließ das Sprungseil nach vorn schnellen, sodass es sich mit dem Griff um das Knie der nächsten Maske wickelte: der Keiler, der so wütend auf ihn zustürmte wie sein Namengeber. Nick zog ein Mal kräftig am Seil und riss ihm das Bein unter dem Körper weg. Der Keiler vollzog eine komplette Drehung in der Luft und landete krachend auf dem Boden.

Sekundenbruchteile später wich Nick dem ersten Angriff eines Knüppels aus, drehte sich um und versenkte eine harte Rechte direkt in die Maske von Kürbisgesicht. Sein fetter Kürbiskopf implodierte; Nick spürte, wie Ajays Schlagring auf das Gesicht auftraf, und drückte mit dem Daumen auf den Knopf. Eine Ladung von 40.000 Volt jagte durch den Maskenträger, mit einem brutzelnden Geräusch, als wäre ein Geier gegen eine gigantische elektrische Fliegenklatsche geflogen.

Kürbisgesicht ging ohnmächtig zu Boden.

Nick drehte sich blitzschnell und konnte gerade noch einem weiteren Schlag ausweichen, aber ein zweiter Knüppel sauste aus einem ungünstigen Winkel heran und erwischte ihn oberhalb der linken Hüfte. Die gesamte linke Seite seines Oberkörpers wurde taub. Nick ignorierte die Schmerzen an seiner Hüfte, ließ das Seil erneut wie eine Peitsche vorschnellen und wickelte es um den Hals der Pferde-Maske. Sofort ließ der Maskenträger seinen Knüppel fallen und fasste sich mit beiden Händen an die Kehle. Nick zog ihn zu sich heran, verpasste ihm einen Kopfstoß, der seine Pferdenase plattdrückte, und wickelte dann das Seil rasend schnell ab, sodass Pferdekopf rückwärts auf den Keiler zutaumelte, der sich gerade wieder aufrappelte. Die beiden stießen zusammen und gingen zu Boden.

Im nächsten Moment hörte Nick ein Zischen, als ein Schlagstock an seinem Ohr vorbeisauste. Er ließ sich fallen und rollte sich ab, um einem Stock auszuweichen, der dadurch auf den Boden prallte, aber ein weiterer traf ihn mit voller Wucht unter dem rechten Knie.

In einer Minute wird das richtig wehtun.

Nick sprang hoch, landete auf den Fußballen, rollte sich zusammen und schnellte in die Luft, als der Clown unter ihm hindurchrannte. Beim Herunterkommen schlang Nick dem Clown beide Beine um den Hals, presste die Oberschenkel fest zusammen und knallte ihm fünf Mal den Schlagring auf den Kopf, so schnell wie ein Hammer, der einen Nagel einschlägt. Mit dem letzten Schlag stieß Nick sich ab und drückte auf den Knopf an dem Ring. Der Clown sackte zusammen, als die elektrische Ladung durch ihn durchjagte.

Gleichzeitig vollführte Nick eine halbe Drehung und landete auf den Füßen. Ein pochender Schmerz schoss durch sein Knie und er wäre fast zusammengebrochen. Aus dem Augenwinkel sah er, wie der Keiler wieder auf ihn zustürmte und seine untere Körperhälfte ins Visier nahm. Nick wirbelte herum und versetzte dem Keiler einen Roundhouse-Kick gegen das Kinn, der ihn endgültig ausschaltete.

Die letzten beiden Masken, der Teufel und der Fuchs, standen nicht weit entfernt und keuchten vor Anstrengung. Sie schauten auf ihre vier Freunde, die reglos am Boden lagen, sahen einander an und türmten dann.

Doch Nick warf ihnen das Sprungseil wie eine Bola hinterher. Es wickelte sich um ihre Fußknöchel und brachte sie zu Fall. Blitzschnell war Nick mit mehreren Salti rückwärts bei ihnen, rammte jedem von ihnen einen Fuß in den Rücken und presste das letzte bisschen Luft aus ihnen heraus. Als sie sich nach Atem ringend umdrehten, sahen sie nur noch zwei Fäuste auf ihre Masken niedersausen.

Nick rappelte sich auf, betrachtete das Schlachtfeld um sich herum, holte tief Luft und konnte sich einen kleinen kurzatmigen Kommentar in ein imaginäres Mikrofon nicht verkneifen: »Ich hoffe, Ihnen hat unsere heutige Hauptattraktion hier im Laughton Field House gefallen. Eine weitere imposante Darbietung dieses herausragenden jungen Talents bei den erbitterten Zweikämpfen im Stahlkäfig. Nick McLeish sechs Punkte – Masken null.«

Dann untersuchte er endlich sein pochendes rechtes Knie, seine einzige ernsthafte Verletzung. Er konnte bereits spüren, wie es dicker wurde. Wenn er nicht schnell Eis darauf packte, würde sich in kürzester Zeit eine gewaltige Schwellung bilden. Humpelnd sammelte er sein Seil und den Parka ein. Er nahm ein paar Müllbeutelschnellbinder aus der Tasche, um die sechs an Händen und Füßen zu fesseln und ihnen anschließend die Masken herunterzureißen.

Doch als er plötzlich Schritte hörte, blickte er auf und sah zu seiner Überraschung den Paladin im Schatten des Ganges, der zur Eingangstür führte.

»Wirklich, Lyle?«, fragte Nick. »Willst du dir das tatsächlich noch antun, nachdem du gesehen hast, wie ich deinen Jungs eine Lektion erteilt hab? Jetzt weiß ich, dass du echt verrückt bist«, fügte er hinzu und marschierte auf ihn zu.

In dem Moment trat der Paladin ins Licht – doch es handelte sich nicht um Lyle. Denn der war nun mal keine zwei Meter groß und er klirrte beim Gehen auch nicht, als würde er eine Tonne wiegen und aus Bronze bestehen.

»Heiliger Hasenpups!«, stieß Nick hervor und hielt inne.

Der Paladin kam näher. Er senkte den Kopf, hob sein Schwert und sein Beil und stapfte so wuchtig über die Laufbahnen, dass er bei jedem Schritt einen Fußabdruck im Holzboden hinterließ.

»Das ist jetzt nicht wahr«, murmelte Nick. »Echt nicht wahr.« Hastig zog er sich zu einem großen Regal mit Leichtathletik-Geräten zurück, nahm einen Speer heraus, drehte sich um und warf ihn in Richtung des Paladins. Der Speer flog gerade und ruhig, prallte dann, aber ohne Schaden anzurichten, von der bronzenen Brust ab. Der Paladin ließ sich nicht aufhalten. Dann schleuderte Nick zwei Diskusscheiben auf ihn; doch sie zerschellten an seiner Schulter wie Tontauben. Schließlich nahm er einen Wurfhammer, wirbelte ihn an seinem Stahldraht in einem engen Kreis herum und ließ die Metallkugel dann fliegen.

Das Wurfgerät beschrieb einen hohen Bogen und traf den Paladin mit einem hohlen Klirren am Kopf, der daraufhin wie erstarrt stehen blieb.

»Na, wie hat dir das gefallen?«, rief Nick.

Doch der Paladin schüttelte nur ein paar Mal den Kopf und marschierte dann weiter auf ihn zu.

»Okay, Alter, das ist nicht fair«, protestierte Nick. Rasch nahm er einen Stabhochsprungstab und lief in die andere Richtung, aber sein verletztes Knie machte ihm mit jedem Schritt mehr zu schaffen. Als er sich der Tribüne näherte, setzte er den Stab auf, stieg an dem nach hinten gebogenen Fiberglas in die Luft und flog über die Sitzreihen. Am Scheitelpunkt des Bogens ließ er den Stab los und segelte auf das Basketball-Feld zu. Er versuchte, die Beine anzuziehen und sich abzurollen, aber sein angeschlagenes Knie knickte ein, als er den Boden berührte. Hastig rappelte er sich auf, musste aber feststellen, dass er das Knie nicht belasten konnte, und zog es nach, während er dann über das Feld hüpfte.

Der Paladin krachte in die Tribüne, über die Nick gerade gesprungen war, und hackte und schlitzte sich durch Unmengen von Holz und Metallstangen.

Hektisch holte Nick sein Walkie-Talkie heraus: »Yo, Chuck Norris an Basis«, sagte er. »Sechs Masken am Boden, aber der Paladin ist mir durch die Lappen gegangen. Könnte zu dir unterwegs sein. Aber, äh, hier ist noch ein Paladin. Und *dieses* Mal – ich weiß, wie abgefahren das jetzt klingt, Alter – ist es *wirklich* die Statue.«

Keine Antwort. Schwert und Beil wirbelten wie die Klingen eines Mähdreschers durch die Luft, als der Paladin zu Nicks Seite der Tribüne vorbrach. Er entdeckte Nick und steuerte auf ihn zu; seine Stahlstiefel hinterließen weitere tiefe Abdrücke im Hartholzboden.

»Äh, over«, verabschiedete Nick sich eilig. Er schob das Walkie-Talkie in die Tasche, verließ die Halle durch die nächste Tür und humpelte den langen Gang entlang in die Tiefen der Scheune.

Will hörte rechts von sich schlurfende Schritte. Eine dritte Maske – der Geist – trat am hinteren Ende auf den Steg und ging auf das Wasser zu. Schnell verschwand Will wieder um die Ecke.

Der Geist hielt inne und schaute in Richtung Wald, überprüfte die Umgebung.

Will konzentrierte sich auf dessen Hinterkopf und schob ihm ein Bild zu:

Eine Tür nahe beim Wasser, die ein paar Zentimeter offen steht.

Sofort wirbelte der Geist herum und hastete zum Ende des Stegs, wo er direkt vor der Tür stehen blieb. Will hörte, wie er an dem Knauf drehte, aber die Tür war verriegelt.

Mit geschlossenen Augen und zitternd vor Anstrengung schob Will eine weitere Illusion nach:

Ein Bild von ihm selbst, wie er sich hinter ein paar Kisten im Bootshaus versteckt.

Kurz darauf hörte er, dass ein Schlüssel ins Schloss gesteckt wurde. Der Türknauf drehte sich, die Tür schwang auf und der Geist betrat das Bootshaus. Will ließ ihm einen Moment Zeit, bevor er um die Ecke schoss und sich hinter ihm hineinschlich.

Das Bootshaus war wesentlich größer, als es von außen den Anschein machte, und bestand aus drei weitflächigen Stockwerken über einem Steinfundament direkt am Wasser. Erdgeschoss und erstes Obergeschoss waren offen gehalten, mit freigelegten Holzbalken. Das einzige Licht fiel durch kleine Fenster an den Seiten herein. Aufgrund der Feuchtigkeit, die vom See aufstieg, fühlte sich die reglose Luft noch kälter an.

Der Geist suchte nach Will hinter einem Gestell, in dem Skullboote und Kanus gestapelt waren. Will packte ein Ruderboot, das direkt über ihm an Seilen und Flaschenzügen hing, und stieß es mit aller Kraft von sich fort. Der Geist hörte das Knarzen von Holz und Seilen und drehte sich genau in dem Augenblick um, als das Boot auf ihn zurauschte und gegen seine Maske knallte. Einen kurzen Moment tänzelten seine Füße auf der Stelle, dann drehte er sich einmal um die eigene Achse und ging krachend zu Boden.

Will schleppte den Geist hinter das Gestell und riss ihm Jacke, Mütze und Maske herunter: Wendell Duckworth aus dem Crosslauf-Team. Will band ihm mit Schnellbindern die Hände auf den Rücken und zog dann Wendells Jacke, Maske und Mütze an. Er schaute sich um und sah, dass Holzleitern zum Dachboden führten. Dort oben musste es ein paar geschlossene Räume geben. Plötzlich klingelte hoch über ihm eines der schwarzen Campus-Telefone. Will hörte Schritte, als jemand an den Apparat ging und abnahm.

Dann knackte Wills Walkie-Talkie und er konnte schwach Nicks Stimme wahrnehmen: »Yo, Chuck Norris an Basis. Sechs Masken am Boden, aber der Paladin ist mir durch die Lappen gegangen. Könnte zu dir unterwegs sein. Aber, äh, hier ist noch ein Paladin. Und *dieses* Mal – ich weiß, wie abgefahren das jetzt klingt, Alter – ist es *wirklich* die Statue.«

Im nächsten Moment schrie eine männliche Stimme im obersten Stockwerk des Bootshauses: »Alle Mann nach oben! Kommt sofort rauf!«

Nr. 8: SEI IMMER BEREIT ZU IMPROVISIEREN.

Will kletterte eine der Leitern hinauf in den ersten Stock, in dem sich überwiegend Boote und Ausrüstung stapelten. Eine Tür mit Fenster führte in ein kleines Büro an der rechten Wand. Geradeaus ging es zu einer Treppe, über die man von der Vordertür zuerst auf einen Absatz und dann ins Dachgeschoss gelangte. Das Mädchen mit den Zöpfen und der Pirat, die vor dem Bootshaus postiert gewesen waren, stürmten herein; als sie die Treppe hinaufliefen, stießen sie auf Will.

»Du hast gehört, was er gesagt hat«, meinte der Pirat zu ihm. »Beweg deinen Arsch da hoch.«

Will schloss sich den beiden an. Obwohl sein Gesichtsfeld durch die Maske eingeschränkt war, folgte er ihnen eine schmale, unfertige Treppe hinauf zu einer Art Dachboden. Am Ende der Treppe gingen sie durch eine kleine Tür auf einen Absatz, wo Will durch eine offene Tür einen kurzen Blick in den dunklen Raum werfen konnte, den er in der Video-Einspielung gesehen hatte.

»Was ist los? Was passiert hier?«, hörte er Brooke ängstlich fragen.

Hinter sich vernahm er die Stimme des Paladins, die durch den elektronischen Filter einem tonlosen Brummen glich: »Padraig?«

Erst vor wenigen Augenblicken hatte Will von Nick erfahren, dass der Paladin die Scheune gerade verlassen hatte. *Trotzdem hörte er die Stimme des Paladins direkt hinter sich.*

»Padraig!«

Dann begriff Will, dass Padraig der Name des Geists sein musste, den er ausgeschaltet hatte. Er drehte sich um und tat so, als reagiere er auf den Namen.

Der maskierte Paladin stand nur eineinhalb Meter hinter ihm und hielt etwas in seine Richtung. Nick musste sich geirrt haben, überlegte Will; er hätte unmöglich so schnell hierherkommen können.

Es sei denn, es gibt nicht nur einen Paladin ...

Ein surrendes Geräusch ertönte, als der Paladin einen Elektroschocker abfeuerte. Drei Projektile trafen Will in der Brust und ein stechender Schmerz schoss durch seinen Körper, als er zu Boden ging.

Das Letzte, was er sah, war der Paladin, der einen schwarzen Kohlefaser-Behälter von der Größe einer Thermosflasche hochhielt.

DIE STATUE UND DER BÄR

Nick hatte die grandiose Idee, den Paladin ins Schwimmbad zu locken. Eine Tonne Metall konnte ja wohl kaum schwimmen oder an der Wasseroberfläche treiben, oder? *Auf keinen Fall.* Also nahm Nick die erste Pendeltür zum Schwimmbadbereich. Über Bewegungsmelder wurde die Deckenbeleuchtung eingeschaltet, als er auf die gegenüberliegende Seite des Schwimmbeckens humpelte und sich auf Höhe des Bademeisterssitzes hinhockte. Kurz darauf begannen die Neonlampen zu flackern und gingen dann aus.

Das einzige Licht kam jetzt durch die Glasscheiben in der Pendeltür auf der anderen Seite des Beckens, die in den Gang führte. Nick hörte die klirrenden Schritte der Statue und sah sie dann an der ersten Tür vorbeistapfen. Sekunden später schwang die zweite Tür auf, der Paladin stampfte herein und die Lichter sprangen wieder an.

Nick winkte ihm von der anderen Seite des Schwimmbeckens zu.

Der Paladin stampfte um den tiefen Teil des Pools herum, worauf Nick den flachen Teil ansteuerte. Als der Paladin daraufhin innehielt, blieb auch Nick stehen.

Erneut winkte Nick ihm über das Becken hinweg zu. »Fang mich doch«, neckte er ihn.

Der Paladin stiefelte wieder zurück, aber Nick hielt den Abstand konstant. Als sich beide auf Höhe der Mitte befanden, blieb die Statue erneut stehen. Genau wie Nick, der sich bemühte, sein Humpeln zu verbergen. Er stützte die Hand auf sein Kinn und trommelte mit den Fingern gegen die Wange. Dann rief er: »Marco ...«, steckte sich die Daumen in die Ohren, wackelte mit den Fingern und trällerte mit hoher Fistelstimme: »... Polo!«

Dieses Mal nahm der Paladin den direkten Weg zu ihm ... und stürzte ins Wasser.

Nick trat an den Beckenrand und schaute hinunter. Er hatte recht gehabt: Das Ding konnte tatsächlich nicht schwimmen oder treiben. Aber es stapfte über den Grund und bewegte sich mühelos vorwärts. »Okay, das nervt«, murrte Nick und hastete zur nächsten Tür.

Der Paladin änderte seinen Kurs entsprechend Nicks Bewegungen und stampfte Sekunden später die Treppe am Nichtschwimmerbereich hinauf. Dieses Mal riss er die Tür aus den Angeln, als er Nick verfolgte.

Nick hinkte durch den langen Gang und stieß eine Pendeltür mit der Aufschrift NUR FÜR TRAINER UND BETREUER auf. Er gelangte in einen modernisierten Trakt aus Büros und kleinen Räumen, Video- und Konferenzsälen. Die Lichter im Gang waren eingeschaltet, aber der gesamte Bereich schien menschenleer zu sein.

In einem der letzten Büros brannte eine Schreibtischlampe und Nick lief darauf zu. Auf dem Schild an der Tür stand COACH JERICHO. *War ja klar,* dachte Nick, *nur ein einziger Mensch im ganzen Gebäude – und das muss ausgerechnet Jericho sein.* Hastig drückte Nick die Tür auf. Das Licht war an, das Tablet aufgeklappt und auf dem Schreibtisch türmten sich stapelweise Unterlagen mit statistischen Werten. Aber von Jericho keine Spur.

»Hühnerkacke!«, knurrte Nick und setzte sich wieder in Bewegung. Hätte er nach rechts geschaut, während er über den Gang zurückhumpelte, hätte er Coach Jericho bemerkt, der sich zwei Glaswände weiter in der Teeküche zu einem geöffneten Kühlschrank hinabbeugte. Kurz darauf stieß Nick die Tür zum Korridor auf und verließ den Trainer-Komplex.

Als der Coach sich aufrichtete und den Kühlschrank schloss, war Nick bereits weg. Aber Jericho hörte dumpfe Schritte, drehte sich um und sah, wie der Paladin durch den Gang zu seinem Büro trampelte. Den Blick fest auf die Statue geheftet, stellte Jericho vollkommen ruhig seinen Becher auf die Theke, griff mit einer Hand nach der Kette an seinem Hals – ein langer, gelblicher Tierzahn an einem Lederband – und holte mit der anderen einen Lederbeutel aus der Tasche.

Während sie zum See hinunterritten, hörte Ajay über sein Walkie-Talkie die sporadischen Nachrichten, die Nick und Will austauschten. Aber er nahm nicht eine Sekunde seine verkrampften Hände von Elises Taille und bekam kaum mehr als ein verschwommenes, auf und ab hüpfendes Bild der Landschaft zu sehen, die mit erschreckender Geschwindigkeit an ihnen vorbeiflog. Er wollte Elise bitten, langsamer zu reiten, aber jedes Mal, wenn er den Mund öffnete, erstarben ihm die Worte auf den Lippen, bevor er sie aussprechen konnte.

Elise schwieg konzentriert, lehnte sich in jeden Sprung und jede Hürde hinein, lenkte den Hengst an hohen Schneeverwehungen vorbei und passte sich jeder Faser, jedem Nerv ihres Pferdes auf eine Weise an, die herannahende Gefahren harmlos erscheinen ließ. Die Kälte machte ihr offenbar nichts aus, obwohl sie nur die Reitkleidung trug, in der Ajay sie angetroffen hatte.

Sie hatte den kürzesten Weg von den Stallungen eingeschlagen und preschte jetzt Suicide Hill hinunter, ohne das Tempo zu verringern. Das brachte Ajay dazu, die Augen zu schließen und jedes ihm bekannte Gebet zu sprechen, bis sie endlich den Fuß des Hügels erreichten. Als sie um den See herumritten und das Bootshaus in Sicht kam, zügelte Elise das Pferd.

Prompt fiel Ajay hinter ihr vom Sattel und in eine Schneewehe hinein. »Alles in Ordnung«, sagte er rasch. »Alles in Ordnung.«

Elise band die Zügel um einen Baum direkt am Weg. Dann

schlang sie die Arme um den Hals des Pferdes, flüsterte ihm ein paar dankbare Worte ins Ohr und stiefelte auf das Bootshaus zu.

Hastig rappelte Ajay sich auf, machte einen großen Bogen um den Hengst und holte umständlich sein Walkie-Talkie aus der Tasche, während er Elise folgte.

»Wie viel Zeit haben wir?«, fragte sie.

»Will müsste vor dreißig Sekunden reingegangen sein«, teilte Ajay ihr nach einem Blick auf die Uhr mit.

»Und dann?«

»Er sagte, du wüsstest, was zu tun sei.«

»Ach ja?« Elise schien die Vorstellung zu belustigen. Sie blieb am Rand des Waldes stehen und hob warnend die Hand, worauf auch Ajay abrupt innehielt.

Auf dem Steg vor dem Bootshaus sahen sie zwei Ritter in Masken – das Mädchen mit den Zöpfen und den Piraten. Die beiden reagierten auf eine Stimme, die von irgendwo weiter oben nach ihnen rief, und liefen sofort in das Gebäude.

»Was jetzt?«, fragte Ajay.

»Gib mir eine Minute«, sagte Elise und setzte sich in Bewegung. »Dann benutzt du dein Funkgerät.«

»Und was soll ich den anderen sagen?«, fragte Ajay nervös, während er hinter ihr herstolperte.

»Sag ihnen, sie sollen sich die Ohren zuhalten.«

»Okay. Soll ich mitkommen?«

»Erst, wenn du etwas hörst«, erwiderte sie. »Und dann beeilst du dich.«

Die Tür, durch die Nick den Trainerkomplex verließ, führte zu einer Treppe. Nick hastete sie hinunter, zu einer weiteren Tür, durch die er in einen großen, stockfinsteren Raum gelangte. Ganz in der Nähe hörte er das Geräusch gleichmäßiger Wassertropfen. Als er endlich einen Lichtschalter fand und ihn betätigte, sah er, dass er im Duschraum der Umkleide stand. Still und widerhallend, dehnte der Raum sich vor ihm aus – ein Labyrinth aus Trennwänden, cremefarbenen Kacheln und Edelstahl-Armaturen aus einem anderen Jahrhundert.

Als Nick an sich hinabschaute, sah er, dass sein rechtes Hosenbein vom Knie abwärts rot verfärbt war. Der Schmerz, der bei jedem Schritt durch sein Bein schoss, verriet ihm, dass seine Verletzung wesentlich schlimmer sein musste, als er sich zunächst eingestanden hatte. Dann starrte ihm sein Gesicht aus einem der Spiegel über den Waschbecken entgegen und ihm wurde noch etwas anderes bewusst:

Ich habe Angst. Ich habe tatsächlich Angst.

Er streckte die Hände aus und sah, dass sie zitterten. Er wusste nicht, wann er sich das letzte Mal so gefürchtet hatte; dazu musste er ganz weit in seine Kindheit zurückgehen, bis zu jener Nacht, als Pop ihm gesagt hatte, dass Mom nicht mehr nach Hause kommen würde.

Zum Teufel damit. Diese alte Leier kommt heute nicht infrage!

»Verdammt, Junior«, flüsterte Nick und ging näher an sein Spiegelbild heran. »Willst du dich von dieser überdimensionalen Coladose fertigmachen lassen? Hast du überhaupt eine Ahnung, wie viel Pfand es auf den Heini gibt? Du könntest die Blechbüchse gegen einen verdammten *Kleinwagen* eintauschen. Na los, Junge, reiß dich zusammen ...«

Im nächsten Moment hörte er, wie die Tür am Fuß der Treppe aufflog. Rasch hüpfte Nick um die Ecke in die erste Reihe der Duschen und bewegte sich langsam tiefer in das Labyrinth hinein. Hinter einer frei stehenden gekachelten Wand hielt er inne, während der Paladin scheppernd den Duschraum betrat.

Dann schien der Paladin plötzlich stehen zu bleiben. Nick spitzte die Ohren, ob er irgendeine Bewegung wahrnehmen konnte. Die Tropfen aus den undichten Brauseköpfen, die in dem leeren Raum um ihn herum widerhallten, machten es schwer, etwas herauszufiltern, und lösten einen noch beängstigenderen Gedanken aus:

Was ist, wenn die Dampfwalze auf Tarnkappenmodus schalten kann?

Nur auf ein Bein gestützt, lehnte Nick sich an die Wand und schaute abwechselnd nach links und rechts, um beide Zugänge im Auge zu behalten.

Pitsch, patsch.

Plötzlich schlug rechts neben Nicks Arm eine Metallfaust mitten durch die Wand – dicht gefolgt von der zweiten Faust, die Nicks linken Arm packte und sich wie ein Schraubstock in seine Muskeln krallte. Dann schlang der Paladin beide Arme um ihn und schien seine Brust förmlich zu zerquetschen. Nick versuchte, um Hilfe zu schreien, brachte aber mit der letzten Luft aus seinen Lungen nur ein schwaches Krächzen zustande. Danach war es nicht mehr möglich, Atem zu holen. Während Nick sich verzweifelt wehrte, verschwammen die Duschen zunehmend vor seinen Augen ...

Wie aus weiter Ferne hörte er, dass irgendetwas in den Duschraum stürmte – begleitet von einem solch lauten Brüllen, dass Nick davon taub geworden wäre, hätte er nicht schon ohnehin fast das Bewusstsein verloren.

Er spürte eine Schockwelle, als dieses Etwas auf der anderen Seite der Wand gegen den Paladin krachte. Die Wand erzitterte, zerbarst und Kacheln platzten ab wie ausgeschlagene Zähne. Dann ließ der Paladin ihn los. Nicks Lungen füllten sich wieder mit Luft und er fiel auf die Knie, woraufhin ein stechender Schmerz durch sein Bein jagte. Er schüttelte den Kopf, spürte, wie sein Gehirn allmählich wieder zu arbeiten begann ...

Und hörte, dass auf der anderen Seite der Wand ein gewaltiger Kampf tobte: Scheppern, Brüllen, dumpfe Schläge – zwei Monster, die sich in einem finsteren Seitengang prügelten und deren Raserei den gesamten Raum erbeben ließ.

Was zum Teufel geht da vor?

Nick kroch zum Ende der Wand, wobei er das verletzte Bein hinter sich herzog, und spähte vorsichtig um die Ecke.

Der Paladin hatte seinen rechten Arm um den Hals eines riesigen Braunbären geschlungen! Doch der Bär stellte sich auf die Hinterbeine, sodass er die Statue überragte, die mit dem Beil auf seinen Rücken einhackte, bis blutige Fellfetzen durch die Luft flogen. Dann schlug er seine tödlichen Hauer in den Hals des Paladins und bearbeitete ihn, als kaue er auf einem Suppenknochen herum; gleichzeitig kratzte er ihm mit gigantischen Tatzen über den Rücken, sodass riesengroße Funken von seinen gekrümmten gelben Krallen sprühten.

Was in aller Welt ...?

Der Paladin ging in die Knie, senkte eine Schulter und rammte den Bären gegen die Wand. Nick krabbelte hastig aus dem Weg, als die Wand einstürzte und die beiden Gestalten in einer Explosion aus Gips und Kacheln in den nächsten Duschbereich krachten. Der Bär kam als Erster wieder auf die Beine, holte erschreckend schnell und behände aus und schleuderte den Paladin durch den Raum. Die Statue donnerte gegen eine weitere Wand, brachte sie zum Einstürzen, und landete irgendwo außer Sichtweite beim Eingang zum Duschraum.

Nick kroch zur Seite und sah, wie der Bär die Verfolgung aufnahm. Einen Sekundenbruchteil lang konnte er ihm direkt in die Augen schauen: schwarz wie die Nacht, blutunterlaufen vor urgewaltiger Raserei, doch hinter der mörderischen Wut versteckte sich ein wacher Verstand. Dann war das Tier an Nick vorbei und er humpelte hinter ihm her auf den zertrümmerten Eingang zu.

Als er die eingestürzte Mauer erreichte, sah er, wie der Paladin aus den Trümmern aufstand und sein Schwert ausstreckte, genau in dem Moment, in dem der Bär mit ohrenbetäubendem Brüllen auf ihn zupreschte. Der Bär hatte so viel Schwung, dass er direkt in die Klinge hineinlief, die glatt durch seine linke Schulter drang.

Ein ersticktes Aufheulen erfüllte den großen Raum. Der Paladin riss das Schwert heraus, während der Bär nach hinten taumelte und Blut aus seiner Wunde schoss. Der Stahlritter setzte ihm nach und hob sein Schwert über den Kopf, um dem Tier den Todesstoß zu versetzen.

Später konnte Nick keine Erklärung für das abgeben, was er als Nächstes tat. Es war keine bewusste Absicht, sondern blinder Instinkt. Unter Aufbietung all seiner Kräfte hob er ein noch intaktes Waschbecken aus den Trümmern, schrie wie ein Berserker im Blutrausch und rammte es dem Paladin, so fest er konnte, in den Rücken.

Das Porzellan zerbrach in tausend Stücke, doch der Paladin reagierte überhaupt nicht. Der Aufprall hatte ihn kaum einen Zentimeter vorwärtsgeschoben.

Aber Nick hatte seine Aufmerksamkeit wiedererlangt: Die Statue drehte sich um, schaute auf ihn herab, und die kalten Stahlaugen schienen ihr ursprüngliches Opfer wiederzuerkennen.

Der Paladin schwang sein Schwert und griff an. Nick duckte sich weg, als die Klinge Kacheln abschlug und in die Betonwand eindrang. Er wich zuerst einen und dann noch einen Schritt zurück, und der Paladin folgte ihm. Hinter ihm sah Nick, wie der Bär um die Ecke humpelte und in der Dunkelheit verschwand.

Nick hatte keinen Plan B – aber hey, wenn er jetzt dran glauben musste, würde er zumindest nicht kampflos draufgehen. Er würde nicht kneifen und nicht um Gnade flehen. Das musste doch auch etwas zählen. Und er hatte dem Bär das Leben gerettet. Im Augenblick schien das irgendwie wichtig zu sein.

Langsam hüpfte Nick rückwärts aus dem Duschraum in die Umkleide, während der Paladin ihm folgte. Doch dann stieß Nick mit dem Rücken gegen die Metalltheke vor dem Sportgeräte-Käfig. Der Widerstandsgeist verließ ihn; er war zu erschöpft und entmutigt, um sich noch einmal aufzuraffen.

»Okay«, sagte Nick resigniert. »Okay.« Er schlug sich zwei Mal aufs Herz und hob dann die rechte Hand. »Ich hab dich lieb, Pops.«

Der Paladin blieb direkt vor ihm stehen und musterte ihn prüfend, in der einen Hand das Schwert, in der anderen das Beil. Dann hob er beide Waffen. Nick schloss die Augen.

Doch nichts geschah.

Nick spürte lediglich ein seltsames Kitzeln an Rücken und Armen. Er hörte ein Geräusch und dachte an die Wellen vor der Küste von Marblehead in einem Nordoststurm, den er einmal zusammen mit seinem Dad erlebt hatte: Dieses tiefe, donnernde Röhren des Ozeans war ihm immer in Erinnerung geblieben. Und nun kam das gleiche Geräusch von hinten auf ihn zu wie einer dieser gewaltigen grauen Brecher.

Vorsichtig öffnete Nick die Augen.

Der Paladin stand wie versteinert da, noch immer mit erhobenen Waffen, genau so wie Nick ihn Momente zuvor gesehen hatte. Aber er kämpfte verzweifelt, wenn auch kaum wahrnehmbar, gegen etwas an, das hinter Nick hervorschoss und an Tausende von Ranken erinnerte.

Nick ließ sich auf den Boden fallen, schleppte sich seitwärts und drehte sich dann um.

Dünne, sehnige Fäden, die aussahen wie graue Schnüre, schoben sich durch den weiß lackierten Käfig, durch jede kleine rautenförmige Öffnung der breiten Gitterfläche. Ranken wanden sich hindurch wie Tausende von Schlangen und hatten schnell jeden Quadratzentimeter der Statue bedeckt. Verblüfft schaute Nick zu, wie sie sich um den machtlosen Paladin wickelten, bis der sich schließlich nicht mehr bewegen konnte.

Als Nick an den Ranken vorbei in die Dunkelheit hinter dem Käfig blickte, glaubte er, eine gewaltige verschwommene Masse zu erkennen, die gegen die andere Seite des Stahls gepresst war. Und er wusste instinktiv, dass sie die Quelle des ozeanischen Dröhnens sein musste. In der Mitte der wabbligen Masse schimmerte etwas in der Farbe von Blut.

Wie ein Auge. Wie das Auge eines gigantischen Kraken.

Das Metall der Statue stöhnte und ächzte, während die Ranken sich unerbittlich immer fester zusammenzogen. Dann gab etwas im Inneren des Paladins mit einem Geräusch nach, das Nick an das Reißen einer Bassseite erinnerte. Plötzlich ließen die Ranken von der Statue ab, zogen sich zurück und wehten wie Seegras sanft in der Luft.

Schwert und Beil fielen klirrend herab und etwas Weiches, Schwarzes rutschte aus dem rechten Absatz des Paladins, schmolz dann und floss über den Boden. Im nächsten Augenblick knackte die Statue, zerbrach und stürzte in Dutzenden von Einzelteilen in sich zusammen.

Nick wurde schwindlig und er ahnte, dass er gleich in Ohnmacht fallen würde. Gebannt sah er zu, wie die wehenden Ranken ihm ein Objekt entgegenstreckten, aber er hatte keine Angst. Er erkannte, worum es sich dabei handelte, und wusste, wozu es diente. Mit aller Macht kämpfte er darum, lange genug bei Bewusstsein zu bleiben, um es noch benutzen zu können.

Sanft hielten die Ranken den Hörer des schwarzen Telefons aus dem Sportgeräte-Käfig an sein Ohr. Dann schlang sich ein weiteres Büschel um den Apparat und drückte auf das C in der Mitte des Emaille-Knopfes.

Nick hörte, wie eine Telefonistin antwortete.

»Dr. Robbins bitte«, sagte er, verwundert, wie ruhig er klang.

Während er darauf wartete, dass die Verbindung hergestellt wurde, wanderte sein Blick zur Tür des Stahlkäfigs direkt neben der Theke.

Seltsam. Das ist mir vorher noch nie aufgefallen.

Das Schloss ist ja außen *angebracht.*

DAS BOOTSHAUS

Der ekelerregende Gestank sorgte dafür, dass Will wieder zu sich kam. Dann näherten sich Stimmen, als tauche er aus einem Tunnel auf.

»Was sollen wir mit ihm machen?«, fragte jemand.

»Wartet«, erwiderte die verzerrte Stimme des Paladins. »Wartet, bis es sich an ihm festgesaugt hat. Dann funktioniert es besser.«

Will verhielt sich vollkommen ruhig, damit sie nicht merkten, dass er wach war. Er lag auf der Seite in der Dachkammer des Bootshauses. Sie hatten ihm die Hände mit seinen eigenen Schnellbindern auf den Rücken gefesselt und mit seinen Füßen verbunden, sodass die Beine schmerzhaft nach hinten gezogen wurden. Sein ganzer Körper schmerzte von den Folgen des Angriffs mit dem Elektroschocker. Da ihm die Maske über die Augen gerutscht war, konnte er nichts sehen.

Er rief sein Wahrnehmungsraster wach: Über ihm standen zwei Ritter, zusammen mit der großen, gebeugten Gestalt des Paladins. Brooke war im Zimmer nebenan, noch immer an einen Stuhl gefesselt. Der fürchterliche Gestank kam aus einem schwarzen Behälter, der so groß war wie eine Thermosflasche und keine dreißig Zentimeter von Wills Gesicht entfernt auf dem Boden lag.

Will spürte, welche Energie von dem widerwärtigen Ding ausging, das sich in dem Behälter bewegte. Er wusste instinktiv, dass es sich um einen Mitfahrer handelte, der sich gerade auf ihn »einstellte«, um sich dann mit ihm zu verbinden. Langsam schob Will eine Hand ein paar Zentimeter tiefer in Richtung des Schweizer Messers, das er sich hinten in den Stiefel gesteckt hatte.

»Und was ist mit ihr?«, wollte eine der Masken wissen.

»Sie wird zusehen«, erklärte der Paladin. »Das ist ihre letzte

Chance, Vernunft anzunehmen – oder sie bekommt auch einen verpasst. Bringt sie her, bevor ich den Behälter öffne.«

Will hörte, wie Stiefel in den Raum nebenan schlurften. Mit beiden Händen brachte er das Messer in Position, klappte eine Klinge aus und begann, mit minimalen Bewegungen die Fesseln durchzuschneiden. Der Kunststoff gab nach; er brauchte noch zehn Sekunden ...

Dann drang eine Stimme in seine Gedanken: *»Bist du da oben?«*

Elise.

Zuerst verstand Will nicht, was das zu bedeuten hatte, doch dann wurde es ihm schlagartig klar. Er warf sein Wahrnehmungsraster wie ein Netz aus und ließ es durch das Haus nach unten sinken. Schließlich fand er Elise ein Stockwerk tiefer, wo sie gerade durch die Vordertür hereingekommen war. *»Ja«*, antwortete er.

Die Ritter kehrten zurück und schleppten Brooke hinter sich her.

Die Klinge durchtrennte die erste Fessel. Rasch machte Will sich an die zweite ...

»Tretet zurück, wenn ich das Siegel aufbreche«, befahl der Paladin und begann, die schwarze Hülse zu öffnen. Die Kreatur im Inneren raschelte erwartungsvoll.

Will hörte, wie jemand die Treppe hinaufstürmte: Elise. Er »sah« ihre Gestalt, die sich durch den Raum bewegte, heller und stärker wurde und sich mit einer pulsierenden Kraft füllte.

Im nächsten Moment knackte das Walkie-Talkie in Wills Tasche und er hörte Ajays Stimme leise und eindringlich flüstern: »Will. Halt dir die Ohren zu!«

Zwei der Ritter rannten zur Treppe: »Wer ist da?« Ein weiterer reagierte auf die Stimme aus dem Walkie-Talkie: »Was war das?«

Endlich schnitt Will die letzte Fessel durch, presste die Hände auf seine Ohren und schrie: »Brooke, halt dir die Ohren zu!«

Unmittelbar darauf drang eine gewaltige Energiewelle durch

die Tür. Für Will hörte es sich an wie ein einzelner Ton, der jeden bekannten Frequenzbereich oberhalb und unterhalb des menschlichen Gehörs gleichzeitig umfasste. Dann explodierte der Ton in dem geschlossenen Raum des Dachbodens wie ein Überschallknall. Obwohl Will die Hände fest auf die Ohren gedrückt hielt, hatte er das Gefühl, als sei neben seinem Kopf eine Kanone abgefeuert worden.

Die Fensterscheiben flogen heraus, die Bohlen neben ihm zerbarsten und inmitten dieser zerstörerischen Kraft sah er Elise. Sie stand am oberen Treppenabsatz, den Mund weit geöffnet, die Arme ausgebreitet und die Handflächen nach oben gerichtet; ihr ganzer Körper war ein unbändiges Energiefeld – das Epizentrum dieser markerschütternden Druckwelle.

Und plötzlich verstand Will: Elise besaß ebenfalls besondere Fähigkeiten. Und sie war *Erwacht.*

Ajay kauerte neben dem Steg, wo er nach Elises Anweisung genau eine Minute gewartet hatte, die Augen fest auf die Uhr geheftet. »Will. Halt dir die Ohren zu«, hatte er dann über Walkie-Talkie gewarnt.

Er war schon zwei Schritte vorwärtsgestürmt, als ihm einfiel: *Oh-oh, vielleicht sollte ich mir auch die Ohren zuhalten ...*

Ajay riss genau in dem Moment die Hände an die Ohren, als die Fensterscheiben aus dem Bootshaus flogen und das gesamte Gebäude erbebte. Die Druckwelle schleuderte ihn rückwärts in eine Schneewehe.

»Heiliger Strohsack«, stieß er hervor.

Mühsam rappelte er sich auf und marschierte mit wackligen Schritten auf den Steg. Dann öffnete er die Vordertür und rannte zunächst frontal gegen den Pfosten, bevor er eine Kurskorrektur vornahm und hineinging.

»Elise? Will?!«

»Hier oben.«

Wills Stimme klang meilenweit entfernt. In Ajays Ohren dröhnte es lauter als nach einem Rockkonzert. Er torkelte zur Treppe, stieg schwankend hinauf und musste sich dabei an den Wänden abstützen.

»Meine Güte. Ein direkter Treffer auf das Gleichgewichtsorgan«, stöhnte er.

Als er an einem Fenster im Treppenaufgang vorbeikam, schaute er hinaus und sah, wie ein Schneemobil aus der Garage in Richtung Wald fuhr, am Steuer der Paladin. Ajay stolperte durch eine Tür am oberen Ende der Treppe, wo er Will entdeckte, der sich gerade über Elise beugte. Sie lag bewusstlos und blass auf dem Boden.

»Ist mit ihr alles in Ordnung?«, fragte Ajay besorgt, konnte sich selbst aber nicht hören und wiederholte die Frage, dieses Mal allerdings doppelt so laut.

Aber Will hatte ihn anscheinend nicht gehört. Dann sagte er etwas, doch es schien nichts mit Ajays Frage zu tun zu haben. Außerdem verstand Ajay kein Wort; er sah nur, wie sich Wills Lippen bewegten.

»Was?!«, schrie er und kam näher heran.

»Nimm das Telefon! Ruf Hilfe!«

»Okay! Wo ist Brooke?!«

»Hier drüben!« Will führte Ajay in ein anderes Zimmer, wo Brooke auf dem Boden lag. Zwei Ritter – das Mädchen mit den Zöpfen und der Pirat – lehnten zusammengesackt an einer Wand. Sie sahen aus, als seien sie von einem Bus gestreift worden, und hatten ihre Masken verloren. Ajay erkannte Hodaks Kampfhunde aus der Crosslauf-Mannschaft: Durgnatt und Steifel.

In der Mitte des Raumes stand eine Falltür offen, von der ein

Seil in das Zimmer darunter herabhing. Will zeigte auf das Seil und sagte etwas.

»Was?«, brüllte Ajay.

»Da unten ist ein Telefon! Unten im Büro! Entführung! Versuchter Mord!«

Ajay bedeutete ihm, dass er verstanden hatte, und rief: »Einer von ihnen ist entwischt! Schneemobil!«

»Ich weiß!«, brüllte Will zurück. »Lyle!«

Ajay schnappte sich das Seil in der Falltür und versuchte, sich heldenhaft in das untere Stockwerk hinabgleiten zu lassen. Auf halbem Weg verlor er jedoch den Halt und landete unsanft auf dem Hintern. Hastig vergewisserte er sich, dass Will nichts davon mitbekommen hatte, wankte dann zum Schreibtisch und nahm den Telefonhörer ab. Er musste sich einfach darauf verlassen, dass eine Telefonistin antworten würde, da er absolut nichts hörte. »Ich fürchte, ich muss Sie bitten zu schreien!«, brüllte Ajay in den Hörer.

Auf dem Dachboden hob Will Brooke hoch, trug sie in das andere Zimmer und legte sie vorsichtig neben Elise. Er deckte Elise mit seiner Jacke zu und zog einem der ohnmächtigen Ritter den Mantel aus, um ihn Brooke umzulegen, als sie genau in dem Moment ihre großen blauen Augen öffnete.

»Und, wer gewinnt jetzt den Preis des Theater-Clubs?«, fragte er sie.

»Du hast nach mir gesucht.«

»Was?!«

Brooke schlang die Arme um ihn, schloss die Augen und sagte in sein Ohr: »Du hast nach mir gesucht und mich gefunden.«

Dieses Mal hörte Will sie.

Ein Stockwerk tiefer musste Ajay schreien, um sicherzugehen, dass seine Nachricht ankam. Er war sich ziemlich sicher, dass die

Telefonistin ihm mitgeteilt hatte, in fünfzehn Minuten würde Hilfe eintreffen.

»Entschuldigung!«, brüllte er sie an. »Ich komme mir vor, als wäre ich inmitten einer großen Glocke! In einem Glockenturm! Und es läutet ununterbrochen!« Ajay legte auf und wollte gerade das Büro verlassen, als Will durch die Falltür sprang, sich das Seil griff und mühelos neben ihm auf dem Boden landete.

»Du bleibst hier. Kümmere dich um die Mädchen, warte auf Hilfe«, trug Will ihm auf und lief zur Tür.

»Wo willst du hin?«, schrie Ajay und folgte ihm.

»Ich werde Lyles Verfolgung aufnehmen.«

»Zu Fuß? Warte, Elise hat ihr Pferd mitgebracht. Nimm den Hengst.«

»Ich brauche kein Pferd«, erwiderte Will bestimmt.

DIE HÖHLEN

Der Schneesturm hatte etwas nachgelassen, als Will das Bootshaus verließ und Lyles Verfolgung aufnahm. Die Spuren des Schneemobils führten ihn tief in den Wald hinein. Er flog förmlich über das ungewohnte Gelände, wich geschickt Hindernissen aus, während er alle Sinne nach vorn richtete und seine maximale Schnelligkeit mobilisierte, um mit Lyle Schritt zu halten und den Abstand zu ihm zu verringern.

Nach einer Weile aktivierte Will sein Wahrnehmungsraster und warf es wie ein Netz aus, um Lyle aufzuspüren. Aber er erhielt nur schwammige und ungenaue Informationen und begriff in diesem Moment, dass sein Gehör, das durch den Überschallknall in Mitleidenschaft gezogen worden war, für seine »Sehfähigkeit« von entscheidender Bedeutung war. Er konnte Lyle nirgends finden, und je steiler und felsiger das Gelände wurde, desto langsamer kam er voran. Schließlich verließ er den Wald und gelangte auf ein freies Plateau, das langsam zur Kammlinie anstieg. Dort oben lagen die Höhlen, die er vor ein paar Tagen gesehen hatte.

Als er die Kuppe des nächsten Anstiegs erreichte, sah er, wie Lyle auf dem Schneemobil direkt auf den Bergrücken zuhielt. Plötzlich konnte Will wieder hören und nahm ein Geräusch wahr, das sich wie ein weit entfernter Schwarm wütender Hornissen anhörte. Zunächst glaubte er, dass es sich um den Motor von Lyles Schneemobil handelte, doch dann stellte er fest, dass das Geräusch von hinten kam.

Drei weitere Schneemobile pflügten durch den Schnee in seine Richtung. Drei weitere Ritter: Ben Franklin, George Washington und der Wolf, jeder von ihnen mit einem Gewehr bewaffnet. Die Masken waren keine hundert Meter mehr entfernt.

Will schaute sich um und kalkulierte: Innerhalb der nächsten Minute würde er den Fuß des Berges erreichen. Die Schneemobile kamen zwar nicht schnell näher, doch Will hatte das Gefühl, dass sie gar nicht vorhatten, ihn zu stellen. Vermutlich wollten sie ihn nur in offenes Gelände treiben, wo sie ihn bequem ins Visier nehmen und dann einfach abknallen konnten.

Aber falls die Situation lebensbedrohlich werden sollte, würde seine Lebensversicherung auf den Plan treten. Dave hatte ihn bis jetzt nicht im Stich gelassen und ihn schon vier Mal herausgehauen. Er konnte darauf zählen, dass sein Engel ihn retten würde. Oder?

Will sprang über einige große Felsbrocken und warf einen Blick auf die Uhr: Seit dem Verlassen des Bootshauses waren sieben Minuten vergangen. Innerhalb von fünfzehn Minuten nach Ajays Anruf sollte Hilfe bei seinen Freunden eintreffen. So lange musste er die Ritter beschäftigen.

Als er sich dem Steilhang näherte, sah er, wie Lyle einen holprigen Pfad in der Felswand hinaufkletterte, an dessen Seiten Geröll aufgetürmt war und so einen gewissen Schutz bot. Will kam an dem Schneemobil vorbei, das Lyle zurückgelassen hatte, kämpfte sich über ein Feld aus losem, bröckeligem Schiefer und erreichte dann den Pfad. Ein Blick nach oben verriet ihm, dass er bis zum Bergkamm vierzig Meter und zwei Spitzkehren überwinden musste. Er duckte sich hinter einen Felsen und schaute zurück.

Die anderen Schneemobile hatten etwa fünfzig Meter hinter ihm angehalten. Ihre Fahrer näherten sich mit gezücktem Gewehr dem Fuß des Bergrückens.

Wenn sie vorhaben, mich zu erschießen, dann hier. Und wenn meine Freunde mitkriegen sollen, wo zum Teufel ich stecke, können ein paar Schüsse in dieser kalten, klaren Luft nicht schaden.

Will holte tief Luft und sprintete den Anstieg hinauf. Im nächsten Moment wurde knapp einen Meter rechts von ihm ein Stein in die Luft katapultiert, noch bevor er den Knall des Gewehrs hörte. Eine weitere Kugel schlug links von ihm ein und eine dritte traf direkt hinter ihm auf den Boden. Hastig warf Will sich hinter eine Ansammlung niedriger Felsen, die ihm ungefähr auf der Mitte der Strecke Deckung boten.

»Kannst jederzeit eingreifen, Dave«, ächzte er. »Jetzt wäre es zum Beispiel echt gut.«

Weiter oben erreichte Lyle gerade den Gipfel. Will spähte nach unten und eine vierte Kugel prallte direkt vor ihm von den Felsen ab. Er sprang auf den Pfad, zog sich mit den Händen vorwärts, stieß sich mit den Füßen ab und war so schnell aus seinem Versteck aufgetaucht, dass die nächsten beiden Schüsse ihn weit verfehlten. Als er aus der letzten Spitzkehre herauskam, musste er die restlichen Meter vollkommen ungeschützt zurücklegen. Also krabbelte und kraxelte er so schnell wie möglich den Hang hinauf, bis ...

... er endlich das Ende des Pfades erreichte. Er warf sich nach vorn, robbte über die Kante und rollte zur Seite, als auch schon drei Kugeln über ihn hinwegpfiffen. Eine streifte seine Daunenjacke an der Schulter und Federn flogen in die Luft.

Völlig außer Atem blieb Will reglos liegen und drückte sich in den Schnee, während der Knall der Gewehrschüsse zwischen den Felsen widerhallte. Er hob den Kopf gerade so hoch, dass er nach Lyle Ausschau halten konnte. Die schneebedeckte und knapp zehn Meter breite Kammlinie verlief in beiden Richtungen bis zu einer Biegung und erstreckte sich dann außer Sichtweite in die Dämmerung. Über Will erhob sich eine weitere steile, unbezwingliche Felswand.

Lyle war nirgends zu sehen. Unmittelbar vor Will – und kaum größer als er selbst – lag der Eingang zur größten Höhle, die von zwei kleineren Höhlen flankiert wurde.

In welcher Höhle ist er wohl verschwunden?

Will spähte über den Rand des Kamms nach unten und sah, dass die drei Gewehrschützen ihm nicht gefolgt waren. Er schaute auf die Uhr: Fünfzehn Minuten waren vergangen. *Gut.* Inzwischen sollte Verstärkung im Bootshaus eingetroffen sein und sich um Ajay und die Mädchen gekümmert haben; wenn sie die Schüsse gehört hatten, waren sie hoffentlich auch schon zu ihm unterwegs.

Aber wie schnell würden sie ihn finden?

Will schlich auf die Höhlen zu. Vor der mittleren lag die Paladin-Maske im Schnee. Er nahm sein Schweizer Messer und klappte die größte Klinge aus, bevor er in die Dunkelheit der großen Höhle spähte. Eine leichte Brise wehte ihm daraus entgegen und er nahm einen fauligen Geruch wahr. Etwas Altes, Saures und Ekelhaftes.

Dann rief Lyle von irgendwo tief im Inneren der Höhle: »Ich nehme an, du weißt nicht, was ein *Prolet* ist, West.«

Will hielt inne. Lyles Stimme hallte mehrfach wider und wurde scheinbar in die Länge gezogen. Die Höhlen mussten sehr tief sein.

»Ein *Prolet* ist ein Trottel. Ein Bürgerlicher. Ein niederes Wesen der unteren Klassen, die Art, die *früher* genau wusste, wo ihr Platz war. Schau dir ein x-beliebiges Einkaufszentrum an, fahr mit einem öffentlichen Bus oder wirf einen Blick in die staatlichen Schulen – dort *wimmelt* es nur so vor Proleten.«

Vorsichtig betrat Will die kleinere Höhle auf der linken Seite und duckte sich in den Schatten, während er darauf wartete, dass sich seine Augen an die Dunkelheit gewöhnten. Er hob zwei runde, etwa baseballgroße Steine vom Boden auf und steckte sie in die Tasche. Da er Lyle noch nicht sehen konnte, schloss er die Augen, aktivierte das Raster und fand ihn schließlich:

Dreißig Meter nach rechts, in der nächsten Kammer. Er erkannte, dass alle Höhlen miteinander verbunden waren – ein weitläufiges Labyrinth von Tunneln, Stollen und Kammern, das sich unter dem gesamten Höhenzug erstreckte.

»Das Problem ist, dass ihr *Proleten* nicht mehr wisst, wo ihr hingehört. Doch, doch, ihr wollt noch immer Brot und Spiele, euer Junkfood und eure Hähnenkämpfe. Aber eine regelmäßige Kost aus Müll reicht nicht mehr aus, um euch ruhigzustellen. Weil unsere Kultur all eure primitiven Triebe befriedigt, glaubt ihr, dass ihr jetzt eine *Stimme* habt und wir euch *zuhören* müssen.«

Will bewegte sich langsam zum nächsten Durchgang. Ein weiß glühender Schimmer drang aus der Kammer rechts von ihm.

»Ihr haltet euch alle für was *Besonderes!* Ihr könnt unmöglich selbst für euer verpfuschtes Leben verantwortlich sein – dazu habt ihr ja viel zu viel *Selbstachtung.* Ihr seid alle *Stars,* die nur darauf warten, entdeckt zu werden. Wen interessieren schon Selbstdisziplin, Bildung oder die richtigen Beziehungen? Die Welt ist eine einzige große Talentshow und ihr braucht nichts weiter zu tun, als einfach aufzukreuzen.«

Inzwischen hatte Will das Ende des Durchgangs erreicht und spähte vorsichtig um die Ecke: Die Decke der angrenzenden Kammer wölbte sich über zehn Meter in die Höhe. Sie wurde von einem unnatürlichen Licht erhellt, das von einem gekrümmten Stahlstab – dem Schnitzer – abstrahlte. Lyle beschrieb damit einen Kreis von mehr als zwei Metern Durchmesser in die Luft, der fast vollendet war. Die grobe Umrisslinie glühte mit blendender Leuchtkraft.

»Wir glauben hier an etwas anderes. An ewige Wahrheiten wie Ehre, Werte und Führung. Heute mehr denn je. Eine neue Rasse, die bereit ist, unsere Traditionen zu erhalten. Es verlief alles nach Plan, bis *du* aufgetaucht bist. Ein *Prolet,* der die Cocktail-Party sprengt. Aber damit eins absolut klar ist: *Nur über meine Leiche.«*

Lyle hatte den Kreis jetzt geschlossen. Knisternd erwachte ein

Energiefeld entlang des Randes zum Leben, die Luft flirrte und glühte und langsam öffnete sich im Inneren des Kreises ein Portal. Als Lyle den Stab anhob, leuchteten die in den Griff eingravierten Symbole hell auf.

Dave passt auf mich auf. Mit diesem ermutigenden Gedanken nahm Will einen der Steine aus der Tasche und trat aus der Deckung. »Wenn du darauf bestehst, Lyle«, erwiderte er.

Lyle wirbelte herum und seine wild funkelnden Augen fanden Will. »Weißt du, was mit den *Letzten* passiert ist, die sich uns in den Weg gestellt haben? Sie bezeichnen sich selbst als die *Ureinwohner* Amerikas, als wären sie als Erste hier gewesen.«

»Sie *waren* als Erste hier.«

»Diese erbärmlichen Primitiven glaubten, die Höhlen hier würden in die Unterwelt führen«, spottete Lyle. »Und ihre Götter würden sie dazu benutzen, um zwischen dieser Welt und dem Reich der Geister hin und her zu wandern. Sie lagen total falsch.« Lyle hob die Hände zum Portal und zeigte stolz, was er geschaffen hatte. »Die einzige Passage hier ist die zu den Alten ... im Niegewesen.« Dann richtete Lyle den Stab auf Will und ein weiß glühender Lichtstrahl schoss auf ihn zu.

Will konnte gerade noch rechtzeitig einen Gedankenschild vor sich schieben und den Strahl an eine Wand umlenken, aber er hätte ihn fast umgehauen. Lyle war noch immer stärker ... mit dieser Waffe in der Hand sogar *wesentlich* stärker. Will ging wieder in Deckung, als zwei weitere Strahlen folgten, das Gestein absprengten und Löcher in die Felswand schossen.

Was wäre, wenn Dave dieses Mal nicht kommt? Was hat er noch gleich gesagt? »Lerne, und zwar schnell.«

Will stand auf und warf den ersten Stein; er zielte auf eine Stelle ungefähr einen Meter rechts neben Lyle. Selbstzufrieden grinsend, hob Lyle den Stab, um eine weitere Ladung abzufeuern. Rasch schloss Will die Augen, breitete sein Raster aus und fand den Stein, der durch die Dunkelheit flog. Er erfasste ihn und schaffte es, sich selbst mit dessen Masse zu verknüpfen. Dann brauchte er nur noch zu *denken:* Sofort änderte der Stein die Richtung und flog wie ein Bumerang wieder auf Lyle zu.

Ich lerne.

Nr. 48: BEGINNE NIE EINEN KAMPF, WENN DU IHN NICHT BEENDEN KANNST. UND ZWAR SCHNELL.

Der Stein traf Lyle am Arm, direkt über dem Ellbogen, und schlug ihm den Stab aus der Hand. Lyle schrie auf vor Schmerz und fiel auf die Knie.

Blitzschnell warf Will den zweiten Stein in Richtung des Stabs und beförderte ihn außer Sichtweite, tiefer in die Höhle.

Lyle krachte der Länge nach hin und drehte sich zur Seite, um seinen verletzten Arm zu schützen. Mit einem Sprung hechtete Will auf ihn zu, setzte sich rittlings auf dessen Brust und presste ihn auf den Boden, bevor er ihm sein Messer unter das Kinn drückte. Aber Lyle schaute nur kurz zu ihm hoch, holte tief Luft und begann dann, zu schniefen und zu schluchzen wie ein untröstliches Kleinkind. Der Schmerz dieses Ekels war so echt, dass Will fast Mitleid mit ihm hatte. Doch dann entdeckte er eine Art Beule an Lyles Hals, die wie ein Joystick hin und her zuckte.

Verdammt. Ein Mitfahrer.

Entsetzt beobachtete Will, wie das Ding sich durch die Ausbuchtung an Lyles Hals drückte: ein etwa fünfzehn Zentimeter großer schwarzer Stängel mit kurzen, stachligen Armen und acht wütend funkelnden Augen in einem verzerrten, halb menschlichen Gesicht, das zischend und spuckend in Wills Richtung fauchte.

Ohne auch nur eine Sekunde zu zögern, riss Will sein Messer hoch und schnitt die Kreatur am Schaft durch. Der abgetrennte Stängel klatschte auf den Boden, stieß ein grässliches, quäkendes Kreischen aus und robbte in die Dunkelheit, wobei er seinen tropfenden, zerstückelten Rumpf hinter sich herschleppte.

Gleichzeitig schrumpfte die Beule an Lyles Hals zusammen wie ein Ballon, aus dem die Luft entwich, verlor ihre Farbe und war dann nicht mehr zu erkennen. Lyle stöhnte und wimmerte: »Es tut weh!« Mit flehentlichem Blick schaute er Will an. »Tut so weh! Überall!«

»Was erwartest du von mir?«, fragte Will. »Erste Hilfe? Du hast versucht, mich umzubringen!«

Lyle heulte weiter, leise und verzweifelt. »Das wollte ich nicht«, schluchzte er. »Sie haben mich dazu gezwungen.«

»Warum?«

»Weil sie *Angst* vor dir haben.«

»Wer hat dich dazu gezwungen? Und auf welche Weise?«

Lyle zeigte Will seinen Hals. »Er hat mir befohlen, mir *selbst* dieses Ding einzupflanzen«, gestand er mit belegter, zitternder Stimme. »Vor zwei Tagen. Weil ich mich geweigert habe, dich zu töten.«

»Der Kahle?«

Lyle nickte und schaute Will an, als rechne er mit dessen Verständnis.

»Wer ist der Mann, Lyle?«

»Wir nennen ihn Mr Hobbes«, antwortete Lyle kleinlaut. »Er ist letztes Jahr hier aufgetaucht, als ich bei den Rittern aufgenommen wurde. Er hat mich auf die Probe gestellt. Meine Fähigkeiten getestet.«

»Du meinst das, was du anderen Menschen antun kannst«, sagte Will.

Lyle nickte und Tränen liefen ihm über die Wangen. »Und er

sagte, ich würde sehr wichtig werden ... denn ich sei der *Erste*, der Erwacht sei.«

»Was soll das heißen? Der Erste wovon?«

»Der Erste der *Prophezeiung*. Er sagte, ich sei der Erste und deshalb hätten sie große Pläne mit mir, dass ich ihnen helfen kann ...«

»Worum geht es bei dieser Prophezeiung, Lyle?«, hakte Will nach.

»... und dann bist *du* aufgekreuzt«, erwiderte Lyle, plötzlich wieder bockig. »Es ist alles deine Schuld. Du hast mein *Leben* ruiniert.«

»Was ist diese Prophezeiung?«

»Das sind wir *alle!«* Lyles Gesicht verzerrte sich zu einer Grimasse und seine Stimme war nur noch ein Flüstern: »A-T-C-G. A-T-C-G ...«

Will fasste ihn an den Schultern und schüttelte ihn. »Verdammt, Lyle, sag mir endlich, was ich wissen muss! Steckt die Schule dahinter?«

»Die *Schule?«* Lyle schaute seltsam zufrieden, fast fröhlich.

»Wissen die Lehrer davon?«, drängte Will.

»Einige. Ich weiß nicht, wie viele«, antwortete Lyle und senkte dann erneut die Stimme. »Du musst am Anfang beginnen. Bei den Kliniken.«

»Welche Kliniken?«

»Warte ab, wie *dir* die Neuigkeiten gefallen werden, und frag dich dann: ›Wer bin ich *wirklich?‹* Viel Glück«, stieß Lyle hervor und fügte dann gehässig hinzu: *»Prolet.«*

Ein tiefes Donnern drang aus dem Portal hinter ihnen und wurde immer lauter, bis der Boden um sie herum zu beben begann und Gesteinsbrocken von den Wänden herabfielen. Dann folgte ein Furcht einflößendes Stöhnen. Wills Nackenhaare stellten sich auf, als er sich umdrehte.

Eine verschwommene, wirbelnde Masse ragte im Inneren des Portals auf, das Lyle geöffnet hatte.

»Was hast du da herübergeholt, Lyle?«

Entsetzt starrte Lyle auf das Portal. »Wendigo«, stammelte er.

Will holte Daves Sonnenbrille aus der Tasche, setzte sie auf und erkannte eine gewaltige, halb menschliche Gestalt auf der anderen Seite der Membran.

»Bitte hilf mir«, wimmerte Lyle.

Will zerrte ihn auf die Beine und zog ihn zum Eingang der Höhle, aber Lyle riss sich los, stieß Will von sich und rannte auf das Portal zu. Will wirbelte herum und sah, wie die Kreatur durch die Öffnung trat: ein hagerer Riese mit einer ekelerregend faltigen, grau gesprenkelten Haut, die mit dunklen Haaren bedeckt war. Seine langen, ledrigen Arme und Beine endeten in Klauen. Klumpenartig zusammenklebende Augen und ganze Knäuel angefressener Gliedmaßen ragten aus seinem offenen Brustkorb heraus. Sein Maul war mit rasiermesserscharfen Zähnen besetzt und zu einem grotesken Grinsen verzogen, das sein Gesicht in zwei Hälften zu teilen schien. Darüber funkelten giftige, tief liegende gelbe Augen, aus denen unersättlicher Hunger und abgrundtiefer Hass sprachen. Eine pechschwarze Dunkelheit folgte dem Riesen, hüllte ihn ein wie eine Wolke.

Lyle marschierte direkt auf ihn zu und hob demütig die Hände, woraufhin die Kreatur ihn neugierig betrachtete. »Ich habe dich herübergeholt«, sagte Lyle. Dann lächelte er finster, drehte sich um und zeigte auf Will. »Aber *er* ist derjenige, den du suchst«, verkündete er, ehe er sich wieder dem Monster zuwandte.

In dem Moment öffnete der Riese das Maul und ein langer fleischiger Tentakel schoss heraus, der sich mit einem feuchten Schmatzen an Lyles Gesicht festsaugte. Sofort versteifte sich Lyle, dann begannen seine Arme und Beine zu zappeln und sein ganzer Körper zuckte und bäumte sich auf. Schließlich stieß er einen markerschütternder, erstickten Schrei aus, als würde seine Seele durch einen Häcksler gejagt.

Einen Sekundenbruchteil später glaubte Will, Lyles vor Schmerz verzerrtes Gesicht im Brustkorb des Monsters zu erkennen. Starr vor Angst stolperte Will zurück, als der Wendigo von Lyle abließ und dieser leblos auf den Boden der Höhle fiel. Will flüchtete aus der Höhle; dabei hörte er, wie das Monster hinter ihm herstapfte, und rechnete jeden Augenblick damit, dessen Klauen im Rücken zu spüren.

Dann drang ein Geräusch an seine Ohrern ... *Was war das? Eine Art Rotor?* Will blickte nach oben, aber der Himmel war unfassbar hell.

»Aus dem Weg, Kumpel!«

Daves Prowler raste über die Kammlinie, hob ab und flog mit Vollgas in einem weitem Bogen über Will hinweg in die Luft. Dave beugte sich aus dem Fenster und seine Waffe blitzte auf, als er das Fahrzeug direkt in den Wendigo am Eingang der Höhle rammte.

Die Kollision trieb das Monster zurück ins Innere. Doch dann stemmte der Riese die Füße fest in den Boden und packte den Wagen mit seinen massiven Pranken. Metall knirschte und ächzte, als der Wendigo das Gefährt wie ein Kinderspielzeug zerquetschte. Dave sprang aus dem Wrack heraus und verwandelte sich in einer mächtigen Lichtexplosion in den gewaltigen Engel, den Will kurz in seinem Zimmer gesehen hatte: 2,50 Meter groß, in einer Rüstung aus Platin, schwang er ein silberblaues Schwert.

Dave und die Kreatur fielen übereinander her und schlugen aufeinander ein. Dave musste einiges einstecken, konnte aber das Monster zurücktreiben. Immer wieder gewann es jedoch an Boden und Dave schwang schließlich sein Schwert wie eine Sense.

Funken sprühten durch die Luft wie bei einem Silvesterfeuerwerk, bis es Dave mit einer verheerenden Kombination aus Hieben und Stichen gelang, die grausige Masse des Wendigo zurück in das Portal zu treiben.

Noch immer auf den Knien, beobachtete Will vor der Höhle, wie das Portal im Inneren allmählich kleiner wurde. Dave schrumpfte wieder auf menschliche Größe zurück und war mit unzähligen blutenden Wunden übersät. In seinen Augen lag ein angsterfüllter Ausdruck, den Will bei ihm noch nie zuvor gesehen hatte.

»Alles in Ordnung?«, fragte Dave, während sich seine Brust sehr schnell hob und senkte.

Will nickte. »Was ist mir dir?«

»Hab mich schon besser gefühlt. Das war ein harter Brocken. Einer der großen Kerle ...«, erklärte Dave und machte einen Schritt auf Will zu. Doch plötzlich schossen die langen, ausgemergelten Gliedmaßen des Wendigos aus dem Portal hinter Dave hervor und schlangen sich um seine Mitte. »Pech gehabt, Kumpel«, meinte Dave nur, griff in seine Tasche und warf etwas in den Schnee direkt vor der Höhle.

»Nein!«, schrie Will.

Im nächsten Moment riss das Ding Dave ins Niegewesen. Das Portal schloss sich vollständig und verschwand.

In der Höhle wurde es ganz still. Will nahm die Brille ab und steckte sie umständlich in seine Tasche. Mit hämmerndem Herzen taumelte er vorwärts, fiel auf die Knie, streckte eine Hand zu der Vertiefung im Schnee aus und ertastete etwas Hartes: Daves Glaswürfel, in dem sich die zwei kleinen schwarzen Würfel drehten.

Erneut hörte Will das Geräusch eines Rotors, der sich schnell zu nähern schien, und blickte hinauf in den Himmel.

Über ihm schwenkte ein Hubschrauber seitwärts und senkte sich langsam auf den Bergkamm herab. Als eine Tür an der Seite aufgeschoben wurde und jemand eine Strickleiter zu ihm hinunterwarf, dachte Will ...

Ich kenne ihn. Wer ist das? Gleich hab ich es ...

Ja, das ist Direktor Rourke.

MOM UND DAD

Bist du Erwacht? Er ist ein Einzelkind ... 1990 ... die Paladin-Prophezeiung ... römische Ziffern ... Kliniken ... Testergebnisse ... die Greenwood Foundation.

Öffne alle Türen und Erwache.

Unzusammenhängende Wortfetzen schwirrten Will durch den Kopf. Langsam wurde ihm bewusst, dass er auf dem Rücken lag, in einem Bett mit frischen weißen Laken. Keine Ahnung, wie lange er ohnmächtig gewesen war. Er spürte, dass jemand bei ihm war. Dann öffnete er die Augen und sah, dass er sich in der Klinik des Centers befand. Als er sich umschaute, entdeckte er sie: Sie waren beide da, saßen im blassen Mondlicht an seinem Bett.

Mom und Dad. Jordan und Belinda. Sie waren es wirklich. Als sie bemerkten, dass er zu sich kam, eilten sie zu ihm und nahmen ihn nacheinander fest in die Arme.

»Wir hatten solche Angst, dich zu verlieren«, sagte seine Mom erleichtert. »Gott sei Dank, Will.«

»Ich wusste, dass es euch gut geht. Die ganze Zeit. Ich *wusste* es einfach«, erwiderte Will.

»Wir sind so stolz auf dich, mein Sohn«, sagte sein Dad. »Man hat uns alles erzählt. Wir wussten, dass du es schaffen kannst.«

»Ich weiß nicht, wie ich das hinbekommen habe. Wirklich nicht. Meine Freunde haben mir sehr geholfen. Allein hätte ich das nicht gekonnt.«

»Wir haben nie an dir gezweifelt«, beteuerte seine Mutter.

»Du hast es geschafft, Will. So wie wir es dir beigebracht haben. So wie wir es immer von dir erwartet haben«, lobte ihn sein Vater.

»Wo wart ihr? Was ist mit euch passiert?«, fragte Will.

Jordan und Belinda sahen einander an und lächelten geheimnisvoll. Als seine Mom den Kopf zur Seite drehte, sah Will ihren Hals: *keine Narbe.*

»Sollen wir es ihm verraten?«, fragte Jordan und putzte seine Brille.

Belinda lächelte sanft, streckte die Hand aus und strich Will gedankenverloren die Haare aus der Stirn. »Es gibt so viel zu erzählen«, sagte sie.

Will hörte leise Musik. Sein Dad hatte einen Plattenspieler mitgebracht. Eine schwarze Scheibe drehte sich auf dem Plattenteller, die Nadel fuhr über das Vinyl, ein Rauschen und ein Kratzen beim Refrain: *All you need is love ... All you need is love ... All you need is love, love ... Love is all you need ...*

»Du bist so kurz davor, es zu lösen«, sagte Jordan.

Plötzlich fühlte Will sich unbehaglich und sein Blick wanderte rasch durch das Zimmer. Eine Vase mit frischen Blumen – weiße Chrysanthemen – stand in einem Lichtkegel aus Mondschein auf einem Tisch am Fenster. Daneben lagen ein Zirkel und ein Metalllineal. In der Mitte war ein Schachbrett aufgebaut: zwei schwarze Ritter standen einer Armee von weißen Bauern gegenüber. Will hörte, wie ein Ball auf den Boden aufprallte, schaute nach links und sah zwei alte Tennisschläger aus Holz in der Ecke. Aber das Merkwürdigste an diesem ganzen Ensemble war die Tatsache, dass daneben ein Falke auf der Rückenlehne eines Stuhls hockte. Er schaute Will an, wild und majestätisch.

In der Tür, halb im Schatten, stand Coach Jericho. Offenbar tropfte Blut von seinem linken Arm, der schlaff herunterhing. »Du hast einen von ihnen gesehen«, teilte Jericho ihm mit. »Einen von der Alten Rasse. Wi-indi-ko.«

Die Plattennadel blieb hängen und zerhackte den Text: ... *love ... love ... love.*

»Wie bitte?«, fragte Will verwirrt.

»Die Prophezeiung«, erklärte sein Dad. »Wir hätten es dir sagen sollen. Schon vor langer Zeit.«

»Aber es gab Dinge, die du nicht erfahren solltest«, gestand seine Mom und beugte sich zu ihm vor. »Wir lieben dich so sehr, aber du hast uns nie wirklich gekannt. Das konnten wir nicht riskieren. Zu deiner eigenen Sicherheit. Selbst vor deiner Geburt.«

Will schlug die Augen auf. Er lag in einem Bett auf der Krankenstation oder in der Klinik. Das Licht war gedämpft, draußen vor dem Fenster herrschte Dunkelheit. Will zuckte zusammen; sein ganzer Körper schmerzte. In seinem linken Arm steckte ein Infusionsschlauch.

Coach Jericho saß an seinem Bett. Er hatte einen schwarzen Ledermantel über die Schulter gelegt; sein linker Arm lag in einer Schlinge. Sein bronzefarbenes Gesicht wirkte so hart und unnachgiebig, als sei es aus Granit.

»Träume ich etwa noch?«, wunderte Will sich.

»Nein, du bist Erwacht«, versicherte der Coach.

Erwacht. Will versuchte, Jerichos Miene zu deuten, aber es gelang ihm nicht. »Was wissen Sie?«

»Genug.«

»Haben Sie gewusst, dass einige Ihrer Jungs daran beteiligt waren?«

»Ich weiß es jetzt«, meinte der Coach.

»Von Ihrem Team ist nicht mehr viel übrig.«

»Ich brauche kein Team. Ich habe dich«, verkündete Jericho.

Will schloss die Augen und erinnerte sich an Fragmente seines Traums. »Was ist ein Wendigo?«

»Ein ›Spitzenprädator‹, ein Raubtier an der Spitze der Nahrungskette«, erklärte Jericho. »Gefährlichster Vertreter der Wieselartigen.«

»Was? Sie töten mehr, als sie fressen können?«, fragte Will.

»Nur mit dem Unterschied, dass sich der Wendigo von Seelen ernährt. Und er bekommt nie genug.«

Will musste daran denken, wie Lyle zuckend auf dem Boden gelegen hatte, und ein Schauer lief ihm über den Rücken. »Ich habe im Traum ein Tier gesehen«, sagte er. »Einen Falken.«

Jericho dachte kurz darüber nach und lächelte dann.

»Ist das gut?«, fragte Will.

»Sag du es mir, sobald du ihn besser kennengelernt hast«, meinte der Coach. Dann beugte er sich vor und flüsterte: »Dies ist ein entscheidender Moment. Sei vorsichtig, was du sagst und mit wem du sprichst.«

Will nickte, atmete tief durch und schloss kurz die Augen. »Hey, Coach, stimmt es, was man sich erzählt? Sind Sie wirklich mit Crazy Horse verwandt?«

Plötzlich erschien Ajay in der Tür. »Gott sei Dank. Ich wollte dich nicht wecken, aber es hörte sich so an, als würdest du im Schlaf reden.«

»Coach Jericho wollte gerade ...« Will drehte sich zu Jericho um, aber er war verschwunden.

»Was ist los, Will?«, fragte Ajay. »Was ist mit Jericho?«

Will fröstelte es plötzlich und er zog sich die Decke bis zum Kinn. »Wie lange bin ich schon hier?«, erkundigte er sich.

»Man hat dich vor zwei Stunden hierher gebracht«, teilte Ajay ihm mit. »Wir sind alle hier. Nick hat ein gebrochenes Bein. Er wurde in der Umkleide aufgefunden, ziemlich übel zugerichtet.«

»Und Elise und Brooke?«

»Elise ist hier – stabil, aber nicht bei Bewusstsein. Und Brooke hat zwar keine ernsthaften Verletzungen, aber sie ist völlig fertig. Ihre Eltern kommen heute Abend.«

Will musterte ihn. Ajay sah selbst reichlich mitgenommen aus. »Und wie geht es dir, Ajay?«

»Mir fehlt nichts«, meinte er, schniefte aber und kämpfte mit den Tränen. »Leichte Unterkühlung. Nichts, was man mit ein paar Tassen Kakao nicht wieder in den Griff bekommen würde. Aber ich war krank vor Sorge um euch.«

Will nahm seine Hand und wartete, bis Ajay sich beruhigt hatte und wieder sprechen konnte. »Ich fühle mich so nutzlos, Will. Ihr habt so viel riskiert ... und was habe ich getan? Auf einem Pferd gesessen und mich durchrütteln lassen.«

»Nein, Ajay. Du warst toll. Ohne dich hätten wir es nicht geschafft.«

»Das sagst du nur, damit ich mich besser fühle.«

»Aber es ist auch die Wahrheit«, versicherte Will. »Und jetzt brauchen wir dich mehr denn je, weil du der beste Zeuge bist, den man sich vorstellen kann. Du siehst alles und vergisst nicht das kleinste Detail, stimmt's?«

»Niemals«, bestätigte Ajay, lächelte und bewies es: »Exakt vierzehn Minuten nach deinem Aufbruch traf Hilfe im Bootshaus ein. Man muss nur von ›Entführung‹ und ›versuchtem Mord‹ sprechen und schon taucht ein ganzes Regiment auf: Autos, Laster, Boote, Polizei, Krankenwagen, Soldaten.«

»Was hast du ihnen erzählt?«

»Dass jemand, der sich als Paladin verkleidet hat, Brooke entführt und gedroht hat, ihr etwas anzutun, wenn wir nicht tun, was er verlangt. Deshalb hielten wir es für das Beste, ihr zu helfen, ohne die Behörden zu informieren. Außerdem konnte ich ihnen deine Unterhaltung mit dem Paladin auf meinem Tablet zeigen, um das Ganze zu beweisen.«

»Perfekt«, lobte Will und klopfte Ajay sanft auf die Schulter. »Und das ist *alles,* was wir ihnen sagen sollten.«

»Verstehe. Die Polizei hat Durgnatt, Steifel und Duckworth beim Bootshaus abgeführt. In Handschellen.«

»Was ist mit Lyle?«

»Sie haben ihn zusammen mit dir im Hubschrauber hergebracht, aber ich habe noch nichts gehört.«

»Und Todd Hodak?«

»Offenbar hat die Polizei sechs weitere Jungs in der Scheune aufgegriffen«, erzählte Ajay. »Aber von Todd war nicht die Rede.«

Will dachte einen Moment nach. »Da waren *zwei* Paladine, Ajay. Der im Bootshaus war Lyle und der in der Scheune muss Todd gewesen sein. Als er merkte, dass Nick an meiner Stelle gekommen war, ist er getürmt.«

»Dann haben wir also Lyle vor der Kamera gesehen?«, folgerte Ajay.

»Offensichtlich. Lyle war für das alles verantwortlich«, bestätigte Will. »Lässt man dich eigentlich hier raus?«, fragte er.

»Niemand hat gesagt, dass ich hierbleiben müsste. Wieso?«

»Ich brauche mein iPhone. Es liegt in einem Regal in Lyles Büro, in einer Plastikbox mit meinem Namen darauf. Wenn sie Greenwood Hall noch nicht auf den Kopf gestellt haben, könntest du dich reinschleichen und es holen.«

»Ich will ja nichts sagen, aber meinst du nicht, wir haben schon genug Ärger?«

»Alles deutet darauf hin, dass die Ritter den ganzen Ärger verursacht haben«, stellte Will klar. »Es ist ja nicht so, als ob *wir* irgendjemanden entführt hätten, oder?«

»Wenn du meinst«, murmelte Ajay, noch immer unsicher.

»Wir haben noch eine Menge Arbeit vor uns«, sagte Will. »Und wir brauchen dieses Telefon.«

»Dann will ich mich mal direkt drum kümmern.« Ajay ging zur Tür, blieb dort aber stehen. »Will, ich weiß, dass wir viele der *Fakten* zusammenfügen können ... aber hast du auch eine Vorstellung vom großen Ganzen?«

»Ich habe da so meine Vermutungen«, erwiderte Will. »Aber ich möchte erst darüber reden, wenn wir alle wieder zusammen sind. Spielst du eigentlich Tennis?«

»Ziemlich rasanter Themenwechsel ...«

»Ich versuche, etwas zu begreifen, was in meinem Traum vorkam. Also, spielst du nun Tennis?«

Ajay zuckte die Achseln. »Ich bin eher der Pingpong-Typ.«

»Was bedeutet ›Love‹?«

»Du meine Güte. Was ist Liebe? Das ist wohl eher eine philosophische Frage ...«

»Ich meine beim *Tennis*«, ergänzte Will.

»Beim Tennis? In der Zählweise beim Tennis bedeutet *Love* null. Über die Herkunft ist man sich nicht recht einig, aber da das Spiel in Frankreich entstand, besagt eine Theorie, dass *Love* vom französischen Wort *l'oeuf* für ›Ei‹ abgeleitet ist. Weil ein Ei aussieht wie eine Null.«

»Ein *Ei.*« Will spürte förmlich, wie es »Klick« machte und er endlich begriff – als habe er plötzlich das entscheidende Puzzleteil gefunden und der Rest würde sich nun ganz wie von selbst zusammenfügen.

»Das ist die geläufigste Theorie, aber so genau weiß es offenbar niemand. Will, wenn du von Eiern träumst, könnte es dann nicht sein, dass du einfach nur ... hungrig bist?«

»Ehrlich gesagt, hab ich einen Bärenhunger.«

»Soll ich den Ärzten sagen, dass du aufgewacht bist?«

»In zwei Minuten«, bat Will. »Mach eine große Sache daraus, damit sie nicht mitkriegen, wenn du verschwindest.«

Ajay ging hinaus in den Korridor, während Will die Infusionsnadel aus seinem Arm zog, unsicher aus dem Bett aufstand und einen Bademantel überstreifte. Dann schlüpfte er durch die Tür, die sein Zimmer mit dem nächsten verband.

Nick lag mit geschlossenen Augen in einem Krankenbett, das rechte Bein bis zum Knie in Gips und an einer Art Seilrolle aufgehängt. Leise trat Will an seine Seite und bemerkte, dass Nicks rechtes Auge stark geschwollen war und schwarzblau schimmerte. Seine Unterlippe und seine linke Wange waren genäht worden und er hatte überall Schrammen und Kratzer. Er sah aus, als habe er ein Zugunglück überlebt.

»Hey, du Faulenzer«, flüsterte Will. »Beeindruckende Vorstellung. Die Ladys werden den Gips lieben.«

»Du solltest erst mal die anderen Typen sehen«, krächzte Nick, öffnete sein unverletztes Auge und packte Wills Handgelenk. »Ich erzähle übrigens allen, es seien UPVs: Unbekannte Party-Verletzungen.«

»Schöne Party.«

»Ist mit Brooke alles okay?«, fragte Nick.

»Soweit ich weiß.«

»Also haben wir die Schweine fertiggemacht.«

»Fix und fertig.«

»Echt«, meinte Nick, beugte sich dann vor und flüsterte: »Übrigens, ich habe tolle Neuigkeiten, Alter: Diese Medikamente, die sie mir gegeben haben ... *einfach nur geil.*«

»Nick, hör mir zu, das ist jetzt wirklich wichtig. Sogar *noch* wichtiger als diese Medikamente und deine Gehirnerschütterung: Sag *nichts,* was sie nicht wissen müssen.«

Nick hielt Will die Faust hin. »Geht klar, Kumpel. Ich hab auch noch eine Gehirnerschütterung?«

»Alter, du wurdest mit einer geboren.« Will wandte sich zur Tür.

»Hey, warte mal ’ne Sekunde. Ich wollte dir noch was erzählen ... was echt Wichtiges über Nepsted«, sagte Nick schläfrig. »Verdammt, ich kann mich nur nicht mehr erinnern ...« Im nächsten Moment döste er wieder ein.

Leise ging Will durch die nächste Tür, die in ein identisches Zimmer führte. Elise lag auf dem Rücken, die Augen geschlossen, eine Infusionsnadel im Arm und an mehrere Monitore angeschlossen.

Will nahm ihre Hand, beugte sich zu ihr hinab und flüsterte: »Elise, kannst du mich hören?«

»Nein«, sagte sie. »Ich bin gestorben. Auf tragische Weise.« Dann öffnete sie ein Auge.

»Ajay sagte, du seist noch nicht wieder aufgewacht.«

Elise zog eine Augenbraue hoch. »Glaubst du, das würde ich sie wissen lassen, bevor wir Gelegenheit hatten, miteinander zu sprechen? Was denkst du denn von mir?«

»Ich hätte es wissen sollen.«

»Ja, hättest du«, bestätigte sie. Will wollte ihre Hand freigeben, doch Elise hielt seine Finger fest. »Ich habe dir nicht erlaubt loszulassen.«

»Wenn das so ist ... vielleicht will ich sie dann ja auch gar nicht loslassen«, bemerkte Will.

Einen Augenblick starrten sie einander an. »Toll«, sagte Elise dann. »Jetzt bin ich total befangen, was diese ganze *Hand*-Geschichte angeht.«

Aber keiner von beiden ließ die Hand des anderen los.

»Hast du gewusst, dass du ... das konntest ... das, was du da im Bootshaus gemacht hast?«, fragte Will.

»Ich will zuerst dich etwas fragen«, erwiderte Elise. »Es mag zwar eine merkwürdige Frage sein, aber da du Ajay geschickt hattest, um mich zu holen, muss ich sie dir stellen: Hast *du* es gewusst?«

»Nicht genau. Ich hatte nur das Gefühl, du würdest *etwas* tun können.«

»Warum?«

»Wegen einer Frage, die du mir einmal in einem Traum gestellt hast. Du hast mich gefragt, ob ich ›Erwacht‹ sei. Das warst doch *du,* oder?«

»*Erwacht* war einfach nur das Wort, das ich in dem Moment benutzt habe, um dieses Gefühl für mich selbst beschreiben zu können.« Elise schaute Will unverwandt in die Augen. »Ich habe ebenfalls geträumt. Zwei Mal hab ich dich gesehen, bevor du hierher kamst ... bevor ich überhaupt wusste, wer du bist und dass es dich wirklich gibt. Und als du dann aufgetaucht bist, hat mich das zu Tode erschreckt.« Sie drückte seine Hand. »Ich war schon immer sonderbar. Allerdings nicht im Sinne von durchgeknallt, sondern übernatürlich, mit der Gabe ausgestattet, das Schicksal, die Zukunft oder das zu sehen, was Menschen denken. Dann kamst du und hast diese Gabe *wirklich* geweckt.«

»Du meinst das, was du im Bootshaus getan hast?«

»Ich hatte keine Ahnung, dass ich zu so etwas fähig bin«, räumte Elise ein. »Es ist eine Sache, ein hohes C zu singen und dadurch ein Weinglas zerspringen zu lassen. Aber die Türen aus einem Haus zu sprengen und einen Haufen Leute umzuhauen ... das ist eine ganz andere Ebene von ›Erwacht‹.«

»Ich habe noch etwas anderes gespürt«, verriet Will und musterte sie eindringlich. »Es ist schon ein paar Mal vorgekommen.« Er schaute ihr in die Augen und dachte: *Weißt du, was ich gerade denke?*

Sie hielt seinem Blick stand. *Natürlich, Dummerchen.*

Überrascht schnappte Will nach Luft. »Verdammt. Was hat es denn damit auf sich?«

»Keine Ahnung, aber es ist um Längen besser als jede SMS«, meinte Elise und grinste verschmitzt.

Dann hörten sie Stimmen in Nicks Zimmer nebenan und bemerkten Licht unter der Tür.

»Keine Sorge, ich weiß, was zu tun ist«, flüsterte Elise. »Nichts verraten. Eine Explosion hat alle ausgeschaltet, aber wir wissen nicht, wodurch sie ausgelöst wurde. Vielleicht haben die Bösen sie vorher dort deponiert ...«

»Du bist gut«, lobte Will lächelnd.

»Und du bist entlassen«, sagte Elise und lehnte sich wieder zurück. »Ich werde meinen Schönheitsschlaf fortsetzen. Ich bin ziemlich erschöpft von den Auswirkungen meiner, äh, ›Explosion‹.«

Ich weiß, wie das ist, dachte Will.

Das ist mir klar, dachte Elise und sagte dann: »Und das ist *ziemlich* sonderbar, nicht wahr?«

»Nichts ist sonderbarer als die Wahrheit«, meinte Will.

»Hm. Okay. Darüber werde ich mal nachdenken.« Elise drückte seine Hand noch ein letztes Mal, schloss die Augen und ließ ihn dann gehen.

Will blieb kurz an der Tür stehen, sammelte sich und kehrte in Nicks Zimmer zurück. Dr. Robbins, Dr. Geist, Dr. Kujawa und Direktor Rourke waren um Nicks Bett versammelt. Eloni und ein weiterer Wachmann standen an der Tür zum Korridor. Rourke trug seine Felljacke und hielt seinen schwarzen Cowboyhut in der Hand.

»Da bist du ja«, sagte Dr. Robbins. »Will, warum liegst du nicht im Bett?«

»Ich wollte nur sichergehen, dass alle okay sind«, erklärte er.

»Komm, setz dich hierher, Will«, bat Rourke und klopfte sanft auf das Bett neben Nicks. »Mute dir nicht zu viel zu. Es ist vor allem *meine* Aufgabe, sicherzugehen, dass ihr alle okay seid – und nicht deine. Sind wir uns da einig?«

»Ja, Sir.« Will setzte sich auf das Bett. Dr. Kujawa fühlte seinen Puls und musterte ihn kurz, aber eingehend. Währenddessen tauschte Will einen Blick mit Nick. *Wir kriegen das hin,* gab Nick ihm zu verstehen.

Kujawa schaute zu Rourke: *Alles in Ordnung.*

Rourke zog einen Stuhl heran, drehte ihn um und setzte sich rittlings darauf, damit er beide sehen konnte. »Dr. Robbins und Mr McBride haben mich über einige frühere Unterhaltungen informiert, in denen du Bedenken wegen dieses Geheimbunds geäußert hast, der sich die ›Ritter Karls des Großen‹ nennt. Lass uns deine Seite hören, Will«, forderte er ihn auf.

Will erzählte ihnen davon, was der Paladin Brooke anzutun gedroht hatte. Er entschuldigte sich bei Robbins dafür, dass er entgegen ihren Anweisungen die Wohnung verlassen hatte, und erklärte, er habe keine andere Wahl gehabt. Aus der Nachricht auf dem Instant Messenger hatte er geschlossen, dass er Brooke im Bootshaus finden würde; es sei einzig und allein seine Entscheidung gewesen, sie zu suchen, um sie zu befreien. Als er zum Bootshaus gekommen sei, habe es eine Explosion gegeben. Eine Falle, die ihm vermutlich die Entführer gestellt hatten. Er berichtete, wie er den Paladin – hinter dem sich Lyle verbarg – bis zum Berg verfolgt und dass man auf ihn geschossen hatte. Dann hatte er Lyle in der Nähe der Höhlen zur Strecke gebracht, wo sie ihn schließlich mit dem Hubschrauber gefunden hatten.

Und das war alles, woran er sich erinnern konnte.

Rourke betrachtete ihn einen Moment und holte etwas aus seiner Jacke. »Das habe ich in deinen Taschen gefunden, Will.«

Sein Schweizer Messer, die Sonnenbrille und ein Paar schwarzer Würfel. Normale schwarze Würfel mit sechs Seiten, wie aus einer x-beliebigen Spielesammlung. Will versuchte, seine Beunruhigung zu verbergen. *Normale Würfel? Sind das dieselben wie aus Daves Glaswürfel?*

Dann wandte Rourke sich an Nick und bat ihn um seine Version.

Nick wiederholte Wills Worte und fügte hinzu, dass sie die Jacken getauscht hatten, damit die Ritter ihn für Will hielten.

Er war zur Scheune gegangen, um sie abzulenken, während Will und die anderen zu Brooke unterwegs waren.

Sie haben uns die Geschichte abgekauft, dachte Will erleichtert.

Doch dann redete Nick weiter: »Und als ich dort ankam, versuchte ein Haufen maskierter Typen – es waren sechs –, die Statue des Schulmaskottchens zu klauen. Sie hatten sie schon von ihrem Sockel gerissen und in die Umkleide geschleppt, und da ich nicht wusste, ob sie sie verunstalten oder sonst was damit machen wollten, habe ich versucht, sie festzuhalten. Und plötzlich stürmt dann dieses *riesige* Tier herein – ich vermute, weil sie die Türen aufgelassen hatten und weil es sich vor dem Sturm in Sicherheit bringen wollte. Ich weiß, es klingt total durchgeknallt, aber ich glaube, es war ... vielleicht ein Bär?«

Totenstille.

»Ehe ich mich versah, war mein Bein echt übel zugerichtet. Irgendwie habe ich dann es geschafft, die Zentrale anzurufen, und dann hatte ich diesen Voodoo-Albtraum von einem riesigen Tintenfisch, der mit mir redet ... Dann bin ich hier aufgewacht. Ziemlich durcheinander und so.«

Will versuchte, sich nichts anmerken zu lassen.

»Da unten war tatsächlich ein Tier«, sagte plötzlich jemand hinter Will. Alle drehten sich um. Coach Jericho hatte während Nicks Bericht das Zimmer betreten. »Ich war in meinem Büro, als ich es hörte«, fuhr er ganz ruhig fort. »Zum Glück konnte ich ein paar Türen aufreißen und ihm aus dem Weg gehen, bis es mich nach draußen getrieben hat.«

»Ein Bär?«, fragte Rourke ungläubig.

»Den Spuren nach zu urteilen, könnte es einer gewesen sein«, meinte Jericho. »Aber um ehrlich zu sein, Stephen, es war dunkel und ich habe mich nicht umgedreht, um genauer nachzusehen.«

»Was ist mit Ihrem Arm passiert?«, erkundigte Robbins sich.

»Bin auf dem Eis ausgerutscht, nachdem ich mich ins Freie gerettet hatte. Nichts Ernstes.«

»Ein Bär«, wiederholte Rourke und schaute zu Nick.

»So unwahrscheinlich es sich auch anhört ... und ich weiß, dass McLeish es mit der Wahrheit nicht immer ganz genau nimmt ... aber ich glaube, es stimmt, was er sagt«, meinte Jericho. »Diese Jugendlichen haben die Statue in die Umkleide geschleppt und zerstört. Wir haben dort die Überreste gefunden.«

»Danke, Coach«, sagte der Direktor.

Jericho warf Will einen kurzen Blick zu, als er hinausging. Nick atmete langsam aus und sah Will an, der mit den Lippen stumm die Frage formte: *Ein riesiger Tintenfisch?*

Nick zuckte die Achseln und nickte, während Rourke aufstand und sich mit den Fingern durch sein dichtes Haar fuhr.

»Wir haben drei Gewehre am Fuß der Felswand gefunden«, verkündete Rourke. »Kleinkalibergewehre des Biathlon-Teams, die aus einem verschlossenen Schrank in der Sporthalle entwendet wurden. Außerdem Patronenhülsen und vier Schneemobile aus dem Fuhrpark. Deine Sorgen waren offenbar berechtigt, Will: Eine kleine Gruppe von Schülern scheint die ›Ritter Karls des Großen‹ wieder zum Leben erweckt zu haben, eine Vereinigung, die vor siebzig Jahren verboten wurde. Es handelt sich um schwerwiegende Vergehen und zehn Schüler wurden in Gewahrsam genommen. Ihre Familien sind verständigt und einige müssen mit Haftstrafen rechnen. Die Gewährleistung der Sicherheit unserer Schüler ist unsere Pflicht und wir werden eine umfassende Untersuchung durchführen, um herauszufinden, wie und warum das Ganze geschehen konnte.« Rourke hielt inne, als ein weiterer von Wills Lehrern hereinkam: Sangren, der kleine Staatskunde-Lehrer. Er nahm Rourke zur Seite und teilte ihm eindringlich flüsternd etwas mit.

»Entschuldigt mich einen Moment«, sagte Rourke und bedeutete dann Dr. Geist, ihm zu folgen. Die beiden eilten hinaus.

Sanft wandte Sangren sich an Will: »Bitte komm mit, Will.«

Will folgte dem Lehrer in sein eigenes Zimmer.

Sangren zeigte auf das Bett: »Setz dich.«

Nachdem Will seiner Bitte gefolgt war, ging Sangren zurück zur Zwischentür und sprach leise mit Dr. Robbins und Dr. Kujawa. Seine Worte veranlassten Robbins dazu, sich entsetzt die Hand vor den Mund zu schlagen. Sie schnappte keuchend nach Luft und schaute unwillkürlich zu Will hinüber. Auch Kujawa warf Will einen kurzen Blick zu und verließ dann sofort den Raum, während Sangren Dr. Robbins einen Moment stützte, die versuchte, sich zu beruhigen. Schließlich traten beide an Wills Bett.

»Was ist los?«, fragte er mit einem mulmigen Gefühl im Magen.

Dr. Robbins nahm seine Hand. »Will, Dan McBride hat gerade angerufen.«

»Was ist passiert?«

»Es hat einen Unfall gegeben.«

DER UNFALL

Er bestand darauf, dass sie ihn hinbrachten. Als sie sich weigerten, hob er nur einmal die Stimme, um deutlich zu machen, dass er nicht mit sich verhandeln lassen würde. Sie brachen eine Stunde vor Anbruch der Morgendämmerung mit dem schuleigenen Hubschrauber auf, der vom Dach der Klinik abhob. Will saß hinten zwischen Dr. Robbins und Coach Jericho. Direktor Rourke, so hatte man ihm mitgeteilt, war vorausgefahren, um sich mit den Behörden in Verbindung zu setzen.

Sie landeten ein paar Minuten nach sechs auf der Rollbahn in Madison, als der Himmel im Osten sich hellgrau verfärbte. Direktor Rourke und Dan McBride warteten neben einem großen schwarzen SUV, an dessen Steuer Eloni saß. Sie stiegen ein und folgten zwei Streifenwagen der Landespolizei, mit eingeschaltetem Blaulicht, etwa eine Meile Richtung Westen bis zur Unfallstelle. Nachdem sie ausgestiegen waren, legte Direktor Rourke sanft, aber bestimmt den Arm um Wills Schultern und redete beruhigend auf ihn ein.

Der Pilot hatte der Flugsicherung über Funk mitgeteilt, dass der Motor ausgefallen war, kurz nachdem er zum Landeanflug angesetzt hatte. Der Sturm schränkte die Sicht stark ein. Sie hatten gehofft, notlanden zu können, aber das Fahrwerk hatte ein gutes Stück von der Landebahn entfernt die Wipfel der Bäume gestreift. Daraufhin war die Maschine ins Trudeln geraten, abgestürzt und in Flammen aufgegangen.

Vier Menschen hatten sich an Bord befunden, einschließlich der beiden Piloten. Es gab keine Überlebenden.

Als sie auf den Wald zugingen, sah Will Feuerwehrmänner und Rettungsteams, die ihre Ausrüstung einpackten. Untersuchungsbeamte stellten Scheinwerfer auf und richteten sie auf eine verkohlte, verbogene Masse zwischen verbrannten Nadelbäumen am Ende eines langen Trümmerfelds.

Ein Teil des Rumpfes und des Hecks waren unversehrt. An der Seite war die Kennzeichnung zu sehen, die Will erwartet hatte: N497TF. Eine Bombardier Challenger 600, die gleiche zweimotorige Privatmaschine, die seine Eltern vor drei Tagen in Oxnard gemietet hatten.

Will war innerlich zu Eis erstarrt, als Dr. Robbins ihm die Nachricht überbrachte. Dieser Zustand hatte die ganze Nacht angehalten und auch jetzt, da Will alles mit eigenen Augen sah, blieb er unverändert: Er empfand noch immer nichts, war wie betäubt.

Rourke erklärte, dass im Terminal ein paar Beamte warteten, die mit ihm sprechen wollten. Allerdings könnte man das Gespräch auch auf einen anderen Tag verschieben, falls Will sich dem nicht gewachsen fühlte.

»Bringen wir es hinter uns«, sagte Will.

Die Befragung fand in einem Konferenzraum im Gebäude des Dane County Regional Airport statt. Direktor Rourke bestand darauf, bei Will zu bleiben. Zwei uniformierte Polizisten der Wisconsin State Patrol standen draußen vor der Tür; drinnen warteten zwei Beamte in Zivil, Detectives der örtlichen Polizei.

Die Beamten bemühten sich höflich darum, ihr Mitgefühl zum Ausdruck zu bringen. Sie erzählten, man versuche gerade, die Passagiere zu identifizieren, und hoffe, Will könne dabei helfen. Dann zeigte man ihm die von Rauch geschwärzten Überreste einer Brieftasche und einen teilweise zerstörten kalifornischen Führerschein in einem Plastikbeutel und fragte ihn, ob er die Person auf dem Foto erkenne.

»Mein Vater«, erklärte Will. »Jordan West.«

Als Nächstes zeigte man ihm eine verkohlte Damenhandtasche aus Leder. Will bestätigte, dass sie seiner Mutter, Belinda West, gehörte. Die Beamten fragten weiter, ob es stimme, dass seine Eltern auf dem Weg zu seiner neuen Schule gewesen seien, um ihn dort zu besuchen.

»Ja.«

Dann wollten sie wissen, ob Will den Namen des Familienzahnarztes in Kalifornien kenne. Will erklärte, dass sie seines Wissens noch keinen gefunden hatten. Ihm wurde klar, dass die Beamten nach Röntgenbildern ihrer Zähne suchten, um die Leichen zu identifizieren.

Die Befragung war fast beendet, als ein Mann im schwarzen Anzug den Raum betrat. Will gefror das Blut in den Adern, als der Mann seinen Hut abnahm.

Der Kahle. Mr Hobbes.

Er zeigte eine Dienstmarke, mit der er sich als Inspector Dan O'Brian von der Federal Aviation Administration auswies. Dann wandte er sich an Will: »Ich habe die Spur Ihrer Eltern in den letzten drei Tage verfolgt«, sagte er mit kalter, fast roboterhafter Stimme. »Wann haben Sie das letzte Mal mit ihnen gesprochen?«

Will blickte ihm direkt in die Augen. »Vor zwei oder drei Tagen.«

»Haben sie Ihnen gesagt, dass sie vorhatten, für den Besuch eine Privatmaschine zu chartern?«

»Nein.«

»Haben Ihre Eltern *jemals* zuvor eine Privatmaschine gechartert?«

»Nicht, dass ich wüsste.«

Hobbes trat näher; er war drahtig und viel größer, als er von Weitem wirkte. Er hatte dunkle, tote Augen und glänzend weiße Zähne.

Will konnte ihn nicht einschätzen, aber er erinnerte sich an etwas, das ihm half:

Er hat keine Ahnung, dass ich weiß, wer er ist.

»Haben Sie eine Erklärung dafür, dass Ihre Eltern nach Phoenix geflogen sind? Warum haben sie dort nach Ihnen gesucht, wenn sie doch wussten, dass Sie in Wisconsin sind?«, bohrte Hobbes weiter.

Will schaute zu Rourke, der ihm zu Hilfe eilte: »Sir, Sie tun sicher nur Ihre Arbeit, aber dieser Junge hier hat gerade seine Eltern verloren.«

Hobbes hielt seine leblosen schwarzen Augen fest auf Will geheftet. »Die Wests haben diese Maschine letzte Woche in Oxnard gechartert. Von dort sind sie nach Phoenix geflogen, wo sie sämtliche YMCAs und Jugendherbergen abgesucht haben. Statt am nächsten Tag nach Oxnard zurückzukehren, hoben sie jedoch von Phoenix mit unbekanntem Flugziel ab ... ohne den Flugplan durchzugeben oder den Eigentümer zu verständigen. Das Flugzeug verschwand für die kommenden zweieinhalb Tage vom Bildschirm der FAA.«

Rourke sah Will an, der verwirrt den Kopf schüttelte.

»Einen Tag bevor sie die Maschine charterten, zündete Mr West in einem Hotelzimmer in San Francisco, das auf seinen Namen gemietet war, eine Sprengladung. Er flüchtete vom Tatort, bevor er verhört werden konnte. In derselben Nacht wurde in das Büro von Mr West an der University of California in Santa Barbara eingebrochen; Unterlagen und wertvolle Geräte, darunter auch zwei Computer, wurden gestohlen. Mr West ist noch immer der Hauptverdächtige ...«

»Warum sollte er seine eigenen Computer stehlen?«, wandte Will ein.

»Vor zwei Tagen«, fuhr Hobbes ungerührt fort, »brannte das Haus, das die Wests die letzten vier Monate im kalifornischen Ojai gemietet hatten, bis auf die Grundmauern nieder. Die Umstände weisen auf Brandstiftung hin ...«

»Hast du davon gewusst, Will?«, fragte Rourke.

»Nein, Sir.«

Hobbes nahm ein Paar Handschellen aus der Tasche. »Eine beeindruckende Liste von Straftaten. Der Diebstahl einer Privatmaschine ist kein gewöhnliches Verbrechen, sondern eines, das die Aufmerksamkeit des Ministeriums für Innere Sicherheit geweckt hat.« Zum ersten Mal lächelte Hobbes, allerdings nicht mit den Augen. »Ich nehme Mr West in Gewahrsam, um ihn zu verhören. Beamte vom Sozialdienst warten bereits draußen. Kommen Sie bitte mit.«

Die Sonne erschien am Horizont und tauchte den Raum in helles Morgenlicht. Durch das Fenster sah Will einen schwarzen SUV, neben dem vier Männer in schwarzen Kappen warteten. Hobbes zog Will auf die Füße und wollte ihm Handschellen anlegen.

Doch Rourke packte den Mann am Handgelenk. »Lassen Sie ihn los«, befahl er.

Hobbes zog eine finstere Miene. »Ich bin Beamter der Bundespolizei ...«

»Und ich bin sein gesetzlicher Vormund«, entgegnete Rourke mit erhobener Stimme. »Will geht nirgendwohin.«

Eloni und Coach Jericho stürmten flankiert von zwei Landespolizisten ins Zimmer. Sie ließen keinen Zweifel daran, dass sie Rourke unterstützen würden. Die anderen Detectives machten keine Anstalten einzugreifen.

»Haben Sie ein Problem damit?«, fragte Rourke und setzte seinen Cowboyhut auf, während Eloni und Jericho näher an Hobbes herantraten. Die Augen des Mannes funkelten vor Zorn. Einen Moment lang glaubte Will, Hobbes würde den Schwarzkappen etwas zurufen und versuchen, ihn gewaltsam aus dem Gebäude zu schaffen – was er aber nicht tat.

Will schüttelte Hobbes ab und stellte sich neben Rourke, der ihm eine Hand auf die Schulter legte und ihn zur Tür führte. Doch bevor Will den Raum verließ, drehte er sich kurz um und setzte Daves Sonnenbrille auf.

Ein Lichtschein umgab Hobbes, den Kahlen ... und unter seiner Haut sah Will eine sonderbare Rüstung aus massivem Knochengewebe: einander überlappende Schuppen, so dick wie ein Panzer, die seinen gesamten Kopf und Hals bedeckten.

Wills innere Erstarrung wich schlagartig einer blinden Wut auf alles, was er durchgemacht hatte und was seinen Eltern zugestoßen war. Sein Zorn nahm die Form eines Streithammers an, den er gegen den Schädel des Mannes schleuderte.

Wenn du mich hören kannst: Das ist für meine Eltern, du Missgeburt!

Hobbes schnappte nach Luft, als der unsichtbare Schlag ihn traf und sein Kopf nach hinten schnellte. Blut tropfte ihm aus Nase und Ohren.

Dann verließ Will zusammen mit Rourke den Raum. Eloni, Jericho und die Polizisten folgten ihnen und bildeten eine schützende Phalanx, die ihnen den Weg zum Ausgang bahnte.

Als sie das Gebäude verließen, wandte Will sich leise an Eloni: »Tut mir leid, dass ich mich rausgeschlichen habe.«

»Schon in Ordnung, Will«, erwiderte Eloni wohlwollend. »Für Miss Springer hätte ich das auch getan.«

»Mr Rourke? Sind Sie jetzt wirklich mein gesetzlicher Vormund?«, fragte Will, während sie den Parkplatz überquerten.

»Das muss erst noch geklärt werden, Will«, meinte Rourke und zwinkerte ihm zu. »Aber es hat ja nicht geschadet, ihn in dem Glauben zu lassen.«

Innerhalb weniger Minuten saßen sie wieder im Hubschrauber des Centers und stiegen über die schneebedeckten Wälder und Berge auf, während die Sonne an einem klaren blauen Morgenhimmel strahlte. Himmelblau, seine Lieblingsfarbe. Will bemerkte, dass der Pilot vorn neben Rourke ebenfalls ein Samoaner aus dem Center war. Will saß hinten, zusammen mit Dr. Robbins, Mr McBride und Coach Jericho.

»Welcher Tag ist heute?«, fragte Will, der noch immer vollkommen durcheinander war.

»Sonntag«, teilte McBride ihm mit.

Coach Jericho legte Will seine unversehrte Hand auf die Schulter und Dr. Robbins nahm Wills rechte Hand. Als der Hubschrauber in Schräglage ging und davonflog, sah Will unter ihnen kurz die Unfallstelle – eine auffällige schwarze Narbe in der weißen Ebene.

Wenn meine Eltern in dieser Maschine saßen, dann habe ich sie verloren. Und Dave sehr wahrscheinlich auch. Will schob eine Hand in seine Tasche und berührte die schwarzen Würfel. Sie waren das Einzige, woran er sich festhalten konnte.

Für immer und ewig, Will. Für immer und mehr als alles andere.

»Was soll ich tun?«, murmelte Will, ohne irgendjemanden direkt anzuschauen. »Ich weiß nicht ... was ich tun soll.« Im nächsten Moment erfasste ihn ein überwältigender Schmerz. Er konnte seine Wut, seine Angst und seine Trauer nicht länger zurückhalten und er begann so heftig zu schluchzen, dass sein ganzer Körper bebte.

»Schon gut«, tröstete Robbins ihn. »Alles wird gut.«

Aber nichts war gut. Niemand sagte ein Wort, bis sie eine Dreiviertelstunde später auf einem Parkplatz neben der flachen, viel befahrenen Autobahn landeten. Ein Trupp von Landespolizisten hatte den Landebereich geräumt. Verwirrt schaute Will sich um, als sie aus dem Hubschrauber stiegen; doch dann entdeckte er eine rote Neonschrift.

Rourke setzte seinen Hut auf, nickte Dan McBride zu und legte Will einen Arm um die Schulter. »Du brauchst eine anständige Mahlzeit, Will«, sagte der Direktor sanft. »So seltsam es auch klingen mag, aber in einem Augenblick wie diesem muss man etwas essen.«

Sie waren bei Popski's gelandet.

ES GEHT UM UNS

Es war fast Mittag, als sie im Center eintrafen. Rourke fuhr sie nach Greenwood Hall und begleitete Will zur Tür.

»Bleib in der Nähe von Menschen, denen du am Herzen liegst«, riet der Direktor. »Sag ihnen, wie du dich fühlst. Sie können dir sonst nicht helfen. Damit solltest du anfangen.«

Dr. Robbins begleitete Will bis zum Aufzug. Gelbes Absperrband war vor der offenen Tür zu Lyles Wohnung gespannt, in der mehrere uniformierte Polizeibeamte arbeiteten.

»Gibt es irgendwelche Freunde oder Verwandte, die wir verständigen sollten, Will?«, erkundigte Robbins sich. »Wir können sie einfliegen lassen. Sie wären bestimmt ebenfalls gern für dich da.«

»Danke. Kann ich darüber nachdenken und Ihnen dann Bescheid sagen?«, erwiderte Will.

»Natürlich.«

Er fühlte sich im Moment nicht dazu in der Lage, Robbins die Wahrheit sagen: Soweit er wusste, besaß er keine lebenden Verwandten, weder väterlicher- noch mütterlicherseits. Seine Eltern hatten auch keine Freunde. Die einzigen Freunde, die er *je* gehabt hatte, waren oben in Wohnung G4-3.

Die Tür des Aufzugs schwang auf. Gruppen von Schülern standen im Atrium zusammen und tuschelten verstohlen miteinander, während Will an ihnen vorbeiging.

Die Geschichte hatte inzwischen die Runde gemacht. Er war nicht länger nur »der Neue«.

Jemand vom Sicherheitsdienst war vor ihrer Wohnung postiert: Tika, Elonis Cousine. Als sie näher kamen, öffnete sie die Tür.

»Sie ist nicht hier, um dich hinter verschlossenen Türen zu halten«, flüsterte Robbins ihm zu. »Sie soll nur sicherstellen, dass mit dir alles in Ordnung ist. Ruf mich bitte sofort an, wenn du irgendetwas brauchst.«

»Mach ich.« Will nickte und betrat dann den Gemeinschaftsraum.

Am Esstisch saß Brooke, neben ihr Nick im Rollstuhl, das rechte Bein hochgelegt. Brooke sprang auf, als er hereinkam, Elise erhob sich vom Sofa und Ajay eilte aus seinem Zimmer.

Brooke erreichte Will als Erste und umarmte ihn, so fest sie konnte. Sie versuchte erfolglos, die Tränen zurückzuhalten, während ihn die anderen umringten. Sogar Elise wischte sich eine Träne weg, als sie an die Reihe kam, ihn in den Arm zu nehmen.

»Verdammt, Kumpel«, stieß Nick zerknirscht hervor. »Es tut mir so verdammt leid. Ich weiß gar nicht, was ich sagen soll.«

Will musste in die Hocke gehen, um Nick über die Lehne des Rollstuhls hinweg zu umarmen. Nick drückte ihn so fest, dass er Will fast die Rippen brach. Die Mädchen machten Kakao und Ajay zündete ein Feuer im Kamin an, um den sich dann alle versammelten, sogar Nick, der vom Rollstuhl auf das Sofa kletterte.

Dann berichtete Brooke, wie auf dem Weg von der Bibliothek zurück zur Wohnung plötzlich zwei maskierte Gestalten aus dem Wald auf sie zugestürmt waren.

Will sah, wie die Erinnerung daran tiefe Furchen in ihr Gesicht zeichnete, und nahm ihre Hand. »Wir kennen den Rest«, sagte er. »Du brauchst das nicht alles noch mal durchzumachen.«

Brooke schien dafür dankbar zu sein. »Waren deine Eltern wirklich in dem Flugzeug?«

»Ich weiß es nicht. Sie sind ein paar Tage vorher mit dieser Maschine geflogen. Wir müssen einfach abwarten. Hat man Todd gefunden?«, fragte Will.

»Nein, noch nicht«, erklärte Ajay.

»Sie haben sechs Ritter in der Scheune und drei im Bootshaus geschnappt«, berichtete Elise. »Und Lyle.«

»Somit bleiben drei der dreizehn Ritter über, von denen bisher jede Spur fehlt«, meinte Ajay. »Darunter auch Todd. Nick denkt, dass du recht hast: Todd muss der Paladin in der Scheune gewesen sein.«

»Hast du irgendetwas über Lyle erfahren?«, wandte Will sich an Ajay.

»Ich habe mit einem Freund in der Klinik gesprochen. Er sagt, Lyle sei absolut *non compos.«*

»Echt? Er ist nicht einmal mehr auf dem *Campus?«,* fragte Nick verblüfft.

»Non compos mentis«, erläuterte Elise. »Sieh nach, was es bedeutet.«

»Es bedeutet, dass seine Festplatte sich verabschiedet hat«, sagte Ajay. »Seine Sicherungen sind durchgebrannt. Katatonisch und nicht ansprechbar. Ein Zustand, der in den meisten Fällen auf ein verheerendes Trauma zurückzuführen ist.«

Will dachte wieder an die Höhle, als er Lyles Gesicht im Brustkorb des Wendigos gesehen hatte. Was hatte dieses Wesen ihm geraubt? Wie viel von Lyle war noch übrig?

»Er tut mir ja sooo leid, der Arme«, meinte Nick sarkastisch.

»Er ist immer noch ein *Mensch,* Nick«, wies Elise ihn zurecht.

»Zumindest war er einer. Oder so was Ähnliches«, fügte Ajay hinzu.

»Er war mal ein Kind, so wie wir alle«, warf Brooke ein. »Und es gab Menschen, denen er etwas bedeutet hat.«

»Ich habe gehört, dass Lyles Eltern ebenfalls hierherkommen«, erzählte Ajay.

»Siehst du?«, sagte Elise. »Er hat *Eltern.«*

Das Wort rief Nick Wills Verlust wieder ins Gedächtnis. »Tut mir leid«, murmelte er.

Nr. 79: MACH DEN SCHMERZ EINES ANDEREN NICHT ZUR QUELLE DEINES EIGENEN GLÜCKS.

»Lyle wurde in den Höhlen von einem Monster aus dem Niegewesen fertiggemacht, das er selbst rübergeholt hatte«, erklärte Will und berichtete ihnen von dem Wendigo. »Lyle meinte, die Kappen hätten ihn gezwungen, sich selbst einen Mitfahrer in den Nacken zu setzen – den ich dann am Rumpf abgetrennt habe. Lyle hasst mich, er hasst uns alle, aber ich glaube nicht, dass er versucht hätte, mich zu töten, wenn sie ihn nicht dazu gebracht hätten.«

Einen Moment herrschte Schweigen im Raum.

»Lyle hat mir auch verraten, dass der Kahle der Boss ist«, fuhr Will dann fort. »Sein Name ist Mr Hobbes. Er und die Kappen haben versucht, mich am Flughafen in Madison zu verschleppen.«

»Was?!«, rief Nick..

»Himmel, Will«, stieß Ajay bestürzt hervor.

»Und noch etwas: Der Kahle ist nicht wirklich menschlich. Aber er stammt auch nicht vollständig aus dem Niegewesen. Scheinbar handelt es sich bei ihm um ... eine Art Mischwesen.«

»Woher weißt du das?«, fragte Elise.

Will hielt seine Brille hoch.

»Jetzt reicht's«, meinte Nick. »Ich will sofort auch so ein Teil.«

»Hast du den Cops erzählt, was er dir und deiner Familie angetan hat?«, fragte Brooke.

»Nein. Offenbar hat er ziemlich gute Beziehungen und ich weiß noch nicht, wem wir trauen können. Rourke kannte diesen Typ auf jeden Fall nicht. Doch jetzt würde ich gern mal erfahren, was zum Teufel eigentlich in der Scheune passiert ist, Nick ...«

»Alter, die *Statue* vom Großen Paladin war auf einmal hinter mir her. Sie müssen ihm wohl einen dieser Mitfahrer verpasst haben«, erklärte Nick.

»Vermutlich kurz bevor dich der Grizzlybär und der Riesentintenfisch angegriffen haben«, kommentierte Ajay trocken.

»Hey, ich habe es euch doch schon gesagt: Ich bin nicht von ihnen *angegriffen* worden. Sie haben mich *verteidigt*. Gegen die Statue.«

Will legte Nick eine Hand auf die Schulter, um ihn zu beruhigen. »Ich weiß nicht, warum, Nick, aber ich glaube dir.«

»Danke, Mann.«

Einen Augenblick herrschte betretenes Schweigen.

Schließlich nahm Brooke Wills Hand. »Dann ist die Geschichte also endgültig abgeschlossen, Will? Bist du jetzt in Sicherheit?«, fragte sie vorsichtig.

»Ich weiß es nicht genau. Fest steht, dass Lyle die Ritter angeführt und Mr Hobbes Lyle kommandiert hat.«

»Und Hobbes gab den Befehl, dich zu töten«, folgerte Elise. »Deshalb haben sie das Ganze inszeniert.«

»Aber«, wandte Will ein, »Lyle hatte im Bootshaus einen Mitfahrer, den er mir verpassen wollte. Also hatte sich der Befehl vielleicht geändert und sie hatten beschlossen, mich lieber in ihre Gewalt zu bringen als mich zu töten.«

»Aber warum sollte der Plan sich geändert haben?«, fragte Brooke.

»Lyle meinte, sie hätten Angst vor mir.«

»Angst vor dir? Warum das denn?«, wunderte Ajay sich.

»Keine Ahnung«, sagte Will und stocherte mit einem Schürhaken im Feuer. »Auf alle Fälle gehe ich davon aus, dass die Schule uns mitteilen wird, die Ritter seien Geschichte. Eine Krankheit, wie der Ausbruch einer Masernepidemie, die sie ausmerzen konnten. Und sie haben zwei perfekte Sündenböcke: Lyle und Todd.«

»Aber die sind doch auch schuldig«, bemerkte Ajay.

»Bis zu einem gewissen Punkt«, erwiderte Will. »Ich glaube, Lyle hat begriffen, dass man ihn zum Sündenbock gemacht hat und dass er irgendwie entbehrlich war. Das wiederum erlaubt es dem Center, die unappetitliche Geschichte zu den Akten zu legen. Die anderen Ritter fliegen von der Schule und werden angeklagt. Todd ist noch immer verschwunden und ich denke nicht, dass sie ihn finden werden. Und Lyle wird wahrscheinlich für den Rest seines Lebens in einen Schlauch sabbern.«

»Das klingt ja fast so, als würde er dir leidtun«, fand Ajay.

»Tut er auch«, bestätigte Will. »Lyle ist ebenso sehr Opfer wie alle anderen, vielleicht sogar noch mehr. Aber es geht darum, dass das Center den Familien der anderen Schüler jetzt signalisieren kann, dass die faulen Äpfel aussortiert wurden und man alles unter Kontrolle hat.«

Elise, die Will ernst anschaute, fragte: »Denkt die Schule das wirklich?«

»Ich hoffe es«, antwortete Will. »Genau das *sollte* sie jedenfalls denken. Und in unserem eigenen Interesse sollten wir darauf vertrauen, dass es sich auch tatsächlich um die Wahrheit handelt.«

»Warum?«, hakte Ajay nach.

»Wenn es nicht der Wahrheit entspricht, dann sind die Ritter Karls des Großen die ganze Zeit aktiv gewesen, seit sie 1941 angeblich aufgelöst wurden. Das bedeutet, dass sie noch existieren und dass mächtige Ehemalige, vermutlich einige Eltern und sogar Lehrer in diese Geschichte verwickelt sind ...«

»Alter, du machst mir echt Angst«, warf Nick ein.

»... und an einem geheimen Vorhaben arbeiten, das sie die Paladin-Prophezeiung nennen«, fuhr Will fort und schaute die anderen der Reihe nach an. »Nachdem Lyle mir in der Höhle ein paar Dinge erzählt hat, habe ich begriffen, wie alles zusammenhängt. Aber es wird euch nicht gefallen.«

Ajay starrte ihn aus großen Augen an. »Irgendwie hab ich das Gefühl, dass ich etwas Stärkeres als Kakao brauche.«

Will stand auf und lief im Raum auf und ab. »Warum hat man uns zusammen in diese Wohnung gesteckt? Denkt mal eine Sekunde darüber nach. Was haben wir alle gemein?«

Die vier schauten einander nachdenklich an.

»Wir haben alle ein Stipendium«, setzte Ajay an. »Unsere Familien sind nicht gerade wohlhabend.«

»Das trifft auf vier von uns zu, aber nicht auf Brooke«, wandte Elise ein.

»Wir sehen alle unglaublich gut aus«, meinte Nick. »Bis auf Ajay.«

»Reiz mich nicht, Spatzenhirn«, entgegnete der.

»Was noch?«, spornte Will sie an.

»Wir sind gleich alt«, stellte Brooke fest. »Wir sind alle fünfzehn.«

»Richtig. Weiter.«

»Wir scheinen alle ziemlich ... ungewöhnliche Fähigkeiten zu besitzen«, stellte Ajay fest.

»Echt? Was kannst du denn?«, fragte Nick.

Ajay warf Will einen Blick zu, woraufhin der ihm bedeutete, ruhig zu antworten. »Vielleicht ist es euch ja noch nicht aufgefallen, aber ich habe außergewöhnlich gute Augen und ein fotografisches Gedächtnis.«

»Krass, Alter. Dann kannst du mir ab sofort bei den Hausaufgaben helfen.«

»Was ist mit dir, Brooke? Irgendwelche außergewöhnlichen Fähigkeiten?«, erkundigte Ajay sich.

»Zum Beispiel?«

Ajay zeigte auf Will, Nick, sich selbst und dann auf Elise. »Ausdauer, Wendigkeit, Gedächtnis, Überschallstimme, etwas in der Art.«

»Nicht, dass ich wüsste«, gestand Brooke enttäuscht. »Ich fühle mich total ausgeschlossen.«

»Mach dir nichts draus«, tröstete Will sie. »Diese außergewöhnlichen Fähigkeiten können zu unterschiedlichen Zeiten aktiviert werden. Wir wissen, dass Lyle ebenfalls besondere Kräfte besaß, aber nicht, wann sie bei ihm eingesetzt haben. Bei uns kamen sie mit der Zeit.«

»Bis auf das mit meiner Stimme, das kam erst gestern«, warf Elise ein. »Schlagartig.«

»Genau, lass dich davon nicht runterziehen, Brooke«, bestätigte Nick, der ehrlich versuchte zu helfen. »Du könntest morgen früh aufwachen und plötzlich in der Lage sein, hundert Hot Dogs zu essen oder so was.«

»Deine Traumfrau«, frotzelte Elise.

Will erinnerte die anderen an ihre eigentliche Aufgabe. »Es gibt da noch etwas, das wir gemein haben: Keiner von uns hat Geschwister. Genauso wenig wie Ronnie und Lyle. Wir sind alle Einzelkinder.«

»Ist das wirklich so ungewöhnlich?«, meinte Ajay. »Die amerikanische Durchschnittsfamilie ist in den letzten Jahrzehnten immer kleiner geworden. Demografische Erhebungen aus allen westlichen Industrienationen zeigen, dass die Geburtenrate ...«

Elise schlug ihm auf die Finger. »Ajay: Es *ist* ungewöhnlich. Red weiter, Will.«

»Wie ist jeder Einzelne von uns zum Center gekommen?«, fragte Will in die Runde, während er noch immer auf und ab ging. »Was hat uns hierher gebracht?«

»Testergebnisse«, sagte Ajay. »Von unseren alten Schulen.«

»Tests, die wir und alle anderen Schüler im Land gemacht haben«, ergänzte Will. »Durchgeführt von einer Organisation, die sich National Scholastic Evaluation Agency nennt. Klingt harmlos, oder? Irgendwie staatlich.«

»Wieso spielt das eine Rolle?«, hakte Brooke nach.

»Bei dieser Agentur handelt es sich nicht um eine Regierungsbehörde, obwohl eine Verbindung zu Washington besteht«, erklärte Will. »Die NSEA ist ein Privatunternehmen im Besitz der Greenwood Foundation. Dieselbe Stiftung, der auch das Center gehört.«

Die anderen tauschten besorgte Blicke.

»Das ist allerdings mehr als nur ein wenig beunruhigend«, fand Ajay.

»Die NSEA führt also Einstufungstests durch«, dachte Elise laut nach, »um die besten und klügsten Schüler des Landes zu ermitteln. Und das Center lädt diese Schüler hierher ein. Daran kann ich nicht *unbedingt* etwas Unheimliches erkennen.«

»Und mein Freund Nando hat im Büro der Agentur in Los Angeles Schwarzkappen gesehen«, fuhr Will fort.

»Was?«, sagte Brooke alarmiert.

»Wo bist du geboren, Nick?«, fragte Will.

»In Boston.«

»Elise?«

»Seattle.«

»Ajay?«

»In Atlanta, obwohl meine Eltern zu der Zeit eigentlich in Raleigh lebten. Ich glaube, es hatte was damit zu tun, dass der Kinderarzt in Atlanta wohnte.«

»Dallas«, sagte Brooke.

»Lyle ist in Boston geboren. Was ist mit Ronnie?«, wandte Will sich an Elise.

»In Chicago.«

»Die NSEA hat sechs Büros«, erläuterte Will. »Alle in Regierungsgebäuden im Land verteilt: Boston, Seattle, Atlanta, Dallas, Los Angeles und Chicago.«

»Alles große Städte«, bemerkte Ajay. »Aber das könnte auch Zufall sein.«

»Und wo bist du geboren, Will?«, fragte Elise.

»Albuquerque, in New Mexico. Das haben meine Eltern mir jedenfalls erzählt.«

»Albuquerque steht nicht auf der Liste«, stellte Nick fest.

»Nur, weil sie das behauptet haben, muss es noch lange nicht stimmen«, entgegnete Will. »Ajay, könntest du bitte eine bestimmte Stelle in Ronnies Video suchen? Ich brauche einen Ausschnitt von diesem silbernen Kästchen. Der Gedanke kam mir letzte Nacht während eines Traums ... in dem ein Ei vorkam.«

Kurze Zeit später hatte Ajay auf seinem Tablet ein Bild des Metallkästchens mit der Aufschrift DIE PALADIN-PROPHEZEIUNG über der römischen Ziffer gefunden.

»Seht euch die Ziffer an«, bat Will. »Ich glaube, das bedeutet, dass die Prophezeiung 1990 angefangen hat. Lyle hat mir gesagt, wenn ich etwas über die Prophezeiung erfahren will, muss ich mit den Kliniken anfangen.«

»Welche Art von Kliniken?«, hakte Elise nach.

»Schaut auf die *zweite* Zahl«, bat Will und zeigte auf die *IV* nach den Ziffern für 1990.

»Eine römische Vier«, sagte Nick.

»Dabei lagen wir aber falsch«, verkündete Will. »Hier fehlt der Ober- und Unterstrich wie bei den anderen Zahlen. Das da ist nicht die *Zahl* vier, weil es nämlich gar keine Ziffer ist. Es handelt sich vielmehr um die Buchstaben *I und V.«*

»Okay. Und was heißt das?«, fragte Nick.

»Es ist eine gebräuchliche Abkürzung in der Medizin«, antwortete Will.

»Intravenös«, meinte Brooke.

»In vitro«, korrigierte Will.

»Was so viel wie ›im Glas‹ oder Reagenzglas bedeutet«, erläuterte Ajay, wobei er von seinem umfangreichen Gedächtnis Gebrauch machte. »Ein medizinisches Verfahren, das häufig in Fruchtbarkeitskliniken angewendet wird, um Paaren zu helfen, die nicht auf natürlichem Weg empfangen können. Solche Paare haben meistens nur ein Kind. Das Verfahren ist ungefähr seit 1990 in der Medizin etabliert.«

Stille breitete sich aus. Als plötzlich ein Holzscheit im Kamin knackte, zuckten alle zusammen.

»Alter ... was hat das mit einem Ei zu tun?«, fragte Nick verwundert.

»Du willst doch damit nicht ernsthaft andeuten, dass wir alle vielleicht ...« Brooke traute sich nicht, es laut auszusprechen.

»Das ist ja so was von abartig«, meinte Elise wie versteinert.

»Lyle hat gesagt, wir *alle* seien die Prophezeiung«, erzählte Will.

»Okay, ich habe keine Ahnung, wovon wir hier reden«, gestand Nick.

»In-vitro-Fertilisation«, erklärte Ajay ungeduldig. »Dabei wird ein Ei aus den Eierstöcken der Frau entnommen und mit dem Samen ihres Mannes oder eines Spenders befruchtet. Zwei bis drei Tage später, nachdem die befruchtete Eizelle sich zu einer Zygote aus sechs bis acht Zellen repliziert hat, wird der wachsende Embryo wieder in die Gebärmutter der Frau eingesetzt. Dies führt in etwa fünfunddreißig Prozent aller Fälle zu einer erfolgreichen Schwangerschaft. In-vitro-Fertilisation.«

»Wenn Will recht hat«, sagte Elise an Nick gewandt, »bedeutet das, dass wir Retortenbabys sind.«

Nick verzog das Gesicht. »Uh.«

»Und vielleicht noch mehr als nur das«, warf Will ein. »Lyle sagte noch etwas anderes. Vier Buchstaben: ATCG. Hat einer von euch eine Idee, was das heißen könnte?«

»Adenin, Thymin, Cytosin, Guanin«, klärte Ajay ihn auf. »Die vier Nukleinbasen, die Bausteine der DNA.«

»Genetische ... in vitro ... Manipulation«, folgerte Elise und wurde blass.

Ajay ließ sich nach hinten in die Polster fallen und Nick fächelte sich mit einem Kissen Luft zu.

»Besondere Fähigkeiten«, sagte Brooke.

»Ich denke, das Ganze ist heimlich abgelaufen«, meinte Will. »Eure Eltern hatten wahrscheinlich keine Ahnung davon. Bei meinen bin ich mir allerdings nicht so sicher. Wer auch immer dafür verantwortlich ist, hat uns unser Leben lang verfolgt und dann diese ›zufälligen‹ Tests dazu benutzt, um herauszufinden, ob die vorgenommenen Manipulationen ... erwacht sind. Dann hat man uns hierher gebracht.«

»*Wir* sind die Paladine«, flüsterte Ajay und schaute völlig perplex.

»Ich weiß, wie verrückt das klingt«, räumte Will ein und lief wieder auf und ab. »Ich behaupte ja auch gar nicht, dass es tatsächlich so ist – ich erläutere nur eine Theorie, nichts weiter. Ich wäre mehr als glücklich, wenn sie kompletter Schwachsinn wäre. Und falls das Ganze nur ein Hirngespinst ist, lässt sich das schnell herausfinden.«

»Aber wo hat das alles begonnen?«, fragte Brooke. »Wer ist für die Prophezeiung verantwortlich?«

»Ich weiß nicht, wo es angefangen hat«, sagte Will. »Die Schwarzkappen, die Ritter und das Niegewesen haben irgendetwas damit zu tun ... auf jeden Fall scheint alles hier zum Center zu führen.«

»Aber wenn sie dich am Center haben wollten, warum haben die Kappen dann versucht, dich umzubringen?«, wunderte Elise sich.

»Das weiß ich auch nicht«, gestand Will. *Außer es hängt damit zusammen, dass ich ein Initiierter bin, wie Dave es formuliert hat.*

»Wenn das alles stimmt, stehen wir jetzt also vor der entscheidenden Frage: Was hat das Center mit der Paladin-Prophezeiung zu tun?«, bemerkte Ajay.

»So ist es«, pflichtete Will ihm bei.

»Aber *wenn* es stimmt, wozu soll das Ganze überhaupt gut sein?«, fragte Brooke aufgebracht. »Warum sollten sie irgendjemandem so etwas Perverses antun?«

Will nahm ihre Hand. »Das werden wir herausfinden. Wir alle zusammen.«

»Wie viele sind ... ›wir‹ denn?«, fragte Elise vorsichtig.

»Im Augenblick nur wir fünf hier in diesem Raum«, erklärte Will.

»Bloß wie können wir feststellen, ob diese genetische Theorie zutrifft?«, überlegte Ajay.

»Es gibt einen ganz einfachen Weg«, meinte Will. »Sprecht das Thema bei euren Eltern an. Wartet ab, was sie sagen, und entscheidet dann, was ihr selbst davon haltet.«

»Okay«, sagte Ajay ein wenig zittrig und schaute zu den anderen.

»Ihr könnt auch, ganz diskret, Dr. Kujawa bitten, Tests mit euch durchzuführen«, schlug Will vor. »Meine Ergebnisse haben ihn total überrascht und er hat mir alles erzählt. Vielleicht findet er ja etwas, das uns hilft, diese Möglichkeit auszuschließen. So oder so kann es nicht schaden, sich untersuchen zu lassen.«

»Abgemacht«, meinte Nick.

»Ajay, da wäre noch etwas, das du tun könntest«, fuhr Will fort. »Lass dir von einem Lehrer einen Antrag zur Benutzung des Archivs Seltener Bücher unterschreiben und lies alles, was du über die Ritter Karls des Großen und die Insel mit der Burg finden kannst. Und darüber, wie die Schule zu ihrem Maskottchen gekommen ist. Am besten gleich morgen früh, bevor irgendjemand auf die Idee kommt, wichtige Unterlagen zu vernichten.«

»Bau dir eine Spionage-Kamera, Alter«, schlug Nick vor.

»Er wird keine Kamera brauchen«, meinte Will. »Genauso wenig wie ich ein Pferd brauche.«

»Richtig«, bestätigte Ajay mit einem angedeuteten Lächeln.

Im nächsten Moment klopfte Tika an, steckte den Kopf durch die Tür und wandte sich an Brooke: »Ihr Wagen ist da, Miss Springer. Ihre Eltern warten unten.«

Brooke erklärte den anderen, dass ihre Eltern von Washington mit dem Flugzeug gekommen seien. Sie waren der Ansicht, dass es für Brooke das Beste sei, ein paar Tage zu Hause in Virginia zu verbringen, bevor sie wieder am Unterricht teilnahm. Brooke holte rasch ihre Tasche und umarmte jeden. Will begleitete sie nach draußen auf den Gang, wo sie ihre Tasche fallen ließ und ihn küsste.

»Ruf mich an«, stieß sie atemlos hervor. »Oder schick mir eine SMS oder schreib E-Mails oder ...«

»Okay, okay«, versprach Will zwischen den Küssen.

»Lass nicht eine Stunde vergehen, ohne mir genauestens mitzuteilen, was hier passiert, was du weißt und wie es dir geht.« Dann hauchte sie ihm ein leises »Bis bald« ins Ohr, warf die frisch duftenden Haare nach hinten und verschwand.

Will kehrte in die Wohnung zurück und schloss die Tür hinter sich. Die anderen starrten einen Moment auf sein grinsendes Gesicht, bevor sie sich wieder eifrig mit etwas anderem beschäftigten. Nur Elise, die *genau* wusste, was er dachte, drehte sich weg und verschränkte die Arme vor der Brust.

»Leute, wir brauchen einen Namen für uns ... für das, was auch immer wir sind«, meinte Nick und kletterte wieder in seinen Rollstuhl. »Die Résistance oder ... Augenblick ...« Er senkte dramatisch die Stimme, »... die *fantastische* Résistance.«

»Netter Versuch, Nick«, spottete Elise.

»Die Allianz«, schlug Ajay vor.

»Die Allianz«, wiederholte Elise, um ein Gefühl für den Klang zu bekommen.

»Was meinst du, Will?«, fragte Nick.

»Wie bitte?« Will schaute auf. Für einen kurzen Moment hatte er vergessen, dass die anderen noch da waren.

»Schon gut«, murmelte Elise mürrisch.

Will gähnte. »Ich muss jetzt schlafen.«

Nick boxte ihn freundschaftlich in die Schulter und Elise nahm Wills Hand für einen Moment, ehe er schließlich sein Zimmer ansteuerte.

Ajay folgte ihm bis zur Tür. »Ich hatte bis jetzt keine Gelegenheit, es dir zu sagen. Ich habe dein iPhone in Lyles Büro gefunden; es war genau da, wo du gesagt hast. Die Polizei ist in dem Moment aufgetaucht, als ich aus dem Zimmer kam. Das Handy liegt unter deiner Matratze. Vorsichtshalber habe ich den GPS-Transmitter ausgebaut.«

»Super, Ajay«, lobte Will ihn. »Du bist der Beste.«

»Nein«, widersprach er, »das bist eindeutig *du,* mein Freund. Und ich stehe stets zu Ihren Diensten, Sir.«

Will lächelte, nahm die Sonnenbrille aus der Tasche und gab sie Ajay. »Wenn du dazu kommst, dann sieh dir die mal genauer an. Wir werden alle eine brauchen.«

ENTSCHEIDUNG

Will fand das iPhone unter der Matratze, wo Ajay es versteckt hatte. Seine vertrauten Konturen fühlten sich gut an, aber das kleine Gerät erinnerte ihn viel zu sehr an sein früheres Leben und machte ihn traurig. Will setzte sich auf die Bettkante und betrachtete die gerahmte Fotografie seiner Eltern hinter dem gesprungenen Glas. Dann nahm er das zerfledderte Heft mit Dads Regeln vom Schreibtisch und schlug die erste Seite auf:

Ein methodischer Geist ist alles.

Diese Regeln hatten ihn bis jetzt am Leben gehalten. Aber hatte er nicht auch Glück gehabt? Zweifellos. Inzwischen wusste er, dass er sich nicht weiterhin nur auf sein Glück verlassen konnte.

Nr. 7: VERWECHSLE GLÜCKLICHE ZUFÄLLE
NICHT MIT EINEM GUTEN PLAN.

Er blätterte zur letzten Seite und der Regel, die sein Vater zuletzt hinzugefügt hatte: ÖFFNE ALLE TÜREN UND ERWACHE.

Die entscheidende Frage hatte Will bislang nicht beantworten können: Woher wusste sein Dad von der Prophezeiung? Denn es lag auf der Hand, dass seine Eltern davon gewusst haben mussten – schließlich hätten sie sonst nicht sein ganzes Leben lang derart akribisch auf Anzeichen seines Erwachens geachtet und ihn so methodisch trainiert und vorbereitet. Aber es war ihm noch immer ein Rätsel, warum sie ihn deswegen versteckt gehalten und sie wie Flüchtlinge gelebt hatten.

Er musste sich damit abfinden, dass er seinen Dad vielleicht nie danach fragen konnte und dass er seine Eltern möglicherweise nie wiedersehen würde. Wer kümmerte sich jetzt um ihn, falls sie wirklich in dieser Maschine gesessen hatten – oder selbst dann, wenn das Flugzeug ohne sie abgestürzt war und sie noch lebten? Der klare, nüchterne und praktisch veranlagte Teil seines Verstandes sagte ihm, dass er von nun an weitgehend auf sich allein gestellt war.

Aber galt das nicht für alle Menschen, früher oder später, sobald sie der Wahrheit – in welcher Form auch immer – ins Gesicht gesehen hatten? Wir werden geboren und wir sterben. In der Zeit dazwischen machen wir das Beste aus unseren Möglichkeiten und lieben die Menschen, die uns am nächsten stehen.

Und darum geht es doch schließlich, oder nicht? Zumindest *hatte* er jetzt Freunde. Aber wem konnte er sich anvertrauen, wenn es um Antworten auf die großen Fragen ging, bei denen ihm sonst immer seine Eltern zur Seite gestanden hatten? Dave hatte diese Rolle eine Weile lang übernommen, aber auch er war möglicherweise nicht mehr da: Konnte irgendjemand, und sei es auch ein noch so hartgesottener Wanderer des Sondereinsatzkommandos, jemals aus dem Niegewesen zurückkehren?

Will nahm die Würfel aus der Tasche und betrachtete sie. Schwarz mit weißen Augen. Er *wollte* so gern glauben, dass es sich um dieselben unheimlichen Dinger handelte, die Dave ihm gezeigt hatte, aber sie wirkten nun einmal wie ganz normale Würfel. Wenn überhaupt, so waren sie vielleicht ein wenig schwerer.

Inzwischen lag er, ohne es bemerkt zu haben, mit seinem Kopf auf dem Kissen. Sein methodischer Geist schaltete sich ab und Will fiel von einer Sekunde auf die nächste in Tiefschlaf.

Minuten oder Stunden später hörte Will ein leises *Bing*. Er öffnete die Augen und sah sein Tablet auf dem Schreibtisch, den Monitor in seine Richtung gedreht. Der Bildschirmschoner mit dem Wappen des Centers schwebte sanft von einer Seite zur anderen.

Will wusste nicht, wie lange er geschlafen hatte, aber draußen war es stockdunkel. Ein Blick auf das Handy, das er noch immer in der Hand hielt, verriet ihm, dass es fast sieben Uhr abends war. Sonntag. Noch immer Sonntag. Dann erzeugte das Tablet erneut jenes leise Geräusch. Will kletterte aus dem Bett, setzte sich an den Schreibtisch und berührte den Bildschirm.

Seine Syn-App erschien in seinem »Zimmer« und winkte ihm lächelnd zu. »Du bist nicht allein, Will«, sagte sie. »Und das wirst du auch nie sein, solange ich da bin.«

»Danke. Du bist ein echter Freund«, meinte Will trocken.

»Du warst ziemlich lange weg.«

»Soll ich dich etwa immer darüber informieren, wo ich mich gerade aufhalte?«

»Keineswegs. Ich habe mir nur Sorgen um dich gemacht.«

Will betrachtete sein kleines Double eingehender. »Du klingst, als würdest du es ernst meinen.«

»Das tue ich auch.«

»Warum sollte ich dir glauben?«

»Wenn du dir selbst nicht vertrauen kannst, Will«, sagte seine Syn-App lächelnd, »wem kannst du dann vertrauen? Möchtest du jetzt das Foto sehen, das ich für dich gefunden habe?«

»Entschuldige, aber welches Foto?«, fragte Will verschlafen.

»Das von dem Hubschrauber.«

Der Bildschirm füllte sich mit den undeutlichen, verwaschenen Farben einer alten Kodachrome-Aufnahme, die einen dynamischen Augenblick eingefangen hatte: ein geschäftiges Rollfeld, mehrere Hubschrauber, die gerade abhoben, und ein weiterer in der Luft, der sich näher bei der Kamera befand und offenbar gerade zur Landung ansetzte. Hinter dem Rollfeld erhob sich ein tropischer Urwald und über den Palmen stieg der Rauch einer Explosion auf.

Die Bildunterschrift am unteren Rand lautete: *Kampf um Plei Cu, Vietnam/New York Times, 14. September 1969.*

Im Vordergrund, mit dem Rücken zur Kamera, rannte ein Soldat auf den landenden Hubschrauber zu. Ein großer Mann mit kräftigen, breiten Schultern, der einen Tarnanzug und darüber eine abgewetzte Fliegerjacke aus Leder trug. Auf den Rücken der Jacke waren drei runde Abzeichen aufgenäht. Auf dem ersten war ein rotes Riesenkänguru zu sehen und darunter die Worte SPECIAL FORCES; im zweiten Abzeichen prangte ein Ritterhelm und die Aufschrift LONG-RANGE RECONNAISSANCE, Fernaufklärung; und der dritte Kreis zeigte die Silhouette eines Hubschraubers, darunter ANZAC/VIETNAM sowie dieselbe Kennung, die Will auf Daves Jacke gesehen hatte: ATD39Z.

Der Mann hatte den rechten Arm nach oben gestreckt. Es sah so aus, als würde er den Piloten des Helis direkt über ihm hektisch herbeiwinken.

Er zeigte alle fünf Finger.

Das macht fünf.

In den Höhlen hatte Dave keine Gelegenheit gehabt, die Worte auszusprechen, bevor der Wendigo ihn packte. Teilte er es ihm jetzt mit, im Nachhinein? Wills Herz schlug schneller bei diesem Gedanken.

Rasch warf er einen Blick auf die beiden Würfel, die auf dem Schreibtisch lagen. Die Augen darauf leuchteten auf einmal und kurz darauf stiegen die Würfel langsam in die Luft und drehten sich ... bis Will eine Drei und eine Zwei ablesen konnte.

»Das macht fünf«, flüsterte er. »Das Leben ist schön.« Und zum ersten Mal seit seiner Abreise von zu Hause *glaubte* er es auch tatsächlich.

Will konzentrierte sich wieder auf das Foto. »Für den Fall, dass ich dich nicht wiedersehen sollte: Danke für alles, Kumpel.«

»Hast du die Person auf dem Foto gekannt, Will?«, fragte seine Syn-App.

»Und ob!«

»Soll ich versuchen, noch mehr über sie herauszufinden?«

Will dachte kurz darüber nach. »Ja.« Er nickte. »Such bitte nach einer Frau namens Nancy Hughes. Sie stammt aus Santa Monica. Wenn sie noch lebt, müsste sie jetzt Anfang sechzig sein. Ich weiß nur, dass sie 1969, während des Vietnamkriegs, Krankenschwester beim Navy Nurse Corps war.«

»Ich mach mich dran«, versprach sein Doppelgänger.

Plötzlich nahm Will aus dem Augenwinkel eine Bewegung wahr. Er drehte sich zum Bett um, auf dem das aufgeschlagene Heft mit Dads Regeln lag. Bildete er sich das nur ein oder hatte sich gerade tatsächlich eine Seite des Heftes von selbst umgeblättert? Will trat ans Bett und sein Blick blieb in der Mitte der Seite hängen:

NR. 25: NICHT DAS, WAS DU GLAUBEN SOLLST, IST WICHTIG – ES ZÄHLT NUR DAS, WAS DU GLAUBEN WILLST. ES KOMMT NICHT AUF DIE TINTE UND DAS PAPIER AN, SONDERN AUF DIE HAND, DIE DIE FEDER FÜHRT.

Und das hier ist genau das, was ich glauben will – die einzige Antwort, von der ich meinen Mitbewohnern nichts erzählen konnte: Dave hat gesagt, das Niegewesen wollte meinen Tod, weil ich ein Initiierter bin. Und irgendwie hat man das im Niegewesen noch vor der Hierarchie erkannt, überlegte Will.

»Ich bin jetzt ein Initiierter«, flüsterte er. »Stellt euch besser mal darauf ein.«

Wenn sich die Schwarzkappen deshalb vor mir fürchten, dann werde ich ihnen allen Grund dazu geben. Wenn die widerlichen Fieslinge aus dem Niegewesen glauben, sie könnten einfach hier reinplatzen und die Herrschaft über unseren Planeten übernehmen, müssen sie zuerst an mir vorbei. Ich werde sie aufhalten – für meine Eltern, für Dave und für meine Freunde. Und falls irgendjemand den Wunsch verspürt, mir zu helfen – beispielsweise Coach Jericho –, nur zu! Wer weiß, vielleicht bin ich ja nicht der einzige Initiierte hier.

Erneut ertönte ein leises *Bing* aus seinem Tablet. Seine Syn-App erschien auf dem Foto, direkt neben Daves reglosem Abbild.

»Gerade ist eine E-Mail von Nando eingetroffen«, verkündete sein Doppelgänger. »Eine Videodatei.«

»Bitte öffne sie«, forderte Will die Syn-App auf.

Das Foto wich einem Video und einen Augenblick später sah er Nando, der eindringlich in die Kamera seines Handys flüsterte: »Will, ich hab was gefunden, das du dir unbedingt ansehen musst.« Nando richtete die Kamera auf ein Objekt auf dem Tisch: die schwarze Arzttasche, die er aus dem Haus in Ojai gerettet hatte. Dann holte er die aufgeprägten goldenen Initialen unter dem Griff ins Bild: H.G. »Die Tasche war leer, aber ich habe etwas im Futter entdeckt. Sieh mal.« Er öffnete die Tasche und hielt die Kamera auf ein kleines Namensschild, das an das Innenfutter genäht war:

DIESE TASCHE GEHÖRT ______________________

Und darauf stand in verblasster schwarzer Tinte und Blockbuchstaben der Name *DR. HUGH GREENWOOD.*

Will gab den Befehl, das Bild einzufrieren. Während er darauf starrte, überschlugen sich seine Gedanken. Im nächsten Moment klingelte das schwarze Telefon auf dem Schreibtisch und er zuckte erschrocken zusammen. Beim zweiten Läuten nahm er ab. »Hallo?«

»Will, der Direktor möchte dich sprechen«, sagte eine Frau von der Telefonzentrale. »In seinem Büro in Stone House.«

Rourke schüttelte Will die Hand und bat ihn, auf einem der schweren Ledersofas in seinem Büro Platz zu nehmen. Coach Jericho war bereits da, als Will eintraf, und setzte sich ihm gegenüber. Rourke blieb vor dem prasselnden Kaminfeuer stehen und brachte Will ruhig und sachlich auf den neuesten Stand.

Die zehn gefassten Ritter waren allesamt der Schule verwiesen und von der Polizei wegen des Verdachts auf Entführung sowie versuchten Mord festgenommen worden. Das gleiche Schicksal erwartete auch alle anderen Ritter, die möglicherweise noch gefasst wurden, darunter Todd Hodak. Rourke erzählte, dass er bereits eine außerplanmäßige Schulversammlung angeordnet hatte, um die ganze Geschichte zu erklären und Gerüchte zu vermeiden.

»Will, mir ist klar, dass du in deiner Eile, auf diese schrecklichen Taten zu reagieren, nicht über die Konsequenzen deines überwiegend sehr waghalsigen Handelns nachgedacht hast«, fuhr der Direktor fort.

Bestürzt schaute Will zu Jericho, der sich jedoch nichts anmerken ließ. Dann wanderte sein Blick zum Porträt des Gründers und ersten Direktors der Schule, Thomas Greenwood, der feierlich, ernst und weise auf ihn herabblickte.

Rourke setzte sich auf die Tischkante vor Will. »Aber dein Handeln war auch selbstlos, beherzt und unvorstellbar mutig«, sagte er. »Du hast einen Verlust erlitten, der menschlich überhaupt nicht zu ermessen ist. Die Art und Weise, wie du jetzt und in den kommenden Monaten damit umgehst, kann den gesamten Verlauf deines weiteren Lebens bestimmen.« Rourke deutete auf das Porträt an der Wand. »Dr. Greenwood pflegte immer zu sagen, dass es nicht auf die Tinte und das Papier ankommt, sondern auf die Hand, die die Feder führt.«

Will riss die Augen auf. Regel Nr. 25. Fast *wortwörtlich*.

Rourke senkte die Stimme. »Will, ich habe Erkundigungen über diesen Beamten eingeholt, der dich am Flughafen in Madison vernehmen wollte. Bei der FAA gibt es keinen ›Agent O'Brian‹. Hattest du diesen Mann schon einmal gesehen?«

»Er ist einer der Männer, die mich in Kalifornien verfolgt haben«, gestand Will.

»Das habe ich mir schon gedacht«, meinte Rourke und warf Jericho einen kurzen Blick zu. »Bis wir genau wissen, was vor sich geht, möchte ich, dass du dich an eine strikte Ausgangssperre hältst: Nach neun Uhr abends darfst du die Wohnung nicht mehr verlassen, ohne jede Ausnahme. Coach Jericho ist für deine Sicherheit verantwortlich. Hier kann dir nichts passieren. Ich verspreche, dass dir hier nichts zustoßen wird.« Rourke betrachtete Will mit so viel Wärme in den Augen, dass Will wegschauen musste.

»Danke«, stieß er heiser hervor.

Dann legte ihm der Direktor eine Hand auf die Schulter. »Es gibt Dinge, die schrecklicher sind, als du dir vorstellen kannst. Dinge, mit denen ein junger Mann in deinem Alter niemals konfrontiert werden sollte – schon gar nicht allein. Aber wir haben zwei Familien im Leben. Die, in die wir hineingeboren werden und mit der wir blutsverwandt sind. Und eine zweite, der wir auf unserem Weg begegnen und die bereit ist, ihr Blut für uns zu geben.«

Will blickte zu den beiden Männern auf.

»Du hast diese Menschen hier gefunden, Will«, sagte Rourke.

Coach Jericho hielt ihm einen kleinen Lederbeutel entgegen. Will nahm den Beutel und öffnete ihn, worauf eine kleine, aus dunklem Stein gearbeitete Figur in seine Hand fiel: ein Falke.

»Lass mich wissen, wenn du wieder solche Träume hast«, meinte Jericho.

Will schaute ihm in die Augen und nickte dankend.

Rourke erhob sich. »Hast du irgendwelche Fragen an mich, Will?«

Auch Will stand auf, den kleinen Falken fest in der Hand. Sein Blick wanderte zu den Porträts der vorherigen Direktoren, Thomas und Franklin Greenwood, und er musste an die Arzttasche seines Vaters denken. »Kennen Sie einen Mann namens Hugh Greenwood?«, fragte er.

Rourke und Jericho sahen sich kurz an, bevor Rourke antwortete: »Hugh war der Sohn von Franklin, unserem zweiten Direktor.«

»Dann war er Thomas Greenwoods Enkel«, folgerte Will.

»Ja. Er war Lehrer am Center ... vor meiner Zeit. Welches Fach hat er unterrichtet, Coach?«

»Naturwissenschaften. Biologie, glaube ich.«

Will versuchte, sich nicht anmerken zu lassen, dass sich seine Gedanken erneut überschlugen. »Und wo ist er jetzt?«, fragte er.

»Er und seine Frau haben die Schule verlassen«, erzählte Jericho. »Vor etwa sechzehn Jahren schied er aus dem Schuldienst aus. Ich hatte gerade erst hier angefangen, habe aber beide noch kennengelernt.«

»War er Arzt?«, erkundigte Will sich.

»Ja«, bestätigte der Trainer.

»Warum fragst du, Will?«

»Ich hab den Namen in einer Unterhaltung aufgeschnappt und war neugierig«, erklärte Will. »Könnte ich noch einmal einen Blick in den Infinity Room werfen?«

»Natürlich«, meinte Rourke. »Darf ich fragen, warum?«

»Weil ich beim ersten Mal Angst hatte. Und ich möchte gern wissen, was ich jetzt in diesem Raum fühle.«

Direktor Rourke begleitete Will zu der Tür, die zu dem langen, seltsamen Gang führte, und öffnete sie. »Sollen wir hier auf dich warten?«

»Wenn es Ihnen nichts ausmacht, Sir.«

»Ganz und gar nicht. Es ist eine wundervolle Nacht. Ob du es glaubst oder nicht, aber der Wetterbericht sagt, dass wir nach diesem eisigen Sturm noch einmal eine richtig warme Phase erleben werden.«

Der schmale, schwebende Gang war in silbernes Mondlicht getaucht, das der frisch gefallene Schnee reflektierte. Will ging langsam vorwärts und blickte regelmäßig durch den transparenten Boden bis weit nach unten oder durch die Fenster zu beiden Seiten. Da man in der Dunkelheit nicht viel erkennen konnte, fühlte sich der Raum vollkommen anders an.

Und wie erhofft, fühlte auch Will sich irgendwie anders: Sein Herz schlug zwar ein wenig schneller, während er weiterging, und er atmete etwas hastiger. Aber er hatte keine Angst mehr.

Schließlich erreichte Will das Ende des Ganges und betrat das merkwürdige runde Observationsdeck aus Glas, von wo aus sich der Nachthimmel um ihn herum öffnete. Die Lichter des Campus zu seiner Linken schimmerten warm und beruhigend – Zeugnis der Zivilisation und eines soliden, geerdeten und sicheren Lebens. Über allem funkelten unzählige Sterne, in fast verschwenderischer Fülle.

Nein, Will hatte keine Angst. Selbst angesichts der härtesten Wahrheit, mit der er sich nun konfrontiert sah. Er fürchtete sich nicht davor. Denn er wusste: Nachdem er so weit gekommen war, würde er einen Weg finden, um auch damit fertig zu werden.

Plötzlich brummte etwas in seiner Tasche. Scheiße, hab ich das Ding etwa noch immer bei mir? Oh Mann, Will! Das iPhone hatte während der ganzen Zeit, die er in Rourkes Büro verbracht hatte, vorn in seiner Jacke gesteckt. Ich bin ja so was von blöd!

Er klappte es auf und sah, dass er eine SMS erhalten hatte. Sie erschien in Großbuchstaben auf dem Display – und im nächsten Moment stand die Zeit still:

SIE HABEN MICH, WILL. ICH WEISS NICHT, WO. NUR DU KANNST MICH FINDEN. 51. 51. 51.

Mit wild pochendem Herzen überflog Will sämtliche Regeln im Kopf, bis er sich erinnerte. Nr. 51: DAS EINZIGE, WAS DU NICHT VERLIEREN DARFST, IST DIE HOFFNUNG.

Wills Vater war Dr. Hugh Greenwood. Und er lebte noch.

Fortsetzung folgt

Paladin Project

Teil 2

Nr. 4: WENN DU GLAUBST, DU BIST FERTIG, HAST DU GERADE ERST ANGEFANGEN.

Ajay legte das glänzende Schwarz-Weiß-Foto auf den Tisch. »Auf dem Original kann man viel mehr Details erkennen«, bemerkte er.

Es war dieselbe Aufnahme aus dem Jahr 1937, die sie bereits online betrachtet hatten: die Ritter Karls des Großen, die ein Gala-Diner für Henry Wallace, den angehenden Vizepräsidenten des Landes gaben.

Wills Blick wanderte sofort zu einem der zwölf jungen Männer am Tisch – ein Schüler, einer der Ritter. Derjenige, der ihm irgendwie bekannt vorgekommen war, den er aber nicht hatte zuordnen können. Doch jetzt bestand kein Zweifel mehr; er wusste nun, um wen es sich handelte.

Es war der Kahle, Mr Hobbes.

Will fragte sich, wie das möglich sein sollte – das Bild war vor über siebzig Jahren aufgenommen worden. Aber dann geschah etwas noch Seltsameres.

Er erkannte einen *zweiten* Schüler; dieser saß gegenüber von Hobbes am Tisch, lächelte und schaute direkt in die Kamera. Je genauer Will ihn betrachtete, desto sicherer war er sich. Das Foto war entstanden, bevor sich der Schüler in die verkrüppelte, bemitleidenswerte Kreatur verwandelt hatte, die sie heute kannten.

Der zweite Schüler war Happy Nepsted.

DADS LISTE DER LEBENSREGELN

Nr. 1: EIN METHODISCHER GEIST IST ALLES.

Nr. 2: KONZENTRIERE DICH NUR AUF DIE BEVORSTEHENDE AUFGABE.

Nr. 3: LENKE KEINE AUFMERKSAMKEIT AUF DICH.

Nr. 4: WENN DU GLAUBST, DU BIST FERTIG, HAST DU GERADE ERST ANGEFANGEN.

Nr. 5: VERTRAUE NIEMANDEM.

Nr. 6: SEI DIR DER REALITÄT DER GEGENWART STETS BEWUSST. DENN WIR HABEN NICHTS AUSSER DEM JETZIGEN MOMENT.

Nr. 7: VERWECHSLE GLÜCKLICHE ZUFÄLLE NICHT MIT EINEM GUTEN PLAN.

Nr. 8: SEI IMMER BEREIT ZU IMPROVISIEREN.

Nr. 9: SIEH HIN UND HÖR ZU, SONST WIRST DU NICHT BEMERKEN, WAS DIR ENTGEHT.

Nr. 10: REAGIERE NICHT EINFACH NUR AUF EINE SITUATION, DIE DICH ÜBERRASCHT. GEH DARAUF EIN.

Nr. 11: VERTRAUE DEINEN INSTINKTEN.

Nr. 13: FÜR DEN ERSTEN EINDRUCK GIBT ES KEINE ZWEITE CHANCE.

Nr. 14: STELLE ALLE FRAGEN IN DER REIHENFOLGE IHRER WICHTIGKEIT.

Nr. 15: SEI SCHNELL, ABER HETZE NICHT.

Nr. 16: SIEH DEN MENSCHEN IMMER IN DIE AUGEN. SCHÜTTLE IHNEN SO DIE HAND, DASS SIE SICH DARAN ERINNERN.

Nr. 17: BEGINNE JEDEN TAG MIT DEN WORTEN: DAS LEBEN IST SCHÖN. SPRICH ES LAUT AUS, SELBST WENN DU ES NICHT FÜHLST, DENN DAS ERHÖHT DIE WAHRSCHEINLICHKEIT, DASS DU ES DOCH NOCH FÜHLST.

Nr. 18: WENN NR. 17 NICHT FUNKTIONIERT, SEI DANKBAR FÜR DAS, WAS DU HAST.

Nr. 19: WENN ALLES SCHIEFLÄUFT, BETRACHTE DIE KATASTROPHE ALS MÖGLICHKEIT AUFZUWACHEN.

Nr. 20: ES MUSS IMMER EINEN ZUSAMMENHANG ZWISCHEN ANHALTSPUNKT UND SCHLUSSFOLGERUNG GEBEN.

Nr. 23: WENN ES ÄRGER GIBT, DENKE SCHNELL UND HANDLE ENTSCHLOSSEN.

Nr. 25: NICHT DAS, WAS DU GLAUBEN SOLLST, IST WICHTIG – ES ZÄHLT NUR DAS, WAS DU GLAUBEN WILLST. ES KOMMT NICHT AUF DIE TINTE UND DAS PAPIER AN, SONDERN AUF DIE HAND, DIE DIE FEDER FÜHRT.

Nr. 26: EINMAL IST EINE BESONDERHEIT. ZWEIMAL IST EIN ZUFALL. DREIMAL IST EIN MUSTER. UND WIE WIR JA WISSEN ...

Nr. 27: ES GIBT KEINE ZUFÄLLE.

Nr. 28: DIE LEUTE SOLLEN DICH RUHIG UNTERSCHÄTZEN. SO WISSEN SIE NIE GENAU, WOZU DU FÄHIG BIST.

Nr. 30: MANCHMAL WIRD MAN MIT EINEM SCHLÄGER NUR FERTIG, WENN MAN ZUERST ZUSCHLÄGT. UND ZWAR HART.

Nr. 31: MANCHMAL IST ES NICHT DAS SCHLECHTESTE, WENN MAN DICH FÜR VERRÜCKT HÄLT.

Nr. 34: TU SO, ALS WÜRDEST DU VERANTWORTUNG TRAGEN, UND DIE LEUTE WERDEN DIR GLAUBEN.

Nr. 40: VERSUCHE NIE, DICH HERAUSZUREDEN.

Nr. 41: SCHLAF, WENN DU MÜDE BIST. KATZEN MACHEN NICKERCHEN, DAMIT SIE STETS FÜR ALLES BEREIT SIND.

Nr. 45: KOOPERIERE MIT DEN OBRIGKEITEN, ABER NENNE KEINE NAMEN VON FREUNDEN.

Nr. 46: WENN DU FREMDE WISSEN LÄSST, WAS DU EMPFINDEST, SIND SIE DIR GEGENÜBER IM VORTEIL.

Nr. 48: BEGINNE NIE EINEN KAMPF, WENN DU IHN NICHT BEENDEN KANNST. UND ZWAR SCHNELL.

Nr. 49: WENN NICHTS ANDERES MEHR HILFT, ATME EINMAL TIEF DURCH.

Nr. 50: WENN CHAOS HERRSCHT, HALTE DICH AN DIE ROUTINE. SCHAFFE NACH UND NACH ORDNUNG.

Nr. 51: DAS EINZIGE, WAS DU NICHT VERLIEREN DARFST, IST DIE HOFFNUNG.

Nr. 54: WENN DU NICHT PÜNKTLICH SEIN KANNST, DANN SEI ZU FRÜH.

Nr. 55: WENN DU BEI DER VORBEREITUNG VERSAGST, BEREITE DICH AUFS VERSAGEN VOR.

Nr. 59: MANCHMAL FINDET MAN MEHR HERAUS, WENN MAN FRAGEN STELLT, AUF DIE MAN DIE ANTWORT BEREITS KENNT.

Nr. 60: WENN DIR DIE ANTWORT, DIE DU BEKOMMST, NICHT GEFÄLLT, HÄTTEST DU DIE FRAGE NICHT STELLEN SOLLEN.

Nr. 61: WENN DU WILLST, DASS ETWAS RICHTIG GEMACHT WIRD, MACH ES SELBST.

Nr. 63: DIE BESTEN LÜGEN SIND DIE, DIE EINEN ANTEIL VON WAHRHEIT ENTHALTEN.

Nr. 65: DER DÜMMSTE TYP IM RAUM IST DERJENIGE, DER DIR ALS ERSTER ERZÄHLT, WIE SCHLAU ER IST.

Nr. 68: UNTERSCHREIBE NIE EIN JURISTISCHES DOKUMENT, OHNE ES VORHER VON EINEM ANWALT PRÜFEN ZU LASSEN, DER FÜR DICH ARBEITET.

Nr. 72: WENN DU AN EINEN NEUEN ORT KOMMST, VERHALTE DICH SO, ALS SEIST DU SCHON EINMAL DORT GEWESEN.

Nr. 73: BEGREIFE DEN UNTERSCHIED ZWISCHEN TAKTIK UND STRATEGIE.

Nr. 75: WENN DU EINE SCHNELLE ENTSCHEIDUNG TREFFEN MUSST, HALTE DICH NICHT MIT DEN DINGEN AUF, DIE NICHT MACHBAR SIND, SONDERN KONZENTRIERE DICH AUF DAS, WAS MÖGLICH IST.

Nr. 76: WENN DU DIE OBERHAND GEWINNST, NUTZ DEINEN VORTEIL VOLL AUS.

Nr. 77: DIE SCHWEIZER ARMEE MAG KAUM DER REDE WERT SEIN, ABER VERLASS DAS HAUS NIE OHNE IHR MESSER.

Nr. 78: DIE KLASSIKER SIND AUS GUTEM GRUND KLASSIKER: SIE SIND KLASSISCH.

Nr. 79: MACH DEN SCHMERZ EINES ANDEREN NICHT ZUR QUELLE DEINES EIGENEN GLÜCKS.

Nr. 81: NIMM NIE MEHR, ALS DU BRAUCHST.

Nr. 82: OHNE EIN GEISTIGES LEBEN LEBT MAN EIN GEISTLOSES LEBEN.

Nr. 83: NUR WEIL DU PARANOID BIST, HEISST DAS NICHT, DASS NACHSICHT BESSER ALS VORSICHT IST.

Nr. 84: WENN SONST NICHTS FUNKTIONIERT, VERSUCH ES MIT SCHOKOLADE.

Nr. 86: SEI NIE NERVÖS, WENN DU DICH MIT EINEM HÜBSCHEN MÄDCHEN UNTERHÄLTST. TU EINFACH SO, ALS SEI SIE AUCH NUR EIN MENSCH.

Nr. 87: MÄNNER WOLLEN GESELLSCHAFT, FRAUEN WOLLEN MITGEFÜHL.

Nr. 88: HÖR IMMER AUF DIE PERSON MIT DER PFEIFE.

Nr. 91: ES GIBT KEINE GRENZEN FÜR DAS, WAS EIN MANN AUF SICH NEHMEN SOLLTE, UM DAS RICHTIGE MÄDCHEN ZU BEEINDRUCKEN.

Nr. 92: WENN DU WILLST, DASS JEMAND DIR MEHR ERZÄHLT, SAG WENIGER. HALTE AUGEN UND OHREN OFFEN UND MACH DEN MUND ZU.

Nr. 94: DIE MEISTEN ALLER WAFFEN UND GEGENSTÄNDE, DIE DU JEMALS BENÖTIGEN WIRST, FINDEST DU IM HAUS.

Nr. 96: LERNE DIE GRUNDRECHTE DER VERFASSUNG AUSWENDIG.

Nr. 97: WAS BRILLEN UND UNTERWÄSCHE BETRIFFT: REISE STETS MIT RESERVE.

Nr. 98: BETRACHTE DEIN LEBEN NICHT WIE EINEN FILM ODER ALS WÜRDE ES JEMAND ANDEREN BETREFFEN. DEIN LEBEN BETRIFFT DICH. UND ES BETRIFFT DICH JETZT – IN DIESEM MOMENT.

ÖFFNE ALLE TÜREN UND ERWACHE.

DANKSAGUNG

Mein besonderer Dank gilt: meinem wunderbaren Freund und Kameraden Ed Victor, der sehr geschätzten Sophie Hicks und allen treuen Mitarbeitern im Londoner Büro von Ed Victor Limited; Chip Gibson, Annie Eaton, Ellice Lee und meinem weisen und resoluten Lektor Jim Thomas von Random House; Dr. Hal Danzer, Dr. Sheri Fried, Dr. Bob Garrett, Alan Kerner, Dr. David Miller, Dr. Carolyn Roberts und Dr. Benjamin Shield für ihren Sachverstand in medizinischen und metaphysischen Fragen; meinen Freunden und Kollegen Frank Bredice, Derek Cardoza, Dennis Colonello, Keiko Cronin, Jodi Fodor, Jeff Freilich, Alicia Gordon, Stephen Kulczycki, Susie Putnam, Jason Spitz, Alan Wertheimer und Steve Yoon für ihre Ermutigung und ihre Unterstützung; vor allem jedoch meiner Schwester Lindsay, meiner Frau Lynn und meinem Sohn Travis, für die es sich lohnt, diesen Weg zu gehen.

ÜBER DEN AUTOR

MARK FROST studierte Regie und Drehbuch an der Carnegie Mellon University. Zusammen mit David Lynch entwickelte und produzierte er die überaus erfolgreiche TV-Serie *Twin Peaks.* Frost war Coautor der Drehbücher für die Filme *Fantastic Four* und *Fantastic Four: Rise of the Silver Surfer.* Darüber hinaus war er bereits mit acht Büchern in der Bestsellerliste der *New York Times* vertreten, darunter *The List of Seven, The Second Objective, The Greatest Game Ever Played* und *The Match.* Weitere Infos über den Autor: www.ByMarkFrost.com

Andreas Eschbach

Black*Out
978-3-401-50505-3

Hide*Out
978-3-401-50506-0

Time*Out
978-3-401-50507-7

Was wäre, wenn das Wissen und die Gedanken eines Einzelnen für eine ganze Gruppe verfügbar wären? Jederzeit? Würden dann nicht Frieden und Einigkeit auf Erden herrschen? Wäre der Mensch dann endlich nicht mehr so entsetzlich allein? Oder könnte dadurch eine allgegenwärtige Supermacht entstehen, die zur schlimmsten Bedrohung der Welt wird?

Drei Thriller der Extraklasse von Bestsellerautor Andreas Eschbach, der die Themen Vernetzung und Globalisierung auf eine ganz neue, atemberaubende Weise weiterdenkt und die Frage stellt, was Identität und Individualität für die Menschheit bedeuten.

Arena

Auch als E-Books erhältlich
Als Hörbücher bei Arena audio

Jeder Band:
Arena-Taschenbuch
www.arena-verlag.de